El crimen del «Estrella del Mar»

Joseph O'Connor

EL CRIMEN DEL «ESTRELLA DEL MAR»

Adiós a la vieja Irlanda

Traducción de Francisco Lacruz

El irlando-ibérico El anglo-teutónico El negro

De *Harper's Weekly: Semanario de la Civilización*

Círculo de Lectores

A Anne-Marie
De nuevo y para siempre

[El hambre] es un castigo de Dios a un país holgazán, desagradecido y rebelde; un país indolente y levantisco. Los irlandeses sufren el castigo de la Divina Providencia.

Charles Trevelyan, subsecretario del Tesoro de Su Majestad, 1847. (Armado caballero en 1848, por su supervisión de las ayudas a la hambruna)

Inglaterra es realmente un gran criminal público. ¡Inglaterra! ¡Toda Inglaterra!... Debe ser castigada; ese castigo caerá, tal como pienso yo, sobre ella, por medio y a través de Irlanda; y así Irlanda será vengada... El océano Atlántico nunca será tan profundo como el infierno al que serán arrojados los opresores de mi raza.

John Mitchel, nacionalista irlandés, 1856

El eslabón perdido: Una criatura manifiestamente situada entre el gorila y el negro puede hallarse en algunos de los distritos más bajos de Londres y Liverpool por arriesgados exploradores. Procede de Irlanda, de donde se ha visto forzada a emigrar: pertenece en realidad a una tribu de salvajes irlandeses: la especie inferior del Bruto Irlandés. Cuando se conversa con esa especie, su charla es como una jerigonza. Es, por añadidura, un animal dado a la escalada, y a veces se le puede ver subiendo por una escalera cargado con un capazo de ladrillos.

Revista *Punch*, Londres, 1862

La Providencia envió la plaga de la patata, pero Inglaterra provocó la hambruna... Estamos hartos de oír la hipócrita voz de aquellos que nos dicen que no debemos acusar al pueblo británico de los crímenes de sus gobernantes contra Irlanda. Nosotros los consideramos culpables.

James Conolly, colíder del Levantamiento de Pascua contra el gobierno británico, 1916

PRÓLOGO

DE

UN AMERICANO EN EL EXTRANJERO

Notas de Londres e Irlanda en 1847

por G. GRANTLEY DIXON

del *New York Times*

Una edición conmemorativa del centenario.

LIMITADA, REVISADA, ÍNTEGRA

y con muchas inclusiones nuevas.

EL MONSTRUO

Un prefacio: en el que se esbozan algunos recuerdos del *Estrella del mar*; el estado de sus pasajeros y el mal que acechaba entre ellos.

Durante toda la noche aquel cojo, seco como un palo, procedente de Connemara, de hombros caídos y ropas color ceniza, se dedicaba a pasear por el barco, de proa a popa, desde el crepúsculo hasta las primeras luces del alba.

Los marineros, los vigías, los que observaban desde la cabina del timón apartaban la mirada de aquellos con los que estaban hablando o de su solitario trabajo para verlo moverse a través de la vaporosa oscuridad, cauta, furtivamente, siempre solo, arrastrando su pie izquierdo como si izara un ancla. En la cabeza, un aplastado sombrero hongo, y la barbilla y el cuello envueltos en una andrajosa bufanda; su harapiento capote militar tan sucio que era imposible imaginar que alguna vez hubiera estado limpio.

Se movía con una lentitud que era casi ceremoniosa, mostrando una curiosa vena de desastrada majestuosidad, como el rey de un cuento disfrazado entre sus súbditos. Sus brazos eran muy largos y sus ojos como brillantes puntitos de luz. Frecuentemente mostraba un aspecto de desconcierto o de aprensión, como si su vida hubiera llegado a un punto que no se podía explicar o se estuviera ahora acercando aún más a dicho punto.

Su lúgubre cara se veía desfigurada por cicatrices, acentuadas por las marcas de alguna enfermedad que había agravado rascándose nerviosamente una y otra vez. Aunque de constitución esbelta, como un peso pluma, parecía acarrear una insoportable carga.

Y no se debía sólo a su deformidad –un pie retorcido metido en un zueco de madera que estaba marcado o estampado con una «M» mayúscula–, sino al aspecto de inquieta alerta que mostraba; la asustada y permanente actitud vigilante del niño maltratado.

Era uno de esos hombres que llaman mucho la atención, por más que hacen un gran esfuerzo para no despertar ninguna. A menudo, aunque no podían explicarlo, los marineros notaban su presencia aun antes de verlo. Convirtieron en una diversión el hacer apuestas sobre sus andanzas a una hora determinada. «Diez campanadas» quería decir que andaba por las pocilgas de estribor. Las once y cuarto lo encontraban junto al barril de agua fresca donde durante el día las humildes mujeres de tercera preparaban la poca comida que tenían…, pero, a la tercera noche de la partida de Liverpool, la apuesta había perdido su gracia para matar el tiempo. El hombre paseaba por el buque como si estuviera siguiendo un rito. Arriba. Abajo. De través. Atrás. Popa. Proa. Babor. Estribor. Materializándose con las estrellas, escabulléndose abajo con la salida del sol, llegó a ser conocido entre los habitantes nocturnos del barco como «El Fantasma».

Nunca entablaba conversación con los marineros. También evitaba a los noctámbulos. Ni siquiera después de la medianoche hablaba con nadie, cuando todo el que se hallaba aún en cubierta charlaba con quien fuera; cuando llegaba la oscuridad, la húmeda cubierta del *Estrella del Mar* era testigo de una familiaridad raras veces vista durante el día. Las puertas quedaban abiertas por la noche; las reglas se relajaban o eran ignoradas. Era ilusoria, por supuesto, aquella democracia de esa hora mágica; la oscuridad parecía borrar la posición social o el credo, o al menos igualarlos hasta un punto en el que ya no merecían reconocimiento. Un reconocimiento en sí mismo, tal vez, de la indiscutible impotencia al hallarse en alta mar.

Por la noche se percibía el barco como algo absurdamente fuera de su elemento, una crujiente, goteante, inerte, mezcla de roble y pez, clavos y fe, balanceándose en una infinidad de agua rabiosamente negra que podía estallar a la menor provocación. La gente hablaba en voz baja en las cubiertas después de la puesta del sol, como si temieran despertar al salvaje océano. O uno se imaginaba al *Estrella del Mar* como una colosal bestia de carga, sus cuadernas tensadas como si fueran a reventar, azotada por un señor feudal en una última persecución; su casco ya moribundo, y nosotros, los pasajeros, sus parásitos. Pero la metáfora no es buena, porque no todos nosotros éramos parásitos. Los que lo éramos no lo hubiéramos reconocido.

Bajo nosotros, las profundidades que sólo podían ser imaginadas, las gargantas y cañones de aquel insondado continente; encima, la bóveda, negra como la muerte, del firmamento. El viento aporreaba la cubierta con una oleada de gritos procedentes de lo que hasta el marinero más escéptico procuraba calificar como «los cielos». Y olas grandes azotaban y vapuleaban nuestro refugio, como el viento hecho carne, encarnado y animado, una burla de la arrogancia de quienes se habían atrevido a invadir su morada. Sin embargo reinaba una tranquilidad casi religiosa entre aquellos que paseaban por la cubierta de noche: cuanto más furioso el mar, y más helada la lluvia, más palpable se hacía la solidaridad entre aquellos que resistían juntos. Un almirante podía charlar con un asustado grumete; un hambriento pasajero de tercera, con un insomne conde. Cierta noche, un preso, violento y enloquecido, oriundo de Galway, fue sacado del calabozo para que hiciera su triste ejercicio. Hasta él fue incluido en aquella comunión de sonámbula y tranquila conversación, y compartió un vaso de ron con un ministro metodista de Lyme Regis, Inglaterra, quien nunca había probado el ron pero a menudo había predicado sus funestos efectos. (Fueron vistos juntos arrodillados sobre la cubierta y cantando quedamente *Permanece conmigo*.)

Cosas nunca vistas eran posibles en esa República nocturna. Pero el Fantasma no mostraba ningún interés en otras oportunidades o novedades. Era inmune; un escarpado peñasco en la inmensidad que lo rodeaba. Prometeo harapiento, aguardando a las ávidas aves. Permanecía junto al palo mayor observando el Atlántico como si esperara verlo congelarse o borbotear sangre.

Entre la primera y las dos siguientes campanadas la mayor parte de los pasajeros se esfumaban; muchos de ellos solos, pero algunos juntos porque la tolerancia florecía bajo el amable manto de la noche; la naturaleza y la soledad eran compañeros de cama en la oscuridad. Desde las tres de la madrugada hasta las primeras luces del alba, poco era lo que sucedía en cubierta. Ésta subía y bajaba. Se encaramaba y se zambullía. Hasta los animales dormían en sus jaulas; cerdos y pollos, ovejas y gansos. El metálico sonido de la campana a veces perforaba el incesante y entumecedor susurro del mar. En ocasiones un marinero cantaba salomas para mantenerse despierto: con un camarada nocturno se contaban historias. Desde la sentina podía oírse de vez en cuando al loco que gañía como un perro herido o amenazaba con romperle la crisma a otro preso con un espeque. (No había, en aquel momento, ningún otro preso.) Una pareja podía distinguirse en el oscurecido callejón formado por la pared de popa de la cabina del timón y la base de la chimenea. Sin embargo, aquel hombre de Connemara permanecía contemplando fijamente la impresionante oscuridad; haciendo frente como un mascarón de proa al aguanieve, hasta que las telarañas de las jarcias emergían de las tinieblas, negrísimas al recortarse contra el enrojecido cielo del alba.

Justo poco antes de la salida del sol, la tercera mañana, un marinero se le acercó para ofrecerle un cazo de café. Carámbanos de hielo se le habían formado en la cara, en la espalda del abrigo y en el ala del sombrero. Pero no aceptó el ofrecimiento; ni siquiera lo agradeció.

–Es tan desgraciado como un aprendiz de matasanos –comentó el marinero, mientras el hombre se alejaba silenciosamente arrastrando los pies.

Los miembros de la tripulación a veces se preguntaban si el ritual nocturno del Fantasma era un hábito religioso o una especie de exótico autocastigo, tal como se murmuraba que practicaban los católicos de Irlanda. Una mortificación, quizá, por alguna inconfesable transgresión, o una redención por las almas que ardían en el Purgatorio. Aquellos irlandeses aborígenes creían cosas muy extrañas, y un marinero cuya profesión le llevara a trabajar entre ellos podría esperar ser testigo de un extraño comportamiento. Hablaban de una manera despreocupada, indiferente, sobre milagros; sobre apariciones santas, sobre estatuas que sangraban. El Infierno era tan real como la ciudad de Liverpool, el Paraíso, algo tan cartografiable como la isla de Manhattan. Sus plegarias eran como hechizos o encantamientos de vudú. Quizás El Fantasma era un hombre santo. Uno de sus gurús.

Incluso entre los de su propia tribu creaba desconcierto. Los refugiados le oían abrir la escotilla y cojear escaleras abajo, sumergiéndose en la penumbra de las velas; el cabello revuelto, las ropas empapadas, los vidriosos ojos como los de una caballa medio muerta. Sabían que era el alba, porque lo veían venir, pero parecía traer consigo el hiriente frío de la noche. La oscuridad se aferraba a él, como una capa de muchos pliegues. Si reinaba el ruido, como a menudo sucedía incluso al amanecer –un grupo de hombres en conciliábulo, una mujer que entonaba los Misterios–, su llegada provocaba el cese de gran parte de la conversación. Lo observaban mientras recorría, estremeciéndose de frío, todo el camarote, y se arrastraba a través de los fardos y cestas, flácidas sus facciones por el cansancio, chorreando y tosiendo, como una vapuleada marioneta cuyas cuerdas hubieran sido cortadas. Se quitaba el empapado abrigo de su tembloroso torso, lo doblaba y lo enrollaba en forma de cabezal, para desplomarse pesadamente sobre su manta y dormir.

Ocurriera lo que ocurriese, dormía durante todo el día. Invulnerable a los ruidos de los bebés o de los mareados, a las peleas y lágrimas y discusiones y juegos que constituían el estrépito de vida bajo las cubiertas, a los rugidos y juramentos, a los galanteos y explosiones de ira, yacía sobre las tablas como un cadáver. Los ratones podían corretear sobre su cuerpo; las cucarachas se deslizaban quizá bajo el cuello de su camiseta. Nunca hacía una mueca. A su alrededor los niños saltaban y vomitaban, los hombres rascaban violines o cantaban a voz en cuello, las mujeres regateaban por un poco más de comida (porque la comida era la única moneda en ese dominio flotante, y su desembolso era objeto de una enfebrecida especulación). Y desde el fondo de todo aquel estrépito surgían los gemidos de los enfermos, que se elevaban como plegarias de sus miserables literas; los enfermos y los sanos dormían uno al lado del otro, y los atormentados gemidos y las asustadas invocaciones se mezclaban con el zumbido de las innumerables moscas.

Los dos únicos retretes de tercera clase se hallaban inmediatamente después del escuálido trozo de suelo del tamaño de una tapa de ataúd que El Fantasma había reclamado silenciosamente como su litera. Uno de los retretes estaba partido, el otro atascado, y rebosaba; los cubículos aparecían infestados de legiones de silbantes ratas. A las siete de la mañana, el hedor de amoníaco, tan constante como el frío y los llantos de la tercera clase, invadía aquella mazmorra flotante con salvaje fuerza, llenándolo todo como un espíritu que se desparramara. La peste era una presencia casi corpórea; se sentía como algo que uno podía agarrar en pegajosos puñados. Comida podrida, carne podrida, fruta podrida o entrañas podridas, uno lo olía en las ropas, en el cabello, en las manos; en el vaso del que bebía y en el pan que comía. Humo de tabaco, vómitos, sudor rancio, ropas manchadas de humedad, mantas sucias y whisky matarratas.

Las portillas, pensadas para ventilar el entrepuente, se abrían del todo en un intento de mitigar aquel tremendo tufo de putrescencia. Pero la brisa parecía sólo empeorar las cosas, introduciendo el hedor en todos los huecos y agujeros. Se echaba agua salada sobre las tablas dos veces a la semana, pero hasta el agua dulce olía a diarrea y tenían que rociarla con vinagre para que hiciera algún efecto. El nauseabundo hedor rezumaba por toda la tercera clase, un humeante, nocivo, repugnante vapor que escocía en los ojos e inflamaba las ventanillas de la nariz. Pero aquel asfixiante efluvio de muerte y de abandono no era lo bastante poderoso para despertar al Fantasma.

Desde el comienzo del viaje había permanecido imperturbable. Pero antes del mediodía, la mañana que zarpamos de Liverpool, un enorme griterío se había levantado de un grupo de personas en la cubierta principal. Habían divisado una goleta aproximándose por el sur, que se dirigía a la costa de Dublín. *Duquesa de Kent* era su honroso nombre. Transportaba los restos de Daniel O'Connell, miembro del Parlamento –el liberador de los católicos pobres de Irlanda–, desde su lugar de fallecimiento, Génova, en agosto de aquel año, para que descansaran en su madre patria*. Ver el barco era como ver al hombre; así parecía al menos por el lacrimoso rezo de los pasajeros. Pero lejos de unirse a las novenas por el campeón caído, El Fantasma ni siquiera había subido a cubierta a observar. Los héroes no le interesaban tanto como dormir; y tampoco sus reverenciados barcos.

* En mi recuerdo, las velas de aquel barco eran negras, pero cuando consulto mis notas, veo que estoy equivocado. – G. G. Dixon.

A las ocho en punto, los hombres encargados de la cocina distribuían la ración diaria: media libra de galleta y un cuarto de galón de agua por cada adulto, y la mitad de ese banquete para cada niño. Se pasaba lista a las nueve menos cuarto de la mañana. Aquellos que habían muerto durante la noche eran sacados del entrepuente para esperar su evacuación. A veces el dormido Fantasma era confundido con uno de ellos y requería la protección de sus desastrados compañeros. Las literas de contrachapado eran apresuradamente limpiadas con agua a chorro. Las tablas se fregaban con estropajos. Se recogían las mantas y se hervían en orina para matar los piojos, que propagaban la sarna.

Después de haber comido, los pasajeros de tercera se vestían y salían a pasear por cubierta. Allí deambulaban bajo el limpio y frío aire. Se sentaban en las tablas y mendigaban a los marineros; observaban a través de las rejas de acero colado firmemente cerradas mientras nosotros, los pasajeros de primera, tomábamos pastelitos y café al abrigo de sedosos toldos. Con frecuencia había vehementes discusiones entre los pobres sobre cómo conseguían mantener fresca la nata para los ricos. Algunos afirmaban que resultaba efectivo verter una gota de sangre en la mezcla.

Los primeros días transcurrieron con desesperante lentitud. Para su estupefacción, los pasajeros se habían enterado en Liverpool de que el barco los estaba llevando de regreso a Irlanda antes de partir para hacer frente al Atlántico. Las decepcionantes noticias habían llevado a muchos hombres a la bebida, debido a la frustración, lo cual, a su vez, fue causa de peleas. La mayor parte de los pasajeros de tercera habían vendido todo lo que poseían para pagarse el pasaje hasta Liverpool. Muchos habían sido robados en aquella desgraciada y violenta ciudad, estafados hasta verse obligados a separarse de sus pocas posesiones, pues les habían vendido montones de arandelas de estaño toscamente grabadas diciéndoles que eran dólares americanos. Y ahora los llevaban de vuelta a Dublín, de donde habían huido semanas antes, resignados –o procurando resignarse al menos– a no volver a poner sus ojos en su tierra natal.

Pero incluso esa pequeña bendición se les iba a negar. Habíamos cabeceado a través de un mar de Irlanda asquerosamente revuelto y atracado en Kingstown para cargar provisiones. Luego bordeamos la escarpada costa sudeste, dirigiéndonos a Queenstown, en el condado de Cork (o *Cobh*, como se conoce en gaélico). Deslizarse por delante de Wicklow, o Wexford o Waterford, les pareció a muchos un amargo sarcasmo, como una cataplasma que fuera arrancada de una herida en putrefacción. Un herrero tuberculoso de la ciudad de Bunclody saltó por el pasamanos de cubierta, cerca de Forlorn Point, y fue visto por última vez nadando débilmente hacia la orilla; empleando hasta la última pizca de su fuerza de voluntad para volver al lugar donde su muerte era segura.

En Queenstown subieron a bordo un centenar de pasajeros, en un estado tan espantoso que hizo que los otros parecieran miembros de la familia real. Vi a una anciana, apenas algo más que un montón de andrajos, subir penosamente por la pasarela para morir en la cubierta de proa. Sus hijos suplicaron al capitán que la llevara a América de todas formas. No tenían medios para pagarle el entierro, pero no podían soportar la vergüenza de deshacerse de su cuerpo en el muelle. Su viejo y tullido marido se encontraba en el embarcadero, demasiado debilitado por el hambre para poder viajar; él mismo se encontraba a sólo unas horas de la muerte. No se le podía pedir que aquélla fuera una de las últimas imágenes que viera en tierra.

Pero el capitán se negó a dar su permiso. Era un hombre compasivo, cuáquero, pero limitado por una serie de reglas que no se atrevía a quebrantar. Después de casi una hora de llorar y suplicar, se llegó a un arreglo que fue cuidadosamente planeado. Metieron el cuerpo de la mujer, envuelto en una manta procedente de la propia litera del capitán, en un calabozo hasta haber salido del puerto, en cuyo momento fue discretamente echado por la borda. Su familia tuvo que hacerlo por sí misma. No se le podía pedir a ningún marinero que tocara los restos, por temor a la infección. Más tarde, el cuarto maquinista, que, contra todo consejo, se había sumado al grupo para ayudarlos, contó que le habían desfigurado la cara terriblemente con alguna especie de hoja de metal, temerosos de que la corriente devolviera su cuerpo a Crosshaven, donde podría ser reconocido por sus antiguos vecinos. Entre aquellas personas tan pobres que no tenían derecho siquiera a la vergüenza, la vergüenza duraba más incluso que la propia vida. La humillación era su única herencia, y el rechazo, la moneda en que se la pagaban.

Los embates de los recientes viajes se habían cobrado su tributo en el *Estrella*, un buque que se acercaba al término de su servicio. En sus ochenta y ocho años de vida había transportado muchas cargas: trigo de Carolina para los hambrientos ciudadanos de Europa, opio de Afganistán, «pólvora negra», madera noruega, azúcar de Mississippi, esclavos africanos para las plantaciones de azúcar. Los más elevados y los más repugnantes instintos del hombre habían sido servidos por igual por el *Estrella*. Pasear por sus cubiertas y tocar sus tablas era sentirse en poderosa comunión con ambos. Su capitán no sabía –quizá no lo sabía nadie– que iba a ir a los muelles de Dover cuando este viaje hubiera terminado, para finalizar allí sus días como barco prisión. A algunas personas de la tercera clase el primer oficial les ofreció trabajo: reparar, calafatear, trabajillos de carpintería, remendar agujeros en el velamen. Estas personas eran envidiadas por sus camaradas, que no tenían ningún oficio o cuyo empleo en Irlanda había sido cuidar ovejas: una ocupación tan inútil a bordo de un barco como seguramente lo sería en los barrios bajos y tugurios de Brooklyn. Un trabajo a bordo significaba comida extra. Para algunos, la supervivencia.

Ningún sacerdote católico viajaba con nosotros, pero a veces, por la tarde, el ministro metodista recitaba algunas palabras en el alcázar, no susceptibles de controversia religiosa, o leía en voz alta un fragmento de las Escrituras. Tenía especial predilección por el Levítico, los Macabeos o Isaías. «Gemid, naves de Tarsis, porque vuestro puerto ha sido destruido.» Algunos niños se asustaban de su feroz retórica y suplicaban a sus padres que los sacaran de allí. Pero muchos permanecían detrás escuchando, para matar el aburrimiento más que por otra cosa. Un hombre de cabeza pequeña, atildado, amable, que se apoyaba sólo en las puntas de sus pies, los dirigía con su cepillo de dientes mientras ellos cantaban los inflexibles himnos de su confesión, su letra majestuosa y sobria como tumbas de granito.

Oh, Dios, nuestra ayuda en siglos pasados,
nuestra esperanza en años futuros;
nuestro refugio de las ráfagas tormentosas,
y nuestro eterno hogar.

Abajo, en el entrepuente, El Fantasma seguía durmiendo, indiferente a los cánticos.

Y luego la oscuridad volvía a descender sobre el buque. Él se levantaba de su hediondo lecho, infestado de pulgas, y devoraba su ración como un poseso. Le dejaban su comida en un cubo al lado de la litera, y, aunque los ladrones de comida no eran una especie desconocida a bordo, nadie le robaba nunca.

Tomaba un sorbo de agua. Cada dos días se afeitaba. Luego se ponía su viejo abrigo, como un guerrero que se colocara su armadura de batalla, y se abría camino hacia arriba, a la noche.

La tercera clase estaba situada bajo la cubierta principal, las planchas medio podridas y tan quebradizas como la galleta que mantenía a sus habitantes a un simple bocado de la muerte. De modo que, en ocasiones, al atardecer, oían el toc-toc de su zapato de madera encima: un ruido sordo y una ducha de polvorientas astillas, que hacía que los niños soltaran risitas ahogadas sobre su plato de gachas o sintieran una especie de delicioso escalofrío. Algunas madres se aprovechaban de su miedo: «Si no eres bueno y no haces lo que se te manda, te llevaré arriba para que el Señor Feo te coma».

El Fantasma no era feo, pero su cara era poco corriente. Pálido como la leche y ligeramente estirado, sus rasgos podían ser el resultado de la suma de varios hombres. Su nariz era curvada y un poco demasiado larga. Las orejas le sobresalían ligeramente, como las de un arlequín. El cabello, como un negro y espantosamente desarrollado diente de león, podría haber pertenecido a un espectro de pantomima. Sus macilentos ojos azules poseían una sobrenatural claridad que hacía que el resto de la cara pareciera oscura pese a su palidez. Le envolvía un olor a cenizas húmedas, que se mezclaba con el olor del pasajero que lleva mucho tiempo viajando. Sin embargo, era más cuidadoso que muchos otros en sus hábitos, y con frecuencia le habían visto usar su ración de agua para lavarse su cómicamente enmarañado cabello, tan meticulosamente como una debutante que se estuviera preparando para un baile.

El tedio era el dios que reinaba en el entrepuente, seguido de sus acólitos: la inquietud y el desaliento. El excéntrico comportamiento del Fantasma pronto empezó a despertar la especulación. Cualquier reunión formada por seres humanos, cualquier familia, grupo, tribu o nación se siente vinculada, no por lo que comparte, sino en última instancia por lo que teme, que a menudo es mucho más importante. Quizás aborrezca al intruso para ocultar sus propios miedos; temiendo lo que pasaría si el vínculo se desintegrara. El Fantasma resultaba útil como el extraño de la tercera clase, un ser raro entre los aterrorizados normales. Su presencia ayudaba a cultivar la ilusión de unidad. Que fuera realmente tan extraño no hacía más que aumentar su valor.

Los rumores se adherían a él como los percebes a un casco. Algunos decían que había sido prestamista en Irlanda; un *gombeen* en su dialecto; una figura odiada. Otros le creían el antiguo amo de un asilo de pobres, un administrador o un soldado desertor. Un fabricante de velas de Dublín insistía en que El Fantasma era actor y juraba que lo había visto representar a su homónimo en una producción de *Hamlet* en el Queen's, en Brunswick Street. Dos muchachas de Fermanagh que jamás se reían estaban seguras de que había pasado algún tiempo en un campo de trabajos forzados, tan fría era su expresión y tan callosas sus pequeñas manos. Su aparente temor a la luz del sol y amor por la oscuridad llevó a algunos de los pasajeros más imaginativos a considerarlo un *cithoge;* un misterioso ser sobrenatural de las leyendas irlandesas, el hijo de un hada y un hombre mortal, poseedor del poder de maldecir y conjurar. Sin embargo, nadie estaba seguro de qué era exactamente, porque no era muy explícito en la conversación. Incluso una pregunta trivial provocaba sólo un murmullo a guisa de respuesta, siempre evasivo o demasiado quedo para ser comprendido. Pero el hombre tenía el vocabulario de un erudito y era ciertamente persona ilustrada, cosa que no ocurría con la mayoría de los pasajeros de la tercera clase. Abordado por uno de los niños más valientes, a veces leía en un extraño y tierno susurro un pequeño libro de cuentos que guardaba en las profundidades de su abrigo y que no permitía nunca a nadie tocar o examinar.

Cuando bebía, lo que era raro, tenía el hábito, propio de sus paisanos, de hablar en un tono irónico que no parecía irónico, el hábito de devolver la pregunta al interrogador. Pero la mayor parte del tiempo no hablaba. Se esforzaba por evitar la conversación, y cuando se hallaba en compañía –lo que a menudo era inevitable, dados los rigores de la tercera clase– inclinaba la cabeza y miraba hacia el suelo de tablas, como alguien sumido en la oración o en desesperados recuerdos.

Algunos de los niños que toleraba decían que conocía los nombres de un asombroso número de especies de peces. La música también parecía interesarle un poco. Uno de los marineros, recuerdo que de Manchester, afirmaba haberlo visto estudiar un folleto de baladas irlandesas... y por añadidura riéndose de su contenido por alguna inexplicable razón. «Cacareando como una bruja en una noche de Hallowe'en.» Cuando se le preguntaba directamente, templaba gaitas. Pero dicha opinión siempre era breve, y casi siempre aprobadora en el tono, y como ocurre con aquellos que sólo dan opiniones aprobatorias, los demás pronto se cansaron de hacerle preguntas.

Tenía algo de los sacerdotes jóvenes: se le veía incómodo ante la presencia de mujeres. Pero evidentemente no era ningún sacerdote. No leía el breviario, no repartía bendiciones, nunca se unía al Gloria. Y cuando el primero de los pasajeros cayó víctima del tifus, dos días después de zarpar del puerto de Queenstown, no asistió a las exequias cuando éstas se celebraron: un olvido que provocó bastantes rumores en la tercera clase. Pero a alguien se le ocurrió que bien podía tratarse de un «judío», o quizás alguna especie de protestante. Eso, también, podría haber explicado su despreocupación.

No es que hiciera nada imprevisible... De hecho se trataba del más previsible de los hombres del barco. Más aún, su previsibilidad lo hacía extraño.

Era como si estuviera seguro de que alguien lo estaba observando.

Aunque entonces era joven e ingenuo, yo ya me había topado con hombres que arrebataban vidas. Soldados. *Presidentes*[1]. Pis-

1. En español en el original. *(N. del T.)*

toleros. Verdugos. Desde aquel terrible viaje, me he encontrado con muchos más. Algunos mataban por dinero, otros por su país. Muchos, pienso ahora, porque encontraban placer en matar y usaban el dinero o el país como excusa. Pero aquel insignificante hombrecillo era diferente a todos los demás; era como un monstruo que acechara las cubiertas por la noche. Observarlo arrastrándose por aquel barco de miserias (como se arrastra, todavía, por mi memoria, incluso tras casi siete décadas) era contemplar a alguien que tenía un comportamiento curioso, ciertamente, pero no más que muchos de los atrapados por la pobreza. No más que la mayoría, si he de decir la verdad.

Había algo sumamente corriente en él. Jamás hubiera supuesto que tenía intención de cometer un asesinato.

Adiós a la vieja Irlanda, la tierra de mi infancia,
que ahora, y para siempre, me veo obligado a abandonar.
Adiós a las orillas donde el trébol está creciendo.
Es el brillante lugar de belleza, el hogar del valiente.
Recordaré sus valles con profunda admiración.
Aunque jamás sus verdes colinas volveré a ver.
Estoy destinado a cruzar el salvaje y encrespado océano
en busca de fama, fortuna y la dulce Libertad.

CAPÍTULO I

LA PARTIDA

EL PRIMERO DE NUESTROS DÍAS EN EL MAR:
EN EL CUAL NUESTRO PROTECTOR CONSIGNA ALGUNOS
DETALLES ESENCIALES Y LAS CIRCUNSTANCIAS
QUE ACOMPAÑARON NUESTRA PARTIDA.

VIII NOVIEMBRE MDCCCXLVII
Lunes, octavo día de noviembre.
Mil ochocientos cuarenta y siete.
Quedan veinticinco días de travesía.

Lo que sigue es el único registro de Josias Tuke Lockwood, capitán de navío, escrito y firmado de su propia mano; y yo doy fe por mi solemne palabra de honor de que se trata de un completo y verídico relato del viaje, así como de que no se ha omitido nada que fuera pertinente.

LONG: 10° 16,7´ O. LAT: 51° 35,5´ N. HORA DE GREENWICH: 8.17 P.M. DIRECCIÓN Y VELOCIDAD DEL VIENTO: S.S.O. Fuerza 4. ESTADO DE LA MAR: Agitada. RUMBO: O.N.O. 282,7°. ESTADO DEL TIEMPO Y OBSERVACIONES: Neblina durante todo el día pero noche fría y clara. Aparejos superiores cubiertos de hielo. Isla Dursey a estribor. Isla Tearagh visible a 52° 4,5´ N; 10° 39,7´ O; el punto más occidental de Irlanda y por lo tanto del Reino Unido. (Propiedad del conde de Cork.)

NOMBRE DEL BARCO: *Estrella del Mar* (anteriormente *Dama Dorada*).

Constructor: John Wood, Puerto de Glasgow (máquinas de propulsión de M. Brunel).

Propietario: Silver Star Shipping Line & Co.

Viaje anterior: Puerto de Dublín (muelles del sur)-Liverpool-Dublín Kingstown.

Puerto de embarque: Queenstown (o The Cove). 51° 51´ N; 008° 18´ O.

Puerto de destino: Nueva York. 40° 0,42´ N; 74° 0,02´ O.

Distancia: 2.768 millas náuticas en línea recta: desviándose para aprovechar los vientos del oeste.

Primer oficial: Thomas Leeson.

Agente del Correo Real: George Wellesley Esq. (acompañado por un criado, Briggs).

Peso del buque: 1.154 toneladas largas.

Eslora del buque: 207 pies × 34 pies de manga.

Datos generales: Proa de clíper, una chimenea, tres mástiles de vela cuadrada (aparejados para navegar), casco de roble (fijado con cobre), tres cubiertas, una toldilla y un castillo de proa de juanete. Propulsado por rueda de paletas lateral. Velocidad máxima: 9 nudos. Apto para navegar aunque se requieren importantes reparaciones; también existen daños en el mobiliario y accesorios interiores. Filtraciones en el techo y mamparos del entrepuente. Asimismo, el casco debe ser revisado en dique seco en Nueva York y calafateado si ello es preciso.

Carga: 5.000 libras de mercurio para Alabama Mining Co. Correo Real (cuarenta sacas). Carbón de Sunderland como combustible. (Mala calidad de la provisión, sucia y llena de escoria.) Equipaje de los pasajeros. Repuestos de ropa y lencería en el almacén. Un piano grande para John J. Astor Esq. de Nueva York.

Provisiones: Suficiente agua potable, cerveza, brandy, clarete, ron, carne de cerdo, aves, cordero, galleta, leche en conserva, etcétera. También harina de avena, melaza, patatas, carne de buey salada o adobada, carne de cerdo, tocino y jamón, ternera salada, aves en salmuera, café, té, sidra, especias, pimienta, jengibre, harina, huevos, buen vino de Oporto y cerveza negra, col en vinagre, guisantes secos para sopa; y por último, vinagre, mantequilla y arenques enlatados. Animales vivos (en jaulas) para ser sacrificados a bordo: cerdos, pollos, corderos y gansos.

Un pasajero, un tal Meadowes, ha sido encerrado en el calabozo por embriaguez y altercados. (Se trata de un camorrista sin remedio; tendrá que ser vigilado.) Caso sospechoso de fiebre tifoidea trasladado a la bodega para su aislamiento.

Debe consignarse que en el día de hoy murieron tres pasajeros de tercera clase, siendo en todos los casos la causa la debilidad producto de una prolongada inanición: Margaret Farrell, de veintidós años, casada, de Rathfylane, Enniscorthy, condado de Wexford; Joseph English, de diecisiete años (aprendiz, dicen, de carretero), de ningún lugar en concreto pero nacido cerca de Cootehill, condado de Cavan, y James Michael Nolan de Skibbereen, condado de Cork, de un mes y ocho días (hijo ilegítimo).

Sus restos mortales serán entregados al mar. Que el Altísimo tenga piedad de sus almas: «Porque aquí no tenemos una ciudad eterna, pero buscamos la que ha de venir».

La tripulación consta de treinta y siete hombres, y el pasaje es de 402 adultos y medio de tercera clase (considerándose, como es costumbre, un niño como medio adulto) y quince en los alojamientos o camarotes de primera clase. Entre estos últimos cabe señalar a: el conde David Merridith de Kingscourt y su esposa la condesa, sus hijos y una sirvienta irlandesa. Mr. G. G. Dixon del *New York Tribune:* conocido columnista y hombre de letras. El cirujano anatómico William Mangan; Peter Street, de Dublín, acompañado de su hermana, Mrs. Derrington, viuda; Su Alteza Imperial, el marajá Ranjitsinji, un personaje principesco de la India; el reverendo Henry Deedes, doctor en Teología, ministro metodista de Lyme Regis, Inglaterra (recién ascendido). Y otros varios.

Mientras navegábamos en el día de hoy nos llegó la terrible noticia del naufragio del *Exmouth*, zarpado de Liverpool cuatro días antes, con la pérdida de sus 239 pasajeros y medio, emigrantes, así como de todos los miembros de la tripulación, menos tres. Que el Todopoderoso tenga piedad de sus almas. Y que Él sea más clemente con nuestro viaje; o al menos lo contemple con benigna indiferencia.

... gente que es el centro de todas las miradas en nuestro pais cuando llega aqui [a América] piensa que es estraño que el pueblo humilde tenga tanto respeto como ellos [pero] cuando llegan aqui no sirve decir «yo tenia eso y era aquello y lo de más alla en mi pais» [porque] los estranjeros aqui debe[n] ganarse el respeto con su conducta y no con sus palabras... Conozco aqui a personas de [Irlanda] que no hubieran hablado conmigo [allí] si se encontraban conmigo en la calle [pero] aqui puedo reirme en su cara cuando los veo...

Carta de PATRICK DUNNY,
inmigrante irlandés en Filadelfia.

Capítulo II
LA VÍCTIMA

La segunda noche de viaje:
en la que se presenta al lector
cierto importante pasajero.

12° 49´ O; 51° 11´ N.
– 8.15 p.m. –

El Muy Honorable Thomas David Nelson Merridith, noble lord Kingscourt, vizconde de Roundstone, noveno conde de Cashel, Kilkerrin y Carna, entró en el salón comedor en medio de una explosión de cristales rotos.

Un camarero de a bordo, un negro, había tropezado cerca de la puerta, desequilibrado por un repentino balanceo del barco, con lo que se le resbaló de las manos una sobrecargada bandeja de aflautadas copas de champán. Alguien ejecutó un irónico y lento aplauso a expensas del hombre caído. Y un embriagado vítor burlón surgió del rincón más alejado: «¡Olé! ¡Bravo! ¡Bien hecho, muchacho!». Y otra voz gritó: «¡Tendrán que subir el precio del billete!».

El camarero se encontraba de rodillas ahora, tratando de limpiar el estropicio. La sangre le corría por su esbelta muñeca izquierda, manchándole el puño de su chaqueta decorada con brocados. En su ansiedad por recoger los fragmentos de cristal roto se había cortado toda la yema de un pulgar.

–Cuidado con tu mano –dijo lord Kingscourt–. Toma.

Le ofreció al camarero un limpio pañuelo de lino. El hombre

levantó la mirada con una expresión de pavor en sus ojos. Su boca empezó a moverse pero ningún sonido salió de ella. El camarero jefe había acudido apresuradamente y le estaba rugiendo a su subordinado en un idioma que Merridith no comprendía. ¿Era alemán, quizá? ¿Portugués? La boca escupía saliva mientras gritaba y maldecía al hombre, que estaba ahora encogido sobre la alfombra como un niño al que le hubieran pegado, su uniforme manchado de sangre y champán, en una grotesca parodia del blanco uniforme de comodoro.

–¿David? –gritó la esposa de Merridith.

Él se dio la vuelta para mirar. Ella medio se había levantado de su banqueta en la mesa del capitán y estaba haciéndole señas alegremente con un cuchillo del pan, las cejas fruncidas y los labios apretados en una burlesca mueca de impaciencia. Las personas que la rodeaban reían como locas, todas excepto el marajá, que nunca reía. Cuando Merridith volvió a mirar al camarero, éste era expulsado del salón por su enfurecido superior, que seguía chillando en aquel idioma gutural, mientras el transgresor mantenía la mano apretada contra el pecho como un pájaro herido.

Lord Kingscourt sentía en el paladar un acre sabor a sal. Le dolía la cabeza y veía borroso. Llevaba varias semanas sufriendo una especie de infección urinaria que, desde que había subido a bordo en Kingstown, no hacía otra cosa que empeorar cada vez más. Esa mañana le había dolido al orinar; fue como una quemadura, y le había hecho gritar. Le hubiera gustado ver a un doctor antes de embarcar. Ahora no tenía más remedio que esperar hasta Nueva York. No podía confiar en aquel idiota borracho de Mangan. Quizá cuatro semanas. Esperar y rezar.

El cirujano Mangan, un malhumorado pelmazo de día, tenía la cara sonrosada por la bebida, y su grasiento cabello le brillaba como una trabilla pulimentada. Su hermana, que parecía la caricatura de un cardenal, se dedicaba a arrancar sistemáticamente los pétalos de una pálida rosa amarilla. Por un momento lord Kingscourt se preguntó si iba a comérselos; pero en vez de ello fue dejándolos caer uno a uno en su vaso de agua. Observándolos, con una expresión de estudiante resentido, se encontraba sentado el columnista de Luisiana, Grantley Dixon, con un esmoquin que evidentemente había pedido prestado a alguien más corpulento que él y que daba a sus hombros un aspecto semejante al de una caja. Merridith le tenía aversión y siempre se la había tenido, desde que se viera obligado a soportar su cháchara socialista en una de las invernales veladas literarias de Laura en Londres. Los novelistas y poetas eran tolerables a su manera, pero los aspirantes a novelista y poeta eran sencillamente insoportables. Vaya payaso, Grantley Dixon, un exaltado papagayo con sus eslóganes militantes y sus actitudes de segunda mano: como todos los radicales de café, un redomado esnob en el fondo. Y eso de que estaba escribiendo una novela era un cuento chino, Merridith era capaz de reconocer a un diletante cuando veía uno, y ahora estaba viéndolo. Cuando se enteró de que Grantley Dixon iba a ir en el mismo barco, estuvo a punto de aplazar el viaje. Pero Laura le dijo que estaba haciendo el ridículo. Siempre se podía contar con Laura para que le dijera eso.

Vaya pandilla para tener que aguantar durante la cena. A Merridith le vino a la cabeza una de las expresiones favoritas de su padre: «Es demasiado pedir que un hombre blanco lo soporte».

–¿Estás bien del todo, querido? –preguntó Laura.

Disfrutaba del papel de esposa preocupada, particularmente cuando disponía de un auditorio capaz de apreciar su preocupación. A él no le importaba. Y a ella eso la hacía feliz. A veces incluso le hacía feliz a él también.

–Parece como si tuvieras dolores. O algún tipo de incomodidad.

–Estoy perfectamente –dijo él, relajándose en su asiento–. Sólo tengo hambre.

–Amén –dijo el cirujano Mangan.

–Excusen mi tardanza –dijo lord Kingscourt–. Hay dos chavalitos conocidos míos que se empeñan en que les cuente historias para dormir.

El agente de Correos, padre él también, esbozó una extraña, dolida sonrisa. La esposa de Merridith puso los ojos en blanco como una muñeca.

–Nuestra pequeña Mary está enferma otra vez –dijo.

Mary Duane era su niñera, una nativa de Carna, condado de Galway. David Merridith la conocía de toda la vida.

–No sé qué le pasa a esa chica –continuó lady Kingscourt–. Apenas ha salido de su camarote desde que subimos a bordo. Cuando generalmente está más sana que un poni de Connemara. Y con la misma obstinación agresiva que uno de ellos.

Levantó el tenedor y lo miró detenidamente, luego se pinchó suavemente por alguna razón la punta de los dedos con los dientes del cubierto.

–Quizá se añora –dijo lord Kingscourt.

Su mujer soltó una breve risita.

–Me cuesta creerlo.

–He observado que algunos de los marineros jóvenes le hacen ojitos –dijo el cirujano afablemente–. Sería una chica bonita si no vistiera ropas tan negras.

–Se vio privada de su marido no hace mucho –dijo Merridith–. De modo que probablemente no ha reparado en esos marineritos.

–Oh, querido, querido. Es muy duro a su edad.

–Verdaderamente.

Fue servido el vino y distribuido el pan. Un camarero trajo la sopera y empezó a servir la vichyssoise.

A lord Kingscourt le estaba resultando difícil concentrarse. Un gusano de dolor serpenteaba lentamente por su ingle: un gusano completamente ciego, de punzante veneno. Notaba cómo la camisa se le pegaba a los hombros y al abdomen. El salón comedor tenía una atmósfera como de ceniza, estancada, igual que si lo hubieran vaciado de aire y llenado de plomo pulverizado. Por encima del empalagoso olor a carne y azucenas mustias estaba intentando abrirse paso un hedor horrible. En nombre de Dios, ¿qué era aquel espantoso olor?

El cirujano se había visto interrumpido en mitad de alguna de sus interminables historias a la llegada de Merridith. Reanudó su relato ahora, soltando unas risitas, debilitado por unos cloqueos de pato de regocijo mientras paseaba la mirada a su alrededor, al auditorio que sonreía forzadamente. Algo sobre un cerdo capaz de hablar. ¿O bailar? O permanecer de pie sobre sus patas traseras y cantar *Tom Moore.* De todas maneras era un cuento campesino irlandés; todos los del cirujano lo eran. *Gintilmin. Sorr. Jayzus be savin' Yer Worship*[1]. Se tiró de su invisible mechón de pelo o hinchó sus mejillas, muy orgulloso de su facilidad para la imitación. Era algo que Merridith encontraba difícil de soportar, que los irlandeses ricos no se cansaran nunca de burlarse de sus compatriotas rurales: un signo, afirmaban ellos a menudo, de su propia madurez sobre los asuntos nacionales, pero en realidad sólo otra forma de rastrero servilismo.

–¿Quieren ustedes decirme ahora –dijo el cirujano riendo entre dientes, los brillantes ojos empañados por un exceso de hilaridad– dónde más podría ocurrir eso excepto en nuestra querida y vieja Irlanda?

Pronunció las últimas palabras como entre comillas.

–Estupendo pueblo –admitió el agente de Correos, que no dejaba de sudar–. Una maravillosa lógica la suya.

El marajá, ataviado con sus formales ropas, y con una torva expresión de aburrimiento en su rostro, no dijo nada. Luego murmuró algunas oscuras sílabas y chasqueó los dedos a su mayordomo, que se encontraba de pie, como un ángel de la guarda, a unos metros por detrás de él. El criado trajo una cajita de plata, que el marajá abrió con reverencia. De ella sacó unas gafas. Las miró por un momento, como si estuviera sorprendido de hallarlas allí. Las limpió con una servilleta y se las puso.

–¿Se quedará usted en Nueva York por algún tiempo, lord Kingscourt?

A Merridith le llevó un momento darse cuenta de a quién se estaba dirigiendo el capitán.

–Ciertamente –dijo–. Tengo intención de dedicarme a los negocios, Lockwood.

Inevitablemente Dixon le lanzó una mirada inquisitiva.

–¿Desde cuándo la pequeña nobleza se rebaja a trabajar para ganarse la vida?

–Una hambruna está azotando Irlanda, Dixon. Supongo que se tropezó usted con ella en su visita allí, ¿no?

El capitán soltó una risita aprensiva.

–Estoy seguro de que nuestro amigo americano no tenía

1. En irlandés: «Caballero. Señor. Jesús salvará a vuestra merced». *(N. del T.)*

intención de ofenderlo, lord Kingscourt. Seguramente sólo pensaba...

–Estoy completamente seguro de lo que pensaba. ¿Cómo puede un conde caer tan bajo como un tendero? En cierto modo mi querida esposa piensa lo mismo. –La miró a través de la mesa–. ¿No es así, Laura?

Lady Kingscourt no dijo nada. Su marido regresó a su sopa. Quería comérsela antes de que se espesara.

–Sí. Ya se hace cargo usted de mi difícil situación, Dixon. Ni un solo hombre de mi hacienda ha pagado su arrendamiento los últimos cuatro años. La muerte de mi padre me deja con la mitad de todo el tremedal de la parte sur de Connemara, un montón de piedras y mala turba, así como gran número de cuentas y salarios sin pagar. Por no mencionar los considerables deberes como señor.

Partió un pedazo de pan y tomó un sorbo de vino.

–Morirse es más bien caro –le dijo sonriendo el capitán–. A diferencia de este clarete. Que no vale nada.

Lockwood miró con embarazo a los demás comensales. No estaba acostumbrado a tratar con la aristocracia.

Una joven había empezado a pulsar una adornada arpa que descansaba cerca de la desierta mesa situada en medio de la habitación, al lado de la goteante escultura de hielo de Neptuno Triunfante. La melodía sonaba metálica y un poquito desafinada, tal como la música de arpa le sonaba habitualmente a Merridith, pero la muchacha tocaba con una seriedad que a él le pareció afectada. Deseó que el salón comedor se encontrara vacío excepto por él y la joven: bebiendo y escuchando la desafinada música. Bebiendo hasta que no sintiera nada.

¿Connors? ¿Mulligan? ¿Lenihan? ¿Moran?

A primera hora de la mañana, a través los barrotes de hierro colado que separaban a los pasajeros de tercera de sus superiores, había observado a un hombre que había visto con frecuencia en las calles de Clifden. El individuo estaba encadenado, y parecía borracho o medio loco, pero Merridith pudo, no obstante, reconocerlo sin error posible. Era un arrendatario de Tommy Martin, en Ballynahinch. Al parecer –tal como había dicho el ministro metodista de Lyme Regis–, su estancia en el calabozo se debía a su conducta ebria y violenta. Merridith se había quedado asombrado al enterarse. No era en absoluto tal como lo recordaba.

¿Corrigan? ¿Joyce? ¿Mahonny? ¿Black?

Venía a Clifden los lunes por la mañana a vender nabos y coles rizadas con su padre, propietario de un minifundio: un pequeño jockey belicoso, típico hombre de Galway, pletórico de vigor y energía, y mala uva. ¿Cómo demonios se llamaba? ¿Fields? ¿Shields? Viudo, en cualquier caso. Su mujer había muerto en el 36. Vivía muy apretadamente con sus siete hijos de una parcela de esquisto de cuarcita situada en las laderas de Bencollaghduff. Por ridículo que suene, Merridith los había envidiado a menudo.

Él sabía muy bien cuán ridículo era eso. Y, sin embargo, el padre estaba evidentemente muy orgulloso de su hijo. Había una ternura entre ambos, un embarazado afecto, aunque jamás dejaban de provocarse. El granjero acusaba a su hijo de perezoso; el hijo le reprochaba a su padre que fuera un imbécil borracho. El hombre daba al hijo un cachete en la cabeza; el hijo le tiraba un nabo medio podrido. Las mujeres de Clifden se congregaban en torno a su desvencijado puesto tanto para contemplar cómo se lanzaban mutuamente imprecaciones como para comprar las magras mercancías que ofrecían. Insultarse el uno al otro se había convertido en una especie de pantomima. Pero Merridith sabía que las cosas no iban más allá.

¿Meadowes?

Una mañana de diciembre, muy temprano, mientras conducía el faetón para ir a recoger a su hermana, que llegaba en la diligencia a Maam Cross, los había visto dando puntapiés a una desvencijada pelota en medio de una vacía plaza de mercado. La mañana estaba tranquila; un poco neblinosa. Su puesto estaba instalado cerca de las puertas de la iglesia, los nabos pulidos como brillantes esferas. Toda la población estaba dormida, excepto el padre y el hijo. Las hojas eran arrastradas por el viento y se amontonaban en las desiertas calles; a lo lejos, los campos aparecían plateados por el rocío. Merridith recordaba todo eso ahora, sentado en el salón comedor, sumergiéndose en la encrespada oscuridad del mar. La extraña belleza de todas las cosas de las mañanas de Connemara. Sus vagas formas deslizándose a través de la niebla como seres celestiales. El chut cuando uno de ellos pegaba a la pelota. Los gritos ahogados. Las impías obscenidades. La extraordinaria música de sus incontenidas risas resonando contra los altos y negros muros de la iglesia.

En su infancia, lord David Merridith nunca había golpeado una pelota junto a su padre. No estaba seguro de que su padre fuera capaz de *reconocer* una pelota. Recordó haberle dicho otro tanto a su hermana cuando fue a recogerla aquella mañana, y la encontró cargada con regalos de Navidad y cajas de frutas escarchadas; rebosante de noticias y rumores de Londres. Y la forma como ella se rió y se mostró de acuerdo con su comentario. «Probablemente –dijo Emily–, si papá hubiera visto alguna vez una pelota, la habría metido en un cañón y tratado de dispararsela a un francés.»

Se preguntó por dónde andaría su padre ahora. Su cuerpo estaba enterrado en el cementerio de Clifden, pero ¿dónde estaba *él*? ¿Habría siquiera una brizna de verdad en ello, a fin de cuentas, en aquel absurdo cuento de beatas de que había una vida después de la muerte? ¿Podía ser esa historia una metáfora de algo más, de alguna realidad científica? ¿Serían los sabios, en tiempos venideros, capaces de descifrar esa alegoría? Y si tal verdad existía, ¿cómo funcionaba? ¿Dónde estaba el Cielo? ¿Y dónde el Infierno?

¿Soy yo todos mis padres? ¿Son todos ellos yo mismo?

Tres semanas antes de embarcar en el *Estrella del Mar*, Merridith había cerrado la casa donde él y su padre y su abuelo habían nacido, cerrando sus destrozados postigos y dado la vuelta a la llave por última vez. Había entregado las llaves al tasador de Galway y paseado por los vacíos establos durante un rato. Ni uno solo de los otros terratenientes había aparecido para despedirse de él. Esperó hasta el crepúsculo, pero nadie vino.

Acompañado de su guardaespaldas –el hombre había insistido–, salió a caballo de Kingscourt para visitar la tumba de su padre, en Clifden, para descubrir que había sido profanada otra vez. El ángel de granito había sido partido en dos, y las palabras JODÍO BASTARDO escritas con cal en la tumba, junto con el emblema de los que las habían puesto allí. Las tumbas de su abuelo y de sus antepasados habían sido pintadas, todas, con el distintivo de su desprecio. El propio nombre de Merridith aparecía en varias de las lápidas y ésas también habían sido dañadas. Sólo la tumba de su madre estaba intacta, lo cual no hacía más que resaltar los estragos producidos en torno a ella. Pero al contemplar la escena, no fue capaz de sentir nada. Sólo la palabra mal escrita le había llamado realmente la atención. ¿Significaba que su padre era un jodido o que iba jodiendo?

Y ahora se preguntaba precisamente sobre eso: la espantosa inadecuación de su respuesta. ¿Qué querían decir aquellos hombres que habían vejado la tumba de su padre? Su símbolo era una «H» encerrada en un corazón, pero ¿qué corazón era ése capaz de violar las moradas de los muertos? «Defensores Irlandeses», le explicó su guardaespaldas; ése era el nombre que los alborotadores locales se daban a sí mismos. Otro de los nombres que empleaban era «los Justicieros»; en primer lugar, porque se arrogaban la responsabilidad de juzgar, y también porque se mostraban espantosamente seguros al hacerlo. Y Merridith había fingido no conocer el significado de esas palabras, aparentando su habitual interés por las costumbres de los indígenas, como si el guardaespaldas hubiera estado ilustrándolo sobre los pasos de la giga o cuentos de hadas. ¿Habían realmente odiado tanto a su padre? ¿Qué les había hecho para merecer su odio? Cierto, había sido un terrateniente inflexible, en los últimos años especialmente; eso no podía negarlo. Pero lo mismo había ocurrido con la mayor parte de los demás terratenientes de Irlanda, y de Inglaterra también, y en todas partes. Algunos de ellos eran mucho peores y mucho más crueles. ¿Eran conscientes, esos vándalos apostados en la noche, de cuánto había tratado de hacer por ellos su padre? ¿Podían comprender que era un hombre de su época, un conservador por naturaleza además de serlo en política? ¿Que política y naturaleza eran a menudo la misma cosa, tanto en los guijarrosos campos de Galway como en las mansiones llenas de estatuas de Westminster? Y probablemente en cualquier otro lugar, también. «Política es el término educado para indicar prejuicios antediluvianos, las miserias puestas al descubierto por la enemistad y el resentimiento tribal.»

Por alguna razón Merridith se encontró pensando en sus hijos: un recuerdo de su hijo menor cuando era un bebé, sollozando por la noche a causa del dolor que le producía la dentición. La habitación de los niños atestada de muñecos de la casa de Londres. Acariciando la cabeza del pequeño. Sosteniéndole la manita. Un mirlo dando saltitos en el alféizar salpicado por la lluvia. Los diminutos dedos enrollándose como zarcillos en torno del suyo, como suplicándole en silencio: «Quédate conmigo». Como Cristo en el huerto. Vela conmigo una hora. La conmovedora pequeñez que somos, en definitiva. Era extraño pensar que el padre de Merridith hubiera sido bebé alguna vez. Y en los diez minutos previos a su muerte lo había vuelto a parecer; aquel enorme hombre de mar, de corazón de hierro, lleno de indignación, cuyo retrato colgaba en las galerías de todo el imperio. Había tendido su frágil, blanca mano a David Merridith y apretado su pulgar como tratando de romperlo. Había miedo en sus ojos; centelleante terror. Y David Merridith quiso decir: «Todo irá bien, me quedaré contigo. No tengas miedo». Pero no había sido capaz de decir nada.

Como si se despertara de un sueño que había durado demasiado, se dio cuenta de que la gente que se encontraba a su alrededor estaba hablando de la hambruna.

El agente de Correos discutía agriamente con Dixon.

–Los terratenientes no son todos malos, muchacho. Muchos de ellos subvencionaron a sus arrendatarios para que emigraran.

El americano soltó un resoplido.

–Para liberar a su propiedad de los más débiles y quedarse con los mejores.

–Supongo que su obligación es gobernar sus tierras como un negocio como Dios manda –trató de intervenir el capitán–. Es algo duro para todo el mundo, pero es así.

El brillo que había en los ojos de Dixon al devolverle la mirada era totalmente predecible.

–¿Y es un negocio como Dios manda acomodar a los pasajeros de tercera como lo hace usted en este barco?

–Los pasajeros son tratados tan bien como cabría esperar. Yo debo trabajar con las restricciones impuestas por mis dueños.

–¿Sus «dueños», capitán? ¿Y quiénes podrían llegar a ser esos dueños?

–Me refiero a los dueños del barco. La compañía Silver Star.

Dixon asintió torvamente, como si hubiera esperado la respuesta. Era el tipo de radical, supuso Merridith, que se alegra secretamente de que existan injusticias; la moralidad se alcanza así fácilmente diciendo que uno las encuentra ofensivas.

–En eso tiene razón, Lockwood –dijo el cirujano–. Esa gente de la tercera clase no son africanos, después de todo.

–Los negritos son más limpios –cloqueó el agente de Correos.

La hermana del cirujano dejó escapar un hipido de achispada risita. Su hermano le lanzó una mirada de amonestación. Rápidamente ella recompuso sus rasgos para mostrar una expresión de pena.

–Trata a un hombre como un salvaje y se comportará como tal –dijo Merridith. Su voz tenía un ligero temblor que le asustó un poco–. Cualquiera familiarizado con Irlanda debería saber eso. O con Calcuta, o África, o donde sea.

A la mención de Calcuta algunos de los presentes echaron una mirada subrepticia al marajá. Pero éste andaba ocupado soplando a una cucharada de sopa. Algo sorprendente, quizá, dado que la sopa ya estaba helada.

Grantley Dixon estaba mirando ahora a lord Kingscourt.

–Eso tiene gracia viniendo de usted, Merridith. No sé cómo un miembro de su clase puede dormir por la noche.

–Duermo muy bien, se lo aseguro, amigo mío. Pero, claro, es que siempre leo con detenimiento su último artículo justo antes de retirarme.

–Soy consciente de que Su Señoría ha aprendido a leer. Desde que escribió a mi editor para quejarse de mi trabajo.

Merridith le dirigió una sonrisa de desprecio con los párpados medio cerrados.

–A veces incluso ronco un poco y mantengo despierta a mi mujer en la cama.

–David, por el amor de Dios. –Lady Kingscourt estaba enrojeciendo–. Una conversación así, en la mesa…

–Vaya espectáculo, la periódica erupción del Monte Dixon el Menor. Y en lo que se refiere a su por largo tiempo esperada novela, cuando finalmente aparezca para deleite de todos, sin duda la encontraré tan propicia para el sueño como el resto de sus delirios. Me atrevo a decir que entonces dormiré como Endimión.

Dixon no se sumó al coro de incómodas risas.

–Mantiene usted a su gente en abyecta penuria. O casi. Les hace romperse la espalda trabajando para que le paguen su posición; luego, cuando le conviene, los echa de la tierra sin ninguna compensación.

–Ningún arrendatario mío ha sido expulsado de su tierra sin compensación.

–Porque apenas si queda alguno para expulsar, desde que su padre desalojó a la mitad de sus colonos. Los envían al asilo, o mueren por los caminos.

–Dixon, por favor –dijo el capitán quedamente.

–¿Cuántos de ellos están en el Asilo de Clifden esta noche, lord Kingscourt, mientras sus esposas están confinadas aparte como condición para su entrada? ¿Y niños más pequeños que el suyo, arrancados de sus padres para ser esclavizados?

Buscó en el bolsillo de su esmoquin y sacó una libreta.

–¿Conoce usted sus nombres? ¿Le gustaría que se los leyera? ¿Alguna vez los ha visitado para leerles a ellos algún cuento antes de irse a dormir?

Merridith sintió que su cara le ardía como si estuviera quemada por el sol.

–No se atreva a poner en tela de juicio a mi padre en mi presencia, señor. Nunca más. ¿Me entiende?

–David, ten calma –le dijo su mujer en voz baja.

–Mi padre amaba Irlanda y luchó por su libertad contra el terrible azote del bonapartismo. Y yo he empleado lo que usted denomina «mi posición», míster Dixon, para realizar intensos esfuerzos en pro de la reforma de los asilos. Que no existirían para ofrecer su ayuda, cualquiera que sea ésta, de no ser por personas como mi padre.

Dixon dejó escapar un casi inaudible resoplido. El tono de Merridith se estaba volviendo estridente.

–He hablado de la cuestión con frecuencia en la Cámara de los Lores y otros lugares. Pero ya me supongo que sus lectores no están muy interesados en ello. Prefieren los chismorreos, los escándalos y las caricaturas simplistas.

–Yo represento a la prensa libre de América, lord Kingscourt. Escribo lo que veo y siempre lo haré.

–No se engañe. Usted no representa nada.

–Caballeros, caballeros –dijo el capitán suspirando–. Se lo suplico. Nos queda por delante un largo viaje; así que dejemos a un lado nuestras diferencias y seamos buenos amigos y compañeros.

El silencio se abatió sobre el desconcertado auditorio. Era como si un visitante no invitado se hubiera sentado a la mesa pero todo el mundo estuviera demasiado embarazado para mencionar el hecho. Un goteo de aplausos escasamente entusiastas resonó en el salón cuando la arpista terminó una sentimental melodía céltica. Dixon apartó desordenadamente sus platos y se bebió un vaso de agua en tres rápidos sorbos.

–Tal vez debamos posponer la discusión política para más tarde, cuando las damas se hayan retirado –dijo el capitán, forzando una risita–. Ahora, ¿quiere alguien más vino?

–He hecho todo lo que he podido por mejorar la situación de aquellos que se encuentran en los asilos –dijo Merridith, tratando de mantener firme su tono–. He ejercido presiones, por ejemplo, para suavizar las condiciones de ingreso. Pero ésa es una cuestión difícil.

Se permitió ahora enfrentarse a la insondable mirada de Dixon.

–Quizás usted y yo tengamos una charla sobre ello en otra ocasión –y añadió–: Es una cuestión difícil.

–Sin duda lo es –dijo la esposa de Merredith repentinamente–. Si no se imponen unas condiciones estrictas, se aprovechan de la ayuda que se les ofrece, David. Las condiciones deberían ser muy estrictas, de todos modos.

–Ése no es el caso, querida, como ya te he dicho varias veces.

–Yo creo que sí lo es –insistió ella con calma.

–No, en absoluto –dijo Merridith–. Y ya te he corregido en esta cuestión anteriormente.

–De lo contrario, no hacemos más que alentar la pereza y la dependencia que les han conducido a su actual desgracia.

Merridith descubrió que su ira volvía a crecer.

–Que me aspen si voy a soportar que tú des consejos sobre pereza, Laura. Que me aspen, digo. *¿Me oyes ahora?*

El capitán dejó a un lado sus cubiertos y contempló con desolación su plato.

En la mesa de al lado el ministro metodista se dio la vuelta para lanzar una mirada de lechuza. Dixon y el agente de Correos permanecían sentados muy rígidos. El cirujano y su hermana inclinaban la cabeza. El marajá continuaba comiendo lentamente su sopa, mientras de sus dientes se escapaba un ligero silbido cuando soplaba sobre ella.

–Permitan que me excuse –dijo roncamente lady Kingscourt–. Me encuentro algo indispuesta esta noche. Creo que iré a que me dé un poco el aire.

Laura Merridith se levantó sofocada de la mesa, secándose labios y manos con la servilleta. Los hombres medio se levantaron e inclinaron cuando ella se fue, todos excepto su marido y el marajá Ranjitsinji.

El marajá nunca se inclinaba.

Se quitó las gafas, dejó escapar su aliento cuidadosamente sobre las lentes y empezó a secarlas con escrupulosidad utilizando para ello el borde de su dorado pañuelo.

El capitán hizo un gesto a uno de los camareros.

–Sigue a la condesa –murmuró rápidamente–. Asegúrate de que se queda detrás de las rejas de la primera clase.

El hombre asintió, dando a entender que comprendía, y salió del salón comedor.

–Los nativos son inquietos, ¿no? –dijo con una sonrisa afectada el agente de Correos.

Josias Lockwood no respondió nada.

–Dígame algo, capitán –intervino el marajá con una expresión de perplejidad. Todo el mundo en la mesa lo miró. Era como si se hubieran olvidado de que era capaz de hablar–. ¿Esa bonita joven que está tocando el arpa…?

El capitán le lanzó una mirada de incomodidad.

–Corríjame si estoy en un error.

–¿Alteza?

–Pero ¿no es en realidad… el segundo maquinista?

Todo el mundo se dio la vuelta o se estiró para mirar. Las manos de la arpista se deslizaban por el telar de cuerdas, tejiendo un clímax de ardientes arpegios.

–Por todos los santos… –exclamó el agente de Correos desconcertado.

La hermana del cirujano hizo un amago de reírse. Pero al no seguirla nadie, se detuvo de repente.

–No parecía correcto que fuera un hombre –murmuró el capitán–. Nos gusta mantener las apariencias en el *Estrella.*

Capítulo III

LA CAUSA

Donde el autor ofrece su honesta versión de algunos polémicos y calamitosos sucesos ocurridos en Irlanda; y se defiende de las injurias lanzadas por cierto lord.

THE NEW YORK TRIBUNE
Miércoles 10 de noviembre de 1847

TEMA DE DEBATE DE HOY

¿POR QUÉ HAY UNA HAMBRUNA EN IRLANDA?

por nuestro corresponsal en Londres, Mr. G. G. DIXON.

Este reportero desea responder a la carta publicada hace poco en este periódico de un corresponsal que firma como «David Merridith de Galway», pero que es conocido también como lord Kingscourt de Cashel y Carna, sobre el tema de la hambruna irlandesa.

El Apocalipsis que actualmente asola la campiña irlandesa ha estallado a causa de la espantosa conspiración de cuatro Jinetes de la Muerte: desastre natural, abrumadora pobreza, la total dependencia de los pobres de una vulnerable cosecha y la absoluta indolencia de sus señores y amos. Las mismas terribles fuerzas que siembran el hambre en todas partes entre los desvalidos. No es «un accidente», sino una consecuencia inevitable. ¿Qué, si no el mal, podría brotar de tan pútrido suelo?

De alguien con la educación oxfordiana que lord Kingscourt ha recibido –pagada por los arrendatarios de su familia– debería esperarse que conociera este hecho. Como ocurre con cada una de las terribles hambrunas, ésta ha venido precedida de muchas otras. (Catorce en los últimos treinta años en el caso de Irlanda y una calamitosa plaga de roya a mediados del siglo XVIII.) La chispa que encendió este polvorín fue la aparición hace dos años de un hongo que aniquila la patata, el alimento básico de los irlandeses pobres. La enfermedad aún no tiene nombre.

Pero el nombre del sistema económico dentro del cual está ocurriendo esta catástrofe sí es muy conocido. Se llama «Mercado Libre» y es muy celebrado. Al igual que David Merridith de Galway, también tiene un alias. Muchos criminales lo tienen, y la mayoría de los aristócratas. Su *nom de guerre* es *laissez-faire*, y predica que el ansia de beneficio puede regularlo todo, incluido quiénes deberían vivir y quiénes morir.

Ésta es la Libertad que permite que los comerciantes irlandeses cuadrupliquen los precios de la comida en las zonas afectadas por el hambre; que permite que cargamentos de productos no dañados por el añublo sean transportados por granjeros irlandeses, bajo protección armada, a Dublín y Londres mientras sus compatriotas mueren de hambre en los asolados campos. (Poca hambre hay en los comedores de los ciudadanos opulentos de Dublín, así como en el palacio de monseñor, el arzobispo.) No se permite que intervenga ninguna manifestación de humanidad en estas magníficas obras de la Libertad. Ni la imaginación del hombre, que nos trajo las glorias del Renacimiento. Ni el deseo de Libertad, que nos dio América. Ni la natural compasión por el hermano sufriente; sólo el rechinar de la Máquina-Beneficio, en primer y último lugar.

Esto no es ninguna exageración. El supuesto de que la única tarea exigida a la desocupada aristocracia es que evitara que aquellos de los que es parásita se mueran de hambre se considera extraño por los milores de Inglaterra e Irlanda. Es de *rigueur* castigar al pobre por su pobreza mientras se considera la propia riqueza como una cuestión de derecho divino. Aquellos que trabajan más arduamente son los que poseen menos riqueza; los que no hacen nada, excepto comer, poseen la máxima.

Es un hecho establecido que muchos de los poderosos que están permitiendo que se mueran los irlandeses pobres son británicos; y también que otros muchos son irlandeses. De los que son británicos, mucho se ha escrito ya, pero de los que son irlandeses no se ha dicho aún lo suficiente. Algunos han juzgado conveniente acusar a la «Gran Bretaña» de semejante catástrofe; aunque no es la «Gran Bretaña» la que la está infligiendo; ni tampoco «Irlanda» la que la está sufriendo. Lo que ocurre es más complejo pero no menos brutal.

La mayor parte de la clase dirigente británica abjura de sus responsabilidades, en tanto que millones de personas a las que ella gobierna son abandonadas a la más cruel destrucción en una larga y cruenta historia: mientras tanto, muchos de los irlandeses más ricos con los que las víctimas comparten nacionalidad (si no mucho más) miran discretamente hacia otro lado. Tal como lord Kingscourt afirma en su memorable frase: «El hambre mata al pobre. No le pregunta su pabellón». Sin duda, si el hambre estuviera asolando Yorkshire la respuesta del gobierno sería menos desalentadoramente ineficaz. Pero si alguien piensa que el Muy Honorable lord John Russell (primer ministro británico, primer conde de Russell, vizconde Amberley de Amberley, vizconde de Ardsalla, tercer hijo de Su Gracia el sexto duque de Bedford) sería capaz de subir los impuestos a sus señoriales «compinches» a fin de socorrer a los famélicos habitantes de Leeds, necesita que su mayordomo le prepare un largo baño frío.

Cierto que el gobierno de Russell ha enviado comida, tal como la reciente epístola de lord Kingscourt sostiene con orgullo. Pero con demasiada frecuencia ha sido lamentablemente insuficiente en algún sentido: mal planeada, mal organizada, mal distribuida, de calidad inadecuada, hasta el punto de que a veces ha sido inútil; en los peores lugares, en los peores momentos. Demasiado poca y demasiado tarde. Y sus muchos admiradores irlandeses –su séquito, realmente– deben compartir la culpabilidad de lord Russell y su gobierno.

Numerosos granjeros irlandeses de las clases más ricas no han hecho absolutamente nada para ayudar a los hambrientos; sólo se han preocupado de aumentar su propia riqueza sustancialmente cercando los terrenos abandonados por los pobres. Un ejército de terratenientes que declaran amar al pueblo de Irlanda ha expulsado a millares de personas de sus heredados feudos. La propia familia de lord Kingscourt se cuenta entre esa tropa. Él dice que es «un irlandés, nacido y criado en Galway». Uno se pregunta si eso lo dice desde su habitual residencia de Chelsea.

Se ha sostenido que «el pueblo de Gran Bretaña» debe ser culpado del hambre porque ha apoyado a los gobiernos que hicieron pocos esfuerzos por prestar ayuda. Esto es a todas luces incorrecto. Ninguno de los miembros de las clases desfavorecidas de ese reino ha votado nunca por el corrupto régimen que está agravando los sufrimientos de los famélicos irlandeses. La prueba de ello es simple. El pueblo no tiene voto.

El derecho de votar en la inculta patria de la democracia (en cuya no elegida «Cámara de los Lores» parlotea ufano David Merridith) se otorga exclusivamente a la riqueza, no a la ciudadanía. De hecho, ningún británico es realmente un ciudadano, sino un súbdito de Su Majestad Imperial. Diecinueve de cada veinte británicos no tienen ninguna clase de voto. Las opiniones del «pueblo» carecen de importancia en esa imperial isla de oligarcas que antes nos gobernaba a nosotros. Qué bien que continuemos con su vieja y pintoresca costumbre de privar de derechos civiles a esa mitad de la población que no puede dejarse crecer la barba.

Recientemente lord Kingscourt ha advertido en este periódico: «Todo lo que se refiere a esta hambruna irlandesa es más complicado de lo que parece». Así es. A diferencia de la legión de víctimas, Su Señoría disfruta del lujo de estar vivo para discutir lo complicada que es.

Cierto, la división de los campesinos entre opulentos e indigentes no es totalmente acertada. Existen pequeños granjeros y otros cuyos magros recursos los sitúan a escasísima distancia de esos tan alabados calabozos llamados «asilos». Muchos tienen hasta para comprarse un ataúd, aunque en el caso de la mayoría eso no es así, como lord Kingscourt verá si se levanta de su escritorio y echa una mirada por la ventana. Existe mucha subdivisión extraoficial de la tierra entre familias arrendatarias pobres (sin pagar alquiler, o muy bajo), que conduce a un masivo sobrecultivo del ya exhausto suelo y, por lo tanto, a mayores apuros y hambre. Están también los pobres miserables, que no poseen nada en absoluto. A falta de los ocho dólares que les costaría emigrar (el precio de una cena en el club londinense de lord Kingscourt), o de alguna posesión que pudieran vender, se mueren por decenas y centenares de miles mientras nosotros nos formulamos interesantes y complicadas preguntas. Sólo este año ha muerto un cuarto de millón de personas. Más que el total de las poblaciones de Florida, Iowa y Delaware.

Todo lo que se refiere al hambre es verdaderamente complicado. Todo excepto la agonía de aquellos que son sus víctimas: los viejos, los niños, los indefensos y los pobres. Su trabajo ha proporcionado un placentero ocio a la pequeña nobleza de Irlanda, que, al igual que sus hermanos de Inglaterra, languidece en la cama la mitad del día. Sus Señorías se encuentran tan comprensiblemente cansadas... Una mirada al *Illustrated London News* de los últimos años revelará cuántas cacerías, bailes y otras fatigosas diversiones propias del elegante modo de vida rural han continuado alegremente en la Irlanda asolada por el desastre. Mientras los famélicos súbditos de Su Majestad tenían la desconsideración de morirse en los caminos.

¿Adónde podrían acudir en busca de ayuda, ahora, estas

gentes tan cruelmente abandonadas por aquellos que las han exprimido hasta secarlas? ¿A nuestros estimados colegas de la prensa británica, quizás? Éste es un reciente editorial del *Times* de Londres (una publicación en la que lord Kingscourt tiene una considerable participación): «Vemos la plaga de la patata como una bendición. Cuando los celtas dejen de una vez de ser patatófagos, deberán volverse carnívoros. Al probar la carne crecerá su apetito por ella. Con ello vendrá la estabilidad, la regularidad y la perseverancia».

Un proyecto forzado de emigración masiva fue recomendado en un reciente número de la revista *Punch* (un periodicucho antiamericano cuyo editor ha sido con frecuencia invitado al hogar de lord Kingscourt). «Estamos convencidos, si este proyecto fuera llevado a cabo adecuadamente, de que sería la mayor bendición para Irlanda desde que San Patricio expulsó a las sabandijas.»

En la actualidad se está llevando a cabo ese éxodo. En los próximos treinta años, vivirán más irlandeses entre nosotros, en América, que en el lugar tan cruelmente injusto donde nacieron y se les considera una plaga.

No se trata de una acción calculada para un homicidio nacional, pese a las distorsionadas doctrinas de algunos. Ésta es otra cuestión en la que lord Kingscourt se muestra bastante acertado. (Profundo consuelo para una madre que ve morir de hambre a sus hijos saber que su hambre no es el resultado de algo calculado.) Tampoco el hambre se ha abatido sobre las víctimas a causa de la estupidez y la pereza (en todo caso, no las suyas), pese a las escandalosas y odiosas afirmaciones en este sentido que a menudo se han hecho en los periódicos londinenses. Mr. Punch está lejos de ser la única maliciosa marioneta que ha equiparado a los irlandeses con las bestias y los gamberros. Tales imbecilidades se están repitiendo por todas partes. Muchos clérigos irlandeses están ya enseñando a su grey que un inglés es, por definición, un degenerado sin Dios, desprovisto de civilización, un pagano sediento de sangre. Otros están también preparándose para la lucha, un poco más en secreto, aunque no menos peligrosamente. Un miembro de una sociedad revolucionaria de la Galway rural (arrendatario deshauciado del propio lord Kingscourt) recientemente declaraba a este periodista: «Desprecio a los ingleses tanto como desprecio a Satanás. Son obscenos. Eran salvajes e idólatras cuando nuestras gentes eran santos. Habrá una guerra santa en este país para expulsarlos. A todos. Me importa un pimiento cuántos siglos lleven aquí. Éste no es su país. Lo poseen sólo para atormentarlo. Pronto serán enviados al negro pozo del que proceden esos perros mestizos, y sus perras con ellos. A cada uno de la jauría que logre matar lo contaré como una bendición más de mi nombre».

Muchos de nosotros tenemos auténticos amigos en Gran Bretaña e Irlanda, y todos les debemos a esos países gran parte de nuestra herencia. Es por ello imperativo que América ejerza toda la influencia posible sobre el gobierno de Londres en esta terrible época. De lo contrario, el hambre envenenará las relaciones entre la gente decente y moderada de esas islas durante los siglos venideros.

Seguramente morirá un millón de personas como resultado de esta hambruna si no se hace algo urgentemente para ayudar a los pobres. Otros millares más morirán en sus espantosas secuelas: por el cuchillo, la bomba, la bayoneta y la bala. Unos cuantos lores podrían figurar entre ellos, lo cual, desde luego, sería un desgraciado acontecimiento. Las secciones de cartas al director de muchos periódicos americanos quedarían muy perjudicadas por su total exterminio.

Lamento que el sacerdote te ponga una penitencia tan dura. Tendrás que venir al país donde hay amor y libertad. Este lugar encaja muy bien conmigo. No te imaginarás que pueda tener admiradores, pero lo cierto es que tengo muchos. Media docena, actualmente. Me he convertido totalmente en una yanqui, y si estuviera en casa los muchachos irían todos detrás de mí. Me parece que no tengo nada más que decir.

Carta de MARY BROWN a su primo de Wexford.

Capítulo IV

LA HAMBRUNA

Cuarta noche del viaje: en la que se ofrece un relato de las maquinaciones del asesino, de sus crueles intenciones y su despiadada astucia.

17° 22′ O; 51° 05′ N.

– 5.15 p.m. –

El asesino, Pius Mulvey, andaba por la empapada cubierta arrastrando su muerto pie como si fuera un saco de tuercas. El mar era una extensión plateada, salpicada de remolinos de negrura. El crepúsculo se abatía sobre el cuarto día de viaje desde su partida de Cobh. Una pequeña luna creciente, como un trocito de uña, era visible entre las movedizas y negras nubes, algunas de las cuales, situadas a media distancia, derramaban brillantes chorros de aguanieve.

Mulvey estaba sufriendo. Ya le dolían las piernas. El frío le atenazaba los nudillos y las puntas de los dedos. Como el veneno de una bruja, las mojadas ropas quebrantaban su espíritu.

Varios días después de zarpar de Cobh, gaviotas argénteas y pájaros bobos habían seguido en medio de grandes chillidos al *Estrella*, girando y bajando en picado, zambulléndose entre las olas, alineándose con algarabía sobre los pasamanos de la cubierta. Algunos hombres de tercera clase trataban de cazarlas con ganchos cebados, movidos más por la rivalidad que subyacía en aquel esfuerzo que por la correosa carne, con sabor a pescado, que tenía la atónita presa. Cormoranes y frailecillos habían sido vistos rozando las cabrillas, incluso cuando Irlanda desapareció de la vista, habitantes de las rocosas y largo tiempo abandonadas islas que se extendían desde la costa sudoeste como manchas de tinta esparcidas por un descuidado cartógrafo. Pero ya no había pájaros. Ahora no había nada.

Excepto los incesantes gemidos y siniestros crujidos del barco; el alarmante gualdrapear de las velas; los gritos de los marineros cuando el viento se desataba desde el norte; el llanto de los niños; los gruñidos de los hombres; la cacofónica tonada que formaban por la noche las sensibleras canciones de amor y de venganza; el ahogado resonar de las gaitas; los gritos de los animales enjaulados en cubierta y el interminable gorjeo de la cháchara femenina, de las mujeres más jóvenes especialmente.

¿Cómo sería Nueva York? ¿Qué clase de ropa llevarían en Nueva York? ¿Qué tipo de animales habría en el zoo de Nueva York? ¿Qué clase de música? ¿Y de comida? ¿Eran realmente amarillos los chinos? ¿Eran rojos los indios? ¿Era verdad que los negros tenían lo que tú ya sabes más grande que los cristianos? ¿Enseñaban las mujeres americanas sus pechos en público? A menudo, en su juventud especialmente, Mulvey había pensado que vivir en el mar sería una existencia silenciosa; una vida en la que un hombre podía muy bien escapar de su pasado. En realidad era como estar en el infierno que merecía. En cuanto a su pasado, estaba atado a él como con una amarra. Cuanto más se alejaba el barco, más sentía su tirón.

No podía estar cerca de las mujeres, sobre todo de las más jóvenes. En parte porque le afligía ver sus demacrados rostros: sus ojos sin luz y sus esqueléticos brazos. La ruina de sus esperanzas, la forma como se había grabado a fuego en ellas: una marca de absoluto desposeimiento. Paseaba por el barco durante toda la noche para evitarlas, y dormía durante el día para evitar a los hombres.

Los hombres eran en su mayor parte granjeros desahuciados de Connaught y West Cork, jornaleros empobrecidos de Carlow y Waterford; un tonelero, algunos herradores, un matarife de Kerry; un par de pescadores de Galway que habían conseguido vender sus redes. Los más pobres de los pobres se habían quedado en el muelle para morir, pues no tenían ni el dinero para comprarse un billete, ni las fuerzas para suplicar clemencia a los que podían ayudarlos.

Y los hombres se mareaban más que las mujeres. Mulvey no podía comprenderlo, pero al parecer era así. Dos pescadores de un lugar cercano a Leenaun se mareaban más que nadie. Habían vivido en los altos acantilados de Delphi Hill, atrapando cangrejos y langostas en las profundas aguas de Killary. En toda su vida no se habían adentrado en el océano. Aquellos dos hermanos, inexplicablemente guapos, bromeaban sobre el hecho de haber vivido rodeados de tierra. Hablaban de sí mismos en irónica tercera persona, como si encontraran divertidos su impotencia y miedo. *Los pescadores que jamás fueron al mar.*

Al asesino le entristecía verles hacer comedia con las chicas, luchando entre sí, haciendo carreras en calcetines sobre la cubierta. Hasta su bondad era en cierto modo patética. Nunca dejaban de ofrecer sus raciones a los niños de tercera; ni de cantar baladas patrióticas cuando sus camaradas estaban bajos de moral. El más joven moriría pronto. Eso estaba bastante claro. Había desesperación en su alegría. No podía durar.

Mulvey conocía el hambre, sus engaños y estrategias; su truco de hacerte creer que no estás hambriento y entonces, de repente, lanzarse sobre ti como un salteador vociferante de mirada furiosa. La había conocido en Connemara, y en los caminos de Inglaterra. Toda su vida lo había seguido, como un espía furtivo. Y ahora cojeaba por las cubiertas, a su lado. Casi podía oír su risa de sirena y oler su pestilente aliento.

Dos noches antes había dirigido su mirada a la cima de la vela mayor y visto a su padre muerto mirándolo desde la torre de vigía. Y más tarde, sobre el castillo de proa, divisó una pequeña y fiera ave, un asesino de pico de águila y brillantes alas azules, cuando no podía haber un pájaro terrestre tan alejado de tierra firme. Y el día anterior por la tarde, poco antes del crepúsculo, a través de las rejas de hierro que separaban a los pasajeros de primera, Mulvey había visto otro fantasma. La figura de ojos oscuros de una muchacha a la que una vez había engañado, paseando de la mano de un niño lloroso.

Contemplando la visión, Mulvey se había dado cuenta de

algo extraño. De haber dispuesto en aquel momento de un banquete ante sus ojos en platos dorados, no habría sido capaz de comer un solo bocado. Más bien hubiera sentido náuseas por el disgusto.

Tendría que andar con cuidado ahora. Así era como el hambre lanzaba su hechizo. No era cuando sentías hambre cuando estabas en el mayor de los peligros. Era cuando el hambre cesaba. Entonces morías.

Mary's Violet Eyes Make John Sit Up Nights

La cosa empezó la segunda mañana después de zarpar de Cobh. Justo antes del alba, Mulvey se encontraba cerca de las escalas de la cubierta superior, contemplando las agonizantes estrellas. Pensaba en un escocés que había conocido en su infancia, un ingeniero llamado Nimmo que trabajaba para el gobierno. Nimmo había sido enviado a Connemara en el 22, cuando el fracaso de la cosecha afectó a la costa occidental. Mulvey y su hermano estaban entre los muchachos aún lo bastante sanos para emplearlos en las tareas de ayuda, acarreando cascotes para la nueva carretera de Clifden a Galway. El escocés se había mostrado como un capataz indulgente, pasando tiempo con los muchachos, participando en el arrastre y rotura del material, a veces explicando aspectos de ciencia o ingeniería. Los había divertido explicando en términos de la segunda ley de Newton por qué un río no puede ser forzado a fluir colina arriba. No necesitaban realmente que les explicaran este hecho, pero escuchar la explicación era mejor que trabajar. «Y no intentéis dividir por cero. Eso, amigos míos, es el undécimo mandamiento.» Y le había enseñado a Pius Mulvey una frase carente de sentido mediante la cual recordar la distancia relativa de los planetas al sol. *Mary's Violet Eyes Make John Sit Up Nights*[1].

Mulvey había estado dando vueltas a la frase en su cabeza mientras miraba fijamente el brillante cielo oriental. Esas palabras le aportaban consuelo. Le gustaba su ritmo.

1. Las iniciales de cada palabra corresponden a las de los planetas en su orden respecto al Sol. *(N. del T.)*

De repente le pareció que había visto una ballena. Por la parte de estribor, a proa, quizás a milla y media de distancia... un gran y voluminoso macho de rorcual azul grisáceo, tal como lo había visto una vez en un bestiario, en el escaparate de una librería londinense. La cola había sido lo primero en aparecer, golpeando con fuerza las olas. Transcurrió un largo momento. Mulvey estaba atónito. Después, su obscena mole se había deslizado, desde la cabeza hasta la aleta: increíblemente larga, increíblemente negra, con un chorro de espumeante agua derramándose de sus mandíbulas... tan brillante e inmensa que resultaba sobrenatural; algo horrible y espantoso surgido de las profundidades de una pesadilla.

La zambullida fue como si una montaña se desplomara en el mar.

Incapaz de moverse, permaneció quieto observando, horrorizado ante lo que acababa de ver. No muy seguro, de hecho, de que lo hubiera visto en realidad. Porque nadie más había visto nada. Ninguno de los pasajeros. Nadie de la tripulación. Y si lo habían visto, no decían ni una palabra. Cosa que seguramente habría sido lógica. No podrían haber permanecido silenciosos. La criatura tenía la longitud de la mitad del barco.

Permaneció vigilante durante una hora –o tal vez más– preguntándose si no se estaría volviendo loco. Había visto que eso les sucedía a los hambrientos. Había visto cómo le ocurría a su pobre hermano. Mientras observaba las grandes olas, le vino un recuerdo de la última noche que pasó en Connemara. No podía ignorarlo. Se abrió paso violentamente en su cabeza, como el remordimiento que siente un viejo por sus crímenes de juventud.

Recordó cómo les había suplicado, pero sin lograr convencerlos. «Tendremos hombres en el muelle de Nueva York. Tendremos hombres en el barco. Si esa escoria inglesa llega a poner un pie en la pasarela, tú eres hombre muerto y enterrado. No creas que mentimos. Y tendrás la muerte de traidor que mereces, bastardo del demonio. Tú mismo verás cómo te arrancan y queman el corazón.»

Hermanos de duro corazón con puños como troncos de roble. Él había suplicado que le ahorraran esa patriótica tarea. Quienquiera que le hubiera denunciado había cometido un error. Él no era un asesino. Nunca había matado a nadie. Eso, dijo su jefe, era una cuestión de opinión.

–Me marcho de mi tierra. ¿No es bastante?

–Está bien que tengas una tierra que dejar.

–Ese hombre tiene hijos –dijo Mulvey.

–¿Y nosotros qué? ¿No tenemos hijos?

–Me podéis pedir lo que sea. Pero no eso.

Entonces fue cuando la paliza volvió a empezar.

Recordó sus ojos: tan asustados y convencidos. Y la tela de saco teñida de negro de las caperuzas que llevaban. Y los agujeros por los que asomaban sus labios. Esgrimían las herramientas con que se ganaban la vida, pero como si fueran armas: guadañas, azadas, layas, podaderas. Ahora ya no les quedaba vida por ganarse. Siglos enteros robados en un pasmoso momento. Los esfuerzos de sus padres, las herencias de sus hijos. De un plumazo, todo se había perdido.

Suelo negro. Campos verdes. El verde de la bandera dispuesta sobre la mesa, salpicada con hilos de la sangre de Mulvey. El brillo del arma que le habían obligado a coger, el cuchillo de pescador apretado contra su tembloroso pecho mientras le bramaban enfurecidas palabras sobre libertad y tierra y robo. Las palabras ACERO DE SHEFFIELD grabadas en la hoja. Podía sentirla ahora, en el bolsillo de su capote, junto a su lacerado muslo. Recordó las cosas que le dijeron que le harían con aquel cuchillo si no dejaba de quejarse diciendo que el asesinato era una carga demasiado pesada para echársela encima. Cuando lo sujetaron y empezaron a pincharlo, Mulvey gritó que se le permitiera matar.

Un hombre con el que nunca se había encontrado, y menos hablado con él. Terrateniente e inglés; por tanto, un enemigo del pueblo. Terrateniente sin tierra; un inglés nacido en Irlanda... Pero no tenía demasiado sentido buscar definiciones. Por su clase, su genealogía, los crímenes de sus padres, el linaje familiar donde había nacido. Por la iglesia a la que asistía y las plegarias que rezaba. Tanto por su nombre como por todo lo demás... una sola palabra en cuya elección él no había intervenido.

Merridith.

Esta trinidad de sílabas había sentenciado al sacrificio de su portador, lo habían marcado como culpable. Su árbol familiar se había convertido en su cadalso. No contaba el hecho de que tal vez él no era culpable de nada; eso era introducir complicaciones innecesarias. Los hombres que golpeaban a Mulvey tampoco habían hecho nada, pero eso no les había librado cuando llegó su hora. Su tierra había desaparecido. Eran hombres sin destino. Hambrientos y derrotados. Vencidos

Antaño habían sido agricultores; ahora estaban desposeídos. Aún despedían el olor de su tierra mientras lo aporreaban hasta dejarlo medio atontado. Sus guantes de lona, las botas de su amo granjero, todavía apelmazadas por los terrones de tierra negra, muerta. Dedos que habían cuidado y plantado y mimado, ahora asfixiaban, torcían, desgarraban su rostro. Lo habían dejado escapar y luego lo volvieron a coger... como para decirle «no hay escape». Uno tenía un chucho; el otro, un perro de caza. Los ladridos, los aullidos eran lo más espantoso de recordar: los cálidos, húmedos alientos de los hambrientos sabuesos, los rasguños de sus zarpas y los gritos apremiantes de los hombres. Arrancaron un terrón de tierra guijosa de una zanja y se lo metieron en la boca hasta que empezó a tener arcadas. Llovieron piedras sobre su cuerpo, y aun así la paliza no cesaba. Sentía algo de lo que ellos mismos debían de haber sentido, en cada patada, en cada arañazo, escupitajo, puñetazo. Aun a través de la sangre que le empañaba los ojos, parecían muy empequeñecidos, completamente asustados. Habían sido hechos para parecer pequeños, y lo eran, y lo sabían. Lo que les había pasado a sus atacantes era una especie de violación. «Lo harás, Mulvey, o no volverás a ver la luz del día. Y te vigilaremos en ese barco para asegurarnos de que lo haces.» A través de los dientes rotos, dio su conformidad. Lo haría.

Las razones por las que las cosas son como son podían ser muy complicadas, Mulvey lo sabía. Pero en ese rincón del imperio se revelaban con cadencias de matemática inevitabilidad. Un hombre llamado X tendría que morir. Y un hombre llamado Y tendría que matarlo. Podría considerarse como el dictamen del Libre Mercado del asesinato: las ansias y exigencias de la oferta y la demanda. Fácilmente podía plantearse la ecuación al revés, y, por lo que sabía Mulvey, un día podría suceder.

Pero esta vez no.

Esta vez no sucedería.

Cristo había derramado su sangre para redimir las deudas de los culpables, a todos los herederos del pecado original. Pius Mulvey no era ningún Cristo tullido. Ningún mártir inocente esperando los clavos.

Hagamos X igual a Merridith, e Y igual a Mulvey. Imposible luchar contra el poder de la ley matemática. Un río nunca puede ser forzado a fluir colina arriba.

Buscó a tientas el cuchillo. Duro como el hielo en su bolsillo.

A lo largo de toda la noche esperaría su oportunidad. La percepción se hacía más clara en ausencia de la luz diurna, al frío resplandor de las estrellas en la cubierta después del crepúsculo. Observar los hábitos y movimientos de la gente. Los lugares por donde pasean. Los rincones oscuros. Cómo funcionaban las cerraduras. Qué puertas se cerraban con cadenas. Qué ventanas podían quedar abiertas. Palabras susurradas que se suponía que no eran oídas: como las que lady Merridith y el guapo americano habían cruzado la otra noche:

¿Cuánto tiempo más debemos mantener este infantil engaño?
Por el amor de Dios… es mi marido.
¿Un hombre que te habla como si fueras su criada?
Por favor, basta, Grantley.
No recuerdo que dijeras eso cuando estabas en mi cama.
Lo que ocurrió fue un error y no debe volver a ocurrir.
Sabes que sí pasará.
Sé que no debería.

Mulvey se retiró silenciosamente y se subió el húmedo cuello. Luego se abrochó el empapado abrigo en torno a su figura, que no dejaba de temblar. La luna se había vuelto escarlata; las nubes, ardientemente doradas. Algunas lucecitas se encendían en las ventanas de los camarotes de primera.

A cierta distancia, por detrás del *Estrella*, vio las velas de un barco que les había estado siguiendo desde hacía varios días. Esa visión parecía un signo de la violencia que se aproximaba, como si la Venganza estuviera a bordo del segundo barco. La idea de que estaba siendo observado se cernía sobre él, como un hechizo lanzado por un cura corrompido. Era una maldición de la que no cabía huir: el anatema de un hombre que otrora había conocido la santidad. Se preguntó qué pasajeros le estarían vigilando incluso mientras paseaba. Las chicas de Fermanagh, que nunca se reían. Quizás uno de los hermanos de Leenaun. Incluso el americano… ¿un simpatizante, quizá? Muchos americanos eran simpatizantes ahora. Ciertamente nunca dejaba de rondar por el entrepuente y garabatear como un policía en su libretita de notas. Y luego existía la posibilidad de que se tratara sólo de su imaginación; que nadie le estuviera vigilando, que Pius Mulvey estuviera solo. Pero no estaba seguro. Nunca podría estar seguro.

Un gruñido acompañado de un gimoteo le hizo volverse y mirar. Cerca de él, por la entornada puerta de la cocina distinguió a una perra negra de aspecto desastrado hociqueando un vómito. Dentro de la cocina un aseado chinito estaba partiendo el esqueleto de un cerdo con una sierra. Mulvey observó durante un rato, su lengua empapada de deseo. El hambre le corroía como un deseo lujurioso sin esperanza.

Paseó por el barco como si estuviera siguiendo un patrón. Arriba. Abajo. De través. Hacia atrás. A proa. A babor. A popa. A estribor.

El agitar de las olas. Los cabos golpeando en los mástiles. La cortina de agua salada. El viento tratando de rasgar las velas.

Y las mujeres charlando. Siempre charlando.

Las más jóvenes especialmente.

No puedo permitir que sepas cuánto estamos sufriendo a menos que tú estés muriendo de hambre y te quedaras sin un amigo o compañero que te diera un chelín. Pero sobre mis dos rodillas, con frío y hambre, ruego a Dios que ni tú ni ninguno de los tuyos pueda [ni] conocer ni sufrir nunca lo que nosotros estamos sufriendo actualmente.

Carta de una mujer irlandesa a su hijo en Rhode Island.

Capítulo V

LOS PASAJEROS CORRIENTES

Quinto día del viaje: en el que el capitán toma nota de un hecho perturbador (que tendrá las más graves consecuencias).

Viernes, 12 de noviembre de 1847.
Quedan veintiún días de travesía.

Long: 20° 19,09´ O. Lat: 50° 21,12´ N. Hora de Greenwich: 11.14 p.m. Hora del reloj de bitácora: 19.53 p.m. Direc. y veloc. del viento: N.O. Fuerza 4. Estado de la mar: Picada durante toda la noche, pero medianamente buena ahora. Rumbo: S.O. 226°. Estado del tiempo y observaciones: Tiempo extremadamente frío. Fuerte aguacero y truenos durante todo el día. El *Kylemore*, zarpado de Belfast, a dos millas a popa. Delante de nosotros el *Blue Fiddle*, procedente de Wexford Town.

Anoche murieron cuatro pasajeros de tercera: Peter Foley, de Lahinch (cuarenta y siete años, labriego); Michael Festus Gleeson, de Ennis (de edad desconocida, pero muy viejo, medio ciego); Hannah Doherty, de Belturbet (sesenta y cuatro años, antigua criada), y Daniel Adams, de Clare (diecinueve años, granjero arrendatario desahuciado). Sus restos mortales fueron entregados al mar. Que Dios tenga piedad de sus almas y las reciba en este fondeadero donde reina Su paz.

El total de los que han muerto desde que el viaje empezó es de dieciocho. Hay cinco pasajeros en la bodega esta noche, sospechosos de sufrir el tifus. Dos de ellos, sin duda, no verán la mañana.

He dado orden de que las ceremonias tengan lugar en la proa a partir de ahora y se celebren al alba o al crepúsculo. Es costumbre de muchas de las mujeres de tercera clase entregarse a «cantos fúnebres» en tales tristes momentos; una peculiar variedad de aullidos y gemidos mientras se rasgan los vestidos y se tiran de los cabellos. Algunos pasajeros de primera se han quejado de las molestias. Lady Kingscourt, en particular, estaba un poco preocupada de que sus hijos pudieran angustiarse a causa de este extraño proceder.

Gran número de pasajeros de tercera clase sufren disentería, escorbuto o hidropesía causada por inanición. Unos cuantos (aproximadamente quince) tienen las tres cosas. Uno de los marineros, John Grimesley, está preso de fiebre. Un camarero, Fernao Pereira, tiene una herida putrefacta en la mano, causada por un corte con el cristal de una copa de champán. Los dos hombres fueron atendidos por el cirujano Mangan, que puso sanguijuelas al primero y una cataplasma opiácea al segundo. Es de la opinión que se recuperarán si son dispensados de sus obligaciones, y así ha sido. (Los dos son buenos y honestos; no son holgazanes ni se escaquean. No me propongo recortarles el salario ni multarlos.) El marajá tampoco se encuentra bien, aunque es sólo cosa del mareo, y se ha retirado a su camarote, para que no lo molesten. Yo mismo sentí molestias en el pecho a primera hora de la mañana y me tomé un cuarto de grano de opio. Lo encontré vivificador.

Se han impartido instrucciones para que los hombres dejen de referirse a los pasajeros de tercera clase como «entrepuenteros», «andrajosos», «pañolones», etcétera. (Estos términos son empleados no sólo para menospreciar a algunos pasajeros a los que mejor se ayudaría con un poco de amabilidad, sino que son usados entre los propios hombres de la tripulación como una especie de insulto.) Leeson les ha comunicado que no se tolerará tal cosa. Cada hombre, mujer y niño de este buque será tratado con respeto, tanto el común de las personas como las mejores. Son pasajeros de tercera clase o corrientes, y se les llamará como tales.

Tengo que informar de un hecho perturbador.

Esta mañana el primer oficial Leeson me llamó la atención sobre el hecho de que, a última hora de la noche de ayer, alguna persona –probablemente varón– había serrado los barrotes de la reja de la cubierta de proa inferior que conduce a los compartimentos de primera clase. Al principio me sentí perplejo, porque, de acuerdo con las ordenanzas, todas las pertenencias de los pasajeros de tercera eran cuidadosamente registradas al subir a bordo; y artículos como cuchillos, sierras, espadas, hojas, espetones, etcétera, fueron confiscados hasta el desembarco en Nueva York. Pero Leeson, un diligente y concienzudo piloto –que lleva mucho tiempo mereciendo un ascenso, aunque no ha tenido ninguno–, investigó con el cocinero Henry Li. Este último declaró que una pequeña sierra de metales utilizada en carnicería había sido robada de la cocina la pasada noche, junto con algunas tripas de cerdo y una jarra de agua potable.

Una serie de artículos han sido robados también en primera clase. A saber: un reloj bañado en plata perteneciente al ministro Deedes, un par de gemelos del agente de Correos George Wellesley y una cantidad de dinero en dólares americanos, en billetes, al marajá. Todo el mundo está de acuerdo en que un registro de todos los pasajeros de la tercera clase resultaría probablemente infructuoso, si es que fuera posible, lo que no es el caso. He prometido que los robos serán indemnizados por la póliza de seguros de la compañía y pedido a las víctimas que mantengan el hecho en secreto, como hago yo, para no provocar más alarma de la necesaria. Mientras tanto, he dispuesto más vigilantes nocturnos y otras medidas.

Leeson ha dicho que difundirá por el entrepuente que el ministro está muy entristecido por la pérdida de su reloj, un regalo de algunos agradecidos feligreses con motivo de su jubilación. Veremos si semejante estratagema da resultado.

Tales pequeños robos han tenido lugar anteriormente en viajes parecidos y, según mi experiencia, volverán a suceder. Conociendo el drama de la naturaleza humana, podemos considerar inevitable cierto grado de resentimiento. De hecho, me atrevería a aventurar, es comprensible.

La oficina de Londres habrá recibido a estas alturas mi notificación oficial del día 8 del corriente, escrita desde Queenstown, sobre el eterno asunto del exceso de pasajeros. Una y otra vez en estos últimos catorce años, he insistido en que ustedes, como directores de esta compañía, tienen un deber legal, y sin duda también moral, de mantener la fundamental seguridad de aquellos que confían su vida a este buque y a mi capitanía. Y, sin embargo, nuevamente, pese a mis interminables protestas, se han vendido demasiados billetes de tercera clase para este viaje, como mínimo un treinta por ciento más.

No consigo comprender por qué mis pasajeros y mis hombres deben someterse habitualmente al peligro de esta escandalosa situación, simplemente por los beneficios que se derivan de hacerlo así. Tampoco puede alegarse ningún motivo que explique satisfactoriamente el desgraciado fallo que supone la ausencia de un médico, o al menos de una enfermera, a bordo; así como de un lugar seguro para atender los partos de las mujeres. Quizá los accionistas piensen que los bebés nacen debajo de una lechuga. Puedo asegurarles que no es así, aunque todo sería más fácil si lo hicieran. Es sólo una bendición de la providencia el que tengamos al cirujano Mangan entre nosotros actualmente. Y si bien sus esfuerzos son incansables y su caridad ilimitada, no se trata de un hombre joven y la situación lo desborda.

Una vez atracados en Nueva York, insisto una vez más, deben llevarse a cabo con urgencia los arreglos necesarios para mejorar la suerte de los pasajeros de tercera, si hay alguno, para el viaje de retorno. Si esto no se cumple, necesitarán un nuevo capitán. No permitiré que mis manos, ni mi conciencia, se manchen con más sangre inocente.

Mientras tanto, he ordenado a Leeson que realice algunas reparaciones urgentes. Igualmente, le he encargado que se ocupe de las cerraduras, cadenas, pestillos y candados que hay que colocar en todas las verjas, ventanas, escotillas, cuadernas, marcos, etcétera, estas mejoras deben acometerse en los próximos días. El coste de vaciar completamente nuestro almacén de tales artículos será sin duda considerable para la compañía. Mayor, de hecho, que la suma que podría haberse requerido para dar a cada persona de tercera clase un plato diario de caldo o a los niños una tacita de leche caliente. Aquellos más duchos en cuestiones contables que este humilde empleado tal vez deseen reflexionar sobre lo dicho anteriormente para futura referencia.

Por lo demás, el barco parece bastante pacífico, si bien reina cierta inquietud.

Seguimos avanzando en el tiempo previsto.

El mar aparece inusualmente tranquilo para la época del año en que estamos.

Hay mayor número de tiburones que de costumbre.

… Estamos todos sin un lugar donde apoyar la cabeza. Y en el día de hoy no tenemos ni un bocado que comer y yo estaría muerto hace tiempo si no fuera por dos vecinos que a menudo me dan algo de comer por el amor de Dios. Pero jamás imaginé que llegaría a verme en situación de tener que mendigar.

Carta a un inmigrante en Estados Unidos.

Capítulo VI

LA VISIÓN EN DELPHI

Donde el desdichado marido de Mary Duane, trastornado por el mal de la indigencia, cuenta sus últimos y terribles pensamientos.

Nochebuena, 1845, Rosroe*

Queridísima Mary Duane, mi única y amada esposa:

Apenas soy capaz de poner por escrito lo que siento ahora. Todo se ha perdido, mi dulcísima Mary, y nunca puede regresar.

Acabo de volver de Delphi Lodge, en Bundorragha, cerca de Leenaun, adonde fui para tratar de ver al comandante. Tras haber hecho todo el trayecto a pie desde nuestro refugio hasta Louisburgh, en el condado de Mayo, un hombre de la ciudad me informó de que el comandante ya no estaba allí en la actualidad sino que había ido a Delphi, con el coronel Hograve y Mr. Lecky.

Centenares de personas deambulaban por la ciudad tratando de conseguir un certificado para entrar en el asilo,

* Documento escrito (en irlandés) veintidós meses antes del comienzo del viaje del *Estrella del Mar.* Hallado por un funcionario de policía de Nueva York, en el camarote de la criada de Merridith, días después del final del viaje. La traducción fue realizada por Mr. John O'Daky, erudito de la lengua gaélica y editor de *Reliques of Irish Jacobite Poetry* [Reliquias de la poesía jacobita irlandesa] (1847) y *The Poets and Poetry of Munster* [Los poetas y la poesía de Munster] (1849). – G. G. Dixon.

pero todas eran rechazadas por el funcionario de la beneficencia, pues el lugar estaba atestado, y los guardias pegaban a la gente para que se apartara de las verjas.

Los brillantes escaparates de las tiendas mostraban comida de Navidad en gran abundancia, gansos y aves y todo eso; pero, al igual que en Clifden, los comerciantes habían multiplicado los precios. No logro entender cómo son capaces de hacer eso a su propia gente en estos espantosos tiempos. Todo es culpa de los ingleses y los terratenientes, dice la gente, y, Jesús nos ayude, hay mucho de verdad en ello. Pero no es el hombre de la calle de Inglaterra el que se está aprovechando como un buitre de los pobres, cuando éstos no tienen nada, sino los Judas de los comerciantes irlandeses, con su codicia por cualquier migaja que puedan arrebatar a sus desgraciados paisanos, que ya están en las últimas.

La ciudad constituía una espantosa visión, nunca podré olvidarlo; con una multitud de personas medio muertas y sollozando, mientras vagaban por las calles. Y peor aún era el caso de aquellos a los que sollozar les costaba demasiado esfuerzo y permanecían sentados en el helado suelo, inclinando la cabeza y muriendo, tras haber escapado de ellos la mejor porción de su vida. Vi a John Furey de Rosaveel y pensé que estaba dormido; pero estaba muerto; y ver a ese hombre alto y corpulento, que antaño era capaz de arrancar un seto vivo de la tierra con su poderosa mano izquierda, yaciendo tan inmóvil fue algo terrible. Pero contemplar los sufrimientos de los niños pequeños, oír los sonidos que hacían en su agonía, eso es algo sobre lo que no puedo escribir.

Jamás podrá ser descrito, Mary.

Es inconcebible que se permitiera que tales cosas pudieran haber sucedido.

Emprendí solo el camino de montaña que sale de Louisburgh. A esas alturas el sol se estaba poniendo. A lo largo del camino las imágenes eran inenarrables. Cabañas y graneros habían sido destruidos y quemados. En una casa de Glankeen había muerto toda la familia: los padres, todos los hijos y cuatro ancianos. Dos vecinos me dijeron que el último en morir, un niño de seis o siete años, había cerrado la puerta con llave y se había escondido bajo la cama, avergonzado de que su gente fuera encontrada de esa manera. Los hombres estaban derribando la choza sobre ellos, como si fuera su tumba, pues no tenían otro lugar donde ponerlos.

Sendero arriba apenas se podía ver un alma viviente. Donde algunos de los pobres habían muerto, menudeaban los perros y las ratas. Cuervos y zorros también se hartaban de carroña. Y entonces una miserable anciana, por delante de cuya humilde cabaña pasé, me mendigó un poco de comida; y cuando le dije que no tenía nada, me suplicó que acabara con su vida, porque todos sus hijos habían muerto y ella estaba completamente sola y sin nadie en quien apoyarse. Todo lo que se me ocurrió hacer fue levantarla y llevarla conmigo por el camino. Eso fue lo que hice. Que Cristo sea mi juez, Mary, la vieja apenas pesaba más que una almohada. Pero, aun así, casi no podía con ella. Mientras la llevaba en mis brazos empecé a rezar el rosario, pidiendo a Dios que tanto ella como yo pudiéramos salir vivos de aquella noche. Pero no tardó mucho rato en morirse, y la dejé caer y la cubrí lo mejor que supe con algunas piedras. Debería decir que me arrodillé y recé una oración, pero, Jesús me perdone, no lo hice, porque sentí que si después no podía levantarme, no volvería a hacerlo en mi vida.

Mientras proseguía mi viaje, repetía en mi interior algunas palabras que podría decirle al comandante: que yo era un arrendatario de recto corazón y trabajador que no le guardaba ningún rencor pese a nuestras viejas diferencias. Que le suplicaba su perdón por haberle hablado irrespetuosamente aquella vez en que estaba tan furioso; que, por la vida de mi hija, mis deudas con él serían saldadas si la orden de desahucio era revocada y de esa manera me permitía tener los medios para pagarla. Que, pese a nuestra diferente condición social, yo, como él, era un hombre de Galway, no un colono extranjero llegado de allende los mares, y él podía ayudar a otro hombre de Galway que se hallaba en un mal momento. Que él mismo era padre, a fin de cuentas, y seguramente, por amor a Jesús, podía compadecerse de mi situación, porque si se ponía en mi lugar podía imaginar qué cosa es ver a tu único hijo llorar de hambre y no poder aportar ningún alivio ni consuelo.

El camino era duro y hacía un frío espantoso. Cerca de Cregganbaun, el lago se había desbordado, de modo que tuve que vadearlo, con agua hasta el pecho, vestido. El agua estaba tan fría que parecía fuego ardiente. Pero sentía una especie de coraje en mi interior cuando pensaba en ti, Mary. Realmente sentí que estabas conmigo entonces.

A lo lejos aparecieron las luces de Delphi Lodge. ¡Cuán feliz me sentí! Me dirigí a la casa apresuradamente. Una elegante música salía de ella. Una criada me abrió la puerta. Me quité la gorra y le dije que era un arrendatario del comandante Blake, en graves apuros, y que llevaba tres días y noches caminando para verlo, y le di mi nombre. Ella se marchó pero volvió al cabo de poco. El comandante estaba jugando a cartas, dijo, y no podía salir a verme.

Ante eso me quedé atónito.

Nuevamente pedí –Mary, supliqué–, pero él no quiso venir.

De nuevo di mi nombre, pero ella dijo que ya se lo había dicho y que él había respondido con juramentos tan obscenos que no quiero ensuciar tus ojos escribiéndolos para que los leas.

Miré por la ventana del gabinete situado en la parte delantera de la casa. Se estaba celebrando una extraña clase de baile, con elegantes damas y caballeros de levita, que llevaban máscaras de duendes o ángeles mientras sorbían vasos de ponche caliente. No pude ver al comandante por ninguna parte, pero su caballo y carruaje estaban en el patio.

Me senté en el nevado suelo, debajo de un pino, con intención de esperar. Oscurecía ya. Todo estaba muy silencioso a mi alrededor. Tenía extraños pensamientos, toda clase de extraños pensamientos. No sé muy bien en qué pensaba. Al cabo de un rato debí de dormirme.

Soñé que tú y yo y nuestro hijo estábamos en el Paraíso, juntos, rodeados de calor y abundancia. Estaban tocando música. Tu padre y tu madre se encontraban también allí junto con los míos, más sanos y jóvenes de lo que jamás hubiera imaginado; y muchos viejos amigos, y todos éramos felices. Nuestro Señor estaba entre nosotros, eso pensé, y nos daba de comer pan, y vino para beber. Una cosa extraña era que tenía un cerdo recién nacido en sus ensangrentadas manos, y cuando le pregunté por qué, Nuestro Señor dijo en su propia lengua gaélica: *es santo*. Y luego Nuestra Señora llegó al lugar en que estábamos –no una habitación sino una especie de radiante pradera– y tocó nuestras caras una a una y nos volvimos llenos de luz, como agua. Y Nuestra Señora dijo en lengua inglesa: «Bendito sea el fruto de mi vientre».

Cuando me desperté, todo estaba oscuro y la música había cesado. Podía sentir aún el sabor del pan que había comido durante el sueño, más dulce y exquisito de lo que jamás había probado. Pero entonces volvieron los retortijones, más fuertes que nunca –Cristo se alza entre nosotros y todo daño– como el hierro candente de un herrero en mis tripas. Pensé que me había llegado la hora, pero entonces se detuvieron y pude sentir que volvía a llorar por el dolor que me producían.

En la casa se habían apagado todas las luces. La parte inferior de mi cuerpo estaba cubierta de nieve, y ya casi no podía sentirme las piernas. Sobre la helada tierra reinaba un espantoso silencio como nunca en mi vida había visto. Ni el grito de una bestia ni el canto de un pájaro. Sólo negrura y silencio sobre los campos. Era como si el mundo entero estuviera agonizando en silencio.

Alguien acababa de salir de la casa y metía el caballo dentro del establo. Y lo cubrió con una manta. Fui y esperé un rato al lado del cabriolé.

Pero dicha persona no volvió a salir.

Al final fui y llamé nuevamente a la puerta. Salió otro criado, un viejo lacayo esta vez, que me dijo que debía proseguir mi camino. De lo contrario, le ordenarían que me echara los perros, y que su propia integridad peligraba si me admitía en la casa, porque Su Señoría el comandante estaba borracho y furioso. Me dio un vaso de agua y me suplicó que me marchara sin más.

Entonces una terrible furia me invadió como un torrente. Intenté golpear al hombre –Dios me perdone por haber levantado la mano contra una persona de edad–, pero él me cerró la puerta de golpe.

Merodeé alrededor de la casa durante un rato como un animal. Pero todo el mundo debía de haberse ido a la cama porque las ventanas estaban a oscuras y cerradas. Entonces volvió a apoderarse de mí la locura. Y solté un rugido.

Maldije el nombre de Henry Blake, y rogué a Cristo que ni él ni su descendencia conozcan descanso alguno mientras vivan, que toda su simiente y su raza jamás vean Galway. Que nunca más puedan volver a dormir una noche en toda su vida. Que mueran en terrible agonía y tengan una tumba deshonrosa.

Mary, lo habría matado si hubiera salido de la casa. Cristo me perdone, pero hubiera sentido placer viéndolo sufrir tanto como yo.

Llegaba un viento glacial del lago. Podía oírse aullar a un lobo en las colinas. Bajé por la montaña en dirección a Leenaun, pensando que podría pedir un lugar para pasar la noche en algún granero, o hasta un pedazo de pan o un vaso de leche para la niña. Pero la gente no me permitía acercarme, temerosos de la fiebre, y me echaban con vergüenza y desprecio. Algunos soldados de caballería pasaron bajo la lluvia, pero tampoco me dieron nada. Dijeron que no tenían nada para dar.

Volví aquí, encontrando a tu hermana, que cuidaba de la pequeña, que estaba enloqueciendo por el hambre. Me dijo que tú te habías marchado a Kingscourt a pedir ayuda. Eso era como cerrar la puerta del establo cuando se ha escapado el caballo, Mary, porque sé que no queda ni un alma en aquel lugar actualmente. Le he dicho que se vaya, porque los lastimeros gritos de la niña la están angustiando.

Pronto cesarán.

¿Recuerdas, mi buena Mary, cómo íbamos a pasear cuando éramos jóvenes? La simple felicidad de los días juntos y la dulzura y amistad de nuestras noches. La vida que pensábamos que íbamos a tener, una vida de leche y miel, dijiste una vez. Aunque bien sabía que yo no había sido tu primera elección como compañero en la vida, no había en toda Irlanda un hombre más feliz que yo en aquella época. No me hubiera cambiado por un rey ni por un terrateniente, ni por el propio sultán de la India. Ni todo el oro del trono de Victoria habría sido para mí un cebo o una tentación. Ni cada una de las gemas de su corona. Oh, esposa mía. Mi Mary Duane. Sentía que ese amor florecería si era regado con consideración y bondad, y creo que así lo hice, al menos por algún tiempo.

Hay muchas clases de amor en el mundo. Si éramos más como hermano y hermana algunas veces, eso era más que suficiente para mí; porque ningún hombre ha tenido jamás mejor amiga y ayudante que tú, y para mí era la máxima felicidad cuidar de ti.

Pero entonces entró una rata en el trigal.

Todo parece haber perdido sentido últimamente. Hasta la cara de nuestra inocente hija parece ahora una burla.

Te suplico que pidas misericordia por mi alma por todo lo que he hecho y por la cosa terrible que me dispongo a hacer.

Perdóname por fallarte, cuando tú te merecías mucho más.

Quizá, después de todo, deberías haberte casado con aquella otra criatura de Satanás que me hizo caer tan bajo. Bueno, ahora eres libre.

Siento frío y miedo.

Ella no sufrirá. Lo haré con rapidez y no tardaré mucho en seguirla.

Reza por mí alguna vez, si eres capaz de soportar el recuerdo de tu amante marido.

N

Patrick, por el honor de Nuestro Señor Jesús Cristo y su Santa Madre, date prisa y sácanos de esto... [Tu hermano pequeño] añora y suplica tanto de noche como de día por ver a sus dos sobrinitos y sobrinitas Y... el pobre niño dice: «No tendría hambre si estuviera cerca de ellos».

Carta de una mujer de Kilkenny a su hijo en Estados Unidos, suplicando ayuda para emigrar.

Capítulo VII

EL MOTIVO

El primero de un tríptico donde se describen algunos importantes recuerdos de la infancia y posterior vida de Mary Duane, criada; y en particular sus recuerdos de una persona por quien ella sintió antaño cierto afecto. Aquí encontramos a miss Duane la séptima mañana del viaje.

24° 52´ O; 50° 06´ N.
– 7.55 A.M. –

Lanzas, quizá. ¿Mosquetes? Tal vez. Gris como la bahía del Perro a primera hora de la mañana. Y las balas debían de haber sido grandes para perforar su piel. ¿Y qué usaron para hacerlo pedazos? Un hacha, quizás. Una sierra tronzadora. Barritando, berreando, arrastrando la panza por el suelo. Árboles a su alrededor mientras empezaban a arrancarle los colmillos. Una costra de sangre seca sobre las resbaladizas hojas. Hombres negros, hombres morenos, con sangre en sus pies. Hombres rojos, cubiertos de sangre, observando mientras los negros cortan.

Mary Duane contempló por la portilla el monótono paisaje del encrespado Atlántico. En seis largos días no había cambiado. Ella sabía que todo continuaría igual durante tres semanas más. Jamás hubiera imaginado, hija de pescador como era, que la vista del agua pudiera llegar a ser tan detestable: si es que podía llamarse agua a aquel ondulante e incoloro desierto.

Grises eran los peces que se deslizaban por allí abajo. Grises los delfines; grises los tiburones. ¿Cómo podía vivir algo en sus profundidades? Gris como una mortaja. Gris como un cadáver. Gris y agrietado como una piel fibrosa, apergaminada; como la pata de elefante que ella había visto a menudo en el vestíbulo de Kingscourt Manor. En todos los sentidos, tan cadavérico y repulsivo como aquello.

–¿Quieres lavarte las manos otra vez, Mary? Antes de tocar a los niños.

–Sí, lady Merridith.

–Su piel es muy sensible, especialmente la de Jonathan.

–Señora.

–Y no me gusta tener que decírtelo, Mary, pero deberías lavarte los sobacos también. He observado que tienes la costumbre de meterte las manos ahí cuando tienes calor. Es muy antihigiénico.

Mary Duane se preguntó si no debería contarle a su ama que casi todas las noches, durante los últimos seis meses, el marido de la señora acudía a su habitación a medianoche para sentarse en su cama y observar cómo se desnudaba. Eso tal vez podría suavizar su actitud hacia ella.

Generalmente todo lo que quería era verla desnudarse. Era extraño, suponía ella, pero los hombres a menudo lo son. La mayoría eran tan raros como un perro de cinco patas. Cuando se quitaban la máscara se mostraban tal cual eran. Los aullidos de un borracho en la calle llena de inmundicia no eran tan soeces como las cosas que algunos de ellos querían.

La deshonestidad de cómo había empezado todo lo rebajaba, pensó ella. Era un insulto a la inteligencia de la mujer, así como a la de él. A última hora de una noche de abril, él había llamado a su puerta y había entrado en su habitación con su bloc de dibujo, diciendo que le gustaría dibujarla. Un acre olor a whisky se desprendía de su aliento. El hombre se preguntaba si ella podría «permitirle ese privilegio». Una inesperada elección de lenguaje, dado que ésas eran unas palabras muy poco usuales en boca de un amo con su sirvienta. Ella se sentó junto a la ventana y le permitió dicho privilegio. Todo lo que se le pidió aquella noche fue que se soltara el pelo. Y a la noche siguiente él volvió a subir por la escalera. Aquélla no era su casa sino la de unos amigos. «Un refugio temporal», tal como lo describía él. Sus amigos estaban en Suiza, paseando por la nieve. Se movía como un hombre en casa de otro. Al cabo de diez minutos de dibujar, solicitó otro privilegio.

«Me pregunto, Mary, si sería eso posible. Si te sientes incómoda, ni que sea un poco, no hace falta que hagas nada. Somos amigos desde la infancia» y cosas así. Como hermanos. Ni la menor sugerencia de algo sórdido. «Sólo desnudar el brazo, quizá. La luz sobre tu hombro. Si pudieras desabotonar, desabrochar, soltar. Contraste de tonos. Nada más. Tener correcta la composición es muy importante. No es una cuestión del material en sí, sabes, sino de la forma como se compone.»

Sin replicar, ella se había quitado la bata y el camisón. No podía soportar oír más mentiras.

Era la primera vez que él veía su cuerpo desnudo, pero no dijo nada y el silencio no la sorprendió. Él quería que aquello fuera considerado una situación normal: una mujer desnuda, un hombre vestido contemplándola; sus ropas y su arte una especie de disfraz, tanto, quizá, como la desnudez de ella. Él cogió un carboncillo y lo sostuvo a la altura de sus ojos, parpadeando solemnemente mientras calibraba sus medidas, cerrando primero un ojo y después el otro. Como si ella fuera una fila de botellas en una estantería. El hecho de su desnudez no se mencionaba: ni la cuidadosa manera como eso había sido exigido. No se percibía ningún sonido, sólo su débil respiración y el roce del carboncillo resbalando sobre el papel. El gris del carboncillo. El gris de su cara. Y al cabo de un rato él había trasladado silenciosamente su bloc desde el extremo de sus rodillas a su regazo. Ella había apartado la mirada entonces: mirando hacia abajo por la ventana. A la calle dublinesa llena de inmundicias. Y él había dejado de dibujar. Y seguía mirando. Y el motivo del dibujo seguía mirando fuera.

Regresó la noche siguiente, y muchas noches más. A medianoche ella oía sus titubeantes pasos en las gastadas escaleras que conducían al desván de los criados. Los tímidos golpecitos en la puerta. El tufo de licor. «Ah, Mary. Espero que no te moleste. Pensé que podríamos. Si no estás demasiado cansada. Quizás el diván. O con la almohada debajo. Estás segura ahora, ¿no? Y una vez más, si eso no es demasiado pedir. La belleza natural de la feminidad desnuda. No hay motivo para sentir vergüenza. La mayoría de artistas a través de los siglos. Quizá vuelta de espaldas. La sábana alrededor. Un poco más baja, si te sientes bastante cómoda. Quizá si te acercaras sólo un poquito más. ¿No te molesta? La luz es mejor.»

En una ocasión ella pensó que se lo iría a decir a su ama[1]. («Ama» era una palabra muy interesante.) Pero sabía lo que pasaría si se atrevía. No sería a lord Merridith al que expulsarían de la casa para vagar por las calles o suplicar una cama. En esas situaciones corrientes de privilegio nunca era el amo al que se le ordenaba marcharse. Ella era uno de los casos de caridad de Su Señoría; la muchacha del pueblo que él había rescatado de la mendicidad de Dublín. Ella sabía cuál era su papel y él el suyo. Como si fueran personajes de un himno.

Muy de vez en cuando, si estaba borracho, le pedía permiso para tocarla. Ella tenía la idea de que, de algún modo, a él le gustaba pedir; le permitía fingir que lo que estaba sucediendo era algo consensuado. Eso, al parecer, era importante para él: que a ella no le importara, o al menos que se lo callara en caso contrario. Algunos hombres encontraban en el poder una razón para excitarse; otros lo hacían con la ficción de la igualdad.

Él nunca pedía que lo tocara. Quería mirar y tocar: nada más. La mayor parte de las veces él aparentaba no encontrar su cuerpo realmente estimulante, sino como una especie de problema que él no comprendía, como si sus declives y pliegues y durezas y blanduras fueran enigmas geométricos que tuviera que descifrar. Sus susurros y murmullos apenas se detenían un momento. «Todo va bien, ¿no, Mary? Por favor, dilo, si no. Somos amigos, ¿no, Mary? ¿No te molesta?» La acariciaba con la punta de los dedos, como algo frágil y valioso, una preciosa posesión que valiera la pena proteger. Un objeto de la colección de su padre de animales raros y extintos. Un huevo de alca, quizás; el cráneo de un dinosaurio.

1. La palabra «ama» en inglés es *mistress*, que significa también «amante». *(N. del T.)*

Algunas veces él emitía leves maullidos de apreciación, como un gato desgarrando su presa. Ella cerraba los ojos mientras él la tocaba y se imaginaba que estaba en otra parte. Eso la ayudaba a calmar su deseo de llorar o vomitar. Pensaba en los rostros de personas que había conocido, en el sonido de una campana un domingo por la mañana; en la forma en que el doblar de una campana provoca ondulaciones en un lago. Se decía a sí misma: «Pronto terminará. Significa que no me moriré de hambre. Es todo lo que significa». Despreciarlo era algo que ella trataba de evitar. Como él no merecía ninguna parte de ella, ella trataba de no sentir nada.

Una noche él empezó a besarle los pechos. «Mary, te amo. Siempre te ha amado. Ten piedad de mí, Mary; perdóname lo que hice.» Ella había bajado la mirada cuando sus labios se movían hacia uno de sus pezones, y suavemente dijo, sin moverse: «Me gustaría que no hiciera eso, milord». Transcurrió un momento. Ella se preguntó si iba a violarla. Pero él asintió sin decir nada y se incorporó. Regresó a su bloc de dibujo como si nada hubiera ocurrido; como si sólo se hubiera arrodillado para atarse el cordón de la bota.

Cada vez que ella se desnudaba parecía una revelación para él. Se quedaba boquiabierto como un hombre al que acaban de apuñalar en el corazón y que sabe, en ese instante, que su muerte es segura. A menudo ella se interrogaba sobre él y su esposa. Pues él era como un hombre que nunca ha visto a una mujer desnuda, cuando, sin duda, tenía que haberla visto. ¿Era posible que no? ¿No había visto acaso el cuerpo de lady Merridith? Ya no dormían en el mismo lecho, eso lo sabía ella; pero habían hecho dos hijos juntos, a fin de cuentas.

Habían transcurrido tres semanas desde la última vez que él subiera a su habitación; la noche en que había regresado a Dublín después de cerrar su casa de Galway. Se mostró como un hombre distinto aquella noche. Ella estaba cansada ese día. Los niños le habían dado problemas. Cuando iba a abrirse la bata, como él generalmente deseaba que hiciera, Merridith le pidió que se detuviera y que, sencillamente, se sentara a charlar un ratito con él.

Había algo tenebroso en él que ella no había visto antes; no la sombra de la lujuria, sino de la culpabilidad. Él le juró entonces que lo que había pasado nunca volvería a suceder; que estaba avergonzado de su conducta y que tenía intención de compensarla. No dejaba de repetir la frase «lo que ha pasado», como si todo hubiera sucedido igual a como pasa el tiempo. Lo que había pasado era absolutamente imperdonable, dijo; así que no había venido a pedir perdón. No se atrevía. Simplemente quería decir cuánto lo sentía y jurar por la vida de sus hijos que no volvería a molestarla. Había sido muy débil. Su vida privada era desgraciada. Él se había rendido a su infelicidad y debilidad: a su vergüenza. La soledad lo había conducido a acciones que ahora lamentaba profundamente. No cabía ninguna excusa para una conducta tan impropia, pero el pasado no podía ser alterado por los remordimientos, por necesarios que fueran. Si había algo que ella pudiera necesitar –lo que fuera– no tenía más que decirlo y él la ayudaría.

–Yo no necesito ayuda de nadie –respondió ella quedamente.

–Todos la necesitamos alguna vez, Mary.

–Yo no, milord.

Él aborrecía que ella le llamara así, «milord», mi señor. Le recordaba realidades que prefería olvidar.

–Los niños... les afectaría mucho si tú no quisieras venir a América. A todos nos afectaría, Mary. Tú has cambiado tanto las cosas... Ellos no lo han tenido fácil últimamente.

–Aquí ya no me queda nada. Como Su Señoría sabe perfectamente.

–Así que vendrás, a pesar de todo. Eso son buenas noticias. ¿Te quedarás con nosotros allí?

–Dejaré el empleo con su familia en el momento en que lleguemos a Nueva York. Sólo le pido que me pague los sueldos atrasados y una referencia.

–Mary –dijo él, inclinando la cabeza lentamente y contemplando las nudosas tablas del suelo–. ¿Crees que soy un animal? Supongo que debes de pensarlo.

–No le corresponde a una sirvienta tener opiniones sobre su amo.

Él no podía aguantar su mirada.

–Tantas cosas han pasado entre tú y yo, Mary... Quizás haya

una manera de que podamos empezar de nuevo. Tal vez recordando los tiempos en que éramos más jóvenes y felices. Me resulta insoportable que mis desgraciadas acciones hayan estropeado nuestra amistad.

–¿Ha terminado conmigo, milord? Me gustaría marcharme a dormir.

Él levantó la mirada hacia ella, entonces; como si no la conociera. El reloj de su tocador dio la una y media. Él se levantó pesadamente de la silla y paseó su mirada por la habitación; como un hombre que ha tomado un camino equivocado en un museo. Dejó su bloc de dibujo sobre el lavamanos y silenciosamente cruzó la puerta. Deteniéndose en el dintel, y sin darse la vuelta, dijo:

–¿Me estrecharás la mano, Mary? ¿Por los viejos tiempos?

Ella no respondió nada. Él asintió con la cabeza varias veces. Cerró la puerta a sus espaldas con un suavísimo clic. Ella le oyó bajar por la ruidosa escalera, así como el crujido de la puerta que daba al rellano del retrato.

Bajo la tapa del bloc de dibujo había un billete de cinco libras mal doblado en cuatro trozos. Ella quemó el cuaderno sin examinarlo y más tarde entregó el billete a una asociación de ayuda a los hambrientos.

Desde aquella noche él apenas le había dicho una palabra más a Mary Duane. Ella suponía que tenía miedo de que pudiera contárselo todo a su esposa. Era el tipo de hombre más triste del mundo. Aquel para quien las mujeres son una especie de crucifixión. Pero las mujeres que lo rodeaban siempre se sentirían más tristes. Él tenía treinta y cuatro años. Nunca cambiaría.

Quizás era algo que tenía que ver con su madre, que lo había dejado en Irlanda durante los seis primeros años de su vida y había regresado a Londres para vivir con su gente, llevándose a sus dos hijas pero no a su hijo. Nadie sabía por qué. Ahora ya no importaba. La madre de Mary Duane había sido contratada para cuidar de él entonces.

Buime, en irlandés: un ama de leche, o niñera. Una mujer que proteje a los niños; una madre temporal. *Nanny* era el término inglés para llamar a la mujer que hace semejante trabajo. El mismo nombre que para referirse a una cabra. Pese a toda su belleza, a su reverente elegancia, el inglés podía ser una extraña lengua a veces. Mary Duane, de Carna, hija de la *nanny.* Ella misma era actualmente una *nanny.*

Le pareció recordar la primera vez que había puesto los ojos sobre el futuro marido de Laura Merridith. El día que Mary cumplía cinco años, su madre la había llevado a la gran mansión de Kingscourt. Las habitaciones olían a mantillo y cera de abejas para pulir. Estaban atestadas de brillante vajilla de plata y extraños animales disecados; descoloridos cuadros de condes y vizcondes, barones y condesas, generales y viudas con título, muertos y enterrados en Clifden desde hacía mucho tiempo, pero que antaño habían vivido allí, en Kingscourt Manor. Un retrato de lord Merridith, con sus vestiduras de magistrado, colgaba en el rellano que conducía a la sala de música. Otro, mucho mayor, de la altura de una pared, que le mostraba con sus ropas escarlatas de marino y emplumado sombrero negro, colgaba en la librería como el cartel de un circo. Un gran piano descansaba en el salón[1]. (Un salón no era un lugar para que la gente dibujara.) «Sebastien Erard» era el hombre que había construido el piano... Su madre le mostró las letras de oro grabadas. La alfombra de la escalera era de un rojo descolorido y estaba adornada con un dibujo de espadas cruzadas y un grifo, el animal mitológico. *Fides et robur* era el lema familiar de los Merridith. «Fe y fortaleza», en la lengua latina. La familia de Mary Duane no poseía ningún lema y ella se preguntaba cuál podría ser si alguna vez tenía uno. Había un paragüero en el vestíbulo, al lado de la puerta de entrada. Estaba hecho de la pata de un elefante.

Lord Merridith estaba esperando junto a la chimenea, en el comedor, con las manos a la espalda y los pies separados casi un metro. Parecía uno de los apóstoles de Cristo, con una limpia y blanca barba, y una boca y ojos severos que parecían quemarte por dentro. Era calvo como un huevo y no tenía cejas. Un proyectil había explotado a su lado en Trafalgar y le había quemado el pelo de la cabeza, aunque no su barba. Había visto caer al almirante Nelson de un balazo en la columna, y ayudó a portar el

1. El narrador recalca aquí el absurdo de llamar sala de dibujo, *drawing room*, al salón de una casa. En realidad, viene de *withdrawing-room*, que significa «retirarse». *(N. del T.)*

ataúd del almirante. Las cejas y el cabello nunca le habían vuelto a crecer. Había una maqueta de una torre en ruinas sobre una peana, al lado del aparador. Lord Merridith estaba planeando construirla en el prado de Lower Lock, cerca del altozano donde se alzaba el Faerie Tree, el árbol de las Hadas. Por qué alguien querría construir una ruina era algo que Mary Duane no podía comprender, pero su madre le había dicho que no hiciera preguntas. Lord Merridith sentía interés por las ruinas de todo tipo. Tenía derecho a interesarse por cualquier cosa que le gustara.

Al principio le había dado demasiado miedo para atreverse a hablarle. Pero pronto él le sonrió y le alborotó el cabello. Había algo en su interior de una intensa bondad, ella podía verlo. Era como pensar que podías distinguir monedas en el fondo de un río fangoso.

Tenía unas ampollas encostradas del tamaño de una hoja en el dorso de las manos, salpicadas de manchas de loción, de color rosa pálido. Le dio un sello de un penique y contó un chiste que ella no comprendió, porque lo dijo en inglés, y ella no sabía mucho inglés en aquella época. Y le sirvió un vaso de limonada de una jarra, al tiempo que la felicitaba por su cumpleaños[1]. («Muchos felices retornos.» ¿Qué quería decir? ¿Significaba que podía volver a la casa cuando quisiera?) Entonces él señaló con el dedo a un niño de triste mirada que estaba agachado bajo la enorme mesa de caoba, canturreando y jugando con el aro; una especie de monaguillo con pantalones de terciopelo. «Ése es mi almirante de la flota. ¡Arriba, arriba! Ponte firmes y di buenos días, ¿quieres, David? ¿Dónde están tus modales, por el amor de Dios?» (La madre de Mary le explicó que un almirante de la flota era… el nombre de una bella mariposa inglesa.)

Él tenía cinco años, como ella. Quizá cuatro. Había cruzado a trompicones la habitación y hecho una solemne reverencia a Mary Duane y luego a su *nanny.* Lord Merridith y la madre de Mary Duane se habían reído. Y el niño se quedó mirando a su padre con una expresión desconcertada, como si no pudiera comprender exactamente por qué se estaban riendo; como si él,

1. El narrador se refiere a la costumbre inglesa de felicitar con la fórmula: *Many Happy Returns.* (Ese *returns* se refiere a los años, claro.) *(N. del T.)*

al igual que Mary Duane, estuviera oyendo un idioma que no entendía.

Mary Duane conocía bien esa expresión. La había visto en su cara miles de veces mientras crecían juntos en los campos que rodeaban Kingscourt. En ocasiones aún la veía ahora, como el destello de una imagen persistente en la retina de algo oscuro bajo la luz del sol. La mirada de un niño que necesita que le expliquen algo obvio.

A menudo su padre se encontraba fuera, en la guerra. Siempre había una guerra en algún lugar. Una tía vino de Londres para ayudar a cuidar de él. Era una vieja y graciosa dama, viuda, de bondadoso corazón, que lucía un tenue bigotito parecido a una peluda oruga gris, y con frecuencia estaba tan borracha que no podía andar en línea recta. Bebía brandy Tres Coronas «como un vulgar marinero». Eso es lo que el padre de Mary Duane había dicho.

El almirante Nelson fue metido en el ataúd empapado en brandy. El brandy evita la putrefacción del cuerpo. Los grajos de las almenas la mantenían despierta por la noche. A veces la habían visto tirarles piedras con un tirachinas. Johnny deBurca cuidaba de los ponis de Kingscourt. Él había tenido que impedir que la vieja siguiera disparando con el tirador; estaba rompiendo las ventanas superiores. Y también rompía el canalón. Estaba mal de la cabeza. «Tía Eddie», la llamaba David Merridith. (Decía que ella era «nativa de Barking, Madbury».) La madre de Mary Duane dijo que el verdadero nombre de Tía Eddie era la viuda lady Edwina.

El nombre de David era Thomas David, pero todo el mundo le llamaba David o Davey. Sus otros nombres eran «Su Señoría», o «el vizconde», o «el vizconde Roundstone». Toda la familia de David tenía tres nombres, al menos. Debía de ser confuso a la hora de la comida.

Achispada. Bajo la influencia. Una copa más de la cuenta. Le hacen candelillas los ojos. Todo sinónimo de lo mismo.

A veces, si su tía se encontraba en cama, o borracha, la madre de Mary se lo llevaba a su propia casa por unas horas. Le gustaba jugar con el foso de cenizas o pelearse con el perro. Le gustaba la manera en que la madre de la niña vaciaba el gran caldero negro de patatas directamente sobre la mesa. Le gustaba comer patatas con sus manitas desnudas lamiendo la mantequilla de sus nudillos como un perrito. Algunos días subía a su barquilla de pieles con los padres y los hermanos de la niña, y navegaban hasta más allá de Blue Island e Inishlackan, donde la caballa y el salmón marino estaban gordos como cochinillos. Regresaba a casa con los hombres, al crepúsculo. Temblando de júbilo, subido a los hombros del padre de Mary; blandiendo una varilla de endrino como un alfanje. «¡Tarará! ¡Tarará!» Una noche lloró amargamente cuando la madre de Mary Duane lo llevaba de vuelta a Kingscourt para meterlo en cama. Quería quedarse donde estaba, dijo. Quería quedarse para siempre jamás.

Pero no sería correcto que se quedara a dormir allí, le había dicho la madre de Mary. Cuando le preguntó por qué, ella respondió suavemente: «Porque no lo sería».

Mary Duane pensó que su madre era cruel. A otros niños se les permitía a veces quedarse, aunque les esperaba su propia madre en casa. El pobre David no tenía una madre que lo cuidara. Realmente, tampoco tenía padre, porque estaba siempre en la guerra. Él se encontraba solo en aquella grande y oscura casona, excepto por su borracha y bigotuda tía, y los grajos. Y si bien se miraba, hasta podía haber fantasmas allí.

–Sin duda, podría haberlos –comentó el padre de Mary.

Al decir eso, el hombre había cruzado su mirada con la de la madre de Mary Duane, pero ésta le hizo aquella señal con la cabeza que solía hacer cuando no quería hablar de algo delante de los niños.

En mitad de la noche, se despertaron a causa de unos frenéticos golpes en la puerta trasera. Era David Merridith, llorando de miedo. Había venido corriendo desde la mansión con su camisón y gorro de dormir, pese a que el trueno estaba sacudiendo la tierra y los rayos partían el cielo en dos, y la lluvia era tan torrencial aquella noche de noviembre que las tierras bajas de Galway quedaron anegadas durante semanas. Sus pies y pantorrillas estaban llenos de cortes producidos por las espinas, y su rostro cubierto de barro. «Por favor, dejadme entrar. No me echéis.» Pero el padre de Mary le había echado encima un abrigo y conducido de vuelta a la mansión.

El padre de la niña estuvo fuera mucho rato y cuando volvió a la cabaña parecía más viejo. Paseó la mirada por la pequeña y oscura cocina, como un hombre que se ha perdido, o se encuentra en la casa equivocada, o se despierta de un sueño en el que ha visto algo espantoso. El cerrojo hacía un ruido metálico bajo la corriente de aire. Los ratones correteaban por dentro de las paredes de la choza. La madre de Mary había corrido hacia él, pero él se apartó como hacía siempre que estaba preocupado por algo. Cogió de la alacena una jarra de calostro, la leche de una vaca que recientemente ha parido, y se la bebió toda de seis grandes tragos. Mary Duane había corrido hacia él tratando de tranquilizarlo. Pero él la abrazó contra sí y le besó el cabello, y cuando ella levantó la mirada su padre estaba llorando, igual que su madre, aunque Mary no sabía por qué.

La mañana del domingo de Resurrección de 1819, Mary Duane se dirigía al pozo de Cloonisle Hill cuando vio a una hermosa dama ataviada con una capa azul celeste con capucha que bajaba de un carruaje frente a Kingscourt Manor. Su padre le explicó que se trataba de la madre de David Merridith. Debía de haber vuelto a casa desde Londres para cuidar de él.

David ya no bajaba ahora a la cabaña de Mary tan a menudo, pero siempre que lo hacía tenía un aspecto feliz y sano. Llevaba un traje blanco de marinero que la mujer le había comprado en Greenwich. A veces traía unos caramelitos blancos llamados melcochas. Greenwich era el lugar donde se inventó el tiempo. El Rey de Inglaterra había inventado el tiempo. («No sé por qué Jesús hizo eso –decía su padre–. Habríamos sido más felices si no lo hubiera hecho.»)

La madre de David era el ser más elegante que Mary Duane había visto nunca. Inmaculadamente vestida, esbelta y equilibrada, elegante como la flor de un manzano Bramley. Mary y sus hermanas tenían la impresión de que se deslizaba por el suelo. Verity era su nombre de pila: una palabra inglesa que servía para designar la verdad. Estaba emparentada con otro almirante: Francis Beaufort. Era el hombre que había descubierto los vientos[1]. Los

1. De hecho, lo que hizo fue establecer una escala, que lleva su nombre, para los diferentes vientos, según su fuerza. *(N. del T.)*

zapatos de la mujer estaban exquisitamente fabricados. Sus ojos eran verdes como el mármol de Connemara de que estaban hechas las escaleras del púlpito de la iglesia de Carna.

Lady Verity era amada por los arrendatarios de Kingscourt. Cuando una mujer embarazada daba a luz por primera vez, la condesa llegaba a la cabaña con frutas y tortillas de trigo. Insistía en que el hombre de la casa saliera para que ella pudiera sentarse y hablar en privado durante un rato con la nueva madre. Siempre dejaba una guinea de oro para celebrar la llegada del niño. Visitaba a los enfermos, especialmente a los ancianos. Montó una lavandería para uso de las esposas de los arrendatarios en un establo caído en desuso, a orillas del arroyo, de manera que, incluso con mal tiempo, las mujeres tuvieran un lugar donde lavar la ropa. Cada año por su cumpleaños, el siete de abril, daba una fiesta en el prado de Lower Lock para los niños de la hacienda. Ese día era conocido entre la gente como el Día de Verity. Los criados y granjeros se sentaban con la pequeña nobleza.

Cuando el hongo de la patata golpeó Connemara en 1822, la propia lady Verity dirigió el comedor de beneficencia de la Granja Modelo, en tanto Mary Duane y David Merridith, ambos de diez años de edad, ayudaban a cortar los nabos y bombear el agua. Dos peniques por cada cubo de aulagas les pagaba a los niños de Kingscourt, que correteaban por la hacienda recogiéndolas en cestos, y luego machacándolas como pienso para las cerdas de Su Señoría. David Merridith las robaba después de la pocilga y se las llevaba a escondidas a los hermanos de Mary Duane, que a su vez las vendían, y luego le daban al niño medio penique. Los arrendatarios de lord Merridith, la gente de Kingscourt, eran envidiados por los de la propiedad colindante, la del comandante Blake, de Tully. Sus colonos no le importaban un diablo, con plaga o sin ella; eso era lo que el padre de Mary Duane había dicho. Él sí que era un maldito diablo. No era mejor que cualquiera de los otros terratenientes absentistas preocupados sólo por cobrar un arriendo exorbitante. Se largó a Dublín tan pronto la cosecha se frustró, el maldito cabrón de corazón de hielo. Habría robado la leche de la boca de un huérfano. Los Blake eran unos renegados que habían cambiado la religión católica por la protestante. Si hubiera visto a un inglés caminando por la carretera sin pantalones, él lo habría hecho sin calzoncillos para ser más inglés que él.

Noventa de sus arrendatarios habían muerto ya y sus agentes estaban desahuciando a las familias que tenían los pagos muy atrasados. Llegaban a las casas hombres enmascarados, por lo general a primera hora de la mañana. Tenían que llevar máscara, aquellos sucios traidores, porque si eran reconocidos tendrían lo que se merecían. Eran capitaneados por un alguacil, un baile o sheriff, que les indicaba qué cabañas derribar y cuáles mantener. Se encaramaban a los tejados de las chozas condenadas y serraban las vigas hasta que las paredes se derrumbaban. A veces simplemente las quemaban para hacer salir a la gente. Las familias se veían entonces obligadas a vivir en el bosque, o en *scalpeens* hechos con tepes de turba al lado del camino.

Lady Verity enviaba a los hombres de Kingscourt a los bosques a rescatarlos. Podían venir y alimentarse en la mansión, decía. Nadie que estuviera hambriento sería rechazado. Era un momento en que todo Galway debía permanecer unido.

Algunas veces David Merridith lloraba de miedo cuando veía acercarse a través de los campos de trigo aquel batallón de tambaleantes fantasmas de blancas caras, y quería escaparse. Pero su madre no lo dejaba. Siempre lo obligaba a quedarse. La mujer nunca se mostraba desagradable, pero, con todo, su tono era firme.

Un día Mary Duane oyó que le decía al pequeño vizconde: «A los ojos de Dios ese pobre hombre es exactamente igual que tú. Tiene una esposa y familia. Tiene un hijito. Y ama a su hijo del mismo modo que yo te amo a ti».

Otro día, cuando la plaga estaba terminando, lady Verity, Mary y la madre de Mary Duane estaban limpiando la gigantesca caldera de cobre del comedor de beneficencia cuando, de pronto, lady Verity se cayó de culo como si la hubiera empujado un niño agresivo. Mary Duane se rió al verla en el suelo. Su madre le dijo con enfado que no debía reírse, pero lady Verity se rió también mientras se ponía de pie, y se limpiaba el polvo de la falda de su hermoso vestido y se quitaba los restos de unas zosteras de su trasero. Dijo que le dolía un poco la cabeza y que quizá se iría a la casa a echarse una siesta.

Aquel mismo día, más tarde, vino el doctor Suffield desde Clifden. Permaneció en la mansión hasta entrada la noche. Durante seis meses, nadie vio a lady Verity en la hacienda. Su hijo había sido enviado a casa de unos amigos de sus padres, un lugar llamado Powerscourt, en el condado de Wicklow. Ella no volvió a visitar a los enfermos nunca más. Nacían niños y morían personas, y lady Verity seguía sin salir de la mansión. La lavandería de orillas del río comenzó a degradarse. Empezaron a crecer malas hierbas en la paja del techo. Algunos de los arrendatarios más viejos, que recordaban el hambre de 1714, empezaron a decir que lady Verity había recibido el beso de la muerte: que debía haber inhalado el aliento de alguien que sufría la fiebre de la plaga, o mirado demasiado directamente a sus ojos. La madre de Mary le dijo a la niña que eso era sólo una tonta superstición. No podías contagiarte de la fiebre sólo con que alguien te mirara.

Una mañana, al alba, Mary Duane, su padre y su hermana menor, Grace, estaban recogiendo setas en el prado de Lower Lock cuando oyeron un grito que procedía de Kingscourt Manor. Transcurrió un largo momento. El viento zarandeaba la grama. Un conejo levantó la mirada desde un matojo de aulagas. Otro grito llegó hasta ellos; más fuerte que el primero. Tan fuerte que hizo levantar el vuelo, asustados, a los mirlos del Faerie Tree.

–¿Es la *banshee*? –preguntó Grace Duane, mortalmente asustada por el terrible sonido.

Nunca había oído a la *banshee*[1], pero sabía lo que decían que significaba su gemido.

–No es nada en absoluto –dijo su padre.

–¿Es la *banshee* que llama a lady Verity?

–Son sólo gatos viejos –dijo Mary Duane–. ¿No es verdad, papi?

Su padre daba vueltas como una oxidada veleta. Miraba ciegamente a los ojos de la niña, con los húmedos cuescos de lobo en sus dedos manchados de barro. Era la primera vez que la niña le había visto asustado.

–Eso es, cariño. Eso es exactamente. Ahora apresurémonos y volvamos todos a casa.

1. *Banshee:* en Irlanda y Escocia, hada maligna que anuncia la muerte. *(N. del T.)*

La niña consideraba que su edad adulta había comenzado en aquel momento. La primera vez que se había puesto una máscara por otro motivo que no fuera por simple juego.

Llegaron a la mansión médicos de Dublín. Un famoso cirujano había venido de Londres con una bandada de enfermeras de crujientes uniformes color crema. Un día, a medianoche, lady Verity fue vista por el jardinero cruzando por delante de una ventana del piso superior con una vela en la mano. El día de san Patricio de 1823, a las seis en punto de la mañana, murió.

Su funeral fue el más grande jamás celebrado en Galway. Siete mil acompañantes atestaban el cementerio de Clifden y llenaban las calles media milla alrededor. Protestantes y católicos, plantadores y nativos, ricos y andrajosos, uno al lado del otro bajo la lluvia.

Las dos hijas de lord Merridith habían sido traídas de Londres. Mary Duane no recordaba haberlas visto antes. Una de ellas era alta como un tallo de judía, la otra, baja y gordita. Natasha Merridith. Emily Merridith. Parecían dos hermanas que se hubieran escapado de una poesía infantil.

Un párroco de Sligo recitó las plegarias. El reverendo Pollexfen, un nombre que Mary Duane nunca había oído. Era un profeta de aspecto amenazador, cabello rubio, pecho como un tonel, con enormes manos y gruesos zapatones sin pulir, y cuando recitaba las sombrías palabras de los Salmos temblaba como un roble bajo la tormenta.

El ataúd de lady Verity fue bajado a la tumba. Sonó la campana. Una vaca berreó en un campo cercano. Una hebilla suelta hacía un sonido metálico en el cinturón de lord Merridith. Gotas de lluvia salpicaban las charreteras de su uniforme. El viento susurraba entre las hojas de los castaños.

Y entonces empezó el sonido.

Una voz solitaria, desde la multitud a sus espaldas. La voz de una mujer vieja. Y luego otra.

Suave al principio, pero rápidamente fue creciendo; extendiéndose por la multitud, en dúos y tríos. Los hombres, ahora; y los niños pequeños. Creciendo a medida que una nueva parte de la muchedumbre se iba sumando al canto. Aumentando en volumen, hinchándose como una ola, resonando contra los muros de granito de la iglesia hasta que a Mary Duane le pareció que el sonido estaba brotando de la húmeda y negra tierra y nunca podría ser detenido.

El avemaría, dicha en irlandés.

Hasta el momento de su propia muerte jamás olvidaría aquello. David Merridith –su David– con el impermeable de su padre, contemplando la abierta tumba, rezando en irlandés con sus futuros arrendatarios, murmurando las palabras como si estuviera hablando en sueños, levantando su hermoso rostro hacia la lluvia; y la espantosa visión de lord Merridith llorando.

Anois, agus ar uair ár mbáis: Amen.

Ahora, y en la hora de nuestra muerte.

Capítulo VIII

LO QUE NO SE DICE

Donde continúa el retrato de la más temprana vida de Mary Duane: el descubrimiento de la geografía y de ciertas materias que atañen a la lengua inglesa.

Lord Merridith empezó a descuidar su aspecto. Su antaño aseada barba blanca crecía ahora desgreñada y basta, las uñas de sus dedos estaban sucias, y los dientes descoloridos: amarillentos y ennegrecidos como las teclas de un piano antiguo. Las ampollas que Mary Duane había visto en el dorso de sus manos ahora se veían en su cara y cuello. Y parecían dolorosas. A veces incluso sangraban. Ella lo vio paseando por el prado de Lower Lock un día al alba, golpeando las piedras rotas con su bastón. Levantó los ojos y le rugió a la niña que se apartara de su vista. Algunos decían que olía como un desagüe reventado. Otro informaba de que se había aficionado a beber whisky. Sus ropas estaban sucias con frecuencia.

A veces, por la noche, en la cabaña de su familia, a unos cuatrocientos metros de distancia de la mansión a través de Cashel Bay, podían oír a lord Merridith vociferando en la noche. Extraños rumores sobre él empezaron a correr por la propiedad: que pegaba a su hijo hasta que el niño lloraba y gritaba que parara; que había hecho una pila con los vestidos de su difunta esposa y los había quemado. Los ganaderos susurraban que era cruel con sus animales: que había azotado hasta matarlo a un caballo que había pertenecido a lady Verity. Algo que resultaba inimaginable para Mary Duane. Él amaba a sus caballos.

–Más que a su gente –dijo su padre.

Como magistrado empezó a hacerse temer en todo Connemara. Antaño admirado por todos por ser escrupulosamente justo en sus juicios, por ponerse del lado de lo correcto contra las influencias, ahora era temido desde Spiddal a Leenaun. Se enfurecía con los presos que comparecían ante él. Si un hombre se dirigía a él como «lord David», o incluso «lord Merridith», como siempre había sido la costumbre, se levantaba y rugía: «¡Mi nombre es Kingscourt! ¡Dirígete a mí adecuadamente! ¡Vuelve a faltarme al respeto y serás azotado por desacato!».

El 4 de mayo de 1826 sentenció a un hombre a muerte. El preso, un arrendatario desahuciado del comandante Blake de Tully, había robado un cordero de los prados del comandante y apuñalado mortalmente al guardabosque que había tratado de arrestarlo. El caso atrajo la atención de todo Connemara. El acusado tenía cinco hijos; su mujer había muerto. Incluso la viuda del guardabosque suplicaba clemencia. Lo que el hombre había hecho era terrible, dijo, pero algún día tendría que enfrentarse con su Dios. Algún día todos tendríamos que enfrentarnos con Él. Ya había habido demasiadas muertes en Irlanda. No quería ver a más niños sin padre. Pero el hombre fue colgado en el cuartel de Galway una semana después de dictarse la sentencia; su cuerpo fue enterrado en cal viva en el patio. Sus hijos fueron enviados al hospicio de Galway, al igual que, un mes más tarde, lo fueron los hijos del guardabosque. Los siete niños engendrados por el asesino y la víctima eran enterrados en la misma fosa antes de que terminara el año.

Se compuso una balada sobre la crueldad de lord Kingscourt. Mary Duane la oyó una mañana en el mercado de Clifden.

> Venid todos los verdaderos hijos de Connaught
> y escuchad un momento,
> lo que se dice del lord tirano de Carna
> y de su descendencia que arruina nuestra isla.
> El que causa nuestras desgracias y nos rompe los huesos.
> Para mantenerse arriba, nos mantiene abajo
> y nos tritura contra las piedras.

Ella se acercó al cantor de la balada y le dijo que parara. Era un hombrecillo feo con un ojo que le rezumaba. Lord Merridith era un hombre que había tenido problemas terribles, y la canción no decía nada de ellos. ¿Y esa mierda de «verdaderos hijos de Connaught»? ¿Acaso Su Señoría no nació a treinta kilómetros de distancia, como su padre y seis generaciones de los suyos antes?

–¿Dónde demonios naciste *tú*? –le preguntó ella al cantor de baladas.

Pero éste se la tomó a broma y la apartó con el codo.

–Puede hacer sus propias malditas canciones, si quiere, el muy asesino.

Aquella noche ella soñó con la lavandería de la orilla del río. Mujeres lavando ropa y cantando un himno. Lady Verity quitándose hierbajos del trasero, riendo. Mientras a su alrededor las blancas sábanas ondeaban como velas. Mojadas de agua y manchadas de sangre.

✸

David Merridith fue enviado a un internado en Inglaterra. Cuando volvió a Connemara para sus vacaciones de mediados de curso le describió la escuela a Mary Duane con detalle. El lema de la escuela era «Los modales hacen al hombre». Estaba cerca de un lugar llamado Water Meadows. Había sido fundada casi quinientos años atrás, en 1382, tres siglos antes de que los lugartenientes de Cromwell llegaran a Connemara. A ella le gustaba repetir las hermosas palabras que formaban su nombre.

Winchester College, Hampshire.

Winchester.

Hampshire.

David Merridith va al Winchester College de Hampshire.

Tenía once «casas» y sus propias reglas especiales para el fútbol. El pueblo de Carna tenía once casas también, pero la palabra «casa» tenía un significado diferente en Hampshire. Una casa era un edificio donde vivían muchos chicos, pero no chicas ni damas. Los muchachos dormían en dormitorios comunes, como los soldados o los locos. Tenían «amos», pero no como los criados. Si vivías en una casa odiabas a todas las demás casas. Defendías el honor de tu casa hasta el final. Pero si llegaba la hora de luchar lo hacías con justicia y virilmente. Nunca le dabas un puñetazo a un individuo si se encontraba en el suelo o herido, y *jamás* lo delatabas a su amo. Si alguna vez lo hacías, eso era rebajarte; eras un asqueroso chivato, un pelota, un perro faldero. Incluso si te atacaban, había reglas.

Hampshire era un condado de la costa sur de Inglaterra, Mary preguntó a sus padres sobre ese lugar en un par de ocasiones –de joven, su padre había ido a Inglaterra algunos veranos para trabajar como peón agrícola–, pero ellos no supieron responderle nada. Un día se escabulló a Kingscourt Manor y le pidió a Tommy Joyce, el ayuda de cámara de lord Merridith, que se lo mostrara en el atlas de la biblioteca, que tenía un diccionario geográfico.

Hampshire se encontraba frente a Francia, al otro lado del mar. No sólo era histórico; estaba «empapado de historia». Era ampliamente conocido y valorado por sus acantilados cretáceos, el carácter agradable de su encantadora gente y sus fascinantes formaciones de rocas fosilíferas. («Madre de Cristo –dijo Tommy Joyce–. Es para que se te trabe la lengua.»)

Winchester era la capital. Allí el rey Alfredo había muerto y Enrique III había nacido. Corrían muchos rumores en el mundo de las letras sobre que la autora de los famosos y encantadores entretenimientos *Sentido y sensibilidad* y *Orgullo y prejuicio* (publicados bajo el misterioso pie «de una dama») residía en el condado de Hampshire. El famoso Mr. Brunel, inventor de máquinas, vivía allí cerca, en Portsmouth. Lord Palmerston, el secretario de la Guerra, tenía su casa solariega en Romsey. La Tabla Redonda del rey Arturo podía ser contemplada en Winchester. Colgaba del bastión oriental del Gran Salón, aquel nobilísimo ejemplar de magnífica construcción cuyas enormes piedras y vigas de roble cantaban el conmovedor himno de la gloria de Inglaterra; el genio de su gente, desde el plebeyo hasta el Rey. («Mira qué frase –suspiró Tommy Joyce–. El genio de su gente, desde el plebeyo hasta el Rey.»)

Nadie famoso procedía de Connemara. No había piedras que cantaran ni magníficas construcciones. Ni rumores literarios. Ni tablas colgadas de las paredes. No habían nacido, ni vivido, ni muerto, reyes allí. De haberlos habido, hacía tanto tiempo de ello que nadie se acordaba de sus nombres. Ni inventores, ni escritores, ni secretarios de la Guerra. Qué maravilloso lugar debía de ser Hampshire.

Las reglas del fútbol del Winchester College eran complicadas. Los equipos tenían nombres misteriosos e indescifrables. Escolásticos contra Inferiores. Viejos Tutores contra Los Mundos. Nadie había escrito nunca las reglas, pero tenías que aprenderlas de todos modos o los *shags* te daban un tortazo. Te daban codazos, te machacaban, te daban una paliza. (*Shag* era la palabra inglesa que significaba «cormorán»; también era un nombre amistoso para indicar a un chico inglés.) Un *shag* tenía que permanecer en medio de un campo y sujetar la pelota mientras gritaba: «¡Gusanos!». Ésa, dijo David Merridith, era una de las reglas. Conocer las reglas era conocer el lenguaje, aunque no existía ningún libro del que pudieran sacarse.

La comida en el Winchester College era horrible. «Terriblemente espantosa», *ghastly* decía David Merridith; una maravillosa palabra que Mary Duane no había oído nunca, aunque le parecía que sonaba como su propio significado («*ghaarst*», podías gemir, si estabas mareado, por ejemplo). Pero algunos de los chicos eran tipos decentes. Había también allí un montón de otros *shags* de «Arland», y se zarandeaban mutuamente pasara lo que pasase. No eran *ghastly.* Eran chicos condenadamente majos.

Las piedras cantaban en Hampshire. Los ladrillos resplandecían.

Pero David Merridith, no. A menudo volvía de Hampshire con aspecto enfermizo, pálido. Se quitaba sus bien planchados pantalones de estambre, su blázer y gorro de escolar del Winchester College, y se ponía las burdas ropas que llevaba en casa en Connemara: los pantalones de lona de campesino y el *bratt* o bata corta de lana. Parecía creer que eso ocultaba su condición, pero por alguna razón más bien tendía a subrayarla. Un niño con un disfraz en el que nadie creía, un actor haciendo un papel que no comprendía. Recorría cada campo rocoso y cada tremedal, cada camino lleno de baches, cada tortuosa carretera secundaria y cada uno de los trece pueblos de la hacienda de su padre, hablando el irlandés que había aprendido de los sirvientes de su padre.

Los arrendatarios encontraban difícil adaptarse a su cambiante acento: la exótica música del gaélico de Connemara hablado con los acentos de la escuela pública inglesa.

Decía «Ellorn», cuando quería decir *oileán*, una isla. «Rark» era su forma de pronunciar *radharc*, un paisaje. «Rark. Rark.» Sonaba como un *shag*. Él *era* un *shag*. El más *shag* de todo Galway. Muchas personas, la verdad, no podían entenderlo. Mary Duane era una de las pocas en toda la hacienda capaz de distinguir de qué demonios estaba hablando. Incluso cuando hablaba en su inglés nativo, su acento era más difícil de descifrar ahora. Para decir «Westport», decía «Wistpawt». Y pronunciaba «Arland» cuando realmente quería decir Irlanda. (Algunos creían que estaba diciendo «O*ur*land», nuestra tierra, y por tanto adoptando una postura política. Entonces solían simplemente asentir con la cabeza y darse la vuelta, sonriendo.)

Le gustaba hablar en lengua irlandesa. Se dirigía a la madre de Mary como «Mujer de Duane». A su padre como «Amigo» o «Estimada Persona». Cuando entraba en su cabaña sonreía y anunciaba: «Cristo nos separa de todo daño». Decía «El Señor bendiga a todos los presentes» en gaélico, y «Dios y María sean con vosotros», en lugar de hola, o buenos días. El padre de Mary lo encontraba extraño y ligeramente molesto. «Da dolor de cabeza ver cómo se comporta. Y en cuanto a lo de Dios os bendiga, él es un maldito protestante sin Dios. Ni siquiera *cree* en Él.» La madre le dijo que dejara de cotorrear como un imbécil, pero el padre pensaba que el comportamiento de David Merridith era sospechoso. «Quiere aparentar algo que no es –decía–. No es nadie, ese mocoso, y quiere parecer alguien.»

–Justamente porque le enseñan modales en el Winchester College –dijo Mary.

–Los modales hacen al hombre –dijo su madre.

–Fue fundado en 1382 –dijo Mary.

–Como mi culo –dijo su padre sombríamente.

Transcurrieron los meses. David se aficionó a dibujar. Mary, camino del mercado o al regresar del pozo de Cloonisle Hill, se encontraba con él algunas veces, sentado con un bloc y una caja de carboncillos. El niño tenía talento para captar el paisaje rocoso especialmente, el sentido del drama implícito en éste y sus cambios de luz. Unos pocos garabatos de su carboncillo y lo veías materializarse: marga, esquisto, masas de algas, basalto, el jaspeado de los guijarros como balas en los campos. Asimismo, era capaz de dibujar edificios con una precisión que Mary Duane consideraba casi milagrosa. Su gente aparecía también un poco demasiado idealizada; más fuertes y elegantes de lo que eran en realidad. Pero las personas eran ya su tema favorito, los arrendatarios y criados y trabajadores de la hacienda. Era como si los dibujara tal como quería que fueran: en absoluto como eran, o como habían sido alguna vez. Quizá ni siquiera como ellos hubieran querido ser, porque nunca les preguntaba. Simplemente los dibujaba.

Pese a su palidez y fragilidad, lo cierto es que crecía, se hacía más guapo, las facciones bien distintas del pétreo rostro de su padre. La gente decía a menudo de David Merridith: «Su madre nunca estará muerta mientras este chico viva». La estirpe de su padre. La imagen de su madre. El semblante de su hermana. El espectro de su tía. Sus modales eran amables, amistosos, con todo el mundo, aunque sólo cuando dibujaba un retrato podía mirar a alguien directamente a los ojos. Un pequeño tartamudeo ocasional, y el rubor que eso le producía, le hacían aparecer más tímido e incapaz de lo que realmente era. Aunque, curiosamente, nunca tartamudeaba cuando hablaba en irlandés; quizás, imaginó Mary, porque tenía que pensar con más claridad antes de hablar en una lengua que no era la suya.

Por alguna extraña razón, abejas y avispas le picaban continuamente. Tal vez era más descuidado que otros; o tal vez había algo dulce en su sangre que las atraía. Fuera cual fuese la causa, al parecer ocurría diariamente. La niña le veía a veces en un campo lejano, agitando las manos alrededor de su cabeza, saltando y bailando una especie de frenética giga. Para algunos de la propiedad el chico resultaba vagamente divertido –«un whisky aguachinado» o «un vejestorio tartamudo»–, pero para Mary Duane, su compañera de la infancia, el muchacho tenía la desgarradora belleza de un ángel de un libro de oraciones; el extraño encanto de algo que se ha extinguido.

En una ocasión, el verano del decimoséptimo cumpleaños de Mary, habían ido a dar un paseo juntos por los bosques de piceas, junto al lago Glendollagh. Como de costumbre, él no paraba de hablar de su escuela. Estaba explicando que el nombre que se daba a un *shag* que había asistido al Winchester College era «un viejo wykehamista»: pero para serlo no hacía falta que fueras viejo o de Wycombe. (Dependiendo de ciertas misteriosas circunstancias, ser de Wycombe podía, de hecho, descartarte. Podías ser un viejo wykehamista a la edad de dieciocho años, y podías ser un viejo wykehamista procediendo de Connemara. El padre de David Merridith, por ejemplo, era un viejo wykehamista, y, pronto, David Merridith lo sería también.)

A Mary Duane le sonaba como un terrible insulto. «Cállate de una vez con eso, tú y tu viejo wykehamista, si no quieres que te dé un cachete», murmuró para sí. Pero luego pensó que era mejor no decir eso. Decirlo podía ser *ghastly*, espantoso.

Algunos de los *shags* de la escuela tenían novia. Y les escribían cartas y les enviaban poemas. Un muchacho llamado Millington Minor era quien solía escribir los poemas. No, no era realmente un minero[1] (aunque la verdad era que curiosamente su padre poseía una mina). Si le dabas a Millington Minimus un pitillo o una moneda de seis peniques, o le ordenabas a tu sirviente que le limpiara sus chanclos, él te componía un poema que te hacía poner los ojos en blanco.

–Debes romperles el corazón a las chicas, ¿no?

–No lo sé, realmente –respondió él con tranquilidad.

–Así que no sabes mucho, ¿verdad, señor?

–Hay una chica que me gusta mucho. No sé si ella lo sabe.

–¿Es bonita, no? ¿Tu amorcito?

–Es la chica más bonita que hay desde aquí a Dublín.

–¿De veras? Debe de ser estupendo para ella.

–La más bonita de todo el mundo, me atrevería a decir.

–Harías bien en decirle lo que sientes, entonces, ¿no, señor?

Él soltó una risita tonta, como concediendo algo.

–Probablemente. Supongo que sí.

1. El narrador juega con el parecido de las palabras *minor* «menor» y *miner* «minero» en inglés. *(N. del T.)*

Hablaron durante un rato, metiéndose cada vez más en el bosque. Todo estaba en silencio, oscuro como una catedral, oscuro por el don de la reina de los prados y los pinos. «*To pine*» era un verbo inglés para expresar preocupación o tristeza; pero en aquel refugio nadie podía sentirse triste. El goteo vidriado de la savia sobre la corteza. El alfombrado de agujas de picea y helechos bajo los pies. Un respeto reverente se cernía sobre los bosques de Glendollagh y parecía una blasfemia romperlo hablando. Mary podía oír el sonido de la respiración masculina a su lado, así como el gorjeo de un estornino en las ramas de encima de su cabeza. Se paseaban por el otro mundo, temerosos de despertarlo. Y de repente él tropezó con un tronco cubierto de musgo y rodó por una pendiente, yendo a parar a una maraña de zarzas y dedaleras. Se hizo un corte en el labio y en el dorso de la muñeca. Al tratar de volver, volvió a resbalar y estiró el brazo para que ella lo ayudara. Mary lo cogió por el codo y lo izó con dificultad; los dedos llenos de barro de David se aferraron al desnudo y moreno antebrazo de la muchacha. Era la primera vez desde su infancia que se habían tocado.

Finalmente logró subir por el talud y cayó torpemente entre los brazos de Mary, mientras su mortificada cara enrojecía intensamente. Ojos verdes como los de su madre. Como hermoso mármol. Se podía captar la fiebre en los ojos de alguien.

No sabían cómo pero habían terminado cogidos de la mano. Paseaban por el bosque, ahora entrelazando sus dedos. Él había empezado a hablar de dibujo, pero ella no le estaba escuchando realmente, aun cuando alguna vez conseguía responderle. *Draw:* «representar; empatar; aspirar; hacer tablas; atraer como mediante magnetismo». Pronto llegaron a un claro usado por los cazadores furtivos para poner sus trampas. Un pequeño arroyo borboteaba sobre las blancas rocas de granito. Ella le soltó la mano y se acercó al agua; ahuecó las manos y bebió un sorbo. Cuando se levantó y se dio la vuelta, él estaba mirando los Doce Picos, como si no los hubiera visto nunca.

Nada se dijo durante un rato. Las reglas eran complicadas. Pero bueno, nadie las había escrito nunca.

Winchester.

Hampshire.

Winchshire.

Hampchester.

Él inclinó la cabeza y empezó a tocar con el pie una piedra suelta, a veces levantando la mirada hacia ella a través de su largo y desgreñado flequillo, inquieto como un ciervo en un bosque lleno de cazadores. La caída le había dejado una mancha de sangre en el labio superior, del color azafranado de una azucena silvestre. Se metió las manos en el bolsillo y distraídamente sacó el forro, fingiendo, de repente, que estaba buscando algo. Los pájaros detuvieron su gorjeo. Él cambió de pierna de apoyo. El sol salió de detrás de los árboles. Una filigrana de oro parecía brillar a su alrededor.

–¿Puedo be-besarte, Mary?

Se besaron durante unos minutos y luego empezaron a tocarse. Al poco rato se habían desprendido de sus ropas. Mary Duane comprendió que siempre recordaría lo que estaba sucediendo en ese momento. La profundidad de la hendidura donde estaba la clavícula de David. El olor de su sudor, como hierba recién segada. La extraordinaria sensación de su nuez de Adán entre sus labios. El terrible picor de su incipiente barba contra su cuello y sus hombros descubiertos. Recordaría sus nerviosas manos tocándole el abdomen y el ombligo, y luego la pétrea dureza de sus costillas. Después, la humedad de su boca sobre sus pequeños pechos desnudos, el talón de su muñeca contra el muslo de ella. La asombrosa suavidad de los montículos de su palma la hacían estremecerse de suave placer y cogerle la muñeca. La mano de David era como aire. Ella podía sentir casi las estrías de sus huellas dactilares. Cómo le besaba la boca mientras la tocaba y acariciaba. Los sonidos de placer emergían de la boca de la muchacha y se introducían en la de él. La lengua de David era como el malvavisco. El entrechocar de sus dientes. La presión de sus labios. Las manos de Mary en su cara. El vello rubio cuando ella le besaba el pecho. Y lo extraño de las cosas que ella quería hacer. Morderle en el hombro. Chuparle los pezones. Los aromas de sus cuerpos y el aroma de los helechos aplastados. El olor de la leche del diente de león sobre su piel tostada. Él no quería ser tocado… al menos, no le había pedido que lo hiciera. Pero cuando ella le tocó con indecisión a través de sus medio abiertos pantalones –angustia en sus ojos, su mirada entrecruzada–, empezó a llorar suavemente, y luego le suplicó con un susurro que no se detuviera. Se aferró a ella como una hiedra cuando le vino el placer, y le llenó de besos el cuello y los pechos.

Más tarde, yacieron uno en brazos del otro. Una luz grisácea se filtraba a través de las hojas verde oscuro. El aire olía a mantillo, humo de turba y lluvia. Una codorniz lanzó su peculiar grito. Ella no sentía vergüenza ni remordimiento de ninguna clase. Realmente lo que sentía era *nada*, pero era una nueva clase de nada: de la clase que le producía júbilo. Había empezado a llover, pero cesó igual de repentinamente. Al cabo de un rato ella se quedó dormida.

Cuando se despertó él yacía a su lado y murmuraba unas palabras: «*Tá grá agam duit, a Mhuire. Tá grá agam duit*». Podía oírse un zumbido de abejas en el claro. Ella había pretendido durante un rato que no se daba cuenta de lo que él estaba diciendo. «Te amo, Mary», en irlandés.

Se abrocharon los vestidos –él se dio la vuelta discretamente mientras ella se ajustaba la falda– y volvieron juntos paseando a través de los campos hasta Kingscourt. A lo lejos, las traineras se dirigían a Inisheer para la noche. Un becerro corría tras su madre. Otro resoplaba y balanceaba la cabeza. La vaca bajó majestuosamente a la orilla y empezó a beber entre los juncos. Dos diminutas figuras estaban segando hierba en la ladera de la colina. Hombres fatigados regresaban penosamente a casa desde el pantano, sus layas y palas sobre el hombro como si fueran rifles. No hablaban entre sí, cosa muy poco frecuente.

Mary se preguntó si él se sentiría incómodo, escandalizado, por su actitud tan complaciente. Quizá no tendría una opinión tan buena de ella ahora. Las chicas del pueblo decían que era mejor reservarse con los muchachos, aunque tuvieras sentimientos; incluso aunque amaras a uno. Un muchacho decente te respetaría por ello.

David se detuvo en un lugar y recogió un puñado de lisimaquias para ella. Volvieron a caer uno en brazos del otro y a besarse: con menos urgencia ahora, más comedidamente esta vez, con la deliberada ternura de unos adultos.

–Supongo que me culpas ahora –dijo él quedamente.

–No podría culparte más de lo que me culpo a mí misma.

–¿Lo prometes, Mary? No podría soportarlo si fuera cierto.

–Pues claro que sí, tontuelo.

Le besó su hermosa boca y le apartó el flequillo de los ojos. Tener permiso para tocarlo parecía una especie de bendición.

–No te preocupes, todo está bien.

–Yo... yo no podía parar. Lo siento. Por favor, no pienses mal de mí, Mary.

–No quería que pararas. Yo tampoco podía.

–¿Hay una palabra –preguntó David– para lo que ha pasado hoy?

–Fútbol del Winchester College –dijo ella, principalmente porque no sabía qué otra cosa podía decir.

Aquel verano fueron a pasear cada día por los bosques del lago Glendollagh. Jugaron con frecuencia al «fútbol». Ella pensaba en jugarlo al despertar por las mañanas, y era lo último que venía a su mente al acostarse por las noches. Un día, a finales de junio, él se marchó a Athlone con su padre. Lord Kingscourt iba a comprar una yegua de vientre. Ella lo echó de menos como si se hubiera ido a América. Y trató de imaginar todas las cosas que él vería en su viaje: el mundo a través de los ojos de David Merridith.

En los momentos del día en que no estaba cerca de él, Mary se descubría imaginando lo que podría estar haciendo él. Lo imaginaba vistiéndose, desayunando, desnudándose para darse un baño. Qué hermosa visión, verlo completamente desnudo; pero eso nunca había ocurrido; el muchacho se mostraba tímido con su cuerpo. En el Winchester College, le había contado a Mary, a un muchacho nunca se le permitía estar completamente desnudo. Incluso en el baño tenía que llevar puestos sus calzoncillos. Cuando ella le preguntó por qué, él se violentó aún más. Algunas prácticas bárbaras habían tenido lugar en el Winchester College, de las que sería mejor que ella no se enterara.

Su actitud protectora sobre los secretos de Winchester la conmovía. Se lo tomaba como un signo de cosas más amplias, una confirmación de su feminidad a los ojos de David Merridith. Había visto a su propio padre actuar de manera similar con su madre cuando surgía el tema de sus años en Inglaterra. De joven, él había sido testigo de líos allí que ninguna mujer casada querría conocer. Su mujer se rió de él y meneó la cabeza. Él a su vez soltó una risita maliciosa y la agarró y la besó. Y Mary Duane supo entonces que eso era amor. Lo que no se dice.

La sustancia del silencio.

Capítulo IX

EL MAPA DE IRLANDA

Con el que terminamos nuestra pobre trilogía de la temprana vida de miss Duane; la intensificación de sus afectos y ciertos sorprendentes hechos.

Una tarde, mientras daban un paseo por los trigales de Kilkerrin, una tormenta llegó súbitamente desde la bahía y los pilló por sorpresa. Se refugiaron en una casa abandonada junto al borde de un claro. La choza de una familia que había emigrado a Liverpool. Recorrieron durante un rato las pequeñas y tristes habitaciones, contemplando la loza rota, los cuadros de las paredes. El Sagrado Corazón de Jesús. San Patricio expulsando a las serpientes. Un calendario desgarrado de un almanaque de Stockman. Un desportillado plato de esmalte descansaba sobre la mesa, así como un cuchillo y una cucharilla colocados como las manecillas de un reloj, como si alguien fuera esperado en la casa. Pero nadie iba a volver a aquella casa.

David consiguió encender el fuego en las apagadas cenizas del hogar y se tumbaron delante de él para estar juntos. La habitación estaba fría como una tumba, pero el cuerpo de David era cálido. Después de haberse besado y abrazado durante un rato, él hizo un intento de tocarla en el muslo, pero ella apartó suavemente su mano.

–No puedo hoy, gatito mío. Besémonos sólo.

La sonrisa de David se fundió como la nieve sobre una soga.

–¿Te encuentras bien, Mary?

–Estupendamente. De verdad.

–¿No te habré ofendido? No tenía intención de excederme.

–No lo has hecho, tontuelo. –Volvió a besarlo–. Es mi período.

Él sonrió benignamente.

–¿Qué quieres decir?

–¿No sabes lo que les pasa a las chicas una vez al mes?

–No.

–Piensa.

Él se encogió de hombros.

–¿La paga?

Ella miró su confusa cara.

–¿Hablas en serio?

–¿Qué quieres decir?

–Ocurre una vez cada mes. Tiene que ver con la luna.

–¿La luna?

–Ella tiene una visita. Éste es el invitado que yo tengo ahora.

Él miró al espacio alrededor de ella como buscando un ángel de la guarda.

–¿Nunca os han hablado de eso en el Winchester College de Hampshire?

–Me parece que no, Mary. Al menos, no he oído nada.

–Quizá deberías preguntar a una de tus hermanas.

–¿A ellas también les pasa, tú crees?

–A todas las mujeres.

–¿A la tía Eddie?

–Jesús. Para de una vez.

–¿Y tiene un nombre?

–Algunos lo llaman «la maldición». Pero tiene más nombres.

–Sea lo que sea, parece muy poco conveniente.

–No tanto como no tenerlo, puedo asegurártelo.

–¿Qué quieres decir, Mary?

–Pregunta a una de tus hermanas.

*

A finales de septiembre, David regresó a la escuela. A veces le escribía a Mary lo que ella suponía que debían de ser cartas de amor sólo porque dibujaba cupidos y corazones en los márgenes. Ella se sentía demasiado avergonzada para decirle que no sabía leer. Los presbiterianos dirigían una escuela al aire libre, cerca del puente de Toombeola, una escuela informal para los hijos de los arrendatarios; pero su padre dijo que no quería que ella se mezclara con los presbiterianos. Mary no sabía por qué los de ese culto debían considerarse peligrosos. El gran Wolfe Tone había sido presbiteriano, había luchado y muerto por Irlanda como capitán de los revolucionarios en el 1798. Pero ella no quería disgustar a su padre. De modo que aquel otoño e invierno aprendió sola a leer, con una cartilla que pidió prestada al cura de la parroquia; las negras manchas de tinta en las hojas rayadas de azul del cuaderno de caligrafía se revelaron lentamente como declaraciones de fidelidad y amor.

Winchester. Hampshire. Inglaterra. Gran Bretaña. Él no había desaparecido: podía verlo en el atlas. Sus coordenadas eran mensurables, al igual que las de ella, pero la distancia entre ambos parecía mayor que un simple grado.

La muchacha languidecía, pobre Mary Duane; ahora comprendía la palabra, «languidecer». Su novio le mandaba dibujos de las flores silvestres de Inglaterra: nomeolvides, abrótano, moco de pavo. Ella le enviaba reinas de los prados y brezos de la montaña, así como helechos del bosquecillo compartido en Glendollagh. Echaba tanto de menos a David que se volvió melancólica y contestona. Connemara parecía vacía como un nido seco sin él. Por la noche yacía en la cama que compartía con dos de sus hermanas, esperando que éstas dejaran de susurrar y finalmente se quedaran dormidas, de modo que sus dedos pudieran empezar su deliciosa imitación de las caricias de David Merridith. Se preguntaba si él hacía lo mismo. Los chicos lo hacían a menudo; lo había oído murmurar algunas veces. Ella se imaginaba que sus manos eran las de David Merridith. Y le mandaba el pensamiento de que sus propias manos eran las de ella. Ella imaginaba su pensamiento volando por encima del mar hasta Inglaterra, un pensamiento como una diminuta estrella dorada, que se elevaba sobre Irlanda, atravesaba el oscuro mar y bajaba a través de Gales, dejando un reguero de chispas en su estela, y sobrevolaba las resplandecientes ciudades inglesas por la noche, chimeneas y fábricas, palacios y tugurios, hasta penetrar en la habitación del Winchester College donde él dormía en una cama con sábanas espolvoreadas de brezo. Sus sueños sobre él se tornaban cada vez más salvajes y extraños. Pronto adquirieron tanto ardor que ella empezó a sentir miedo. Y se los contó –algunos de ellos– al cura, en confesión. Éste era un sacerdote joven y feliz, del tipo que canta en las bodas. Todas las chicas le gustaban. Era benévolo con ellas en la confesión. Pero no lo fue con Mary Duane.

Le dijo que tales imaginaciones eran la peor clase de maldad, una odiosa afrenta a la Virgen María. «Ese pecado hace que Nuestra Señora llore –había insistido–. Cada vez que se comete, una afilada espada atraviesa el corazón de Nuestra Madre. Que una mujer joven profane su propio cuerpo, un don de Dios, es una tremenda victoria de Satanás.»

Había otra importante cuestión que las jóvenes debían considerar. Los muchachos no podían controlarse. Tenían sentimientos que las jóvenes no tenían. Una mujer era un glaciar que se fundía lentamente, pero un hombre era un volcán de ardientes pasiones. Todos los hombres de la Tierra tenían que llevar esa cruz; hasta el Santo Padre de Roma. Así era como lo había previsto el Altísimo, pero el diablo podía entrar en acción si se lo invitaba. Hacer caer a algún joven en pecado mortal podía acarrear desastrosas consecuencias para su cuerpo y su alma. Los asilos de todas las ciudades de Inglaterra estaban llenos de hombres cuya vida habían arruinado mujeres. Para una muchacha, era mejor atarse una piedra de molino al cuello y arrojarse a la bahía del Perro que atraer a un joven a una lujuriosa tentación con cuyos instrumentos mentales le era imposible resistirse. En cuanto a su instrumento físico, cuanto menos se dijera mejor. Cuando Satanás se aparecía era el momento de echar a correr.

Mary había encontrado las palabras del cura, cuando menos, bastante excitantes. Sabía que eso era malo, y probablemente pecaminoso; y no quería hacer llorar a Nuestra Señora, al menos no más de lo necesario. Pero resultaba difícil apartar de su cabeza por mucho rato la imagen de David Merridith en las garras de la excitación demoníaca.

Pero lo intentó. Trató de apartar completamente de su cabeza a David Merridith. Accedió a ir a buscar zarzamoras con Noel Hilliard, un muchacho de su propia clase de la propiedad del comandante Blake; pero no sentía nada por él pese a su simpatía y su fuerza, sus agudos chistes y su habilidad para imitar. Al muchacho se le rompió el corazón la noche en que ella le dijo que el único futuro de ellos dos era como amigos. Noel suplicó a Mary Duane que le diera otra oportunidad: una oportunidad de hacerla feliz. Había muchas clases de amor en el mundo; seguramente ella tenía una para él. No había ninguna posibilidad, le dijo Mary a Noel Hilliard. No sería justo para él. Se merecía una chica que pudiera quererlo de verdad. Y, además, su corazón, el corazón de Mary, pertenecía a otro.

Aquel otoño, una mañana, ella había ido con su padre a comprar un cuchillo de sacrificar en la feria de Ballyconneely. En el camino se toparon con un grupo de hombres que contemplaban un semental que estaba cubriendo una yegua en un campo, corcoveando sus nervudas ancas y ensanchando sus ollares. Observó extrañas risas entre los hombres al pasar. Los hombres se pasaban una pipa. Extrañas risas y pocas palabras.

Aquella noche Mary soñó con la espada fundida, ardiendo, mientras atravesaba el desnudo corazón de la Madre de Dios. Cuando se despertó al alba estaba temblando y húmeda.

Su hermana mayor, Eliza, ya tenía novio: un simpático muchacho de Cushatrough que trabajaba una hazuela junto al lago Barnahallia. Mary Duane le preguntó a su hermana si había intimado con su novio.

–No –le respondió ella–. Miramos las flores.

¿Cómo podía una chica evitar quedarse embarazada?, quiso saber Mary Duane.

–¿Por qué?

–Es sólo una pregunta.

–Ojalá sólo preguntaras, tunanta. No eres tan mayor que mami no te pueda poner el culo como un tomate.

–¿Qué quiere decir eso?

–Sabes muy bien lo que quiere decir, santurrona.

–Vale. ¿Cuál es la respuesta?

–Bájate del caballo en Chapelizod.

–¿Qué?

–Conoces el camino que va de Galway a Dublín, ¿no?

–Sí.

–Pues Chapelizod está justo antes de Dublín.

–¿Ah, sí?

–Mejor que le hagas bajar del caballo en Chapelizod.

–Oh.

–O te bajas tú misma del caballo. Depende.

La geografía, al parecer, era también un lenguaje; su sintaxis era más complicada que el inglés.

A veces descubría a sus hermanos desnudos. Una noche vio también a su padre, cuando se lavaba en el arroyo después de un día quitando piedras en la montaña. Se preguntó si David tendría aquel mismo aspecto pálido lleno de bolsas, como un torpe alcatraz desplumado, con aquella mata como de algas entre sus piernas. ¿Sería su barriga tan gordita, o tensa como un tambor? ¿Le colgaría el trasero, o sería como dos huevos de ónice? Y las otras partes de su cuerpo, donde le gustaba que lo tocaran, ¿cómo se llamaban? ¿Tenían nombre? Los lugares de su propio cuerpo donde sus manos le habían provocado tanta dicha como para hacerla temblar y gritar el nombre de David, ¿cómo se llamaban? Los impotentes besos y suspiros compartidos en tales momentos, ¿eran alguna clase de secreto e inexpresable lenguaje? ¿Todos los amantes se gritaban sus nombres el uno al otro? ¿Lo hacían Eliza y su novio? ¿Y sus padres? ¿Y la madre de Jesús y su marido carpintero? ¿Se habían gritado mutuamente sus santos nombres, tal como Mary Duane había hecho con su novio?

El olor de hierba segada le recordaba el cuerpo de David; el zumbido de las abejas empezaba a hacerla sentirse débil. En la iglesia se encontró mirando fijamente el crucifijo, como si un nuevo sol hubiera surgido en el cielo sobre Connemara y estuviera bañando la tierra a través de un vitral. El Cristo desnudo no sólo era santo. También era hermoso. Sus muslos de alabastro y sus poderosos hombros. Tendones y músculos tensando sus antebrazos. De haberlo visto en el mercado de Clifden en vez de colgado de un madero, lo habrías imaginado sin calzoncillos. Y no serías capaz de bajarte en Chapelizod. Tendrías que seguir. Hasta terminar en Holyhead. A Mary le parecía vislumbrar ocultos significados en los votos y las plegarias. «Éste es mi cuerpo. El verbo fue hecho carne. Con mi cuerpo te adoro.» ¿Era pecado pensar así? Probablemente lo era. La pobre Virgen María debía de estar prácticamente histérica. Pero, bueno, tendría mucha práctica con los años.

Algún día David Merridith estaría viejo y cansado. ¿Sería tan hermoso entonces? ¿O sería feo como su tía? ¿Se acabaría volviendo como su padre, un viejo y malhumorado bastardo roído por la amargura y la culpabilidad? Eso era lo que el padre de Mary decía del de Merridith: un tirano devorado por el rencor.

Ella recordó el día que lo vio por última vez antes de partir para el New College de Oxford. (El New College, no hace falta decirlo, era muy antiguo.) El padre de David y Tommy Joyce habían ido a Clifden para todo el día. La casa estaba vacía. La tenían para ellos. Mary se había bañado, y puesto ropa limpia y una cinta para el pelo. Mientras subía por el sendero que conducía a Kingscourt Manor, sus anhelos parecían trinar ante ella como una bandada de pájaros. Veía en su mente, con todo detalle, el mapa de Irlanda: la carretera que conducía de Galway a Dublín; los rodeos, las excursiones y tremendas delicias que podían disfrutarse durante el camino.

El propio David Merridith le abrió la puerta de la casa. Acababa de regresar del sastre de Galway e iba vestido de una manera que hacía difícil reconocerlo. Un birrete y una larga toga, elegante levita negra y corbata de lazo color crema, además de un chaleco verde esmeralda con botones de porcelana. *Subfusc* («Fosco») era el adjetivo que merecían las ropas que llevaba. Todo en su vida parecía necesitar un nombre.

–Realmente no me apetece dar un paseo hoy, Mary.

–¿No quieres volver a besarme?

–Sería estupendo. Pero para ser sinceros, mejor que no.

–No serías capaz de controlarte, ¿verdad?

–¿Perdón?

–Eres un volcán de ardientes pasiones, lo sé.

Él le tocó la cara, la curva de su mejilla.

–Nunca querría hacerte algo que te perjudicara, Mary.

Ella le besó la yema de los dedos. Podía ver que David estaba nervioso.

–¿Puede ser perjudicial cuando hay amor entre nosotros? Podríamos ser cuidadosos.

–¿Cuidadosos?

Ella le besó en la comisura de la boca de aquella manera tan suave, como sabía que a él le gustaba.

–Conozco una manera de ser cuidadosos. Todo irá bien. No te preocupes.

Pero él se apartó, sus facciones blancas por la ansiedad, y cruzó lentamente la habitación como aturdido. Levantó la tapa del piano. La volvió a cerrar. Empezó a cambiar de sitio los adornos del aparador.

–¿Te pasa algo, David?

Una abeja estaba dando vueltas alrededor de su cabeza. El muchacho la apartó con el dorso de la mano.

–Hace mu-mucho tiempo que nos conocemos, ¿verdad, Mary?

–Desde 1832 –dijo ella. Pero él no se rió–. ¿Qué pasa David? ¿Es que ha ocurrido algo?

–Mi pa-padre me ha dicho que no deben volver a vernos juntos.

–¿Por qué no?

–Dice que es una cuestión de deber, Mary.

–¿Y qué deber interferiría con nuestra amistad?

–No lo entiendes. Dice que es mi deber. Y si no lo acepto, os echará a ti y a vuestra familia.

–No puede echarnos –dijo ella, furiosa–. Somos los Duane.

–¿Y eso qué quiere decir?

–La familia de mi padre lleva en esta tierra mil años. Al que le echarán será a él, si empieza a decir esas cosas.

–Puede echaros si lo desea –dijo David Merridith suavemente–. Puede echaros mañana por la mañana. Y de todos modos, Mary… hay algo más.

–¿Qué es?

–Fue tu pa-padre el que le pidió que me lo dijera.

Ella se quedó demasiado conmocionada para decir nada durante un rato.

–Parece creer… que es injusto en cierto sentido. Si lo miras con perspectiva. Mary… ¿Me estás escuchando?

–Decías que lo que importaba era lo que tú y yo queríamos.

–Lo sé. Lo sé. Pero, sinceramente, Mary…

–¿Has cambiado de opinión? ¿No hablabas en serio cuando lo decías? ¿Las docenas de veces que me lo dijiste?

–Sólo pienso, Mary, que… si se considera todo en su conjunto.

Ella pensaba en la abeja clavando el aguijón en su carne. Mueren cuando te pican. Sólo pueden hacerlo una vez.

–Toma esto, Mary. Por favor.

Se había metido la mano en el bolsillo de su chaleco de botones de porcelana y le tendió un puñado de ennegrecidas monedas de media corona. Las lágrimas corrían por su cara mientras lo hacía.

Fue la única vez que lo golpeó. Quizá la única que golpeara a alguien. Él permanecía inmóvil como una estatua mientras ella lo abofeteaba, descargando sus golpes sin decir una palabra. No sabía cuantas veces debió de pegarle. De haber tenido un cuchillo lo habría matado. Lo habría acuchillado como un carnicero a un buey.

Aún le turbaba pensar en ello. La violencia de aquel momento.

Pero no la manera como ella lo había abofeteado, sino la manera como él la había dejado hacerlo.

Incluso cuando te atacaban, había reglas.

Capítulo X

LOS ÁNGELES

Octavo día de nuestro viaje: en el cual el bondadoso capitán entabla una peligrosa amistad (cosa que no supo hasta que fue demasiado tarde).

Lunes, 15 de noviembre de 1847.
Quedan dieciocho días de travesía.

Long: 26° 53,11´ O. Lat: 50° 31,32´ N. Hora de Greenwich: 12.57 p.m. (16 de noviembre). Hora del reloj de bitácora: 11.09 p.m. (15 de noviembre). Direc. y veloc. del viento: N.E. 47°. Fuerza 5. Estado de la mar: Agitada. Rumbo: S.O. 225°. Estado del tiempo y observaciones: Mal tiempo. Chubascos intermitentes y violentos con aguanieve desde el alba. Hoy se inicia nuestra segunda semana desde que zarpamos de Cove.

En este espantoso día murieron catorce pasajeros, lo que suma un total de treinta y seis desde que comenzó este viaje, los cuales fueron enterrados según el rito del mar. Cuatro de los que murieron hoy eran niños; uno de ellos había vivido sólo veintiún días en esta Tierra. Un decimoquinto pasajero, un pobre pescador de Leenaun, cuyo hermano se durmió en brazos de Jesús ayer, perdió la razón y se quitó la vida ahogándose.

Que Dios en Su indulgencia tenga piedad de sus almas.

Ocho sospechosos de haber contraído el tifus se encuentran en la bodega esta noche. Hay otro sospechoso de cólera.

Un lechón ha sido robado hoy de las jaulas de la cubierta superior. Sin duda, los pasajeros de primera sobrevivirán a la privación de esa carne. He ordenado que todos los animales sean vigilados a partir de ahora.

Anoche, poco después del crepúsculo, me encontraba paseando cerca del castillo de proa, abrumado por la melancolía. La muerte de una persona es difícil de sobrellevar, pero la de los jóvenes, los niños especialmente, casi parece ridiculizar nuestra vida. Confieso que resulta difícil en tales dolorosos momentos creer que no es el Diablo quien gobierna el mundo.

Estaba tratando de rezar mis oraciones en un silencio contemplativo, como es costumbre mía desde hace años, cuando me topé con uno de los pasajeros de tercera, que se hallaba a cuatro patas junto a las rejas de primera clase, terriblemente mareado. Es un curioso personaje, digno de mención, de comportamiento a menudo extraño. Aunque sufre una grave malformación del pie, es muy aficionado a pasear por el barco durante la noche, y se lo conoce entre los hombres con el apodo de El Fantasma.

Cuando me vio acercarme, el pobre renacuajo se levantó rápidamente, se acercó al pasamanos y se inclinó todo lo que pudo por encima de él, tras lo que, presa de una grave indisposición, echó la cena. Le di una pinta de agua fresca que por casualidad llevaba conmigo en un botellín; un observador podría haber imaginado que se trataba de un excelente champán, a juzgar por su gratitud. No he conocido tipo más agradable en toda mi vida, aunque su aspecto es más bien extraño, sobre todo su cabello.

Dijo que el viaje estaba siendo perjudicial para su salud, pues no había estado jamás en mar abierto. Su padre había sido pescador del condado de Galloway, en Irlanda, pero jamás se había aventurado lejos de tierra, pues las aguas en aquella parte del país eran tan abundantes en peces y crustáceos que nunca había sido necesario. Su padre, me contó este divertido tipejo, era conocido en la localidad como «El pescador que nunca fue al mar». Y al decir esto soltó una carcajada. Y cuando yo me reí también, él lo hizo de nuevo, y empezó a parecer más aliviado.

Estuvimos conversando un rato sobre el tiempo y demás, y se mostró muy agradable, nada taciturno, pese a lo que los hombres dicen de él; hablaba un inglés sumamente melodioso y simpático. Le pedí que me enseñara un par de ejemplos de su lengua; por ejemplo, «buenos días, señor», «le deseo un buen día, señora», «tierra» o «mar» y otras cosas corrientes. Y yo las anotaría tal como se pronunciaban; porque muchas veces había deseado aprender algunas frases en dicha lengua; para poder hablar en ella a algunos pasajeros como un pequeño signo de amistad y por tanto hacerlos sentirse más cómodos. *Awbashe* y *murra* son dos palabras que significan «mar». *Glumree* quiere decir «las olas». *Jee-ah gwitch* es «buenos días». Pero tienen dos veintenas o más de palabras para referirse a la tierra, según de qué clase se esté hablando*. *Tear* es una de ellas (pronunciada de modo que rime con *year* [año]). *Tear mahurr* es «la tierra de mi padre». Sacó del bolsillo de su abrigo un puñado de tierra

* *Aibéis:* el mar (arcaico, del inglés, *an abyss*, «un abismo»). *Muir* o *Mora:* irlandés antiguo, el mar. *Glumraidh:* ávidas, devoradoras, poderosas, olas marinas. *Dia Duit:* un saludo, «Que Dios esté contigo». Mulvey decía la verdad sobre las palabras que significan «tierra». El gaélico es una lengua de precisión lapidaria. (*Rodach,* por ejemplo, es el término irlandés que quiere decir «crecimiento de alga marina sobre madera bajo el agua».) Por lo que se refiere a la siguiente lista de palabras que significan «tierra», de ningún modo exhaustiva, estamos agradecidos a la amabilidad de Mr. James Clarence Mangan, del Servicio de Topografía y Cartografía de Dublín, y a la erudición de sus asociados, Sres. O'Curry, O'Daly y O'Donovan. (De vez en cuando, discrepan en cuanto a la forma de deletrear o los acentos.) *Abar:* tierra pantanosa. *Ar:* tierra arada. *Banb:* tierra que lleva un año sin arar. *Banba:* nombre mítico de Irlanda. *Bárd:* pastizal cercado. *Brug:* tierra, un terreno. *Ceapach:* una parcela de cultivo, tierra de barbecho. *Dabach:* una medida de superficie de tierra. *Fonn:* tierra. *Ithla:* un área. *Iomaire:* una cresta. *Lann:* un recinto de tierra. *Leana:* un prado. *Macha:* tierra arable, un campo. *Murmhagh:* tierra expuesta a la inundación por el mar. *Oitír:* un promontorio bajo. *Rói:* un llano. *Riasg:* un terreno pantanoso. *Sescenn:* una marisma. *Srath:* una pradera o vega a lo largo de las orillas de un río o un lago. *Tir:* tierra, tierra seca (como opuesta al mar), un país (como en *Tír na nÓg*, la mítica tierra de la juventud; un paraíso). *Fiadhair* es la palabra gaélico-escocesa que indica tierra sin cultivar o en barbecho. *Fiadháir* es el adjetivo irlandés que significa «una persona no cultivada o inculta». – G. G. Dixon.

que me mostró. Era tierra de donde vivía su padre, en Connemara. «*Tear mahurr Connermawra*», aventuré, y él sonrió. Traía buena suerte llevarla encima. Le dije que pensaba que era una agradable costumbre y que deseaba que realmente pudiera traerle buena fortuna (aunque valía más que confiara en las plegarias que en un fetiche).

Él dijo entonces que me había visto varias veces en la cubierta por la noche, y que en ocasiones había pensado acercarse a mí y saludarme, pero que yo a menudo parecía preocupado por abrumadores pensamientos. Le conté que tenía la costumbre de pasear por cubierta de noche para decir mis plegarias de manera privada, y que los hermanos de la Sociedad de Amigos dábamos importancia a la reflexión silenciosa y a la lectura de las Escrituras, más que al ritual o la ceremonia. Al oír eso, se sacó del abrigo un librito encuadernado en piel que me mostró. Imaginad mi sorpresa cuando vi que se trataba de una pequeña Biblia, limpia y en perfecto estado.

–Quizá Su Señoría y yo podamos leer juntos un momento –me dijo.

Al oír tales palabras me quedé estupefacto, en primer lugar porque supiera leer, y en segundo, porque quisiera hacerlo conmigo. Pero ¿cómo podía negarme? Nos sentamos en un rincón y él, con calma, empezó a compartir conmigo la Primera Epístola de Pablo a los corintios, sobre la caridad cristiana con nuestros semejantes. Me conmoví hasta estar a punto de llorar al ver cuán sencillamente leía, y sin embargo cuánta devoción mostraba hacia la Palabra. Sentí que realmente descendía entre nosotros el Espíritu de la Luz. En aquellos benditos momentos nos envolvió una hermosa paz, sin sombra ni noción de la diferencia mundanal que había entre mí, el capitán, y él, un asustado pasajero. Ambos confiábamos en el mismo Almirante de la Eternidad cuya providencia guiará a todos los buenos peregrinos a través de las tempestades de la duda. Cuán magníficamente singulares son los caminos del Salvador: que un hombre tan desgraciado pueda encontrar alimento y sostén en las inmutables verdades de las Escrituras, cuando nosotros, que tanto tenemos por lo que dar gracias, a menudo nos mostramos tan ingratos con Nuestro Padre. Cuánto me avergonzaba de mi debilidad y autocompasión, rasgos que en los hombres son motivo de deshonra.

«William Swales» es el nombre de este pobre hombre lisiado, averigüé, porque estaba escrito en el frontispicio de su Biblia.

Le dije que nunca había conocido semejante apellido en un irlandés y le pregunté si era característico de Connemara, su empobrecida tierra natal, que ahora quedaba tan lejos. Me sonrió amablemente y con tristeza, y respondió que no. Los nombres más frecuentes entre su gente eran «Costilloe», «Flaherty», «Halloran» o «Keeley». El nombre de «Nee» estaba muy extendido en el lugar llamado Cashel; el de «Joyce», en otro llamado The Recess. «Cashel es para los Nee, y Recess para los Joyce» era una frase que se decía a menudo en aquella localidad. De hecho, dijo, volviendo a sonreír, se podía afirmar que todo el mundo en aquel pequeño rincón del mundo había tenido un Nee o un Joyce en su pasado. (Todos esos nombres los había oído muchas veces, y he pronunciado una oración fúnebre sobre muchos de sus portadores, ay.)

Me contó una cosa interesante: que el apellido «Costilloe» deriva del español «Castillo», una fortaleza. Y que en la época de la Armada Invencible un buque español se perdió y naufragó en la costa del condado de Galloway, y que muchos de sus marineros se quedaron en Irlanda, pero no sé si es verdad. De hecho, pienso que probablemente no lo es, sino sólo una bonita historia en cualquier caso. (No obstante, llama la atención el hecho de que una parte de los que viajan en tercera clase suelen tener los rasgos morenos de los pueblos ibéricos y que en su modo de pensar están tan alejados de nuestra raza inglesa como los hotentotes, los batutsi, los mahometanos o los chinos.)

Cuanto más hablábamos, más amigos nos hacíamos; y al final me preguntó si me podía hablar francamente de cierto asunto. Le dije que me sentiría feliz de ayudarlo si podía. Entonces me contó que su anciano padre se encontraba sumamente enfermo en su hogar, en Galloway, y que él esperaba reunir pronto lo necesario para trasladarlo desde aquel lugar de miseria a América. Le dije que era un plan cristiano y admirable; el respeto por la edad confería dignidad tanto al dador como al receptor; a los dos. Expresó entonces un gran interés por cualquier clase de trabajo remunerado que pudiera haber a bordo, como limpiar los camarotes o los salones de primera clase, u otras tareas de esa naturaleza. Le respondí que lamentablemente no tenía ninguna necesidad de ello en ese momento, pero que lo tendría presente por si surgía alguna oportunidad.

Ante eso se mostró cabizbajo y dijo que realmente estaba muy necesitado de semejante oportunidad. Estaba poco dispuesto a pedir caridad, y juró que nunca lo haría. Se daba cuenta de que tenía el vergonzoso aspecto de un mendigo en esos momentos, pero había sido un hombre orgulloso en el pasado (antes de sufrir su lesión). Estaba acostumbrado a la compañía de gente elegante, dijo, y había sido sirviente de un barón en Dublín (un caballero llamado lord Nimmo, del que yo no había oído hablar). No, no tenía cartas de recomendación, pues sus papeles y cartera habían sido robados por unos vagabundos en Liverpool, pero estaba convencido de que aún podía ser útil. Y ahora llegamos al meollo del asunto.

Si, por ejemplo, nuestro estimado pasajero lord David Merridith llegara a necesitar ayuda de ese tipo (o de cualquier otro) a lo largo del viaje, quizá podría tener a bien recomendarlo como una persona honesta. Ningún hombre elegante debería estar sin un asistente personal, declaró. Quizá yo podría recalcarle que él, Swales, era un hijo de Connemara, como el propio lord David; siempre había apreciado a la familia de lord Merridith, especialmente a su difunta madre, una santa entre las mujeres y muy reverenciada entre la gente empobrecida de aquella región. Que, por favor, le dijera a Su Señoría, me pidió el pobre Swales, que él era un hombre que había caído en la miseria debido a su lesión, pero que no le temía al trabajo y era muy leal. Incluso aquel daño que había desfigurado su cuerpo servía para reforzar su valoración del don de la vida. Y que ahora, por la gracia del Altísimo, casi había conseguido superarlo completamente, y que podía caminar y trabajar como un hombre con más fortuna. Sería el mayor de los privilegios servir a lord Merridith, dijo. Creía que podía prestarle muy buen servicio si se le permitía ese honor. El solo hecho de estar cerca de Su Señoría lo consideraría una bendición.

Le dije entonces que lord Kingscourt era muy afortunado

por despertar semejante devoción (particularmente en alguien que no le había visto nunca), y que debería sin duda recomendarlo, en caso de que surgiera la necesidad o la oportunidad. Dijo él que no tenía intención de ofenderme, pero que le haría un favor si se lo juraba. Le repliqué que a nosotros, los cuáqueros, nos disgusta hacer juramentos, pero que se lo prometía de hombre a hombre.

En ese momento brotaron lágrimas de gratitud de los ojos de aquel pobre hombre que pronto amenazaron con abrumarlo completamente.

«Dios y la Virgen María bendigan a Su Señoría –dijo humildemente, y me cogió la mano–. Diré un avemaría por usted esta noche, y todas las noches de mi vida, tan cierto como que Dios es mi testigo.»

Entonces me pidió que le aconsejara sobre qué trabajo podía buscar en América. Le dije que aquélla era una gran tierra, un país de máxima libertad, la única nación de igualdad y autogobierno federativo sobre la faz de la Tierra en estos tiempos. Cualquier joven que fuera trabajador y supiera dejar a un lado las peculiaridades nacionales podía encontrar la felicidad allí –así le dije a mi nuevo amigo– y lograr el éxito y acabar tan orgulloso de sí mismo como una maestra de escuela. Allí podía conseguir la mejor tierra cultivable del mundo por unos pocos dólares el acre; un suelo tan fértil, me había dicho un indio cherokee que conocí una vez en Charlestown, Carolina del Sur, que un palo clavado en la tierra crecería hasta convertirse en un poderoso árbol. Al oír esto se quedó asombrado como un serafín que se hubiera despertado en Manchester. Pero entonces dijo que no tenía recursos para comprar tierra, pues había vendido todo lo que poseía para mantener a su enfermo padre, y a varios sobrinos y sobrinas huerfanitos, y que el sobrante era lo que había necesitado para pagarse el billete del barco. (Tal es la desesperación de los miserables por escapar de su condición.)

Le contesté que había oído que existían buenas oportunidades para un hombre que trabajara en labores corrientes, como en la construcción del ferrocarril, o en la desecación de tierras pantanosas, o en las minas de oro o plata, donde también proporcionaban somero alojamiento y comida. Excavación de canales, de zanjas, levantar muros de piedra y cosas así. Aquí mencioné, a guisa de ejemplo, el espléndido Gran Canal del Erie, que discurre a lo largo de 590 kilómetros, desde Albany hasta Buffalo, cuyas 83 esclusas y 18 acueductos habían sido construidos principalmente por sus compatriotas: una gloria de la civilización y el Libre Comercio. Asimismo, siempre se necesitaban leñadores, dado que territorios enteros de ese continente estaban poblados de árboles, con bosques más grandes que toda la isla de Irlanda. El hombre se mostraba muy atento mientras yo le hablaba de esas cuestiones y parecía considerar América como otro planeta y no como parte de la Tierra. ¿Era cierto, quiso saber, que allí, en aquel momento, no era de noche sino por la tarde? ¿Y que en la costa del Pacífico de dicho continente aún era por la mañana?

Le expliqué que por cada grado de longitud oeste estamos cuatro minutos adelantados respecto a Greenwich, y que por cada minuto de distancia se ganan cuatro segundos. De modo que en Londres ya era mañana, dijo él, y yo le confirmé que así era. «*Arrah* –exclamó en irlandés, suspirando–, qué milagro. Dicen que el mañana nunca llega, pero lo cierto es que ya está aquí, Dios y la Virgen María nos bendigan.» Y de ello se seguía, añadió, que si un hombre se pasa un año viajando hacia el oeste alrededor del mundo llegaría a Irlanda el día antes del que salió. Y si continuara haciéndolo el resto de su vida llegaría a convertirse en un recién nacido en vez de un viejo encorvado. Cuán bueno sería poder retroceder en el tiempo, dijo, y con ello borrar los actos impíos de nuestra loca juventud.

Al principio pensé que el pobre simplón, en su infantil inocencia, no me había entendido lo que yo quería decir, pero entonces me aclaró que estaba diciendo una ocurrencia y nos reímos juntos alegremente hasta que me despedí de él deseándole buenas noches. Seguía riéndose cuando lo dejé. Y no había transcurrido un minuto cuando pasó frente a mi camarote y asomó la cabeza por la portilla, todavía riendo y haciendo gestos con la mano.

–Las Escrituras nos dicen que hemos de hacernos como niños –exclamó–. Y ahora sabemos cómo, señor. Se trata de viajar siempre hacia el oeste.

–*Tear mahurr!* –le respondí riendo.

Me deseó una tranquila noche y se marchó con humildad arrastrando los pies.

Qué ejemplo este hombre. Realmente los ángeles bajan entre nosotros cada día. La dificultad reside en que, a menudo, en nuestra vana mundanidad, no somos capaces de reconocerlos.

… los irlandeses en América son particularmente bien recibidos y considerados como patriotas republicanos, y si le dijeras a un americano que habías huido de tu país o te iban a ahorcar por traición al Gobierno, su opinión de ti aún sería diez veces mejor y sonarían las más altas trompetas en tu honor.

Carta de James Richey, inmigrante del Ulster en Kentucky.

Capítulo XI

EL COMPOSITOR DE BALADAS

Donde se ofrece un relato de la humilde juventud de Pius Mulvey, el empeño de sus modestos padres por ganar honestamente para él el sustento y, pese a ello, su temprana ingratitud y corrupción.

Los padres de Pius Mulvey eran unos minifundistas sin recursos; su padre, Michael Dennis Mulvey, era un nativo, nacido en la propiedad de los Blake de Tully. Hombre huesudo, con una cabeza de grandes proporciones y la fuerza de un caballo de tiro, que había construido a golpe de martillo los cimientos de su cabaña con lápidas de sus antepasados, se casó con Elizabeth Costello, antaño fregona en el convento de Loughglinn, en el condado de Roscommon.

La madre de Mulvey, hija abandonada de unos refugiados católicos expulsados del Ulster, había aprendido a leer con las monjas que la criaron y pensaba que era un conocimiento útil. Pero lo veía como algo más; lo consideraba un signo de que el mundo era fundamentalmente cognoscible, y tu lugar en él definible y abierto a los cambios. Leer, para Elizabeth Costello, era un signo de su valor como persona. Su marido, en cambio, lo consideraba una pérdida de tiempo.

No podías comerte un libro, apuntaba el padre de Mulvey. Tampoco podías abrigarte con él, ni usarlo para techar tu choza. No tenía nada en contra de leer, siempre que lo hicieran otros. (De hecho, sentía cierto orgullo de que su mujer supiera y a menudo lo dejaba caer entre sus vecinos en ese tono indulgente con que los amantes alardean de las cualidades del otro.) Era que sencillamente lo veía como objetivamente inútil, como saber bailar una cuadrilla, o el tiro con arco, o jugar al cróquet, una necia diversión para los hijos de la pequeña burguesía. Su mujer no estaba de acuerdo. E hizo caso omiso de su marido. En cuanto fueron lo bastante mayores para andar y hablar, empezó a enseñar a sus hijos a leer.

Pius, aunque más joven, era el que mejor leía de los dos. Su mente era rápida y funcionaba con una lógica impresionante e impropia de un niño. A los cuatro años era capaz de leer los párrafos más sencillos del misal; a la edad de seis, podía descifrar los términos de un recibo de arriendo. Leer se convirtió en su actuación preferida en las fiestas. En una reunión familiar, o celebración, o festividad de Navidad, otros niños daban un paso adelante para recitar un verso o bailar una danza marinera. Mulvey abría el gastado diccionario inglés que su padre había recuperado de un montón de desperdicios en la parte trasera de la casa de su señor y recitaba un fragmento de sus mohosas páginas a los asombrados adultos. «Mi hijo, el erudito», decía su padre entre risitas. Y Pius explicaba cómo se deletreaba la palabra «erudito». Y, mientras, su madre lloraba silenciosamente de alegría.

Las reacciones de su hermano eran un poco más complicadas. Nicholas Mulvey era un año mayor que Pius, más fuerte, mejor parecido y mucho más simpático. Sin llegar a poseer la inteligencia de su madre, era lo bastante inteligente para comprender la carencia que eso implicaba, y poseía en grado suficiente la determinación de su padre para luchar por ello cuando vio cernirse la amenaza. Le llevaba horas aprender lo que Pius asimilaba en minutos, pero no le arredraba dedicar el tiempo que fuera preciso a ello. Era un muchacho serio, metódico, de inclinaciones religiosas, con la excesiva actitud protectora de un hermano mayor, que estaba en constante contradicción con su temor a ser silenciosamente desbancado. Competía con su hermano para ver quién obtenía más amor de su madre, y el arma era saber leer.

Lenta, persistentemente, con la obstinación de aquellos que carecen de talento, Nicholas Mulvey iba ganando terreno a su dotado hermano. Con el tiempo empezó a superarlo. Su vocabulario aumentó, su pronunciación mejoró, su conocimiento de las sutilezas de la gramática se hizo impresionante. Quizás era simplemente que Pius ya no se preocupaba, que se sentía lo suficientemente confiado en haber ganado ya los honores, y demostraba cierto desinterés o cansancio por el juego. Para entonces Nicholas Mulvey podía leer como un obispo. No necesitaba ningún diccionario para explicar cómo se deletreaban las palabras.

El padre de los muchachos murió al caerse de un caballo cuando Nicholas tenía diecisiete años, y su madre corrió la misma suerte doce meses más tarde, muchos dijeron que de pena. Al regresar a su cabaña después del funeral de su madre, los hermanos lloraron uno en brazos del otro y juraron, en memoria suya, llevar la vida decente que ella se había esforzado por inculcarles. Durante un año labraron la pedregosa parcela que su padre había tenido en arrendamiento. Nunca tenían bastante dinero. Los pocos muebles que constituían toda su propiedad pronto fueron empeñados para pagar el arriendo; todo excepto el lecho de sus padres. Vender la cama de los padres era llamar a la mala suerte, o al menos así lo afirmaba la gente. Los hermanos no necesitaban más que la que ya habían recibido en herencia.

Con bastante frecuencia no tenían comida. Sus harapos se convirtieron en simples jirones sobre sus doloridas espaldas. Durante un tiempo trataron de mantener limpia la choza; pero era la limpieza de los solteros irlandeses, criados por una madre que había sido su sirvienta. A las sábanas se les daba la vuelta en lugar de lavarlas, y los vasos sólo se fregaban cuando se habían acabado los limpios. Dormían juntos en la cama de sus padres; la cama en cuyo calor habían sido concebidos y donde habían nacido, donde fueron amamantados de bebés, sosegados de niños, cuidados con mimo de mayorcitos, donde se rezó por ellos cuando fueron jóvenes, y donde murieron su padre y su madre.

Pius Mulvey empezaba a pensar que tal vez él también moriría en esa cama.

Eso lo asustaba aún más que haberse convertido en lo que

era; aquella figura inimaginable para los más jóvenes: un huérfano. Más que la pobreza y el hambre, esa idea empezó a hacer mella en él: la imagen de sí mismo y de su insultantemente valeroso hermano haciéndose viejos y luego muriendo en aquella cabaña de la ladera de la montaña. Nadie para llorarlos, ni siquiera para notar que se habían ido. Ninguna compañía en la cama, jamás, excepto la del propio hermano. En las colinas de Connemara abundaban esos casos. Encorvados, de ojos apagados, hermanos ancianos que se arrastraban por la vida con la cruz de la soledad sobre sus espaldas. Se dirigían cojeando hasta Clifden, soportando las burlas de las chicas, a la Misa del Gallo en Nochebuena. Viejos, vírgenes, de rostro femenino y tirando del burro. Olían a aislamiento, a meados rancios y a oportunidades perdidas. Pius Mulvey no los encontraba cómicos. Se le hacía difícil imaginar la vida que llevaban: no sentir jamás lo que era levantar en brazos a un niño que lo necesitara; ni decirle a una esposa que estaba muy guapa aquel día, que su pelo era bonito o sus ojos maravillosos; ni discutir con ella y luego hacer las paces. No rodear a otro en un abrazo amoroso y sentir qué era ser amado. Mulvey era demasiado joven para haber conocido esas cosas por sí mismo, pero las había visto y se había criado bajo la cálida luz que arrojaban. El hecho de que semejante resplandor pudiera no brillar sobre él lo sumergía en una oscuridad que él encontraba aterradora.

Cada vez le disgustaba más Connemara y sus poco prometedoras posibilidades, sus paisajes arrasados y rocosos, como si fueran lunares, la gris desolación de todo lo que le rodeaba, el olor lluvioso, acidulado, del aire. El viento penetraba como un látigo desde el Atlántico y los árboles crecían en todos los ángulos posibles, menos el perpendicular al suelo. Permanecía sentado durante horas ante su agrietada y sucia ventana viendo cómo se inclinaban y alabeaban bajo la galerna; preguntándose cuándo se desbordaría la furia y se partirían en dos o serían arrancados de la tierra. Pero nunca se rompían. Sólo gemían y se doblaban mucho, y permanecían doblados después de que la tempestad se marchara a causar estragos en otro lugar. Inclinados. Encorvados. Retorcidos. Deformados. Los sirvientes de un amo que detestaba su devoción.

Su padre se había inclinado toda su vida. Al igual que su madre y todas las personas que Mulvey conocía; pero el destino no les había pagado ninguna retribución por toda esa lealtad. Su hermano hablaba a menudo de los misterios de Dios. De que Dios no podía hacer nada equivocado; que Dios nunca te ponía a prueba más de lo que tus posibilidades te permitían; el momento de la crucifixión era el momento del triunfo, a poco que los arrogantes hombres tuvieran el suficiente sentido para verlo. Pero Pius Mulvey no lo veía. Lo que veía en su hermano era a un esclavo de rodillas, adorando su innegable pobreza, camuflando ese hecho en una moralizante ficción, porque le faltaba el valor para enfrentarse a los hechos reales. Que pudiera necesitarse coraje, y no cobardía, para creer en un Dios, era un punto de vista que Mulvey nunca consideraba. Pensar así era una pérdida de tiempo: como lavar los pocos platos que aún se contaban entre tus posesiones cuando sabías que volverían a ensuciarse al día siguiente. Eso, si tenías la suerte de poseer algo con que ensuciarlos, cosa que no era nada segura.

La ausencia de su madre era tan intensa que se sentía como una presencia, no menos palpable por el hecho de no mencionarse nunca. Pero flotaba entre los dos hermanos como agua subterránea. Ambos trabajaban en la parcela de su padre; desesperadamente, condenadamente, desde el alba hasta el anochecer; acarreando algas marinas desde la playa para nutrir las piedras; abonando con sus propios y sangrantes excrementos para fertilizarlas; rompiendo las piedras con la fuerza de sus esfuerzos, pero sin lograr que creciera nada, excepto su sensación de aislamiento. No había violencia entre ellos, no había palabras irritadas. Ahora tenían pocas cosas que decirse.

Nicholas se pasaba las noches leyendo a la luz de una vela, cuando podía permitírselo o se la había regalado un vecino; en caso contrario, se arrodillaba y rezaba en la oscuridad, adjuraciones latinas que Mulvey no conocía. El sonido de la piedad de su hermano se convirtió en irritante; mantenía despierto a Mulvey o lo apartaba de sus pensamientos más íntimos.

Un día muy frío del mes de enero, cuando la escarcha había endurecido el suelo hasta darle el aspecto cadavérico del mármol, apareció un sargento de reclutamiento de Liverpool que avanzó por el sendero contando historias fascinantes sobre la aventurada vida del soldado. Mulvey se quedó hechizado por sus palabras. El más humilde soldado raso de los Rangers Irlandeses del Rey podía esperar que sus días se colmaran de maravillas. Podía encontrarse de pronto en Egipto, la India o Beirut, donde el sol brillaba sobre las viñas y los pinares, y las mujeres parecían fantásticas diosas. El vino en esos lugares era dulce y refrescante. Tenías toda la comida que podías tragar y lo más selecto de las mujeres. El uniforme le daba a un chico otra noción de sí mismo. «¡Cuando uno se pone la casaca roja, crece quince centímetros de estatura, muchacho!»

Ser soldado era la profesión más adecuada para un joven valiente que quería probar las maravillas del mundo y que deseaba, además, una buena paga por dicha experiencia. En cuanto al peligro, éste existía, sin duda. Pero el peligro era simplemente otra forma de llamar a la emoción; el estremecimiento que añadía un poco de sal al soso manjar de la vida. Y peligros había en todas partes. El sargento se quedó mirando toda aquella ártica desolación como si le entristeciera verla, como si aquel paisaje fuera inmoral. Como si ver a los hermanos Mulvey tan profundamente arraigados en él fuera una cuestión de vergüenza o incluso una desgracia. Al menos en el ejército te entrenaban para sobrevivir a los peligros. Ningún soldado de la Corona conocería nunca el hambre.

–Diez guineas al año, en mano –dijo el sargento, como si no pudiera creer que semejante generosidad fuera posible–. Y un chelín en este mismo momento por sellar el trato.

Su aliento se convertía en volutas de vaho. Mostraba, en la abierta palma de su mano enguantada en negra piel, la pequeña moneda que centelleaba como el ojo de un santo.

–Con eso no puedes comprar nada aquí –dijo lentamente el hermano de Mulvey.

–¿Qué quieres decir, amigo? Es la moneda del Rey.

–Entonces mejor será que se la guarde, porque aquí no es bien recibida. Ningún rey nos gobierna, excepto el Rey de los Cielos. Y éste se quemará en el Infierno antes de que un Mulvey deserte de la tierra donde nació.

El sargento lo miró frunciendo el ceño con expresión de perplejidad.

–No entiendo lo que dices.

–Estoy hablando en inglés –replicó Nicholas Mulvey–. Pero no me extraña que usted no lo entienda. No comprende nada de este lugar. Y nunca lo comprenderá.

Un puñado de nieve cayó al suelo silenciosamente de una rama cercana. Dos ratas salieron corriendo del tronco roto de un árbol y se introdujeron en una zanja.

–No –dijo el sargento sombríamente–. En efecto, creo que nunca lo comprenderé.

Se encogió de hombros, y volvió por donde había venido, sus gastadas botas patinando en los surcos de la congelada tierra. Su hermosa casaca escarlata lucía como el pecho de un petirrojo. Nicholas se metió en la cabaña sin decir una palabra más. Su hermano permaneció en el sendero mucho rato después, contemplando cómo su futuro se alejaba lentamente: la blancura que reinaba en todas partes le escocía en los ojos. Se quedó observando hasta que el sargento desapareció de la vista, sumergiéndose de nuevo en el vacío del que había surgido.

Durante semanas, Mulvey se mostró inquieto. Los pensamientos zumbaban en su cabeza como avispas alrededor de una jarra de mermelada. Tenía sueños en los que se veía a sí mismo dormitando bajo las pirámides, con su barriga llena y unas cálidas botas, tan feliz y tan a gusto como la sonriente Esfinge. Mientras, a su alrededor, las Dalilas hacían piruetas a la dorada luz de la lumbre, sus largas piernas bronceadas y humedecidas con mirra. La carne asándose en su propio jugo. Uvas estallando en su lengua como las vocales de un nuevo lenguaje.

Pero despertó, temblando, al lado de su hermano, en la sobrenatural oscuridad de otra mañana de Connemara, con el hedor del orinal flotando en torno de la cama; un día de dolor y trabajo se extendía ante él como un camino en una pesadilla provocada por el hambre.

Al igual que la mujer de una canción que aguardara el retorno de su amante de los lejanos mares, Mulvey observaba el sendero esperando el regreso del sargento; pero también, como en la canción, eso nunca sucedía, y de algún modo él supo que ya nunca sucedería.

Su hermano estaba enfermo, Mulvey podía verlo. Su piel tenía un pálido tinte amarillento; sus ojos aparecían a menudo inyectados en sangre y legañosos por las mañanas. Aquellos ojos eran como el tiempo: a veces había una nube a la deriva a través de un pálido, muerto cielo. Mulvey lo veía a veces en los lejanos campos de hierba forrajera mientras hurgaba entre los arbustos y tragaba bocados de hojas. Los cuervos lo observaban también, como si lo encontraran extraño.

Aunque él también se moría de hambre, Mulvey empezó a fingir falta de apetito, esperando que Nicholas cogiera lo que él dejaba; pero nunca lo hacía. La glotonería era un pecado, decía Nicholas Mulvey. El hombre incapaz de dominar sus apetitos no era un hombre, sino una bestia glotona que acabaría en el Infierno. Nuestro Señor en persona había mostrado que el ayuno era necesario; un acto que te acercaba a la divinidad. Nicholas recogía las sobras, las metía en la alacena y las volvía a servir al día siguiente; y las seguía sirviendo una y otra vez hasta que Pius, finalmente, se las comía o empezaban a pudrirse. Se convirtió en una especie de competición entre ellos: ver quién podía soportar más el hambre.

Pronto se hizo demasiado duro para Mulvey estar cerca de su hermano todo el tiempo. Empezó a vagar por el campo de noche, llegándose hasta los *shebeens,* lugares donde vendían licor ilegal, o a los bailes improvisados en las encrucijadas y las canciones que a veces acompañaban a los días de feria en las pequeñas poblaciones de Connemara. Si eras capaz de esperar hasta un determinado momento de la noche, podías a veces pillar una jarra medio vacía, o una botella con algunas gotas de licor, y hacer que te durara el resto de la noche. Con frecuencia una gitana de paso o un cantante de baladas vagabundo cantaba por algunos peniques, y eso a Mulvey le gustaba. Descongelaba el hielo de la soledad como un vaso de ponche caliente. Cantar le recordaba épocas más felices de su infancia; los cálidos tiempos familiares, antes de que todo cambiara.

Las canciones se entrecruzaban como arroyos a través de las tierras bajas. Veías sombras de algunas melodías revolotear a través de otras; versos tomados de aquí y allá, frases mejoradas, estribillos refinados y cambiados de posición, hechos modificados, o dejados intactos, pero contados desde un diferente punto de vista. Como si antaño hubiera habido sólo una gran canción de la que los cantores aún se alimentaban; un escondido pozo sagrado.

Él raramente hablaba con alguien en esas reuniones de cantores; pero llegó a conocer a la gente que vagaba por las canciones como personajes de una saga que aún estuviera siendo escrita. El viejo y débil bobo que se casaba con la muchacha a la que no podía satisfacer. La doncella expulsada de la casa de su padre por su amor a un joven insincero. La mujer fantasma encontrada junto a un lago. El antiguo amante reencontrado, cuando el tiempo y la experiencia ponían de relieve la profundidad del amor perdido. Los errantes vividores en busca de placer y las damas de vida alegre. El cruel y atormentador terrateniente y el arrendatario que le robaba a su mujer. Los pescadores, granjeros, campesinos y pastores que engañaban a los recaudadores de impuestos que venían a acosarlos.

A menudo le parecía a Mulvey que las canciones eran un lenguaje secreto: una manera de decir cosas que de otro modo no podían mencionarse en un país asustado y ocupado. Al menos parecían una manera de reconocer de forma encubierta que lo que no se podía decir era importante y que podría ser dicho más explícitamente en otro momento. Los hechos parecían insinuarse debajo de su camuflaje, como esos viejos árboles encontrados bajo una capa de tierra pantanosa, su corteza aún viva después de quinientos años. Si los mirabas en conjunto, parecían una especie de escritura, un panteón de verdades enterradas: el testamento sagrado de Connemara. ¿Y qué era a fin de cuentas la Biblia? Un amasijo de tronadas alegorías e historias medio recordadas, pobladas por pescadores, granjeros y recaudadores de impuestos. Sus salidas nocturnas llegaron a parecer el cumplimiento de un deber, aunque no era capaz de decir exactamente cuál.

Fue en uno de esos acontecimientos, una reunión de violinistas y cantantes en Maam Cross, cuando Pius Mulvey comenzó a robar. Un granjero borracho se había caído inconsciente en el retrete de una taberna, y Mulvey, mareado por el hambre de varios días, lo alivió de sus botas y sombrero. Le llevó sólo un momento cruzar la frontera entre víctima y opresor, y no sentía ningún remordimiento por haber dado el paso. Llevó las botas y el sombrero a una casa de empeños calle abajo y regresó a la posada a gastarse su inesperada ganancia. La música sonaba más dulce con un whisky en la mano, un plato de estofado ante ti y una pipa de tabaco. Le pagó incluso al humillado granjero una copa cuando el hombre, finalmente, salió tambaleándose de la letrina con sus mojados pies descalzos. Sentía que tenía con él una gran deuda de gratitud y se la pagó en cerveza negra y ferviente conmiseración.

Ésa fue la primera vez que Mulvey cantó en público. El tabernero había estado cantando una balada de amores rotos de la que sólo conocía la letra de dos versos. Daría un chelín por aprender el resto, dijo, porque la melodía le gustaba mucho a su madre, recientemente fallecida, nacida en Estersnowe, condado de Roscommon. Mulvey dijo quedamente que él conocía la letra; que su propia madre procedía también de Roscommon. «Oigámosla entonces», ordenó el tabernero, complacido, y Mulvey se situó en medio del desordenado círculo y abrió la boca para cantar:

Fue en lo más cruel del invierno, las colinas blancas de nieve;
cuando por colinas y oscuros valles, mi verdadero amor andaba.
Fue allí donde vi a la doncella más hermosa, con lágrimas saladas
en los ojos;
tenía un bebé en sus brazos, y lloraba amargamente.

Cuán cruel fue mi padre, amor, que me atrancó la puerta;
y cuán cruel fue mi madre, amor, que permitió este espantoso
crimen;
pero más cruel fue mi amado, que cambió de parecer por oro;
y cruel fue el viento glacial que me atravesó el corazón con su
frío.

La voz de Mulvey era mediocre, pero su memoria, excelente. Recordaba cada uno de los versos de la larga y complicada canción de amor, una viejísima melodía que su madre solía cantar, con alusiones clásicas y múltiples narradores. «Centones» era la palabra que describía ese tipo de canciones, y su letra alternaba entre el irlandés y el inglés. Pero más que recordar las palabras, Mulvey recordaba cómo se debía cantar la canción: los lugares donde alargar los versos sólo un poquito, aquéllos donde te quedabas en silencio y permitías que las palabras cayeran como hojas. Era una extraña y oscura historia sobre la seducción de una joven sirvienta por un noble que le había prometido hacerla su mujer. Su madre solía decir que era una especie de hechizo; si la cantabas mientras pensabas en un enemigo que te había perjudicado, éste caería muerto cuando hubieras terminado de cantar. Ni de niño se había creído Mulvey esa historia. (Lo probaba a menudo, y su hermano no se había muerto.) Pero había una ambivalencia en ella que siempre le había gustado. A veces era difícil por la letra saber cuál de los amantes estaba hablando y cuál había sido traicionado.

A la mañana siguiente, antes de que se despertara Nicholas, Pius se marchó a pie hasta el pueblo de Letterfrack. Regresó con una cesta de coles y una loncha de tocino, dos hogazas de pan tierno y un gordito pollo tomatero. Al preguntarle cómo había conseguido el dinero para comprar semejante banquete, Mulvey le respondió a su hermano que había encontrado una bolsa en el camino. Nicholas desaprobaba las tabernas y a sus asiduos, y le había suplicado a Pius que se mantuviera alejado de ambos.

–Entonces tendrías que haberla llevado a los guardias. La debe de haber perdido alguna desafortunada persona. Imagínate cómo debe de sentirse ahora.

–Se la llevé, Nicholas. Eso es lo que te estoy contando, ¿no? El caballero que la perdió dejó una recompensa a los guardias.

–¿Es verdad eso? Mírame, Pius.

–Tan cierto como que estoy aquí. Que me muera si no es verdad.

–¿Me lo juras, Pius? ¿Sobre el alma eterna de mamá y papá?

–Lo juro –dijo Pius Mulvey–. Por su alma, que es verdad.

–Entonces, Dios es bueno, Pius –dijo su hermano–. Mejor será que no cuestionemos Su misericordia, o no volverá a derramarla. Rezaba por un milagro, y aquí está.

Mulvey se mostró de acuerdo. Dios era bueno. El Señor ayudaba a los que se ayudan.

Capítulo XII
EL SECRETO

Donde Mulvey empieza a considerarse un genio: el primer paso, invariablemente, en el camino hacia la infelicidad.

Mulvey volvió a salir la noche siguiente, a una reunión de músicos en una encrucijada cerca de Glassillaun. De nuevo cantó, y disfrutó de la experiencia, aunque ahora por razones diferentes. Las chicas parecían encontrarlo atractivo cuando cantaba, aunque él no sabía por qué y consideraba ese hecho inexplicable. Sabía que era feo, flacucho y débil, además de carecer por completo de la musculatura de su hermano. Pero, con todo, seguían encontrándolo atractivo cuando terminaba de cantar, y no era cosa de ignorar ese hecho.

Aunque lo cierto es que él no sabía nunca qué decir a esas bonitas y risueñas muchachas. Se apiñaban a su alrededor o le pedían que bailara. Y cuanto menos bailaba, más parecía gustarles. Como no tenía ninguna hermana ni amiga, nunca había bailado con una muchacha más de dos minutos seguidos, y no estaba del todo preparado para tener que hacerlo. Y sin embargo, eran tan hermosas cuando hablaban y se reían, tan diferentes a los hombres; tan llenas de luminosidad. Mulvey encontraba algunos de sus pensamientos extraños como las estrellas, y frecuentemente decían cosas para las que él no tenía respuesta. Pero parecían considerar su silencio más misterio que reserva. El silencio, pronto aprendió Mulvey, era algo que podía trabajar en tu favor, una carta que podía jugarse de forma útil, especialmente cuando se combinaba con el placer de cantar. Tenía idea de que a ellas les gustaba la amabilidad, la cortesía, la bondad; todas las cosas que los hombres consideraban poco viriles. Su fealdad no se mencionaba; y tampoco su pobreza. No querían caer rendidas a sus pies. Sólo querían que se les hablara, y ser escuchadas cuando hablaban. No era muy difícil, sobre todo si uno estaba interesado, y, si no querías hablar, eso a veces tampoco importaba. En un mundo de jactanciosos, aprovechados, vocingleros y atletas, había cierta clase de chicas que encontraban agradable la actitud reservada y, gracias a Dios, ésas eran las que le gustaban.

Ahora nunca pasaba las noches al lado de Nicholas. Apenas empezaba a hacerse oscuro, bajaba por el sendero en busca de libertad. Realmente no le importaba a qué población encaminarse; alguien estaría cantando o tocando para los bailarines. Habría calor, luz, música y compañía; algo a lo cual pertenecer cuando uno se sentía tan solo.

Una noche en un *shebeen,* en Tully Cross, un pequeño trovador tuerto procedente de algún lugar de mala muerte de Limerick interpretó una canción compuesta por él mismo, una balada sobre la crueldad de un terrateniente de la zona, lord Merridith, que había hecho colgar a un pobre bribón por robar un cordero. La canción era tosca y la cantaba mal, y el cantor, un tipo escuchimizado de caderas escurridas; pero la gente lanzó aullidos de elogio al final, y el intérprete asintió con la cabeza como un emperador recibiendo el reconocimiento de sus súbditos. «Bendita sea tu alma, muchacho –le lloró un hombre, se acercó al cantor y le besó su deformada mano–. Es la más grande canción jamás compuesta en Irlanda. ¡Que corra el whisky! ¡El mejor de la casa!»

Mulvey empezó a considerar algo que llegaría a obsesionarlo. A los cantores los admiraba casi todo el mundo; eran cronistas, custodios, biógrafos. En un lugar donde leer era casi desconocido, ellos eran depositarios de la memoria local como libros ambulantes. Muchos afirmaban conocer unas quinientas canciones; y unos pocos conocían más de un millar. Sin estos cantores, pensaba algunas veces Mulvey, nadie recordaría nada, y si no se recordaba, es que no había ocurrido. Un cantor se encontraba dentro de la misma categoría que un sanador por la fe o un zahorí, como una comadrona que podía aliviar el dolor del parto con hierbas secretas, o un gitano capaz de domesticar ponis simplemente hablándoles. Y aquellos que componían sus propias canciones eran reverenciados.

Cuando entraban en una habitación aquellos desharrapados hombres y mujeres dotados del impresionante don de la composición, la gente guardaba silencio. Eran los jueces de lo que había sucedido y lo que no. Y ni siquiera tenían que cantar especialmente bien. Otros cantarían las canciones que ellos componían. Tampoco importaba que raras veces inventaran melodías nuevas, y simplemente usaran las antiguas que todo el mundo conocía; eran como vinateros que vertían la buena cosecha de ese año en las hermosas botellas del pasado. Si acaso, semejante proceder les hacía aparecer aún más admirables. Su vino resultaba más rico cuando lo sazonaba la especia de la antigüedad.

Era como si les hubiera tocado la mano del Altísimo, como si algo del mismísimo poder de Dios para conjurar la perfección a partir de la nada hubiera sido insuflado en sus mortales bocas. El mero hecho de estar en presencia de ellos se consideraba un honor en todo Connemara. Una canción nueva se acogía como la floración de una cosecha; y si era inusualmente buena, como el nacimiento de un niño. Con bastante frecuencia ellos se mofaban mutuamente de las habilidades del otro, pero nadie más se atrevía a vilipendiarlos. Insultar a un compositor traía mala suerte. Se temía a esos magos; si contrariabas a uno podías terminar en una canción y ser abandonado allí para ver cómo, por siempre jamás, se burlaban de tu desatino, mucho tiempo después de que hubiera dejado de importar.

En su desgastado diccionario, al que le faltaba el lomo, Mulvey consultó el término inglés «componer»: calmar; producir; colocar un tipo de imprenta; decidir lo que se imprime; escribir o crear; ajustar o arreglar; montar. El hombre que montaba podía también desmontar. No había nada que semejante brujo no pudiera hacer.

Mulvey empezó a preguntarse, presa de un leve nerviosismo, si había algún modo para que él pudiera entrar en ese venerado sacerdocio, si algún día él podría componer una canción. Siempre había creído que debía tener algún objetivo en la vida, que ésta tenía que estar destinada a algo más que al vasallaje y a las heladas. Pronto sintió que un ansia empezaba a bullir en él como una fiebre. A menudo se le ocurrían rimas, y siempre había sido así; podía encajar las palabras a las melodías tan bien como cualquiera. Su problema era la gran limitación de su experiencia. Nunca había estado enamorado o desenamorado, nunca había peleado en una batalla, nunca había conocido a una mujer divina. Tampoco se había casado, o cortejado a nadie, o matado, o gastado todo su dinero en whisky y cerveza, o tenido *ninguna* de esas aventuras que la gente mencionaba en sus canciones. Pius Mulvey nunca había hecho que sucediera nada. Saber sobre qué escribir era lo más difícil del escribir.

Por la noche, mientras su hermano rezaba en el cuarto trasero, Mulvey se acurrucaba junto a la raquítica lumbre e intentaba componer. Pero forzar aquella parte de él se reveló más difícil que forzar la tierra. Sentía un gran anhelo, pero resultaba demasiado duro. No surgía nada. Durante meses no surgió nada.

Se sentía como un pescador en un lago lleno de sombras; capaz sólo de captar el movimiento de las profundidades pero incapaz de pescar nada en la red por más que lo intentara. Las ideas cruzaban veloces por su lado, imágenes y símiles; casi podía sentir cómo se escurrían entre sus desesperados dedos. En su mente, Mulvey tendía la mano al espíritu de su madre, la mujer que le había legado su amor por la canción. «Ayúdame –suplicaba–. Si puedes oírme, ayúdame.» Desde la muerte de la mujer, nunca se había sentido tan dolorosamente cerca de ella como en las largas e irritantes noches en que trataba de componer. Pero nada ocurría. Nunca ocurría nada. Sólo el deslizarse de las ratas por el techo de paja y los leves susurros atormentados de las plegarias de su hermano.

Y entonces, una mañana, todo cambió. Despertó de un sueño de hojas levantadas por una brisa, con un pareado formándose en su confusa mente. Había sucedido de forma tan extraña como sencilla; fue como despertarse y encontrar un regalo en la almohada. Como si las hojas del sueño hubieran caído repentinamente, para mostrárselo allí instalado como una polilla soñolienta.

Mi hermano y yo estábamos labrando el campo,
cuando apareció un sargento con monedas en la mano.

Que ya había oído la letra antes, fue el primer pensamiento consciente que se le ocurrió; si debía de haberla oído antes. Rápidamente se levantó de la cama y cruzó el frío suelo hasta la mesa. Una mariposa de palabras que podían escaparse. Las garabateó en el dorso de una vieja bolsa de azúcar, como si pudieran volar por la ventana si no lo hacía. Miró las líneas escritas. Realmente eran versos muy buenos. Obedecían al primer principio de la arquitectura de la composición de baladas: cada verso hacía avanzar la historia.

> Mi hermano y yo estábamos labrando el campo,
> cuando apareció un sargento con monedas en la mano.

Un filete de carne sin una onza de grasa. Nada en aquellos versos tenía desperdicio. Se presentaban todos los personajes; sus profesiones, señaladas; su relación con los demás, definida. Incluso el hecho de que se dijera que el sargento poseía monedas implicaba que el narrador y su trabajador hermano no debían poseerlas. De repente se le ocurrió que si cambiaba «labrando» por «escarbando», y el insulso término de «monedas» por el más resplandeciente de «oro», el hecho de su relativa pobreza se captaría con más claridad. Y si ascendía al humilde «sargento» a «teniente», o «capitán», se obtendría una agradable muestra de aliteración con el soso verbo «aparecer». Apresuradamente realizó las modificaciones y leyó el resultado. Los versos parecieron abrirse a la vida como un fruto.

> Mi hermano y yo escarbábamos el campo,
> cuando apareció un capitán con oro en la mano.

El júbilo de Mulvey parecía casi indecente, como el vértigo de un niño al recordar travesuras durante una bendición solemne. Ahora ya tenías una idea de cómo podía ir la canción, pero allí había un drama también, no podías estar seguro. Como todas las buenas historias, en su meollo había una elección. ¿Se marchaban con el capitán o se quedaban donde se encontraban? ¿Qué harías tú si te vieras en su situación? ¿Quién sería el héroe y quién el villano? Ahora se le ocurrió que «mi hermano» podía resultar un poco demasiado vago. Pero «Nicholas» no pegaba. Como si estuviera hojeando las páginas de un libraco, se permitió repasar los nombres de todos los hombres que conocía. ¿Quién tenía un nombre que encajara en el mismo espacio que «mi hermano»? ¿Qué me dices de John Furey, el granjero de Rosaveel? Mulvey sólo le había visto dos veces, y ciertamente nunca había labrado o escarbado nada a su lado, pero su nombre tenía el adecuado número de sílabas. Lo garabateó y musitó el nuevo verso:

John Furey y yo escarbábamos el campo.

No. No era tan adecuado como «mi hermano». Tachó el nombre y devolvió el verso a su forma original; y la efímera candidatura de John Furey, de Rosaveel, a la inmortalidad fue anulada para siempre.

Salió a trabajar en la ciénaga aquella mañana como si llevara la luz del mundo en su cabeza; una llama que podía extinguirse si no se la atendía. «Madre, te lo suplico: no me lo quites.» Silenciosamente rezó el rosario por primera vez en años. No volvería a pecar; no volvería a robar, no cometería ninguna impureza, ni en privado ni con otros. Seguiría las estaciones del Via Crucis cada día de su vida si aquella llama no se apagaba. Y aquel mismo día, más tarde, mientras cavaba con su hermano, dos versos más surgieron ante él, procedentes de no se sabe dónde.

E historias de soldados, todos valientes y magníficos;
oh, el día era alegre y encantador.

De nuevo se quedó aterrado ante la posibilidad de olvidar los versos. Los garabateó en la hoja de su laya por si se deslizaban nuevamente hacia la nada más tarde. Se arrodilló junto a las raíces de un roble caído y lloró por su madre y por la bondad de Dios. Lloró como nunca lo había hecho en su vida, ni siquiera en el lecho de muerte de su madre, ni ante su tumba. Por su pérdida, por la suya propia; por todas las cosas que jamás le había dicho. Cuando su hermano se acercó para ver qué ocurría, Mulvey lo abrazó y lloró como un niño, y le dijo que ningún hombre había tenido mejor hermano que él y que lamentaba la distancia que había llegado a separarlos. Su hermano se quedó mirándolo como si se hubiera vuelto loco. Mulvey se rió. Se rió a carcajadas. Y bailó por la ciénaga como una cabra montés.

Aquella noche Pius Mulvey no se fue por ahí. Se quedó en cuclillas sobre el suelo de la cabaña de sus padres con un lapicero en la mano y el corazón acelerado. La realidad de lo que había sucedido aquel ventoso día era difícil de cantar en los versos de una balada; eso, si es que uno era capaz de definir con claridad cuál era dicha realidad. De modo que cambió un poco los hechos para que encajaran con el metro de la rima. Realmente no tenía importancia. Nadie sabría nunca cuáles fueron los hechos. Y si alguien lo averiguaba, no los encontraría dignos de ser cantados. Lo principal en una balada era componer una canción cantable. Los hechos carecían de importancia: «Ése era el secreto». Escribió y borró, volvió a escribir y depuró. El efecto que se buscaba era que fluyera. Potente acción y palabras que se recordaran con facilidad. La gente necesitaba sentir que las palabras se habían escrito solas, que el cantor que ahora las poseía era solamente su médium. Él no cantaba la canción. La canción cantaba a través de él.

Y dice él, mis buenos granjeros: si queréis firmar,
hay aquí un puñado de soberanos que os voy a dar.
Fuera de aquí, capitán, viejo presumido de roja guerrera
porque tus palabras son sumamente alarmantes.

No sentimos deseo de tu falso oro coger;
tu sangrienta y vieja casaca es horrible de ver;
preferimos ir desnudos y de frío estremecer;
que ponernos de mañana harapos esclavizantes.

La última estrofa fue la que más le costó componer. En una canción como ésa era costumbre meter algo relacionado con Irlanda en el clímax. A Mulvey no le importaba Irlanda una mierda, y sospechaba que a buena parte de su auditorio aún le importaba menos, pero a la gente le gustaba mucho armar un poco de gresca. Dejarlo fuera sería como no terminar el trabajo; como construir una cabaña sin techo.

Y si alguna vez cogemos el mosquete o la espada,
no será por Inglaterra, lo juramos ante Dios.
Por la libertad de Erin, alzaremos nuestra hoja,
¡y cortaremos tu cabeza de madrugada!

La primera vez que la cantó, en la feria de caballos de Claddaghduff, la noche de Hallowe'en, se produjo tal aluvión de aplausos al terminar que casi se asustó. Y cuando cayó a sus pies aquella lluvia de peniques, el cuerpo de Pius Mulvey empezó a llenarse de luz. Había descubierto la alquimia que convertía los hechos en ficción, la pobreza en abundancia, la historia en arte. El pan era carne y el vino sangre. Había encontrado su verdadera vocación.

A última hora de la noche conoció a una muchacha de ojos negros como el carbón, y cuando yacieron juntos en una zanja, junto al borde de la carretera, sintió algo de lo que su hermano decía cuando hablaba de los misterios de Dios. Una pasión que no terminaba nunca, y luego una paz que superaba toda comprensión. Tenía diecinueve años, era un hombre, un príncipe. La muchacha le dijo que lo amaba y Mulvey la creyó. Sabía que, por fin, era digno de amor.

Cuando volvió a casa al alba, su hermano estaba caminando por el campo y sus desnudos pies sangraban a medida que pisaba las piedras. Cantaba alegremente un himno que no estaba concebido para ser cantado con alegría, y al principio Mulvey se preguntó si sería alguna especie de juego. Aunque la mañana era fría, su hermano iba sin camiseta, su pálido pecho salpicado de rocío y con la carne de gallina. Se estaba flagelando, explicó tranquilamente. Castigando su cuerpo por el bien de su alma. Merecía castigo; era repugnantemente malvado. Si la gente supiera la lujuria que existía en su corazón lo quemarían o lo ahogarían, dijo, y sonrió. Cuando se dio la vuelta para reanudar su penitencia, Mulvey vio algo que le dejó clavado en el suelo. Las señales de un látigo para las caballerías cruzaban la ensangrentada espalda de su hermano.

Entró en la cabaña y encontró el látigo todavía teñido de carmesí que yacía, en forma de un signo de interrogación, en el pisoteado suelo de tierra. Zarcillos de la carne de su hermano aparecían adheridos a sus tiras de cuero y, con manos temblorosas, Mulvey lo arrojó al fuego. Al arder despidió un olor como de carne cocida, y, con vergüenza, como si se hubiera descubierto excitado por una monja, Mulvey se dio cuenta de que aquel aroma estaba humedeciendo su hambriento paladar. Mientras contemplaba cómo el látigo se consumía hasta convertirse en una espiral de negrura derretida, se le ocurrió que habían intercambiado los papeles con su hermano. Había ganado el tácito concurso por la primacía. Y se maldijo por haber deseado el triunfo siquiera una vez, porque eso acarreaba responsabilidades que le producían temor.

Llevó a su boqueante hermano a la casa y lo instaló lo mejor que pudo junto al fuego. «¿Dónde estabas, Pius? Te busqué y te habías ido.» Nicholas Mulvey todavía desvariaba, como un hombre que sueña con los ojos abiertos de par en par, y sus labios tremolaban como un becerro que se tambaleara. «Por ti, Pius. Lo hice por ti.» Al cabo de un rato empezó a calmarse y cayó en un inquieto sueño, gimoteando de vez en cuando. Mulvey salió y se quedó de pie en el sendero. Toda clase de pensamientos se agolpaban en su cabeza. ¿Adónde podía ir? ¿Qué clase de ayuda buscar? ¿Un cura? ¿Un médico? ¿Un vecino? ¿Quién?

Fue entonces cuando descubrió el papel que habían dejado bajo la piedra. Lo cogió. Lo abrió. ÚLTIMO AVISO DE DESAHUCIO, eran las palabras que encabezaban el escrito, pero no se trataba de ninguna valerosa balada o canción de resistencia. Los hermanos Mulvey habían recibido un aviso de desahucio que se cumpliría dentro de cuatro meses. Si, al término de éstos, la renta seguía impagada, tendrían que irse.

De la cabaña, a sus espaldas, le llegó un gemido espantoso. El angustiado bramido de una bestia pillada en una trampa. Su hermano se estaba tambaleando sobre las negras piedras cubiertas de musgo, con la mano izquierda extendida manando sangre, mientras su mano derecha sostenía un martillo de herrero. Cuando Mulvey llegó a su lado, Nicholas se había derrumbado en el foso de las cenizas, con una beatífica sonrisa en su surcado rostro. De la blanquecina muñeca de su demacrada mano izquierda sobresalía la cabeza de un clavo de quince centímetros de longitud.

Nicholas Mulvey fue ingresado en el Asilo de Galway, pero regresó al cabo de dos meses, afirmando que estaba curado. No quería hablar de lo que había sucedido aquella mañana; era una cuestión de hambre y agotamiento, nada más. Pero Pius Mulvey no estaba muy convencido. En los ojos de su hermano había un nuevo brillo; una luz que de algún modo parecía lo opuesto a la luz, aunque tampoco podría calificarse de oscuridad. Era como si otra persona se hubiera deslizado dentro de su piel. Un hombre más racional y evidentemente más amable; pero no el hermano cuya irracionalidad y ansiedad Mulvey conocía tan íntimamente como la suya, y que, a su manera, había llegado a querer.

Aquel año, en Ardnagreevagh, las navidades fueron frugales y frías. El día principal lo pasaron en cama, sin nada que comer excepto un par de arrugadas manzanas. Mulvey no dijo nada sobre el aviso de desahucio, temiendo enloquecer nuevamente a su hermano. Habría tiempo suficiente para compartir tales terrores cuando Nicholas estuviera en condiciones de compartirlos. Mulvey no sabía que semejante conversación jamás tendría lugar. Ya era demasiado tarde para el reparto de temores.

Nicholas había tomado una decisión. Iba a hacerse sacerdote. Por un tiempo había considerado una orden de monjes de clausura, pero finalmente optó por ir al seminario. Había escasez de curas en Connaugth actualmente. Esto estaba causando un horrible sufrimiento entre los pobres. Todos los signos eran de que el hambre seguiría reinando los siguientes años. Por ello se necesitaría un ejército de sacerdotes. Y si el hambre no venía al año siguiente, lo haría al otro. Pero *vendría.* A Nicholas se lo habían asegurado. Un espantoso castigo caería sobre Irlanda. Miles de personas morirían de hambre. Millones, tal vez. El pueblo sufriría tormento hasta que no pudiera soportarlo más, y sólo cuando se arrepintiera cesaría. Había pensado en ello detenidamente y tomado una decisión. Antaño había considerado el sacerdocio una manera de desperdiciar la vida, pero ahora podía ver –desde su enfermedad– que el auténtico desperdicio sería que él no hiciera nada. Ninguna otra profesión podía proporcionarle alivio. Su locura había sido enviada como una especie de revelación.

–Quédate algún tiempo más. Por favor, Nicholas.

–Llevo estudiando las Escrituras más de un año. El padre Fagan dice que me aceptarán sin problemas. Seré ordenado sacerdote lo antes posible.

–¿Estás hablando de ese borracho de Micki Fagan, de Derryclare, que no distinguiría su culo de un agujero en el retrete?

–Es uno de los ungidos por Dios, Pius.

–¿El que dice que es un pecado pensar en una mujer? ¿Y que los judíos deben ser condenados por matar a Cristo?

–Dice cosas duras a veces. Es un viejo.

–¿Y qué me dices de la tierra? ¿De la tierra de tu padre?

–Es la tierra de mi padre la que voy a labrar.

–Estoy hablando literalmente –dijo Mulvey.

–Y yo también –le replicó su hermano.

–No me dejes aquí, Nicholas. No puedo aguantar aquí solo. Al menos espera hasta que llegue la primavera, por el amor de Jesús.

–¿Por qué?

–Estamos con la mierda hasta el cuello. Van a echarnos.

–Confía en Dios, Pius. No estarás solo.

–¿Me estás oyendo, hombre? ¡No estoy hablando de Dios!

–Ni yo tampoco, Pius. Aunque quizá deberíamos. –Su hermano sonreía con su tímida y hermosa sonrisa–. Hay una muchacha, ¿no? Puedo verlo en tu actitud. Últimamente eres como un corderillo en abril.

–Un corderillo en abril es un cordero por Pascua.

–Ya sabes lo que quiero decir.

–Hay alguien, desde luego. Pero no sé si hay algo.

–Bien, si ésa no es la adecuada, pronto se presentará otra. Es la naturaleza. Tu propia vocación. San Pablo dice: «Es mejor casarse que arder en el Infierno».

–Y tú, ¿quieres casarte algún día? Hay bastante tierra aquí si la dividimos.

–¿Un octavo de acre? ¿Para dos familias?

–Hay muchos en Galway que viven con menos. Podríamos arreglarlo, Nicholas. Por favor, no te vayas.

Nicholas Mulvey se rió quedamente como si lo que se acababa de decir fuera absurdo.

–Esa vida no es apta para todo el mundo, Pius. Yo no tendría el valor que se necesita.

–¿No has visto ninguna chica de los alrededores que te guste?

Su hermano suspiró de una forma extraña y lo miró fijamente a los ojos.

–Hay noches que he deseado a alguien tan terriblemente que lloré a causa de la lujuria. El diablo es listo. Pero eso no es amor; es sólo el cuerpo. No puedo amar a una mujer como tú. Tú eres el mejor de los dos; siempre lo has sido. Ningún hombre ha tenido mejor amigo.

Una negra semilla de odio pareció brotar en el corazón de Mulvey. Incluso aquella afirmación de su inferioridad era, de algún modo, mostrar su superioridad sobre él.

Fue el 5 de enero de 1832, la víspera de la fiesta de la Santa Epifanía, cuando los señores de Oriente llegaron un día siguiendo la estrella. La última noche que los hermanos Mulvey se sentaron y comieron juntos, la última vez que durmieron en la misma cama rota. Nicholas se marchó al alba hacia el seminario de Galway, con el devocionario de su madre bajo el brazo y un puñado de tierra en el bolsillo, para que le trajera buena suerte. Su regalo de despedida fue el desayuno que rehusó comer antes de partir y el par de deterioradas botas de trabajo que dijo que no volvería a necesitar.

Aquel día fue cuando la muchacha de los ojos oscuros, Mary Duane, del pueblo de Carna, un pequeño lugar dentro de la propiedad de lord Merridith de Kingscourt, le dijo que estaba esperando un hijo suyo para el verano. Lloraba por lo que Pius pensó que debía de ser felicidad. Tendrían que casarse, dijo. Y eso era bueno, porque ella lo amaba, a fin de cuentas, y él a menudo también le había dicho que la quería. Vivirían allí, desde luego, en la tierra de su pueblo. No tendrían mucho, pero siempre estarían allí. No importaba lo que el destino les deparase, lo enfrentarían juntos. Vivirían allí y morirían allí, como toda su gente antes que él.

Fueron a la cama de sus padres, se desnudaron y yacieron juntos; hicieron el amor durante toda la tarde. El viento chillaba a través de los pantanos. El aguanieve golpeaba las ventanas con el estrépito de los tambores. Aquel día hicieron el amor de forma casi salvaje. Era como si supieran que nunca volvería a suceder.

Él esperó hasta que ella hubo emprendido el camino de vuelta a Carna. Entonces hizo un pequeño hatillo con sus pocas y desastradas ropas. Y al caer la noche sobre los silenciosos campos llenos de piedras, Pius Mulvey se marchó a pie de la tierra de su padre, por el sendero, lejos de Connemara, decidido a no volver a poner los ojos en ella mientras viviera.

Fui a ver [a un posible patrón en Nueva York] con el sombrero en la mano, tan humilde como cualquier irlandés, y le pregunté si quería a una persona de mi condición. «Póngase el sombrero –me dijo–. Aquí estamos en un país libre y todos disfrutamos de la misma libertad y privilegios.»

Carta de JAMES RICHEY.

Capítulo XIII
EL LEGADO

Regresamos a nuestro bravo navío la décima noche de su viaje, en la que lord Kingscourt escribe una afectuosa carta a su amada hermana, en Londres, donde da cuenta de sus presentes apuros e intenciones; sin saber que se cierne sobre él una gravísima sentencia.

Estrella del Mar
Miércoles, 17 de noviembre de 1847

Mi queridísima burbujita, Jamoncitos*:

Perdona estos largos y horribles garabatos, pero sólo dispongo de una pequeña vela de sebo para alumbrarme en estos momentos, y en todo caso mi vista en la actualidad no parece ser la que siempre fue. (Últimamente he perdido, aunque ignoro el motivo, toda mi alegría, Willie S. Ea, ea.) Como cualquier otro maldito trozo de mí, si vamos al caso.

* Carta legada a G. G. Dixon por la profesora Natasha Merridith, del Girton College de Cambridge (la famosa sufragista), en septiembre de 1882. «Jamoncitos» era un apodo familiar de lady Natasha. Lord Kingscourt tenía la costumbre de referirse tanto a lady Natasha como a lady Emily como sus «hermanitas» (o, como aquí, «burbujitas»), probablemente como señal de afecto; pero de hecho las dos eran mayores que él. (Lady E., dos años; lady N., trece meses.) – G. G. Dixon.

Dice nuestro fiel, leal y perspicaz capitán (que estudia cartas y calendarios de navegación como un *maji* místico, y utiliza palabras bastante laaaaargas en su cooonversación) que quizá nos encontremos dentro de una semana, o poco después, con el vapor *Rocío de la Mañana* procedente de Nueva Orleans y que se dirige a Sligo con una carga de harina india; y por tanto garabateo estos desorganizados pensamientos y saludos con la esperanza de que puedan llegar hasta ti antes de que transcurra demasiado tiempo. (Sólo estoy bromeando sobre el capitán. Es un tipo formidable en todos los sentidos. La otra noche me explicó el viaje sobre las cartas de navegación.)

Es extraño; pero a veces no sé qué pensar sobre las cosas, hasta que las escribo, más o menos. ¿Te has dado cuenta de eso alguna vez, mi querida y tontita Jamoncitos? Qué extraño hermano tienes. ¡Ay!

¿Cómo estáis tú y Emily, y por supuesto Tía Eddie? ¿Se ha declarado ya ese tonto de Millington a Emily? Ojalá se decida de una vez, ¿no te parece? (Nosotros, los viejos wykehamistas, no solemos ser tan tímidos a la hora de tomar la iniciativa. Dile que está en juego el honor de la casa de los Viejos Tutores.) Y a ella que, si no se espabila, vas a ir antes tú al altar*. ¿Y qué tal está el viejo Londres? No sé cuándo lo volveré a ver.

[Falta un pasaje.]

Nos sentimos muy aislados, aquí, en medio del gran océano, te lo aseguro. Podría haber habido guerras y revoluciones en la patria y nosotros no sabríamos nada de ello. Cuidado, ésa no es una sensación del todo desagradable,

* Tras un larguísimo noviazgo, que a menudo fue «interrumpido», lady Emily acabó casándose con sir John Millington, noveno marqués de Hull, pero el matrimonio se disolvió al cabo de cuatro años. No hubo hijos. La profesora Merridith no se casó. Entre sus muchas publicaciones, figuran *Essays on the Rights of Women* [Ensayos sobre los derechos de las mujeres] (1863), *The Cause of Learning* [La causa del aprendizaje] (1871), *Education and The Poor* [La educación y los pobres] (1872) y varios volúmenes de escritos sobre matemáticas puras. Asimismo fue coeditora de *The Higher Education of Women* [La educación superior de las mujeres], escrita por Emily Davis (1866), de quien era amiga íntima. – G. G. Dixon.

especialmente después de los últimos años y todo lo que ha ocurrido desde que papá se murió. Reina cierta seductora tranquilidad aquí, particularmente por la noche. El mar se te mete dentro de alguna manera, como una especie de droga. Yo mismo me descubro hablando (e incluso pensando) presa de ondulantes ritmos. Algo extrañísimo. Todo el mundo a bordo parece hacerlo al cabo de un tiempo. De noche, sobre todo, el océano es bastante melancólico. El sonido de las olas contra el casco y todo eso. El cielo es tan oscuro que las estrellas parecen más brillantes; más brillantes y más hermosas aún que en Galway. A veces pienso que debería quedarme aquí para siempre.

Fue muy triste tener que cerrar la casa, más triste todavía que verla completamente vacía de sus muebles y todo abandonado como una especie de tumba egipcia saqueada. Parecía muy grande y desnuda cuando di una vuelta por ella. Hordas de antiguos arrendatarios venían a despedirse, como puedes imaginar, y se mostraban sumamente tristes, también, muchos de ellos con lágrimas en los ojos. Me llevó una hora entera el paseo y la mano me dolía de tantos apretones. (Todos ellos preguntaron por ti y Em, desde luego.)

Pero comprendían perfectamente que teníamos que hacerlo y nos desearon a todos lo mejor para el futuro. Lanzaron «tres hurras por el nombre de Merridith», cuando me marché. No parecía haber resentimiento en absoluto, así que, por favor, no te preocupes. Muchos me suplicaron que siguiera en contacto y los considerara nuestros amigos para siempre, pese a lo que ha sucedido. Así que, por favor, puedes tranquilizarte al respecto, de verdad. Detesto pensar que te atormentas.

Vickers, el tasador de la compañía hipotecaria, me aseguró que haría todo lo posible por vender las tierras como una sola parcela, y no dividirlas más. Ya es algo. Tommy Martin, de Ballynahinch, ha dicho que no, me temo. Al parecer su situación es precaria en estos momentos y está pensando en vender y marcharse a Londinium. Es una lástima, porque no es tan mala persona y, aunque un poco chiflados, los Martin no han sido los peores amos para sus arrendatarios. Pero corre el rumor de que ese viejo impostor borracho de Henry Blake está interesado en aumentar su propiedad. Esta espantosa hambruna ha provocado una bajada de los precios, naturalmente, y Blake, que dispone de recursos, se está aprovechando mucho de ello. Parece decidido a comprar Connemara campo a campo. El comandante de Tully puede que pronto lo sea también de Kingscourt, o de lo que queda de él. Le dije a Vickers que antes me cortaría una mano que permitir que ese matón advenedizo pudiera participar en la puja, pero, tal como dijo él, éste es un mercado libre y no estamos en situación de mostrarnos selectivos. ¿No es curioso, querida Nat, cómo ocurren las cosas? Pero así es. Ojalá supiéramos lo que nos espera en el camino…

La mayor parte de los ejemplares de historia natural de papá tuvo que ser destruida, lo cual fue espantoso. Yo había tanteado varios museos y sociedades zoológicas, así como al Instituto Paleológico de Dublín, y conseguí encontrar lugar para algunas de las piezas más valiosas, los esqueletos y algunos de los huevos y fósiles más raros. Pero la mayor parte fueron rechazados, porque se encontraban en muy mal estado debido a la humedad de la casa, y algunos estaban infestados de gusanos y lepismas; y, de todos modos, existe bastante poco interés por la taxidermia hoy día. Un gitano de una de esas ferias ambulantes pasó casualmente por allí la mañana en que yo me marchaba y dijo que le gustaría hacerse con el tigre de dientes de sable, que había visto en el montón de trastos del patio delantero, frente al establo, junto a la casa del hielo. Me ofreció un chelín, pero se lo di por nada. Francamente, le habría pagado para que se lo llevara, pues el hedor del tigre era muy desagradable, como de carne de caballo podrida. Johnnyjoe Burke y su hermano cavaron un gran pozo junto a la orilla y lo llenamos con todo lo que quedaba; luego le prendimos fuego y lo volvimos a cubrir. Fue como algo espantoso salido de El Bosco. Ese *shag* de Darwin se encontrará con un auténtico rompecabezas si alguna vez se le ocurre venir con sus amigotes geológicos a excavar en Kingscourt.

En cuanto a la casa, quién sabe lo que pasará ahora. Se hace insoportable imaginar que sea demolida, pero después de aguantar doscientos largos años de las tormentas de Galway la pobre viejecita está un poco deteriorada. Pero no deberíamos insistir en estos horribles pensamientos, supongo.

Después fuimos a visitar la tumba de papá en Clifden. Tenía muy buen aspecto; y la de mamá también. Habían colocado flores frescas en cada una de las lápidas aquella mañana: asfódelos de la ciénaga en la de él, rosolíes silvestres en la de ella. Era un pequeño y sencillo gesto, pero confieso que me sentí conmovido.

Perdóname por no haber podido contestar tu última carta, que recibí en Dublín apenas una hora antes de embarcar. Como podrás imaginar, las cosas estaban endiabladamente complicadas, empaquetando y ordenando y Dios sabe qué. Jamás me hubiera imaginado que dos criaturillas y sus fatigados padres podían necesitar más equipaje y avíos que una división entera de infantería a punto de invadir territorio enemigo.

Mary Duane, a la que conozco, como ya sabes, de antiguo, nos acompaña a América, y Laura se ha mostrado encantada de contar con su ayuda. Y yo también lo estoy. Es como sentir que vamos a llevar algo de los tiempos de Kingscourt con nosotros.

Preguntas, en tu carta, sobre mis proyectos. Tienes toda la razón; los he mantenido en secreto hasta ahora. (Ni siquiera Laura lo sabe todo, y a menudo se burla despiadadamente de mí por mi reticencia.) Pero si no puedo decírselo a mi querida Jamoncitos, entonces a quién puedo hacerlo, pensarás.

Mi plan secreto es dedicarme a la construcción de casas elegantes del estilo que ahora está de moda entre los nuevos ricos en Nueva York. Ni una palabra a nadie, ojo. No quiero que me ganen por la mano. (¿O debería decir «a los puños»? Me parece que sí.)

Sé que no tengo ningún título en arquitectura, pero presumo de saber dibujar un poco y en todo caso creo que poseo algo mejor y más útil: experiencia personal. He llevado conmigo los planos de Kingscourt, que encontré entre los papeles de papá la noche antes de cerrar el caserón. Había estado buscándolos durante años sin encontrarlos –ya sabes el estado en que se encontraban esos viejos papeles raros, amontonados hasta el techo de la biblioteca, como el Coloso de Rodas–, así que creo que estaba escrito que acabara encontrándolos en el último momento. Fue como recibir un inesperado legado de papá.

He traído también bocetos y copias de los planos de otras casas de campo irlandesas –Powerscourt, Roxborough, Kilruddery [ilegible] y muchas más– y espero que pronto muchas Kingscourts y Powerscourts puedan ser un ornamento para esa ciudad y sus alrededores. Estoy convencido de que no fracasaré.

Sé que algunos dicen que la moda en Nueva York en las próximas décadas será construir hacia arriba, hasta las nubes. Pero tras haber estudiado todo el asunto detenidamente estoy seguro de que eso es una absurda tontería. Si hay una cosa que tienen en América es tierra. No están apegados a ella de esa forma antigua y ridículamente sentimental propia de Irlanda. Siempre construirán en horizontal, y no hacia arriba. Si bien se mira, ¿por qué deberían hacer otra cosa?

En cualquier caso, si uno considera toda la ciencia que ello implica, se puede ver que un edificio que es mucho más alto que ancho y profundo quizá no sea capaz de permanecer en pie mucho tiempo. Tú y yo sabemos, por experiencia directa, cuán poderosas pueden ser las galernas del Atlántico. (¿Recuerdas cuando el viento arrancaba las pizarras del tejado de la quesería cada invierno? Por no hablar de los alfileres de sombrero que tú y Em teníais que usar. Ja, ja.) Un árbol con raíces profundas apenas puede sostenerse en pie en Connemara, así que ¿cómo podrían hacerlo diez pisos en la costa de América, azotada por los vientos? Y aun en el caso de que pudieran, ¿por qué demonios querría un ser no simiesco vivir tan arriba? Y si tal locura fuese hipotéticamente posible, también se podría pensar que a estas alturas eso ya se le habría ocurrido a alguien en Inglaterra, y Londres sería un bosque de monstruosidades de docenas de pisos.

No, estoy decidido a no variar mi plan. En el pasado, creo,

cometí el error de no seguir mi instinto, y escuchar demasiado las opiniones de los demás. Esta vez tendré el valor de aferrarme a mis ideas. Y maldito sea el primero que grite: «¡Ya vale!».

En cuanto a las finanzas, tengo unos ahorros, pero es muy poca cosa, así que debemos confiar en el dicho de que la Providencia favorece a los valientes. Espero que a ti y a Emily no os importe, pero vendí algunas viejas chucherías que quedaban en Kingscourt. Me refiero a uno o dos cuadros, poca cosa. El piano por el que preguntaste había sido ya retirado por los ayudantes del subastador, me temo. Te mandé por adelantado algunas joyas de bisutería de mamá.

Supongo que nos alojaremos en un hotel cuando lleguemos a Nueva York, pero, como nunca he estado allí, ignoro cuál de momento. Hemos tomado una casa más bien pequeña en Washington Square –número 22–, pero no estará libre hasta marzo. Digo una casa, pero en realidad es un nuevo tipo de vivienda llamada apartamento, así que realmente estamos participando del espíritu moderno. Es diabólicamente caro, pero lo considero una inversión que merece la pena, un lugar elegante para recibir clientes. (Clientes... Dios mío, si papá pudiera oír eso.) Laura buscará sirvientes cuando lleguemos. Pienso que nos tendremos que limitar a un mayordomo, una criada para todo, un valet y, por supuesto, una cocinera. No tiene sentido volverse loco.

Mientras tanto, una extraña clase de príncipe indio que viaja con nosotros me ha informado de que Nueva York tiene un restaurante medio decente, Delmonico, en Williams Street; así que en cualquier caso no nos moriremos de hambre. (La decoración es *Louis quatorze,* me han dicho.)

Nuestro alojamiento aquí, en el barco, no es tan elegante, pero más bien disfrutamos al tener que pasarlo un poco mal. Disponemos de cuatro habitaciones bastante buenas en un sector de la cubierta superior algo separado de los demás pasajeros. Nuestro camarote, el de Laura y mío, está agradablemente amueblado, aunque es diminuto. Jonathan y Robert tienen un pequeño palacio para cada uno, y entre ellos discuten encarnizadamente sobre cuál de los dos baños es el más completo. La habitación de Mary está al final del corredor, subiendo unos escalones. Y también podemos usar un gran camarote desocupado en el que el capitán ha colocado amablemente una especie de estupenda mesa plegable, de modo que todos podamos desayunar y cenar juntos. Así que es un nido confortable, aunque tengamos que empujar para meternos en la cama, como si dijéramos. La frecuente presencia de camareros y sirvientes trotando a nuestro alrededor como Yahoos* dificulta nuestra intimidad e irrita a Laura a veces, pero supongo que debemos tolerarla. (Imagino que los Houyhnhnms realmente trotan más, pero ya sabes a qué me refiero.)

La comida es más bien poco estimulante, pero no protestamos.

El aburrimiento es aburrido, por no decir más. Hay muy pocas cosas que hacer en un barco, me temo. Y en general la compañía es mediocre. Algunas veces voy a parar al salón de fumadores, por las tardes, para perder algunos chelines con el marajá a las cartas. Pero al parecer no puedo encontrar un solo libro decente a bordo, busque donde busque. Sin embargo, descubrí un montón de viejos ejemplares del *Times* en el salón y estoy intentando *hullifiar*** los editoriales en una especie de

* La mención de lord Kingscourt a «Yahoos» y «Houyhnhnms» es una alusión a los *Viajes de Gulliver*, de Jonathan Swift. Los Yahoos eran una raza simiesca de salvajes degenerados de una isla que era colonia de la Tierra Houyhnhnm. Los Houyhnhnms eran seres racionales de aspecto caballuno que habían esclavizado a los Yahoos como bestias de carga. De forma interesante, Gulliver observa: «Los Houyhnhnms no disponen de una palabra en su lenguaje para expresar nada que sea "malo", excepto lo que toman prestado de las deformidades o cualidades negativas de los Yahoos» (IV). – G. G. Dixon.

** «Hullifiar» es una referencia a «doohulla», un juego de reglas y sistemas de tanteo impenetrablemente complicados, inventado por los hermanos Merridith en su infancia. Consistía en recortar palabras de periódicos y otros documentos desechables y crear una cuadrícula en forma de diamante de anagramas entrecruzados a partir de sus letras. Era notablemente parecido al moderno «crucigrama», un entretenimiento desconocido en la década de 1840. «Doohulla» es el nombre en inglés de un distrito de Connemara. *Dumhaigh Shalach*, en gaélico: «montículo de sauces». – G. G. Dixon.

sistema cronológico. Trabajar es más bien divertido, aunque La Mar de agotador, especialmente ahora que voy a volverme ciego como un bbbbbbbb-barco[1]. (Ja, ja.)

Los niños están bien y te mandan todo su cariño. Están encantados de ser unos marineritos, pero el viejo problema de Jonathan persiste. Pienso que es sólo una cuestión de nerviosismo y del viaje, y espero que cuando se halle bien alojado y a salvo en Nueva York podrá descansar más adecuadamente. ¡Y dejará de generar deudas con la lavandería por el lavado de las sábanas! Pobre patito, últimamente es como un reloj de agua. Pero está deseando pasar su cumpleaños en el barco. En cuanto a Robert, está en buena forma y traga como un caballo de tiro. (Nuestro capitán dice que su voracidad no tiene límites.) Sencillamente, no sé dónde mete todo lo que come. Tal como Johnnyjoe solía señalar: «Ese pequeño lord debe de tener una pierna vacía, una falsa».

Se ha producido cierta distancia entre Laura y yo últimamente, pero eso lo atribuyo a que a ella no le gusta alejarse de Londres en navidades, su época favorita del año, como sabes, con las fiestas y bailes y todo lo demás. Pero, en cualquier caso, sin duda no hay que preocuparse. Laura está tan firme como siempre.

El tiempo se ha mostrado variable en sumo grado (muy tormentoso esta mañana) y le ha traído recuerdos a tu tonto hermano de sus heroicos días de la marina… cuando, de forma repetida, asombrosa y más bien embaradamente *[sic]*, se mareó en su primer viaje de verdad; un viaje de prácticas, ida y vuelta, a las Canarias en un clíper de tres palos que había sido maltratado en el Mediterráneo por un tal N. Bonaparte Esquire y era entonces tan impermeable como una vieja esponja de baño. Recuerdo a un viejo artillero de Longford que me explicó discretamente un remedio tradicional, *id est:* tragar un trozo de cerdo atado a un cordel, luego tirar del cordel con fuerza. ¡VAYA POR DIOS! Casi me asfixié hasta morir al

1. El autor juega aquí con la similitud fonética en inglés entre *boat* y *bat* («barco» y «murciélago»). *(N. del T.)*

hacerlo, y un español tuvo que aplicarme el boca a boca para reanimarme. No es una experiencia que me gustase repetir.

«Bésame, Hardy», me decían los muchachos después, para molestarme. No creo que supieran que tu confuso hermano era hijo y heredero de lord Merridith el Batallador, que luchó con Nelson en Trafalgar. Por supuesto nunca traté de aprovecharme de ello. Quizá debería haberlo hecho. ¡Podría ser un almirante ahora, de haberlo intentado!

Lamento oír lo de los acreedores. Qué terribles pelmazos son. Diles que tu hermano mayor ha dicho que, si te vuelven a molestar, irá y les soltará un puñetazo en los morros.
En serio, veré lo que se puede hacer en cuanto lleguemos a Nueva York. Creo que hay una sucursal de Coutts allí, pero en caso contrario siempre habrá algún otro banco que pueda ayudar. Estés donde estés, siempre hay un banco.

Hablando de pelmazos, no te puedes imaginar cuántos ejemplares de esa especie pululan por primera clase: son como ñus vagando por las callejuelas de Tombuctú, dos veces más feos y tres veces más melancólicos. Sencillamente te morirías de risa si tuvieras que soportarlos. Laura y yo nos reímos juntos una barbaridad cada noche. Debo reconocer que estaría perdido sin ella.

Ese pedazo de mierda, ese americano de Dixon, al que conociste en una de las recepciones de Laura, está a bordo y mostrándose tan terriblemente pesado como siempre. (Le conociste la noche en que vino Dickens. ¿Recuerdas que no dejaba de parlotear sobre la novela que estaba escribiendo?) Creo que Tía Eddie lo describió como «agraciado» –a Dixon, quiero decir, naturalmente, que no a Dickens–. Sobre gustos no hay nada escrito.

Me gustaría seguir escribiendo, pero está arreciando la tormenta (ay, el viento y la lluvia) y tendré que meterme en cama y echar mano del trozo de cerdo. Pobre de mí.

No te preocupes, mujer. Todo irá bien. Sé que no lo parece en este momento, pero todo terminará bien para nosotros.

Gaudeamus igitur.

Te echo de menos.

Tu amante hermanito

Davey

P.D.: Oí a un viejo marinero silbar esto la otra tarde. ¿No solía canturrearla Johnnyjoe Burke algunas veces?*

* Lord Kingscourt se hubiera sentido desconcertado al enterarse de que la melodía en cuestión es una marcha tradicional irlandesa titulada *Bonaparte Crossing the Alps* [Bonaparte cruzando los Alpes]. – G. G. Dixon.

A cualquier parte del mundo a donde vayan los ingleses, alguien les echa en cara la situación de Irlanda; bien sea un pedante filósofo sin ningún mérito, o un estúpido sacerdote fanático.

The Times, marzo de 1847.

Capítulo XIV
EL ESCRITOR DE CUENTOS

La undécima noche del viaje: después, algunos pormenores de la décima; y, a modo de conclusión, retorno a la undécima. Una secuencia de la que bien podría decirse que tiene la forma de un círculo; en la que se describen dos encuentros entre el autor y su adversario.

32° 31´ O; 51° 09´ N.
– 10 P.M. –

Grantley se detuvo ante la puerta del salón de fumadores. Un extraño sonido, penetrante como el chillido de una gaviota, le había hecho inmovilizarse justo en el momento en que alargaba la mano hacia el pomo. Pero encima de su cabeza no pudo divisar pájaro de ninguna clase. Y entonces volvió a producirse: un débil pero chirriante sonido que parecía retorcerse y penetrar en uno. Anduvo hasta la borda y miró por encima del pasamanos. El mar se agitaba en torno a él, negro y espumeante.

El sonido no procedía del entrepuente o de cualquier otro lugar del barco, pero lo cierto era que Dixon lo había estado oyendo durante dos días. Había preguntado a los demás y, en efecto, todo el mundo parecía haberlo oído, pero nadie podía decir de qué se trataba. Algún espíritu, le dijeron riendo los marineros, disfrutando al parecer con su inquietud de marinero de agua dulce. El fantasma de un hechicero, John Conqueroo, que había muerto de fiebre, abajo, en la bodega, en los tiempos en que el *Estrella* era un barco esclavista. Un gemido de sirena para atraerlos a la muerte. Una sirena cabalgando los vientos de cola y esperando lanzarse sobre el barco. El piloto había dado una opinión más racional. Aire entre las cubiertas del viejo y baqueteado barco. «Una jugada del aire, señor.» La brisa en los sumideros. Un viejo buque de la edad del *Estrella* había sido reparado múltiples veces, por lo general rápidamente y no muy bien. Detrás de cada panel había una maraña de antiguos ajustes, tubos oxidados, maderos agrietados, palos podridos, horadados por carcomas y ratas. A veces, cuando cogía viento, uno podría jurar que el barco estaba cantando. «Podría usted considerar el barco como una flauta flotante, señor; como el órgano en mal estado de una gran catedral de antaño.» Así le gustaba pensar al piloto.

El hombrecillo del pie zopo estaba observando desde detrás de las rejas. Aquel pobre vagabundo cojo siempre estaba observando. Esperando para mendigar, suponía Dixon. El individuo levantó la mirada hacia el cielo y soltó una tosecita. Se dio la vuelta. Estornudó. Se sumergió otra vez en las sombras arrastrando los pies. Era un individuo curioso en muchos sentidos. Parecía no tener ningún amigo, ni necesitar compañía alguna. Daba la impresión de que consideraba el barco un lugar de curiosidades. Dixon lo había visto antes aquel mismo día, al crepúsculo, contemplando la pared de babor de la cabina del timón. Alguien la había pintarrajeado con un extraño grafito. Una «H» mayúscula dentro de un corazón.

Dixon se preguntaba de qué querría Merridith hablarle, pero ya empezaba a tener alguna idea. Quizás ésa sería la noche en que la verdad podría salir a la luz. Ya era hora de que lo hiciera. Las mentiras habían ido demasiado lejos. Los actos furtivos y pequeñas mentiras del adulterio, los alias y encuentros a hurtadillas y en hoteles de estación del ferrocarril. Tal vez el altercado de la noche anterior entre él y su rival habían llevado las cosas a un punto decisivo, o iban a hacerlo ahora. Realmente había llegado el momento de que tales discusiones terminaran. Se habían convertido en un acontecimiento de casi todas las noches y estaban provocando incomodidad en Laura y los demás. Esas cosas podían discutirse de una manera civilizada. Aunque le hubiera gustado sentirse menos exhausto y deprimido.

Dos semanas antes de embarcar en el *Estrella del Mar,* Dixon se había pasado un día entero recorriendo las editoriales londinenses: Hurst and Blackett, Chapman and Hall, Branbury and Evans, Derby and Dean. Esos nombres sonaban como grupos de comediantes de music-hall y, a juzgar por lo que le habían ofrecido, bien podrían haberlo sido.

Tres meses antes, a un coste considerable, había empleado a una secretaria para que le hiciera copias de su colección de narraciones breves. Éstas se basaban en su reciente viaje por Irlanda, y Grantley Dixon había trabajado mucho en ellas.

A última hora de la noche, en sus habitaciones del Albany, había pulido el manuscrito una y otra vez. Trataba de hacer que su estilo fuera un poco menos inhibido, prescindir de la objetividad requerida al periodista; permitir que sus sentimientos afloraran un poquito más. Y cuando terminó, le leyó una de ellas a Laura, una tarde poco después de que hubieran estado en la cama, indicándole que apreciaría una sincera valoración de sus esfuerzos.

–¿Tus esfuerzos? –dijo ella sonriendo maliciosamente.

–Con la narración –dijo él.

Pero lo cierto es que a ella no le había gustado.

Lo acusó de estar obcecado por el deseo de registrar hechos. El arte trataba de la creación de belleza. Un pintor importante, un escritor realmente interesante, cogía la materia de la vida corriente y la convertía en algo más. Mr. Ruskin había dicho eso recientemente en una conferencia a la que ella había asistido en Dublín.

–¿Me estás diciendo que no soy un artista?

–Tienes un talento maravilloso para la narración periodística, desde luego. Tus descripciones del paisaje, por ejemplo... son precisas. Y tu capacidad para polemizar muy acusada. Pero un artista se mueve a otro nivel. Aborda la realidad desde cierto ángulo.

–Como tu marido, quieres decir.

–No he dicho eso. Pero sí, él dibuja bien.

–¿Mejor de lo que yo escribo, supongo?

–No creo que eso sea justo, Grantley.

–Pues ¿qué es justo? ¿Que tengamos que vernos como ladrones?

–Quiero decir... ¿por qué no puedes ser feliz con lo que tienes? Anda, vuelve a la cama, tontito.

Pero él se había negado a volver a la cama. En cierto sentido la crítica de la mujer lo había emasculado. Quizás era simplemente que él había puesto de manifiesto una necesidad de sentirse apreciado y nadie desde su infancia le había hecho revelarlo hasta ahora. Una actitud ligeramente distante reinó entre ellos el resto de la tarde. Poco fue lo que hablaron en el restaurante o en el recital. Incluso cuando fue a despedirla al tren de medianoche que enlazaba con el barco de Kingstown. Algo se cernía sobre ellos como un pecado no mencionado. Se despidieron con un cauteloso apretón de manos, como siempre hacían cuando estaban en público; pero a Dixon le pareció un poco más cauteloso de lo necesario. No fue hasta que el tren hubo partido cuando sintió que debía haberse excusado.

Estaba decidido a demostrarle que se equivocaba respecto a su obra. Laura no amaría jamás a un hombre que no fuera un artista; cualquiera que la conociera sabría ese hecho. Tal vez ella misma no lo sabía, pero un día lo descubriría. Y Dixon no soportaba pensar en lo que podría suceder entonces.

Allí adonde acudía, su libro era rechazado. Demasiado largo, demasiado corto, demasiado serio, demasiado superficial. Historias inverosímiles. Personajes irreales. Como si fuera una burla, en su camino hacia la última cita, había visto a aquel idiota de Dickens paseando a lo largo de Oxford Street quitándose el sombrero como un general victorioso entre los plebeyos. La gente se abalanzaba sobre él y le estrechaba la mano, como si fuera un héroe en lugar de un charlatán; aquel desdeñoso maestro de ceremonias de estúpidos grandullones, de huérfanos con ínfulas de Harrow y judíos de nariz de buitre. Dios, era deprimente ver cómo absorbían con avidez sus palabras. «Por favor, señor. Queremos algo más.»

Dixon había conocido al editor Thomas Newby en una de las veladas literarias de Laura. Le había parecido un hombre razonable e inteligente, al que se le conocía por sacar sus ediciones con celeridad cuando lo deseaba. Pero la empresa era pequeña y no podía pagar mucho. Sin embargo, pensó Dixon, al menos eso sería un comienzo. Poco se imaginaba que iba a tener otra decepción.

–No estoy diciendo que sea malo o nada parecido, querido Grantley. Está impresionantemente bien escrito a su propia manera. Sólo que lo encuentro un poco sermoneador. Un tema malsano. Todo eso sobre el pobre irlandés y su burro, ya ve. Estupendo para los periódicos. *Esperarías* verlo en los periódicos. Pero el lector de ficción quiere algo más. Un caballo de un color enteramente diferente.

–¿Y qué es eso?

–Una buena historia en la que hincar el diente. Lo que ha hecho usted aquí despierta en el lector ideas negras. Lea algo de ese compinche mío, Trollope. ¿Ha visto sus *Macdermots de Ballycloran*? Escribe sobre los pobres, pero de algún modo los cuela de tapadillo.

–No todos somos Trollope –dijo Dixon amargamente.

–Yo soy un hombre de negocios –dijo Newby–. Tengo que serlo.

Dixon cogió un libro que descansaba sobre la mesa y leyó las palabras de su dorado lomo: *Sixteen Years in the West Indies* [Dieciséis años en las Indias Occidentales], por el teniente coronel Capadose. Volumen Segundo.

–¿Qué pasa con él?

–¿Es lo mejor que puede usted hacer, Tom?

–Una lectura tremendamente interesante, en realidad. La clase de cosa que debería usted intentar, si quiere mi consejo. Renuncie a la ficción y dedíquese a los hechos.

–¿Los hechos?

–Una colección de impresiones de la Isla Esmeralda. Niebla sobre los lagos. Alegres porqueros de extraña sabiduría. Salpicado con algunas bonitas muchachas. Puede usted hacerlo durmiendo. No sé por qué no quiere.

–¿Sabe usted que hay una hambruna en Irlanda, quizás?

–Estaría encantado de enviar sus derechos de autor a una fundación, si usted quisiera.

Dixon cogió otro volumen del escritorio y leyó mordazmente su título: *The Grand Pacha's Cruise on the Nile in the Viceroy of Egypt's Yacht* [El crucero del gran pachá por el Nilo en el yate del virrey de Egipto].

–A la gente le gusta el escapismo –dijo sonriente Newby–. No sea tan duro con ellos, viejo amigo. Es sólo un libro.

Dixon sabía que el otro tenía razón. Casi siempre tenía razón. Ésa era una de las cosas más irritantes en él.

–Y hablando de huir a climas más agradables, un pajarito me dice que va usted a regresar a las colonias.

–Voy a Dublín por unos días, primero.

–Ah. Verá usted a *La Belle Dame sans Merci*.

Dixon se preguntó qué información o rumor podía haber tras aquella frase. Newby era un hombre con tendencia a saber lo que estaba pasando.

–Quizá lo haga. Quizá no.

–He oído que estaba en la ciudad la semana pasada.

–¿Ah, sí?

–Despidiéndose de su padre, creo. Antes de partir a romper los corazones en América. Precisa otra pequeña inyección de fondos, sin duda.

–¿Qué quiere usted decir?

–Corre el rumor en la ciudad de que el noble Merridith está en quiebra. La hambruna lo ha arruinado. Órdenes de detención. Sin el dinero del papi de ella, milord estaría en la cárcel por deudas a estas alturas.

Lanzó un profundo suspiro y se frotó su larga nariz.

–Vaya vergüenza para Laura. Es una mujer entre un millón. Debo decir que la echo mucho de menos, ahora que se ha ido.

–Si la veo en Dublín, le transmitiré sus mejores deseos.

El editor asintió con la cabeza y le tendió un puñado de libros.

–Déselos, ¿quiere? Relatos de pasión entre las ruinas.

Miró de hito en hito a Dixon y esbozó una sonrisa maliciosa.

–Laura disfruta con un toque de romance, me han dicho.

Dixon pudo sentir el calorcillo del rubor en su cuello. Miró el libro que estaba encima del paquete.

–¿Es bueno? Yo podría hacer una crítica.

–Es para señoras, querido amigo. Es de un párroco del norte.

En cuanto a sus méritos, ya no estoy tan convencido como lo estaba. Sólo se han vendido doscientos cincuenta ejemplares.

«Doscientos cincuenta ejemplares», se dijo tristemente Dixon. Hubiera dado una mano por ello.

–¿De veras no puede usted aceptar mis historias? ¿Ni siquiera si hago otra corrección?

Newby movió negativamente la cabeza.

–¿Y qué hay de la novela? La ha tenido durante un año.

–No puedo hacerlo. Me gustaría. Pero honradamente no puedo. Sencillamente, no es el tipo de cosas que yo hago. Le deseo buena suerte con ella en otra parte. Pruebe con Chapman and Hall.

–Tom. –Dixon intentó una risa franca–. El hecho es, Tom, que he sido un poco estúpido al respecto. He cometido algunos errores de apreciación, si lo prefiere.

–¿En qué sentido?

–Se lo he dicho ya a algunas personas. Que iba a ser publicada a comienzos del nuevo año.

–Ah, eso. Sí, ya he oído que lo estaba usted diciendo.

Dixon lo miró.

–Al parecer Laura se lo mencionó a alguien cuando andaba por aquí la semana pasada. «Resplandeciente de orgullo» por su éxito, me han dicho.

La ventana del despacho hizo un ruido metálico causado por la brisa. Dixon se encontró mirando fijamente la alfombra; su desgastado motivo de coronas y unicornios. Entró una joven con una bandeja de café. Cuando volvió a levantar la mirada, Newby estaba evitando sus ojos.

–Grantley... espero que pueda hablarle como amigo suyo. Le suplico que ande con cuidado. Merridith no es ningún estúpido. Se da tono cuando le conviene, pero yo no daría cosas por sentado.

Newby dejó escapar una tranquila y extrañamente triste risita.

–Se lo enseñan, ya sabe usted, en las escuelas de elite. Cómo presumir y exagerar como un alegre idiota mientras sus manos se deslizan en torno a tu cuello. «Viejo compadre» por aquí. «Estupendo» por allá. Pero hicieron una carnicería con media India para conservar sus suministros de té.

–A veces me gustaría no haberla conocido. La vida sería más fácil.

El hombre de más edad se levantó de detrás de la mesa y ofreció su mano.

–Y yo desearía publicar su novela. Pero realmente no debo.

–¿Puede usted darme algún tipo de orientación?

–Sólo que… muchos son los llamados, hermano, y pocos los escogidos. Escríbame un resumen de sus observaciones cuando tenga tiempo y, por supuesto, les echaré una ojeada. *Un americano en Irlanda*. Algo así. Mire, coja esto, también.

Era *Evenings of a Working Man* [Noches de un trabajador], de John Overs, con un prefacio de su amigo y mentor, Charles Dickens.

–No, gracias.

–Pues debería. Bueno, eso es un libro. Algo verdaderamente maravilloso. El prólogo de Dickens, especialmente. La forma como ese tunante escribe… le hace a uno desear cantar.

–Creía que a usted no le gustaba nada que tratara de los pobres.

–Ah –dijo Newby seriamente–. Es que *él* lo adereza con bromas.

*

Dixon se había pasado todo el día anterior leyendo la insípida novela del párroco del norte. El viento era fuerte y el mar picado, y Laura le había dicho que quería tiempo para estar sola. Estaba comportándose de forma muy extraña desde que subieron a bordo, dando excusas para evitar hablar con él o estar en su compañía. Quizá tenía razón para querer estar sola. Tener que andar escondiéndose estaba volviendo irritable a Dixon, destrozándole los nervios.

La mañana se había despertado en medio de una razonable calma: un brillo de fría luz solar sobre una verdegrisácea agua. Se había sentado fuera, delante de la sala del desayuno, tratando de matar unas horas con la lectura. Una gota de agua cayó sobre la primera página cuando abrió el libro. Al cabo de cinco minutos el cielo se había oscurecido hasta adquirir un tono plomizo.

–Preparad los cabos salvavidas. Y haced que los pasajeros abandonen la cubierta.

Los marineros ya estaban corriendo. Los relámpagos parpadeaban entre la bulbosa espesura de las nubes, que se iluminaban con chisporroteantes explosiones. Una potente ráfaga zarandeó el palo mayor, provocando reverberaciones en la cubierta principal y rompiendo loza y vasos en la sala del desayuno, a espaldas de Dixon. El barco efectuó una vomitiva ondulación; un bandazo; un balanceo. Los postigos fueron cerrados; el toldo, sujeto. Un camarero que pasaba corriendo con un montón de sillas le gritó que bajara a refugiarse, pero Grantley Dixon no se movió.

La música del barco estaba aullando a su alrededor. Los graves silbidos; los torturados borborigmos; las sibilantes ráfagas de brisa que lo atravesaban. El ruido metálico de las cadenas. El gemido de las juntas. El estruendo del viento. Nunca en su vida había visto llover de aquella manera. Parecía como si las nubes vomitaran la lluvia, no que ésta cayera. Observó cómo la ola se alzaba a quinientos metros de distancia. Rodando. Espumeando. Precipitándose. Alzándose. Empezando a engrosarse, a hincharse con fuerza. Ahora era como una almena de agua negra, a punto de desplomarse bajo su propio peso; pero aún levantándose y ahora rugiendo. Golpeó contra el costado del viejo *Estrella,* como un puñetazo soltado por un invisible dios. Dixon fue consciente de que era arrojado hacia atrás contra el borde de un banco, así como del sordo ruido del metal contra la base de su espina dorsal. El barco crujió con violencia y cabeceó, inclinándose hasta casi tocar las olas con los extremos de los baos. Un clamor de horrorizados gritos brotó del entrepuente. Una lluvia de platos y vasos que se rompían. El bramido de un hombre. «¡Volcamos! ¡Volcamos!» Uno de los botes salvavidas de estribor se soltó de su cadena de sujeción y se balanceó como una maza, destrozando la pared de la cabina del timón.

El retumbar de las olas golpeó la proa por segunda vez. Una cortina de agua azotó a Dixon, empapándolo. Olas rodeando su cuerpo, que se deslizaba por las tablas encharcadas. Un penetrante ruido de metal contra metal. Y el desgarrador chirrido de las máquinas en el océano. El barco empezaba a enderezarse. Trozos de madera llenaban el aire como proyectiles. El gemido de la bocina que hacían sonar para despejar todas las cubiertas. El hombre del pie zopo estaba ayudando a un marinero a agarrar a una mujer que, tras resbalar en el suelo, había sido empujada hacia el roto pasamanos. La pobre gritaba aterrorizada, tratando de cogerse a algo. Consiguieron hacerse con ella y la arrastraron abajo. Por su parte, Dixon, una mano tras otra, aferrándose a la resbaladiza cuerda de salvamento como un montañero, regresó a la cubierta de primera clase.

Dos camareros distribuían latas de sopa entre el pasaje, que debía retirarse a sus alojamientos inmediatamente. No había por qué preocuparse. La tormenta pasaría. Era previsible. Propio de la estación. El barco no podía volcar; nunca lo había hecho en ochenta años. Los cinturones salvavidas eran simplemente una precaución. Pero el capitán había ordenado que todo el mundo permaneciera abajo. Laura lo miraba con expresión suplicante desde el extremo del corredor, sus hijos berreando mientras se aferraban a sus faldas. Los tres agarrados por un furioso Merridith, que los arrastraba a su camarote como si fueran sacos.

–¡Adentro, señor, adentro! ¡Y no salgan hasta que se les llame!

Dixon había encontrado ropas secas y tomado su sopa. Al cabo de una hora, la violencia de la tempestad había amainado. El jefe de camareros llamó a su puerta con un mensaje del capitán. Todos los pasajeros quedaban estrictamente confinados para el resto del día. No se permitía excepción alguna. Las escotillas iban a ser fijadas con listones.

Él había tratado de calmarse, volver a leer, mientras las negras aguas del océano golpeaban con olas enormes contra las portillas, y el viento silbaba a ráfagas por el tejadillo. Pero la novela no había hecho gran cosa por mejorar su estado de animo.

En efecto, el libro tenía pasión, o al menos cierto tipo de pasión: la típica y fatigosa efusión de sentimientos. Aquí y allá conseguía dar vacilantes muestras de vida, sólo para ser aplastado por el peso del estilo. Al igual que la mayor parte de las novelas, como también la de Dixon, la obra era un intento de contar una historia de amor físico. Pero era excesiva e insensatamente ambiciosa, poblada por marionetas. La forma en que descaradamente forzaba sus efectos defraudaba. Leerla era como atravesar una turbera en Connemara. Algunas flores que brotaban sorprendentemente en medio de un páramo pantanoso.

«¡No tengo compasión! ¡No tengo compasión! ¡Cuanto más se retuercen los gusanos, más ansío aplastar sus entrañas!»

Por el amor de Dios.

¿Cómo podía arrojarse más lodo de ese tipo al mundo, cuando su propia obra, la de Dixon, tan cuidadosamente elaborada, había sido rechazada? Newby había tenido razón al pensar que fracasaría. Ningún crítico en su sano juicio le concedería a esa especie de eructo una buena reseña. Era confuso, inverosímil, inconexo, vago. Precisamente la cualidad que él pretendía que tuvieran sus escritos –un respeto por el verdadero significado de las palabras– aparecía entera y lamentablemente ausente de éste.

Y, no obstante, sabía Dixon, a Laura le gustaría. Ella, que había lanzado su condena en forma de la más débil de las alabanzas, adoraría esa juvenil y florida monstruosidad, ese compendio de neurosis adjetivales y escolares. Lo consideraría «estético», noble, conmovedor. Resultaba risible, a veces, la forma como ella parloteaba al respecto. De no amarla tanto, a menudo pensaba que la detestaría.

El libro descansaba sobre su mesa: una acusación silenciosa. El hombre que había cometido semejante crimen contra la belleza había triunfado allí donde Dixon había fracasado. Poco importaba que los críticos, si se enteraban siquiera, le dieran la paliza que evidentemente merecía; y tampoco importaba que nadie lo comprara excepto algunas viejas solteronas. Su novela era un hecho real. Y no podía ser borrado.

Como aquella sanguijuela de Merridith y sus supuestos dibujos. Aquellos embellecidos mamarrachos de las víctimas de su familia, colgando en la entrada de su mansión como las cabezas disecadas de un cazador. Y los parásitos de Londres harían una pausa y los admirarían. Cuán encantadores, los irlandeses. Cuán absolutamente encantadores. Realmente los captaba a la perfección.

Dentro de cien años esos dibujos seguirían existiendo. Igual que *The Grand Pacha's Cruise on the Nile*. Y los absurdos de Dickens. Y las estúpidas mentiras de Trollope. Nadie las leería, pero eso no tenía nada que ver. Mucho tiempo después de que

Dixon y sus ambiciones se hubieran convertido en polvo, eones después de que Laura lo hubiera dejado por ser un fracasado, aquellos libros seguirían existiendo para burlarse de su memoria. Seguirían siendo hechos reales cuando él se hubiera convertido en una ficción.

Cogió la caja que contenía el manuscrito de su colección de cuentos. La abrió, medio deseando que hubiera desaparecido. Sacó el mazo de cuartillas. Leyó en voz alta para sí mismo la primera línea.

«Galway es un lugar enamorado de la tristeza.»

Ahora vio que al lado de la frase, Newby había escrito con tinta roja tres pequeños interrogantes. Quizá tenía un sentido. La frase no era buena. Era improbable que cualquier lugar pudiera realmente estar «enamorado» de la tristeza. Sabía lo que había querido decir, pero esas palabras no lo expresaban. Realmente, no se podía decir de un lugar que tenía una emoción. Newby tenía razón. Era estático e insípido.

Lo tachó e hizo un par de nuevos intentos.

Galway debería realmente ser rebautizada como «tristeza».

«Tristeza» podría ser un nombre más adecuado para Galway.

Galway. Muerte. Tristeza. Connemara.

Arrancó la página y la tiró. Abrió su cuaderno y trató de escribir.

Toda la tarde estuvo sentado frente a la mesa, bebiendo whisky del condado de Bourbon y tratando de escribir. Bebió hasta apurar la botella, hasta que la tarde se tornó oscura como una mancha en la portilla. Cuando su vela empezó a parpadear, encendió otra con su cabo. Pero sus metáforas seguían siendo inútiles: rancias y ofensivas. No se le había ocurrido nada. Las palabras eran como barro. Cuanto más lo intentaba, más desesperada era la tarea. Dixon se estaba enfrentando a una invencible realidad. La hambruna no podía ser convertida en un símil. La mejor palabra para describir la muerte era «muerte».

Y ese hecho era sintomático de un problema más amplio. Sabía cuál era, y lo había sabido durante meses; desde el día estremecedor en que se dirigió al Asilo de Clifden y contempló la visión que se extendía ante él.

No conservaba un claro recuerdo de la siguiente media hora. Sólo la voz del anciano guarda que le había guiado a través de corredores y rellanos. A través de la niebla de pestilencia y desinfectante, de las oscuras habitaciones adonde la gente era llevada para morir. Los hombres morían en una sala, las mujeres en otra. Permitirles morir juntos habría sido quebrantar las reglas. Pero no había ninguna sala como aquéllas para que los niños murieran, de manera que lo hacían en una dependencia cercana a la orilla del río. A los niños se les permitía que murieran con sus madres, y luego se llevaban sus cuerpecitos para deshacerse de ellos. Y cuando morían sus madres, eran conducidas, si ello era posible, a la misma fosa que sus bebés. El guarda explicó cómo funcionaba el sistema, pero en su voz había temor, como si no quisiera hablar. Y Dixon recordó que él tampoco era capaz de hablar, y que pensó: «Esto no había ocurrido nunca. Muchas cosas han pasado, pero nunca esto». Había tratado de aferrarse a ese pensamiento, siendo su mutismo como una diminuta roca en un huracán. Todo lo demás se le aparecía en imágenes desconectadas sin sucesión, embrolladas y separadas. Una mano. Un codo. Un palo seco que era un miembro humano. La espalda desnuda de un anciano. Sangre en las baldosas. Un canalón entre ellas. Un estante de mortajas. El cabello cortado de una muchacha en un fregadero de metal. Un niño balanceándose en un rincón con las manos sobre la cara.

Los sonidos también formaban parte del recuerdo. Pero no le gustaba recordarlos. Solamente aquel sonido constante de la voz del guarda, un hombre que hablaba amablemente, como el abuelo de Dixon, pero con una bondad contagiada de miedo y de vergüenza. En una puerta, un artista se había sentado ante un caballete, tratando de dibujar lo que pudiera haber sucedido dentro. Era un hombre de Cork, de mediana edad, que había sido encargado por un periódico de Londres para que fuera a Connemara e hiciera cuadros de la hambruna. Lloraba muy suavemente mientras trataba de dibujar. Húmedas manchas de carboncillo habían oscurecido sus ojos, como si éstos estuvieran rezumando petróleo, no lágrimas. Sus manos temblaban mientras intentaba construir formas. Y Dixon había tenido miedo de mirar lo que estaba pasando en la habitación. Al final, no lo hizo. Simplemente se marchó.

Ahora contempló algunos de los esbozos que había arrancado de los periódicos de Londres con la vaga intención de conseguir que los publicaran en América. Los demacrados rostros y retorcidas bocas. Los ojos atormentados y las manos extendidas. Aquello no estaba ocurriendo en África o en la India, sino en el reino más opulento que había sobre la faz de la Tierra. Las imágenes eran estremecedoras, pero nada que ver con lo que él había visto. No se podían comparar siquiera con lo que había visto.

Nada lo había preparado para ello: la realidad del hambre. Las fosas comunes y los gritos. Los montones de cadáveres. El hedor de la muerte en las diminutas callejuelas. La soleada pero helada mañana en que caminó solo desde la posada de Cashel hasta el pueblo de Carna –el sol brillaba, sin embargo, en ese lugar de oportunidades perdidas–, y encontró a tres ancianas peleando por los restos de un perro. El hombre arrestado en las afueras de Clifden acusado de devorar el cuerpo de su hijo. La palidez de su cara mientras era conducido ante el tribunal, incapaz de caminar a causa de la debilidad. Su palidez cuando fue encontrado culpable y se lo llevaron. La palidez de un hombre que se había convertido en un intocable. Dixon no tenía palabras para ello. Nadie las tenía.

Y, sin embargo, ¿podía darse el silencio? ¿Qué significaba el silencio? ¿Podía uno permitirse no decir nada en absoluto ante tales cosas? Permanecer en silencio, de hecho, era decir algo poderoso: que aquello nunca había ocurrido; que aquella gente no importaba. No eran ricos. No eran personas cultivadas. No decían frases de elegantes diálogos; muchos, en realidad, no hablaban en absoluto. Morían muy silenciosamente. Morían en la oscuridad. Y esas gentes ni siquiera sabían qué eran los hechos de ficción: legados de fortunas, grandes giras por Italia, bailes en el palacio. Habían pagado las facturas de sus amos con el sudor de su servidumbre, pero aquél era el punto en que su objetivo había finalizado. Su vida, sus noviazgos, sus familias, sus luchas; incluso su muerte, su terrible muerte... Nada de ello importaba lo más mínimo. No merecía un lugar en las páginas impresas, en las novelas finamente trabajadas concebidas para la gente civilizada. Simplemente no valía la pena decir nada sobre ellos.

Durmió unas horas sufriendo espantosas pesadillas. Se veía a sí mismo aferrándose a la cubierta del *Estrella*, que se hallaba en posición vertical. De repente, se encontraba sumergido en sangre hasta la cintura. Una mano lo agarraba fuertemente por el cabello, tirando de él. Se cogía desesperadamente a la empapada manga, que pertenecía a un viejo negro con un harapiento gabán y una andrajosa bufanda alrededor del cuello. En sus brazos un niño ceniciento de ojos blancos como el papel. El negro señalaba insistentemente con el dedo la celda situada en el extremo del frío corredor de piedra: la habitación en cuyo interior él no se sintió capaz de mirar.

A las once decidió ir al salón de fumadores, pensando que otra copa podría calmarle un poco los nervios.

Desde su visita a Connemara, generalmente lo hacía.

Merridith estaba sentado, solo, en el poco iluminado salón, hojeando un montón de viejos y arrugados periódicos. Parecía estar recortando los titulares y disponiéndolos en alguna especie de orden. El rincón donde se hallaba repantigado estaba iluminado por una vela; y él se acercaba al escrito entrecerrando los ojos para distinguir las letras más pequeñas. Una botella de oporto descansaba en la mesa a su lado. A juzgar por su desaliñado estado, se había bebido ya la mayor parte de ella. Al ver a Dixon allí cerca, soltó un bufido de desprecio.

–El altivo bardo ha descendido entre los mortales.

–No estaré mucho rato entre ustedes, no se preocupe.

–Vuelta a la vieja Musa –articuló con dificultad Merridith–. Una dama más bien insaciable, ¿no?

–Tiene usted ganas de batalla dialéctica esta noche, ¿verdad, Merridith?

–Oh, yo no lucharía con un hombre desarmado. No es así como hacemos las cosas en Inglaterra.

–Pues lo han estado haciendo en Irlanda bastante tiempo.

El noble le brindó una sonrisa de ebrio desprecio.

–Ah, la amada Irlanda del bardo. El único lugar de la tierra de Dios que comprenden mejor los extranjeros.

–¿Y qué demonios es usted? ¿Un leal nativo?

–Bueno, mi familia lleva viviendo allí desde 1650. Bastante tiempo antes de que el hombre blanco les robara América a los indios. Y me pregunto si usted no cree que también debería volver a casa. Supongo que debería pensarlo. Por pura lógica, realmente.

Dixon bajó los ojos hacia él. Lord Kingscourt le devolvió la mirada con unos ojos nublados.

–¿Adónde entonces, peregrino? ¿Cuándo se repatria usted?

–Su razonamiento es tan ridículo como todo lo que usted dice.

–Yo hablo su propio lenguaje, en cualquier caso. Creo que es importante para toda comprensión verdadera. Debería usted haber tenido un ligero conocimiento antes de ir allí, ¿no? Cuestión de orgullo profesional, supongo. No acudir desarmado al campo de batalla, y cosas así.

La vela proyectaba sombras en su rostro, haciendo más profundos sus pómulos y las cuencas de sus ojos. Dixon no dijo nada. De repente se sentía muy borracho él también. Vacilante. Mareado. Temía que iba a vomitar. Una bocanada ácida de whisky le subió a la boca y le quemó la garganta. Merridith le sonrió como un feroz juez.

–*Ar mhaith leat Gaeilge a labhairt, a chara? Cad é do mheas ar an teanga?*

–¿Y cuál es la palabra irlandesa para designar hambre, Su Señoría?

–*Gorta*. El hambre. ¿Ni siquiera sabe eso?

–Tampoco hablo suahili, pero reconozco la crueldad cuando la veo.

–Lo mismo que yo, señor. Me crié viéndola.

–Observo que no se murió, sin embargo.

–¿Es ése mi último crimen, señor? ¿Que no me muriera? ¿Hay que sumarlo a todo lo demás?

Aquel rugido hizo volverse al camarero y mirar fijamente. Una espuma de saliva le bajaba por la barbilla a Merridith. Su cara estaba roja por la ira y el odio.

–Está usted borracho, Merridith. Y es aún más patético que de costumbre.

–¿Le gustaría que me muriera? ¿Por qué no me mata? Sería muy práctico, ¿no?

–¿Qué significa eso?

–Mi propia madre murió de la fiebre del hambre, Dixon. ¿No le ha llamado la atención su bella musa sobre ese pequeño hecho? La pilló mientras daba de comer a nuestros arrendatarios, en 1822. Así que no necesito sus pomposas charlas sobre la crueldad.

El barco cabeceó y propinó un lúgubre sonido, como si la fuerza de algún impacto lo hubiera hecho balancearse. La puerta del salón se abrió de par en par y volvió a cerrarse de golpe.

–Salvó a muchas personas de Galway también. La mayor parte eran de la hacienda de un irlandés leal que hubiera vendido a su madre por dos chelines. Bueno, no es muy importante, desde luego. No significa nada realmente.

–No tenía intención de ofender a su madre. Ahora le deseo buenas noches.

–No; no deje que eso le preocupe. –Kingscourt empujó una silla hacia él, pero Dixon no se sentó–. Discutamos sobre literatura. Cuénteme un cuento.

–Merridith...

–Así que la famosa novela va a ser situada en el país suahili ahora, ¿no? Cuán maravilloso. Cuán fabulosamente *outré.* Cuando todos esperábamos que la *magnum opus* pusiera fin al hambre en Irlanda, ahora parece que se ha metamorfoseado en otra cosa.

En aquel momento el marajá entró en el salón, acompañado del reverendo y de Wellesley, el agente de Correos. Los ojos de los recién llegados brillaban con la particular excitación de los hombres de tierra que han sobrevivido a una tempestad en el mar. Hicieron un gesto de saludo a Merridith, que no fue correspondido por éste. De nuevo la violencia cobraba fuerza en su voz, como si la provocara alguna animosidad que no podía controlar.

–Me pregunto cuál será el término suahili para indicar a un malcriado *poseur.* A un estúpido remilgado que parlotea de literatura mientras otros tienen las agallas de hacerla. Que se burla de los esfuerzos de los demás por acabar con los sufrimientos de la gente, pero no hace maldita la cosa para remediarlos él. Es una palabra que usted podría conocer ahora, pienso.

–Merridith, se lo advierto…

–¡Usted no me advierte nada, nauseabundo hipócrita! ¡Atáqueme otra vez y lo mataré como a un perro!

El reverendo se había acercado nerviosamente.

–Lord Kingscourt, señor, está usted un poco trastornado. Puedo…

–Puede usted coger su piedad y su compasión y metérselas por su bíblico culo. ¿Me oye usted? ¡Fuera de mi vista!

–Vaya héroe –dijo Dixon, cuando el ministro hubo salido–. Hace falta mucho valor para atacar a un hombre que le dobla la edad.

–Dígame, hombre… ¿conoce usted la palabra «negro»?

–Cierre la boca en este mismo momento. Escoria borracha.

–Es una palabra que usted debe de haber oído en su niñez, imagino. «Ven aquí, negro, el pequeño Grantley quiere su sopa.»

–Le dije que cerrara la boca.

–¿Había muchos esclavos que hablaran suahili en la plantación de su familia? Me imagino que debe de haber habido muchos. ¿No le enseñaron nada de su idioma? O quizá *bwana* sentía que se rebajaba al mezclarse con ellos, ¿no?

–Mi abuelo se opuso toda su vida a la esclavitud. ¿Me oye?

–¿Se deshizo acaso de las tierras que los esclavos compraron para sus antepasados? ¿Devolvió su herencia a los hijos de aquellos que la crearon? ¿Vive como un pobre para aliviar su conciencia o financiar los ocios del llorica de su nieto? El cual está tan profundamente avergonzado al saber de dónde procede el dinero que le sirve para pagar su comida que se muere de ganas de descubrir mayores atrocidades en las historias de otros.

–Merridith…

–Mi padre luchó en las guerras que terminaron con la esclavitud en todo el imperio. Arriesgó su vida. Fue herido dos veces. Los momentos más gloriosos de su vida. No se dedicó a hablar ostentosamente sobre ello. Lo hizo. Mi madre salvó a miles de personas del hambre y la muerte. Mientras que a usted, sus sirvientes le llamaban «pequeño massa blanco». Escriba una de sus imaginarias novelas sobre eso, amigo mío.

–¿Qué diablos quiere usted decir con eso de imaginarias novelas?

–Sabe usted muy bien lo que quiero decir.

–¿Me está usted llamando falsario, señor?

–Falsario es más bien un tosco barbarismo americano. Tiene más de repugnante mentiroso.

–¿Es cierto eso?

–¿Es falso? Si lo es, déjeme verla. ¿Por qué no?

–¿Ver qué?

–Su famosa novela. Su gran obra de arte. O quizá simplemente no existe. Como su derecho a aleccionar a los demás sobre los crímenes que hayan podido cometer, *a fin de disimular el remordimiento por su propio repugnante crimen.*

Dixon se dio cuenta de que el camarero jefe estaba tirando de él. La poderosa presa de un hombre avezado a resolver problemas. Dos marineros habían llegado también y se encontraban de pie detrás de él. La lluvia les caía por sus rotos impermeables. Las luces fueron aumentadas hasta ser un hiriente resplandor blanco. La mirada de repulsión de Merridith se fue apagando hasta convertirse en una altanera sonrisa de afectación.

–Le he crispado algún pequeño nervio, ¿verdad, Grantley?

–Lord Kingscourt, señor –dijo el camarero firmemente–. Tendré que pedirle que se divierta usted de una manera más pacífica.

–Por supuesto, Taylor, por supuesto. No hay ningún problema. Sólo una pequeña discusión amistosa entre colegas opresores.

–Nos comportamos de cierta manera en el salón. El capitán es muy partidario de guardar las reglas.

–Creo que tiene usted razón. –Merridith se dejó caer pesadamente en su sitio y rellenó su copa despreocupadamente, derramando unas gotas de vino, que se deslizaron por el pie de cristal–. Y, hablando de eso, ¿sería usted tan amable que le pidiera a massa Dixon que abandonara la sala inmediatamente?

El camarero lo miró, desconcertado.

–Está contraviniendo las reglas. Es obligatorio llevar corbata en el salón por la noche. Como un caballero habría sabido.

Lord Kingscourt levantó su copa y bebió con una mano temblorosa, mientras con la otra tocaba la mesa como si ésta pudiera desaparecer. Quizás era sólo un efecto de la luz, pero Dixon hubiera jurado que había lágrimas en sus ojos.

*

Cuando el hombre del pie zopo se hubo marchado arrastrando los pies, Dixon entró en el salón y cerró con fuerza la puerta al vendaval. Merridith estaba en la mesa de juego, cortando las cartas; compartiendo una broma con el jefe de camareros, que, por cierto, no sonreía. Estaba sentado en un taburete de espaldas a la puerta, pero cuando vio entrar a Dixon le hizo señas por el espejo de que se acercara mientras se dirigía al camarero como un pelmazo en un tren.

–Ve usted –estaba diciendo, cuando Dixon se aproximó–, en un verdadero rompecabezas de palabras, todo se basa en la forma en que el material está dispuesto. Para mí, el que inventa un pasatiempo es un tesoro nacional. Le venero del mismo modo que estimo a la Victoria Regina Magnífica.

Su rostro estaba macilento y no se había afeitado. Un olor de sudor rancio flotaba pesadamente a su alrededor, mezclado con el más ofensivo de carne en putrefacción. Lucía rastros de caspa sobre los hombros de su elegante chaqueta de esmoquin. Pero llevaba corbata, al igual que Dixon.

–Buenas noches, míster Dixon, señor –dijo el camarero jefe–. ¿Su bourbon de costumbre?

Lord Kingscourt tocó el brazo de Dixon para impedirle contestar y dijo:

–Traiga una botella de Bolly, ¿quiere, Taylor, muchacho? Del 39, si queda alguna. –Se volvió hacia Dixon–. El 24 es preferible, pero nos estamos quedando secos. Sin embargo, nos arreglaremos.

Dixon se sentó a su lado y contempló la mesa de juego. Observó que Merridith había dispuesto las cartas, no por manos, ni por palos; y sin embargo había evidentemente un sistema deliberado en su disposición.

–Estoy diseñando una nueva serie de reglas para el póquer. Un pequeño pasatiempo. Jugar en función de valores alfabéticos en vez de numéricos. Un poco de diversión. No espero que sea terriblemente popular.

Reinó el silencio. Abrió las cartas en abanico.

–¿Recibió usted mi nota sin problemas?

–Sí.

–Muy decente por su parte el venir. De hecho, suponía que quizá no lo haría. Pensé que deberíamos resolver nuestros asuntos hombre a hombre, como «si dijéramos».

Soltó un cansado suspiro y miró al techo.

–Perdí un poco el control anoche, viejo. Exceso de maldito licor, supongo. Debería excusarme por comportarme tan bárbaramente. No tenía en absoluto la intención de ofender a su honorable pariente. Era completamente innecesario. Estoy muy avergonzado.

–Digamos que yo también llevaba una copa de más.

–Así me lo pareció. Tenía un aspecto verdaderamente ceniciento. Claro, los blandengues coloniales como usted simplemente no lo aguantan.

–¿Ha visto usted al reverendo?

–Más bien pienso que él me ha visto a mí, me temo. Y se marchó por el otro lado. Le digo la verdad. No siento demasiados remordimientos al respecto. No puedo soportarlos. A ninguno de la cuadrilla. Por el amor de Dios, ¿dónde está ese maldito ponche?

–¿No es usted creyente?

Su cara se retorció en un bostezo de cansancio.

–Bueno, quizás haya algo más allá. Sólo que no me gustan sus actos durante la indecible hambruna. Protestantes correteando por el campo ofreciendo a los arrendatarios comida si se convertían. Y los del otro lado diciendo que se quemarían si la aceptaban. Que caiga una plaga sobre las dos confesiones, porque son una confederación de *omadhauns,* digo yo.

Esbozó una sonrisa triste.

–Una palabra irlandesa. Lo siento. Quiere decir «estúpido».

El camarero trajo el champán, lo abrió y sirvió dos copas. Merridith chocó su copa con la de Dixon. «Brindemos por la confesión», dijo e ingirió un largo, voluptuoso trago.

–¿Qué piensa usted de este veneno? –preguntó, levantando la copa hasta sus ojos y contemplándola sospechosamente.

–Prefiero el bourbon.

–Mmm. Sabe usted... a veces me pregunto si simplemente pegan una etiqueta de cosecha en cualquier vieja porquería. Una especie de estafa. La mitad de las veces no distinguiríamos la diferencia, supongo. Nos darían gato por liebre, quiero decir.

–El sabor me parece bueno.

–Mmm. Bueno. Aunque no estoy tan seguro. –Soltó un pequeño eructo, y pidió perdón–. Bueno, los mendigos no pueden elegir, a fin de cuentas.

Volvió a llenar las copas, sacó un cigarro del bolsillo del pecho y lo golpeó firmemente sobre el tapete de color verde guisante de la mesa. Por un momento le pareció a Dixon que se disponía a decir algo más. Se preguntó si le correspondía a él mismo sacar el tema a colación. Quizás era ésa la manera como se abordaban esos asuntos en Inglaterra; se esperaba que el adúltero abriera la conversación con el marido. Inglaterra era un lugar de muchas reglas misteriosas. Incluso sus puestas de cuernos eran coreografiadas.

–Merridith, dijo usted en su nota que había una razón por la que deseaba verme. Cierto asunto importante que quería usted discutir.

Lord Kingscourt se volvió hacia él y sonrió plácidamente, aunque en sus ojos había cansancio y estaban veteados de rojo.

–¿Sí?

–Su nota.

–Ah, lo siento. Estaba muy lejos de aquí.

Se metió la mano en el bolsillo y dejó un libro sobre la mesa.

–Se lo dejó usted en el bar. Anoche. Cuando se marchó. Pensé que le gustaría recuperarlo.

Abrió la tapa de golpe y quitó del frontispicio un billete de banco doblado que había servido de señal.

CUMBRES BORRASCOSAS

de ELLIS BELL

T. C. NEWBY & CO.

1847

–«El pródigo retorna a su amo» –gruñó, a través de una densa bocanada de humo gris.

–¿Eso es todo lo que usted quería? ¿Devolverme un libro?

Merridith sonrió con indiferencia.

–¿Qué otra cosa pensaba usted?

–Guárdeselo.

–No quisiera privarle de su placer estético, amigo.

–Ya lo he leído.

–Mmm. Yo también. –Kingscourt asintió con gravedad mientras se lo metía en el bolsillo–. La mitad de un tirón. Anoche. A veces casi me hizo llorar. Y luego me puso tanto los pelos de punta que no pude dormir. Estuve levantado hasta cerca del alba, luego leí el resto. Vaya talento el de este condenado Bell, ¿no? La oscuridad y cosas así. Es totalmente sobrenatural. Frotar las palabras entre sí hasta que saltan chispas.

–¿Qué quiere usted decir?

Merridith le lanzó una mirada de perpleja curiosidad.

–Bueno, ya sabe... sólo que es magnífico. ¿No se lo pareció a usted? La obra de un condenado genio, si quiere usted un punto de vista inculto.

Tomó un largo trago y se secó con la manga.

–Dios mío, me pareció simplemente... No digo que a todos los críticos les guste. Probablemente no será así, pequeños campesinos envidiosos. Uno o dos de ellos, impulsados por su propio fracaso. Ya sabe a qué tipo me refiero, supongo. Pero no lo ignorarán. Ninguno de ellos. En Londres. Y tampoco en Nueva York, si vamos al caso.

Los ojos de Merridith lo miraron fijamente por encima del borde de la copa, sin parpadear. Depositó ésta lentamente sobre la mesa y chupó su cigarro. De nuevo cogió las cartas y empezó a barajarlas.

–Cristo, la *frialdad*, sabe usted. La nada. Bueno, se trata evidentemente de Connemara, pese a la inteligente manera con que está disfrazada. Connemara, Yorkshire, todos los lugares pobres. Y no obstante, de nuevo se trata de algo más. De una especie de estado filosófico universal. En cierto sentido keatsiano. ¿No le pareció a usted? El recurrente motivo de un paisaje como algo casi sensible; la forma como está *caracterizado*, quiero decir. Donde un individuo de segunda clase simplemente haría una descripción, como algún escritorzuelo borracho de Grub Street con la habilidad necesaria para saquear un diccionario de sinónimos.

–Merridith…

–¿Le conoce usted acaso? ¿Al talentoso míster Bell?

–No.

–Si alguna vez se tropieza con él, debe decirle que tiene un devoto lector. ¿Podría hacerlo, no? ¿En sus excursiones literarias?

–Me han dado a entender que se trata de un seudónimo, en realidad.

–Ajá. Eso pensaba. *In vino veritas.* –Soltó una risita y se sacudió la ceniza del cigarro de las mangas de la chaqueta–. Sólo esperaba a ver si confesaba usted que es su bebé.

–¿Confesar?

–Sé cuándo he sido derrotado. Lo retiro todo. –Lord Kingscourt dejó la copa a un lado y cogió la mano derecha de Dixon–. Es usted un hombre mejor de lo que yo le había considerado, míster Bell. Muchas felicidades. Es usted un artista. Por fin.

–Merridith…

Éste soltó una breve risita y meneó la cabeza.

–Y, sabe, siempre pensé que usted era simplemente un idiota, Dixon. Uno de esos aficionados decidido a impresionar con mediocres narraciones breves y escritos de poca monta abarrotados de tópicos. Un diletante que se rebajaría hasta donde fuera necesario para ser admirado, incluso a usar las agonías de un moribundo para destacar. Pero ahora… bueno, ahora veo toda la verdad de lo que es usted exactamente. Las nubes han dejado de cubrirme los ojos.

–Mire, Merridith…

–Tan extraordinaria visión de la psique femenina… Y por supuesto… ambos sabemos en quién está inspirada su heroína. Un retrato notablemente adorable; así lo creo. Es asombroso cómo la ha captado usted. No le importará si se lo doy a ella, ¿verdad? O quizá preferiría dárselo usted mismo. Eso le gustaría más aún, me atrevería a decir.

–Merridith, por el amor de Dios, yo no soy Ellis Bell.

–No –dijo sonriendo lord Kingscourt glacialmente–. No lo es, ¿verdad, querido?

Dixon sintió las salpicaduras del champán en su rostro antes incluso de que le viera levantar la copa. Para cuando hubo conseguido secarse los ojos, Merridith se encontraba detrás de él secándose los puños de las mangas con una servilleta. Trataba de no temblar pero su rabia se lo estaba dificultando. Cuando finalmente habló, su voz sonaba ásperamente.

–Acérquese a la madre de mis hijos otra vez, y le cortaré la garganta. ¿Me comprende?

–Váyase al Infierno. Si es que lo quieren allí.

–¿Ir adónde, bonito?

–Ya me ha oído, bastardo.

El puñetazo tiró a Dixon al suelo, manchando de sangre y saliva la parte delantera de su chaqueta. El camarero jefe llegó corriendo hasta Merridith, que lo apartó de un empujón. Cogió luego la copa de Dixon y se la bebió de golpe. Temblando, la dejó nuevamente en su sitio.

–Un consejo de oro, si me lo permite, pequeño *bwana*. La próxima vez que juegue usted con el diablo, trate de llevar una buena mano.

Y el conde escupió. Escupió sobre su enemigo. Y su enemigo se limpió el escupitajo de la cara.

Querido hijo, yo amaba mi país natal con ardor y orgullo.
Hasta que una plaga acabó con todas mis cosechas; mis ovejas
y ganado murieron.
Mi renta y mis impuestos eran demasiado altos, y no pude
pagarlos; pero ésa no es la única razón por la que abandoné
el viejo Skibbereen.

Porque sí recuerdo bien aquel triste día de diciembre.
Cuando el terrateniente y su sheriff llegaron para expulsarnos.
Incendiaron nuestra casa, con su cruel malicia, propia del invasor.
Y ésa es otra razón por la que abandoné el viejo Skibbereen.

Oh, padre querido, llegará el día en respuesta a la llamada,
en que irlandeses bravos y osados se reunirán todos:
yo seré el hombre que los guíe bajo aquella bandera verde;
y con fuerza nuestras voces lanzarán el grito…

«Venganza para Skibbereen.»

Capítulo XV

EL PADRE Y SU HIJO

Un relato de la mañana del décimo día del viaje: en el cual se describe una conversación entre lord Kingscourt y Jonathan Merridith; y mientras, Mulvey se acerca a su terrible objetivo.

33° 01′ O; 50° 05′ N.

– 7.45 a.m. –

–Tartamudea otra vez y volveré a azotarte. La elección es tuya. ¿Cuál es la definición de una brisa suave?

Una maraña de teclas de piano reflejaba la llama de la vela en un negro brillo que ardía débilmente, retorciéndose, cambiando de oro a perla, bailando con el doble reflejo gemelo del negro piano; una copia. ¿Una falsificación? El esqueleto del magnífico y otrora común alce irlandés, *Megaloceros Hibernicus,* cuencas vacías de cornamentas como alas de grifo.

–Uu-una en la que un bbi-bien acondicionado buque de gue-gue-guerra, con todo el ve-velamen y viento a favor, avanzaría en una mar llli-lisa con una velocidad de uno a dos nudos, se-se-señor.

El magnífico y otrora común Daniel Hareton Erard O'Connell se alza en un rincón como un cuervo tallado. ¿Era así? ¿Mamá?

–Correcto, David. ¿Y un buen temporal?

–Uno en el que el mismo bba-barco podría navegar de bolina, señor.

–¿Y un huracán? Rápido. Y NO tartamudees.

–Por favor, papá. Tengo miedo, papá.

La magnífica mandíbula en manos vulgares, un eructo ardiente vomitado de la boca de calavera. La tapa del piano se cierra de golpe. Un trueno como de puños en su interior. La llama de la vela chisporrotea y muere con un siseo.

David Merridith se sacudió para despertarse, su rostro salpicado de regueros de sudor, el pulso de su yugular latiendo como una bomba de vapor.

–Papá. Papá. Tengo miedo. Despierta.

Su hijo y heredero lo estaba zarandeando por el brazo. Traje de marinero blanco como la leche y gorro de dormir arrugado. La boca sucia por el sangriento zumo de una ciruela. Aquel cuerpo en el Lower Lock. Un niño muerto.

Merridith se apoyó en el codo dolorosamente, aturdido aún por el sueño, en la boca el sabor agrio del tabaco de la noche anterior. El reloj de su cajón marcaba las ocho menos diez. Un vaso de agua se había derramado sobre las páginas de una novela.

Sin compasión.

Tritura sus cntrañas.

El tiempo era borrascoso y el barco cabeceaba. Fuera, en algún lugar, sonaba una campana. Merridith tuvo la extraña sensación de encontrarse bajo tierra. Estiró la barbilla y se masajeó su dolorido cuello. Se sentía como si su cerebro se hubiera soltado de sus amarras.

En el camarote flotaba el cálido olor del cabello de su hijo, su olor a ropa limpia mezclado con el hedor del ácido fénico. Laura nunca se preocupaba de lavarle el pelo. Por miedo a los piojos. Larvas en la piel.

–¿Cómo está mi pequeño capitán?

–Me he despertado temprano.

–¿Te has hecho pis en la cama?

El niño meneó la cabeza negativamente con seriedad y se secó la nariz.

–Buen chico –dijo Merridith–. ¿Ves?, te dije que pararía.

–Tuve una pesadilla, sin embargo. Venían unos hombres.

–Bueno, ahora todo está bien. ¿Lo estás tú?

El niño asintió, sombrío.

–¿*Podo* meterme en la tienda de campaña?

–Sólo un minuto, ojo. Y habla con propiedad.

El pequeño subió a gatas a la litera y metió la cabeza bajo las sábanas. Le dio al antebrazo de su padre un suave, afectuoso, mordisco. Merridith se rió débilmente y lo apartó. Pronto el niño empezó a roer la almohada como un cachorro, soltando pequeños ladridos sofocados mientras mordía.

–¿Qué estás haciendo, condenado lunático?

–Cazando ratas.

–No hay ratas aquí, capitán.

–¿Por qué no?

–Demasiado caro para ellas, espero.

–Bobby dice que vio una ayer, grande como un perro lobo. Corriendo por una cuerda hasta donde están los pobres.

–No los llames así, Jons.

–Es lo que son, ¿no?

–Te lo he dicho varias veces, Jonathan. No los llames así, maldita sea.

Su tono era más duro de lo que había pretendido. El niño le lanzó una confusa y resignada mirada ante la injusticia de ser castigado por decir la verdad. Tenía derecho a sentirse dolido; Merridith lo sabía. Por supuesto, eran pobres, y ningún eufemismo cambiaría eso. Probablemente nada lo cambiaría ahora.

Últimamente había estado regañando a los niños y a Laura. La tensión, supuso. Pero no era justo. Alargó la mano y despeinó el ya desaliñado flequillo de su hijo.

–¿Qué hizo con ella?

–¿Con qué?

–Con la rata, mentecato.

–La mató de un tiro y se la comió con una crujiente rebanada de pan tostado.

El niño se dejó caer de espaldas y lanzó un sonoro bostezo. El techo del camarote era lo bastante bajo para que él pudiera tocarlo con los pies. Eso fue lo que hizo durante un rato, y nada más; estirando las piernas y pedaleando como un ciclista. Luego se desplomó otra vez pesadamente y frunció el entrecejo.

–Me aburro. ¿Cuándo llegaremos a América?

–En un par de semanas

–Eso no es pronto. Eso es para siempre.

–No es verdad.

–Sí lo es.

–No lo *ez*.

–Lo es. Y de todas maneras mami dice que «*ez*» es vulgar.

Merridith no dijo nada. Empezaba a tener mucha sed.

–¿Es verdad eso, papi?

–Todo lo que una *sqaw*[1] dice siempre es verdad. Ahora vamos, viejo explorador, echemos una cabezadita.

De mala gana el niño se echó de costado y Merridith se hizo un ovillo a su lado, sintiendo su calor animal. El sueño le fue viniendo suavemente: como una ola en la húmeda arena. Salpicaduras espumando en el aire salado. Una imagen de su madre trataba de cobrar forma; la veía como desde una gran distancia paseando por la playa de Spiddal de espaldas a él. Deteniéndose para arrojar un bulto a los bajíos. Las gaviotas levantaban el vuelo desde las algas y chillaban a su alrededor. Y ahora la mujer estaba paseando por el huerto en primavera; confetis de flores de manzano decoraban su cabello.

Una obstrucción respiratoria lo despertó: la imagen de la mujer desapareció. Merridith pudo sentir el latido del corazón del niño que le llegaba débilmente a través de la sábana. Procedente de algún lugar de la cubierta, oyó el grito de un marinero.

–¿Papi?

–¿Mmmm?

–Bobs ha estado contando mentirijillas otra vez.

–No es jugar limpio delatar a tu hermano, muchacho. El hermano de un *shag* es el mejor compañero del mundo.

–Dice que un hombre entró en su camarote ayer por la mañana a primera hora.

–Bien.

–Llevaba un gran cuchillo como el de un cazador. Y una extraña clase de máscara en la cara. Con agujeros para los ojos y la boca. Hizo un divertido ruido con el pie cuando entró.

–Espero que tuviera cuernos y una larga cola, también.

El niño soltó una risita de burla.

–*Nooo*, papi.

1. *Sqaw:* india norteamericana. *(N. del T.)*

–Tendrás que instruir a Bobs para que mire con más detenimiento la próxima vez, ¿no? Todos los buenos monstruos tienen cuernos y cola.

–Dice que se despertó y el hombre estaba allí de pie mirándolo. Todo de negro. Y dijo: «¿En qué habitación duerme tu papi?».

–Eso fue educado por su parte. ¿Y qué le dijo Bobs?

–Que no lo sabía, pero que sería mejor que se marchara rápidamente o le pegaría un coscorrón. Luego el hombre oyó que alguien venía y saltó por la ventana.

–Bien por él. Ahora vamos a dormir.

–No puedo.

–Entonces ve a ver a Mary y se curará todo.

–¿Puedo comer un poco de apestosa bazofia para desayunar?

–Habla con propiedad, Jons. No seas un maldito memo.

El niño emitió un gemido de burlona impaciencia, como si estuviese tratando con un imbécil que se hubiera acercado a él a pedirle limosna. La clase de suspiro que Merridith le había oído dar a Laura en Atenas cuando discutía con un camarero que pretendía desconocer el inglés.

–Chocolate a la taza, papi. ¿Puedo tomar un poco de *eso*?

–Si Mary lo dice, puedes tomar un whisky doble.

Su hijo se dejó caer sobre las tablas y cogió una camiseta. Se la puso por la cabeza y agitó los brazos; la estampa de la infancia dando una imagen de humildad. Al ver que su padre no reaccionaba, chasqueó la lengua y arrojó la camiseta al respaldo de un sillón.

–¿Papi?

–¿Qué?

–¿Te sentías triste cuando eras pequeño? ¿Por no tener un hermano?

Merridith miró a su hijo. Su hermosa inocencia. Le recordó la manera en que Laura solía mirar a su alrededor la época en que se conocieron.

–Bueno, la verdad es que lo tuve, viejo. En cierto modo, digamos. Antes de que la vieja cigüeña me trajera a mí, había traído a otro picarón. Mi hermano mayor habría sido.

–¿Cómo se llamaba?

–Realmente era David. Mi mismo nombre, ya ves.

El niño soltó una risita suave ante lo extraño de la revelación.

–Sí –rió también su padre–. Es más bien divertido, ¿no?

–¿Y dónde está ahora?

–Bueno, se puso un poco enfermo y subió a vivir al Cielo.

–¿Se puso enfermo?

El niño sabía que estaba mintiendo. Merridith lo podía ver. Había una cualidad penetrante en su mirada a veces: una mirada que era difícil de pasar por alto.

–Tu mamá cree que eres un poco demasiado joven para saberlo.

–No se lo diré a ella, papi. Por mi honor que no lo diré.

–Bueno, hubo un accidente en la casa. Algo muy triste. Se suponía que mi abuelo estaba haciendo una especie de guardia un día. Sólo que se escapó el pobre chavalín, ya ves. Se metió en la chimenea.

–¿Se quemó?

–Sí, cariño. Me temo que sí.

–¿Estaba triste tu abuelo?

–Muy triste, sí. Y mi papá y mamá también.

–¿Dónde estabas tú?

–Bueno. Yo no estaba allí entonces, desde luego. Pero me puse triste más tarde. Rodeado de malditas mujeres, ya ves. Ya sabes cómo son. Terribles. Habría sido divertido tener otro hermano. Para jugar a la pelota. Cosas así.

Su hijo se acercó a él lentamente y le besó en la frente.

–Lo siento, papi.

Merridith le desgreñó el cabello.

–Sí –dijo quedamente–. Yo también.

–Dibujaré un retrato de él más tarde. Para que puedas verlo en el Cielo.

–Buen explorador.

–¿Estás llorando, papi?

–No, no. Las malditas pestañas, eso es todo.

–Yo seré tu hermano, si quieres.

Merridith besó la sucia mano de su hijo.

–Me gustaría mucho. Ahora anda con Mary.

–¿Puedo meterme en su cama?

–No.

–¿Por qué no?
–Porque no.
–¿Y por qué no?
–Porque no.
–¿Papi?
–¿Qué?
–¿Las damas hacen pis sentadas?
–Pregúntaselo a tu madre. Ahora vete de aquí.

Observó cómo su hijo se marchaba del camarote con paso desgarbado. Era demasiado tarde para volver a dormir. Sentía en su corazón el dolor de la compasión. Sus hijos habían heredado su propensión a los terrores nocturnos. Bien podía ser toda su herencia.

Levantándose de su litera, Merridith se puso una bata, anduvo melancólicamente a pasos quedos hacia la cerrada portilla, y con un crujido la abrió a la luz del día. El vasto cielo era del color de unas gachas del día anterior, pero veteado de nubes de color violeta y naranja; algunas, pálidas y rasgadas y teñidas de negro; otras, moteadas como una piel de leopardo vieja. En la cubierta principal, dos marineros negros estaban acurrucados junto a un brasero y compartían un tazón. El marajá paseaba cerca del castillo de proa acompañado de su mayordomo. Por su parte, aquel pobre individuo del pie zopo andaba cojeando arriba y abajo, golpeándose los brazos contra el cuerpo para mantener el calor. Sintió como una especie de alivio ante la normalidad de todo. Es extraño, las cosas de las que obtenemos nuestros consuelos.

Se descubrió haciéndose preguntas sobre los dos marineros. Parecían muy íntimos, como hermanos quizás. Había otras clases de intimidad entre hombres. Merridith lo sabía, y lo sabía por experiencia. Una o dos veces, en su efímera temporada en la marina, había recibido proposiciones de otros oficiales, pero siempre las había declinado. No era que encontrara la idea desagradable. En Oxford había tenido experiencias satisfactorias, y no de forma infrecuente. Era más bien que lo había encontrado desagradable con aquellos que se lo pidieron.

Abandonó su camarote y bajó por el frío corredor. Se detuvo para llamar a la puerta de su esposa. No hubo respuesta. Llamó por segunda vez. Probó el picaporte, pero la puerta estaba cerrada. El olor de pan tierno le llegó de la cocina como una bendición inmerecida. Necesitaba desesperadamente una de sus inyecciones.

El día anterior, por la tarde, ella había ido a su camarote a comunicarle su decisión. Era firme. Al principio él se rió, seguro de que estaba bromeando, probando alguna táctica nueva para apretar más las tuercas. No, dijo Laura, había pensado en ello detenidamente, y considerado la situación en conjunto. Quería el divorcio.

Había una espantosa dulzura en la forma como ella lo expresó. Era desgraciada, dijo; llevaba mucho tiempo siendo desgraciada. Y creía que él debía de sentirse terriblemente desgraciado también, pero que encontraba su indiferencia imposible de tolerar. La indiferencia era veneno en un matrimonio con problemas. Cualquier cosa podía sobrevivir en un matrimonio excepto eso. Dijo las palabras «cualquier cosa» como si fueran importantes para ella, una invitación encubierta a que Merridith confesara.

–No soy indiferente –respondió él.

–David, amor mío –contestó su mujer suavemente–. Hace casi seis meses que no pasamos una noche juntos.

–Cristo, otra vez eso. ¿Nunca te cansas?

–David, estamos casados. No somos hermanos.

–He tenido cosas en la cabeza. Podrías haberte dado cuenta.

–He tenido más oportunidades que nunca para darme cuenta. Y para preguntarme y asustarme de lo que pudiera haber.

–¿Qué significa eso, Laura?

Cuando ella volvió a hablar, su voz era tranquila.

–No eres un viejo, o un muchacho, a fin de cuentas. Supongo que debes de tener aún todos los sentimientos normales que una vez tuviste por mí.

–¿Qué significa *eso*?

–¿Ha entrado otra persona en tu vida? Por favor, dímelo si ha ocurrido. –Cogió la mano de David entre las suyas. Incluso para él mismo, su mano parecía muerta–. Si se han cometido errores, pueden perdonarse, David. El perdón puede ser posible con amor y sinceridad. Ninguno de los dos es un santo; yo, ciertamente no.

–No seas ridícula.

–¿Es eso una respuesta u otra evasiva?

Había sólo dos formas en que se le ocurría reaccionar: un grito de furia simulada, o una máscara de placidez.

–Por supuesto que no hay nadie más –dijo con calma, aunque no se sentía muy calmado; más bien deseaba escapar de la habitación.

Tenía miedo de que, si se quedaba, acabara contándoselo todo.

–Entonces no lo entiendo. ¿Puedes ayudarme a entenderlo?

Siempre que se acercaba a él como una mujer a un hombre, dijo Laura, él la apartaba o le daba alguna excusa. La había hecho sentirse avergonzada de desear lo que era hermoso, las pequeñas intimidades compartidas de la vida matrimonial: la intimidad que antaño trajera entre ellos tanta felicidad y amistad. La había hecho sentirse una prostituta por desear amarlo. Se había vuelto reservado, aislado, inalcanzable. Y eso empezó mucho antes de la muerte de su padre, aunque desde entonces la cosa había empeorado mucho. Era como si él mismo hubiese muerto, dijo Laura, o quizá le hubiera cogido miedo a vivir.

Algo funcionaba terriblemente mal en él; ella podía verlo con claridad. A menudo había tratado de ayudarlo, pero evidentemente había fracasado. Estar casada con él requería una pasividad que ella ya no tenía; como estar en un muelle y contemplar cómo un barco se hundía en la bahía, sabiendo que uno era impotente para salvarlo. Pero ella no se metería más en el agua arriesgándose a ahogarse.

Había también cuestiones prácticas que considerar. Su fondo fiduciario había quedado exhausto por lo ocurrido con Kingscourt. Pagar los billetes a Quebec de siete mil arrendatarios había costado más que mantener a la familia dos años. Y estaban también los costes de los desahucios: la paga de los esbirros. El padre de Laura había dicho que estaba sumamente preocupado por su situación y no podía continuar saliendo fiador de ellos. Si descubría que ella había tocado su capital se enfurecería y cortaría todos sus fondos.

No tardaría en descubrir también que ella había vendido las acciones y participaciones de sus hijos. No se podía prever lo que haría entonces.

–David, también puedo decírtelo; me ha aconsejado que te deje.

–¿Y por qué demonios es de su incumbencia eso?

–No es cosa suya, desde luego. Pero se preocupa. Dice que ha oído rumores que no le hacen feliz.

–Esos enigmas de que hablas. ¿Y qué se espera que diga yo? Quizá si me dijeras de qué crímenes se me acusa, podría intentar una defensa.

–No ha sido concreto. Simplemente dice que debo tener cuidado. A veces dice que no eres lo que pareces.

–Bueno, él parece un asno y rebuzna como un asno. Y puedes decirle de mi parte que lo veré en los tribunales por calumnia si no aprende a cerrar su boca de asno.

–David, por favor. Necesitamos ser valientes. Hemos hecho todos los esfuerzos. Debemos saber cuándo parar.

Merridith había necesitado toda su capacidad de persuasión para convencerla de que le diera una última oportunidad. América sería un buen lugar para ellos, el nuevo comienzo que necesitaban; un medio de dejar a sus espaldas todo lo que había sucedido entre ellos. Jonathan y Robert necesitaban tranquilidad ahora. Habían pasado por malos momentos; se merecían tener a ambos padres.

–Si crees que han tenido a ambos padres estos últimos tiempos, estás completamente equivocado, David.

–Por favor, Laura. Una última oportunidad.

Ahora que era de mañana, la conversación parecía absurda, como si nunca hubiera tenido lugar o les hubiera sucedido a otras personas. Se preguntó si ella la mencionaría. ¿Fingiría que no habían hablado? Quizá debería traerle una taza de té caliente. Iría a la cocina y se lo diría al cocinero.

Cuando pasaba por delante de la puerta abierta del camarote de su hijo Robert, vio a Jonathan en su interior. Hubiera preferido no verlo. Estaba tirando de una sábana manchada de amarillo como los pliegues de un viejo vestido de boda y trataba de cubrir a su dormido hermano con ella.

–¿Qué estás haciendo en la habitación de Bobby, Jons?

El chico se quedó helado y levantó la mirada, su cara brillando de vergüenza. Abrió la boca y la cerró. Soltó la sábana.

–Nada –dijo, y se chupó las encías.

–¿Qué clase de nada? Respóndeme enseguida.

–Sólo estaba… –Se encogió de hombros y se metió las manos en los bolsillos del pantalón–. No estaba haciendo nada. Estaba…

Cayó en un silencio culpable y miró al suelo. Merridith soltó un suspiro. No era justo tenderle una trampa. Podía ver perfectamente lo que el niño estaba haciendo. No necesitaba seguir preguntando. Entró lentamente en el camarote y recogió la sábana manchada.

–Me dijiste que no te habías orinado en la cama, muchacho. No hay necesidad de andar diciendo mentirijillas al respecto. Y menos aún endosando la prueba a Bobs.

–Lo sé, papi. No tenía intención de hacerlo.

–Es muy decepcionante, Jonathan. Pensaba que entre nosotros no había mentiras.

–Lo siento, papá. Por favor, no se lo digas.

Probablemente debía soltarle un sermón ahora, pero por alguna razón no tenía estómago para hacerlo. Aquella hora tan temprana de la mañana parecía un mal momento para demostrar superioridad y, de todas formas, el niño ya había recibido bastantes sermones.

–Ve corriendo a buscar un poco de agua caliente, como un buen explorador. La lavaremos juntos. ¿Qué me dices?

Su hijo levantó la mirada hacia él con conmovedor optimismo.

–No vas a delatarme, ¿verdad, papi? ¿Lo prometes?

–Por supuesto que sí. –Merridith frotó la mejilla de su hijo–. Nosotros los tíos no nos chivamos el uno al otro como niñas, ¿verdad? Pero no más cuentos en el futuro, o vas directo al potro.

El chico se abrazó a su pierna y salió tambaleándose, agradecido, del camarote. Y en aquel momento algo deprimente captó la atención de Merridith. Junto a la portilla, la huella de una palma sucia: una mano pequeña, aunque quizá de un hombre; la clase de marca que podría haber sido hecha por un guante grasiento.

Le diría a Laura que hablara con Mary Duane al respecto. Realmente, las cosas estaban bastante difíciles ahora, pero no había ninguna razón por la que el lugar no pudiera mantenerse limpio.

El hambre de Irlanda fue el castigo a su imprudencia y pereza, pero le ha dado prosperidad y progreso.

ANTHONY TROLLOPE, *América del Norte.*

Capítulo XVI

EL PODER DE LOS SERES OCULTOS

El decimotercero, o día central, del viaje: en el cual el capitán registra algunas curiosas supersticiones (muy corrientes entre la marinería) y llega hasta la protección de las mujeres de Irlanda.

Sábado, 20 de noviembre de 1847.
Quedan trece días de travesía.

Long: 36° 49,11´ O. Lat: 51° 01,37´ N. Hora de Greenwich: 11.59 p.m. Hora del reloj de bitácora: 9.32 p.m. Direc. y veloc. del viento: N.N.O. 342°. Fuerza 4. Estado de la mar: Agitada, con muchas y grandes cabrillas. Rumbo: S.S.E. 201°. Estado del tiempo y observaciones: Niebla sumamente espesa. Visibilidad disminuida a 400 yardas. Hemos reducido la velocidad a dos nudos.

Anoche recogimos a nueve de nuestros hermanos y hermanas, y esta mañana fueron librados al descanso eterno en las profundidades. Carmody, Coggen, Desmond (x2), Dolan, Murnihan, O'Brien, Rourke y Whelehan.

Un gran témpano de hielo fue avistado esta tarde a una distancia aproximada de media milla. Era del tamaño de una gran casa londinense, más o menos. Una multitud de pasajeros del entrepuente subió a mirar y maravillarse, pues nunca habían visto nada parecido.

El cocinero, Henry Li, ha venido a verme con un plan con el que podríamos aliviar los sufrimientos de algunas personas de tercera clase sin incurrir en gastos para la compañía. (El Cielo no lo permita.) Con frecuencia queda bastante comida sin tocar en los platos después de la cena y el almuerzo en el comedor de primera clase. Huesos, cartílagos, cortezas y cosas así, pero en ocasiones también grasas o las pieles del pescado. Él propone, en vez de tirar esos restos, o hacer bazofia con ellos (como se suele hacer), que se cueza como sopa para darla a los hambrientos, lo cual sería una especie de socorro para ellos. Lo considero una idea compasiva y me he mostrado de acuerdo en que se haga así. (Verdaderamente, cualquier cristiano debería sentirse avergonzado de que un pagano muestre más solidaridad que muchos de los salvados.)

Anoche flotaba un extraño y terrible hedor en el barco. No me refiero al olor usual que emana del entrepuente, donde los pobres deben luchar contra él lo mejor que sepan; sino de algo mucho peor y absolutamente pestilente. Supera toda descripción.

He dado órdenes de que todo el barco sea fregado con salmuera y vinagre, pero el abominable olor persiste mientras escribo. Nunca había experimentado nada parecido anteriormente; un abrumador tufo de putrefacción como cabría esperar de los sumideros de un matadero mal cuidado. No se encontró nada podrido en la bodega delantera o de carga. Estoy desorientado en cuanto a qué hacer; es muy enojoso para los pasajeros y para algunos de los hombres. Porque el que semejante fenómeno nos aflija justamente este día es una circunstancia degraciada que no puede provocar más que alarma.

El día central de cualquier viaje siempre se considera desafortunado, como también sucede con el decimotercero. El que se den los dos a la vez, como ocurre en el día de hoy, los marineros lo consideran una circunstancia especialmente desdichada. Uno de ellos, Thierry-Luc Duffy, de Port au Prince, se negó a salir de sus alojamientos y cumplir su guardia esta mañana, insistiendo en que la combinación de fuerzas indicaba vudú. (Hoy es también sábado, el día del sabat negro en esa misteriosa superstición.) Le dijo a Leeson que había estado oyendo un extraño grito, como de gato o de pájaro, por la noche. Es un hombre agradable por lo general, de más o menos mi edad, y hemos navegado juntos muchas veces; existe una buena amistad entre los dos. De modo que me llegué hasta las literas de la tripulación para ver qué se podía hacer. Dijo que éste era un día impío y no trabajaría. Yo le dije que era sacrílego hablar de esa manera y que a este paso acabaría asando a su madre para cenar él y el barón Samedi. (Ese aristócrata parece ser el diablo de los vuduistas, pero lleva un sombrero de copa para ocultar sus cuernos, como la mitad de los miembros de la Cámara de los Comunes.) Al oír eso se rió, pero a pesar de todo no quiso trabajar.

Dijo que si era sacrílego creer en la vida después de la muerte, en la existencia del diablo y en el poder de los seres ocultos, entonces toda la Cristiandad era sacrílega, al igual que casi todas las almas del barco. Cada hombre debía creer en lo que le gustaba, dijo; pero él no sabía qué clase de Dios era aquel que mandaba que su propio hijo fuera asesinado en un madero. Y en cuanto al canibalismo, los católicos romanos decían tan contentos que comían carne y bebían sangre, de modo que quizás el propio papa Pío era un zombie vuduista. Le dije que no era conveniente hablar de forma tan irrespetuosa cuando muchos de los pasajeros pertenecen a esa gran y mayestática (si bien doctrinalmente equivocada) fe. Se excusó y dijo que sólo era una broma, añadiendo que su propia esposa era católica (de la isla de Eleuthera, en las Bahamas) y su hija más pequeña, monja postulante. No hubo manera de convencerlo de que variara su postura. Dijo que con gusto renunciaría a todas sus raciones y se dejaría encerrar encadenado antes que ir a trabajar este día. Le permití dejar de trabajar, pero le advertí que tendría que descontárselo del sueldo. Lo entendió perfectamente, y pareció contento.

Al salir, el hombre murmuró unas palabras que no comprendí.

Anoche tuve necesidad de castigar a uno de los hombres, Joseph Cartigan, de Liverpool, que había estado importunando a algunas de las mujeres de tercera clase y haciéndoles vergonzosas proposiciones, aprovechándose de su actual desgracia*. Al parecer les había ofrecido comida a cambio. No me gusta en absolu-

* Sorprendentemente, el capitán Lockwood comete aquí un error. Aproximadamente una docena de hombres del *Estrella* eran de Liverpool, pero ninguno de ellos se llamaba «Cartigan». Un tal «Joseph Carrigan» está in-

to castigar a los hombres, pero ellos saben que no permitiré que se descarríe a unas chicas decentes en mi barco. Lo hice venir a mi camarote y le pregunté si tenía esposa o hija, y me respondió que ninguna de las dos cosas. Entonces le pregunté si tenía madre, y cómo le sentaría que la convirtieran en una prostituta. Dijo que ya lo era, la más activa de Liverpool. (Juro que sus orejas se movieron con insolencia.)

Chaucer afirma en su cuento del alguacil: «Hasta que estemos podridos no podemos estar maduros». Si ése es el caso, entonces ese despreciable individuo originario del fango del Mersey está tan maduro que ya hiede.

Su argumento era que no había intentado nada que no fuera natural, dada la duración del viaje, etcétera. Al oír eso ordené que redujeran sus raciones a la mitad durante tres días, y que entregaran éstas a alguna pobre muchacha de tercera clase. He observado a veces la veracidad de la afirmación del difunto almirante William Bligh (primer capitán bajo el que serví de muchacho en el trazado de las cartas y sondeos de la bahía de Dublín) de que cuando un hombre aduce como atenuante de sus acciones que son «naturales» invariablemente está comportándose mucho peor que una bestia, y siempre con alguien mucho más débil que él.

El hedor se está haciendo espantoso ahora. Como si el barco mismo se estuviera pudriendo. O navegando por una cloaca.

---

cluido en el Registro de la Tripulación, y también un «Joseph Hartigan». De las investigaciones realizadas mucho más tarde entre la tripulación superviviente, parece que Hartigan era el marinero cuyo castigo registra aquí el capitán. – G. G. Dixon.

Si vieras al viejo Denis Danihy; nunca estuvo tan bien de salud y con un aspecto mejor del que jamás tuvo en la patria. Y puedes estar seguro de que tiene un montón de tabaco, y me dijo que se lo mencionara a Tim Murphy. Y si vieras a Denis Reen cuando Daniel Danihy lo viste con las ropas propias de este país, pensarías que es un jefe o un administrador, así que casi no tenemos palabras para expresarte cuán felices nos sentimos actualmente. Y en cuanto a las niñas que correteaban por las ciénagas en casa, oírlas cómo hablan inglés sería algo asombroso para ti.

Carta de DANIEL GUINEY, desde Buffalo, Nueva York.

Capítulo XVII
EL PRETENDIENTE

En el cual se ofrece una auténtica y nada adornada historia de algunos hechos difíciles de la temprana vida de David Merridith.

De permiso en casa por Navidad, en 1836, un descanso del cual nunca regresaría a la marina, David Merridith se había visto obligado a comprometerse con la única hija de Henry Blake, el vecino terrateniente de Tully y Tully Cross. Tenía ahora veintitrés años, señaló su padre; una buena edad para que un chico sentara cabeza. No había que retrasarlo mucho o podías terminar teniendo que aceptar cualquier cosa. Esto no era Londres. Los suministros eran limitados. Las tierras de los Blake lindaban con las de Kingscourt en varios lugares. Blake estaba bien de fondos; Kingscourt, en cambio, necesitaba fuertes inversiones. Una feliz coincidencia, dijo el padre de Merridith, y por supuesto no la principal ni nada parecido. Pero las dos propiedades combinadas constituían una fuerza a tener en cuenta. Hasta a los Martin de Ballynahinch se les pondría en su lugar; por no hablar de esas presumidas víboras, los D'Arcy de Clifden. Además, miss Amelia, a fin de cuentas, era la belleza del condado.

Lo que pasaba era que a David Merridith no se le había ocurrido casarse; pero, en cierto modo, supuso, su padre tenía razón. Amelia Blake no era la peor de las perspectivas. Cierto, eran primos, pero primos sumamente lejanos, no del tipo que producen hijos con pies palmeados, o bizcos. Hacía años que la conocía y bailaba con ella algunas veces en las bodas. Era una muchacha agradable a la vista. Habían compartido cierto interés por los caballos. Y si bien no se la podía calificar de inteligente, tampoco podía ser descrita con justicia como una idiota.

David Merridith y Amelia Blake. Sus nombres poseían un inevitable, satisfactorio ritmo. Era una muchacha de rasgos suaves, nerviosa como un potro, juguetona, con un notablemente burlón sentido del humor, que afloraba estrepitosamente de vez en cuando, a través de su habitual despreocupación, como un cohete en una noche brumosa. A menudo David encontraba su humor inquietante. Su manera de forjar una alianza era averiguar quién no te gustaba y entonces rebajarlo con la máxima frecuencia y vigor posibles. Esto resultaba difícil para David Merridith; había muy pocas personas que realmente no le gustasen. Y también era bastante aficionada a golpearte, como un signo de afecto. Su respuesta a una broma era una vulgar palmada en el hombro. Y si había tomado una copa de jerez, podía empezar a liarse a golpes contigo. Pronto, se dio cuenta Merridith, empezó a evitar el hacer bromas en su presencia (por no mencionar lo de darle jerez) porque encontraba desconcertante verse abofeteado por su prometida.

Dos semanas después del anuncio de su compromiso, Merridith se dirigió, solo, al anual fin de semana de caza del vizconde de Powerscourt, en el condado de Wicklow. No le interesaba mucho la caza, pues no era muy buen tirador, pero le gustaba tratar de comprender cómo funcionaban exactamente las armas; el tufo de la pólvora en el vivificante aire. En la cena se sentó frente a una muchacha inglesa de belleza infantil cuya despreocupada risa le hizo sentir ganas de volver a verla. Era la primera vez que la joven venía a Irlanda, y lo encontraba un lugar fascinante. Su mejor amiga, una chica con la que se había educado en Suiza, era la hija segunda de la casa; una de las famosas Wingfield de Powerscourt. David y la inglesa bailaron un poco. Ella le tomó el pelo por su torpeza en el baile de los Lanceros, acusándolo de ejecutar chapuceramente las complicadas figuras. Pasearon un rato por la terraza iluminada con antorchas y admiraron la fuente rococó que decoraba el ornamental lago. Había sido comprada por el padre de su amiga en Italia, le contó ella, y era una copia del original del gran Bernini. Todo el mundo pensaba que era el original, pero ella sabía que se trataba de una copia. Tenía talento para descubrir las falsificaciones, dijo. Le gustaría ir a Italia. Estaba segura de que algún día lo conseguiría.

Una atractiva desenvoltura impregnaba su conversación, una seguridad a la que él no estaba acostumbrado en las mujeres que conocía. No era como sus hermanas y, desde luego, tampoco como su tía, y no se reía tontamente como Amelia Blake. Respiraba una confianza que casi era descarada; le recordaba la de alguien en quien ahora pensaba raras veces. La noche en que conoció a Laura Markham no durmió mucho. De alguna manera se sentía vinculado a ella para siempre, aunque, precisamente, lo que no podía precisar era de qué modo.

Al día siguiente se encontró observándola con sus gemelos de campo, cuando debería haber estado disparando o contemplando cómo disparaban los demás. Ella y las otras jóvenes pasaban la mañana en la terraza, envueltas en capas, bebiendo café. Algunas jugaban a ajedrez y otras rasgueaban la guitarra, pero Laura Markham se pasaba la mañana leyendo el *Times.* Merridith encontró eso muy intrigante. No le parecía haber visto jamás a una mujer leyendo un periódico. Tenía la esperanza de que ella acabaría encontrando alguna razón para bajar al prado, pero no llegó a hacerlo; simplemente se quedó allí leyendo.

El almuerzo fue ruidoso y achispado. Los juegos de sociedad que siguieron fueron ruidosos, también; un torbellino de flirteos y excusas para tocar. Aquella noche, todo el mundo había ido a buscar acebo antes de la temprana cena. Él y Laura formaron uno de los equipos. Atrevidamente, ella se había colgado de su brazo mientras bajaban por los senderos cubiertos de grava, mientras cruzaban la alfombra de alto césped, mientras inspeccionaban las filas de majestuosos árboles foráneos que necesitaban batallones de jardineros para mantenerlos vivos en Wicklow. Poco interés mostraron por encontrar acebo, o por encontrar nada excepto un lugar para estar tranquilos. Bajo las cada vez más alargadas sombras, los entresacados matorrales y recortados setos (podados en forma de hipogrifos y aves de otro mundo) le parecieron ligeramente macabros al vizconde de Kingscourt. Pero se sentía cómodo en presencia de la muchacha; en tranquila camaradería. En un momento dado, al volver la vista atrás, descubrió sus huellas atravesando en desordenado paralelismo el césped cubierto de escarcha. Aquella visión le pareció a Merridith una señal de concordia. Pronto llegaron al cementerio de los animales de compañía, donde los Wingfield proporcionaban a sus animales el conmovedoramente respetuoso entierro que negaban a muchos de sus arrendatarios.

Ella estaba mirando los elegantes jardines de una manera que él encontró incomprensible. Las luces de la casa en la neblinosa lejanía parecían las de un barco en un magnífico sueño.

–¿Es así en Galway?

–No, en Galway todo es más salvaje.

–Creo que me gustaría más eso. Me gusta lo silvestre.

Ella se recostó en una de las adornadas lápidas de pórfido, la losa sepulcral de un potro que por dos veces se había clasificado en el Derby, y cruzó los brazos con un divertido suspiro. Una lechuza asustada levantó el vuelo de entre los rododendros con estrépito.

–Yorkshire y Bretaña y lugares así. Estos jardines petrificados me hacen sentir un poco triste, me temo. Es como ver a un duendecillo metido en un corsé. ¿No está usted de acuerdo?

Merridith fue pillado un poco por sorpresa. Las reprimidas mujeres que conocía no decían palabras como «corsé» en público. Y sospechaba que Amelia Blake no las decía ni siquiera en privado.

–Quizá debería usted venir a visitarnos algún día. A Galway.

–Sí. Quizá me invite usted a su boda –dijo ella sonriendo–. Me gustaría ir a verlo en su hábitat natural.

Él no se había dado cuenta de que ella sabía que estaba comprometido, y se preguntó cómo podría haberlo averiguado. Le hacía mucha ilusión que ella pudiera sentir tanto interés por él como para preguntar.

–¿Bailaría usted conmigo, si lo hiciera? –fue la mejor respuesta que encontró.

–Podría hacerlo –dijo ella, apartando la mirada hacia el lago. Una góndola con llameantes antorchas se deslizaba por él–. Pero creo que necesita más lecciones, primero. ¿No le parece?

Recordó la primera vez que su mano había tocado la cintura de la muchacha. Aquel sábado por la noche, ella llevaba un vestido blanco, con un fajín azul celeste que realzaba la pequeña curva de sus caderas. Un crucifijo brillaba en la depresión de su cuello. El baile era un vals y a David le dolían los brazos por la rigidez con que la sujetaba.

–Supongo que no bailan ustedes mucho el vals en Galway –dijo ella–. ¿Puede ir a buscarme un poco de brandy? Lo beberemos juntos.

El brandy le daba náuseas a David, y siempre se las había dado, y la popularidad que tenía esa bebida entre los marineros había contribuido a arruinar sus días en la marina. Pero de todas formas fue en busca de uno y la observó mientras bebía. Laura iba tarareando suavemente la elegante música, murmurando a veces algún comentario en broma cuando pasaba por su lado un bailarín con poca gracia: y de vez en cuando tocaba ligeramente el dorso de la mano de David.

Juntos admiraron los ancestrales retratos del rellano del segundo piso; las severas miradas de los largo tiempo ha desaparecidos Wingfield. Al llegar a su habitación, ella le estrechó la mano. Un beso en la mejilla fue como una medalla de recompensa. Antes de darse cuenta de lo que estaba pasando, la puerta se cerró y él se quedó allí solo bajo aquellas graves miradas, con la vacía copa de brandy en la mano.

Laura era la única hija de una familia industrial de Sussex. El hogar de su padre se encontraba cerca de la costa. Poseía varias grandes fábricas de loza y cerámica de Delft. Era tres años más joven que David Merridith, pero había estado comprometida dos veces anteriormente: una con un teniente de caballería que había muerto de tisis, y la segunda vez con un hombre de negocios conocido de su padre. Fue ella la que puso fin al segundo compromiso. No se arrepentía de haber tomado la decisión.

Cuando el fin de semana hubo terminado y los invitados hubieron partido cansinamente a fin de prepararse para el siguiente fin de semana, el vizconde de Carna se quedó en Powerscourt. Años más tarde, a menudo pensó en aquella época como envuelta por una urna; el período más feliz de una vida ni mucho menos feliz. Ciertamente el más feliz, si borraba a Mary Duane del cuadro, como para entonces tendía a hacer.

Laura y él habían ido con los Wingfield a Dublín. Asistieron al teatro y a varios conciertos, y fueron al baile de máscaras del duque de Leinster. Viéndolos bailar, su anfitrión, un viejo embrutecido por el alcohol, se acercó tambaleándose y los felicitó por sus excelentes noticias.

–Nadie me había informado de que su nueva prometida fuera tan formidable, Merridith. Me atrevería a decir que la habría pillado para mí si me lo hubiesen dicho. Un pura raza en una habitación llena de ponis trotones.

Tras marcharse vacilante en medio de una niebla de halitosis y vapores de ginebra, los dos se echaron a reír por lo que había dicho. Pero después de aquello, se pudo percibir un nuevo espíritu en su baile. Era como si lo que estaba ocurriendo entre ellos finalmente hubiera sido formulado. La cercanía que el baile permitía se convirtió en una manera de reconocerlo.

Merridith la acompañó al circo italiano y cabalgó con ella en el Phoenix Park, a primera hora de la mañana, durante varios días. Allí vieron desfilar a los soldados de caballería ante los gritos de los monos que se despertaban en el zoo. Al final de la quincena, eran ya casi inseparables. La tarde en que ella se marchaba a Sussex, él fue a despedirla al transbordador en Kingstown. Caía la nieve. Los emigrantes hacían cola a lo largo del malecón. Cuando, en la pasarela, trató de besarla, ella se apartó silenciosamente, aunque la mirada de sus ojos le daba esperanzas. Lo volvió a intentar, pero ella se apartó de nuevo. Sí, dijo ella suavemente, por supuesto que tenía sentimientos hacia él; pero no se comportaría injustamente con otra muchacha.

No envidiaba a Merridith por la elección con que se enfrentaba él ahora, pero no lo apremiaría o le pediría que hiciera nada. Sólo él podía saber cuáles eran sus verdaderos sentimientos. Debía hacer lo que considerara correcto y nada más. La felicidad de varias personas estaba en juego. Hacer daño a una persona a la que le habías dado tu palabra era algo serio y no podía hacerse con ligereza. Tenía que pensar en ello con calma y cuidadosamente. Toda elección implicaba un rechazo. Ella comprendería su decisión fuera cual fuese, y siempre la respetaría, y guardaría para él un afectuoso recuerdo. Pero sólo volvería a ponerse en contacto con él si él lo hacía primero. Y eso no debía suceder si su compromiso con Amelia Blake no se rompía previamente.

De vuelta a Galway, en la diligencia, Merridith supo lo que

iba a pasar. Había una nobleza en la reticencia de Laura que sólo contribuía a hacerla más deseable; una decencia que ella sabía que probablemente le faltaba a él. Él, un hombre que estaba prometido, a fin de cuentas, no había tenido inconveniente en hacerle la corte a otra mujer. Y habría ido más lejos si ello hubiera sido posible. Lo que eso implicaba no sería fácil de afrontar, pero tendría que ser afrontado, o siempre lo lamentaría.

El crepúsculo estaba cayendo cuando la diligencia cruzó el Shannon. Una tormenta había provocado la crecida del río hasta que casi se desbordó; y una multitud de granjeros con empapados impermeables de hule estaban amontonando sacos de arena en las orillas. Pronto el paisaje empezó a cambiar, y los prósperos campos de las feraces tierras del interior dieron paso a los matorrales rodeados de muros de piedra de Galway. El frío aire olía a humo de turba y a mar. Nunca olvidaría el miedo que se apoderó de él cuando vio las luces de Kingscourt Manor en la lejanía.

Su padre estaba sentado a la mesa de la biblioteca, examinando un huevo amarillo del tamaño de un puño con una lente de aumento, tomando notas en un libro de contabilidad encuadernado en piel. Aunque hacía sólo tres semanas que Merridith lo había visto, parecía haber envejecido varios años. No había transcurrido mucho tiempo desde su segundo ataque; el que le había dejado un temblor y reducido mucho la visión. El negro guante de piel que generalmente llevaba en la mano derecha aparecía retorcido sobre el secante como una araña venenosa.

Merridith dio unos golpecitos en la puerta. Sin levantar la mirada, su padre murmuró:

–Pase.

Con ansiedad, David dio un paso, pero no entró realmente.

–Pensé que quizá podríamos tener una breve charla, señor.

–Me encuentro bastante bien, David. Gracias por preguntar.

–Perdóneme, señor. Por supuesto debería haber preguntado.

Su padre asintió torvamente pero no levantó la mirada.

–Esta... breve charla... que te gustaría tener, ¿se refiere al uso de mi casa como hotel en el cual descansar entre tus reuniones sociales?

–No, señor. Pido perdón por la duración de mi ausencia, señor.

–Ya veo. Entonces ¿a qué se refiere esta breve charla que te gustaría tener?

–Bueno, se refiere a los asuntos entre miss Blake y yo, señor.

–¿Qué pasa con ellos?

–He... Me parece que he... Es decir... –Se repuso y volvió a empezar–. He formalizado un compromiso con otra persona, señor.

Con calma, el conde sacó un diminuto pincel de un cajón y empezó a quitar el polvo del huevo con un tembloroso movimiento.

–Bien –dijo tranquilamente, como para sí mismo–, entonces mejor será que lo deshagas el doble de rápido, ¿no?

Levantó el objeto y lo sostuvo a la pálida luz dorada; deslizó un dedo por su circunferencia como tratando de persuadirlo de que saliera del cascarón.

–Me parece recordar –casi susurró– que algunos de los «compromisos» que estableciste en el pasado no eran muy juiciosos tampoco. Y tuvieron que ser rotos, también.

–Creo que esta vez es diferente, señor. De hecho, estoy seguro de ello.

Ahora su padre levantó la mirada hacia él. Sus ojos eran como piedras. Al cabo de un rato se levantó de la mesa y cogió su guante.

–Acércate –murmuró–. Ven a la luz.

Merridith estaba temblando cuando se acercó a su padre.

–¿Pasa algo con tus hombros, David?

–¿Cómo... qué quiere usted decir, señor?

Lord Kingscourt parpadeó lentamente, como una vaca soñolienta.

–Quizá podrías hacerme el inestimable honor de permanecer erguido cuando hablas conmigo, por favor.

El joven hizo lo que le decía. Su padre seguía mirándolo fijamente. El viento hacía temblar los cristales de las ventanas y gemía en la chimenea. Las tejas hacían ruido al golpear entre sí en el tejado de la quesería.

–¿Tienes miedo, David? Respóndeme sinceramente.

–Un poco, señor.

Transcurrió un largo momento antes de que lord Kingscourt asintiera con la cabeza.

–No te avergüences. Sé lo que es tener miedo.

Se arrastró lenta y pesadamente hasta la alacena de caoba, donde buscó una licorera de piedra y torpemente le quitó el tapón. Con cuidado se sirvió una copa de brandy, aunque el temblor de su mano hacía difícil la operación. Sin darse la vuelta, preguntó:

–¿Quieres tomar una copa conmigo, David?

–No, señor, gracias.

La mano que sostenía la licorera quedó suspendida sobre una segunda copa, como si se dispusiera a establecer un juicio que pudiera tener posteriores implicaciones.

–¿Puede un hombre tomar una copa con su propio hijo sin tener que ir hasta Dublín para tener el privilegio?

El reloj del abuelo dio un chasquido y zumbó. Lo que marcaba estaba equivocado en varias horas. En algún lugar de la habitación un cronómetro más pequeño hacía un leve tictac, como en irritada discusión con su solemne antepasado.

–Ppe-ppe-perdóneme, señor. La tomaré, por favor. Gracias. Quizás un vasito de vino.

–El vino –dijo lord Kingscourt– no es una verdadera copa. Es un limpia riñones para franceses y presumidos petimetres.

Llenó la segunda copa de brandy hasta el borde y la dejó en una mesita al lado del piano. Merridith se acercó y la cogió. Estaba frío al tacto.

–A tu salud, David –dijo lord Kingscourt, y vació la mitad de la copa de un trago.

–A la suya, señor.

–Veo que no bebes. Quizá tu brindis no es sincero.

Merridith tomó un pequeño sorbo. La garganta le ardía.

–Más –dijo su padre–. Quiero tener buena salud.

Ingirió un gran trago; los ojos se le humedecieron de asco.

–Todo –dijo lord Kingscourt–. Sabes que estoy muy enfermo.

El joven se terminó la copa. Su padre se la volvió llenar.

–Puedes sentarte ahora, David. Allí, por favor.

Merridith cruzó la habitación hasta el excesivamente mullido sofá y se sentó, mientras su padre se acercaba a su sillón de piel oscura, la cara tensa por el esfuerzo. Llevaba las zapatillas desparejadas e iba sin calcetines. El eccema que sufría le había llagado sus huesudos tobillos, y las lívidas cicatrices mostraban las huellas desiguales de sus uñas.

De nuevo permaneció en silencio. Merridith se preguntó qué iba a ocurrir. Desde algún lugar, en la lejanía, un asno dejó escapar un ridículo rebuzno. Cuando, finalmente, su padre volvió a hablar fue con la exageradamente lenta y articulada manera que había empleado para ocultar su dignidad herida desde que los ataques le golpearan. Un borracho tratando de disfrazar su borrachera.

–Yo, a veces, le tenía bastante miedo a tu abuelo a tu edad. Él y yo no gozábamos de la estrecha relación de la que disfrutamos tú y yo. Podía comportarse como un tirano, en realidad. Anticuado y tal. O, al menos, eso me parecía a mí. Hasta hace pocos años no comprendí que su intención era buena. Que lo que yo percibía como severidad era realmente afectuosa bondad.

Tragó con fuerza, con la glotis, como si ingiriera un pedazo de cartílago.

–Pero cuando uno es joven, siempre siente esas cosas respecto a su padre. Es natural que un muchacho sienta eso.

Incómodamente Merridith se preguntó cómo se suponía que debía responder.

–Y en combate, igualmente. A menudo tuve miedo. –Apretó sus pálidos labios e inclinó la cabeza en un gesto moderadamente grave–. Sí, pareces sorprendido, pero es cierto. En la batalla de Baltimore, estaba seguro de que iba a morir, David. Nos quedamos aislados en un determinado lugar. Y entonces tuve miedo.

–¿Miedo de morir, señor?

Su padre miró con aire ausente la copa, como si pudiera ver extraños dibujos en los vapores que brotaban de ella. Aunque la habitación estaba fría, su barba parecía impregnada de sudor.

–Sí. Así lo creía. Al dolor, supongo. Cuando un joven ha visto morir a otros jóvenes (cuando ha tenido el deber de enviarlos a una muerte cierta), sabe que la muerte no es una cosa gloriosa, sino algo asqueroso. –Tuvo un pequeño estremecimiento y se quitó el polvo de la manga nerviosamente–. Todas las mentiras que soltamos sobre morir por la patria… Eso es lo que son, sabes, David, barbaridades y mentiras.

–¿Señor?

–He llegado a la conclusión de que esos absurdos son una manera de impedirnos tener miedo. Aniquilar el temor que, de lo contrario, podría embargarnos. Religiones. Filosofías. Hasta los países mismos… son una especie de mentira, también. Así es como lo veo.

Merridith estaba confuso.

–¿En qué sentido, señor?

–Quiero decir que todos somos parecidos bajo la fachada exterior. Somos humanos, supongo. Si nos pinchan, sangramos. Etcétera. –Asintió nuevamente y tomó un largo sorbo de brandy–. Excepto los franceses, evidentemente. Salvajes comedores de ajo.

–Sí, señor.

Su padre frunció el ceño.

–Eso era una broma.

–Lo siento, señor.

–Sí, yo también lo siento. Más de lo que te imaginas.

Soltó una breve y triste risita.

–En realidad, a veces pienso que los viejos gabachos tenían razón. Libertad, igualdad, fraternidad, etcétera. –Paseó la mirada por la fría y deprimente habitación como si la despreciara–. No dirías que no a una tajada de libertad, ¿verdad?

Sus palabras tenían una sombra de ironía que David Merridith no pudo comprender.

–Bueno… no, señor. Me parece que no.

–Desde luego que no. Desde luego. Y yo tampoco.

El reloj del abuelo dio un gong desde lo más profundo de sus entrañas. Un sonido triste, gastado, una tos de cronómetro. Las sombras se movían. El fuego hizo un ruido sibilante. Las ruedecillas del trinquete reajustándose para su monótono trabajo. El padre levantó la mirada hacia el alabeado y oscuro techo, luego miró el reloj y después a su hijo.

–¿Qué te estaba diciendo, David?

–Estaba usted hablando sobre la muerte, señor.

–¿Ah, sí?

–En efecto señor. Sobre la batalla de Baltimore.

Lentamente, su padre empezó a hablar otra vez.

–Lo que temía, aún más que esa posibilidad… –Y los ojos de lord Kingscourt parecieron deshacerse en lágrimas.

Merridith estaba tan horrorizado como si su padre hubiera perdido el control de sus intestinos. Por un momento, el hombre permaneció inmóvil, sentado, la cabeza muy inclinada, la mano izquierda aferrándose a la trencilla plateada que trataba de decorar el brazo del sillón. Luego sus hombros empezaron a convulsionarse mientras lloraba silenciosamente. Los sollozos sacudían su pecho y no obstante él intentaba no moverse. Pequeños sonidos de resistencia. Una sacudida de la cabeza. Su respiración brotaba en forma de jadeos que parecían apuñalarlo.

–¿Está usted… del todo bien, señor?

Lord Kingscourt asintió, pero no levantó la mirada.

–¿Puedo traerle un vaso de agua?

No recibió ninguna respuesta. Se oía ladrar a un perro; un insistente gañido, y el silbido del pastor llamándolo a su vera. Los temblorosos dedos de lord Kingscourt subieron hasta su frente; y se tapó los ojos como un hombre avergonzado.

–Debes perdonarme, David. Estoy un poco pachucho esta tarde.

–No hay problema, padre. ¿Puedo hacer algo?

–Tu madre… fue la persona más buena que jamás vivió.

–Sí, señor.

–Su compasión por las personas. Su capacidad de perdonar. No pasa una hora sin que sienta su pérdida. Como un hombre lisiado echaría de menos un miembro.

Las lágrimas bajaban de nuevo por su rostro, y Merridith tuvo miedo de hablar. Pensaba que también se echaría a llorar si lo hacía.

–Te habrás dado cuenta de que tenemos nuestros días buenos y nuestros días malos, David. Dios sabe que yo estaba muy lejos de ser lo que ella merecía. Bastante a menudo le fallaba. Por culpa de la ira y la estupidez. He malgastado tanto que no soporto pensar en ello. Pero jamás pienses que no había amor entre nosotros.

–Nunca se me ocurriría, señor.

–Porque… lo que temí aquella noche en Baltimore, David, no era sólo el dolor… el dolor físico. Sino el que jamás volvería a veros a tu madre y a ti. Especialmente a ti. No poder abrazarte más. Mi único hijo. El sentimiento más terrible que jamás he experimentado.

–Señor, le suplico que no se torture con pensamientos del pasado.

La boca de su padre se retorció de pena.

–Soy yo el que suplica. Por favor… jamás temas venir a mí con cualquier pequeña dificultad que puedas tener en la vida. Jamás, David. Todo puede superarse. No sientas nunca que estás solo. ¿Me harás esta promesa?

–Por supuesto que la haré, señor.

–¿Querrás estrecharme la mano, como prueba?

Merridith se acercó a su padre y tomó aquella mano sin vida que el hombre le tendía. Nunca en su vida se había sentido más cerca de él; una intimidad visceral, casi animal, que no recordaba haber sentido con nadie. Su padre había llorado como un niño huérfano, y David Merridith le había estrechado la mano. Hubiera deseado estrecharlo en un abrazo, envolverlo como una armadura, pero el momento pasó mientras aún trataba de imaginarlo. Más valía así. A su padre no le gustaba que lo tocaran.

Lord Kingscourt se secó los ojos y esbozó una pequeña y valiente sonrisa.

–Así que te has enamorado perdidamente, entonces. Algo inesperado.

–Sí, señor. Así parece.

–¿Y estás seguro?

–Sí, señor.

Su padre soltó de repente una risita y le palmeó en el hombro.

–¿Crees que el ogro de tu anciano padre nunca pilló esa pequeña enfermedad?

–Por supuesto que no pienso eso, señor.

–Desde luego que la pillé, maldita sea. A menudo. No siempre fui la ajada ruina que soy ahora. Les di un buen susto a bastantes muchachitas en mi época, puedo asegurártelo. Así que me parece que comprendo tu apuro, hijo mío.

–Gracias, señor. Siempre pensé que lo haría cuando le planteara la situación.

–Sí, es todo perfectamente comprensible. Algo natural, de hecho.

Se sirvió otra copa de brandy.

–Una cara bonita. Un centelleo en los ojos. Y un bonito relleno, no lo dudo.

Soltó una forzada tos y se dio la vuelta para secarse la boca.

–Bueno, todo eso está bien, sabes. Que no falte. Pero un matrimonio es algo más que eso, después de todo.

–Oh, sí, señor, lo sé.

–Hay que tener en cuenta el deber que se adquiere. Un matrimonio es un contrato.

–Sí, señor.

–Se dicen montones de palabras y de tonterías estos días sobre el amor. ¿Sabes cuál es la definición de amor?

–¿Cuál es, señor?

–Decidirse a mantener la palabra, David. Nada más, y nada menos. Hacer lo que se debe. Siempre. Tanto si le gusta a uno, como si no.

–Sí, señor.

–Los animales hacen lo que sienten. Un animal puede ser hermoso. Ésa es, en realidad, la naturaleza de su belleza. Pero nosotros, los hombres, tenemos moralidad. Ésa es la única diferencia. La única que hace que la vida humana merezca continuar.

–Yo ciertamente trato de mantener mi palabra con miss Markham, señor. Y pienso mantener mi palabra con pp-placer. Cuando la conozca usted, estoy seguro de que estará de acuerdo.

La mortecina sonrisa de su padre hizo pensar a David Merridith en una brasa que se fuera apagando. Cuando volvió a hablar, su voz sonaba estremecedoramente fría y tranquila.

–Estaba refiriéndome a tu palabra con miss Blake y su padre.

El fuego soltó un bufido y eructó en el hogar. Un leño incandescente cayó y siseó en el suelo de la chimenea.

–También tienes obligaciones con la gente de esta propiedad. ¿Se te ha ocurrido eso siquiera por un momento?

–Señor…

–He dado mi palabra de que las tierras serán mejoradas cuando haya fondos disponibles procedentes de tu compromiso marital. ¿Voy a decirles ahora que mi palabra no vale nada? Como la tuya con tu prometida y su padre…

–Sse-señor… he escrito hoy a miss Blake para explicarle la situación, y también al comandante. En cuanto a los arrendatarios...

–Ya veo –le interrumpió su padre–. Has escrito. Qué valiente. De modo que toda esta conversación no ha sido más que académica.

–Creí que lo mejor era informar al comandante de la nueva situación, señor.

Su padre sonrió tristemente.

–¿Acaso fue el comandante el estúpido que le crió a usted, señor? ¿Fue el comandante el estúpido que le puso el pan en la boca?

–Yo... yo he hecho todo lo que he podido para explicárselo a usted también, señor.

–¿Está usted diciendo que revocará mi compromiso, señor? ¿Es ésa su última palabra? Piense cuidadosamente, señor. Sus acciones tienen consecuencias. –Lord Kingscourt se había llegado hasta el tirador de la campanilla y lo sostenía en su enguantada mano–. Tu vida ha llegado a una encrucijada ahora, David. La elección es sólo tuya. Debes elegir como un hombre.

–Estoy diciendo que mi situación se ha alterado, señor. Mis sentimientos.

Lord Kingscourt asintió abruptamente con la cabeza y tiró de la campanilla, que sonó en algún lugar en la lejanía.

–De acuerdo, entonces. Así sea.

Se dio la vuelta y se dirigió cojeando a la mesa otra vez.

–¿Padre?

–Espero que estés fuera de esta casa para cuando me levante mañana por la mañana. Y no vuelvas.

–Pp-pa-pad...

–Te retiraré tu pensión con efecto inmediato. Ahora vete.

–Padre, por favor...

–*¿Por favor, qué, señor?* ¿Por favor, continúa complaciendo hasta mi más pequeño capricho? ¿Por favor, subvencióname para que pueda seguir contoneándome por el país como un maestro de baile? ¿Cree usted que no he oído nada, señor? ¿Es eso? Me quedan pocos amigos, pero aún tengo algunos para traerme las últimas noticias vergonzosas. Bien, su ocio ya no dependerá más de mi dinero, señor. Se lo juro a usted sobre la tumba de su madre.

–No es una cuestión de dinero, señor, seguramente…

–Oh, «no es una cuestión de dinero, señor». ¿Es así, insolente mocoso? ¿Y cómo tiene usted intención de mantener a esa supuesta esposa suya? ¿Con el sueldo de un teniente subalterno?

–No, señor.

–¡*Sí*, señor! ¡Y póngase firmes cuando hable conmigo! Por lo que me han dicho de sus miserables esfuerzos, es improbable que llegue siquiera a ascender a comandante.

–En realidad, pensaba que podría renunciar a mi nombramiento, señor.

Su padre lo miró burlonamente.

–Supongo que no te referirás al nombramiento que mi dinero, tan duramente ganado, tuvo que comprar para ti.

–Miss Markham dispone de recursos propios, señor. Su familia ha tenido éxito en los negocios.

Lord Kingscourt dejó de pasear. Un brillo de repugnancia ensanchó sus ojos.

–Ahora debes de estar bromeando.

–No, señor.

–¿Tanto me odias? ¿Es que quieres matarme?

–Señor, se lo suplico…

–¿Te crié y te eduqué y financié tu inutilidad para que vivieras como un tendero de las ganancias de un negocio?

–Yo… no veo la cuestión en esos términos, señor.

–Oh, no lo ves. Cuán conveniente. Cuán conmovedoramente moderno. ¿Y no lo consideras indecoroso? ¿Que un hombre sea mantenido por una maldita mujer?

–Señor.

Lord Kingscourt señaló vagamente hacia la ventana. Su cara parecía casi sucia a causa de la rabia. *Salach* era el adjetivo irlandés para indicar sucio. Una palabra que sonaba como su propio significado.

–Ningún hombre en esta tierra, ni el más pobre de ellos, se atrevería a permitir que una mujer lo mantuviera.

Dejó violentamente su copa sobre la tapa del piano, con tanta fuerza que el contenido se derramó sobre su guante.

–¿Has oído hablar alguna vez de responsabilidad, o deber, o lealtad? ¿Queda siquiera una pizca de hombría en ti?

David Merridith no dijo nada. Las cuerdas del piano estaban resonando. Absurdamente, el metrónomo se había puesto en marcha, pero lord Kingscourt no parecía haber notado su despertar.

–Supongo que darás de mamar y limpiarás culos también, ¿no? Mientras tu patrona está fuera ocupada en vigilar la tienda.

–Señor, sé que está usted un poco trastornado en este momento, pero me obliga usted a decir que me ofende su elección de…

Su padre le embistió y le cruzó la cara.

–¿Ah, sí? ¿Te ofendo, despreciable golfo? –Se agarró la mano, pues el golpe había sido muy violento–. Por Cristo que ese día aún no ha nacido y jamás nacerá. Te correré a puntapiés desde aquí a Clifden dentro de un momento, perro libertino maldito por Dios. *¿Me entiende usted ahora? ¿Me entiende usted, señor?*

David Merridith estaba llorando por el golpe.

–¡Póngase firmes cuando me dirija a usted, señor! ¡O atravesará esa pared!

–Le pido perdón, padre.

–Llore usted una lágrima más cuando esté frente a mí, y llorará como una maldita perra, imbécil tartamudo.

–Sí, padre.

–Lo he hecho antes y volveré a hacerlo. Tu vida ha sido condenadamente fácil. Tuviste todo lo que necesitabas, sin la más pequeña condición. Como hijo único mío, tenía sentimientos naturales hacia ti, pero ya veo, para mi vergüenza, que te he malcriado completamente.

En aquel momento, Tommy Joyce, el valet de su padre, entró. Se detuvo cerca del umbral con un semblante aprensivo. Estaba claro que había oído una parte de la discusión.

–Su Señoría llamó, ¿señor?

–Haz el equipaje con las ropas y demás pertenencias del vizconde, se marchará por la mañana, al alba. Te dará la dirección a donde querrá que se lo envíes.

El sirviente asintió con la cabeza lentamente y se volvió para salir.

–Pensándolo bien, ensilla el poni y saca el faetón. Nos dejará esta noche, mi supuesto hijo. Tan pronto como sus efectos estén empaquetados.

–Pido perdón a Su Señoría –dijo Tommy Joyce con indecisión–. Pero hace un frío de mil demonios esta noche para andar por los caminos.

–¿Estás sordo?

–Señor, sólo pensé…

–¿Sordo, además de descarado e ignorante, palurdo?

–Señor.

–Obedece las malditas órdenes, y hazlo deprisa si quieres conservar el empleo un minuto más.

–Padre, se lo suplico…

–No te atrevas a usar la palabra «padre» conmigo. Fracasaste en Oxford. Has fracasado en la marina. En todas las pruebas que la vida te ha presentado, has fracasado. Y ahora tienes intención de fracasar una vez más y arrastrar mi nombre por el fango en este condado, como has hecho con el tuyo.

–Padre, por favor, cálmese. Se está usted perjudicando.

–Fuera de mi casa antes de que te azote. Me repugnas.

–Padre…

–¡Fuera!

David Merridith salió de la habitación. Cerró la puerta a sus espaldas lo más silenciosamente que pudo. Vomitó en el vestíbulo cuando el faetón aparecía en el patio. Vomitó cuando su equipaje era empujado escaleras abajo. «Fuera», vociferaron una vez más desde el estudio.

Fue la última palabra que Merridith oiría de él.

Características mentales gaélicas: rápido de percepción, pero deficiente en lo que se refiere a la capacidad de razonar en profundidad; testarudo y excitable; tendencia a polemizar; *apasionado en el amor y el odio;* sumamente sociable, con *propensión al gregarismo;* atrevido y seguro de sí mismo; deficiente en su aplicación al estudio, pero provisto de una gran *capacidad de concentración en ocupaciones monótonas o puramente mecánicas*, tales como la cosecha del lúpulo, la siega, la tejeduría, etc.; falta de prudencia o previsión; aversión a las ocupaciones relativas a la marinería.

«Antropología Comparativa», por DANIEL MACINTOSH,
The Anthropological Review, enero de 1866.

Capítulo XVIII
EL TRADUCTOR

Decimoquinto día del viaje: en el cual el capitán tiene un extraño encuentro con cierto pasajero (y medita sobre las locuras del amor juvenil).

Lunes, 22 de noviembre de 1847.
Quedan once días de travesía.

Long: 41° 12,13´ O. Lat: 50° 07,42´ N. Hora de Greenwich: 02.10 a.m. (23 de noviembre). Hora del reloj de bitácora: 11.26 p.m. (22 de noviembre). Direc. y veloc. del viento: E. 88°. Fuerza 5. Estado de la mar: Turbulenta. Rumbo: O. 271°. Estado del tiempo y observaciones: Intensa nevada por la tarde. Cielo encapotado todo el día. A las cinco menos cuarto, un cuerpo humano fue divisado en el agua, a unas 300 yardas a estribor. Sexo indeterminado. Muy descompuesto y faltándole sus miembros inferiores. El reverendo Deedes y algunas personas más rezaron una oración cuando pasamos por su lado.

Siete pasajeros murieron anoche y fueron entregados esta mañana a la misericordia de las profundidades. Sus nombres han sido debidamente registrados en el manifiesto de los pasajeros…

Persiste el extraño hedor en el barco, que se ha hecho irresistible y muy molesto. He ordenado que las tablas se frieguen tres veces al día hasta que disminuya. Leeson informa de que está ocurriendo algo insólito en las bodegas. Parece que las ratas las han abandonado; pero se ha observado un gran número de estos bichos escurriéndose por las cubiertas como en un estado de frenesí. Un niño de tercera clase fue mordido hoy, y todo el mundo ha sido advertido de que no se aproximen a ellas si las ven. El cirujano Mangan está muy preocupado por la creciente proliferación en las zonas públicas. Ha ordenado que se coloquen venenos.

Se han recibido varios informes de gritos misteriosos en el barco por la noche; o llantos, o «aullidos». Sin duda el usual vocerío y algarabía que nosotros, los viejos lobos de mar del *Estrella*, conocemos bien a estas alturas: «La saloma de John Conqueroo»: pero más fuerte y aún más misteriosa que nunca, dicen. Al parecer algunos pasajeros de tercera clase abordaron al reverendo Deedes y le pidieron que realizara algún rito de exorcismo. Él dijo que dicha práctica era más bien innecesaria, pero dirigió un servicio religioso en el alcázar anoche. Hubo una gran asistencia.

No puede ser otra cosa que hayamos golpeado contra alguna gran criatura marina, posiblemente un enorme tiburón o cetáceo, y lo hayamos matado; parte de los fluidos o membranas del mismo han debido quedar adheridos al casco del buque. Por el hedor, se ve claramente que se trata de alguna bestia muerta y descompuesta. (No hace falta decirlo, King Duffy, de Haití, tiene sus propias y macabras teorías, pero un hombre racional más bien ha de considerar el mundo racionalmente.)

Durante algún tiempo, he destinado media hora cada día para los pasajeros que deseen verme... aunque evidentemente sólo sobre cuestiones de la máxima urgencia. (Leeson separa el trigo de la paja, separación sumamente necesaria, dado que hay más urgentes demandas.) Esta tarde, una pareja de la tercera clase se presentó en mi alojamiento durante ese período y anunció que deseaba casarse. Como no hablan inglés, vinieron con William Swales, el tullido que he mencionado anteriormente, que hacía el papel de intercesor. Y fue una excelente idea que decidieran hacerlo así; porque, de lo contrario, no hubiera conseguido entender lo que ellos decían en su extraña aunque no totalmente desagradable lengua. Swales me deseó las buenas tardes y declaró que era una agradable coincidencia volver a verme. Yo traté de saludar a los jóvenes en su lengua gaélica *–Jee-ah gwitch–*, con cierto éxito, me complace informar, porque asintieron con la cabeza felizmente y me lo repitieron. «Dios bendiga este día», dijo Swales sonriendo benignamente, y todos nos miramos como parejas que esperan a que el baile empiece. Pero no fue así, lamentablemente.

A través de mi harapiento pedagogo, la joven pareja explicó que habían oído decir a muchas personas que un capitán puede celebrar una boda en el mar. Les advertí (nuevamente a través de Swales) que en la actualidad ésa no es la norma (pese a la romántica opinión que sobre esa materia tienen las damas). Realmente no puedo celebrar ninguna clase de ceremonia legal (con excepción de un funeral, o de la ejecución de un prisionero en tiempo de guerra). Y les aconsejé que esperaran hasta llegar a Nueva York y allí solicitaran una licencia de matrimonio a las autoridades de la ciudad. (Como el capitán Bligh solía decir: «Una boda en el mar es sólo legal hasta que el barco vuelve a puerto».) Sea cual fuese el modo en que Swales se lo explicó, parecieron sumamente alicaídos al enterarse. Una aproximación de las palabras que emitió es ésta: «*Shay dear on budduck knock will bresh beah lefoyle*»*.

Quise saber el pequeño detalle de cuánto tiempo hacía que se conocían. La respuesta fue que quince días. Se habían conocido en el barco. (Él es de las islas Blasket; ella, de las Aran.) Luego les pregunté si habían oído alguna vez el viejo adagio: «El que se casa con prisas se arrepiente cuando tiene tiempo». Y ellos dijeron que sí, al menos eso dijo Swales, pero que se habían enamorado perdidamente. El joven tiene dieciocho años, la muchacha es un poco más joven aún, una muchachita morena con los ojos más atractivos que jamás he visto. Cabe suponer cuán fácilmente el pobre muchacho debía de haberse prendado de ellos; me recordaba a mi propia esposa, a una edad más tierna.

* Una observación curiosa. Posiblemente, según algunos eruditos en gaélico, entre ellos Samuel Ferguson Q. C. de Belfast, «*Sé deir an bodach nach bhfuil breis bia le fail*», es decir: «El palurdo (o viejo estúpido) dice que no se servirá comida extra». La palabra *budach* (pronunciada «buddock») puede relacionarse con *bod*, un coloquialismo irlandés utilizado para nombrar los genitales masculinos. Dicho uso no es desconocido en Connemara. – G. G. Dixon.

De nuevo les advertí que no tenía ninguna autoridad para celebrar ceremonias, y les dije que debían tener paciencia otros once días; añadiendo que eso no era esperar demasiado, sobre todo cuando una feliz pareja desea pasar en mutua compañía toda la eternidad. Se fueron con aspecto muy abatido, pero Swales solicitó quedarse un momento.

Compartimos algunas bromitas sobre la ingenuidad del ardor juvenil. Si me hubieran dado una guinea –observé– por cada bonita muchacha con la que deseé casarme después de dos semanas de besos y tonterías juveniles, sería el hombre más rico de la Gran Bretaña hoy en día. Swales soltó una carcajada y me dio una palmadita en la espalda de una manera más bien familiar, lo que no me gustó. Y luego dijo que había esperado verme en cubierta los últimos días o noches, y que había aguardado mucho rato, pero que no había conseguido verme hasta la fortuita coincidencia, surgida esta mañana, de la joven pareja, etcétera. Le expliqué que estaba bastante ocupado con los asuntos de abajo, aunque mi feliz pasatiempo de dirigir el barco interfería a veces con mi empleo como chismoso en jefe con los pasajeros, pero que confiaba en que pronto podríamos tener una agradable charla.

Swales dijo que estaba ansioso por encontrar un empleo con lord Kingscourt, si es que podía; y que ya no quedaba tanto tiempo de viaje. Su temor, explicó, era que tan pronto como llegásemos a Nueva York, lord Kingscourt y su familia comenzarían sus posteriores viajes y él podría perder su oportunidad.

Le dije que ya le había hablado del asunto un par de noches antes, pero que lord Kingscourt no tenía ninguna necesidad de sirvientes, pues la familia ya contaba con una criada. Pero que me había dado cinco chelines para que se los hiciera llegar a Swales, con sus bendiciones. Y se los di como debía al pobre hombre; pero el ingrato no pareció muy contento de recibirlos. Cuando le pregunté qué diablos ocurría, replicó que no se podía comer los cinco chelines, ni siquiera diez mil. Al oír eso, lo invité a marcharse. Muchas y grandes son las obligaciones de la capitanía, pero procurar empleo a presuntuosos idiotas no figura entre ellas (hasta el momento).

Cuando se fue (y llegaron otros), Leeson me dijo que lo había estado acosando durante días para que le facilitara la entrevista; declarando que él y yo éramos buenos amigos, etcétera. Le dije que por desgracia no podía dividirme en múltiples copias, de manera que hasta el último charlatán del barco pudiera tener una mía. Como una lombriz, dijo Leeson. (Pero creo que no tenía intención de ofender.)

Más tarde, por la noche, mientras procedía a las lecturas de los instrumentos en la cubierta de proa, observé al joven que había pedido casarse, besuqueándose ahora tiernamente con una clase de diosa diferente; una bonita y pequeña Helena que llevaba un halo de doradas trenzas. ¡Así que el joven Paris de las islas Blasket parecía haberse recuperado de la decepción que pudiera haber sufrido! Sin embargo, así son los caminos del amor juvenil. Calientes como el siroco cuando sopla por primera vez; pero que se enfría, o cambia de dirección, con la misma rapidez.

Pensaba que había oído hablar de Bonaparte, pero no sabía qué era; pensaba que había oído hablar de Shakespeare, pero no sabía si estaba vivo o muerto, y le daba igual. Un hombre con un nombre parecido explotaba a una muñeca [una prostituta]; y ganaba un montón de pasta; pero era un tipo tan duro que si se moría no importaría a nadie. Había visto a la Reina, pero no recordaba su nombre en aquel momento. Sí, había oído hablar de Dios, que hizo el mundo. No podía recordar exactamente cuándo había oído hablar de Él. Nunca había oído hablar de Francia, pero sí de los franceses. Y de Irlanda. No sabía dónde estaba ésta, pero no podía ser muy lejos, o no vendría tanta gente de allí a Londres. Diría que venían andando, ay, todo el camino.

Un comerciante callejero del East London
al periodista Henry Mayhew.
Nombre desconocido.

Capítulo XIX
EL LADRÓN

Donde se ofrece al lector, para su edificación moral, una escandalosa crónica del descenso de Pius Mulvey a una ciénaga de rufianismo y villanía; y de las inevitables consecuencias que acompañan semejante trayectoria.

La noche en que Pius Mulvey salió de Connemara, un huracán golpeaba la costa occidental de Irlanda, derribando veinte mil árboles en menos de seis horas (según el *Times* de Londres del día siguiente). Los vientos eran espantosos, pero fueron los árboles los que causaron el mayor daño. Bloquearon carreteras y cayeron en los ríos. Destrozaron granjas, cabañas e iglesias. El tornado arrasó el litoral occidental, desde las islas Skellig, frente a las costas de Kerry en el sur, hasta la punta más septentrional del condado de Donegal. Docenas de puentes se derrumbaron o fueron barridos. Dos hombres de Sligo murieron a causa de un corrimiento de tierras, al igual que una mujer en Clare, por el rayo. Un aristócrata de Cashel, que iba al New College de Oxford, escribió en una edición del periódico estudiantil que el condado quizá no volviera a tener el mismo aspecto nunca más.

Mulvey recorrió a pie los trescientos kilómetros que separaban su casa de la gran ciudad de Belfast, en el condado de Antrim, un viaje que le llevó casi un mes. Nunca había puesto los pies en ninguna ciudad, y menos aún en una tan majestuosa y grande como aquélla. Tan próspera, tan grata, tan grande era Belfast que la gente a veces discutía sobre dónde exactamente estaba situada; parte de ella en Antrim, otra parte en Down; todo el mundo reclamaba su ubicación. El río era tan hermoso que se escribían canciones para elogiarlo: el adorable y viejo Lagan que partía en dos la ciudad. Los vastos alcázares de granito que guardaban la plaza fueron como maravillas a los ojos de Mulvey, fortalezas de mármol y columnas imperiales; las innumerables filas de casas de piedra rojiza especialmente construidas para las clases trabajadoras no resultaron menos impresionantes. Te proporcionaban una casa. Te proporcionaban *vecinos.* Si Connemara era la Antártida, Belfast era Atenas. Así se lo pareció a Pius Mulvey. La vasta bandera del imperio sobre la torreta del ayuntamiento era del tamaño del campo trasero de la casa de su padre.

Recorrió los bulliciosos muelles, donde encontró empleo en una cuadrilla de trabajo durante un tiempo, ensanchando y dragando el puerto. Era un trabajo que le gustaba, poco complicado y saludable; a diferencia del trabajo agrícola de Connemara, podías ver el resultado de tus esfuerzos. La espalda quizá te dolía cuando terminabas; los músculos quedaban reducidos a pulpa; la piel se despellejaba a causa del frío y las manos se llagaban como las de un ermitaño estigmatizado; pero, al acabar la semana, recibías un puñado de chelines que parecían un suave bálsamo para el dolor. La comida era abundante y barata en la ciudad. Si deseabas una copa, podías encontrarla fácilmente; y no el tóxico whisky irlandés del norte de Galway, sino suaves cervezas y reconfortables maltas.

Nadie en el puerto se preocupaba de por dónde ibas y venías. La mayor parte iban y venían también. Criado en la prácticamente incestuosa intimidad de Connemara, Mulvey encontraba maravilloso el anonimato de la ciudad. La libertad de conversar con un afable extraño: el tipo que hablaba contigo sólo por matar un poco el tiempo. Un compañero que no quería nada y no te ofrecía nada a cambio. Quizá no volvieras a verlo, y eso quería decir que podías charlar con él sin temor a que te pidieran cuentas. O la libertad de no entablar ninguna conversación, pero tener al menos una posibilidad de elección sobre el asunto, lo que generalmente no ocurría en las laderas de la montaña de Galway. El exquisito silencio que reinaba en la ciudad a última hora de la noche. Deambular por las calles de la durmiente metrópoli; oír el eco de tus pasos en la negra y húmeda piedra; captar por un instante las lejanas colinas iluminadas por la luz de la luna a través de un espacio al final de una calle de casitas adosadas, antes de regresar a tu choza del muelle con una botella. A Pius Mulvey esa vida le parecía propia de un dios.

Su madre había pasado dos semanas en Dublín cuando era niña. Siempre que hablaba de las costumbres de la ciudad hacía notar desaprobadoramente y con profunda sospecha que era un lugar donde podías ser demasiado independiente, demasiado tú mismo. Pero a Pius Mulvey le pareció que, de hecho, podías ser quien quisieras; que la ciudad era una página en blanco en la cual podía ser reescrito tu pasado. «Palimpsesto» era la palabra que designaba un documento escrito sobre el espacio creado por el borrado de otro anterior. Se le ocurrió pensar en Belfast como Palimpsestia, condado de Antrim. No había ninguna razón para limitarse a ser uno mismo. Y muy pronto, descubrió en Palimpsestia, hubo un montón de razones para ser otra persona.

Fue allí donde empezó a adoptar un nombre ficticio. Un bondadoso camarada protestante con quien había compartido alojamiento le confió discretamente una serie de reglas. Belfast estaba cambiando. La gente decía «viejas tonterías». Él no tenía trato con el fanatismo y nunca lo había tenido. La religión de un hombre era cosa suya; el mundo sería mucho más feliz si permanecía así. Pero era importante para un católico romano andar con cuidado ahora. Algunos territorios de la ciudad no eran lugar apto para que anduviera por ellos alguien con un nombre tan revelador como Pius.

Durante algún tiempo, se hizo pasar por su propio hermano; pero ser Nicholas Mulvey parecía una especie de indecencia; un acto de apropiación demasiado grave. Y, de todas formas, «Mulvey» seguía siendo demasiado papista para que la mayoría de los patrones lo soportara. Encontrar el nombre adecuado resultaba sumamente difícil. Como un tal John Adams fue estibador durante casi cuatro meses; como Ivan Holland hizo de ayudante de ganadero; y, con el nombre de Billy Ruttledge, de marinero de cubierta en el barco del práctico. La vida en los muelles era lo bastante diversa para permitirle tan frecuentes bautismos.

Con el seudónimo de William Cook fue compañero de un descargador de muelle que amaba al Señor, y que, de forma persistente, alentaba a Mulvey a amarlo también. Mulvey tenía tan poco interés en encontrar a Jesús como esperaba que Jesús lo tuviera en encontrarlo a él, pero le gustaba escuchar la extraordinaria poesía que su superior hablaba. Bailar era «fornicación de piernas y traseros»; el whisky o la cerveza negra, «el suero de leche del demonio». La gente no se moría, «caía dormida». El papa Pío era el «Capitán Sombrero Rojo», o «Johnny Calzas Largas».

Era un protestante de la Biblia Justificada, diría el estibador, separada hasta la llegada del Evangelio por el Poder del Espíritu Santo. Mulvey no sabía lo que pudiera significar «justificada» o «separada» en ese contexto espiritual, por qué la justificación era un objetivo necesario, ni tampoco de qué pesadas imposiciones podía ser requerida la separación. Pero ser capaz de hablar así sobre tu religión parecía algo que podía darte empaque. Fue bautizado en la Iglesia Evangélica, en una tienda de campaña en Lisburn, y acudió a misa en Derriaghy en su camino de vuelta a casa aquella misma noche, las ropas aún empapadas por la inmersión. Tampoco el rito le había revelado gran cosa del Poder del Espíritu Santo; pero, como su padre solía decir cuando había tomado algunas copas, no se podía esperar ningún maldito milagro cuando se hablaba de Dios.

Con el tiempo Mulvey empezó a cansarse de la vida en el puerto, de sus nuevas desconfianzas, de la mutua sospecha ahora creciente entre los hombres, y decidió probar suerte en otro lugar. Con el nombre de Daniel Monaghan se enroló en el barco de transporte de ganado que hacía el servicio a Glasgow. Y fue Gabriel Elliot el que regresó al mes siguiente, no habiendo encontrado ningún trabajo que realizar en aquella empobrecida ciudad, y sí muchas de las mismas tensiones que latían silenciosamente en Belfast.

El trabajo físico le aburría ahora y se preguntó de qué otro modo podría ganarse la vida. Empezó a acudir a los pubs de los muelles por la noche, cantando a los bebedores las baladas que había compuesto. Aprendió a adaptarse a las exigencias de su auditorio, a pisar cuidadosamente entre las múltiples tablas de Belfast. Si los bebedores eran protestantes, convertía al ofendido sargento en un perezoso católico irlandés suplicando una limosna. Si eran católicos, lo presentaba como un pastor que, Biblia en mano, cazaba conversos entre los que se morían reverentemente de hambre. Cuando finalmente se descubrió, como él sabía que inevitablemente sucedería en algún momento, que en esencia había estado cantando la misma canción a los bandos opuestos, ambos se unieron en efímera coalición para golpearlo hasta la inconsciencia y expulsarlo de la ciudad.

Se despertó bajo una lona alquitranada de un barco carbonero con los bolsillos vacíos y las ropas hechas jirones. Los hombres hablaban un lenguaje que no conocía; una lengua curiosamente llena de vocales que tomó por alemán. Le llevó un rato darse cuenta de que realmente era inglés, aunque hablado con un acento que nunca había oído. Omitían pronunciar las haches y exageraban las consonantes. «Ed» era «head» (cabeza). «Gored» era «God» (Dios). Nórdicos, quizá. Modernos vikingos. O tal vez eran americanos, pensó Mulvey. Los americanos eran conocidos por esa clase de pavoneo y jactancia. Sólo cuando su capitán propuso un brindis «por la buenísima "salú" del Rey Willum» («Gored blissim», Dios le bendiga) comprendió Mulvey quiénes eran esas extrañas criaturas. Los seres por los que se llamaba así aquel idioma: ingleses.

Permaneció en su lugar un día más, aventurándose a salir sólo cuando la tierra se hizo visible. Los nativos saludaron su aparición con gritos de alegre sorpresa, pero no le golpearon ni le patearon ni lo echaron al agua, que era lo que había esperado que, como mínimo, hicieran. En vez de ello, le dieron de comer y una bebida, lo animaron y lo declararon un buen tipo. Se dirigían a él como «camarada», «compinche» o «chinito», todos ellos términos que parecían denotar compañerismo entre ellos. Se le explicó al viajero exactamente dónde se encontraba, los nombres de las tierras no descubiertas que podía distinguir en la lejanía. Islas Foulnes. Southend-on-Sea. El pueblo de Rochfort, cuyos nativos eran belicosos. Las antiguas tierras tribales de Basildon, en Essex.

La fabulosa Seerness. La isla de Sheppey. Subieron por el estuario del Támesis, pasando por delante de Purfleet y Dagenham, Woolwich y Greenwich, la isla de los Perros, Deptford y Limehouse, Stepney y Shadwell, atravesando la blanquecina y turbulenta niebla que envolvía los muelles. Hasta que la blanquecina niebla se separó, como el telón de algún gigantesco teatro, y allí apareció Londres, ciudad de ciudades. Mayestática en el crepúsculo, bíblicamente colosal, y, a pesar de todos sus millones de parpadeantes luces, desolada como una prima donna marchita ataviada con joyas prestadas. El atónito Mulvey ni siquiera podía hablar. Los orígenes de la diva podrían ser dudosos, pero él ya estaba conquistado.

En los muelles, el lento barco se dirigió, por Wapping y Pennington, a St-George-in-the-East; la superficie del río era como una lámina de oro; la cúpula de San Pablo, una cruz de san Patricio, de cobre. Sus rescatadores le desearon buena suerte cuando amarraron en el muelle. Bajó del vapor y se alejó tambaleándose. Los marineros se rieron de él junto con sus esposas, que los esperaban, y atribuyeron sus andares a un caso de desequilibrio producido por el barco. Pero el diagnóstico era equivocado. El viajero estaba borracho de amor. Esperaba no volver a estar sobrio nunca más.

Dos golfillos, pequeños galopines, jugaban a los dados en el muelle, cantando una balada de intrépidos salteadores de caminos, cuya letra rezaba:

> Oh, mi nombre es Fred'rick Hall,
> y robo a grandes y a pequeños;
> pero mi cuello pagará por ello,
> cuando muera, cuando muera.

Pius Mulvey se santiguó. Nunca más tendría que ser bautizado.

Durante dos años, Frederick Hall vivió en el East End de la ciudad, ganándose la vida timando y robando. Era más sencillo que cantar, y mucho más provechoso, y mucho menos probable que acabara en una paliza, al menos si uno empleaba el sentido común. Los caballeros llegaban al barrio a última hora de la noche en busca de chicas, y eran una presa tan fácil que Mulvey apenas podía creer en su suerte. Si aparecías en un callejón y decías que tenías una pistola, la víctima te daba la cartera sin decir casi una palabra. Si le mostrabas un garrote, hacía todo lo que le pedías. Y si te acercabas furtivamente por detrás de él en el momento en que salía de un burdel –justo en el momento en que se abrochaba la bragueta y pensaba para sí que de nuevo se había salido con la suya–, y le decías, bajito, en ese preciso instante: «Sé dónde vives y se lo iré a contar a tu mujer», prácticamente te suplicaba que le cogieras todo lo que tenía y te daba las gracias luego por haberlo cogido.

Pronto Mulvey descubrió algo interesante: que la manera más fácil de conseguir dinero era sencillamente pedirlo. Seleccionaba a un caballero que parecía sentirse un poco incómodo en la calle… un novato, quizás, en los usos del East End; algún pobre y viejo zoquete que tenía tantas ganas de copular que prácticamente podías verlo a través de sus pantalones de Savile Row. Mulvey se acercaba a él revestido de la más simpática de sus sonrisas y le ofrecía su brazo como un acogedor *maître d.* «Tengo a una pequeña niña al doblar la esquina, señor. Lo más hermoso que ha visto; pechos como melocotones. ¿Voy a buscarla para usted, señor? Su habitación está aquí cerca. Limpia y discreta. Hará todo lo que usted desee.» A veces se producía un momento de nerviosa vacilación y Mulvey repetía entonces suavemente la palabra «todo». El caballero le daba un par de flamantes monedas, y Mulvey le daba las gracias y se encaminaba directamente al pub más cercano, seguro de no ser seguido a su interior por el ricachón. Y seguro también, en la eventualidad de que pudiera equivocarse, de que ningún hombre exigiría públicamente la prostituta que le habían prometido. Al menos, ningún caballero. Tenían que vivir según las reglas. Y uno podía usar las reglas en su propio beneficio; ése era el secreto en que se basaba la existencia de Londres. Los inmigrantes vivían o morían en función de su conocimiento de ese secreto, y Frederick Hall lo comprendía mejor que la mayoría.

Amaba la ciudad de Londres como la mayor parte de la gente ama a una esposa. A sus habitantes, los consideraba decentes, justos, tolerantes; locuaces, cuando estaban sobrios, y enormemente generosos cuando se emborrachaban; mucho más hospitalarios con los forasteros de lo que le habían hecho creer. Lo que más facilitaba las cosas era que la mayoría de ellos eran forasteros también; y muchos vivían sabiendo que podrían volver a serlo. Caminar por las calles de Whitechapel era como caminar por el mundo. Judíos con negros bucles y gorros y barbas; mujeres de ojos endrinos con fabulosos saris; chinos con coletas o sombreros cónicos; peones con una piel tan negra que bajo cierta luz parecía azul como el Atlántico al alba. A menudo encontraba profundamente correcto que el término irlandés para referirse a un negro fuera *fear gorm*, «un hombre azul».

Bajo las pandeadas vigas del desván en que dormía, contaba las estrellas a través de los agujeros del tejado y escuchaba las estruendosas músicas que subían de la calle. Si no podía dormir –y eso le ocurría con frecuencia–, se sentaba a la ventana en su andrajosa ropa interior y observaba a los marineros que vagaban por los muelles, entrando en los lupanares y tabernas, en los espectáculos eróticos o cómicos y de variedades. Algunas noches bajaba y paseaba entre ellos, sin otro motivo que estar junto a otras personas. Mezclarse con ellas, apiñarse, no estar solo.

Marroquíes con turbantes, indios con rostros del color de la teca, guapos tejanos con bronceados tan vívidamente anaranjados que, cuando vio uno por primera vez, Mulvey pensó que el pobre tipo tenía ictericia. Franceses, holandeses, españoles que olían a especias. Tratantes en vino de Borgoña. Acróbatas de Roma. Una tarde contempló desde su atalaya de siete pisos cómo un grupo de cantantes de ópera procedentes de algún lugar de Alemania llegaban en procesión desde el muelle del Tabaco, paseando por el East End como una cabalgata de jueces. Cantaban a coro *El Mesías* mientras caminaban majestuosamente, distribuyendo burlonas bendiciones sobre los divertidos transeúntes. Observándolo, maravillado, desde su elevado cuchitril, Mulvey les devolvió la canción como un esclavo liberado.

¡Rey de Reyes!
¡Y Señor de los Señores!
¡Y Él reinará por siempre jamás!

Lo que más le gustaba eran las lenguas de Londres, la clamorosa fanfarria de la ciudad en conversación consigo misma. Oír italiano o incluso árabe no era nada infrecuente; *shelta* y gitano; las lúgubremente hermosas súplicas y plegarias que brotaban de las sinagogas un viernes al crepúsculo. A veces oía lenguas que no podía identificar; idiomas tan extraños y resistentes a su comprensión que resultaba difícil creer que eran realmente lenguajes, que dos interlocutores cualesquiera del mundo pudieran conocerlos. «Jerigonza infantil» de los feriantes; inglés macarrónico de viajero; argot rimado de los vendedores; el lenguaje por señas de rateros o criminales; la jerga de los corredores de apuestas y embaucadores de cartas y trileros; el habla lenta y cansina de los garbosos jamaicanos y el rítmico sonsonete de los galeses y criollos. Se tomaban prestados términos mutuamente como niños intercambiando serpentinas; una vigorosa *lingua franca* que nadie podía reclamar como suya. Era como si la Torre de Babel hubiera vaciado sus multitudes en las apestosas calles de Whitechapel. Mulvey venía de un lugar donde el silencio era tan constante como la lluvia, pero nunca más conocería semejante horror.

Y los cockneys hablaban como si lo hicieran en colores. Insolentes, caóticos despliegues de palabras. Él escuchaba durante horas mientras charlaban en los mercados, mientras paseaban por las ferias en Paternoster Square. ¡Cómo deseaba haber podido hablar con semejante brío y mordacidad! Practicaba por las noches, una y otra vez, efectuando cuidadosas traducciones a su lengua:

Viejo jefe nuestro
que te cobijas en Lewisham,
que sea famoso tu apodo.
Vengan a nosotros tus fraudes.
Háganse tus robos
tanto en Bow como en Levisham.
Danos en este día nuestro pedazo de plomo para vender
y haz que nos perdonen nuestras marrullerías;
como nosotros perdonamos a los ricachones y cazadores
de Berkshire
que conspiran contra nosotros. (Los lameculos.)
Y no nos dejes caer en la lujuria o los timos,
mas haz que huyamos del robo.
Porque tuyo es el dinero, la propiedad y el poder.
Hasta que madre se escape de chirona. Amén.

El léxico criminal se convirtió en su pasatiempo favorito. El inglés poseía tantas palabras para indicar el acto de robar como el irlandés las tenía para las algas y el remordimiento. Con rigor, con precisión, y sobre todo con poesía, habían *clasificado por categorías* el lenguaje del latrocinio en subespecies, como viejos y fosilizados diáconos bautizando mariposas. Cada clase de robo tenía un verbo propio. Tipos de timos cuya existencia él jamás había conocido aparecían ante él en forma de hermosas palabras. Burrear, meter la mula, hacer la mecha, picar la buhardilla, aliviar la culata, colgar el ajo, esparramar marías, hacer el entierro, poner la punta, hacerse un quel, dar un esparrabo, aligerar el loro, hacer una sirla, dar un topetazo, tirar de fusco, hacer la pinza, picar con muleta, tomar del dos, rastrillar, dar el palanquetazo, hacer un pijama, tomar la pella, esparrabar, tomar de chino, tirar de guitarra, picar en la gara, chirlar, garfinar. Robar en Londres parecía la letra de una canción, y Mulvey la bailaba por la ciudad como todo un señor.

Al principio era el Verbo y el Verbo era Dios. Él amaba esos verbos –su burbujeante magnificencia, la majestad de su música–, dichos con su propio acento de Connemara. Robó una agenda y empezó a recogerlos. Cuando la libreta se llenaba, robaba otra mayor. Al igual que el diccionario de su infancia, la estudiaba constantemente. Era Biblia, enciclopedia, pasaporte y almohada.

Paseaba por la ruidosa ciudad como Adán por el Edén, alargando su agradecida mano para arrancar los frutos. Pero no cometía el predecible pecado, la codicia que lo arrojaría del Paraíso y lo metería en la cárcel de Newgate. Robaba lo que necesitaba…, nada más. No tenía sentido ser codicioso, ni necesidad alguna de serlo.

Y a él le gustaba robar. Le hacía feliz. Le daba lo que jamás había experimentado excepto cuando cantaba: un embriagador sentido de su propia destreza. Vivir del robo era apañártelas con tu ingenio, ser una especie de empresario independiente de los callejones y mercados.

Se vestía con los principescos atavíos de los elegantes del East End; los chalecos escarlata, las polainas y corbatas, las levitas de cuello de terciopelo y pantalones abrochados con botones hasta abajo. El uniforme que anunciaba tus robos al mundo y le decía a éste que era mejor que tomara nota de tu llegada. Lo único que nunca robaba era ropa para él mismo. No podía estar seguro de que fuera lo bastante buena si la robaba. La factura de su pequeño sastre judío equivalía a la renta de más de medio año en Connemara. *Schmatta* era el término en yiddish para indicar las ropas de corte fino; *Schmuck* (literalmente, «un pene») servía para señalar a un hombre que llevaba cualquier cosa que era todo menos elegante. Los días de *schmuckery* de Pius Mulvey habían terminado. Ser un ladrón en el East End no era para avergonzarse, sino para mostrarse ante los jovencitos como ejemplo. En Londres eran los criminales quienes aparecían en las canciones; los salteadores de caminos, asaltantes, rateros y atracadores que corrían por la ciudad como una veta de oro a través de un estercolero. Sus nombres se pronunciaban con reverencia como una Comunión de los Santos. Sal el Estafador, Joe el Timador Callejero. El traficante Ikey Solomons que había escapado de Newgate en el 31. Vestían como para parodiar a la clase que los gobernaba. «Cuidado –parecía decir su aspecto–. Un día, podríamos quitarte las ropas y ponérnoslas. Un día, el emperador no llevará ropa. Nosotros seremos vosotros. Y vosotros, nosotros. Y si nosotros somos vosotros, ¿podrías durar cinco minutos siquiera?»

Incluso en la derrota, se aferraban a esos aires de nobleza. Desfilaban hacia el cadalso en plateados carruajes arrastrados por troncos de dieciséis sementales, acompañados de un séquito de sirvientes de librea y de plañideras ataviadas con largos vestidos tachonados de gemas. Lo importante no era que uno fuera a morir, sino que fuera a «jugar a los dados» con porte altivo y desdeñoso[1]. Semejante partida al más allá requería el sentido de la ocasión. La mayor parte de ellos había estado ensayando durante años esa representación. La primera vez que Pius Mulvey asistió a un ahorcamiento se marchó sintiendo envidia de la balanceante víctima, que había arrojado un puñado de rosas a la multitud mientras subía con paso majestuoso por las escaleras del cadalso como un actor: una mano en la cadera, la otra en la oreja... como si no pudiera oír con claridad los fervientes aplausos, y fuera a cancelar la representación si éstos no aumentaban su intensidad.

1. Juego de palabras entre morir *(die)* y jugar a dados *(die game)*. *(N. del T.)*

Mientras metía la mano en los bolsillos de la rugiente multitud que lo rodeaba, Fredrick Hall se decía que algún hermoso día él sería tan amado como aquel atractivo cadáver de vanidosa expresión.

Siempre que se aburría demasiado por lo fácil que era robar, se permitía probar suerte como trovador ciudadano. Intentaba cantar alguna de las viejas canciones de Galway, pero al pueblo de Londres no parecía gustarle. Daban la impresión de encontrarlas aburridas o cargantes, y no consideraban necesario pagar por aburrirse o agobiarse. Las canciones tristes no sonaban tan bien en Whitechapel. Quizás el barrio ya tenía suficiente tristeza.

Empezó a probar con la canción que él mismo había escrito; la balada del sargento de reclutamiento desdeñado en Connemara. Sin duda no se la podía cantar en su forma original, pero si se cambiaba el uniforme, o se lo revestía de un camuflaje, podía emplearse para ganarse una cena. Se dedicó un par de noches a recoser el texto, añadiendo flecos de nombres de calles y cumbres del *slang* londinense; desdeñando todo lo que era demasiado inquietante o demasiado reconocible como irlandés. No le preocupaba alterar el conjunto. Era como insertar retales de Galway en la elegante ropa del East End.

La mañana en que terminó el hilvanado y el embaste de la obra, se dirigió apresuradamente al mercado de Bethnal Green y la cantó catorce veces consecutivas, con la inflexión propia del East End que había aprendido a dominar. Un «mendigo cockney», murmuró un policía al pasar. Frederick Hall lo tomó como el momento de su apoteosis.

Mi compinche y yo estábamos dando vueltas por el Strand,
cuando aparece el mayor con su espada en la mano,
y cuenta historias de sus soldados espléndidos y temerarios;
oh, el día era alegre y encantador.

Y dice él, mis felices gallos, alistaos conmigo
y diez relucientes soberanos de repente veréis
con una corona, además, que os daré gratis
para que brindéis a la salud del rey por la mañana.

Vete a paseo, mayor, decimos con bravura,
nos gusta Picadilly y aquí nos quedaremos;
merodear toda la noche y holgazanear de día
es vivir la vida más alegre y encantadora.

Oh, las putillas que buscamos son tan libres como el aire;
y también las de Dean Street y la dulce Leicester Square
y nos arrastrarías a Irlanda sin el menor cuidado,
donde podríamos recibir un tiro sin previo aviso.

Así que nos quedaremos y jugaremos aquí, chuletas espabilados,
donde el dulce Támesis fluye lentamente desde Richmond a Bow;
y, con la susodicha bendición, nos inclinaremos mucho;
y le mandaremos a tomar… esta mañana.

Una noche, en Limehouse, justo cuando acababa de cantar, un caballero alarmantemente barbudo, ataviado con frac y sombrero de copa, se acercó a él cortésmente y le preguntó si podían hablar. Mulvey lo había visto antes en la vecindad, deslizándose por las callejas a medianoche como un ladrón. Una o dos veces había considerado incluso la posibilidad de robarle, porque siempre daba la impresión de sentirse fuera de lugar en Whitechapel. Su nombre era Dickens, explicó el caballero, pero prefería que sus amigos le llamaran Charlie o Chaz. Inmediatamente Mulvey pensó que le estaba diciendo una mentira. Aquel dandy de sangre de horchata nunca se había llamado Chaz, excepto quizás en sus sueños o en sus fantasías infantiles.

Charlie, o Chaz, o Charles, o Dickens, era un escritor de historias en revistas literarias. Sentía una gran curiosidad por la cultura de los obreros, dijo, por las canciones y dichos de las clases trabajadoras de Londres. Todo lo auténtico le interesaba en sumo grado y había encontrado la canción de Mulvey fantásticamente interesante. ¿Era viejísima?, quiso saber. ¿Cómo la había llegado a aprender Mulvey? Había algo prometedor en la manera en que hacía las preguntas, y Mulvey percibió que allí podría haber una oportunidad; una oportunidad que la honestidad podría echar a perder, si no andaba con cuidado.

Le confió a Charlie que sentía tanta hambre que no era capaz de hablar, y el autor le condujo a un restaurante de chuletas situado al otro lado de la calle y pidió para él una cena que habría satisfecho a un sínodo de obispos. Mientras comían y bebían, Mulvey le habló sobre la canción. La había aprendido de un anciano carterista que vivía en Holborn, mintió, un judío que dirigía una escuela para jóvenes ladrones y prófugos. Era realmente muy antigua y sumamente auténtica. Charlie estaba fascinado; no dejaba de anotar las respuestas de Mulvey, y, cuando más deprisa las escribía, más rápido fluían las mentiras. La capacidad de Mulvey para mentir le producía asombro a él mismo. Al cabo de un rato casi se convenció de que estaba diciendo la verdad, tan vívido era el cuadro del reidor y sagaz israelita, sus pequeños e ingeniosos discípulos y las volubles furcias con las que trababan amistad. Cuando flaqueó su inspiración, empezó a introducir detalles de las baladas de Connemara: la doncella traicionada por el pérfido aristócrata, la muchacha de virtud fácil asesinada por su amante, el pobre niño abandonado enviado al asilo de pobres. Era como si hubiera vivido entre aquellas imaginarias personas; como si se hubiera convertido en uno de sus personajes ficticios. Pronto Charlie le preguntó si podía copiar la letra. Mulvey dijo que se sentiría dichoso de volver a cantarla, si su garganta no hubiera estado tan condenadamente seca. Se pidió apresuradamente una jarra de cerveza, y Mulvey cantó la balada dos veces más. Charlie estaba tratando de explotarlo, pero eso estaba bien. Era el propio Charlie el que estaba siendo explotado. La canción era un acto de mutuo robo. Había una manera de ganarse la vida fabricando lo auténtico.

–¿Y su nombre? –preguntó Dickens–. ¿El nombre del judío?

Una fea cara asomó en la memoria de Mulvey: el espantoso rostro de una gárgola viviente. El malvado y más viejo enemigo de los judíos que había conocido. El cura párroco de Derryclare. El ladrón que le había robado a su hermano. Allí había una oportunidad para una pequeña pero feliz venganza; convertir mágicamente al viejo bastardo en lo que él más detestaba.

–Fagan –dijo.

Charles Dickens sonrió.

–Creo que ya me has dado bastante.

Capítulo XX
EL BUSCAVIDAS

Donde continúan las escandalosas aventuras de Mulvey; pero éstas sufren una repentina interrupción.

Una noche despiadamente calurosa de julio de 1837, la vivienda que ocupaba ilegalmente fue incendiada (por su propietario), y Frederick Hall decidió darse una vuelta por la parte sur del río, para probar suerte en otro barrio. Lo intentó en Southwark durante algún tiempo, pero sin mucho éxito; los vecinos eran gente precavida, y de todas maneras no tenían nada que mereciera robarse. Greenwich resultó también una pérdida de tiempo. Había demasiados soldados y policías patrullando. En Lambeth tropezó con un ratero y sinvergüenza, originario de Glasgow, llamado Right McKnight (o al menos así lo pretendía él, aunque no parecía probable) que había robado una casulla de párroco de una lavandería en Ealing y buscaba un socio con el que darle un buen uso.

«La predicadera» era el término apropiado para lo que él proponía: el timo llevado a cabo por un falso predicador generalmente con la ayuda de un cómplice disfrazado. Constituía una útil adición al diccionario de Mulvey, y un hecho que aumentaba su admiración por las gentes de Gran Bretaña una vez más. ¿Cómo podía una lengua digna de hablarse no disponer de una palabra para definir eso?

Mulvey se untaba sus partes visibles con betún y se ponía una túnica hecha de tela de saco de carbón. Eso hacía de él un «africano convertido», y, acompañado por su conversor, el reverendo

McKnight, ponía los ojos en blanco y daba brincos ante sus cautivados espectadores, balbuceando un incesante torrente de palabras irlandesas de Connemara. McKnight vociferaba y señalaba a los cielos, blandiendo un crucifijo y arrastrando sonoramente las erres: «Oh, oíddd el habla del pagano, hermanos y herrmanas. La auténtica lengua verrrrnácula del propio Lucifer. ¿No querrréis contribuir con unos pocos cuartos de penique a la conversión de los miembrros de su trrribu, que se deleitan esta mañana en la alcantarrrrilla de la idolatrrría?».

Pocos eran los que sabían que el balbuceante infiel se dedicaba generalmente a recitar, bien fuera los misterios de dolor del rosario, o una lista aleatoria de pueblos del condado de Limerick, una región cuyos indígenas siempre le habían parecido fastidiosos a Mulvey.

En el clímax de la representación, el bárbaro Mulvey era inducido a postrarse de rodillas en una conmovedora reverencia y a escupir copiosamente sobre «un ídolo pagano». (Realmente una estatuilla del rey Leopoldo de los belgas, robada de un baratillo en Charing Cross Road y decapitada por el escocés con una cuchara.) Un beso al crucifijo y otro amenazador estallido de estridente irlandés convencía hasta al último de los indecisos a echar mano de su bolsa. Sabían muy bien que no se trataba de un negro. Pero, fuera lo que fuese, era un salvaje.

Con este truco se podía ganar cinco o incluso diez libras al día, tanto como un jornalero en seis meses. El escocés se gastaba la mayor parte de sus ganancias en ginebra y prostitutas, pero Mulvey lo hacía en ropa. La ginebra no le interesaba y nunca había ido de putas. Nada le interesaba, excepto sobrevivir y la ropa, así como ampliar su colección de términos para referirse a robar.

A veces, cuando tenía un poco de dinero sobrante –lo que ocurría bastante a menudo, porque sus necesidades eran pocas–, solía mandarle un par de libras a Mary Duane en Carna. Pero nunca le escribía. No tenía nada que escribirle. Simplemente no se le ocurría nada que decir.

Pero McKnight llegó a beber tanto que finalmente tuvieron que ingresarlo en la casa de locos de Bethlehem, de modo que Mulvey se vio obligado a operar por su cuenta. No le importó. Ya era tiempo de cambiar. Siempre había considerado a los escoceses un pueblo atractivo, aficionado a los libros y reflexivo, como él, pero McKnight no era uno de sus mejores embajadores: un burro cuando estaba sobrio, y violento e impredecible cuando se emborrachaba. Mulvey siempre había sospechado que lo estafaba.

Se convirtió en un único ejecutante, siendo el pavimento su teatro, e interpretando un drama nuevo cada nuevo día. Estaba orgulloso de su competencia y su ilimitada energía, así como de no tener necesidad ni de compañeros ni de accesorios. Deambulaba cada mañana por las calles, jugador en una tierra donde las apuestas contra él eran grandes, equipado sólo con su imaginación. A veces era un marinero empobrecido que había luchado contra los franceses; otras, un angustiado viudo con siete hambrientos hijos; o un minero que había sobrevivido a una terrible explosión; o un hombre que había poseído antaño una próspera tienda en Chelsea antes de ser despiadadamente estafado por su poco escrupuloso socio. Las mujeres lloraban cuando contaba sus historias. Los hombres le suplicaban que aceptara sus últimos peniques. A menudo sus historias resultaban tan convincentes que él mismo se echaba a llorar.

Los otros buscavidas que trabajaban en la zona lo acusaron de ser codicioso y no dar ninguna oportunidad. Cuando se negó a aceptar sus propuestas de regular el mercado, uno de ellos lo denunció a la policía. El juez resultó un auditorio menos receptivo que los que Mulvey había conocido. Frederick Hall fue hallado culpable de obtener ganancias con engaños y sentenciado a siete años de trabajos forzados en Newgate.

Fue desnudado en el pabellón de ingresos y cuidadosamente cacheado, se le obligó a inclinarse de forma que pudiera investigarse su recto anal, y luego pelado al cero, lavado con una manguera de incendios y examinado por un médico que lo declaró sano. Lo rociaron con un polvo que supuestamente mataba los piojos; y le invitaron a ingerir una cantidad de salitre que, según los vigilantes, mitigaría sus deseos naturales. Como él rechazara tragarlo, fue atado con correas a una silla y se lo hicieron engullir con la ayuda de un embudo. Desnudo excepto por una toalla manchada de sangre, fue encadenado y conducido a prisión a través de rejas de hierro colado, a lo largo de encalados corredores. Subió por una escalera de metal hasta el despacho del director. Allí el prisionero Hall y otros dos recién llegados hubieron de escuchar un discurso del ayudante del director, un hombre con la amable sonrisa de un pedófilo. Había una placa sobre su escritorio con las discutibles palabras: DEBEMOS DEJAR DE HACER EL MAL Y APRENDER A HACER EL BIEN. Probablemente habían oído muchas cosas sobre Newgate, les dijo, pero no debían creer todas esas exageradas leyendas. La institución existía solamente para ayudarlos. El castigo podía ser un acto del más profundo amor.

La celda donde lo alojaron era un cubo de menos de dos metros cuadrados con una opaca ventana emplomada del tamaño de un pañuelo. La luz de la luna apenas se distinguía a través de las grasientas rejas. Mulvey se sentó en el suelo y empezó a contar los negros ladrillos. Para cuando llegaba al centenar, gritaron «luces apagadas» y lo que pensaba que era la luz de la luna se extinguió instantáneamente. Oyó el golpe de las puertas de las celdas que se iban cerrando en el corredor como las puertas de un tren a punto de salir de la estación. Algo pequeño con cola se escurrió por entre sus desnudos pies. Transcurrió un tiempo bastante corto antes de que empezaran los gritos; los oyó resonar en los rellanos de abajo. Mulvey no lo comprendía; no tenía sentido gritar. Hasta el día siguiente no se enteró de lo que pasaba. Los prisioneros no sólo tenían que luchar contra el encarcelamiento. El director tenía ideas progresistas.

La soledad de la celda por la noche era algo para lo que Mulvey había tenido tiempo de prepararse. La soledad había formado parte de la vida de Connemara. Lo que le sorprendió fue que también les impusieran el aislamiento durante el día. Las compañías eran algo malo para los encarcelados, ésa al menos era la política idealista del director: la maldad de los endurecidos infectaría a los meramente descaminados. No se permitía relación de ningún tipo: ni siquiera con los carceleros o el comité de visitantes. Toda relación humana era enemiga de la reforma, un acto poco cristiano de crueldad para el ya desafortunado preso y, por extensión, para la civilización a la que podía aspirar un día a reinsertarse. Cuando lo sacaban de su celda para hacer ejercicio, o para trabajar, cada interno era cubierto con una caperuza de piel negra antes de permitírsele entrar en el patio. La máscara tenía unas minúsculas rendijas a través de las cuales el pobre hombre podía ver, así como una serie de agujeritos por los que podía respirar, y era cerrada alrededor del cuello con un candado y una cadena que lo podía estrangular si levantaba los brazos por encima de la cabeza. Y, más pertinente aún, hacía a cada hombre igualmente irreconocible; absolutamente idéntico a todos sus compañeros mientras rompían las piedras o hacían girar la rueda de molino y dejaban de hacer el mal y aprendían a hacer el bien.

Los más entusiásticamente progresistas de los guardianes hacían correr el rumor de que ellos, también, a veces llevaban las máscaras, de manera que nunca podías saber exactamente quién estaba trabajando a tu lado, quién estaba gritando y agitando los brazos. ¿Eran reales sus agonías o una simple interpretación? Si tenías que ser reformado, eso no importaba. Eras consciente también de que la conversación estaba prohibida bajo pena de látigo. Si un vigilante oía a un interno hablar con otro, el infractor recibía cincuenta latigazos del zurriago de cuero por cada palabra que había dicho. Si no se corregía, o era lo bastante insensato para volver a quebrantar la norma, era condenado al confinamiento solitario para el resto de su sentencia. Había hombres en las profundidades sin ventanas de Newgate que no habían visto otra forma de vida durante quince años. Ni a un prisionero, ni a un carcelero, ni siquiera una rata: porque las paredes de sus celdas eran tan gruesas que nada podía penetrarlas, y en todo caso se mantenían en la oscuridad cada hora de cada día. Incluso en la capilla se mantenía el aislamiento. Cada interno se arrodillaba en su propio compartimiento, desde el cual nada era visible, excepto la cruz sobre el altar. Pero se les permitía cantar y responder a las plegarias, de modo que la asistencia a la capilla, aunque voluntaria, estaba muy extendida.

A Mulvey se le consideraba un preso excelente. No daba problemas ni se quejaba, y la única vez que tuvo que ser castigado –doscientos latigazos por decir «No te he oído»– había soportado su castigo como un hombre. Solo, en su celda, lloró aquella noche, la espalda y las nalgas ardiendo de dolor, la base de su espina dorsal un nudo de pura agonía. Pero le parecía ver una pequeña victoria en lo que había sucedido. Tan pronto como le abrieron las esposas y le ordenaron ponerse de pie, se puso los pantalones y la camiseta de tela de saco y caminó directamente hacia el guardián que le había arrancado la piel y le alargó la mano en un gesto de agradecimiento. Estaba tan aturdido por el dolor que apenas podía ver a su torturador. Y casi no podía mantenerse en pie. Pero se obligó a hacerlo.

El vigilante, un sádico escocés que a menudo había violado a presos dementes, y que había violado dos veces a Mulvey y amenazado con castrarlo, parecía atónito mientras aceptaba la mano extendida de su víctima. Mulvey había puesto cara de penitente, efectuando una serie de pequeños y humildes asentimientos con la cabeza. Sabía que el director y el comité de visitantes lo estaban observando desde la galería y quería producir una buena impresión. Cuando salía del pabellón de correctivos pasó directamente bajo ellos, santiguándose mientras lo hacía. Una de las damas visitantes lloraba silenciosamente al contemplar la escena, como si la reforma de la que acababa de ser testigo fuera demasiado para ella. Frederick Hall hizo una pausa y se inclinó ante la dama. Cuando ésta sollozó y se derrumbó en brazos del director, Mulvey supo que había ganado esa batalla. Permitir que lo azotaran a uno sin conseguir nada a cambio no sólo era impropio de un hombre, era estúpido.

Nunca más lo azotaron o castigaron. Por el contrario, empezó a gozar de pequeños privilegios. Observó que los carceleros le abrían la puerta antes que a los demás; que la dejaban entornada después de que se hubiera dado la orden de apagar las luces. Una noche se olvidaron completamente de cerrarla, de modo que fue él mismo el que la cerró mientras pasaba uno de los vigilantes, asegurándose de que el oficial pudiera ver lo que estaba haciendo. Habiéndose enterado de que sabía leer, el director hizo que le llevaran algunos libros. Una Biblia, primero, y luego un ejemplar de las obras completas de William Shakespeare. El preso Hall escribió al director para expresarle su agradecimiento, teniendo buen cuidado en decir que no era merecedor de semejantes lujos y que no pedía nada más. Una semana más tarde llegaron nuevos libros, junto con una lamparilla de aceite gracias a la cual podía leer de noche. A esas alturas había aprendido algo importante sobre la autoridad inglesa: cuanto menos pedías, más obtenías.

Se leyó la Biblia de cabo a rabo, y luego todo Shakespeare; después, las fábulas de Esopo y las vidas de los poetas. Milton se convirtió rápidamente en su favorito; se leyó los doce volúmenes de su *Paraíso perdido.* La descripción del Infierno en el libro –donde «nunca te llega la esperanza que llega a todos los demás»– le recordó poderosamente la atormentada Newgate. «Oh, cuán diferente el lugar del cual caen.» Pero la fuerza del lenguaje lo estremeció: el vigoroso paso de los ritmos imperiales. Se convirtió en su secreta diversión bautizar a los vigilantes con los sobrenaturales nombres de los diablos de Milton: Moloc y Luzbel, Asmodeo y Baal. El director fue silenciosamente bautizado como Mulciber, el arquitecto de Pandemónium[1].

Se hizo más sano y fuerte de lo que nunca había sido. El régimen carcelario significaba comida regular y sueño regular, ambas cosas impuestas por el miedo al castigo. (Prisionero que rehusaba la cena: treinta latigazos. Despertarse después del cierre de luces: una semana en confinamiento solitario.) El tabaco, la inhalación y el alcohol estaban prohibidos, de modo que sus pulmones y sus pensamientos se fueron haciendo más claros y limpios. El trabajo había fortalecido sus músculos hasta transformarlos en unas protuberancias duras como rocas. A finales de su segundo año en Newgate, Mulvey era capaz de levantar el peso equivalente a su propio cuerpo en piedras rotas. Incluso la soledad raras veces lo molestaba. «La mente es su propio lugar –sostenía Milton– y en sí misma puede hacer un Cielo del Infierno.» Si eso no era completamente cierto, sin duda merecía el esfuerzo. Mulvey llegó a considerar la puerta de su celda como algo que lo guardaba de las locuras del mundo más que mantenerlo encerrado.

Con el tiempo fue trasladado a una celda mayor, la ventana de la cual daba al pabellón de ingresos. Por la noche podía ver a los vigilantes charlando y bromeando con el pequeño ejército de mendigos que se congregaba en el exterior, suplicando que les dieran cobijo por una noche. Era bien sabido entre los pobres de Londres que los carceleros de Newgate te dejaban entrar por un penique y te permitían dormir en una celda vacía.

1. Mulciber, otro nombre del dios Vulcano. *(N. del T.)*

Le llevó algún tiempo imaginar cómo podía sacar ventaja de aquella vista, pero finalmente le llegó la respuesta. Si vigilaba atentamente a través de la ventana a primera hora de la mañana podía ver a los presos que eran puestos en libertad al cumplirse su sentencia. Sus nombres eran leídos en voz alta por un oficial en la puerta, y si aguzabas el oído podías llegar a distinguirlos. Incluso, en caso contrario, podías observar durante el camino hacia el patio qué celdas habían sido vaciadas aquella mañana y se encontraban ahora en proceso de despiojamiento. Si juntabas esos factores y esperabas tu momento, te hallabas en una situación de considerable poder sin peligro.

Ningún hombre en Newgate podía delatar a otro y esperar vivir el resto de la semana. Pero podías decir lo que te gustara sobre aquellos que ya no estaban dentro, sin miedo alguno a la venganza. Mulvey empezó un cuidadoso programa de información al director, siempre chivándose sobre algún preso que le constaba que acababa de ser puesto en libertad. No podías hacerlo muy a menudo, o eso despertaría sospechas; pero, hecho de vez en cuando, te hacía parecer celoso del deber, particularmente si lo efectuabas en un tono de lamentación. «El interno C.34 habló anoche, señor.» «B.92 me hizo una proposición indecente, señor.» «F.71 me dijo su nombre, señor. Me preocupa que pueda interferir con mi reforma, señor.» La actitud cooperadora de Mulvey con la autoridad fue tenida en cuenta; y empezó a proporcionarle magníficas recompensas.

Sintió que los demás prisioneros se volvían contra él. En el patio dejaban de mirarlo o de pasarle las herramientas. A Mulvey no le importaba. Si acaso, estaba contento. Cuanto más lo condenaban al ostracismo, más lo consideraban las autoridades uno de sus éxitos. Se le pidió que compareciera ante el comité de visitantes, donde dio una enérgica charla en favor del sistema de segregación. Cagadas de ratón empezaron a aparecer en sus gachas. Un trozo de cristal oculto en una pastilla de jabón le produjo un corte en el antebrazo. Él consideraba esos percances como unas formas de promoción, ritos de paso a un estadio superior. Empezó a hacerse cortes en la piel siempre que le era posible, informando de ataques contra su persona que jamás habían sucedido. Cada vez que lo hacía, era trasladado a una celda más confortable, hasta que finalmente fue enviado a la propia casa del director, donde solamente los delincuentes muy ricos eran alojados y las celdas tenían colchones de plumas y papel pintado.

A mediados del cuadragésimo mes de su sentencia se le confió un deber especial como premio a sus progresos. Se necesitaba un prisionero para ordenar el patio inferior por la noche, engrasar los engranajes y limpiar la cadena de la rueda de molino, así como para rascar la porquería de las palomas de las baldosas y los postes. Ese hombre, dijo el director, era realmente afortunado, porque esa importante labor debía realizarla solo, y eso significaría una excusa para no llevar la máscara. Se le permitiría también hablar con el vigilante de servicio, aunque meramente sobre cuestiones relacionadas con el trabajo. Las actas oficiales de la sesión informan de que se vio al prisionero Hall llorar de gratitud. «Dios le bendiga, señor, porque no lo merezco.»

El patio inferior estaba limitado en sus tres lados por el pabellón de ingresos y bloques de celdas. El cuarto estaba cerrado por una pared de seis metros de altura, en cuya cima, sujeta con mortero, había un rodillo erizado de pinchos; un *cheval-de-frise*, «el caballo de la muerte» en el implacable lenguaje de Newgate. En el rincón donde la pared lindaba con el pabellón de ingresos, a un metro y medio por debajo de la cima coronada de espinas de hierro, se veía una pequeña cisterna de metal mal sujeta; y en el estrecho espacio encima de ella no había pinchos.

A Mulvey le parecía curioso que dicho espacio careciera de protección. Era como si el caballo de la muerte hubiera sido fabricado unas nueve pulgadas demasiado corto, o quizá que la pared fuera demasiado larga. Respetuosamente señaló aquel descuido a uno de los vigilantes. Seguramente era una tentación para los presos más implacables de Newgate; para aquellos desgraciados menos reformados que el propio Mulvey. El vigilante se rió silenciosamente y levantó la mirada hacia el caballo de la muerte. El último infeliz que había tratado de escapar había quedado atravesado por los pinchos de tal forma que la única manera de liberarlo fue cortar aquella sección. Y el pobre hombre había muerto en una agonía tan atroz que nadie lo había vuelto a intentar. Sus gritos se habían oído a más de una milla de distancia.

El muro y sus posibilidades empezaron a interesar a Mulvey. Mientras trabajaba se colocó de tal manera que podía verlo; pudo observar sus grietas y pequeños salientes, las mellas donde la lechada había caído. Se convirtió en su hábito estudiar aquella pared con la atención que un detective dedicaría a un billete de banco falsificado. Mentalmente, la dividió en dieciséis secciones y se obligó a memorizar los detalles de cada una. Con migas de pan y vetas y desconchones de yeso suelto hizo un croquis de ella en el suelo de su celda. Una miga era un tocón de ladrillo al que una mano podía agarrarse; una veta era una diminuta hendidura donde podía insertarse un dedo gordo del pie. Con polvos de mortero intentó unirlos, trazar un camino escalable desde las baldosas hasta la cisterna. Pero por más que lo planeara, no podía realizarse; a menos que te brotara una tercera mano.

Comenzó a presentarse a sus deberes más pronto de lo que se requería, a permanecer en el patio tanto como el guardián le permitía. A menudo, mientras trabajaba, pensaba en su madre, en un viejo dicho con el que ella salía siempre que los tiempos eran difíciles en casa. «No existe ninguna montaña que no pueda vencerse. Jesús te mostrará el camino para superarla.»

Durante dos meses consideró el problema del muro, sin darse cuenta de que ya tenía los medios para resolverlo en sus manos. Y entonces se le ocurrió. Silenciosa, simplemente. Como el clic de una llave en una cerradura complicada.

Era un sábado por la noche, de febrero de 1841. La mayor parte del imperio estaba en paz. Su Alteza la Reina celebraba el primer aniversario de su matrimonio, por cuyo ejemplo de feliz incesto el capellán de la prisión oficiaba un servicio de acción de gracias. Casi hasta la última alma culpable de Newgate asistía a la celebración. La capilla resonaba con los cánticos de gratitud hacia el Señor.

> Hay una fuente llena de sangre,
> sacada de las venas de Emmanuel;
> y los pecadores sumergidos bajo ese torrente
> se liberan de todas sus manchas culpables.

El ladrón estaba a la espera, y escuchaba el canto de los prisioneros destrozando el himno. El guardián de servicio aquella noche era el escocés flagelador. Una bendición que el prisionero Hall no había esperado.

Moloc abrió la verja con una llave en una cadena y Mulvey lo siguió al patio. Empezaba a anochecer. Todo estaba teñido de una luz dorada. Las ventanas de las celdas eran como ascuas resplandecientes. Un mirlo bebía de un charco en los adoquines y levantó la cabeza ante los invasores como si le hubieran ofendido.

La mañana anterior la piedra de molino se había atascado, como Pius Mulvey sabía que ocurriría. Un clavo oportunamente dejado caer en sus engranajes había sido el causante. Cuidadosamente abrió el panel de madera de arce que albergaba los mecanismos y poleas en la base. Desenganchó la sucia cadena de impulsión de los dientes del engranaje. Era más pesada de lo que había imaginado. De unos doce pies de longitud.

–¿Qué piensas que estás haciendo?

Mulvey levantó la mirada hacia su violador de caídas mejillas. Una extraña idea se abrió paso hasta su mente. Se preguntó si el hombre podría saber de alguna manera lo que iba a sucederle, si quizá se había despertado temprano aquella mañana con una vaga premonición de dolor y muerte. ¿Se había preguntado, cuando decía adiós a su esposa, si aquélla era la última vez que se despedía de alguien? ¿Había sentido, mientras se dirigía a la prisión de Newgate, como sus centenares de quebrantadas víctimas debían de haber percibido, y como el propio Mulvey había sentido en incontables ocasiones, que el sol estaba ya poniéndose en su vida, que había llegado el momento de abandonar la esperanza?

–Señor, el director me pidió que engrasara la cadena, señor.

Con aquella única mentira la fuga de Mulvey era cosa hecha. Su sombra se había liberado ya de su cuerpo y volaba agitando las alas sobre la largamente estudiada pared. Mentir a un guardián se castigaba con dos meses en el sótano, en una celda sólo algo más grande que un ataúd. Lo único que sabía era que jamás volvería a ver esa celda. Pasaría por encima del muro, o tendrían que desensartarlo de los pinchos. Pero no despertaría en Newgate por la mañana.

–¿Engrasar, dices?

–Sí, señor. Hay que engrasarla, señor. O no funcionará, señor.

–A mí no me ha dicho nada.

–Señor… No lo haré si usted lo dice, señor. Si lo aclara usted con el director, señor. No quiero meterme en problemas, señor. Parecía muy rotundo, señor.

–¿Rotundo?

–Señor, sí, señor.

–¿Qué quiere decir eso?

–Señor, significa muy interesado, señor. Que quería que se hiciera, señor.

–Eres muy listo, ¿no?

–Señor, no lo sé, señor. Si usted lo dice, señor.

–Muy espabilado, para ser el servil bastardo de una enferma perra irlandesa. ¿Qué eres tú?

–Señor, un servil bastardo, señor.

–¿Qué era tu madre?

–Señor, una enferma perra irlandesa, señor.

–Bien, deja de holgazanear, grano de sarna, si él es tan condenadamente rotundo. Todos sabemos que nunca vas a dejar de lamerle el culo.

Moloc se fue y miró hacia el cielo. Mulvey rápidamente se quitó las botas. El mirlo ascendió con un suave aleteo hasta un saliente. Los hombres de la capilla cantaban una nueva canción:

> Oh, Dios, nuestra ayuda en siglos pasados.
> Nuestra esperanza en los años futuros,
> nuestro refugio del estallido de la tormenta
> y nuestro eterno hogar.

Cogió una piedra, se acercó silenciosamente al vigilante escocés y lo golpeó violentamente en la parte posterior del cráneo. Cuando el guarda se derrumbó en el suelo como un desgarrado saco de mierda, Mulvey empezó a golpearle con la piedra, aporreándole en el rostro hasta que sus mejillas se hundieron y su ojo izquierdo estalló como un huevo aplastado. El hombre trató de gritar y Mulvey le pisó el cuello, haciendo girar sus pies como si aplastara una serpiente. El escocés empezó a barbotear y a susurrar pidiendo misericordia. Resultaba tentador no mostrársela, dejarle que sufriera antes de morir, pero Mulvey se dijo que eso sería innecesariamente indecente. Se dejó caer de cuclillas, murmuró un acto de contrición al oído de su agonizante violador y asestó un último golpe con la piedra en lo que le quedaba de rostro.

Humedeció un dedo en la sangre de su víctima y garbateó dos versos de Milton en una polvorienta piedra:

> Hacer algo bueno nunca será nuestra tarea,
> más bien hacer el mal, nuestra única delicia.

Desabrochó el cinturón del vigilante y se lo quitó; lo ató en forma de bucle a través del eslabón final de la cadena. Lo arrojó con toda la fuerza posible. El objeto voló pesadamente hacia arriba y golpeó la pared con ruido metálico. Y volvió a caer con un terrible estrépito. La segunda vez consiguió hacerlo pasar por encima de la cúspide del muro. Mulvey tiró de él y el cinturón empezó a deslizarse por el otro lado de la pared. Finalmente se quedó atrapado en los dientes del caballo de frisa.

Cogió carrerilla y de un salto se encaramó hasta el extremo de la cadena. Ascendió por sus gruesos eslabones, agarrándose con los desnudos dedos de los pies. Se aferró a los montantes del caballo de la muerte. Una ráfaga de brisa hizo girar los pinchos lentamente. Inmediatamente sus manos sufrieron múltiples cortes, como tijeretazos, pero se mantuvo firme, moviéndose –con un suave balanceo– mientras recorría la parte superior de la pared del patio, hasta que llegó a la rezumante, corroída, cisterna. Plantó su pie en el ceniciento borde del depósito, que dio un bandazo al recibir el peso. Sus brazos temblaban. Sentía sus manos como si fueran de plomo. Un impulso le hizo ganar la cima mientras la cisterna se estrellaba en el patio. Se encaramó por encima del muro y se dejó caer al suelo, todo su cuerpo empapado en sangre y agua de color mohoso.

Dejando un reguero de sangre coagulada, como un cerdo degollado, empezó a trotar en dirección al río. Para cuando éste apareció ante su vista, Mulvey estaba a punto de desmayarse. No servía de nada. Nunca lo conseguiría de esta manera. Cuando los vibrantes silbatos de la policía se oyeron en la lejanía, se deslizó por los callejones y callejuelas en dirección a Newgate; cruzó los jardines traseros y robó unas ropas de un tendedero. Un viejo capote de soldado. Se envolvió las manos fuertemente para restañar la sangre y continuó su camino tambaleándose, mareado por el miedo. Se le ocurrió que aún había un camino. Si podía mantenerse en pie durante otros cinco minutos, no lo capturarían. Nunca lo capturarían. Siguió adelante dando bandazos, de vuelta hacia la prisión. Su negrura se alzó ante él como una mole fantasmal en una historia. Regreso a la prisión. Solamente la prisión. Cuando estuvo lo bastante cerca para ver los barrotes de sus ventanas, Frederick Hall supo que era un hombre libre.

Se pasó la noche ante la entrada, acurrucado con los mendigos, golpeando de vez en cuando la puerta y suplicando que lo admitieran. Se quedó allí una semana entera, hasta que sus heridas empezaron a curarse.

Cuanto más fuerte golpeaba la puerta, más le decían que se largara.

Capítulo XXI

EL MAESTRO DE ESCUELA

Los posteriores actos malvados de Pius Mulvey, conocido también como el Monstruo de Newgate; su burla de la ley y otros oscuros asuntos.

Los periódicos publicaron relatos de aquella atrocidad. La mayor parte de ellos aparecieron corregidos o muy censurados, sus detalles suavizados como si fueran demasiado espantosos para que mujeres y niños pudieran leerlos. Algunos artículos describían a la víctima como «un hombre casado, con familia»; otros, como «un funcionario de gran experiencia» o «un devoto metodista y abstemio que había ingresado en el servicio público para socorrer a los desafortunados». En efecto, pensó Mulvey, el hombre había sido todas aquellas cosas, así como muchas otras al mismo tiempo. Las numerosas menciones de sus obras de caridad apenas resultaban sorprendentes. Había un montón de canallas lascivos que te arrojarían un penique porque les gustaba ver cómo te inclinabas.

Su propia descripción fue publicada también, y, al igual que la del hombre muerto, era exacta, aunque incompleta: «Un frío y astuto criminal; irreversiblemente corrompido; un "lobo solitario" que devoraría a los confiados». No le ofendía que lo describieran en tales términos. No era nada que no hubiera pensado de sí mismo en algún momento, y, de todas formas, cada historia necesitaba su villano y su héroe. Sólo que esa historia tenía dos villanos, no uno. La descripción se aplicaba tanto al asesino como a la víctima.

Se colocaron carteles en las calles de Londres ofreciendo

veinte libras de recompensa por su captura o su muerte. El dibujo que aparecía en ellos mostraba la cara de un asesino, de ojos entrecerrados, mandíbula de primate, un Belcebú de expresión socarrona, pero Mulvey podía ver en él la sombra de su propio rostro. El artista meramente había hecho lo que hace el autor de baladas; lo que hace el historiador, el general y el político, y todo aquel que quiere dormir con la conciencia tranquila. Había embellecido algunos detalles y quitado importancia a otros. Realmente no se lo podía censurar por hacer su trabajo.

Por todo el país se empezó a informar de que habían visto a «Frederick Hall, el Monstruo de Newgate...» en todas las conurbaciones excepto en el East End, donde el aporreamiento hasta la muerte de un funcionario de prisiones le habría valido ganar la ciudadanía de honor de Whitechapel. Fue a su viejo y ruidoso barrio adonde regresó el asesino, deslizándose por sus laberintos y catacumbas. Pius Mulvey de Ardnagreevagh era su seudónimo ahora.

Cada día robaba los periódicos para enterarse de la última aparición del Monstruo. Se rumoreaba que había sido visto en las incultas regiones del norte de Escocia; en los guetos de Liverpool; en un cementerio cerca de Dover tratando de romper a martillazos sus esposas con un cortafríos de herrero. Seis pobres fueron arrestados por su crimen y, embarazosamente para la policía, que ya era odiada por los pobres, cinco de ellos confesaron el crimen bajo un enérgico interrogatorio (el sexto consiguió notoriedad al escapar de la prisión de Manchester disfrazado como la amante del capellán).

Poco a poco los pormenores de lo que había sucedido aquella noche empezaron a «filtrarse» a la prensa sensacionalista. Con el pretexto de condenar a sus muy leídos competidores, los diarios serios también los publicaron. El espantoso detalle de los versos escritos con la sangre de la víctima alentó una frenética especulación, tal como su autor había calculado astutamente que ocurriría. ¿Qué hombre medio normal, escapando de la prisión, se tomaría tiempo para hacer semejante cosa? ¿Qué podía significar el misterioso pareado? ¿Era cierta o inventada esa parte de la historia? Empezó a correr por el East End la especie de que Frederick Hall debía de ser un *nom de guerre.* El crimen había sido cometido por algún otro. El carcelero había sido asesinado por un colega al que le había puesto cuernos. El asesino debía de ser un miembro de la familia real de visita, un pequeño duque sifilítico que se había vuelto loco de repente. El asesinato era la obra de un extraño culto masónico al que había pertenecido antaño el funcionario asesinado. (Este último rumor ganó aún más aceptación cuando su viuda apareció para confirmar, en una entrevista concedida a un periódico, que su marido había sido miembro de una logia masónica. Cuando eso fue negado por el capitán de la logia en una posterior entrevista, empezó a ser considerado como el Evangelio.)

Frederick Hall era un *agent provocateur* de la Corona. Un fanático religioso. Un agente secreto de los cartistas[1]. Había sido alojado en la casa del director. Se le permitía trabajar sin máscara. Se le facilitaban libros. Tenía permiso para hablar. Se movía por Newgate como un huésped en un hotel. Y empezaron a circular rumores más siniestros. Los periódicos populares echaron leña al fuego. Se decía ahora que la prisión era un nido de adoradores de Satanás. Si le dabas a cada letra del nombre del Monstruo su valor numérico correspondiente y sumabas los dígitos resultantes, llegabas a un total de 66. Y si añadías el 6 que correspondía a la «F» mayúscula, obtenías el número de la bestia bíblica. ¡Fue la revista *Tomahawk* la primera que señaló que «Freddie Hall» era un anagrama de Padre del Fuego del Infierno *(Hellfire Dad)*!

Envalentonado por su propia fuga, Mulvey empezó a usar el ahora infame nombre como un verbo; y lo hacía del mismo modo que un colegial podía grabar sus iniciales en un penique para ver cuánto tiempo tarda en volver a él. No transcurrió mucho tiempo antes de que eso ocurriera. «*To Freddie*» a una persona era golpearla hasta dejarla sin sentido. Los hombres eran «*freddied*» por todo el país. Oxford había «*freddied*» a Cambridge en la regata anual. Uno de esos días, esos desagradecidos bastar-

1. *Cartistas:* miembros del movimiento reformista inglés de mediados del siglo XIX, que seguían los principios democráticos marcados por la *Carta del Pueblo. (N. del T.)*

dos irlandeses recibirían el maldito «*freddying*» que tanto se merecían*.

Cada vez que oía un rumor referente al Monstruo, Mulvey trataba con todas sus fuerzas de desmentirlo, sabiendo que eso animaría al difusor de rumores a volverlo a contar, y a contarlo aún más imaginativamente la próxima vez. En las tabernas, los hombres le confiaban discretamente que sabían *a ciencia cierta* quién había cometido el espantoso crimen. Lo habían visto, o estaban emparentados con él, o una vez habían tomado juntos una copa. La esposa tenía un hermano que tenía un hijo carcelero en Newgate, y *éste* decía que todo el asunto no era más que una tapadera de los judíos, y si no lo creías podías *preguntárselo tú mismo.*

Cuando finalmente se sugirió en el liberal *Morning Chronicle*, por parte de un joven y escrupuloso reportero que había entrevistado a muchos de los antiguos internos de la prisión, que Frederick Hall, el Monstruo de Newgate, era en realidad un astuto irlandés llamado Murphy o Malvey que había ideado su crimen para que pareciera la obra de un loco, Pius Mulvey abandonó la ciudad y se marchó rápidamente hacia el norte. La revista *Punch* tomó cartas en el asunto y lo ridiculizó. Ningún *paddy* (irlandés) era lo bastante inteligente para concebir ese plan. La mayor parte de ellos acababa de bajar de los árboles.

Pasó dieciocho meses vagando por el norte de Inglaterra y la frontera con Escocia, desde Berwick a Gretna Green; luego, por las *midlands* y la parte oriental de Gales; después recorrió el Devon occidental y entró en Cornualles, donde Lancelot y Merlín anduvieron juntos con los elegidos. A menudo el fugitivo encontraba trabajo en la cosecha: la época de la siembra, también, era en ocasiones un buen momento para él. Recoger manzanas o sembrar maíz era un agradable disfraz; resultaba fácil mezclarse

* Véase la monografía de Henry Mayhew, «The Speech and Language of the London Poor» [El habla y el lenguaje de los pobres de Londres] (1856). *«Freddie»: (sustantivo) un asalto fatalmente violento. «To Freddy»: (verbo) atacar o asesinar. «Freddying» (adjetivo): un expletivo corriente entre criminales y mujeres de cierto carácter.* Pronto el término entró a formar parte del léxico literario. «To freddie» a un autor era someterlo a un análisis o crítica innecesariamente dura. - G. G. Dixon.

con las hordas de inmigrantes irlandeses que llenaban los campos de Inglaterra en aquella época del año. Sus acentos agitaban recuerdos que él trataba con todas sus fuerzas de alejar. Las antiguas noches de canto. Las noches con Mary Duane. Pensar en ella le producía un remordimiento que encontraba difícil de soportar. No podía aguantar la compañía de sus paisanos cuando éstos empezaban a cantar.

Durante un mes formó parte de una cuadrilla que excavaba los cimientos para las vías del ferrocarril. Se pasó un invierno entero en las afueras de Sheffield, donde un comerciante de grano estaba construyendo un castillo gótico, como un enorme caserón sin techo, del tamaño de la iglesia de Westport. El comerciante y su familia dormían en su mansión habitual; Mulvey y los demás trabajadores, en una tienda estilo indio en el mismo lugar. Con los primeros signos de la primavera, se marchó discretamente. Nunca permanecía en el mismo lugar demasiado tiempo.

Durante un breve período trabajó en el circo ambulante de lord Johnny Danger, montando y desmontando la carpa. Era un trabajo que le gustaba, sencillo y agradable, y que, sin embargo, requería una mente racional. La tienda era un teorema tridimensional de geometría, un vasto conglomerado de cuerdas y ganchos, de postes y enganches y de pernos y remaches, con sólo una manera correcta de acoplarlos. Mulvey encontró un modo de hacerlo más rápidamente y fue encargado de dirigir a los operarios por un agradecido maestro de ceremonias. Bajo su dirección, la de ese pequeño chapucero irlandés, aprendieron a montar todo el armazón en menos de dos horas. Adoraba sentarse a contemplar la desnuda tienda; el esqueleto del dragón que el propio rey Arturo podría haber alanceado.

De forma extraña, se sentía a gusto entre los monstruos y damas barbudas, entre los payasos homúnculos y luchadores de cara porcina. Ganarse la vida con una deficiencia le parecía valiente a Mulvey; un esfuerzo que requería cierta capacidad de adaptación, que a esas alturas era la cualidad que él más apreciaba. Después de un espectáculo, había muchas chicas; a veces la borrachera duraba hasta el alba. Pero los tiempos felices no iban a durar. Un día, mientras desarmaba una jaula, fue mordido por un león y perdió la mayor parte de su pie izquierdo. Su herida fue cauterizada por el arlequín, que cuidaba de los animales, y uno de los trapecistas esculpió para él un zueco de madera, a partir de un pedazo roto de cartel que había sido construido para que dijera LA BESTIA MÁS FEA DEL MUNDO. «La "M" es por Mulvey», dijo sonriendo el muchacho.

Lo conservaron un par de meses, pero él sabía que se había convertido en un estorbo. Ya no era capaz de dirigir el montaje de la carpa; la verdad es que realmente no era necesario dirigirlo. Los demás habían aprendido de él la manera de hacerlo, y encontrado sistemas para mejorarla. Tampoco podía trabajar con la pala, o barrer o fregar; y tenía miedo de acercarse al viejo y desastrado felino que lo había herido. Un acróbata piamontés lo ayudó a aprender a caminar nuevamente, mostrándole cómo variar su equilibrio y modificar su centro de gravedad. Le dieron el puesto de hombre avanzado durante un tiempo; su tarea consistía en adelantarse a la caravana hasta la siguiente población y distribuir folletos o entradas de favor. Un día, en York, había realizado ya su tarea y se encontraba sentado en un puente contemplando el Ouse, esperando a que los demás aparecieran. Al anochecer, aún no lo habían hecho, y ahora sabía que ya no lo harían. No habían tenido valor para decirle que ya no lo necesitaban, y por ello al menos sintió cierta gratitud. Pero eso no le ayudaría mucho ahora, y también fue consciente de ello. Una vez más estaba solo en un mundo de extraños.

El invierno del 42 fue duro, con mucho el peor en la memoria de los vivos. La nieve empezó a caer a comienzos de noviembre, seguida de múltiples escarchas heladas que dejaron las escasas hojas de los árboles como hojas de duro acero. Los bordes de los caminos de la Inglaterra rural se convirtieron en murallas de fango, que enterraban la carretera bajo metros de hielo y barro congelado. Mulvey trató de mendigar, pero no le resultaba fácil; y la población campesina no parecía muy impresionada por su pobreza y su cojera. La cojera no era nada en el invierno de 1842. Medio arruinados ellos mismos, no había nada que robarles.

Comenzó el nuevo año, pero el tiempo no cambió. Pronto llegó febrero. El tiempo no hacía más que empeorar. Un día, cerca de Stoke, Mulvey tropezó con un amistoso galés, un terriblemente demacrado esperpento de hombre cuyas piernas parecían poder partirse con una simple torsión de las manos. William Swales era un pobre maestro de escuela, de la edad de Mulvey, que iba a solicitar un empleo en el pueblo de Kirkstall, cerca de Leeds. Poco era lo que le quedaba de comida o bebida, pero ese poco estaba sorprendentemente dispuesto a compartirlo. Le gustaban los irlandeses, hizo saber a Mulvey, porque su madre había regentado una casa de huéspedes en Holy Island, cerca de Anglesey; un puerto situado justo frente a Dublín, y ella siempre había encontrado a los irlandeses escrupulosamente limpios. El propio Swales no estaba tan convencido de ello, pero los irlandeses habían pagado por su comida y su tutela, de manera que sentía que tenía con sus paisanos una especie de deuda, independientemente de su higiene o su comportamiento.

Pasaron diecinueve días juntos andando por la carretera hacia el norte y diecinueve frías noches durmiendo en graneros o establos. A menudo, mientras recorrían penosamente los apartados caminos llenos de barro, charlaban sobre temas eruditos. Mulvey encontró dicha conversación un placer sorprendente. Aunque su nuevo asociado era culto y elocuente, Mulvey podía mantenerse a su altura en cuanto a la conversación en general, y en ocasiones incluso superarlo.

Swales era un humanista, un hombre de la vieja escuela. Sabía de música y geografía, de poesía e historia, toda clase de leyendas y antiguas historias. Pero su mayor amor eran las matemáticas. Los números eran tan misteriosos y sin embargo tan sencillos y hermosos. «Por ejemplo –decía–, ¿dónde estaríamos sin el nueve? Si piensas bien en ello, Mulvey, ¿dónde estaríamos? La pulcritud, hombre. La absoluta perfección. No es del todo como el diez, eso te lo garantizo. El diez, a fin de cuentas, es el emperador de los números. Pero es mucho más que el viejo y pobre ocho; un querido numerito éste por méritos propios, y un número agradable, si bien se mira, pero no es el nueve. Te irías a la cama con el ocho, pero te casarías con el nueve.» Su total, astuta, maravillosamente atractiva, espléndidamente puñetera *novenidad.*

Mulvey encontró ese criterio intrigante, pero a menudo trataba de socavarlo meramente para pasar las horas. El nueve era un número como cualquier otro, sostenía, pero no tan fácil como la mayoría. No podías usarlo para contar los días de la semana, los meses del año, los pecados capitales, las decenas del rosario, los condados de Irlanda o incluso los dientes. Swales se burlaba y ponía los ojos en blanco. El nueve era mágico. El nueve era *Divino.* Podías multiplicar por nueve cualquier otro número, y los dígitos del resultado, si los sumabas, siempre ascendían a nueve. (Transcurrió un día entero, desde Woodhouse a Doncaster, en el intento infructuoso de Mulvey de refutar esa afirmación sin recurrir a fracciones o porcentajes, entidades que Swales consideraba realmente perversas. «Las fracciones son ilegítimas –declaraba a menudo–, los bastardos de la otra Matemática.»)

Poseía una voz de bajo más que aceptable, cosa que Mulvey encontraba sorprendente en un hombre tan delgado; cuando cantaba parecía retumbar como un violoncello antiguo. Le enseñó a Pius Mulvey su canción favorita, una absurda saloma que se podía cantar como una marcha, y juntos la cantaban mientras sus pasos crujían por los nevados caminos, aportando la sonoridad del erudito la necesaria seriedad bajo la insegura y aflautada voz de tenor de Mulvey.

> Una noche temprano se fue a la cama, porque tenía fiebre.
> Dijo él, soy un hombre guapo, y soy un alegre embustero.
> Su vela, justo a las doce en punto, empezó a palidecer,
> un fantasma se acercó a la cabecera de su cama y dijo:
> «¡MIRAD! ¡MISS BAILEY!».

Al cantar las tres últimas palabras, alzaban la voz cuanto podían. Rivalizaban para ver cuál de ellos podía rugir con más energía. Con frecuencia Pius Mulvey dejaba que el otro ganara, simplemente porque le gustaba y quería agradarle. El flacucho maestro de escuela carecía de todo brío. Nunca había ganado nada en su vida.

Cantar era una forma de mantener altos los ánimos, pero Mulvey empezaba a encontrar cada vez más difícil mantener su compostura. Su pie destrozado palpitaba agónicamente. Los dolores en la espalda iban empeorando día a día. Una mañana se despertó empapado de rocío, las puntas de los dedos entumecidas. La nariz y los ojos le lloriqueaban. Una extraña sensación de picor irritaba su cuero cabelludo. Cuando se rascó, sus uñas aparecieron ensangrentadas. Un estremecimiento de horror recorrió a Pius Mulvey. Tenía el cabello repleto de piojos.

Lloró de vergüenza y repugnancia mientras Swales lo rapaba completamente, y mientras sumergía la cabeza en el helado arroyo que corría por el borde de la carretera. De haber existido una forma fácil de morir, la habría escogido entonces. No habló una sola palabra durante los siguientes dos días.

–Nos acercamos a Leeds –dijo Swales sonriendo.

Todo iría bien cuando llegaran a Leeds (como si estuvieran andando por el dorado camino que conducía al Paraíso). El nativo de Yorkshire era el tipo más decente de Inglaterra. Siempre le daba a un camarada una justa oportunidad. Era un hombre de palabra, el nativo de Yorkshire, no un timador o un sinvergüenza, como algunos que Swales podía mencionar. Habría trabajo para Mulvey cuando llegaran a Leeds.

–Quizá podamos encontrar un par de buenas chicas, ¿eh, Mulvey, galán mío? Y establecernos. Viviremos como príncipes. Vino y dulces y chuletas de cerdo para desayunar. Y un pudín real para almorzar. ¡Por Cristo!

Mientras tanto, comían todo lo comestible que podían encontrar a lo largo del camino: raíces, hojas, hierbas y berros silvestres, así como las pocas bayas que los pájaros no habían picado de los ennegrecidos matorrales. Algunas veces se comían a los propios y esqueléticos pájaros; de vez en cuando, eran lo bastante afortunados para tropezar con un famélico urogallo. Una mañana, cerca de Ackworth, encontraron un gato muerto en el camino y prepararon un fuego en una zanja llena de ortigas antes de que cada hombre dijera lo que el otro estaba pensando: más valía quedarse con hambre que comerse un gato.

Le resultaba maravilloso a Mulvey que, para Swales, hablar de la comida fuera casi lo mismo que comerla. A todas luces, le proporcionaba auténtico sostén, y, de forma extraña, Mulvey nunca lo encontraba irritante. Con el tiempo empezó a imaginarse el festín del día: el banquete de palabras que su compañero cocinaría mientras atravesaban pesadamente los helados campos y resbaladizos caminos de sirga.

–Un cisne asado, Mulvey, y una fuente de rezumantes bistecs. Tallos de apio y espárragos hervidos. Patatas del tamaño de tu cabeza irlandesa. Quesos, por Jesús, y moscatel de Toscana y un frasco de sidra caliente para rociarlo todo.

–Eso es sólo un bocado –decía Mulvey–. ¿Qué hay del plato principal?

–Ya llegaremos a él, ya llegaremos a él. No te sulfures, hombre. Un cabrón de jabalí con una manzana Bramley entre sus chuletas. Un baño lleno de salsa y otro de clarete. Naranjas de Sevilla en salsa de brandy. Servido por Helena de Troya. ¡En bragas!

–Bueno, eso será bastante para mí, supongo. Pero ¿no vas a preparar nada para ti, Willie?

Y así seguía, un día hambriento tras otro. «Comerse las propias palabras» era una expresión del *slang* inglés; quería decir retirar alguna cosa estúpida o insensata que uno había dicho. Pero el pobre Willie Swales parecía comerse sus propias palabras literalmente. Y su estudiante aprendió a hacerlo también.

Había veces que Mulvey sospechaba que el maestro no pasaría de aquella noche, y mucho menos que vería Leeds. Tosía esputos de sangre aguada. Lo sacudían escalofríos tan terribles que no era capaz de sostener una copa. Pese a todo no paraba un momento de bromear y de hacer ventriloquia, como si tuviera conciencia de que moriría si dejaba de reír siquiera un instante.

El primero de marzo de 1843, salieron de la ciudad de Gildersome a las cinco de la mañana. Tres horas más tarde amaneció, y, cuando el tibio sol empezaba a amarillear los campos, William Swales comenzó a cantar un hosana. Dio un codazo a Mulvey, que caminaba dificultosamente a su lado, y señaló al frente, a las chimeneas y campanarios de Leeds, que se alzaban en la lejanía. Era la fiesta de san David, indicó el maestro Swales. El santo héroe de los galeses en todas partes.

Anduvieron todo el día como soldados fatigados, pero el camino era duro y el progreso lento. En algún momento se perdieron y tuvieron la impresión de volver sobre sus pasos; a las cuatro, el crepúsculo estaba empezando a cubrir de sombras la tierra. Un vagabundo con el curioso nombre de Bramble Prunty los interceptó cerca de Castleford y les aconsejó que anduvieran con cuidado. Los policías de la zona eran unos malditos hijos de perra, dijo. Los arrojarían a la cárcel por vagancia en cuanto les echaran la vista encima; y quizá les darían unas cuantas patadas sólo para divertirse. La mejor opción para echar una cabezada era internarse en el bosque. Los árboles eran espesos, el suelo seco, y los guardias nunca se preocupaban de mirar allí. Dos tipos con un *mutchkin* de ginebra podían correrse una buena juerga, sin visitas indeseadas que pudieran causar problemas. Suponiendo que el hombre estaba pidiendo bebida, Mulvey dijo que lamentaba no tener nada que ofrecer. El vagabundo esbozó una sonrisa y sacó un frasco de barro de su abrigo. «Diez chelines», dijo con una codiciosa mirada. Era nueve chelines y seis peniques más caro que la tarifa del mercado, pero regatearon hasta fijar el precio en un par de zapatos.

La noche había caído para cuando encontraron un lugar donde acampar. La leña del bosque estaba demasiado húmeda para arder, de modo que Swales encendió un fuego con algunas de sus camisas y Mulvey fue en busca de agua. El aire era tan frío que los árboles crujían. Cuando volvió al campamento, su tembloroso compañero estaba arrojando sus textos de filosofía a las llamas.

–Heráclito decía que todas las malditas cosas de este mundo están hechas de fuego. Ahora verá, ese tonto griego sodomita.

–Willie… eso es terrible. Necesitarás tus libros.

–El doctor Fausto quemó los suyos. No le hacían ningún bien. Al menos tú y yo conseguiremos un poco de calor para nuestros santos culos, ¿no? –Miró en su mochila y soltó una risita–. ¿Qué dices tú, vasallo? ¿Shakespeare o Chaucer?

–Shakespeare tardará más en quemar –dijo Mulvey.

–Ay, hermano –suspiró Swales–, pero Chaucer arderá con un aroma más *dulce*. –Y arrojó *Los cuentos de Canterbury* a las crepitantes llamas–. Que arda tu alma, bastardo.

El matarratas que habían trocado por los zapatos al vagabundo fue equitativamente compartido, aunque Mulvey cedió un trago extra del suyo. Habían sido los zapatos de domingo de Swales los que habían intercambiado. Aparte de eso y de un puñado de té y una pequeña hogaza de pan robada por Mulvey en Dewsbury, no había nada que los protegiera del tremendo y penetrante frío.

Se abrieron camino a través de la historia de la literatura inglesa, quemando desde *El sueño del crucifijo* hasta el *Endimión* de

Keats, salvándose sólo Shakespeare de la ejecución por el fuego. (Aunque el acto III del *Rey Lear* fue utilizado con un propósito que su autor no había pensado cuando la ginebra llegó al revestimiento del famélico estómago de Swales. «Soplad, vientos, soplad», rió entre dientes tristemente mientras se ponía en cuclillas. «Y rompeos las mejillas», cacareó Mulvey como respuesta.)

A medianoche toda la bebida se había terminado, pero no había producido el efecto que Mulvey esperaba. Seguía lo bastante sobrio para ser capaz de pensar, y sus pensamientos iban siendo cada vez más negros, tal como él sabía que ocurriría. Era la última noche que él y William Swales pasarían juntos. Pese a los encendidos elogios de las glorias de Leeds, Mulvey sabía que la ciudad no tendría nada que ofrecerle. Ya había estado en ese extremo de Inglaterra; había observado lo que se necesitaba para sobrevivir en ciudades como aquélla. El trabajo en el molino o en el campo requería fuerza física, una energía que él simplemente ya no tenía. Había visto los batallones de hombres de torva expresión congregados ante las puertas de las fábricas por la mañana, esperando ser escogidos por los capataces para un turno. Hombres fuertes con familias hambrientas en casa. Hombres que trabajaban durante doce horas consecutivas sin una pausa para beber un trago de agua. Los capataces se pasearían a lo largo de la fila como caporales, seleccionando a los candidatos más corpulentos con un gesto de la cabeza, rechazando las patéticas súplicas del resto. No todos eran brutos; eran simplemente realistas. No había un solo patrón desde Brighton a Newcastle capaz de dar una ayuda a un tullido.

Leeds no significaba nada más que otra serie de tribulaciones, en un clima más lluvioso y frío que el de Londres. Swales iría a ocupar su plaza de maestro en Kirkstall; Mulvey se vería nuevamente reducido a vivir de su agotado ingenio en una ciudad cuyo modus operandi desconocía. Reanudar la vida de robos le parecía algo insuperable ahora; un muro que no se veía capaz de escalar. Se le ocurrió, mientras contemplaba la chisporroteante fogata, que en aquel momento habría estado mejor haberse quedado en Newgate.

–Un penique por tus pensamientos –quiso saber Swales.

–Cero –dijo Mulvey.

El erudito levantó la mirada, su rostro enrojecido por las llamas.

–Nueve veces cero –dijo Mulvey–. Da cero.

Swales asintió tristemente, como admitiendo alguna cosa.

–Así es, mi viejo amigo. Es una lástima que sea así.

–Yo voy a decirte adiós mañana, Willie. Ya lo sabes, creo.

–No seas tonto, hombre. Vamos a hacer nuestra fortuna.

–No hay fortuna para mí en Leeds, maestro Swales.

–La amistad es una fortuna. Somos amigos ahora, ¿no es cierto?

–Sí, somos amigos, pero… no sé. Me siento espantosamente desanimado ahora, Willie.

–Las cosas parecen más bonitas después de un buen sueño. Ya verás, si no.

Se acurrucaron juntos bajo la protección de un fresno, Swales en su manta, Mulvey bajo su abrigo, y se cantaron a sí mismos silenciosamente para dormirse bajo la lluvia.

Mulvey se despertó al alba para descubrir a Swales bebiéndose los restos del té de la noche anterior. La mañana estaba tranquila: un poco de niebla y frío. Bajó cojeando hasta el arroyo que discurría por encima de unas negras rocas y se arrodilló y se lavó la cara y las manos. La nieve había empezado a caer cuando hubo terminado; gruesos, húmedos copos de aterciopelada blancura. «No había otra elección», era la frase que tenía grabada en la mente. En el pasado había estado cerca de la muerte, pero no tan cerca como ahora. Moriría si intentaba regresar a Londres. La nieve descendía; cristales blancos como la leche. No había piedras en el arroyo, o al menos ninguna que pudiera transportar, de manera que utilizó la rama rota de un roble.

El nueve fue multiplicado por cero.

Enterró a William Swales en un pozo que excavó en el suelo del bosque; lo cubrió con ramas y helechos rotos; rellenó y terraplenó la tumba lo más respetuosamente posible, y lloró por el único hombre en Inglaterra que le había mostrado una bondad carente de toda doblez. Sin saber a qué fe pertenecía su víctima, si es que había tenido alguna, rezó un avemaría y una decena del rosario, y cantó la única estrofa que podía recordar del *Tantum Ergo*. Cuando llegó el momento de erigir una crucecita de madera, grabó en ella las palabras PIUS MULVEY, NATURAL DE GALWAY Y LADRÓN. Luego se bebió el té, rehízo su hatillo y tomó el camino de Leeds.

Durante dieciocho meses, Mulvey vivió con las ropas de otro hombre. Descubrió que hacer de maestro era una vida pacífica y satisfactoria. Los niños tenían entre cinco y once años, de manera que no hacía falta un doctorado en Teología para instruirlos. Mientras se comportara con discreta seguridad, nadie notaría sus lagunas de conocimientos. De todas maneras, les estaba enseñando a los pequeños importantes lecciones; leer, calcular y escribir, las habilidades que habían dado brillo a sus días más oscuros. Y Mulvey, por su parte, estaba también aprendiendo una importante lección: la gente sólo veía lo que quería ver. El mejor lugar para ocultarse es al aire libre.

Fue la época más feliz de su vida adulta, así lo pensaba, al menos; quizá la única vez que había sido verdaderamente feliz. La casita de piedra que iba con el empleo era cálida en invierno y fresca en verano. Mulvey tenía una cama, un techo, cinco chelines a la semana y todo el alimento que podía desear, porque la gente de la zona le regalaba continuamente comida. La simpatía tan frecuente con el soltero.

A veces, por la noche, paseaba la mirada por su limpia casita. Sólo echaba de menos una cosa, con la cual la casa podría haber sido un paraíso. Pero lo que echaba de menos no le gustaba nombrarlo.

El asesino descubrió que le gustaba la compañía de los niños. Encontraba conmovedoras su curiosidad e ingenuidad, su sincera admiración ante las cosas de cada día. Una piedra, una pluma, un fragmento de lona... ésos eran los ingredientes de una maravillosa historia. Y los que más le gustaban eran los más pobres, los pequeños mocosos y las andrajosas niñas que entraban en la escuela arrastrando los pies vestidos con la ropa heredada de sus hermanos. Tenían poco interés por aprender, y Mulvey se mostraba reacio a censurarlos por ello, pero siempre insistía en que tomaran parte en la lección. Todo lo que realmente querían era un lugar para estar calientes durante un rato, un respiro a las tribulaciones y el hambre de su hogar, el tazón de leche caliente que recibían por la mañana; quizás una palabra cariñosa de su falso maestro. A Mulvey le parecía una lección tan útil como cualquier otra descubrir que a veces uno tenía que disimular para conseguir de la autoridad lo que necesitaba; que todos los maestros eran, en cierto sentido objetivo, falsos, y necesitaban que su magisterio fuera confirmado de vez en cuando. En esto no sentía ninguna superioridad sobre los niños. Al ser pobre él mismo, lo había aprendido por experiencia, y simplemente quería transmitirlo.

Podían ser revoltosos y exigentes cuando querían, y algunos de ellos sentían un maligno placer en aguijonearlo. Pero nunca usaba el bastón que colgaba de la pared de la escuela, y una noche lo partió y lo arrojó a la pequeña y barriguda salamandra. Pegarle a un niño le parecía a Mulvey una grotesca especie de maldad, un reconocimiento de tu falta de carácter e incompetencia. Él *era* un inepto, eso ya lo sabía; pero existían ciertos límites que nunca debían transgredirse. Un niño no era capaz de herirte deliberadamente. Responder a esa realidad infligiendo daño era como afirmar que el mundo adulto no tenía sentido.

Empezó a torturar al asesino la idea de que él mismo era padre, que su sangre corría por las venas de otra criatura viva que él no había tenido el coraje de amar. Tales pensamientos lo habían atormentado antes en Inglaterra, pero siempre había conseguido desecharlos. Rodeado de niños, resultaba más difícil hacerlo. Cada uno de los niños que estaban a su cuidado le parecía el fantasma de su propio hijo.

Ese hijo cumpliría trece años en su próximo aniversario: una edad terrible, una época en que necesitabas a un padre que te guiara. Toda vida contenía momentos en que era puesta a prueba tu verdadera naturaleza. Cuando ese momento se le había presentado, Pius Mulvey había huido de él como un vampiro de la luz. Sus sueños se veían atormentados por pensamientos de la fortaleza de su padre, así como de la lealtad de su madre y sus interminables cuidados para con sus hijos. Las plagas habían venido y se habían ido, y sus padres nunca lo abandonaron. ¿Cómo había correspondido a su memoria, a todo aquel amor? Abandonando al único nieto que hubiera podido llevar su nombre. ¿Y cómo había agradecido a Mary Duane su amor? No solamente con una traición; su abandono era también condenación. Sabía muy bien cómo funcionaba la cosa, lo había visto bastante a menudo; la vergüenza de la madre soltera, una clase de viudez. Ningún hombre en Irlanda sería padre del hijo de otro. («¿Quién compraría un huevo cascado?», le había oído decir una vez a un cura.) Él había arruinado para siempre las posibilidades de Mary de casarse o de tener compañero. La desgracia era lo que había creado: algo que era imperdonable. Y sin embargo ese remordimiento era también una mentira cobarde, y lo sabía. La idea de que ella se casara con otro le resultaba insoportable.

¿Por qué la había dejado? ¿De qué había huido? ¿Era el miedo al hambre o es que había querido herirla? ¿Había algo escondido en su alma que era realmente tan monstruoso? Se preguntó si sería padre de un hijo o de una hija. La idea de que pudiera tratarse de una niña le producía aún más aprensión. Una niña sin un padre que la aconsejara y la protegiera. Una joven en un mundo de Pius Mulveys. «Bastarda», murmurarían cuando la vieran por las calles de Clifden. La bastarda engrendrada por Pius Mulvey. Hija de la puta que también él había creado.

A menudo soñaba con la noche en que se había marchado de Connemara, aquella terrible noche del asolador huracán. Tantas veces había querido volver atrás, pero de algún modo cada paso lo había hecho más imposible. Él no podía pasar hambre. Él no podía morir. Amaba a Mary Duane, pero tenía mucho miedo. Un sentimiento egoísta en su interior había vencido a su amor, pero él permitió que eso sucediera; de ese hecho vergonzoso no había huida posible. Se veía a sí mismo corriendo por los bosques llenos de saúcos que iban cayendo por todos lados, y en medio de un vendaval de hojas y nieve. Puentes que se derrumbaban, que eran barridos. Había cometido un hecho muy grave con el hijo y con su madre. ¿Había alguna forma de reparar un pecado de tal magnitud? ¿Podía un puente, una vez derribado, ser apuntalado? ¿Estaban aún allí los escombros, justo bajo la fría superficie? ¿Podían aquellas ruinas servir como piedras pasaderas para cruzar el río?

El primero de septiembre de 1844, se sentó a la mesa y escribió una carta a Mary Duane. Era el documento más largo que había escrito en su vida, veintiuna páginas de excusas y súplicas, y estaba decidido a no contaminarlo con la inclusión de mentira alguna. De joven la había amado y había confiado en que tenían un futuro; en todos sus años en Inglaterra no había amado a otra mujer. No tenía ninguna excusa para justificar la crueldad de lo que había hecho. Simplemente había sentido pánico y sucumbido a su cobardía. Si ella quería volver a aceptarlo, nunca le volvería a causar daño. Le habían ocurrido cosas en Inglaterra; cosas terribles. Y él mismo había hecho cosas terribles en Inglaterra. Los peores horrores que se había visto obligado a afrontar fueron soportables sólo porque sabía que ella lo había amado una vez. Llevaba pensando en ella a diario casi trece años: en sus momentos más tristes recordaba cómo había sido amado una vez.

A medianoche dejó de escribir y releyó la carta. Pero sabía que estaba equivocada; todo estaba completamente equivocado. Las palabras no podían disimular la verdad de lo ocurrido. Había abandonado a la única mujer que siempre había deseado, sólo por su propia y enfermiza debilidad. Rompió la carta en mil pedazos y contempló cómo se quemaba.

La semana siguiente, una mañana, el presidente de la Junta Escolar le estaba esperando en el porche cuando Mulvey llegó desde su casa, cruzando la calle, para abrir la escuela. Le dijo que había surgido un asunto delicado. Había recibido una carta de la madre de William Swales preguntando por qué su hijo no respondía a su correspondencia. ¿Se encontraba bien? ¿Le había ocurrido algo?

De alguna manera, el Monstruo consiguió guardar silencio mientras leía las ansiosas páginas de la viuda. Era una muestra de exceso de entusiasmo maternal, reconoció. Las lágrimas de sus ojos fueron interpretadas como amor filial.

–Mandarle unas líneas sería una buena idea, William, ¿no le parece? Sólo tenemos una madre, a fin de cuentas.

–Sin duda lo haré, señor. Gracias, señor.

Aquella noche empaquetó sus cosas en una bolsa de viaje y salió de Kirkstall. Se dirigió a Liverpool, adonde llegó al cabo de cuatro días. Allí vendió los libros que había hurtado de la escuela y el caballo que había robado de delante de la posada en Manchester.

Sus días errantes habían terminado. Volvería a Carna, a Mary Duane y al niño. Le diría lo que había ocurrido; que había tenido miedo de quedarse. Si se lo decía a la cara, sería posible el perdón. Y si eso no era posible ahora, podría serlo con el tiempo. Trabajaría; *trabajaría como un negro* por ella y por el niño. Estar cerca de su hijo era todo lo que deseaba ahora. Demostrar que no era un animal; sólo un hombre que había tenido miedo.

Embarcó en un vapor en el muelle de Wellington, robó una cartera de un soñoliento duque, y llegó a Dublín a la mañana siguiente. Un coche de posta salía del muelle en dirección a Galway, y le pagó al conductor para que lo llevara. Anduvo desde la ciudad hasta la parte sur de Connemara, y al caer la noche había llegado al pueblo de Carna.

Por un momento pensó que debía de haber cometido un error; que había llegado a un lugar equivocado. Contempló la ennegrecida y derruida cabaña. Las paredes desplomadas. El techo de paja cubierto de hierba piojera. Pedazos de muebles yacían esparcidos por el suelo como si hubieran estado tratando de formar por sí mismos algún instrumento de tortura.

Montones de cenizas empapadas. Marcas de quemaduras en las baldosas. Un mango de pala asomaba por el cristal de una ventana cubierta de líquenes.

La brisa del lago era sorprendentemente cálida y traía fragancia de juncos y de verano. Pero entonces descubrió algo que le hizo sentir frío. La puerta de la cabaña había sido serrada en dos. Sabía lo que eso significaba. La cuadrilla del desahucio.

No había nadie por allí. Los campos estaban desiertos. Una barquilla de pescador se enmohecía cerca de los pilares, sus costillas descoloridas allí donde se había podrido la lona.

Salió de la destruida cabaña, pensando dirigirse a la casa solariega. Allí preguntaría qué había pasado. ¿Dónde había ido todo el mundo? Mientras andaba, comprendió que estaba empezando a sentir pánico. Otra choza destruida. Una pocilga incendiada. Alambre de espino a través de la ciénaga. Una tibia encostrada de cabra. Un aplastado y oxidado armazón de cama, de pie en un ribazo. Una tabla de mesa pintarrajeada como un cartel aparecía clavada en un estercolero.

ESTAS TIERRAS SON PROPIEDAD
DE HENRY BLAKE DE TULLY.
SE DISPARARÁ CONTRA LOS INTRUSOS
SIN MÁS ADVERTENCIAS.

Un viejo apareció en el camino conduciendo un desaseado poni.

–Dios esté contigo –dijo Mulvey en irlandés.

–Y la Virgen María –replicó el viejo.

–¿Es usted de aquí, señor, si no le importa que se lo pregunte?

–Johnny deBurca. He trabajado en la mansión algún tiempo.

–Estoy buscando a Mary Duane, que vivía abajo, junto a la bahía.

–Ya no hay ningún Duane aquí, señor. No hay nadie aquí.

A Mulvey le embargó la terrible sensación de que quizás ella había emigrado con el niño. Pero el viejo le dijo que no, que ella seguía viviendo en Galway. Al menos eso era lo que creía, si es que estaban hablando de la misma mujer.

–Mary Duane –dijo Mulvey–. Su familia es de Carna.

–Usted quiere decir Mary Mulvey, que vive cerca de Ardnegreevagh.

–¿Cómo es eso?

–Mary Mulvey, que se casó con el cura, señor. Hace doce años, me parece.

–¿El cura?

–Nicholas Mulvey, sí. Ése era el cura. El hermano del que la dejó preñada y se largó a América.

Tal como son tratados por el Gobierno los prisioneros y los inmigrantes, tal como son tratados los pobres y aquellos que carecen de influencia: así es, en secreto, como le gustaría al Gobierno tratarnos a todos.

DAVID MERRIDITH

De unas notas para un folleto sobre la reforma penal, 1840. Inacabado.

Capítulo XXII
LA LEY

Decimoséptimo día del viaje: en el cual el capitán registra la salvación de Mulvey de un peligroso encuentro con la venganza.

Miércoles, 24 de noviembre de 1847.
Quedan nueve días de travesía.

Long: 47° 04,21´ O. Lat: 48° 52,13´ N. Hora de Greenwich: 02.12 a.m. (25 de noviembre). Hora del reloj de bitácora del barco: 11.04 p.m. (24 de noviembre). Direc. y veloc. del viento: N.N.E. 38°. Fuerza 5. Estado de la mar: Turbulenta. Rumbo: S.S.O. 211°. Estado del tiempo y observaciones: Granizo con granos de gran diámetro por la tarde. Fuerte viento, frío y húmedo. El recientemente informado mal olor del barco parece que está disminuyendo.

Anoche murieron dos pasajeros: Paudrig Foley, mozo de labranza de Roscommon, y Bridget Shouldice, de soltera Coombes, anciana sirvienta, últimamente internada en el Asilo de Birr (para locos), del condado de King. Sus restos fueron entregados al mar.

El total de los muertos en este viaje es de cuarenta y uno hasta el momento. Hay diecisiete personas aisladas por el cólera en la bodega.

Me veo obligado a informar de una serie de perturbadores

incidentes que han sucedido en el día de hoy y que trastornaron grandemente la paz de los pasajeros de tercera clase, con enojosos y casi calamitosos resultados.

A las tres aproximadamente, me encontraba en mi cabina estudiando las cartas y enfrascado en ciertos cálculos, cuando entró Leeson. Dijo que una joven de tercera clase le había informado de que reinaba un considerable malestar entre los pasajeros corrientes, y añadió que si yo no acudía pronto allí, con él, podía producirse un asesinato antes de que nos diéramos cuenta. No se trataba de una sencilla trifulca, sino de una verdadera orgía de violencia. Insistió en que cogiéramos dos armas de fuego del armario, porque entre los pasajeros se había desencadenado un auténtico frenesí rabioso. Fuimos para allí inmediatamente.

Cuando corríamos por la cubierta principal nos tropezamos con el reverendo Henry Deedes, que se encontraba en meditación, y lo convencí de que nos acompañara, porque, aunque la mayoría de los pasajeros de tercera profesan la fe romana, lo cierto es que tratan a todos los clérigos con respeto y aprobación, y me pareció que podría ser de ayuda llevarlo con nosotros.

Cuando bajamos por las escaleras hasta el entrepuente (Deedes, Leeson y yo) se estaba desarrollando allí una espantosa escena. El desgraciado tullido William Swales se encontraba agachado en el suelo, cerca de los retretes. Su aspecto era sumamente patético. Por las señales que se veían en su persona, podía deducirse fácilmente que había sido víctima de una agresión, o de varias y prolongadas. Le habían destrozado la ropa y estaba temblando de miedo. Su cara era una pulpa de sanguinolenta e indecible suciedad y porquería.

Al principio los pasajeros se negaron a decir cómo había ocurrido todo, e incluso el propio desgraciado se mostró muy reticente a hablar de ello, insistiendo en que se había caído por ir borracho, y que pronto se volvería a encontrar bien. Debe señalarse que entre las clases corrientes irlandesas existe la general y curiosa costumbre de no informar a ninguna persona a la que perciben investida de autoridad de las faltas y crímenes de sus paisanos, por más viles que sean. Y les prometí que las raciones serían reducidas a la mitad de inmediato, y las normas de la compañía relativas a la bebida a bordo se harían respetar más estrictamente de lo que lo habían sido hasta el momento. Sólo cuando fueron proferidas estas últimas amenazas, empezó a desvelarse la concatenación de los hechos.

Salió a la luz que se había robado una taza de harina de maíz a un pasajero llamado Foley y que se sospechó de aquel tullido. Ésta fue la causa que se adujo para su castigo. Yo dije entonces que el barco viajaba bajo la ley de Inglaterra, y, a los ojos de esa ley, formaba *parte del territorio de Inglaterra;* y, bajo esa misma benigna ley, un hombre era inocente hasta que se demostrara lo contrario, fuera un hombre importante o insignificante. Y si algún hombre se atrevía a provocar disturbios en mi barco o tomarse la ley por su propia mano, sería confinado y encadenado para el resto del viaje, para que pudiera reflexionar mejor sobre sus creencias. El buen ministro habló luego diciendo que no era cristiano abusar de un hombre infortunado sin ni siquiera conocerlo, y que era un tullido, ¿y acaso Nuestro Redentor no tenía piedad de seres como él?

–Yo lo conozco –fue entonces la respuesta que surgió del fondo.

La multitud se apartó para descubrir a un tal Shaymus Meadowes, un violento pasajero muy dado a robar y a engaños y delaciones de la peor especie. Es bastante aficionado a beber, con su concomitante cortejo de rufianesca degradación, y tiene además una cara como la del perro de un ladrón. Esa misma mañana había sido liberado del calabozo, y eso solamente por la intervención del ministro Deedes, que le había ofrecido amistad e intercedido bondadosamente por él.

–Te llamas Pius Mulvey –dijo–. Le quitaste la tierra a un vecino cuando tuvo una racha de mala suerte.

(Para estos irlandeses villanos no hay ningún hombre peor que el que se apropia de las posesiones de otro en tales circunstancias. Prefieren dejar que la tierra quede improductiva y yerma que verla cultivada por otro que no haya nacido allí.)

–Se está usted confundiendo con otro –dijo el tullido–. Mi nombre no es Mulvey.

Al decir esto, empezó a marcharse cojeando, con un aspecto sumamente alarmado.

–No sólo lo creo. Lo sé –dijo el otro–. Porque te he visto a menudo con esa pierna tuya.

–No –dijo el tullido.

–Tu vecino fue expulsado (desahuciado, diría) por aquel *shoneen*[1] hi** de **** de Blake, de Tully, que se muera ahogado en su propia mi***a».

(Se hicieron otros comentarios, cuyo contenido cabe suponer, concernientes al comandante Henry Blake, un personaje no muy popular entre los pobres de Connemara.) Y prosiguió:

–En vez de darle la espalda a ese sucio c****n de terrateniente, te hiciste con el arrendamiento de la tierra de tu vecino, y la conseguiste barata.

Tras esto surgió un clamor de insultos y críticas. «Le rompería la cabeza si tuviera fuerzas», dijo otro. «Nunca hombre peor ha visto la luz del sol», soltó una mujer, y pidió que trajeran una soga. (Es desconcertante señalar que en estas situaciones las mujeres son a veces mucho más agresivas que los hombres.)

–Su nombre es William Swales –dije.

–El «diablo» utiliza muchos nombres –gritó Meadowes–. Él es Pius Mulvey, de Ardnagreevagh, tan cierto como que vivo y respiro. Y que llevó a otro hombre a la muerte con su cruel robo.

Algunos empezaron nuevamente a gritar. Una vez más el reverendo Deedes trató de intervenir, pero él mismo fue insultado y apostrofado con nombres terribles que hacían referencia a sus creencias religiosas. Tuve que declarar entonces que la sensatez y la sincera santidad no son herencia de ningún credo en particular, sino que la bandera de la verdadera religión, aunque contiene un conjunto de diferentes hebras, es ornato y orgullo para el mundo entero por la íntima unión de éstas. Yo mismo fui escarnecido al punto.

A estas alturas, Meadowes tenía la palabra y estaba disfrutando de su protagonismo, mostrándose muy decidido (como ocurre con tales individuos, que son siempre improductivos en todo excepto en la jactancia y la intimidación).

–¿Les contamos la mejor parte? –dijo.

Ninguna respuesta llegó del tullido. Parecía muy asustado.

–Suplícame que no lo haga –dijo el otro, con una horrible sonrisa en sus labios.

1. *Shoneen:* irlandés que imita las maneras de un inglés. *(N. del T.)*

–Te lo suplico –pidió lastimosamente el pobre desgraciado.

–De rodillas, y suplícame –dijo Meadowes.

El pobre tullido cayó de rodillas sobre las tablas y comenzó a sollozar silenciosamente.

–Llámame Dios –dijo Meadowes–. Maldito hijo de puta.

–Eres mi Dios –exclamó el tullido entre lágrimas.

–Ahora vas bien –dijo Meadowes, el vil canalla–. Y harás todo lo que te mande.

–Lo haré –dijo el miserable–. Pero ten piedad de mí, te lo suplico.

–Lame la suciedad de mis botas –ordenó Meadowes, y su desgraciada víctima comenzó a hacerlo.

Ante esta demostración de vergonzosa crueldad, muchos de los pasajeros se rieron y mofaron; aunque muchos otros, los más decentes, pidieron que se detuviera.

–Por favor –exclamó el tullido–, no les hables de mí, te lo suplico.

Meadowes se inclinó y le escupió en la cara.

–El vecino que jodiste era tu propio hermano –dijo.

–¡Mentira! –gritó el desgraciado.

–Nicholas Mulvey, que fue una vez el cura de Maam Cross. Yo lo conocía bien. Un hombre muy decente, Cristo le dé reposo a su alma. Y su sangre mancha tus manos sin la menor duda. ¡Tú lo asesinaste! ¡Tú asesinaste a tu hermano!

–Eso nunca sucedió –gritó el tullido, y añadió–: ¿Tengo aspecto de poseer una granja?

–Fuiste desahuciado de la tierra que robaste por tus vecinos decentes y los Justicieros de Galway, que la suerte sea con ellos –insistió el primero–. Y eso pasó. Porque yo vendía col rizada con mi viejo en Clifden. ¡Cómo no iba a oír todo eso en la ciudad! ¡Ladrón de tierras! ¡Asesino de curas! ¡Judas!

–Ése no soy yo. Te equivocas de hombre, lo juro.

Sólo gracias a que Leeson y yo sacamos nuestras armas de fuego se evitó una desgracia mayor, e incluso entonces llegué a temer por mi propia vida cuando sacábamos al miserable tullido de aquel lugar.

Actualmente está alojado en la bodega debido a las amenazas que pesan sobre él. Y sean cuales fueren las transgresiones que pueda haber en su pasado –como las hay en el pasado de muchos hombres y mujeres, o al menos en sus corazones y en las profundidades de sus conciencias–, rezo para que nadie pueda poner la mano otra vez sobre ese pobre hombre; porque su vida terminará en este barco si lo consiguen.

Creo que esto es todo lo que tengo que decir.

En este día me topé con el lacayo del diablo, y su nombre es Shaymus Meadowes.

Si viera a mi nena hablando con otro tipo le arrearía un puñetazo en las narices y asunto concluido. A las chicas –una cosa rara ahora que lo pienso– les gusta realmente que un individuo les pegue. Mientras las heridas les duelen, siempre están pensando en el tipo que se las hizo… Cuando la chica está en estado interesante, la mayor parte de los tíos la envían al asilo a parir, y sólo van algunas veces a llevarle un poco de té y azúcar. Yo a menudo he oído a los tíos presumir de haberle arruinado la vida a alguna chica, lo mismo que si fueran los nobles más finos de la tierra.

Un vendedor callejero de Londres al periodista Henry Mayhew.
Nombre desconocido.

Capítulo XXIII

EL HOMBRE CASADO

Que contiene las más sinceras y nunca publicadas revelaciones de las actividades secretas de lord Kingscourt; algunos de sus hábitos y aspectos ocultos; así como sus visitas nocturnas a ciertos establecimientos que más valdría no frecuentaran caballeros.

«Aquellos cuyas ambiciones exceden sus capacidades están predestinados a la decepción, al menos hasta que maduren. Aquellos que carecen de ambición están igualmente sentenciados. Un hombre sin empresa alguna está perdido…»

David Merridith, carta al *Spectator* (7 de julio de 1870) sobre el tema de «El Crimen en Londres».

✸

Emily y Natasha Merridith se habían arriesgado a la ira de su padre al viajar a Londres para la boda de su hermano. La ausencia de lord Kingscourt se explicó como una fortuita coincidencia. La coronación de la reina Victoria tenía lugar aquella misma mañana, y se había pedido a todos los miembros de la Cámara de los Lores que asistieran a la ceremonia. Los padres de Laura lo comprendieron enseguida. En realidad parecían más bien orgullosos del hecho, y el padre de la novia se creyó en la obligación de mencionarlo en su discurso. «El conde, como ustedes ya saben, está retenido en otro lugar.»

John Markham demostró ser un benefactor sumamente generoso. Su regalo de boda fue un contrato de alquiler por cinco años y medio de una casa en la ciudad, en Tite Street, en el elegante barrio de Chelsea. Sólo lo mejor era lo bastante bueno para su única hija y su marido. Para todo el tiempo que los recién casados iban a pasar en Londres no necesitaban dieciocho habitaciones y una cochera en Chelsea, pero Mr. Markham insistió en que ésa no era la cuestión. Su casa estaría lista cuando ellos quisieran.

Durante dos años, estuvieron viajando, el vizconde y su esposa, a París, Roma, Grecia, Florencia, y más lejos, a Turquía y Egipto, coleccionando *bibelots* y obras de arte dondequiera que fuesen. Venecia se convirtió en un hogar lejos del hogar; vivieron allí en una suite del Palazzo Gritti durante todo el invierno de 1839, y fue allí donde nació su primer hijo, en diciembre de aquel año. Fueron amigos de Londres a visitarlos. Hicieron excursiones a Amalfi y al norte, a los lagos. Lady Kingscourt tenía buen gusto y conocimientos de experta, así como una gran capacidad para encontrar gangas. Entendía de pinturas, esculturas y libros. Recibía once mil guineas al año de su familia. Compró un montón de libros.

Visitaron Marruecos, Tánger y Constantinopla; Atenas por segunda vez; pasaron un verano en Biarritz. Cuando se cansaron de viajar, regresaron a Londres, a su gran y confortable casa. Ésta fue inmediatamente reformada siguiendo las indicaciones de lady Kingscourt, con los más elegantes papeles pintados y doradas molduras. Se colgaron cuadros; se exhibieron objetos; un fresco del Renacimiento que ella había comprado en Fiesole fue instalado en el techo de su habitación por algún tiempo, y luego desmontado y trasladado al estudio. (Sus lascivos demonios y atormentados pecadores no hacían más que empeorar las pesadillas de su marido.) Pronto se contrató un regimiento de criados para cuidar de los Merridith y sus tesoros. Expertos de la National Gallery acudieron para tomar apuntes. El conservador de los cuadros de la Reina escribió un artículo sobre la colección. Laura comenzó a celebrar sus famosas veladas.

Poetas y ensayistas y novelistas y críticos aparecían en pandilla los miércoles por la noche: por lo general hambrientos, y siempre tarde. Merodeaban en torno al bufet como un ñu alrededor de una charca. El dinero, o la falta de él, era su tema favorito, no la belleza o el arte o los lagos misteriosos. La relación de invitados era una lista completa del Londres de las bellas letras. Ser invitado a casa de los Merridith era saber que se había llegado. G. H. Lewes del *Fraser's Magazine*, Thomas Carlyle, el periodista Mayhew, Tennyson, Boucicault, el editor Newby; incluso el famoso y envidiado Mr. Dickens, que se sentaba en un rincón, patológicamente deprimido, comiéndose las uñas cuando pensaba que nadie lo estaba mirando. Se publicó una caricatura en la revista *Punch* de dos caballeros con aires de escritor, con turbante y chaqueta de esmoquin, apuñalándose con ensangrentadas plumas. El pie decía mucho de los cuidadosos esfuerzos de Laura: «¡Por Júpiter o por Alá! Sólo ha llegado una invitación a la velada de lady Kingscourt. Suficiente para que un etoniano se comporte como un afgano».

Laura compró el original y lo hizo enmarcar. Lo colgó al lado del espejo en el lavabo de invitados de abajo, cuya ubicación cuidadosamente elegida ofrecía múltiples ventajas. La mayor parte de las visitas lo verían al menos una vez en el transcurso de la noche, pero pensarían que ella era demasiado elegante para sentir mucho interés por él. Si le interesara de verdad, lo habría colgado en el vestíbulo o en el salón: los lugares donde se colgaban los dibujos de Connemara del vizconde. La vizcondesa comprendía qué era la elegancia.

Durante algún tiempo disfrutaron de cierta tranquila felicidad, una satisfacción cotidiana que apenas se ponía en entredicho. Su hijo era un hermoso bebé, sonrosado y fuerte; del tipo que hace que los policías se detengan en la acera y emitan voces de arrullo a los cochecitos de niños como monjas ancianas. Pero, poco después de que la nueva familia regresara a Londres desde Italia, algo extraño había empezado a sucederle a David Merridith.

Una agobiante inquietud se fue introduciendo silenciosamente en su vida; la inquietud y ansiedad que había conocido de niño. Casarse con Laura Markham las había alejado, pero *estar casado*, de algún modo, hacía que regresaran. Comenzó a sentirse insatisfecho, inclinado a las depresiones. La gente fue observando que poco a poco perdía peso. El insomnio que lo había atormentado desde la niñez empeoró. Cuanto mayores eran las felicitaciones por la envidiable vida que llevaba, más disimuladamente descontento se sentía el vizconde.

Parte de ello era aburrimiento, la falta absoluta de un objetivo. La vida de un caballero ocioso no le sentaba bien, le hacía sentirse inútil y vagamente desgraciado; y eso hacía más agudo su sentimiento de inutilidad. Sus días estaba absolutamente vacíos de nada importante. Los llenaba con proyectos de automejora: leer toda la obra de Plinio por orden cronológico, aprender griego antiguo o dedicarse a algún pasatiempo; hacer algo bueno por los pobres, quizá. Visitó hospitales, se integró en comités filantrópicos, escribió un montón de cartas a los editores de periódicos. Pero los comités nunca parecían conseguir que se hiciera nada, y tampoco las interminables y repetitivas cartas. Trazar planes consumía gran parte de sus horas, pero nunca parecía haber tiempo para llevar a cabo ninguno de ellos. Sus diarios de aquellos años revelan innumerables comienzos: largos paseos por el parque; libros sin terminar; proyectos abandonados; propósitos sin realizar. Una vida perdida entre sueños. Esperando, quizá, que su futuro empezara.

Su esposa era una buena mujer; hermosa, amable, con un don para la alegría que a menudo él había encontrado inspirador. Por su elección, ella prefería más bien ser feliz, y con una infancia como la de Merridith eso era para él algo muy atractivo. Su casa era elegante; su hijo, feliz y sano. Pulcra como un uniforme depositado sobre la cama, así era la vida de David Kingscourt de Carna; pero a menudo sentía que su matrimonio era una especie de farsa. No conversaban tanto como antes; cuando lo hacían, el tema era siempre su hijo. El padre de su hijo se volvió regañón, más agresivo. Descubrió que se estaba convirtiendo en un hombre que le disgustaba: corrigiendo a los criados sobre temas de gramática, metiéndose con los camareros, con los invitados de la casa. Puntos de vista que nunca había considerado, empezó a afirmarlos con rotundidad y furia. Pronto, ninguna noche estaba completa sin que hubiera surgido un desacuerdo.

Rompieron con algunos de los antiguos amigos. Un médico le aconsejó que dejara de beber, y así lo hizo por algún tiempo.

Las parejas que formaban su círculo más íntimo también eran padres recientes; y estaban embobados con este hecho. Tan felices y tan embobados con sus hijos como lo estaba Laura por Jonathan, y tal como Merridith no lo estaba. En la mesa y en los palcos de la ópera se pasaba el tiempo sonriendo forzadamente a las últimas ocurrencias del neonato genio, al ardor de sus deseos, a la consistencia de sus deposiciones, mientras secretamente deseaba encontrarse en otro lugar. Pero no se sentía superior; más bien un fracaso. Cuán maravilloso ser un padre tan entontecido; borracho de amor paternal. Estudiar detenidamente el contenido de los pañales de tu progenie como un augur romano pronunciándose sobre unos arcanos. Amaba a su hijo pero no podía amarlo tanto. A menudo, vergonzosamente, veía la paternidad como una cruz. El ruido de las niñeras resonando con estrépito por toda la hermosa mansión tenía una irritante tendencia a interferir con sus planes.

Llegó a tener una imagen de Laura y de él mismo como actores de una obra que había escrito otra persona. Había cortesía en el texto, que era educado y contenido. Un crítico podría haber hecho una reseña admirativa. Ella decía su parte; él, la suya; raras veces se interrumpían o equivocaban el guión. Pero no parecía un verdadero matrimonio. Más bien era como vivir en un escenario y preguntarse si existía un auditorio realmente más allá de las candilejas; y en caso contrario, a quién exactamente se dirigía la representación.

Las veladas literarias continuaron, pero Merridith las encontraba un tormento, y con el tiempo manifestó su deseo de que cesaran. Se sorprendió entonces ante la intensidad del desafío de Laura. Él podía tomar su propia decisión sobre si asistir o no a ellas, pero sin duda las veladas no terminarían; era un error por su parte pedírselo. Ella no era ningún bien mueble inanimado cuyo fin fuera decorar su existencia. Se había casado para tener un marido, no un amo.

–¿Ha de ser despreciado un hombre en su propia casa?

–Es la mía también.

–Son una pérdida de tiempo y de dinero.

–Mi tiempo es mío. Al igual que mi dinero. Lo gastaré como lo juzgue conveniente.

–¿Qué significa eso, Laura?

–Lo sabes muy bien.

–Pues no. Por favor, ilústrame.

–Cuando puedas decir lo mismo sobre ti, podrás darme lecciones. Mientras tanto, haré exactamente lo que me guste.

A veces, cuando discutían, cosa que empezaban a hacer a menudo, ella le decía que no sabía por qué se había cansado él. Ninguno de ellos lo mencionaba, pero ambos sabían la razón. Ésta tenía bastante poco que ver con Laura Markham.

A menudo, por la noche, en medio de alguna de las *soirées*, o después de que su esposa se hubiera retirado a su dormitorio, él se escabullía de la casa y bajaba por Tite Street; aquellos pocos centenares de metros que conducían hasta el río. Permanecer de pie, solo y en silencio, a orillas del Támesis... le traía el alivio que sólo proporciona el agua. Londres en aquella época podía ser tranquila por la noche; esa cierta paz feliz hallada en algún momento en la ciudad cuando todo a tu alrededor no parece más que furioso ruido. Había pollas de agua en las sombras aquellas largas noches de verano, cisnes que se deslizaban río arriba en su marcha hacia Richmond. El agua y las aves le recordaban Irlanda, el lugar donde había transcurrido su infancia; tal vez su único hogar.

Y con frecuencia, mientras permanecía allí junto a aquel fangoso, pacífico río, se descubría recordando a una muchacha que había conocido antaño. El sonido del agua fluyendo parecía hacerla surgir como un espíritu. Se preguntó si ella se acordaría de él. Probablemente no. Por el amor de Dios, ¿por qué había de acordarse? Había mejores cosas en que pensar.

De jóvenes habían ido a pasear por los prados de Kingscourt, por los bosques y las marismas, los acantilados de Cashel Hill. Él llevaba consigo el mapa hecho por uno de sus antepasados, una exquisita descripción de la Propiedad de Merridith. Pese a todos sus finos detalles y hermoso dibujo lineal, el autor, un marinero, lo había hecho como una especie de broma. Las tierras de la finca de Kingscourt aparecían dibujadas como si fueran agua; los mares de sus bordes, representados como tierra seca. Mostraba trayectos para la navegación a vela en las montañas Maumturk, y los senderos más seguros para la marcha en la bahía de Roundstone. Un loco, dijo la muchacha, mientras se reía ante aquella subvertida perfección. Y ella, por su parte, le había mostrado cosas de su finca que no aparecían en el mapa. Un tejo de cuyas bayas se decía que curaban las fiebres. Una piedra donde un santo había dejado las huellas de sus rodillas. Un pozo de Tubberconnell que a menudo visitaban los peregrinos. Las pocas veces que ella señaló algún aspecto que él ya conocía, David fingía no saberlo, porque le gustaba ver cómo lo explicaba la muchacha.

A ella le había encantado aquel extraño mapa. Al final tuvo que regalárselo. Y a él le encantaba lo que contaba sobre los grandes peñascos y despeñaderos. Pasearon por aquellas comentadas pendientes, las curvas de nivel y las llanuras, y por los campos de trigo que conducían al mar en Kilkerrin. Crueldad y derramamiento de sangre han ido siempre de la mano con la cartografía; y con dioses, también, y con sus santos soldados. Tales intrigas parecían distantes de los acantilados de Kilkerrin. Ése era el lugar donde él la imaginaba ahora: contemplando la isla de Inishtravin –el «lago de Inishtravin», en el mapa de su antepasado– como si ella hubiera aparecido durante la noche. Ella parecía descubrir belleza en las cosas corrientes: el olor de coco de un arbusto de aulaga, la espiral de una concha de berberecho, el brillo del faro de Eeragh Point. Su risa pasaba rozando las olas de la bahía de Ballyconneely, proyectándose hacia el horizonte como una laja de pizarra. El mundo entero le parecía fresco y natural, como se lo parecería a un niño. Ella no era una niña, y tampoco una santa. Pero él no la había visto nunca realizar un acto de deliberada crueldad.

Ella tendría ahora veintiocho años. Su aspecto habría cambiado. Podría ya haber encanecido y su rostro estar arrugado, porque las mujeres de Connemara envejecían pronto: la lluvia y el viento salado curtían su piel. O podría ser como su madre, más hermosa aún con la edad. Morena como la turba, pétrea, con una fortaleza fruto del firme dominio de sí misma y del recuerdo de todo aquello a lo que había sobrevivido. Se preguntó si se habría casado; si se habría quedado siquiera en Kingscourt. De haber nacido más pobre, él se habría casado con ella. Pero todo lo que poseía lo había apartado de ella; aunque eso era juzgarse a sí mismo con ligereza, y lo sabía. No había tenido el temple necesario para escapar de su prisión. Era demasiado joven para hacerlo, y demasiado miedoso. Había traicionado la confianza de la muchacha sólo por la obediencia; su paralizante y anquilosado deseo de agradar. Por hambre de amor, había desechado el amor. En cierto modo la había usado como cebo.

Y cuando el cebo no funcionó, cuando su padre no mordió, utilizó a Laura Markham como arma. Se había casado con ella principalmente porque no podía impedírsele que se casara con ella. No era un niño acobardado, no se lo podía controlar. Pagaría el precio que fuera por demostrar su hombría. El matrimonio, para Merridith, había sido un acto de venganza, pero un acto que no había hecho más que aprisionar a su vencido autor, aun cuando parecía haberle dado la liberación. Lo que le había convertido en un hombre libre también lo había esclavizado: una esclavitud tanto peor cuanto que había sido autoimpuesta.

El láudano que le habían prescrito para su insomnio raras veces hacía efecto; y cuando lo hacía, le provocaba sueños casi tan insoportables como las pesadillas. Ventiscas de trémulo color opalescente que le hacían sentirse como si estuviera nadando en alquitrán. Su boticario le sugirió tinturas y pastillas opiáceas, pero los sueños seguían siendo tremendos estallidos de color; explosiones de imágenes que no comprendía. Finalmente, el médico de la familia le mostró cómo inyectarse; cómo utilizar un torniquete para hinchar la vena; cómo sujetar exactamente la jeringa y ejercer el correcto grado de presión sobre el émbolo. Inyectarse, dijo el doctor, era el mejor remedio contra el insomnio, así como una forma más segura de usar la medicina. Era también sabido que uno no podía volverse adicto al opio si se inyectaba. Inyectarse era el procedimiento de los caballeros, aconsejó. El método que el propio doctor siempre usaba.

En febrero de 1841, la Reina Victoria celebraba el primer aniversario de su matrimonio. Un ladrón escapó de la prisión, después de golpear a un guardián hasta la muerte. Un periodista de Luisiana comenzó a aparecer en las *soirées* londinenses. Un aristócrata de Galway acababa de convertirse en padre de un bebé cuyos progenitores apenas habían intercambiado una palabra en meses. Prematuro de seis semanas, el niño era, no obstante, muy sano; pero el matrimonio en el que había nacido se hallaba a esas alturas en el umbral de la muerte. En una ocasión llegaron unos alguaciles a la puerta de la casa, alertados por los vecinos por el ruido de una furiosa discusión. La noche del bautizo del niño, no aparece mencionada en su diario. Las decisiones que toman los que llevan un diario sobre lo que incluyen en él no dice mucho, creemos, acerca de esos días. Quizá lo que se excluye nos dice más aún.

Los diarios de Merridith indican que fue en febrero de 1841 cuando empezó a rondar el East End de Londres por las noches. Abandonaba su elegante casa y caminaba hacia el Este por la orilla del río, penetrando en un mundo que la imaginación no podría haber forjado. Y a veces mientras vagaba por las bulliciosas calles recordaba una canción que había aprendido de niño; una balada que con frecuencia cantaba la madre de Mary Duane, sobre la muchacha que se viste de soldado y va a donde se hallan éstos para encontrar a su amor.

Los diarios se vuelven difíciles de entender, incluso caóticos en este punto, a menudo escritos en un código increíblemente meticuloso, una combinación del gaélico de Connemara y escritura invertida. Semanas enteras aparecen en blanco, o llenas con falsos detalles, que debía de haber llevado horas inventar. Otras anotaciones abundan en un violento autodesprecio; febriles dibujos al carbón del barrio que iba a convertirse en su lugar predilecto*. El aroma que brota de estas terribles páginas es realmente espantoso, inolvidable. Los garabateados dibujos son angustiantes. La obra de un hombre atormentado. Uno piensa en el fresco de *Los castigos del Infierno* que una vez dominara el lecho matrimonial del creador de tales dibujos.

* En el momento de revisar la presente edición de este libro (1915), los albaceas de lord Kingscourt siguen insistiendo en que los dibujos no pueden publicarse, y que sólo se pueden utilizar citas seleccionadas de los diarios. (Misteriosamente, uno de sus dibujos apareció en una obra pornográfica publicada anónimamente en Londres a finales de la década de 1870. De hecho, no es uno de sus dibujos de Whitechapel, sino una copia de *Las tres Gracias* del libro de símbolos *Emblematum Liber* [1531], de Andrea Alcation, que lord Kingscourt realizó mientras se encontraba de luna de miel en Italia.) Los diarios en los que se hicieron los dibujos de Whitechapel se mantienen bajo llave en el Secretum, o Museo Secreto de Obras Obscenas, en el departamento de Antigüedades, British Library, Londres. – G. G. Dixon.

Exhibición de monstruos, carnavales, perros rateros; tabernuchos con decorados chillones, casas de empeño, «salones suicidas», garitas de corredores de apuestas y sanadores por la fe; puestos de evangélicos y de despertares religiosos; covachas de médiums y casetas de adivinos, donde personas sin apenas futuro pagaban lo que no se podían permitir para que les aseguraran que lo tenían. El mito local era que la vida era predecible, el producto más arduamente buscado por los pobres. La curación, la salvación y la experiencia inolvidable podían ser tuyos. El Cielo estaba en venta o podía ganarse sólo con que compraras un billete del sorteo. Esa pequeña apuesta que te resistías a hacer bien podría ser el milagro que te haría rico. «¿Quién sabe?», decían los parásitos. Te podía tocar a ti.

Todo en el East End era revocable, pagando un precio. El aburrimiento; la pobreza; la sed; el hambre; el desengaño; la lujuria; la soledad; la pérdida de los tuyos, incluso la misma muerte y el carácter definitivo de ésta. Ahí estaba el país al otro lado del espejo donde tus seres amados nunca se morían sino que simplemente se deslizaban hacia el mundo invisible. Desde allí podían garantizarte su continua atención si le untabas la mano al vidente.

La salvación se anunciaba a voz en grito desde los umbrales y las sombras, un grito que lo atraía como la gravedad. Ahí, en los callejones de Cheapside y Whitechapel, estaban las casas selectas de las que se hablaba en murmullos a última hora de la noche en su club. A menudo se había preguntado sobre esos sótanos y habitaciones traseras donde las mujeres daban placer a los hombres o les provocaban dolor. A algunos hombres les gustaba el dolor, algo que Merridith ya sabía; ser golpeado, escupido, azotado, degradado. Aunque otros preferían administrar ellos mismos la degradación. Había conocido brutos así durante su estancia en la marina; y se había arriesgado a un consejo de guerra por atreverse a intervenir*. La violencia era un afrodisíaco para algunos

* «Hacia el final del viaje ocurrió un desagradable incidente, cuyo recuerdo nunca me ha abandonado. Un grumete, antiguamente un esclavo, estaba siendo cruelmente atacado por un comodoro cuando un joven teniente irlandés, el vizconde Kingscourt de Carna, irrumpió en escena. Contrariamente a las reglas, el comodoro había desnudado al muchacho. Se produjo

hombres; encontraban excitante infligir torturas. Cuán bajo debía haber caído uno antes de recurrir a eso; cuán bestial e insensible debía de ser ese hombre. Merridith agradecía no ser semejante monstruo, que sus propias y frenéticas apetencias fueran al menos tan corrientes.

Por un puñado de monedas esas mujeres harían lo que les pidiera. No es que él soñara con pedirles que lo tocaran. Era demasiado caballero para pedir eso y, de todas maneras, como siempre, apenas soportaba que lo tocaran. Verlas desvestirse era lo que prefería, y había establecimientos que atendían ese deseo, al igual que otros. Sentarse en la sombra con un ojo pegado a un agujero y observar lo que sucedía, una y otra vez. Un hombre normal en su pasatiempo normal. Un hombre con buen ojo para la belleza.

En algunos de los establecimientos, las mujeres eran demasiado jóvenes. Eran niñas. Unas niñas que él siempre despedía. Luego las madames hacían pasar a otras, o hacían salir a mujeres vestidas como niñas. Él dejaba entonces de ir a lugares así.

Pero había otros sitios. Siempre había otros. Encontró un lugar que se adaptaba mejor a sus gustos, y pronto empezó a acudir allí cada noche. Era un lugar para hombres, decía la madame. Hombres normales, viriles, civilizados. No había niñas asustadas, ni viejas. Nada de azotes, ni degradaciones; sólo bonitas damas. Frescas y naturales, seleccionadas con sumo cuidado, como orquídeas: del tipo que se vería en el cuadro de un maestro. No había realmente ninguna diferencia, afirmaba la madame, entre su refinado establecimiento y la National Gallery.

Se estremecía de deseo mientras observaba desde la oscuridad, su aliento empañando el cristal que separaba al observador de la observada. A veces se inyectaba mientras contemplaba a las mujeres desnudándose. Un aguijonazo de dolor. Una pequeña

---

una reyerta durante la cual el vizconde golpeó a su superior. Éste había sido campeón de peso medio en la Universidad de Oxford, un hecho que el vizconde no tardó en descubrir. Sólo gracias a la intervención del padre del vizconde se evitaron más disgustos.» De *Four Bells For the Dog-Watch: A Life at Sea* [Cuatro campanadas para la guardia: una vida en el mar], del vicealmirante Henry Hollings K. C. M. G. (Hudson y Hall, Londres, 1863.)

convulsión en la carne, como una sensación de hormigueo pero mucho más repentino, como si fuera un ataque, y después el alivio que le rezumaba de los mismos tuétanos; hielo picado en un desierto.

Si su mujer preguntaba adónde iba por las noches, lo que a esas alturas raramente ella se preocupaba de hacer, le decía que iba a jugar a las cartas a su club. Otras coartadas inventadas aparecían incluidas en sus diarios, casi siempre con detalles minuciosos de horas y llegadas: a menudo con largos relatos de conversaciones totalmente ficticias. Una reunión de amigos del Asilo de Bethlehem. Una reunión del comité de una organización caritativa para «chicas descarriadas»*. Una cena para antiguos wykehamistas que nunca tuvo lugar. A principios del otoño de 1843, ella dijo que le gustaría llevar a los niños a Sussex para unas semanas. Él no puso ninguna objeción, y menos mal que fue así, porque ella ya había hecho sus equipajes y pedido el coche. El vizconde de Kingscourt le dijo a un amigo que no estaba seguro de que regresaran, añadiendo, quizá sinceramente, que ya no le importaba.

Una noche, la muchacha que se desnudaba en la cabina era irlandesa: de ojos oscuros, natural de Sligo, con un cabello negro que brillaba, y cuando ella suavemente le preguntó si quería algo más, David Merridith se encontró respondiendo que sí. Ella abrió la cerradura y corrió la partición. «Ya está, mi niño –susurró ella mientras lo besaba–. Ven aquí, corazón, y demuéstrame cómo me quieres.» Lo que sucedió se terminó en menos tiempo del que le había llevado inventar una mentira cuando ella le preguntó su nombre. Después la muchacha se levantó del diván y se lavó rápidamente en una palangana de metal que había en un rincón. Luego se marchó sin decir una palabra. Cuando regresaba a Tite Street, poco antes del alba, el cliente bajó la mirada al río desde el puente de Chelsea y consideró la posibilidad de arro-

* Aunque jamás fue miembro de ningún comité de semejante institución, parece que sí hacía contribuciones financieras regularmente a uno de ellos; una sociedad fundada por Dickens y su amiga Angela Burdett-Coutts (de la familia de banqueros) «para rescatar a chicas engañadas y desafortunadas». – G. G. Dixon.

jarse a las aguas del Támesis. Sólo lo detuvo el pensamiento de sus hijos.

Cuando la salida del sol tiñó de rojo su solitario dormitorio, se inyectó tanto láudano en su bíceps que durmió casi todo el día. Los sirvientes no interrumpieron su sueño. A esas alturas sabían lo que era mejor para ellos. Soñó que era su padre, de recién casado: la mañana que éste se encontró el cuerpo de su propio padre colgando del árbol de las Hadas en el prado de Lower Lock. Cuando finalmente se despertó volvió a inyectarse, tan profundamente que la aguja llegó a tocarle el hueso; luego se levantó, se vistió y fue a cenar a su club. Regresó a Cheapside justo cuando caía la noche en el East End. (Aunque, tal como señala en uno de sus diarios: «[L]a noche no cae aquí. Más bien se levanta; al alzarse la losa de la luz del día bajo la cual se arrastra Whitechapel».) Había habido una redada policial en el establecimiento que él prefería; su madame había sido arrestada y enviada a la prisión de Tothill. Pero había otros establecimientos. Siempre había otros.

Llegó a conocer cada callejuela y callejón trasero de Whitechapel como un prisionero cada ladrillo de su celda. Llevaba un mapa suyo en la cabeza y se movía por él como un peregrino en una fábula invertida, condenado a saber cada vez menos cuanto más camina. En algún lugar del laberinto estaba aguardando lo que él necesitaba. La muchacha irlandesa. Otra muchacha. Dos juntas. Un hombre y una chica. Dos hombres, quizás. A menudo entraba en un establecimiento al azar; siempre descubría al poco que no podía quedarse. En el momento en que lo que pretendía estaba a su alcanze, inmediatamente dejaba de quererlo y tenía que marcharse.

Nunca podremos saber qué buscaba exactamente; y si bien alguna sorprendente observación de sus diarios contiene alguna clave, es posible que él mismo no tuviera demasiada idea. Había oído decir con frecuencia cuando estaba en la marina que el ahorcado experimenta una erección en el momento de la muerte. Así era como David Merridith había llegado a sentirse ahora. «Sofocado, estrangulado... una rigidez mortal.»

Empezó a correr cada vez más y mayores riesgos. Pronto incluso Whitechapel ya no era bastante para él. Spitalfields. Shoreditch. Mile End Road. Vagaba hasta Stepney, donde las diversiones eran más siniestras; hacia el este, hasta Limehouse, donde los niños llevaban armas: hasta la orilla del río, alrededor de Shadwell y Waping, donde incluso la policía tenía miedo de aventurarse por la noche. Al menos en una ocasión se presentó como un periodista irlandés; otra vez, como un profesor de criminología de Oxford; y como propietario de un bergantín; o como mánager de boxeadores; o como un hombre que buscaba a su novia fugada. Muchos años más tarde, aún se le recordaba en los muelles: el lobuno aristócrata conocido como El Señor Mentiras.

Una ciudad escondida en las sombras de una ciudad. En las alcantarillas y depósitos de mercancías, muchachos que organizaban peleas de perros; mujeres drogadas que podían ser alquiladas por el precio de un periódico. Pero las mujeres ya no eran del interés del merodeador. «La mujer no me deleita, y tampoco el hombre», escribió, parafraseando a Hamlet en la mascarada de su locura. El opio que se podía encontrar allí era fuerte y basto, traído directamente en barco desde China o Afganistán, de venta ilegal, sin licencia del gobierno, pero que corría por los muelles como el arroz en una boda. Sólo medio gramo hacía que estallaran estrellas; una vaina entera de semillas te hacía pensar que era tu corazón el que estallaba. David Merridith lo mascaba llenándose de jugo la boca hasta que aparecían ampollas en su lengua, las encías y el paladar le sangraban, y él volaba como un ángel de la muerte a través de las nubes sobre Londres. Llegó a gustarle el sabor de la sangre de su boca. A veces pensaba que ya no le quedaba corazón para que estallara.

Entre Sutton Dock y Lucas Street se encontraba el barrio del Verdugo, un terreno yermo lleno de escombros y ratas donde las chicas medio se morían por el hambre y las enfermedades. A menudo trataba de hablar con ellas, de darles dinero o comida, pero ellas no comprendían que a esas alturas él sólo quisiera conversación. Algunas de sus imágenes aparecen en sus maníacos dibujos; sus caras como mortajas que colgaran de puños, ennegrecidas por los golpes de garrote y de las botas de sus chulos. Ese lugar se convirtió en su último recurso. Cada noche terminaba en el barrio del Verdugo. Nunca se acercaba a las mujeres ahora.

Observaba desde las ruinas mientras ellas se peleaban y se ofrecían a los transeúntes. Dibujaba a aquellas sojuzgadas mujeres manejando el lápiz como si fuera un cuchillo que abre su sangriento camino.

Quizás observarlas y estar allí comportaba el riesgo que él necesitaba ahora. El riesgo como narcótico. Y eso le hacía sentirse vivo.

Una noche se acercó a él un policía en Mile End Road y le dijo que aquél no era un lugar para que se dejara ver un caballero. Merridith trató de parecer ofendido ante lo que él consideraba una impertinencia, pero el agente –un irlandés– insistió con suavidad. La forma como seguía llamando al aristócrata «señor» dejaba suficientemente claro quién tenía el poder allí.

–Un caballero podría incluso ser chantajeado, señor.

–No me gusta el tono de sus insinuaciones, agente. Simplemente me he perdido en mi camino de vuelta a casa después de dar un paseo. Estaba cenando con mi padre en la Cámara de los Lores.

–Que Su Señoría encuentre su camino, pues. La próxima vez me acompañará usted a la comisaría. Puedo mostrarle un pequeño mapa que el sargento guarda en las celdas.

A través de la intoxicada niebla de sus conexiones nerviosas, se sintió vagamente decepcionado de que el policía se fuera. Lo que había deseado, comprendió en aquel aturdido momento, era, no que se guardara una reserva sobre su comportamiento, sino ser descubierto y deshonrado. Echado a puntapiés al arroyo y escupido por la gente respetable. Reconocido como el intocable que sabía que era.

Aquella angustiosa noche regresó a su casa de la ciudad estremeciéndose por una emoción que pensó que debía de ser miedo. Sabemos que se pasó la mayor parte de la tarde siguiente charlando a solas con un ministro de la Iglesia; aunque ignoramos lo que hablaron. Fuera lo que fuese, no parece haber cambiado nada. Al crepúsculo de aquel día fue visto en Whitechapel.

Ésa fue la noche en que se dio cuenta de que lo seguían. Cerca de Christ Church Spitalfields lo descubrió: alto, cadavérico, inusualmente vestido con una chaqueta corta de montero y una pelambrera de rojizos bucles. Si no fuera por su cutis, podía haber sido un gondolero. Fumaba un cigarro cortado en ambos extremos y miraba a la luna. Algo en él llamó la atención de Merridith. En un primer momento no acababa de saber qué era. Pero luego se le ocurrió en un instante de intensa claridad, «como la que te invade inmediatamente antes de que el opio produzca sueño o estupefacción». Fue la indiferencia que demostraba aquel individuo, su aire casual. Le señalaba como un dedo que apuntara a él. Era el único hombre del East End a medianoche que no parecía estar vendiendo o comprando.

Lo volvió a ver en King David Lane, y nuevamente al fondo de Ratcliff Road, de pie bajo la luz de la entrada de una taberna y leyendo un periódico que estaba doblado por la mitad. El ruido de los roncos cantos llegaba desde el interior del establecimiento: una canción sobre la belleza de las muchachas de Whitechapel. Merridith lo estuvo observando durante quince minutos. El hombre no pasó ni una sola vez la página de su periódico.

Dos mujeres se acercaron al vizconde y trataron brevemente de camelárselo. Un farolero encendía los globos de nafta en la esquina. Se abrió una ventana. Se cerró otra. Pasó un coche con gran estrépito de ruedas. Cuando volvió a mirar, el hombre se había ido.

Quizás era sólo paranoia; una alucinación de alguna especie; como el ruido seco de pasos detrás de él en el hollín, cuando cruzaba junto a la fábrica de fósforos para buscar un coche de alquiler. Pero tres semanas más tarde descubrió al hombre frente a su casa, atisbando en la zona bajo la escalera. Como si sintiera la mirada desde la ventana del salón levantó los ojos lentamente y los fijó en los suyos. Una cara como de zorro. Patillas rojizas. Sonrió y se tocó el sombrero con la punta de los dedos, mientras se marchaba con indiferencia, tan pausadamente como si fuera el propietario de Tite Street y de todos sus habitantes, y hubiera terminado de realizar el inventario de sus posesiones.

Durante varias semanas después Merridith temió la llegada del correo, seguro de que traería alguna misiva de extorsión. Permanecía despierto por la noche, el rostro cubierto de un sudor frío, maldiciéndose por su debilidad pero sobre todo por su estupidez. Laura lo dejaría. Le quitarían los niños. Laura y los niños tendrían que soportar su deshonra.

La mañana de su trigésimo cumpleaños se dio cuenta de que había contraído una infección. Un discreto médico, especialista, antiguo compañero de Oxford, se ocupó del asunto de una manera enérgica y eficiente. No hizo ninguna acusación; ni tampoco preguntas. Probablemente no lo necesitaba. Pero Merridith tendría que andar con cuidado, aconsejó. Había sido afortunado esta vez, pero quizá no lo sería tanto en otra ocasión. La gonorrea podía causar demencia. La sífilis podía matar. Y tales espantosas enfermedades podían transmitirse a su esposa. Dada la situación del matrimonio en Tite Street, eso no parecía muy probable, pero al parecer la advertencia le hizo alejarse del East End y prometerse que nunca volvería a poner allí los pies.

Llegó diciembre. Laura y los niños regresaron de Sussex. Las navidades fueron bastante tranquilas en el hogar de los Merridith aquel año. Él empezó a calmarse, a tomar menos láudano. En abril, la familia contrató a un controvertido nuevo médico, un pionero del hipnotismo y otros métodos no ortodoxos: éste prescribió al paciente fumar hachís para calmar los nervios. Y la cosa pareció funcionar, al menos por algún tiempo. Gran nadador desde su infancia en las playas del Atlántico, Merridith se aficionó a bañarse en la Serpentine a primera hora de la mañana. Sus diarios empezaron a mostrar un toque más ligero: un hombre que emergía de una larga, espantosa noche. Al llegar el verano se había convertido en cliente regular de unos baños turcos cerca de Paddington, donde «era azotado por tipos mofletudos con ramas de árboles». Hacía ejercicio en el gimnasio, en su club de Mayfair, y «pasaba el balón medicinal como un maldito campeón de boxeo». Las relaciones con su mujer mejoraron un poco, aunque lo de dormir en dormitorios separados perduraría para siempre. Sextinas y villanelas aparecieron en sus diarios, en lugar de pequeños sonetos concienzudos aunque no enteramente carentes de mérito. (Uno, quizás importante, se titula «Reparación»*.) El que hubiera causado daño a «los desafortunados del East End de Londres» quizá le dio motivo para reflexionar muy detenidamente; eso al menos podría deducirse de sus numerosos

* El permiso para su reproducción no ha sido concedido por los albaceas del vizconde. – G. G. Dixon.

y grandes donativos a instituciones religiosas y benéficas que operaban en la zona. En octubre de 1844, escribe en un margen: «Algunos dolorosos acontecimientos de los últimos años han llegado a parecer como si le ocurrieran a otra persona; una criatura que tiene poco que ver conmigo».

Y entonces, una mañana, a la hora del desayuno, lo que había temido ocurrió. El producto de la lotería a la que había jugado le era entregado en la puerta.

Capítulo XXIV
LOS CRIMINALES

Donde David Merridith sufre una serie de graves contratiempos.

Lo miró durante un rato mientras yacía allí en la bandeja. *Kingscourt. Tiet Street. Chelsea. Londres.* No era el error en la ortografía lo que revelaba el contenido, sino la cuidadosamente anónima manera en que había sido escrito el remite. Ninguna letra caligrafiada que pudiera ser identificada: la exagerada pulcritud de la pluma envenenada.

–¿Pasa algo? –preguntó la vizcondesa.

Ella no había visto la carta, de eso Merridith estaba seguro. Fácilmente podría habérsela metido en el bolsillo y esperado para leerla posteriormente. Pero no trató de ocultarla; y tampoco su temor. En vez de eso ordenó a los criados que salieran de la habitación inmediatamente y esperó hasta que su mujer regresó a la mesa. Sus pensamientos en aquel momento sólo cabe suponerlos. Sus actos los conocemos; y quizá parecen extraños.

Le dijo a Laura Markham que siempre la había amado, que siempre la amaría, mientras ella lo acogiera a su lado. Pero lo que había en esa carta podía traerles infelicidad. Cambiaría las cosas entre ellos, posiblemente para siempre. Él había sospechado que eso estaba próximo. Ahora había llegado. Tal vez ella pensaría que debía abandonar la casa; en ese caso, él lo comprendería. Sería él quien se marchara si ésa era su decisión. Pero fuera cual fuese el contenido de la carta, él no podía seguir ocultándolo. Lo había hecho durante mucho tiempo; había llegado la hora de hacer frente a las cosas. ¿Comprendía ella lo que le estaba diciendo? ¿Podía soportar que se lo pidiera? Ella dijo que sí –o que pensaba que sí– y que permanecería a su lado. Costara lo que costase.

Al abrir el sobre, Merridith se hizo un corte en la yema de un dedo. Una reveladora mancha de sangre puede verse aún en la primera página.

H

Día 11 de noviembre de 1844
Lord David Merridith
hijo de El Asesino

somos algunos de los arrendatarios de tu Padre de los distritos kilekierin carna glinsk y ailencally estos ultimos seis meses el a estado subiendo las rentas al doble y más por todas partes cualquier hombre retrasado en su renta por una semana se le a comunicado que será desahuciado sean cuales fueren sus circunstancias o familia el a vendido algunas tierras y a a una tercera parte de nosotros sus arrendatarios se nos a ordenado ahora que paguemos la renta a ese bastardo de Blake de Tully, el mayor leproso que jamas a vivido y que a desahuciado ya a muchos a estas alturas quinientos han sido hechados a la calle muchos están muriendo de hambre sin esperanza de Socorro No se espera NADA aqui mas que morirse de hambre enseguida Tu Padre a sido avisado pero no se a detenido por lo que te aviso aquí que le aconsejes muy claramente que devuelva las rentas al precio que estaban y ayude a la gente en estos desgraciados momentos, o si no lo hace, el y tu familia conoceréis mi cólera y la de mis hermanos.

Yo y mis hombres no toleraremos mas tiempo esta situacion NO SOMOS PERROS.

Harás que se detenga o seras responsable.

Somos hombres que prefieren trabajar a luchar pero por Dios que lucharemos si tenemos que hacerlo.

Si continua machacandonos nos veremos en la necesidad de disparar contra cualquier miembro de tu Familia a la luz del dia porque no nos importa perder la vida si ya hemos perdido nuestro sustento.

No tendremos clemencia ni de Ti ni de tu Esposa ni de tus Hijos ni de nadie mientras nuestras esposas e hijos sufran hambre y frío.

Me da igual morir ahorcado que de hambre.

No nos causa placer escribir estas palabras pero lo decimos en serio.

Juramos sobre Cristo crucificado y lo juramos solemnemente por nuestra sangre Dios nos ayude.

Aqui esta tu destino David Merridith.

Así que si te gusta.

Deja que tu Padre continue con su tirania.

Y bien pronto te haremos responsable de ello.

Puedes ver por esta carta que sabemos donde esta tu casa.

Cuidado –Londres no esta tan lejos de connemara

TE VIGILAMOS Y QUIZA TE COJAMOS EN CUALQUIER MOMENTO

Yo soy

Tu humilde y leal servidor (ya no)

Capitán Luz de Luna de los Justicieros Defensores Irlandeses

Jesus la tenga en su seno pero tu difunta Madre SE AVERGONZARIA este dia del PODRIDO nombre de Merridith

La sonrisa del hombre con cara de zorro flameó por su mente. La imagen de aquel hombre paseando por la calle.

Sostuvo en alto la carta con cuidado, como si el papel estuviera ardiendo.

–¿Cómo lo sabías? –preguntó Laura llena de temor.

Su marido le respondió suavemente que se trataba de una cuestión de intuición.

✱

Escribió a su padre inmediatamente, pero la carta le fue devuelta sin abrir. La volvió a enviar, pero no hubo respuesta. Laura le dijo que debía marchar a Galway sin demora, pero Merridith creía que eso podría empeorar las cosas. Habían transcurrido casi ocho años de silencio entre él y su padre. En el pasado, el conde ni siquiera había respondido a las nuevas de los nacimientos de sus nietos, ignorando igualmente los periódicos intentos de reconciliación de Merridith. No podía presentarse en la casa sin previo aviso.

–Entonces escríbele y dile que vas a ir, tanto si le gusta como si no –dijo Laura.

Pero el despreciado hijo no fue capaz de hacer eso.

En su lugar, escribió al párroco de Drumcliffe, Richard Pollexfen, sin revelar nada sobre la nota que había recibido de los arrendatarios, y meramente preguntando noticias sobre la hacienda. A la semana siguiente llegó la contestación, una larga carta. En ella se le daba las gracias a Merridith por la generosa donación que había enviado y se le aseguraba que el párroco la dedicaría a la atención de los pobres de la comarca. Por lo demás, las cosas en Kingscourt no andaban muy bien últimamente. El ala norte había sido cerrada; el tejado se había derrumbado. Las tormentas del pasado noviembre, que habían dañado la mansión, arrancaron también parte de los muelles de la bahía. Los pescadores no tenían ya ningún lugar donde descargar sus capturas. Muchos estaban pidiendo limosna. Y algunos habían ido a parar al asilo. Como el último de los criados se había despedido del empleo de su padre, la mansión se había venido abajo. Sólo el mozo de cuadra, un tal Burke, permanecía en la propiedad, y vivía en las ruinas de la incendiada casa del guarda. El conde raras veces salía ya de la casa.

El arrendamiento de los colonos había sido elevado en un tercio en febrero y luego doblado a comienzos del verano. Cada una de las tres mil familias había recibido la visita de un agente que les dijo que en lo sucesivo las rentas tendrían que pagarse con prontitud, o habría desahucios en cuestión de semanas. Muchos observadores encontraban inexplicable lo ocurrido. Lord Kingscourt, aunque hacía las cosas según su particular estilo, siempre había sido considerado como justo con los arrendatarios. Pero eso había cambiado ahora. Algunos de sus actos eran incomprensibles. Él, el párroco, había tratado de intervenir, pero Su Señoría se negaba a verse con él y ni siquiera respondía a sus cartas.

Era cierto que aproximadamente una tercera parte de la propiedad había sido al parecer vendida a Blake de Tully. Inmediatamente el comandante había ordenado el desahucio de setecientas familias por no pagar los atrasos. La situación se estaba haciendo crítica. Una pandilla de agitadores que se llamaban a sí mismos «Los Defensores Irlandeses» o «Si no, Responsables» –hacías lo que te mandaban, o de lo contrario eras responsable– habían estado atacando los campos más alejados de las propiedades de Connemara, mutilando el ganado y quemando cosechas. Corrían por la región cubiertos con capuchas y capas. Su marca era una «H» dentro de un corazón. Si un hombre era denunciado como un vendido por uno de sus vecinos pronto recibía una visita de esos heréticos salvajes. Siete terratenientes de Connaught habían sido atacados este año. Era sólo cuestión de tiempo que uno de ellos fuera asesinado. «Los antiguos códigos de conducta se están erosionando con espantosa rapidez, como las orillas de la bahía después de las tempestades de noviembre.» Viejos clichés empezaban a adquirir nuevo poder, porque ahora podía decirse con amarga exactitud que Connemara se estaba acercando al precipicio. Dónde podía acabar todo, sólo cabía suponerlo, pero había que contar seriamente con la posibilidad de una revolución en toda regla. «Si a Su Señoría se le ocurre algún medio por el que su padre pueda ser disuadido de su reciente política, eso le prestaría a él y al pueblo un gran alivio.»

Emily regresó de sus viajes a la Toscana. Natasha se marchó de Cambridge, donde había estado estudiando con un tutor con la esperanza de conseguir la admisión para obtener una licenciatura en la universidad. Ambas fueron a Galway por la Pascua del 45 y se quedaron allí. Las cartas enviadas por Emily a Londres estaban llenas de miedo y confusión. «La pobreza de la gente es escandalosa –escribía–. Es mucho peor de lo que nadie pueda recordar.» Ella había leído en los periódicos noticias sobre una nueva y extraña plaga que afectaba a la patata aparecida recientemente en Europa; si llegaba a Irlanda, sucedería algo espantoso.

Su padre se negaba a discutir lo que había hecho. Cómo gobernaba sus tierras no era asunto de nadie más que de él. Su salud se estaba deteriorando a un ritmo alarmante. Apenas podía incorporarse, y tenían que ayudarlo para hacerlo todo. Una mujer, en el mercado de Clifden, había escupido a los pies de Natasha. Un niño le gritó: «La puta del terrateniente». Un día, mientras daba un paseo, unos hombres cubiertos con capuchas y capas la siguieron a través de los campos.

En septiembre se hizo evidente que la extraña plaga había llegado. El olor de los tubérculos en putrefacción contaminaba el aire de Connemara: un dulzor asfixiante, como de perfume barato. Los pobres no tenían nada. Muchos empezaban ya a pasar hambre. Lady Emily escribió a su hermano y le pidió ayuda. Su respuesta fue un donativo de doscientas libras.

Y entonces su padre murió. Y todo cambió. Él recordaba las palabras del telegrama de Emily: «Los sufrimientos de papá casi han terminado. Pregunta por ti, Davey».

Él y Laura viajaron a Dublín aquella noche. Su padre murió la tarde siguiente en los brazos del heredero que él había expulsado. Bajo su almohada se encontró una nota, escrita en unos garabatos casi ilegibles. Según su fecha, había sido escrita más de un año antes, y Merridith no sabía ahora qué posibilidad era más terrible: que su padre hubiera perdido la noción del tiempo, o que realmente la hubiera escrito un año antes, sabiendo que iba a deslizarse al vacío. «Perdóname, David. Entiérrame al lado de mamá. Haz lo que puedas por los arrendatarios, siempre.»

Los colores de la Union Jack que había ondeado en su último buque de guerra fueron extendidos sobre su ataúd por el virrey de Irlanda. Y encima fueron colocados un par de guantes de ante que el muerto había recibido como regalo de Nelson en Copenhague. Por consejo del sargento de policía, se contrataron guardaespaldas con escopetas para acompañar el ataúd, por si a los Responsables se les ocurría atacar. Un caballo sin jinete chacoloteaba al frente de la procesión que se dirigía a Clifden; un toque ligeramente grotesco, pensó Merridith, y se preguntó quién habría insistido en ello.

En los caminos flotaba pesadamente aquel hedor empalagoso, y los otrora verdes campos eran ahora ciénagas de espesa suciedad. Una cabaña ardía en una ladera cubierta de piedras. Por los campos se veían montoncillos de ropas.

La mayor parte de los terratenientes residentes en el condado aguardaban en la lóbrega y ventilada capilla. Amelia Blake y su marido, el barón de Leinster. Tommy Martin, de Ballynahinch. Horacio D'Arcy, de Clifden. El catafalco situado junto al altar había sido cubierto con una bandera verde esmeralda bordada con una gran arpa dorada. Deseo del difunto conde, explicó el párroco. El mismo estandarte había sido extendido sobre el ataúd de su padre. Ninguno de los arrendatarios de Kingscourt o antiguos arrendatarios había acudido a la ceremonia. Muchos, en las calles de Clifden, se volvieron de espaldas cuando el cortejo pasó. Y se vio escupir en el suelo a un hombre que había sido desahuciado. Otro gritó: «Que se pudra el hijo de puta». Pero los acompañantes fingieron no darse cuenta.

Hubo un valiente intento de cantar, incluso a coro. Pero las diecinueve voces de los feligreses allí reunidos no cantaban lo bastante fuerte para hacerse oír por encima del órgano:

Jesús, Salvador; guíame,
por el tempestuoso mar de la vida.
Olas desconocidas retumban ante mí,
rocas ocultas y traicioneros bancos de arena.
Cartas y brújula vengan de Ti,
Jesús, Salvador; guíame.

El virrey dejó caer el primer puñado de tierra en la tumba. Saludó mientras sonaba el toque de retreta, pero no hubo oración ni salvas. El conde había dejado claro que no deseaba nada de eso. El párroco leyó los versículos iniciales del Génesis: la creación del mundo, y de los animales según su género. El capitán Helpman, de la guardia costera, depositó una corona de lirios blancos. En el momento en que terminaron la oración fúnebre, Merridith dijo que necesitaba unos instantes para estar solo. Todo el mundo lo entendió. Le dijeron que se tomara su tiempo. Resultaba difícil ser el deudo que había defraudado al muerto.

Paseó por la parte trasera de la iglesia de negra piedra, se desabrochó un puño y se arremangó. Improvisó un torniquete con su corbata del New College. Sacó lo que necesitaba del bolsillo de su abrigo.

La aguja atravesó su piel con una pequeña y limpia herida. Una brillante gota de sangre apareció en el lugar del pinchazo, y Merridith la secó con un pañuelo monogramado de su padre. Le inundó una sensación de embotamiento: una soporífica pesadez. Se volvió para marcharse.

Y fue entonces cuando la vio.

De pie junto a la oxidada verja, con un bebé en sus brazos.

Llevaba un corpiño negro y una falda verde oscuro; negras botas atadas con cordones que le cubrían los tobillos. A Merridith, sin motivo alguno, se le ocurrió que no podía recordarla sin llevar nada en los pies.

Llevaba anudada una cinta alrededor de su cuello blanco como la nieve; y una trenza de juncos secos en torno de su frágil muñeca. Tarareaba una balada de amor roto: suavemente, fríamente, con rigidez esculpida. Algunos cuervos se alzaron de los matorrales a sus espaldas como fragmentos de un papel chamuscado empujados por la brisa. En los ojos de la mujer había una expresión apagada, de derrota, pero por lo demás no parecía haber cambiado en nada. A Merridith le sorprendió lo poco que había cambiado. Un poco más delgada, eso era todo. Un poco más pálida. Pero su cabello seguía siendo hermoso: lustroso y negro.

Merridith trató de sonreír. Ella no le devolvió la sonrisa. Desabrochándose el corpiño, acercó el niño a su seno derecho, y continuó canturreando la antigua melodía. Él conocía la canción. La había oído con frecuencia. Se decía que si la cantabas a un enemigo, éste se moría.

–¿Mary?

Ella dio un brusco paso atrás para alejarse, pero no dejó de cantar. Él observó al diminuto bebé mientras chupaba, y mientras ella acariciaba con las yemas de los dedos su suave cabeza alrededor de la fontanela. El niño hizo un movimiento y vomitó un poquito. La debilidad se apoderó de las piernas del observador. Quería sentarse. Quería escapar. Le invadió una ardiente e intensa sed, la boca impregnada de un sabor a sal.

–¿Todo va bien, David?

Se dio cuenta de la presencia de su esposa y de Johnnyjoe

Burke a sus espaldas. Sin decir una palabra, la mujer se había dado la vuelta y salido por la puerta, meciendo al niño más cerca de su pecho mientras se abría camino entre las ortigas. Merridith la vio marcharse a través del fangoso pantano lleno de espinas, el borde de su falda haciendo caer esporas de la hierba cana.

–¿Su Señoría? ¿Está usted mareado, señor?

Merridith consiguió soltar una risita.

–¿Y por qué debería estar mareado?

–Su cara está terriblemente blanca, señor. ¿Debo llamar al doctor Suffield?

–No, no. Más bien he sufrido sólo un sobresalto. Al ver a miss Duane después de todo este tiempo.

Su esposa lo miraba con curiosidad.

–No haga caso a ésa, señor. Se ha vuelto rarísima.

–A ver, ¿cómo se llamaba, Johnny?... Mary o algo así, ¿no?

–Oh, ésa no era Mary, señor. Es su hermana, Grace Gifford.

Merridith se dio la vuelta lentamente hacia él.

–¿No querrás decir la pequeña Grace?

–Está casada ahora, señor. Vive allá, en Screeb.

Los caballos con sus negras plumas gañían mientras el coche fúnebre era conducido de vuelta bajando por la labrada colina en dirección a la hambrienta ciudad de Clifden.

–¿Y sus padres? Los dos bien, espero.

–La madre se murió hace ahora un año, señor. El padre, hace seis meses. Que descansen en paz.

–Dios mío, no lo sabía. Son muy malas noticias.

–Sí, señor. La vieja señora Duane, Dios la tenga en su seno... le tenía a usted mucho cariño, señor. Hablaba de usted a menudo, verdad que sí.

–Yo también sentía por ella un gran afecto. Era una persona muy sencilla.

Sus palabras sonaron tan triviales que se odió a sí mismo. Quería decirle a Burke que Margaret Duane había sido como una madre para él, pero de alguna manera aquélla parecía la manera equivocada de decirlo.

–Y esa como se llame, Mary, estará casada a estas alturas, supongo.

–Sí, señor. Hace más de diez años. Vive cerca de Rusheendoff. Tiene un pequeño, también, me parece. Una niñita, creo.

–Se mantiene en contacto con nosotros de vez en cuando, ¿no?

–La vi en el mercado de Galway la otra semana, creo. –Burke descartó algo con la mano y miró al pétreo suelo–. Pero ya no viene mucho por aquí, señor. Hace años. Ahora tiene allí su clan.

–Me pregunto si sería posible visitar la tumba del señor y la señora Duane. Sólo para presentar mis respetos. ¿Crees que podríamos arreglarlo?

–No dispone usted de mucho tiempo, señor, que yo sepa. Se espera que vuelva usted a Londres tan pronto como pueda.

–Sólo llevaría una hora. Supongo que está en Carna, ¿no? En la capilla católica romana.

–Me parece que no me entiende usted, señor. Ha estado usted fuera algún tiempo.

–¿Qué pasa, Johnny? ¿Qué quieres decir?

Burke habló con mucha suavidad, como avergonzado de un crimen.

–Su tumba… no se conoce, señor. Murieron en el Asilo de Galway.

Capítulo XXV

LOS IMPAGOS

En el cual David Merridith recibe su heredad.

El constante ruido metálico del reloj de la ventana, el olor a polvo y cuero antiguo, tan evocadores del estudio del director en Winchester.

Construiría un nuevo muelle y amarres para los pescadores, y tal vez una escuela modelo para los hijos de los minifundistas. Y contrataría a un buen administrador que ayudara a los arrendatarios; alguien de la comarca, un joven que fuera decente e inteligente. Quizá lo enviaría al Colegio Agrícola de Escocia. Y habría que enseñar a la gente nociones sobre el cultivo del suelo y la higiene. Y proporcionarles los beneficios de las ideas modernas. Y alentarlos a ampliar su manera de pensar pasada de moda, cambiar sus anticuadas costumbres y poco aconsejables maneras. Esa dependencia de la *lumper* o «patata de caballo», por ejemplo, cuando ésta era tan propensa a ser infestada por la plaga… todo eso se podía terminar ahora. Merridith le pondría fin. Kingscourt sería la hacienda mejor dirigida de Irlanda, o de todo el Reino Unido, si vamos al caso.

La pesada puerta se abrió, poniendo fin a sus íntimos pensamientos. El abogado entró majestuosamente en la oscura habitación revestida de paneles como un verdugo en la celda del condenado. Se sentó a la mesa sin pronunciar palabra. Rompió el precinto del rollo de papel vitela.

–Esto son las últimas voluntades y testamento de Thomas David Oliver Merridith, oficial de la Armada, caballero de la Orden del Baño, almirante de la Blanca Enseña de la Flota de la Reina, noble lord Kingscourt, vizconde de Roundstone, octavo conde de Cashel y Carna.

–¿Cómo, todo eso? –La viuda tía de Merridith soltó una débil risita ante la furiosa mirada desaprobadora del notario.

Se comenzó con una serie de pequeños legados. Cincuenta guineas para un fondo a favor de los marineros indigentes; sesenta para establecer una beca naval en el Wellington College, «para algún muchacho de la clase trabajadora que quiera servir a su país, pero cuya familia no tenga medios para subvenir sus necesidades». Doscientas libras al año se destinaban para la construcción de un nuevo asilo en Clifden: «para beneficio de mujeres y niños solamente; que mi amado hijo David sea el fideicomisario principal, y único ejecutor testamentario de toda mi herencia».

Su colección de especímenes zoológicos raros y extintos era donada «a alguna respetada institución de ciencia animal, preferiblemente abierta a los pobres y a los jóvenes. Que los frutos de toda una vida de catalogar y clasificar puedan ser compartidos y plantada la semilla del placer del aprendizaje solitario». Se subrayaba que la colección debía exhibirse intacta, adecuadamente asegurada por todo su valor y denominada en memoria de su difunta esposa: «La Colección Conmemorativa de Verity Kingscourt». La hermana mayor de Merridith, Emily, recibiría la biblioteca de su padre, así como su colección de cartas y mapas antiguos. Su otra hermana, Natasha, heredaría una serie de cuadros, los instrumentos náuticos de su padre y su piano de cola. Pequeños fondos fiduciarios habían sido establecidos para las dos hijas del conde, «para ser cancelados, naturalmente, con ocasión de sus matrimonios». Veinte libras irían a manos de Margaret Duane, de Carna, «como agradecimiento por sus servicios al cuidado de mis hijos». Los dos mejores caballos de lord Kingscourt eran para el encargado de su establo, un arrendatario llamado John Joseph Burke «como muestra de gratitud por una verdadera y leal amistad».

Al oír esta última frase, Emily empezó a sollozar. «Pobre papá.» Merridith cruzó la habitación con rapidez y la tomó de la mano. Eso sólo pareció trastornarla un poco más.

–¿Qué vamos a hacer sin él, Davey?

–¿Puedo continuar, milord? –preguntó parcamente el abogado.

Merridith asintió. Pasó un brazo alrededor de su hermana.

–«La propiedad, mansión, dependencias, pesquería, quesería y otras varias tierras actualmente en arriendo en Kingscourt, en el condado de Su Majestad de Galway, son legadas por entero a la Law Life Insurance Company de Londres, por la cual dichas propiedades han sido hipotecadas totalmente.»

El sólido tic del reloj pareció llenar la habitación. Abajo, en la calle, retumbaron las ruedas de un coche. Merridith pudo oír el ruido de los cascos del caballo de tiro, así como el solitario grito de un vendedor callejero. Ni su tía ni sus hermanas le dirigieron una sola mirada. Sabían que el momento era demasiado embarazoso para miradas directas. Inclinaban la cabeza o se contemplaban las manos, mientras la voz del abogado continuaba su sombría enumeración. Las cadencias latinas de las leyes inglesas. Las antiguas expresiones francesas de poesía de la ley. La afilada precisión de la desherencia de Merridith.

Cuando la lectura hubo finalizado, el abogado expresó sus condolencias. Luego, discretamente, le pidió a Merridith que se quedara un momento. Había una serie de asuntos que debían tratarse. Las damas no tenían por qué ser molestadas con tan triviales preocupaciones en un momento en que la pena era tan natural y reciente.

De un cajón sacó una carpeta del tamaño de una Biblia grande, repleta de cartas de bancos y compañías de seguros, relativas a la hipoteca de Kingscourt. Su padre había hipotecado la propiedad cincuenta años antes, para obtener fondos con los que financiar una inversión en una mina de bauxita del Transvaal. Pero había sido mal aconsejado y la aventura terminó desastrosamente. Se esperaba ferviertemente que la venta de la hacienda pudiera amortizar al menos el capital. El valor de la tierra en Irlanda había caído en picado últimamente. Pero ya se preocuparía por ello cuando llegara el momento de preocuparse. Por ahora bastaba con los males del momento. Y había cuestiones que había que solucionar enseguida.

En las crisis alimentarias de 1822, 1826 y 1831, Su Señoría había gastado considerables sumas importando grano con fines caritativos. Al parecer, a sugerencia de la difunta lady Verity, había fletado un bergantín, con grandes gastos, para traer un cargamento de harina de maíz desde Carolina del Sur. Si éste había sido un proyecto juicioso (o no), no era una cuestión que el abogado debiera juzgar. En todo caso, después de estos desgraciados acontecimientos, los ingresos que se esperaban por rentas de la propiedad no se habían materializado. De hecho, se había dejado que las tierras se deterioraran de un modo terrible, sin efectuar un mantenimiento adecuado durante varios decenios.

Todas las cuentas del difunto conde llevaban en descubierto varios años. Había una serie de otros préstamos impagados, algunos de ellos de considerable importancia y muy atrasados, garantizados con numerosas grandes inversiones que o no habían sido realizadas o resultaron sumamente decepcionantes. Uno vacilaba en emplear una palabra tan poco delicada, pero el difunto conde se encontraba oficiosamente en bancarrota efectiva. Debía grandes sumas a viticultores y tratantes de caballos; igualmente a encuadernadores y comerciantes en curiosidades animales. Había recibido en préstamo una suma sustancial de un tal Blake de Tully, catorce años atrás, a un interés moderado pero pese a todo importante. La deuda era exigida ahora bajo amenaza de litigio. El comandante deseaba extender sus propiedades y le impedía hacerlo la falta de pago de esa suma. Parecía cuando menos un caso *prima facie* de incumplimiento. Como único ejecutor, Merridith era personalmente responsable. El proceso judicial podía ser caro y muy desagradable.

Estaba también la pequeña cuestión de los honorarios del propio abogado, que se habían ido incrementando a lo largo de treinta años y que nunca habían sido satisfechos. Quizás ahora podía ser un momento oportuno para aclarar las cosas, como si dijéramos. El hombre empujó el pergamino timbrado con gesto más bien contrito a través de la mesa, como si entregara un material pornográfico del que se sintiera avergonzado.

Con aquella suma David Merridith podría haberse comprado una mansión en Sloane Square.

–Aceptará usted un pagaré, supongo, ¿no?

–Oh, no creo que haya tanta… –El abogado hizo una pausa–. Es decir. –Se detuvo y volvió a empezar–: Cuando tenga usted tiempo de atender el asunto será más que suficiente, milord. Tendrá usted en su cabeza otras cosas en este momento.

Merridith sacó un talonario y extendió una letra por treinta y cinco mil guineas, sabiendo que le quedaban menos de doscientas libras en el banco. El abogado lo tomó sin mirarlo y lo metió en la carpeta.

–Supongo que Su Señoría habrá quedado un poco sorprendido por los acontecimientos.

–¿En qué sentido?

–Me refiero a la situación en que han quedado las tierras en Irlanda y demás. Su Señoría debía de tener ciertas esperanzas.

–Naturalmente, mi padre me explicó lo que ocurría hace algunos años. Tuvimos una larga charla. Comprendí totalmente su situación.

–No tenía ni idea de que Su Señoría y el almirante tuvieran relación tan estrecha. Imagino que eso debe de ser un gran consuelo para usted ahora.

–Lo es.

–Estuvo con él al final, por supuesto. ¿No es así?

–Naturalmente.

El abogado asintió con tacto y bajó los ojos.

–Si se me permite decirlo, señor… su padre fue un gran hombre. Un hombre que se merecía algo mejor de lo que la Providencia le deparó. Los que estuvimos destinados a figurar entre sus conocidos fuimos realmente muy afortunados. Ojalá lo hubiéramos sabido.

–Realmente.

–Así es. Así es. No sabemos cuál es nuestra hora, señor.

–Tiene usted razón.

–Sin embargo… usted recibirá, lo más importante, sin duda. El tesoro que ninguna vicisitud puede empañar.

–¿Y cuál es?

El abogado lo miró fijamente, como si la pregunta fuera ridícula.

–Bien, su título, por supuesto, milord. ¿Qué, si no?

El discurso inaugural del noveno conde de Cashel y Carna en la Cámara de los Lores versó sobre una propuesta de cambio en el Acta de Enmienda de la Ley de los Pobres (1834), que había establecido el trabajo duro como condición para entrar en los asilos. El discurso apareció en el *Times* la mañana siguiente bajo el titular NUEVAS LLAMADAS AL DECORO DE LA CÁMARA. Laura lo recortó y lo pegó en el álbum que tenía destinado a ello:

> Agradezco al Noble Milord el entusiasmo de sus observaciones, pero confieso sentirme avergonzado de hallarme en esta Cámara en una noche como la de hoy. Este lugar que dio su bendición a una de las más ignominiosas maniobras que jamás han tenido origen en un Parlamento civilizado; este repulsivo truco para hacer aún más dolorosa la desolación de la viudez; para negar la mano de la amistad a la vejez necesitada; para encarcelar a los expósitos en Bastillas de abandono, y para sentenciar a la mendicidad a los traicionados y abandonados pobres.

A trescientas millas al norte del lugar donde él se encontraba, una mujer pasaba por delante de un mojón camino de Chapelizod. Esa ociosa vagabunda estaba hambrienta; carne de cañón para el asilo. Los pies le sangraban terriblemente y sus piernas estaban muy débiles. Poco rato antes había dado a luz en un campo, pero los contribuyentes no tendrían que soportar la carga de mantener vivo al niño. Caminaba hacia el este, muy lentamente, en dirección a Dublín, y a su lado fluía el Liffey en su camino al mar. En el mar debía de haber un barco que la llevaría a Liverpool. Glasgow o Liverpool. No tenía importancia, realmente. Lo que sí la tenía ahora era permanecer sobre sus destrozados pies: cruzar sin detenerse la ciudad de Chapelizod. Su nombre no sería mencionado en la cámara aquella soleada tarde. Y tampoco en el *Times* el día siguiente.

Cuando la mujer llegó a un cerro y vio el mar a lo lejos, aquellos que discutían sobre ella al otro lado de aquel mar estaban siendo testigos de algo curioso. La extraordinaria pasión con que el nuevo par estaba hablando; cuán extraño era su ardor, su evidente sentido de la ofensa, cuando la galería estaba casi tan vacía como la propia cámara. *Hansard* registra el hecho de una fina intervención:

SEÑOR PRESIDENTE: Me atrevo respetuosamente a sugerir a Su Noble Señoría que, aunque algunos nobles Lores puedan ser un poco duros de oído, y aunque su acento irlandés sea sumamente agradable, no hay necesidad de elevar el tono hasta semejante grado operístico. (Risas de la Cámara. Gritos de «Muy bien, muy bien»*.)

Era como si no estuviera haciendo un discurso, dijeron muchos. Como si le estuviese gritando a alguien en la sala, a algún enemigo que hubiera estado esperando que lo atacara. Y lo más extraño, cuando uno examina las actas, era descubrir que el hombre que había secundado el proyecto de ley original era Thomas David Kingscourt de Carna, el vizconde de Roundstone, el padre del flamante conde.

✷

El director general de la compañía aceptó un compromiso. Se pagarían cuarenta mil guineas inmediatamente y las restantes trescientas mil a final de año. Ésas eran las mejores condiciones que podía ofrecer. Y sólo habían sido posibles debido a la posición de lord Kingscourt. Nadie deseaba la bancarrota de un par del reino; subastar las tierras de su primogenitura era absolutamente impensable. Nosotros, los antiguos wykehamistas, tenemos que mantenernos unidos ahora.

Las veladas literarias cesaron. Las esculturas fueron vendidas, así como los cuadros y finalmente toda la biblioteca. El fresco del Renacimiento fue adquirido por un comerciante de granos de Yorkshire que se estaba construyendo una mansión gótica en las afueras de Sheffield. El total recaudado fue de algo menos de diecinueve mil. No era suficiente, dijo la compañía.

Laura vendió las joyas que había heredado de su madre, tras haber encargado copias de estrás de cada pieza. Temía que su padre se enterara de las acciones que estaba emprendiendo, o de las circunstancias que la habían hecho emprenderlas. Si él lo descubría, se enfurecería y le daría un ataque. Seis mil guineas

* *Hansard*, vol. 234, col. 21 (1846).

fue todo lo que se obtuvo en la subasta de Sotheby's, una suma decepcionante dado su verdadero valor. Aún no era bastante, dijo el banquero de la compañía. La suma requerida para liquidar ese plazo era de cuarenta mil, o se procedería a la venta de las tierras.

El alquiler de la casa de Tite Street era de ocho mil al año. Si la abandonaban y sacaban a los niños del colegio, podían arañar las cuarenta mil. El plan era presentárselo a los niños como una gran aventura; de manera similar fue vendido al padre de Laura. La familia se marchaba a Galway por algún tiempo. Aire limpio. Campos abiertos. Las tierras de sus antepasados.

Llegaron a Kingscourt en agosto de 1846, encontrándose con un bosque de tiendas en el prado de Lower Lock, adonde los arrendatarios desahuciados de Blake habían ido a acampar. El humo de sus fogatas podía verse desde kilómetros de distancia. Corría el rumor de un posible brote de fibre tifoidea. Cuando Merridith trató de mezclarse con la gente de Kingscourt, muchos se negaron a hablar con él; e incluso a mirarlo; aunque lo que sí hicieron algunas de las mujeres fue gritarle furiosamente que su familia era una desgracia.

Por la noche pudo ver a los hombres charlando con gesto irritado en las sombras. Multitudes de cincuenta o cien arrendatarios se congregaban bajo los árboles. Él les hizo saber a través de la policía que no toleraría disturbios. No pensaba echar a nadie de la tierra en unos tiempos tan difíciles, pero había ciertas reglas que tenían que ser obedecidas. Cualquiera que fuera visto con un arma de fuego sería arrestado y expulsado. Hizo que Johnnyjoe Burke instalara rejas en las ventanas.

La casa rezumaba agua por todas partes; se pudría con la humedad. Sus anuncios pidiendo sirvientes quedaron sin respuesta. Se trasladaron a los alojamientos de la servidumbre, situados en la parte trasera de la casa, donde los gritos de la gente por la noche no se oían. Veían los desfigurados rostros atisbando por las ventanas. Las hambrientas caras de los llorosos niños. Sus hijos se negaban, aterrorizados, a salir de la habitación. Laura tampoco salía de la casa sin un guardaespaldas armado, o una pistola. Merridith llegó a temer abrir las cortinas por la mañana; una docena más de tiendas había aparecido durante la noche. En septiembre todo el prado estaba lleno con las familias desheredadas, y su campamento se extendía hasta los lejanos campos.

Fue a verlo la policía e insistió en que las tierras debían ser desalojadas. El campamento tenía ya el tamaño de una pequeña población y ofrecía grandes riesgos tanto para la salud como para la seguridad. Tres mil personas acampaban en esos momentos en la propiedad, y cada una de ellas era un simpatizante de los Justicieros. Merridith les dijo a los policías que se marcharan y que no volvieran. No podía echar a familias hambrientas de sus tierras.

Escribió cartas a Londres e insistió en que debía llegar más ayuda. Aquellos rumores sobre «trabajos de beneficencia del Gobierno» tenían que cesar. La gente necesitaba comida; estaban demasiado débiles para pedirles que trabajasen. Cierto que la cosecha de este año no había fallado del todo; pero seguía siendo escasa, demasiado falta de nutrientes; había crecido de las semillas podridas por la plaga del año anterior. Y muchos no tenían ningún lugar siquiera para cultivarlas. Decenas de miles de personas estaban siendo desahuciadas.

En octubre murieron las primeras personas del poblado de tiendas. Cuatro el primer día; nueve el siguiente. En noviembre morían ochenta cada semana. Merridith hizo que Burke pintara con barniz negro las ventanas de las habitaciones de los niños.

Pasaron las navidades en la mansión dublinesa de los Wingfield. Los niños habían pedido que no volvieran a Galway por Nochevieja. Los Wingfield se marchaban a Suiza para unas vacaciones de algunos meses. Cuando se ofrecieron a llevarse a los niños, sus padres se mostraron de acuerdo. Laura estaba también invitada, pero, valientemente, rehusó. Tenía que quedarse con su marido.

La noche de Año Nuevo regresaron a Kingscourt, encontrándose con que un cordón de guardias armados rodeaba la mansión. Un informador les dijo que esperaban un ataque de los Responsables. Casi doscientos arrendatarios habían muerto la semana de Navidad. El sargento sólo podía permitir a los Merridith que entraran en la casa si aceptaban estacionar a cincuenta agentes dentro del edificio.

El 6 de enero de 1847, Merridith regresó a Dublín solo. Laura estaba enferma de una probable neumonía y no se hallaba en condiciones de hacer frente al viaje. Le había suplicado a David que no fuera; el viaje era peligroso. A esas alturas corría el rumor de que los terratenientes y sus agentes estaban siendo atacados en las carreteras que conducían a Dublín. Pero Merridith no tenía muchas alternativas. De hecho, ninguna. Había llegado un documento durante la ausencia de la familia en Navidad. Era el aviso de desahucio de la propiedad de Kingscourt.

La actitud del representante de la compañía lo escandalizó. Había esperado encontrarse con el director en persona, lord Fairbrook de Perthsire, noveno duque de Argyle. Pero le fueron transmitidas excusas por parte del jefe de la oficina de Dublín. Su Señoría había sido retenido por una tardía sesión de la cámara. En su lugar había enviado a Mr. Williams, de la oficina de Recaudación de Impagos: un londinense bajito, calvo, que sudaba copiosamente y miraba como si se dispusiera a matar a patadas a un perro por ladrarle.

–¿Ha traído usted lo que se le pedía?

–¿Perdón?

–¿Trae usted lo que hace falta para cancelar su deuda, señor?

–No, en este momento. En vez de eso, pensaba que podríamos llegar a un compromiso. Lord Fairbrook y yo ya discutimos el asunto anteriormente.

Williams asintió mecánicamente y escribió algo en su libro mayor.

–Me pareció que tres años sería un período apropiado –dijo Merridith.

Williams no respondió. Se secó la boca con un pañuelo.

–Preferiblemente cinco: pero creo que en tres puede haber ya resultados. Mis planes están detallados en el documento que le he entregado. Encontrará el cálculo de los costes y demás. Le aseguro que todo está en orden. Es cuestión de capear el temporal durante un tiempo.

Williams volvió a asentir sin levantar la mirada de su libro de registro. Se acariciaba su gris bigote mientras escribía. Finalmente estampó un sello en la página y cerró el libro tan bruscamente que éste hizo un ruido sordo y levantó un poco de polvo.

–Ha dejado usted de pagar la hipoteca. La propiedad debe

venderse lo antes posible. Las tierras que aún tienen arrendatarios tendrán que ser desalojadas.

–Eso es absolutamente imposible, me temo.

–Se hará, milord, tanto si lo hace usted como si no. La tierra con arrendatarios que no pagan no produce ingresos. Por añadidura, su continuada ocupación ilegal no hace más que reducir su valor.

–¿Ocupación ilegal?

–¿Cómo lo llamaría usted, milord?

–Algunos llevan viviendo en esas tierras desde hace quinientos años. Desde mucho antes de que mi familia llegara a Connemara.

–Esa cuestión no es de interés para la compañía.

–Conozco la compañía muy bien, gracias. Su director es un amigo de mi familia desde hace mucho tiempo.

–Lord Fairbrook está totalmente al corriente de la situación, lord Kingscourt. Puedo asegurarle que estoy actuando bajo su directa autoridad. Las tierras deben quedar libres, y no hay más que hablar.

–¿Y cómo espera usted que desaloje las tierras? ¿Voy a echar a esa gente hambrienta?

–Entendemos que son profesionales los que han de hacer esa clase de trabajo.

–¿Secuaces alquilados, quiere usted decir? ¿Esbirros?

–Llámelos como quiera. Hacen cumplir la ley.

–Ningún alguacil ha puesto jamás los pies en las tierras de los Merridith. Al menos en los doscientos años de la presencia de mi familia en Galway.

–No son «las tierras de los Merridith», señor. Pertenecen a la compañía. Prometió que se efectuarían los pagos y los pagos no se han satisfecho. No ha cumplido usted con sus obligaciones, señor. Ha faltado a su compromiso. Uno habría pensado que sería para usted una cuestión de honor cumplir con ellas, pero evidentemente su palabra no es garantía.

–¿Cómo se atreve usted a hablarme de esa manera, señor? No aceptaré semejante lenguaje de un pomposo usurero.

–Parece usted encantado de aceptarlo cuando le conviene, milord. Está usted viviendo como huésped en una propiedad que no es suya.

–¿Soy también un ocupante ilegal, entonces?

–Lo ha venido siendo durante mucho tiempo, señor. Al menos ellos pagan algo por vivir en el lugar.

–Nunca cederé las escrituras de mis tierras.

–Los títulos ya están en posesión nuestra, se lo aseguro. Y cualquier otra documentación puede ser obtenida por orden de los tribunales. Los abogados de la compañía tienen bien estudiado el asunto.

–Seguramente... podrá arreglarse alguna compensación para las familias.

Williams sonrió fríamente.

–¿Está usted bromeando, señor?

–No lo entiendo. ¿Qué quiere usted decir?

–No es la compañía la que se ha beneficiado de los trabajos de sus arrendatarios durante doscientos años. ¿Por qué la compañía habría de ofrecer alguna compensación?

–No tienen absolutamente nada. Seguro que usted se hace cargo.

–Puede usted desahuciarlos y compensarlos como usted desee. O puede desahuciarlos sin compensación. La elección es suya. Tiene usted hasta el primero de junio. Los desahucios tendrán lugar en esa fecha. Las tierras se venderán con la mayor celeridad.

–Un breve respiro es todo lo que pido. Dos años, no más.

–Se ha terminado el tiempo. Buenos días, lord Kingscourt.

–Un año entonces. Por favor. Puede conseguir un año, ¿no?

Williams señaló hacia la puerta con su goteante pluma.

–Buenos días, lord Kingscourt. Tengo otros compromisos. Mi barco zarpa para Londres a las siete de esta noche.

Anochecía cuando salió de la oficina. El granizo caía con estrépito sobre las calles cubiertas de suciedad. Una muchacha con aspecto de criada estaba besando a un soldado en el portal de una tienda. Un trío de escolares los observaban y reían. Merridith anduvo un rato por entre las multitudes y los mendigos, bajo las graciosas columnatas del Parlamento, en College Green. Bajó hacia el río y la cercana Sackville Street. El Liffey tenía un aspecto negro, lúgubre. Un alto buque estaba amarrado en el muelle sur, formando sus tres desnudos mástiles una telaraña de jarcias. Cuadrillas de estibadores descargaban barriles y los amontonaban sobre el gris y húmedo pavimento.

Un rayo retumbó sobre la cúpula de la aduana. Merridith empezó a caminar de nuevo a través de la punzante cortina de granizo. La página de un periódico golpeó contra su pecho. Se dijo a sí mismo que no sabía adónde iba. Pero había algo que sí sabía. Lo único, quizá.

Caminaba contra los embates del viento mientras cruzaba el resbaladizo puente en medio de un alboroto de faldones de abrigos. La austera figura de Nelson miraba severamente desde su columna: como un ídolo de la Isla de Pascua en uniforme militar de granito. Los vendedores que rodeaban el pedestal estaban desmontando sus tenderetes. Una colonia de gaviotas aleteaba a ras de suelo y buscaba comida entre los restos, y luego echaron a volar en grupos de dos o de tres. Pronto se encontró en Faithful Place; luego en Little Martin's Lane. Las casas adosadas se fueron haciendo más oscuras, sus habitantes, más andrajosos. Las viviendas sin cristales en las ventanas eran como calaveras. Flotaba un tufo a carbón húmedo y ropa sin lavar. Un pequeño círculo de golfillos de mugrientas caras permanecía alrededor de un brasero, mientras él se metía por los callejones que conducían al Diamante; y se oía el tañido del ángelus desde una veintena de capillas.

La sacudida del trueno. Chillidos de niños saltando a la comba. Un ex soldado recorría la calle con un cartel en el que había pintado ARREPIÉNTETE. Pero las letras habían empezado a correrse por la lluvia. Un charlatán subido a un sucio barril de metal cantaba las milagrosas propiedades de la poción que vendía. Dos marineros apresuraban el paso bajo el parasol rosado de una muchacha. Las mujeres estaban preparándose para empezar a trabajar la noche.

Algunas se sentaban en los antepechos de sus ventanas, sorbiendo tazas de té; otras permanecían de pie en el umbral de sus pequeñas y oscuras casas, hablando quedamente a los transeúntes.

–Hola, maridito mío.

–Buenas noches, pichoncitos.

–Tengo lo que necesitas, amor. Bonito y fresco.

Cruzó Mecklenburgh con sus empapadas botas y bajó por el pequeño callejón que comunicaba Curzon Street con Tyrone Street. Tan estrecho que podías tocar ambas paredes con las manos mientras caminabas. Un vagabundo estaba despatarrado en un hediondo umbral, tarareando ebriamente una melodía de music-hall. Merridith llegó a una casa. Se detuvo. Levantó la mirada. Una luz roja ardía en la ventana de un desván, como el resplandor ante el tabernáculo en una iglesia católica. Se quitó su anillo de boda y lo deslizó en el bolsillo. Golpeó con los nudillos en el entrepaño tachonado de clavos de la puerta.

Se abrió la mirilla. Unos ojos apagados lo miraron. Cerraron la escotilla y abrieron la puerta.

El portero llevaba una caperuza de negra arpillera y un largo abrigo negro bajo un chaquetón de marinero. Sostenía un garrote en el ángulo del brazo, del mango colgaba una pequeña cadena para introducir la muñeca y sujetarlo.

–Cinco –murmuró, alargando bruscamente su enguantada palma.

Merridith le tendió dos medias coronas. A sus espaldas, la puerta fue cerrada de golpe y con llave.

Lo condujeron por un tramo de escaleras muy empinado; y por delante de una puerta tras la cual un piano desgranaba *Los machos de Oranmore*. Otra puerta más allá estaba ligeramente entreabierta; tres cadavéricas muchachas en corsé estaban sentadas en las rodillas de unos soldados de caballería.

La madame era una dublinesa bien vestida y musculosa, y hablaba con el antiguo acento de los moradores del Liberties. Fumaba un cigarrillo turco en una boquilla de marfil y exhibía sobre su pecho un collar de fantasía de brillantes monedas doradas. El visitante fue saludado con hospitalidad profesional. ¿Quería tomar una taza de té? ¿Un buen vaso de ponche? Hablaba como un tabernero que tiene algo de tiempo para matar.

–No es usted un hijo de Dublín, señor. A juzgar por su bonita manera de hablar. ¿Es inglés, Su Señoría? ¿Comercio o placer? Es usted bienvenido una y mil veces. No hay extraños aquí; sólo amigos que aún no conozco. Y a Su Señoría le apetece un poco de diversión en una fría noche, espero, señor. Borrar todas las preocupaciones y problemas del día. Tiempo habrá para la pena mañana, se lo digo yo.

Merridith asintió con la cabeza, estremeciéndose por la corriente de aire. Ella soltó una risita, como disfrutando de su incomodidad.

–¿Y por qué no, dice usted? ¿Acaso no estaremos mucho tiempo muertos? ¿Qué maldito daño vino jamás del juego? Vamos a levantarle el ánimo, señor. Ya lo verá.

Su mano temblaba terriblemente cuando tendió el dinero. El hombre de la máscara había aparecido nuevamente y señalaba a un corredor que Merridith hasta entonces no había visto. Subió por unos escalones y recorrió un desastrado pasillo. Entró en la oscura habitación y rápidamente se desvistió. Se dio cuenta de que estaba llorando mientras yacía en el sucio colchón, pero se secó los ojos. No quería llorar. El aire olía a sudor, a putrefacción y a gatos, pero estaba impregnado de una niebla de mareante perfume. Podía oír risas estridentes procedentes de la calle, así como el fatigado paso de los caballos de tiro sobre los adoquines.

Pareció transcurrir mucho tiempo antes de que se abriera la negra puerta. La muchacha entró silenciosamente, como si estuviera cansada. Llevaba una vela en la mano, y una andrajosa toalla en la otra. La camisa estaba aflojada para dejar al descubierto sus pechos. Su huesuda, cadavérica cara era como una grotesca máscara de rojo.

–Buenas noches, señor –dijo.

Y no se dijo nada más. La llama de la vela parpadeaba.

Era Mary Duane.

No hay palabras para describir ese peculiar aspecto de los niños famélicos. Nunca he visto unos ojos como ésos, brillantes, azules, claros, mirando tan fijamente a la nada. Podía casi imaginarme que los ángeles de Dios habían sido enviados para abrir los ojos de esas pequeñas, pacientes, agonizantes criaturas a las bienaventuranzas de otro mundo.

ELIHU BURRIL, *Diario de una visita de tres días a Skibbereen*, Londres, 1847.

Capítulo XXVI
EL DIARIO DE NAVEGACIÓN

Decimonoveno día del viaje: en el cual el capitán recibe una información sumamente preocupante.

Viernes, 26 de noviembre de 1847.
Quedan siete días de travesía.

Long: 48° 07,31´ O. Lat: 47° 04,02´ N. Hora de Greenwich: 02.31 a.m. (27 de noviembre). Hora del reloj de bitácora: 11.19 p.m. (26 de noviembre). Direc. y veloc. del viento: E. 92°. Fuerza 6. Estado de la mar: Rizada. Rumbo: O. 267°. Estado del tiempo y observaciones: Velocidad máxima del viento registrada, 51 nudos, que rasgó la vela de mesana. Navegando por los grandes bancos orientales de Terranova.

El pasajero tullido está alojado en la bodega. Ha estado durmiendo casi las últimas treinta y seis horas. El cirujano Mangan le ha limpiado las heridas de la cara, pequeñas laceraciones e hinchazones. No tiene roto ningún hueso. Parece que su nombre es realmente «Mulvey», tal como se dijo; el error de llamarle Swales es mío. (Por el nombre que vi en su Biblia, que le había dado un amigo.) Leeson es de la opinión que no se puede confiar en él para nada. Pero jamás ha existido un hombre tan absolutamente malo que la vida haya consumido toda su bondad.

Anoche murieron siete pasajeros de tercera clase, y sus restos fueron entregados a las profundidades. Sus nombres son John Barret, George Fougarty, Grace Mullins, Denis Hanrahan, Alice Clohessie, James Buckiner y Patrick Joseph Connors. Dios tenga piedad de sus almas.

Poco antes del alba avistamos el bergantín *Rocío de la Mañana,* zarpado de Nueva Orleans con rumbo a Sligo, y, como corresponde, le hice señales de que se detuviera. Habiendo sido recibida la señal, ésta fue respondida.

Soltamos el ancla a 47° 01,10´ O; 54,21´ N, y preparamos un grupo de embarque. Yo mismo iba en la lancha junto con el agente de Correos Wellesley y algunos hombres (al igual que varios pasajeros, los más fuertes, y una niña) para entregar y recibir varias sacas de Correos. Asimismo para trasladar al otro buque a Eliza Healy, de siete años, cuyos padres han muerto a bordo y que no tiene parientes que cuiden de ella en América.

Tomé café y un poco de brandy para mi pecho con el capitán Antoine Pontalba, de Shreveport, en su camarote. Tenía información sumamente inquietante que transmitir.

Primero quiso saber si nos dirigíamos a Quebec, y cuando le dije que no, comentó que eso era magnífico. Conversamos sobre los horribles acontecimientos que ocurrieron allí el pasado verano, de los que aún se hablaba en su barco*. Pero me alarmé sobremanera cuando me dijo que la catástrofe aún no había cesado en su espantosa progresión y seguía reclamando centenares de víctimas cada semana. Yo creía que la horrible crisis había terminado, pero, ay, no era así. De hecho algunos dicen que lo peor está por venir.

El capitán Pontalba me confió que su primer oficial había conocido en Nueva Orleans a alguien recientemente llegado de

* El capitán Lockwood alude a la tragedia ocurrida en Grosse Ile el verano de 1847, cuando la Estación de Cuarentena del río San Lorenzo se vio desbordada por un enorme número de inmigrantes enfermos y hambrientos, muchos procedentes de Irlanda. Murieron miles de ellos. Quebec y Montreal sufrieron devastadoras epidemias de fiebre. En la época del viaje del *Estrella*, el río estaba cerrado a toda navegación, y las autoridades habían empezado a controlar la crisis. Pero, evidentemente, por lo dicho, terribles relatos de lo que había pasado debían de estar circulando entre los viajeros todavía. – G. G. Dixon.

Quebec, el cual afirmaba que una gran parte del río San Lorenzo, cuyo curso es el canal principal de entrada a Canadá, está totalmente congelado, así como una enorme zona de los bancos, que se extiende muchos cientos de millas a su alrededor. Este hombre, un ruso, comerciante en pieles, contó muchas historias de los sufrimientos que ahora tienen que soportar las desgraciadas personas que viven en aquella zona. Según se dijo, no sabía hablar inglés muy bien, pero la esencia de lo que decía quedaba espantosamente clara.

Cuarenta o más barcos estaban esperando entrar en Canadá, según se decía, formando una fila de varias millas en el río, con más de quince mil emigrantes a bordo, casi todos procedentes de Irlanda; muchos de éstos con cólera y tifus y completamente carentes de medios para ser tratados o siquiera mantenidos en cuarentena. Se decía que en algunos barcos no había un solo hombre, mujer y niño que no estuviera enfermo, tanto entre los pasajeros como entre la tripulación. En dos de los barcos, se decía, habían muerto todos; hasta el último ser humano que estaba a bordo. Así pues, no cabe esperar ahora más que una terrible calamidad, con enormes pérdidas de vidas.

Para empeorar las cosas, han corrido rumores de que las autoridades de Nueva York y Boston podrían hacer volver a todos los buques que proceden de Irlanda, pues esos puertos están atestados de innumerables barcos que no pueden ir a Canadá, y las autoridades de Nueva York tienen un miedo espantoso de que se produzca una epidemia.

Le supliqué que no dejara que ninguno de mis pasajeros tuviera noticias de ello, pero me temo que ya era demasiado tarde, porque al regresar a la lancha observé que varios de ellos se mostraban sumamente asustados y abatidos. Ordené al contramaestre que hiciera levantar los remos por un momento, y les dije a todos que teníamos el solemne deber de no difundir la alarma entre nuestros compañeros de viaje, que el mejor amigo de un viajero es una mente fría. Todo el mundo se mostró de acuerdo con este consejo, incluso el muchacho, que estaba muy asustado. Pero apenas hubimos regresado al *Estrella* y nos desplegamos, observé que muchos de ellos se estaban congregando en la cubierta de proa, con aspecto angustiado. En estos momentos han comenzado a rezar en voz alta, con esa fervientemente encantadora manera que tienen, invocando los múltiples y extraños nombres que dan a la Madre de Jesús.

Desde hace muchos años sé que eso es un signo de su más profundo miedo.

Me retiré a mi alojamiento para descansar un rato, pero caí en un profundo y muy inquieto sueño. Y soñé que veía el barco desde una terrible altura, su casco pidiendo misericordia a la Reina de los Cielos.

Capítulo XXVII

Sábado, 27 de noviembre de 1847.
El vigésimo día.
50° 10,07´ O; 43° 07,01´ N.

Oh,
tierra
sin sembrar.
Ora pro nobis.
Fuente Sellada. *Ora*
pro nobis. Redención de
Adán. *Ora pro nobis.* Abogada
de Eva. *Ora pro nobis.* Acueducto de
Gracia. *Ora pro nobis.* Novia del Cántico.
Ora pro nobis. Vellón de la lluvia del Cielo.
Ora pro nobis. Puerta de Oriente. *Ora pro nobis.*
Flor de la raíz de Isaí. *Ora pro nobis.* Pozo sin
excavar. *Ora pro nobis.* Casada con Dios. *Ora pro*
nobis. Azucena entre espinos. *Ora pro nobis.* Rosa
siempre floreciente. *Ora pro nobis.* Jardín enclaustrado.
Ora pro nobis. Taller de la Encarnación. *Ora pro nobis.*
Casa de Dios. *Ora pro nobis.* Esposa de José. *Ora pro*
nobis. Campo sin labrar. *Ora pro nobis.* Torre de
marfil. *Ora pro nobis.* Trono de Dios. *Ora pro nobis.*
Inmaculada. *Ora pro nobis.* Doncella vestida con
la luz del sol. *Ora pro nobis.* Trono de Redención.
Ora pro nobis. Que superas a los serafines. *Ora pro*
nobis. Tesoro de Santidad. *Ora pro nobis.* Que superas
las praderas del Edén. *Ora pro nobis.* Espejo de
Pureza. *Ora pro nobis.* Catedral inasequible. *Ora*
pro nobis. Paloma sin mancha. *Ora pro nobis.*
Vasija de devoción. *Ora pro nobis.* Pila de
virginidad. *Ora pro nobis.* Virgen Sumamente
Pura. *Ora pro nobis.* Profana en las maneras
de Eva. *Ora pro nobis.* Vencedora de la
Serpiente. *Ora pro nobis.* Esperanza de
los exiliados. *Ora pro nobis.* Ciudadela
de David. *Ora pro nobis.* Reina de
África. *Ora pro nobis.* Madre
Fraternal. *Ora pro nobis.*
María Inmaculada
Estrella del Mar. *Ora*
pro nobis. Ora pro
nobis. Mea maxima
culpa. Ora
pro nobis.

Capítulo XXVIII
LA DENUNCIA

En el cual un documento descubierto por agentes del autor se ofrece al lector (que verá lo que significa).

SESIONES JUDICIALES DE SU MAJESTAD IMPERIAL
DOCUMENTO 7B/A/11*

Abril 1847,
Galway

al capitan de los hombres si no responsables.

*mi nombre es Mary D**** y soi de buena familia. estuve casada con N******* M***** de A'nagcraomha durante trece años y*

* Documento descubierto cinco años después del viaje por un detective empleado en Dublín por G. G. Dixon. Copia en limpio. Original perdido.

*cinco meses asta que el destruyo su vida y la de nuestra hijita A**** M*** M***** la Nochebuena de 1845 ahogandola.*

entrego esta a cierto hombre que se que sabra a quien darsela. Que Dios haga que la recibais porque es preciso que se reciba.

voy a america dentro de poco y nunca volvere a la patria asi que quiero decir lo que sigue y espero que tu y tus hombres actueis al respecto. se que personas en este cristiano condado de hipocritas me desprecian y dicen calumnias y rumores sobre mi nombre y me marcho de modo que no voy a explicar «eso» que ya no se explicara mas pero esta es la verdad y toda la verdad.

*Cuando tenia diecinueve años me prometi a un tal P*** M***** de A'nagcraomha, unico hermano de N******* M***** que fue una vez cura, y por mi vida, ningun hombre jamas me ha conocido antes de ese momento, el mismo P*** M***** me dejo de ese modo que se sabe y luego se largo para gran angustia mia, me traiciono. fui hechada de mi casa por mi padre debido a la verguenza y por algun tiempo tuve que andar por los caminos pero luego vivi con mi cuñado y mi hermana en screeb. y el que me arruino se paseaba como un alegre y errante mozo de labranza.*

*su hermano N******* era un sacerdote en **** *****, cuando se entero de la situacion en que yo me habia quedado se puso en camino para verme y dijo que sentia mucho lo que pasaba y que se avergonzaba de la fea falsedad y granujada de su hermano conmigo. dijo que dejaria de ser sacerdote y se casaria conmigo y criaria a mi niño si le aceptaba. al principio dije que no pero el insistio que*

Registrado como prueba de la acusación en la sesión judicial de Galway, 6 de junio de 1849. «Que trata del juicio del trabajador James O'Neill, antiguamente de Kilbreekan, cerca de Rosmuck, desahuciado, alias Capitán Luz de Luna o Capitán Oscuridad de una sociedad subversiva llamada los Hombres Irlandeses, Defensores Irlandeses, Hombres Justicieros, Si No, Responsables; con cargos de destrucción de la propiedad, asalto público, agresión a un policía, conspiración para el asesinato, incitación o soborno a otra persona para asesinar, y pertenencia a una organización prohibida.» Documento hallado por la policía en un registro del refugio del acusado en Haye's Island. (Fue ahorcado en el cuartel de Galway el 9 de agosto de 1849. Una serie de acusados del mismo proceso fueron trasladados de por vida a Botany Bay por formar parte de la Hermandad de Republicanos Irlandeses o Fenianos.) Nombres suprimidos por el relator del tribunal.

*lo haria y que no queria que ningun niño engendrado por un M***** fuera un bastardo y su madre desgraciada. yo dije que cometeria un error si lo hacia y que no era la voluntad de Dios, pero el no queria oir hablar de seguir siendo sacerdote e hizo eso de todos modos y se empeño en ello. nos casamos legalmente en la capilla de C**** (mi pueblo natal) el 9 de julio de 1832 y me fui a Tully a vivir con el en la tierra de su gente.*

mi hijo nacio muerto un mes despues (RIP) pero ya estabamos casados entonces y no se podia hacer nada para anularlo ni por la ley ni por la religion.

*N******* M***** era un hombre decente y sobrio, pero no vivimos como hombre y mujer durante muchos años. eso era en parte porque mi marido muy a menudo se encontraba mal y bastante debil, y en parte porque no existian los sentimientos naturales entre nosotros. habia algunas veces infelicidad entre nosotros en la casa, aunque a veces no. finalmente fui a ver a un cura el padre Fagan y a mi hermana para hablarles de ello, y dijeron que yo no habia sido justa con mi marido al negarle aquello a lo que tenia derecho y tambien que no habria nadie para cuidarle la tierra y no tendriamos descendencia, empezamos a vivir como hombre y mujer entonces. en 1843 me entere de que estaba esperando un niño y nuestra hija nacio en enero de 1844. estuvimos bastante tranquilos juntos en aquella epoca, mi marido tenia una gran ansia de ser padre y fue el hombre mas cariñoso y bueno del mundo. Me cubrio de flores y adornos para el pelo, y las cintas que me regalo darian casi la vuelta al mundo. Con su hija, era como una mujer. No podia hacer mas por la niña la verdad que no. aquellos que le llaman loco o estupido no son ni pizca justos con el, nunca fue de esa manera hasta que fue empujado por la crueldad de otro.*

*en septiembre de 1844 su hermano P*** M***** volvio de donde estaba y empezo a torturarnos, aunque me habia abandonado y no tenia ningun derecho sobre mi se sentia celoso ahora. la primera cosa que hizo fue volver a nuestra tierra y decir que la mitad de ella era suya por ley y costumbre y que no podia ser echado de ella o le diria al condado que queriamos robarle su tierra y ensuciaria nuestro nombre. escribio una carta al comandante blake y dijo que tenia derecho a estar en la tierra y que podia pagar por ella una renta mejor que la que pagabamos nosotros. se construyo una cabaña en* *la tierra y no salia de la parcela. cada vez que yo salia de la casa el estaba alli mirandome de una manera impropia y mirando con odio a su propio hermano y a la inocente niña. venia y miraba por la ventana por la noche mientras yo me desnudaba. su cara se pegaba a la ventana. una vez le vi que nos observaba mientras mi marido y yo estabamos juntos de manera natural. toda la infelicidad volvio a la casa. creo que mato a una vaca que nos pertenecia, levanto nuestro campo de patatas y lo arruino. derribo un cobertizo que mi marido habia construido y un muro que habia hecho para separar nuestra parcela de tierra de su mitad. no habia paz para nosotros. cuando su hermano, mi marido, estaba fuera en su trabajo venia y decia con palabras suaves que aun me deseaba y me amaba. sigue siendo el mismo mentiroso zalamero y falso que siempre fue de lengua hechicera pero corazon negro. si quisiera convenceria a la lluvia para que no lo mojara.*

*una vez solo una vez cuando mi marido estaba fuera de la casa y nosotros no estabamos bien juntos, yo fui debil, de lo que me arrepentire todos mis dias de mi vida, y le deje pasar, a P*** M***** quiero decir, para verguenza mia. Me dio whisky primero, dijo que me ayudaria con una sopa para la niña si lo hacia y dejaria de molestar a mi marido. es mi culpa y mi pecado lo que hice pero el tambien se aprovecho del sentimiento que habia entre nosotros cuando eramos jovenes. despues me torturo por ello y dijo que podia tenerme cuando quisiera. que la desgracia caiga sobre ese maldito judas.*

siempre estaba diciendo que se lo contaria todo a mi marido. hablaba impropiamente conmigo sobre ello. hizo algunas cosas que no puedo siquiera contar. esperaba hasta que mi marido estaba alli y entonces soltaba suspiros como los que a veces ocurren entre una mujer y su hombre en algunos momentos y me miraba lascivamente. una vez cogio algunos vestidos mios de mujer de la aulaga donde se estaban secando y espero hasta que mi marido subia por el sendero para sacarselos del bolsillo. se paseaba por la hacienda y les decia a mis vecinos que mi hija no era la descendencia legitima de mi marido sino la bastarda de un gitano calderero o de un ingles. tan cierto como vivo que es una mentira lo que dijo. mi marido y el tuvieron una pelea por ello. mi marido casi lo llevo a la tumba el solo y es una lastima que no lo hizo.

cuando llego la plaga de la cosecha el verano pasado no vino a *ayudarnos. el mismo estaba bien porque tenia dinero en cantidad conseguido en sus viajes de alguna manera y creo que es una comadreja ladrona al que nunca le falta dinero o ropas o quizas es un lacayo de los terratenientes en secreto o un sabueso del castillo. Para mi ese zorro, la verdad, es capaz de cualquier engaño o trampa. Es el Jesucristo del engaño. algunas personas dicen que es un esbirro o un alguacil en secreto. tenia comida a montones cuando mi corderilla pasaba hambre. a algunos les dice que es uno de los hombres responsables y a otros que es amigo de los terratenientes y alguaciles. dira todas las mentiras que le interese. Diria quel negro es blanco si cree que eso le dara dinero. fuimos desahuciados por el agente del comandante blake en octubre de 1845 por no pagar la renta. vino un esbirro de Galway con quince policias para sacarnos a golpes. pegaron a mi marido delante mia y de su propia hija mientras su hermano miraba. lo destrozaron. mientras lo molian a golpes el esbirro decia ves esto, M*****, ves esto sucio cerdo de matanza, esta es una paliza que no vas a olvidar mientras vivas, no tengo razon, contestame cerdo, y le hicieron decir que si que estaba bien, y que el era un cerdo, y no lo dejaron hasta que dijo eso. nunca volvio a ser el mismo despues de la paliza que recibio entonces. eran semilla de bruja, no hombres naturales. aquel dia lo rompieron.*

*no podiamos pagar nada debido a la plaga y a P*** M***** que mato nuestra vaca. blake no nos dio credito sino que nos hecho a la calle. fue P*** M***** quien se apodero de nuestra tierra y entonces se moria de risa ante nosotros cuando fuimos expulsados. bajamos a rosaveel y vivimos en un refugio que mi marido excavo arriba en el bosque, yo mi marido y mi hija viviamos en la suciedad mientras P*** M***** se apoderaba de nuestra tierra y se las daba de gran señor. sigue alli ahora como el Rey de Inglaterra.*

la gente le escupia y le arrojaron piedras en el funeral de su hermano y le rehuian pero ninguno de ellos levanto un dedo para ayudarme.

vivi tiempos duros despues de que mi marido y mi hija murieran. estuve en el asilo hasta que no pude soportarlo mas. fui a la carretera a dublin y perdi otro hijo en el camino. tuve que pedir limosna en las calles por la noche durante un año y hacer lo que ninguna mujer tendria que hacer nunca en ese lugar. ahora soy una niñera y me voy a america. estoy trabajando como niñera para la *familia de Lord y Lady *********. nunca volvere a galway aunque viva hasta los cien. una mujer decente no tiene utilidad en galway.*

*todo lo que la gente dice sobre P*** M***** es verdad, le denuncio como ladron, como seductor y como sinverguenza. atormento a su propio hermano y a mi unica hija hasta llevarlos a la tumba y me gustaria que tu y tus hombres le hicierais algo a el.* se muy bien que lo habeis hecho antes*. *lo conoceras porque tiene una manera* camath** *de andar y tiene un solo pie y uno de madera con una M marcada (por maton, tal vez). cualquier destino reservado para el lo merece, mientras a un malvado como el se le permite hacer lo que quiere no es extraño que la gente sea tan pisoteada en estos tiempos. no se como los susodichos hombres irlandeses pueden permitirlo.*

que el niño de mi vientre se queme hoy en el infierno si digo aqui alguna mentira. tiene un solo pie y una piedra por corazon.

los perros de connemara saben la verdad de lo que digo.

le denuncio en todas las formas que puedo. el mas negro perro canalla que jamas llevo zapatos y pudrio la tierra de galway caminando sobre ella.

Dios haga que muera gritando de vergüenza

*Mary M***** (de soltera D****)*

* Esta frase está subrayada y rubricada por la oficina del Fiscal de la Corona, Castillo de Dublín.

** *Camath:* posiblemente un error ortográfico de un término dialectal para referirse a cojear, o una combinación de *cam*, en irlandés «zambo, torcido», y *gyamyath,* argot *shelta,* que significa «cojo». – G. G. Dixon.

No esperéis ignominiosamente a que el hambre os lleve. Si debéis morir, hacedlo gloriosamente; servid a vuestro país con vuestra muerte, y envolved vuestro nombre con el halo de la fama de patriota. Id, elegid dos millones de árboles que hay en toda la isla, e inmediatamente después *id y ahorcaos.*

JOHN MITCHEL, «A la población excedente de Irlanda», 1847.

CAPÍTULO XXIX
LOS EXTRANJEROS PERDIDOS

QUE TRATA DEL VIGÉSIMO SEGUNDO DÍA DEL VIAJE: EN EL CUAL UN MACABRO DESCUBRIMIENTO ES REGISTRADO POR EL CAPITÁN (CON UNA SOMBRÍA REFLEXIÓN SOBRE AQUELLOS QUE DEBEN ABANDONAR SUS TIERRAS Y OTRAS CUESTIONES QUE CONCIERNEN AL CARÁCTER DEL PUEBLO IRLANDÉS).

Lunes, 29 de noviembre de 1847.
Quedan cuatro días de travesía.

LONG: 54° 02,11´ O. LAT: 44° 10,12´ N. HORA DE GREENWICH: 0.28 P.M. (30 de noviembre). HORA DEL RELOJ DE BITÁCORA: 11.52 P.M. (29 de noviembre). DIREC. Y VELOC. DEL VIENTO: S.S.O. Fuerza 7 (la noche pasada, Fuerza 9). ESTADO DE LA MAR: Todavía muy picada. RUMBO: N.O. 315°. ESTADO DEL TIEMPO Y OBSERVACIONES: Lluvia intensa la mayor parte del día. Bancos de niebla al norte.

«¿No hay bálsamo en Galaad?», Jeremías 8:22.

Anoche murieron cuatro pasajeros de tercera clase; y esta mañana fueron enterrados según el rito del mar. RIP. Sus nombres: Dwen Hannafin, Eileen Bulger, Patrick John Nash y Sarah Boland; los cuatro, del condado de Cork, Irlanda.

Hoy se ha hecho un espantoso descubrimiento. El bauprés se había partido con la tormenta de la noche pasada y sus jarcias se habían enredado en las cadenas a la altura de la línea de flotación. Bosun Abernathy bajó con una cuerda por el casco con algunos miembros de la tripulación cuando vio una grandísima aglomeración de monstruosas ratas que se habían congregado en el conducto de aguas residuales que viene de la primera clase; una abertura de quizás un metro veinte de diámetro.

Creyendo descubrir el origen del olor del barco de los últimos días se acercó con algunos de los hombres para realizar una investigación. Pronto descubrieron una escena lastimosa.

Los terriblemente descompuestos restos de un joven y una muchacha yacían en la boca del desagüe; uno al lado del otro, todavía estrechados en mutuo abrazo. El cirujano Mangan fue llamado para certificar la muerte. El muchacho tendría unos diecisiete años; la chica, quizá, quince. Llevaba en su vientre un feto de varios meses.

Confieso que caen lágrimas amargas de mis ojos incluso cuando escribo estas palabras.

No figuran en absoluto en el registro de pasajeros, por lo que cabe suponer que esas dos pobres y asustadas personas estaban ocultas allí desde que salimos de Cork; o, el Cielo los ayude, incluso desde Liverpool. Debieron de haberse encaramado por las cadenas y entrado en la alcantarilla, pensando en ocultarse allí hasta que llegáramos a Nueva York. Tal como Leeson señaló, la cantidad de pasajeros extra que tomamos en Cove nos están haciendo navegar a mayor profundidad de lo usual.

Algunos niños estaban jugando en la cubierta y ordené que los mandaran abajo.

Los sacamos y les administramos un rito cristiano lo mejor que pudimos; pero no llevaban nada que nos permitiera descubrir su identidad. Muchos de los hombres de la tripulación están sumamente afectados, incluso aquellos que han visto muchas cosas crueles en el mar. Yo mismo estaba sobrecogido mientras trataba de decir las palabras y tuve que ser ayudado por los hombres. El reverendo Henry Deedes también me ayudó y rezó una sencilla plegaria. «Que estos hijos de Dios, de Irlanda o de Inglaterra, cada uno de los cuales fue hijo de una madre, y cada uno de los cuales fue amado por el otro, encuentren un hogar seguro en los brazos del Salvador.» Después los hombres cantaron un himno. Pero hoy resultaba muy difícil cantar.

Cómo me acordé de mi querida esposa y de mis amados hijos; deseé tenerlos a mi lado. Cómo reflexioné que cada pequeña disputa de la vida matrimonial puede atribuirse a la proximidad que ese estado conlleva, como la que existe entre reinos confinantes. Y –lo más doloroso de todo– cómo me acordé de mi estimado nieto y deseé abrazarlo siquiera por un instante.

Porque, para mí, abandonar mi feliz estado y salir al mar es algo muy doloroso; incluso después de todos estos años. ¿Qué angustia, entonces, deben de soportar aquellos que están a bordo y que nunca más volverán a ver en esta vida a los seres queridos que deben quedarse atrás? El hombre que nunca más volverá a pasear por la noche en su pueblo natal con su hermano, reflexionando juntos tranquilamente sobre los asuntos cotidianos. O la muchacha que ha de despedirse de sus respetados padres de los que ella sabe que son demasiado humildes para considerar la posibilidad de un viaje tan arduo. La feliz joven pareja que debe separarse, y el padre que se aleja de su esposa y sus hijos, para viajar a América solo, cuando no existen recursos más que para pagar el pasaje de una persona. Por ir a vagar solo entre extraños lo arriesga todo.

Y éstos, Dios los ayude, figuran entre los más afortunados de su gente. No son los más pobres de los pobres de Irlanda, que carecen casi por completo de medios para subsistir. «Los mendigos más miserables siempre tienen, incluso en su pobreza, algo superfluo», dice el bardo; pero no es así en el torturado país de Connaught. Mucha buena gente del sector occidental de esa comarca no posee literalmente casi nada. Algunos consiguen arañar algo de dinero para dirigirse a Liverpool o Londres. Allí son víctimas de engaños por poco escrupulosos «agentes de inmigración» que se alimentan y aprovechan de ellos como sanguijuelas y ladrones, robándoles la ropa a veces o, a un hombre, sus herramientas, con las que podría trabajar de manera natural y digna para su familia. Y, a cambio, los alientan a embarcarse en un buque por la noche, haciéndoles falsas promesas de las riquezas que hallarán en la nueva tierra.

Las condiciones en que viajan son espantosas y haría que las privaciones que deben soportarse en el *Estrella* parezcan un paraíso. A veces el barco ni siquiera se dirige a América, sino a cualquier otro territorio o país alejado de la Gran Bretaña, sin importar lo poco amistoso o frío que pueda ser.

Y lo cierto es que todo eso es terriblemente inmerecido. Porque tan cierto como que la noche sigue al día, si la vida fuera de alguna manera vuelta boca abajo, si Irlanda fuera un país rico y las otras naciones hoy poderosas sufrieran miseria, tan cierto como que la aurora ha de llegar, el pueblo de Irlanda daría la bienvenida al asustado extranjero con esa bondad y amistad que tanto ennoblece su carácter.

No puedo escribir más. No hay nada más que escribir.

Siento haber nacido para ver este día.

Si alguna clase se merece ser protegida y asistida por el Gobierno, es esa clase de personas que es arrojada de su país natal en busca de unos someros medios de subsistencia.

CHARLES DICKENS, *Notas americanas.*

Capítulo XXX
EL PRISIONERO

La vigésima tercera noche del viaje (que coincide con la última noche de noviembre): en la que Mulvey recibe a un visitante sumamente indeseado.

57° 0,01´ O; 42° 0,54´ N.
– 9 p.m. –

El asesino fue despertado de un sueño de diccionarios por el sonido metálico de la campana de alarma tañendo en la cubierta superior; un frío tintineo de hierro cuyo sabor casi podía sentir en la boca. Se incorporó con la vista borrosa en la húmeda penumbra. Piedras que caen en un bote. Piedras como balas. Miró hacia la ratonil mueca que formaban los barrotes.

En el centro del cuadro aparecía la luna llena; a su alrededor, una aureola que la hacía parecer santa; un poco más allá, un par de estrellas, aunque demasiado pocas para poder identificarlas. Observó durante un rato. Casiopea, quizá. Pero sin el cuadro completo, las estrellas eran anónimas. Un estornudo le hizo temblar. Dolor en el abdomen. Todo dependía de cuánto podías abarcar.

El temporal arreció con una repentina ráfaga de viento que pasó silbando por entre las aflojadas tablas, haciendo que se cerrara de golpe una puerta. Y murió tan repentinamente como había nacido. Cambió de opinión. A Mulvey le pareció como si se pudiera estar formando otra tormenta. Esperaba que fuera un error. No podría soportar otra.

Desde algún lugar detrás de él, a través del casco del barco, le llegó el sofocado lamento de violines y gaitas. La melodía, un baile escocés de Leitrim, tenía varios nombres, pero no podía recordar ninguno de ellos, aunque los había oído un centenar de veces. Trató de ponerse de pie o al menos en cuclillas, pero un asombroso dolor le corría pierna abajo.

Y el sabor de su boca le resultaba desagradable. Como de cobre, ácido: el gusto de la sangre. Sus dientes se habían astillado durante la paliza recibida en el entrepuente. Cada vez que se dormía, chocaban contra su lengua. Tenía miedo de volverse a dormir, tan fuerte era el dolor. Ya no tenía pesadillas; sólo dolor físico. Ninguna pesadilla ni ningún íncubo, desde que Nicholas había muerto. Sólo el pinchazo de los dientes mellados en la lengua y las encías.

Se arrastró hasta el rincón de la pequeña y oscura celda y bebió un sorbo de grasienta agua de la encadenada jarra. Un plato de blanda papilla le había sido servido a través de la escotilla. La comida estaba fría como la piedra, pero había ingerido peores alimentos en su vida. Una mezcla de patata y menudillos de cerdo machacados y galleta, un plato que los marineros llamaban «Guisado Boxty». Comió rápidamente y dejó el plato limpio. Era mejor que nada de lo que disponían en tercera clase.

Durante un rato miró las frases garabateadas en las rezumantes paredes. Palabras inglesas e irlandesas: nombres, obscenidades. Más extraños eran los pictogramas que habían sido grabados como símbolos. Leones y simios. Quizás una jirafa. Un diagrama que parecía el plano de un bosque. Los caracteres de algún lenguaje para el que no tenía nombre.

~ ℵ # ψ ℑ Ψ Ξ Φ

Esposas y aros habían sido instalados en los mamparos. Un enrejado de hierro colado en las planchas de cubierta servía de letrina; a nueve metros por debajo, al final del conducto de una tubería de plomo, resonaba el eco del negro y agitado mar. Y uno podía observar eso también: pero no por demasiado tiempo. Subía y bajaba del agua. Como el hervir de un caldero. La clase de pasatiempo que podía llevarte por mal camino. La noche anterior había contemplado la posibilidad de escapar por el agujero; había considerado las diferentes maneras como podían ser desatornilladas las tuercas de la rejilla. Retener la respiración y sumergirse en el agua; sentir el duro arañazo de la quilla en tu espalda. Pero incluso mientras lo pensaba, sabía que sólo estaba pasando el rato. Aquellos tiempos habían acabado hacía mucho. Su fuerza había desaparecido.

> Un intrépido capitán de Hallifax, que vivía en una casa de campo,
> sedujo a una doncella que se ahorcó, una mañana, llevando ligas.

Por el corredor de roble Mulvey oía cantar al guarda de Northumbria.

> Su mala conciencia le remordía con fuerza, perdió su apetito,
> se aficionó a beber trementina y pensaba en miss Bailey.

Extraño era su apodo, el del pequeño y limpio northumbriano; un hombre parecido a un pájaro que gorjeaba al cantar. El carcelero se lo había explicado varias veces a su interesado prisionero. *Scrimshaw*, figura tallada: un término usado por los marineros para referirse a baratijas modeladas a partir de restos marítimos o marfil. Scrimshaw hablaba con uno a veces si querías que lo hiciera. Pero, más conveniente aún, te dejaba solo.

Mulvey se dirigió a la puerta y gritó llamando a Scrimshaw. Cuando éste apareció en la escotilla, el prisionero le dijo que estaba seco. El carcelero se marchó con su andar desgarbado sin pronunciar una palabra y volvió al cabo de un minuto con una jarra de sidra. El cautivo se la bebió de un trago, pero eso no calmó su sed. Se arrastró hasta su litera y se desplomó en ella.

Restos de naufragios. Residuos y maderas a la deriva. Estaba más oscuro ahora; el viento desencadenándose y deteniéndose, como los intercambios de disparos en un campo de batalla cuando la munición es escasa. Todo tenía un aspecto azulado y vago. Trató de hacerse un ovillo en la deprimente frialdad y apartar sus pensamientos lo mejor que pudo. La manta era un consuelo en una noche como ésa.

Ya que nadie podía matarlo ahora, aquella pequeña manta

parecía más de agradecer; y también agradeció que él mismo no tuviera que ejecutar ninguna muerte. El barco se balancearía y el agua golpearía el casco, y él no hundiría ninguna daga en una jadeante víctima. Ningún ruido de costillas rotas, ninguna torsión en el cartílago. Ningún estremecimiento del cuerpo cuando sacara la hoja.

Doce auroras antes podría haberlo hecho fácilmente. El objetivo dormía cuando Mulvey se deslizó en su camarote. Cuando sus ojos se adaptaron a la viciada, fría oscuridad pudo ver que la víctima yacía boca arriba. Se percibía el suave murmullo del sopor de la borrachera. El gimoteo de un hombre rastreando sus profundidades. Y Mulvey se había deslizado como un amante hasta su cama, tan cerca que podía oler el sudor contaminado de whisky de la víctima. El lucero del alba saldría pronto; el durmiente no lo vería. Todo se había quedado en silencio. Hasta el mar parecía estar en silencio. Al asesino le parecía como si la dilatación de sus pupilas pudiera hacer bastante ruido para delatarlo.

Se acordó del cuchicheo del hijo de la víctima, el adormilado niño casi imperceptible en las sombras que medio se había despertado en la negrura de la noche del Atlántico para descubrir una silueta que se deslizaba por la abierta portilla. El niño hizo un movimiento. Mulvey no dijo nada. «¿Grantley? –murmuró el pequeño–. ¿Estamos en América ya?» Mulvey no se movió. El barco dio un cabeceo. «Vuelve a dormir –dijo Mulvey suavemente–. Soy el camarero de noche.» La respiración del niño se hizo más somnolienta; bostezó. «¿En qué habitación duerme tu papi?», susurró la figura del sueño. Y el pequeño hizo un gesto vago y se dio la vuelta, para caer otra vez en el vacío.

Su padre estaba muerto para el mundo, los brazos doblados sobre el pecho, como si estuviera ya en un ataúd o una mortaja. David Merridith, un cadáver. Y un asesino mirándolo. El Monstruo de Newgate resucitado del pasado... levantándose con el primer pálido resplandor del Este.

El cuchillo en la mano. El cuchillo levantado para clavarlo. Pero su mano estaba temblando. No se veía capaz. No era una cuestión de moralidad, sino de desagrado visceral. Matar era una cuestión de ángulo y propulsión, el movimiento del acero desde un punto a otro; pero él, que había asesinado por el solo motivo de la supervivencia, había encontrado imposible repetir los mismos movimientos. No sabía por qué. Sólo que le era imposible. Lo supo desde el momento en que le encargaron la tarea, desde mucho antes, desde Leeds, quizás. Había matado a dos hombres. No podría matar a otro. Podrías llamarlo cobardía. No le importaba cómo se llamaba. Allí, en la celda, estaba a salvo de las definiciones. Su único inminente problema era la amenaza de liberación.

Dormitó durante un rato, pero no profunda ni cómodamente. La ahogada música se estaba intensificando; tenía ahora un sonido agudo, estridente; por encima de él podía oír el ruido seco producido por los tacones de los bailarines. *¿Mi amor está en América?* Era el nombre de la melodía. Los muelles de Nueva York. ¿Cómo serían? Como los de Liverpool o Dublín o Belfast. *Muelle: lugar donde se sitúa el preso*[1]. ¿Estaban esperando sus asesinos? Fanfarronada y bluff. *Bluff: una colina, una loma, un precipicio. Un término del poker. Una bravata vacía. Quizá del holandés medieval:* blaffen; *presumir*. Su hermano estaba sentado en la oscuridad, a su lado. El director de Newgate. Una muchacha que no conocía. Su padre a la luz del hogar. Dickens. Moloc. Michael Fagan de Derryclare. La voz le llegaba desde muy cerca pero no sabía de dónde. Sonaba nuevamente; una hoja al rojo vivo, pero como hundiéndose ferozmente en el congelado lago de Corrib; el siseo cuchicheado: «Hay un amigo aquí, Mulvey».

Abrió los ojos a la oscuridad cavernaria. Levantó la mirada hacia el enrejado. Una sombra se movía.

–¿Quién está ahí? –gritó.

No hubo respuesta.

–¿Hay alguien ahí?

Unos pasos se arrastraban silenciosamente en la cubierta de madera, hacia los barrotes. Le pareció oír la pesada respiración de un hombre corpulento. Un ruido de botas cuando se sentó en las tablas.

–Ven hacia la ventana –murmuró la voz con urgencia–. Soy un amigo y sólo quiero ayudarte.

1. Muelle: *dock*, en inglés. *Dock* significa también «el banquillo de los acusados». *(N. del T.)*

–¿Cómo se llama usted?

–Soy el reverendo Henry Deedes. Rápido. Tengo muy poco tiempo.

Mulvey se levantó de la pútrida manta y se acercó cautelosamente. El viento sopló con rabia, y luego se detuvo como antes; como si algo violento lo hubiera matado. Podía distinguir la respiración más claramente ahora.

–Oye, viejo Pius. Acércate un poquito. No tengas miedo. Soy un hombre de Dios, después de todo.

La risita sonó baja como la de un chivato contemplando un castigo con la baqueta.

–Quiero saber quién eres de verdad, o no me moveré una pulgada más.

La voz volvió a llegarle, presa de angustia salvaje.

–Soy tu hermano, Nicholas Mulvey. ¡Estoy en el tormento esta noche! ¡Me están quemando el alma, Pius! ¡Me están atormentando en las ascuas!

–¿Quién eres, en nombre del Infierno?

Ninguna respuesta. Dio otro paso. Estiró el cuello. Se subió al banco. Un puño atravesó la reja y le agarró del pelo. Mulvey retrocedió tambaleándose y cayó al empapado suelo. Una risita lúgubre llegó de la ventana. La extraña y odiosa risa de un hombre adicto a la tortura.

–Casi te he cogido bien. Eres hombre muerto. Pero pronto te llegará la hora. Vas a encontrarte con ese hermano tuyo jadeando de miedo antes de que pase mucho tiempo.

La mano que atravesaba los barrotes se movió más lentamente esta vez y dejó caer algo pesado al resbaladizo suelo.

–Ahí está tu corazón, hombre muerto. Me muero por arrancártelo.

El prisionero lo tocó con el pie cuidadosamente: el objeto rezumó cuando lo hizo. Una pegajosa bola de restos marinos negros y amarillentos.

–¿Has leído el mensaje, erudito?

Mulvey no dijo nada.

–Está bien, hombre muerto. Nos acercamos a tierra. Dentro de tres días estaremos en la dulce Nueva York.

–¿Quién está ahí?

–Le asignaron su trabajo, chicos, pero no lo hizo. El jodido pensó que iba a escaparse haciéndose encerrar.

–¿Quién eres?

–Se te dijo que serías vigilado en el barco. Y eres vigilado. –Una tos seca. El rascar de una cerilla–. Bueno, quizás haga que me encierren a mí también. Tendremos una auténtica fiesta, los dos aquí juntitos. Te enseñaré algunos bailes que no podrás olvidar.

–¿Cómo es que me conoces?

–¿No me recuerdas, erudito? Piensa detenidamente.

–No te conozco en absoluto.

Ninguna respuesta. Sólo se oía el resuello de su risa. Y la salva de aplausos procedente del compartimento de tercera clase.

–Di cómo te llamas, si eres hombre.

–Podrías chivarte entonces.

–No soy ninguna rata, o chivato.

–Eres ambas cosas y mucho peor, buitre cobarde. Pero eso no tiene importancia, porque hay muchos más como yo. Todos tienen tu descripción; nos hemos encargado.

–Muestra tu rostro, por amor de Dios.

–De nada sirve. Llevaba una máscara la última vez que lo viste.

–¿Una máscara?

–Sí, hombre muerto. Yo era uno de los que te dieron la pequeña despedida la última noche en Ardnagreevagh. Aquella vez, mis camaradas y yo te hicimos gritar como una mula en una trampa. Pero darás peores gritos cuando acabemos contigo.

–Mentiroso –gritó Mulvey–. Esto es una payasada. Vete al Infierno.

Ruido de pies. Un movimiento en la oscuridad. Una cara apareció en la reja iluminada por la luna; una malevolente expresión lasciva que el prisionero reconoció.

–Estás enterrado, hombre muerto. Te vigilamos continuamente y si ese traidor de Merridith consigue salir del barco, hay quinientos tipos en Nueva York que harán cola con gusto para pincharte. Y si te chivas de mí a alguien, eso sólo te hará morir más lentamente.

Seamus Meadowes esbozó una sonrisa a través de los oxidados barrotes.

–Te voy a sortear, Mulvey. Para ver quién dará el primer tajo.

Características físicas del tipo gaélico: un abultamiento hacia delante de la parte inferior del rostro, más exagerado en la mandíbula superior; barbilla más o menos retirada (en Irlanda la barbilla a menudo está ausente); frente huidiza; boca grande y labios gruesos; gran distancia entre la nariz y la boca; nariz corta, frecuentemente cóncava, y levantada hacia arriba, con amplias ventanillas; pómulos más o menos prominentes; ojos generalmente hundidos y cejas salientes; cráneo estrecho y mucho más alargado hacia atrás; orejas separadas en grado sorprendente; de oído muy agudo. Especialmente notable por su boca abierta y saliente, con dientes prominentes (o sea, de mandíbula prognata, el tipo negro), pómulos saledizos y nariz deprimida, etcétera.

«Antropología Comparativa», por DANIEL MACINTOSH,
The Anthropological Review, enero de 1866.

Capítulo XXXI

EL INVITADO DE HONOR

Vigésimo cuarto día del viaje (que corresponde a miércoles, primero de diciembre): en el cual se ofrece al lector una serie de documentos contemporáneos; así como los auténticos recuerdos de algunos pasajeros correspondientes a los hechos sumamente importantes ocurridos aquel día: y el relato del autor de una incómoda celebración de cumpleaños (la cual no podrá olvidar mientras viva).

Camarote del capitán Lockwood

– 9.38 a.m. –

Una anotación de urgencia en el Registro

CALENDAS DICIEMBRE MDCCCXLVII

Hace apenas cinco minutos que finalizó un coloquio entre el primer oficial Leeson, el prisionero Pius Mulvey, lord Kingscourt y yo. Las circunstancias en las que se produjo la conversación fueron las siguientes:

Hace unas dos horas, al alba de esta mañana, recibí la noticia de que se requería mi presencia en el calabozo. El prisionero Mulvey había pasado la noche en un estado de profunda angustia. Afirmaba que necesitaba urgentemente hablar conmigo y con lord Kingscourt de un asunto verdaderamente tenebroso. No revelaba cuál era, pero daba a entender que había tropezado con información sumamente inquietante relativa a la seguridad de lord Kingscourt y su familia a bordo de este barco.

Di órdenes de que fuera conducido a mi camarote. Allí se negó a decir una palabra más hasta que se encontrara frente a lord Kingscourt en persona. Yo era contrario a esa reunión, claro, pero él aseguró que no diría nada (y regresaría al calabozo, llevándose la información consigo) si no podía ver a Su Señoría y hablar con él personalmente.

Inventando un pretexto para no causar alarma, mandé un mensaje a lord Kingscourt y le pedí si podía desayunar conmigo. Cuando llegó, Mulvey se mostró bastante turbado. Cayó de rodillas y empezó a exclamarse, besando las manos y las ropas de lord Kingscourt, invocando el nombre de su difunta madre como la de un santo personaje. Su Señoría se mostró desconcertado ante semejantes efusiones, y le pidió al otro que se levantara. Le expliqué a lord Kingscourt que aquél era el hombre del que habíamos hablado, que afirmaba tener una gran fidelidad hacia la familia Merridith.

Mulvey nos contó que el día anterior, aproximadamente a medianoche, había estado mirando por los barrotes del calabozo cuando distinguió a dos pasajeros de tercera clase paseando por cubierta. Se detuvieron cerca y comenzaron a murmurar y cuchichear.

Uno de ellos le confió al otro que pertenecía a una sociedad revolucionaria secreta llamada los Si No Responsables, de Galway. Y reveló que lo habían traído a bordo del barco para asesinar a lord Kingscourt junto con su esposa e hijos como venganza por los desahucios y otros actos realizados por la familia Merridith en aquel desgraciado distrito.

Lord Kingscourt quedó muy sorprendido. Pero luego dijo que en realidad había recibido ya notas amenazadoras de la misma banda de matones en el pasado. Mencionó además que tenía motivos para creer que la tumba de su padre había sido profanada por esos bárbaros y que la policía irlandesa le había aconsejado que no se paseara por su propiedad sin un guardaespaldas armado. Estaba sumamente preocupado porque su mujer y sus hijos debieran recibir protección en el barco. Le aseguré que ordenaría la presencia de guardias personales a partir de ese momento. Me imploró que lo hiciera de tal modo que su esposa y sus hijos no se dieran cuenta, pues no quería que se alarmaran. Le dije que sería mejor que se quedaran todos en sus camarotes el resto del viaje; y él respondió que vería qué podía hacer al respecto.

A uno de los conspiradores, Mulvey no fue capaz de reconocerlo, pero el otro, el que había hablado del vil crimen, se llamaba Shaymus Meadowes hasta hace poco, de Clifden.

Inmediatamente ordené a Leeson que bajara con varios hombres a tercera clase para arrestarlo. Se efectuó además una meticulosa investigación de sus pertenencias, encontrándose una pieza de literatura revolucionaria, es decir, el texto de una balada llena de odio sobre los terratenientes, que varios hombres le habían oído cantar a última hora de la noche cuando estaba borracho. Se le ha metido en el calabozo hasta que lleguemos a Nueva York, en cuyo momento será entregado a la custodia de las autoridades.

Lord Kingscourt agradeció a Mulvey muy sinceramente lo que había hecho y declaró hallarse en deuda con él. Dijo que comprendía que debía de haber sido difícil, sabiendo muy bien que un informador sería considerado entre la comunidad irlandesa como un paria. Le ofreció a Mulvey una recompensa por su valor, pero ésta fue insistentemente rechazada. Mulvey dijo que no había hecho más que cumplir con su deber de cristiano, y que no habría podido dormir por la noche de haber hecho otra cosa. Nuevamente fue mencionada la memoria de la madre de lord Kingscourt, revelando Mulvey que sus propios padres se habían beneficiado de su bondad en una ocasión, que a menudo rezaban todavía por el descanso de la dama y que una vez al año visitaban su tumba en Clifden. (Qué extraño; yo había creído que su madre estaba muerta.) Que un retrato de la difunta condesa colgaba aún hoy en su humilde cabaña, con una vela devocional ardiendo constantemente ante él. Que una de sus hermanas había sido bautizada Verity en recuerdo de la madre de lord Kingscourt. Que permitir que el hijo de lady Verity fuera asesinado por un réprobo como Shaymus Meadowes sería inimaginable para él. Y que el pensamiento de que dos niños recibieran daño, o algo peor, era sencillamente más de lo que podía soportar.

En ese momento lord Kingscourt se mostró muy afligido. Mulvey le suplicó que no se entristeciera, sino más bien que creyera que la gran mayoría de la gente de Galway sentía lo mismo que él, Mulvey; pero que siempre había alguna manzana podrida en el cesto que daba a las demás una mala reputación. Dijo que la pobreza y el olvido de la fe habían causado tantos problemas entre la gente que la violencia, tristemente, había estallado en aquella árida tierra donde antes existía de forma natural la amistad entre el humilde sirviente y el protector amo. Lord Kigscourt le dio las gracias nuevamente y recobró algo el dominio de sí mismo.

En ese momento se le ocurrió a lord Kingscourt que, al estar Meadowes en el calabozo, y dado que la tercera clase no constituía ningún posible refugio, no había ningún lugar seguro en el barco para Mulvey.

–Supongo que eso es cierto –replicó Mulvey–. No había pensado en ello. Pero todo está en manos del Salvador; que siempre se haga Su voluntad. Él me protegerá, lo sé –y añadió–: Si soy asesinado por lo que he intentado hacer este día, al menos podré morir con la conciencia tranquila. Y sé que veré a vuestra madre en el Paraíso esta noche.

Yo dije que quizá podía ofrecerle una litera entre los hombres de la tripulación, pero lord Kingscourt no quiso ni oír hablar de ello. Dijo que a uno no le salvan la vida cada día, y quería mostrar al menos cierta gratitud hacia él. Su Señoría, Mulvey y yo nos pusimos de acuerdo en que fuera acomodado en los alojamientos de primera clase para el resto del viaje; en un compartimento próximo al camarote del propio lord Kingscourt, que es utilizado para almacenar ropa blanca y cosas así. Se convino un subterfugio por el que podía disimularse semejante arreglo.

Él, lord Kingscourt, dijo que necesitaba un poco de tiempo para hablarlo con su mujer. (Su Señoría, la condesa, es quien al parecer lleva los pantalones.)

✷

Camarote de la condesa Kingscourt

– Aproximadamente a las 10 A.M. –

–No lo dirás en serio –dijo Laura Merridith.

–Es pesado, ya lo sé. Pero Lockwood insiste en que el pobre tipo está a las puertas de la muerte.

–Precisamente, David.

–¿Qué quiere decir «precisamente»?

–Podría tener el cólera o el tifus, cualquier clase de asquerosa infección. ¿Y tú sugieres que le permitamos dormir junto a nuestros hijos?

–No es exactamente junto a ellos, por el amor de Dios.

–En el compartimento de al lado, entonces, y frente al nuestro. Muy cómodo si necesita un trío de compañeros para jugar al bridge.

–¿Nunca comprenderás que tenemos alguna responsabilidad con esa gente?

–Yo no le he hecho nada a «esa gente», David. Y en cambio, ellos me han hecho mucho a mí.

–Ayudaré a un hombre desafortunado que está pasando por un mal momento. Con o sin tu bendición, Laura.

–¡Entonces hazlo sin ella! –gritó Laura–. Como haces con todo.

Se dirigió a la portilla y miró fijamente afuera, como si creyera que podría ver tierra desde una distancia de quinientas millas.

–Laura..., seguramente podemos comportarnos sin levantar la voz.

–Oh, sí, lo olvidé. Nunca debemos levantar la voz, ¿verdad? Nunca hemos de tener una sola emoción humana sobre nada. Debemos mantener la misma insensibilidad y falta de vida que uno de los malditos esqueletos de tu padre.

–Más bien me gustaría que no convirtieras este dormitorio en un cuartel con tu lenguaje, Laura. Y lo que hemos de hacer es pensar en los niños. Ya sabes que se trastornan mucho cuando discutimos.

–No te atrevas a darme lecciones sobre mis hijos, David. Te lo advierto.

–Nunca haría eso. Pero sabes que tengo razón.

Ella le habló sin girarse, como si no mereciera la pena el esfuerzo de volver la cara hacia él.

–¿Y cómo sabrías cuándo están trastornados? ¿Es a ti a quien acuden cuando lo están? ¿A su padre, que se preocupa más por individuos a los que no conoce que por su propia esposa y familia?

–Eso no es justo.

–¿No lo es? ¿Te das cuenta de que hoy es el cumpleaños de nuestro hijo mayor? No te habría hecho ningún daño felicitarlo, si lo sabías.

–Lo siento. Tienes razón. Lo había olvidado momentáneamente.

–Más bien podrías decirle que lo sientes a la persona a la que has herido con tu descuido. Cuando hayas terminado de salvar al mundo de sí mismo, por supuesto.

–Están muriendo por decenas de miles, Laura. No podemos hacer nada.

Ella no respondió.

–Laura –dijo él, y adelantó la mano para tocar su cabello.

Como si previera el gesto, ella se movió para evitarlo.

–No nos perjudicará ayudar un poco, Laura. Seguramente estarás de acuerdo. Llegaremos a Nueva York dentro de tres días.

Ella habló muy suavemente, como si le doliera hablar.

–Esa gente nunca te querrá, David. ¿Por qué no puedes ver eso? Ya han ocurrido demasiadas cosas.

Merridith dejó escapar una seca risita.

–Es extraño que digas eso.

Ella se dio la vuelta.

–¿Ah, sí?

–El único amor que siempre he deseado es el tuyo. El tuyo y el de los niños. Si tengo eso, lo tengo todo.

–Debes de pensar que estoy más ciega de lo que lo soy realmente, ¿verdad?

Una ola se estrelló contra la portilla y el agua bajó goteando por el cristal. A través de las paredes podían oír gritar a sus hijos. Sonaron unos golpecitos en la puerta: la llamada del camarero de la limpieza.

–¿Puedo contar con tu aquiescencia para ayudar a ese hombre, Laura?

–Corre hacia ellos, David. Como siempre haces.

El calabozo

– 10.41 A.M. –

Yo... *John Lowsley*... **Marinero de Servicio, declaro que a... las 10.41... del día de hoy un prisionero...** *P. Mulvey*... **fue liberado de mi custodia y sus pertenencias le fueron devueltas totalmente, por lo cual firmó; a saber...** *una biblia, seis peniques y un cuarto de penique.*

✱

Compartimento de Pius Mulvey

– Aprox. a las 11 A.M. –

(Extractos de una carta de George Wellesley, agente del Correo Real, a G. Grantley Dixon, 11 de febrero de 1852.)

Mañana del miércoles, primero de diciembre... Vino un camarero a mi camarote para decir que necesitaba disponer del cuarto de ropa blanca o leonera en que yo tenía guardados dos baúles... Un hombre, probablemente enfermo, de la tercera clase tenía que ser alojado allí. Me irrité un poco al oír eso, lo reconozco; pero el camarero dijo que cumplía órdenes y no podía decir más... Había algunos papeles que necesitaba recoger de uno de los baúles, pero no podía recordar de cuál. El zoquete de mi criado, Briggs, estaba vomitando como un géiser aquella mañana, de modo que le dije que yo mismo iría a buscarlos. (...)

Se habían colocado vigilantes en los alojamientos de primera clase aquella mañana; un hombre delante de cada puerta. El camarero dijo que no sabía por qué; pero yo reflexioné un poco al respecto. Mi opinión era que deberíamos haber sido protegi-

dos desde el mismo momento de salir de Queenstown y que era una ultrajante vergüenza que no se hubiera hecho, dada la catadura moral de la mayor parte de nuestros compañeros de viaje. (…)

Cuando llegué a la pequeña habitación –quizá de dos metros por dos y medio, cubierta toda ella de estanterías y sin ningún respiradero–, lord Kingscourt y su hijo mayor, Jonathan Merridith, estaban ayudando a un hombre a montar un tosco lecho de campaña a base de cojines y mantas en el suelo. Diría que el hombre en cuestión medía un metro sesenta y cinco centímetros de altura, y era muy delgado, y de ojos azules de mirada taciturna. Vestía harapos, su rostro era demacrado, y evidentemente era del tipo que está todo el tiempo más bien ocioso que trabajando. Desprendía un olor desagradable. Uno habría pensado que su deformación era el rasgo más notable –tenía un pie lisiado y cojeaba fuertemente, por ese motivo–, pero de hecho eran sus ojos el rasgo más digno de recordar. Su mirada era como la de un perro mestizo al que acaban de echar a patadas a la lluvia en plena noche.

No puedo decir que viera nada violento o criminal en su rostro. Lejos de ello, parecía alguien muy inocente, quizás incluso rozando la idiotez. Era más bien como un negro caucasiano, si es que existe un horroroso centauro así. No exactamente malvado, sino más bien infantil y estúpido.

No puedo recordar, tanto tiempo después, si se produjo alguna conversación. Pero si la hubo, fue por entero intrascendente. Lo que sí recuerdo es que en un intervalo levanté la mirada de mis baúles y me di cuenta de la existencia de un tenso silencio en el compartimento. Lord Kingscourt y el hombre –que me condene si soy capaz de expresarlo– parecían sentirse incómodos juntos en aquel espacio tan pequeño. Y, con todo, se estaban sonriendo como estrafalarios idiotas. Resulta difícil de explicar. Quizá más bien como una debutante que tuviera que bailar con un feo barón, o de lo contrario mamá la reprendería y la familia se vería arruinada. No se decía nada, y sin embargo allí reinaba una profunda incomodidad compartida, realmente, por ambas partes.

Volví a mi búsqueda y encontré los documentos que necesi-

taba. El muchachito había empezado a juguetear con las sábanas de las estanterías y su padre le dijo que se comportara. Era una escena tranquila y alegre. Nada inusual en ella. Y fue justo en ese momento cuando entró la joven.

Se quedó inmóvil en la puerta, tan rígida como una madonna de alabastro. Nunca había visto a una mujer permanecer tan inmóvil en mi vida; ni hasta entonces, ni posteriormente. Ya sabe usted cómo miran y se afligen continuamente como leprosos. Pero aquélla era la inmovilidad de un centinela. La joven quizás era marcadamente extraña en sus modales, teniendo en cuenta la usual actitud desaseada de esa ingrata clase y nacionalidad; se mostraba enteramente falta de gracia o alegría. Y capaz de fulminarte con la mirada si le hacías un simple cumplido. Pero eso parecía, al menos a mí, una nueva clase de excentricidad o rareza. Era como si la visión del hombre la hubiera sorprendido profundamente. En cuanto al tullido, se mostraba igualmente estupefacto.

Ella llevaba dos almohadas en los brazos, que imagino que le habían ordenado traer. Pero simplemente permanecía allí en el umbral, sin soltarlas. No empalidecía ni hacía ninguna demostración. Simplemente no se movió durante un rato espantosamente largo.

Entonces Merridith empezó a hacer las presentaciones, como si fuera a empezar alguna especie de extraña fiesta doméstica.

–Oh, Mulvey. No sé si conoce usted a la niñera de mis hijos, miss Duane.

–Eres tú, Mary –dijo el irlandés con mucha calma.

Kingscourt parecía ligeramente confuso.

–¿Se conocen?

De nuevo nadie dijo nada durante un período de tiempo considerable.

–Se han topado ustedes en el barco, supongo.

Mansamente, el lisiado dijo:

–Miss Duane y yo, señor, nos conocíamos ya de jóvenes, señor. Nuestras familias eran amigas en aquella época. Allá en Galway, me refiero.

–Ya veo. Eso es estupendo. Lo es, ¿no, Mary?

Ni una palabra o sílaba salió de la criada.

–¿Les dejo solos durante un rato para que puedan ponerse al corriente de las noticias? –preguntó el desgraciado amo de la mujer.

Ésta dejó las almohadas en una estantería y salió del cuarto sin decir una palabra. Merridith soltó una insatisfecha risita, como de confusión, ante eso.

–Condenadas mujeres, ¿no?

–Sí, señor.

–Se vio privada de su marido no hace mucho tiempo. Ha estado un poco pachucha. Tiene usted que perdonarla.

Él respondió con su feo y ridículo acento:

–Lo comprendo, señorrrr. Gracias, señorrr. Que Dios les bendiga a su madrrre y a usted, señorrr.

Asesinan el inglés de la Reina, como a todo lo demás.

Y eso es todo lo que tengo que decirle. Cerré mi baúl y me fui.

La joven se encontraba de pie al final del pasillo, dándome la espalda ahora. Los vigilantes la estaban mirando, pero ella no parecía darse cuenta. Dejé de pensar en ello y regresé a mi alojamiento. (...)

Uno hubiera pensado que estar en presencia del asesino y de la víctima habría dejado algo más que una simple impresión; pero para ser completamente sincero, no fue así. Yo estaba más preocupado por haber tenido que dejar mi baúl en presencia de alguien capaz de abrirlo con los dientes, como un ratón, si pensaba que contenía una botella, una pistola o un rosario.

✸

Corredor principal de los camarotes de primera clase

– Aprox. a la 1 P.M. –

De una declaración jurada hecha al agente Daniel O'Dowd y al capitán James Briggs, del Departamento de Policía de Nueva York, el 20 de diciembre de 1847, quince días después del asesinato. John Wainwright, un marinero jamaicano en servicio de vigilancia en los alojamientos de primera clase, recordó la siguiente furiosa discusión procedente del camarote o sala de es-

tar principal, que él al principio supuso que era una disputa entre lord y lady Kingscourt. «Siempre estaban riñendo y peleando –explicó–, pero el capitán había ordenado que teníamos que dejarlos tranquilos.»

MUJER: Fuera de mi vista, asqueroso bastardo.
HOMBRE: Te lo suplico, cinco minutos.
M: Si hubiera sabido que estabas en el barco, me habría arrojado al mar. ¡Fuera!
H: Nada podría excusar mi acción jamás. Estoy profundamente avergonzado de lo que hice.
M: Nunca te avergonzarás bastante. ¡Nunca! ¿Me oyes, basura de perra? Si te quemas en el Infierno por toda la eternidad, eso será sólo un minuto de lo que mereces.
H: Te amaba. Me volví loco.
M: Mi propia hija inocente ahogada como un perro sarnoso.
H *(angustiado):* No soy yo quien lo hizo, Mary.
M: Fuiste tú quien lo hizo y lo sabes. Tan cierto como si la hubieras hundido en el agua y quitado la vida de su cuerpo con tus propias manos asesinas.
H: ... Mary, perdóname, por el amor de Dios...
M *(gritando):* La hija de tu propio hermano, por la que corría sangre de tu propia gente... ¿Qué especie de malvado perro de Satanás eres tú? ¿Qué clase de asquerosa excusa hay para una sabandija así?
H: Mary, nunca pensé que él iba a hacer lo que hizo. Por mi vida, que no lo pensé. ¿Cómo iba a saberlo?
M: Lo sabías bastante bien cuando viste que nos echaban a la carretera como si fuéramos basura.
H: No sabía que las cosas llegarían a ese punto. No sabía que ellos pensaran darle una paliza. Si hubiera estado allí el día que vinieron, lo habría impedido. Lo juro.
M: O te habrías unido a ellos, lo más probable.
H: Mary, no lo habría hecho, por el amor de Jesús; lo habría evitado. Me han denunciado a los Justicieros [?] por ello, Mary.
M: Te está bien empleado, entonces. Espero que te maten. Me daré un hartón de reír.

(El hombre «soltó un grito muy fuerte y penetrante».)

H: ¡Mira, entonces! ¡Mira lo que me han hecho! ¿Te gusta esto? ¿Puedes verlo bien? ¿Me merezco esto, Mary? ¿Habrías sostenido el cuchillo que lo hizo? *(La mujer no dijo nada.)* Recorrí cada metro del camino hasta Connemara para buscarte, Mary. A ti y a Nicholas, y a la pequeña también. Crucé todos los campos desde Spiddal [?] a Westport, hasta que, de tanto andar, me desollé los pies.

M *(gritando):* Sucio rastrero y mentiroso. Maldigo el día en que dejé que te acercaras a mí. Bastardo hijo de perra, que no eres ni hombre.

H: No... No va contigo hablar de esa manera, Mary.

M: Él te maldijo antes de morir. Espero que lo sepas. La maldición de un sacerdote pende sobre tu cabeza y no hay manera de quitarla.

H: Mary, no sigas diciendo eso.

M: Que jamás puedas mirar al agua sin ver su espectro en llamas. Que no puedas volver a dormir otra noche en tu vida. Que mueras en medio de agonías. ¿Me oyes? ¡Que te mueras!

Se oyó ruido de pelea. La mujer soltó un agudo grito.

En ese momento el marinero llamó con fuerza a la puerta. No hubo respuesta. Siguió un furioso intercambio de palabras en una lengua que el marinero no era capaz de entender. Algo se hizo pedazos en la habitación. El marinero ignoró las órdenes y abrió la puerta, temiendo que la disputa pudiera acabar en violencia fatal.

El pasajero de tercera clase, Mulvey, se encontraba en la habitación junto con miss Mary Duane, la sirvienta de la familia Merridith. Mulvey tenía la camisa abierta y estaba llorando.

El marinero le preguntó a miss Duane si todo estaba en orden. Ella no respondió nada sino que se marchó del camarote, evidentemente en estado de gran agitación.

Se le pidió a Mr. Mulvey que dejara el camarote y regresara a su alojamiento. Cuando se dio la vuelta, el testigo descubrió horrorizado la presencia de una gran cicatriz en forma de un corazón, con una «H» dentro de él, que había sido trazada con un cuchillo sobre el pecho y la zona abdominal de Mulvey. La cicatriz supuraba terriblemente y su piel se estaba ennegreciendo por la gangrena. «Desde la puerta, podía sentir el hedor que despedía.»

El hombre salió de la habitación sin decir nada más.

✸

Comedor de la primera clase en la cubierta superior

– Aprox. a las 2 P.M. –

–¿Qué está pasando?

–Sirven el almuerzo de momento. Aunque quizás hayan terminado ya.

–He recibido recado del capitán Lockwood de que los niños y yo hemos de quedarnos detrás de la verja a partir de ahora. ¿Por qué?

–Tendrás que preguntárselo a Lockwood. Yo no gobierno el barco.

–Grantley dice…

–Me importa un comino lo que tu precioso *Grantley* diga. O quien sea. ¿Me oyes, Laura? Tú y tu precioso Grantley podéis ahogaros, por lo que a mí respecta. En realidad, sería muy conveniente.

Ella se sentó a la mesa.

–David… ¿es cierto?

–¿Es cierto, qué?

–¿Que estamos en peligro?

Él pasó una página de su periódico.

–No seas condenadamente ridícula.

–¿Y los candados? ¿Y los cerrojos? ¿Y los toques de queda? ¿Y los guardias de corps? Había siete hombres armados de guardia en el corredor cuando salí hace un momento. A partir de ahora parece imposible una conversación privada del tipo que sea en los alojamientos de primera clase.

–Cuán terriblemente incómodo, Laura, que te priven de tu intimidad.

–No es de la mía de la que hablo, sino de la de nuestros hijos. No los trajimos para que vivieran en una prisión. –Hizo una pausa y añadió–: Y tampoco es justo para Mary.

–Mary hará lo que se le ordene, y le gustará.

Llegaron dos camareros y recogieron la vajilla. Salpicaduras de sucia espuma aterrizaron sobre las tablas de cubierta.

–Hubiera imaginado que tendrías un poco más de respeto por la muchacha. Dadas las circunstancias.

–La verdad, no sé de qué estás hablando.

–Lo sabes muy bien, de hecho. Igual que yo, también.

–Ella es una vieja amiga de la familia, ya te lo había dicho.

–Allá tú con tu conciencia, David. Ni espero ni exijo explicaciones. Tampoco espero hipocresía cuando se trata de juzgar mi conciencia.

Él la miró fijamente. La mujer contemplaba el mar.

–¿Estamos en peligro en este barco, David? Tengo derecho a saberlo.

–Son sólo habladurías. Un ridículo rumor. Nada más.

Ella asintió con calma.

–¿Y los niños son un objetivo también?

Merridith no dijo nada.

–¿Cómo lo has descubierto?

–Si de veras quieres saberlo, fuimos avisados por Mulvey. El hombre por el que tú no moverías ni uno de tus preciosos dedos. Pero, a Dios gracias, nadie es tan histéricamente esnob como tú, o de lo contrario podríamos haber muerto de un tiro en la cama a estas horas.

El reverendo Deedes se acercaba ahora y saludó a los Merridith. Tenía un regalo de cumpleaños para Jonathan, que entregó a la condesa: un ejemplar de los *Olney Hymns* [Himnos de Olney], de John Newton. Dándose cuenta quizá de que estaba teniendo lugar una disputa doméstica, no se quedó en compañía de ellos sino que se sentó a otra mesa, alejada de la que había escogido previamente. Lord Kingscourt regresó a su periódico. Cuando volvió a levantar la mirada, su mujer estaba sollozando silenciosamente.

–Laura.

Los ojos de la mujer se llenaron de lágrimas que se deslizaron lentamente por sus mejillas.

–Lo siento mucho –dijo él–. Perdóname, Laura. Ha sido cruel por mi parte hablarte tan ásperamente.

Ella soltó un último, atormentado sollozo que le descompuso el rostro. Era la primera vez en varios años que deliberadamente se tocaban. Los dedos de la mujer se entrelazaron con fuerza alrededor de los de Merridith mientras lloraba. Tragó saliva con fuerza y paseó su pasmada mirada por la cubierta. Su rostro aparecía distorsionado por una expresión de indecible incomprensión.

–No ocurrirá nada, Laura. Nada. Te lo prometo.

Ella volvió a asentir con la cabeza; y le besó los nudillos a Merridith. Se levantó y se alejó rápidamente.

✸

Compartimento de Pius Mulvey

– Aprox. a las 4 P.M. –

(Tal como recordaba muchos años más tarde Jonathan Merridith; que en el momento de los acontecimientos tenía ocho años.)

–¿Todo va bien, aquí?

Mulvey dio un brinco cuando entraron en el camarote. Una corteza de pan y un pequeño trozo de queso descansaban en un pliegue de muselina en su cama.

–Sí, señor. Gracias, señor.

El pobre hombre parecía tan petrificado como si fueran a arrestarlo.

–Buen hombre, buen hombre. Oiga, lleva una bonita camisa.

–Su Señoría, la condesa, me la trajo hace un rato. Yo no quería cogerla.

–Tonterías. Le sienta mucho mejor a usted que a mí.

–Demasiada bondad por su parte, señor. Gracias, señor. Fue un gran honor conocer a Su Señoría, la condesa, señor. Es una dama muy buena, señor. Cierto que lo es.

–Y le trajo también un poquito de comida, ¿no?

–Gracias, señor; sí, señor.

–Bien. Digo, Mulvey, que nos gustaría tener unas palabritas. Al capitán y a mí.

–¿Señor?

Merridith dio un suave codazo a su hijo. El niño se adelantó y habló con la voz cansina y apagada del que lo hace de mala gana, un discurso que le habían hecho aprender de memoria.

–Míster Mulvey, me gustaría mucho invitarlo al té de mi cumpleaños esta tarde, si no tiene usted algún compromiso anterior o más urgente.

–¿Y? –dijo lord Kingscourt.

–Y comeremos pastel si mi hermano y yo nos portamos bien el resto del día.

–¿Y?

El niño frunció el ceño.

–Y si somos traviesos, no habrá ningún pastel.

Merridith le guiñó el ojo con complicidad.

–¿Qué dice usted, Mulvey? ¿Suena como una aventura agradable?

–Yo… yo no tendría nada que ponerme, señor. Solamente lo que llevo.

–Oh, la condesa puede pedirle a Mary que busque entre mis cosas. Debe de haber algún trapito viejo que pueda servir para equiparlo.

–Preferiría que no, señor, si no le importa a Su Excelencia. Sólo estorbaría.

–Tonterías. Nos sentiremos mortalmente ofendidos si no viene. ¿No es verdad, Jons?

–¿Sí?

–Sí, sin duda –dijo su padre.

–¿Podemos invitar a míster Dixon, también?

–Me imagino que debe de estar muy ocupado, muchacho.

–No, no está ocupado, papi. Se lo he preguntado ya. Dijo que estaría encantado. Pensé que podría contarnos una historia después. Cuenta historias fantásticas, papi. Casi tan buenas como las tuyas.

El padre de Jonathan Merridith no parecía muy feliz.

–¿No quieres estar sólo con la familia y los amigos, capitán? No creía que fuéramos a tener un montón de extraños.

–Ni yo tampoco –replicó su hijo–. Pero entonces tú y mamá dijisteis que debíamos invitar a míster Mulvey.

Lord Kingscourt dejó escapar un suspiro y dijo que suponía que todo estaría bien.

–Su Excelencia –dijo Mulvey, ahora pálido y con aspecto muy ansioso–. Sentiría que estaba estorbando. Es muy amable por su parte, Señoría. Pero es demasiado.

–Bobadas. Es una orden de la condesa y mía. Creemos que es bueno para los niños, si entiende lo que quiero decir. Mezclarse con una amplia variedad de personas, algo así. No queremos que piensen que todo el mundo es un maldito aristócrata remilgado, ¿verdad?

–Señor.

–Mi madre, a quien usted tuvo la amabilidad de mencionar antes, solía dar una gran fiesta por su cumpleaños cada año. Arrendatarios, peones... Sin afectación. Todo el mundo iba y participaba. Nada de este maldito absurdo de amo y sirviente. Toda la gente de Galway juntos, ya ve. Una especie de tradición que nos gustaría mantener.

–Señor.

–Quedamos a las siete más o menos, ¿vale? Buen chico. Buen chico. Oh. Aquí tiene eso, también.

Le tendió a Mulvey una navaja barbera.

–Idea de la condesa –dijo lord Kingscourt–. La encontrará buena y afilada.

✸

Camarote usado por la familia Merridith para las comidas

– Aprox. a las 7 P.M. –

Mulvey entró arrastrando los pies, con cara de agotamiento y sudando, ataviado con un traje de noche varias tallas demasiado grande. Llevaba el cabello aplastado contra la cabeza con alguna especie de brillantina y su piel brillaba como hielo sobre un cadáver.

Es un muchacho excelente,
es un muchacho excelente,
es un muchacho excelente
y nadie lo puede negar.

A un lado de la mesa se sentaba Robert Merridith con su madre. Entre los dos estaba Jonathan, el vizconde de ocho años de edad, con una corona burdamente fabricada con una hoja de periódico. Su madre y su hermano también llevaban sombreros de papel. Del lado que Mulvey no podía ver, y de espaldas a la puerta, estaban Mary Duane y Grantley Dixon, ambos incómodos con sus gorros de cartón. En la cabecera, cerca de la portilla, estaba sentado lord Kingscourt de Carna, que le hizo señas alegremente de que entrara. Él no llevaba sombrero.

–*Failte* –gritó.

El término irlandés para decir bienvenido.

–Niños –dijo Laura Merridith, levantándose rápidamente–. Aquí está nuestro invitado de honor, míster Mulvey.

–Buenas noches, míster Mulvey –dijo Jonathan sonriendo y bendiciéndolo con una brillante cucharilla de postre.

–¿Quién demonios es ése? –preguntó desdeñosamente Robert Merridith.

–Míster Mulvey es un amigo que ha venido a cenar con nosotros.

–Es generoso por parte de Su Señoría, la condesa, invitarme –murmuró el aludido.

–La generosidad es suya por haber aceptado, míster Mulvey. ¿No quiere usted sentarse? Le hemos reservado un sitio.

Se acercó cojeando al único asiento libre de la mesa, el que había entre Grantley Dixon y Mary Duane. Los niños se estaban riendo silenciosamente con su madre. Mulvey miró fijamente el arsenal de brillante cubertería de plata, la falange de copas de cristal y montones de preciosos platos. Cuatro camareros entraron portando la comida en mesitas con ruedas. Hurras y silbidos de admiración brotaron de los niños.

–¡Pan de gengibre! –gritó uno.

–¡Pastel! –proclamó el otro.

–¿No se ha olvidado usted de algo, Mulvey?

Lord Kingscourt levantó la mano derecha y severamente chasqueó los dedos. Un gorro de papel de periódico fue traído a la mesa por la condesa y colocado sobre la cabeza del invitado con un pequeño ceremonial.

La mujer dejó escapar una suave, avergonzada risita.

–No le importa, ¿verdad?

–Por supuesto que no le importa, tontorrona. Nunca he conocido a un oriundo de Galway que no le guste una fiesta.

Los camareros seguían disponiendo la comida sobre las mesas de servir. Cuencos de patatas y humeantes zanahorias. Platos que relucían con gotas de humedad. Jarras de limonada y batidos de leche y natillas.

–¿Qué le ha pasado a su cara?

–Me corté al afeitarme, capitán.

–Prácticamente se ha cortado usted su linda cabeza.

–Jonathan –le reconvino su madre.

Más mesitas de ruedas y bandejas fueron llegando. Mary Duane se levantó de la mesa para ayudar a los camareros a descargarla. Jonathan Merridith estaba sonriendo a Mulvey.

–Mi abuelo luchó al lado de lord Nelson. Mató a un montón de franchutes. ¿Ha matado usted alguna vez a un franchute, míster Mulvey?

–No, capitán.

–¿Y a algún alemán?

–No, capitán.

–Éste podría matarlo a usted en un momento, si no cierra la boca –dijo lord Kingscourt–. ¿No bebe, Mulvey?

–No beberé nada, señor, gracias.

–Vamos, tome una copita. ¿El clarete o el chablís?

–El vino... es algo que no conozco, señor.

–Oh, debe usted de tener alguna preferencia. Vamos, suéltese.

Percibiendo su embarazo, Laura Merridith dijo:

–Sabe usted, míster Mulvey, yo tampoco tengo ninguna preferencia. Siempre he creído que perder el tiempo con estas cosas es completamente inútil. ¿No cree?

–Señora.

–Quizá tomaría un poquito de jerez conmigo. Eso es lo que me gusta a mí.

–Gracias, señora. Lo tomaré, gracias.

–No veo ningún maldito jerez aquí –dijo lord Kingscourt.

–Está ahí, David. Junto a tu mano.

–Ah, cierto. Apiádense del pobre ciego. Andando a tientas por ahí como un imbécil esta noche.

Su bebida fue servida y traída a la mesa por lord Kingscourt.

–Me gustaría matar a algunos franchutes cuando sea mayor. Y probablemente a algunos alemanes también, si bien se mira. Dispararles en sus feas carotas con una bala de cañón.

–Jonathan, por favor –dijo su madre.

–Bien que lo haré.

–¿Sabías que el marido de la reina Victoria es alemán, muchacho? –dijo su padre.

–Eso es una asquerosa mentira.

–No, es así, la verdad. Es tan alemán como las salchichas.

–Quizá te gustaría bendecir la mesa esta noche, Jonathan.

–Quiero que lo haga míster Mulvey. Su voz es bonita.

–Qué idea más magnífica –exclamó lord Kingscourt–. ¿Le importaría, Mulvey? Tómese su tiempo, claro.

Dijo las palabras de la oración con una voz muy tranquila, desprovista de siquiera el más pequeño sentimiento.

–Bendícenos, oh, señor, y éstos tus dones, que por tu generosidad vamos a recibir, a través de Cristo Nuestro Señor.

–Amén.

Lady Kingscourt y Mary Duane empezaron a servir platos de ensalada. El niño que cumplía años estaba tragando su vaso de limonada.

–¿Es usted wesleyano, míster Mulvey?

–No, capitán.

–¿Metodista?

–No, capitán.

–No será un maldito judío, ¿verdad?

–Míster Mulvey es católico, Jonathan –dijo lord Kingscourt–. Al menos eso supongo, ¿correcto, Mulvey?

–Sí, Señoría.

–Oh, sí –dijo Jonathan Merridith–. Por supuesto. A la fuerza.

–Siempre he pensado que el catolicismo es una religión muy agradable –dijo Laura Merridith débilmente–. Tiene un maravilloso sentido del drama. Tenemos una serie de amigos íntimos que son católicos romanos.

–Sí, señora.

–Míster Dixon es judío –dijo lord Kingscourt con tranquilidad–. Ésa es una religión agradable, también.

Jonathan Merridith puso cara de asombro.

–¿Lo es usted, Grantlers?

–Mi madre lo era, sí.

–Yo pensaba que los judíos llevaban barba. –Estaba hablando con la boca llena–. Siempre la llevan en los periódicos.

–Quizá no debas creerte todo lo que dicen los periódicos.

Una cortés risita fue compartida por algunos adultos de la mesa.

–Bueno –dijo lord Kingscourt–, ésa es una cuestión en la que todos podemos estar de acuerdo.

–Así que, ¿en qué creen los judíos, Grantlers?

–Creen en muchas de las misma cosas que creemos nosotros –terció lord Kingscourt–. Que siempre deberíamos darnos mutuamente una oportunidad. Que no hay que ensañarse con un compañero cuando está de capa caída. A menudo son gente notablemente buena y humana.

–Eso no es lo que algunos de los maestros de Winchester nos solían decir.

–Algo muy triste y estúpido por parte de esos viejos cabrones.

El niño se calló de repente y miró su plato. Durante un rato todo el mundo guardó un incómodo silencio roto sólo por el arañar de los tenedores sobre el plato. Era como si cada uno de los comensales estuviera esperando que otro introdujera un tema, pero al cabo de varios minutos nadie lo había hecho.

Los candelabros de cristal, las lustrosas columnas de teca, daban al camarote la apariencia de un restaurante parisino. Sólo el ruido metálico de una cadena al otro lado de la portilla rompía la ilusión.

–Oh, Dixon –dijo lord Kingscourt, pinchando la comida con el tenedor–, quiero decirle que vi esa obra suya. En el *New York Trib.* Esa en la que es usted tan amable de mencionarme. Su respuesta a aquella tonta carta mía anterior. Uno de los muchachos lo consiguió para mí en esa bañera con que nos cruzamos el otro día.

–Quizás estaba un poco acalorado cuando lo escribí.

–Realmente más bien me pareció que era algo para pensar. Si es que soy capaz de ello. Tiene usted bastante razón. Tenemos demasiado. Parece injusto, de alguna manera. Más bien expresó algunas de las cosas que yo pienso.

Dixon lo miró fijamente, esperando la acostumbrada sonrisita de desprecio. Pero el conde no estaba sonriendo. Parecía exhausto y pálido.

–Mmm.

El conde movió negativamente la cabeza y desmenuzó un panecillo. Sus ojos recorrieron toda la habitación y adoptaron una extraña y desconcertada expresión, como si de repente se sintiera confuso sobre lo que le había traído allí.

–El mejor del mundo, si quiere saberlo. El pueblo irlandés, quiero decir. Allí siempre se sentía uno como en casa antes de que todo empezara a ir mal. –Esbozó una melancólica sonrisa–. El mundo es un viejo lugar injusto, ¿no?

–Es exactamente tal como lo hemos hecho, supongo.

–En efecto. En efecto. Muy bien expresado.

Masticó otro bocado durante largo rato.

–Yo solía pensar, sabe usted, que, de haber puesto las manos en el viejo Kingscourt, podría haber sido capaz de hacer algo mejor. Que lo que se hizo en el pasado, quiero decir. Lo habría intentado, en todo caso. –Se sirvió un vaso de agua, pero por el momento no bebió–. Eso no va a suceder ahora, sin embargo. La cosa está jodida.

–Papi –dijo Jonathan Merridith–, esa palabra es vulgar.

–Quizá deberíamos hablar de algo un poco menos insulso –dijo lady Kingscourt expresivamente.

–Lo siento. Vuelvo a comportarme como un maldito pelmazo. –Se volvió hacia su hijo–. Seis golpes en el culo para papá por ser un pelmazo. ¿Cuál será mi castigo?

El niño levantó su copa.

–¡Más limonada para el Rey!

Su padre se rió fácilmente y se dirigió a la mesa de servir. Cogió una jarra y empezó a verter. Y lo que le ocurrió a continuación a David Merridith fue tan sorprendente que le llevó un momento darse cuenta de que era dolor.

–¿David? –dijo su mujer–. ¿Qué pasa?

Dixon se levantó rápidamente y se acercó a él mientras David se tambaleaba. Un plato se hizo pedazos al caer de la mesa de servir, volando su contenido sobre la alfombra. El rostro de David estaba perlado de sudor. Un estremecimiento recorrió su cuerpo, y soltó un pequeño jadeo.

–¿Está usted bien, Merridith? Se ha puesto pálido.

–Absolutamente bien. No tiene ninguna importancia. Un poco de maldita acidez.

Dixon y la condesa lo ayudaron a mantenerse en pie. Volvió a sufrir un estremecimiento y apoyó las manos sobre la mesa.

–¿Papi?

–¿Vamos a buscar al cirujano, David?

–No seáis ignorantes, maldita sea. Es un pequeño retortijón producto de una indigestión, o algo así.

–Jonathan, cariño, ¿quieres ir al camarote del doctor Mangan, a ver si está allí?

–Laura, de veras que estoy bien. Terminemos de cenar y no montemos una condenada opereta. Sinceramente.

Volvió a sentarse dolorosamente y tomó un largo trago de agua helada. Hizo un gesto tranquilizador con sus manos a la condesa. Se secó la frente con una arrugada servilleta.

–Condenadas raciones de barco –dijo con una risita–. Hacen cagar a un muerto.

Sus hijos se rieron tontamente, aliviados y encantados de oírle soltar palabrotas.

–David, por favor.

–Lo siento. Que la observación sea borrada del registro, ¿oís, vosotros dos?

–¿Puedo pasarte un poco más de ensalada, Jonathan? –preguntó Grantley Dixon.

–No, gracias. Sólo voy a comer pudín.

–Desde luego que no, caballero –dijo Laura frunciendo el ceño.

El niño aceptó una cucharada de flácida vegetación. La pinchó con el cuchillo, arrugando la nariz.

–Habrá una dosis doble de lecciones mañana para los petulantes caballeros que no se comen su verdura –dijo lord Kingscourt–. Luego tendrán que caminar por la plancha[1].

–Aborrezco las lecciones. Más que a las chicas.

–¿Había oído usted hablar de algo parecido en su vida, Mulvey? Un niño al que no le gustan sus lecciones.

1. Humorística alusión al castigo de los piratas a sus prisioneros. *(N. del T.)*

–No, señor.

–¿Qué cree usted que le pasará a un niño así, si no se enmienda?

–No lo sé, señor.

–Pues claro que lo sabe, maldita sea. Sólo que se muestra lo bastante cortés para no decirlo. Cabría esperar que no sacaría el mejor partido de sí mismo en la vida, ¿verdad?

–Señor.

–Exactamente. Podría tener que trabajar como deshollinador tal vez, ¿no?

–Señor.

–¿De qué más se vería obligado a trabajar, diría usted, un perezoso que no presta atención a sus lecciones?

Todo el mundo excepto Mary Duane lo estaba mirando.

–Quizá como vendedor ambulante, señor.

Lord Kingscourt soltó una risotada ante semejante idea.

–¿Oyes eso, indolente holgazán? Serás un vendedor ambulante si no vigilas. ¡Manzanitas dulces, señores! ¡A un penique la docena, por Dios!

El niño frunció el ceño y se soltó bruscamente de su padre.

–La lección de hoy era de astronomía –dijo lord Kingscourt, despeinando a su hijo–. Pero me temo que no se te pegó, ¿verdad? El caramelo y la melaza son las únicas cosas que se pegan. Pero al menos intentamos mostrar disposición. ¿No es así?

El niño cortó con el tenedor un huevo en desordenados cuartos. Su cara tenía el color del vino de su padre.

–Jons –dijo su madre suavemente–. Papá tan sólo estaba bromeando.

El pequeño asintió ceñudamente, pero siguió sin decir nada. Merridith miró a su mujer. Ella le devolvió la mirada fijamente. Resultaba difícil entender su expresión. El conde hizo ademán de hablar varias veces pero al final no dijo nada.

–¿Tiene usted algún lugar al que ir en Nueva York, míster Mulvey? –preguntó Grantley Dixon.

–No, señor.

–Tiene usted familia allí, supongo.

–No, señor.

–Amigos, entonces.

–No, señor.

Mulvey continuó comiendo, la cabeza gacha. Comiendo como un hombre que había conocido la vida del hambriento, un hombre para quien comer se había convertido en una cuestión de suerte: rítmicamente, con determinación, con torva concentración, como si la arena estuviera cayendo constantemente en el reloj de la Providencia, y el plato le fuera a ser retirado cuando desaparecieran los últimos granos. Sin atiborrarse, sin engullir como un loco. Eso era mucho menos eficiente: con el apresuramiento, podías dejar de comer algún pedacito. Sus manos se levantaban y bajaban como las de una marioneta que tocara el tambor, del plato a la boca, de la boca al plato, e ingería mientras ellas bajaban, de forma que su boca quedaba nuevamente vacía en el instante en que su tenedor subía para sorprenderla una vez más. Masticaba rápida, mecánicamente; el sabor no era la cuestión. El *sabor* no era algo que hubiera importado durante años. Sus manos temblaban a veces; su cara aparecía húmeda por la determinación. Ponerlo por escrito es duro; parece ridículo. Pero contemplarlo era más duro aún, y nada divertido. Incluso aquellos felices niños dejaron de reír cuando se dieron cuenta; mi propia impresión fue que ninguno de nosotros volvería a reír nunca más. Aunque hubiera estallado en llamas la habitación, o el barco hubiera chocado con un iceberg, él habría continuado comiendo implacablemente incluso con la muerte sentada a su mesa.

–Quizá… –dijo Laura Merridith, y su voz se desvaneció. Nunca había contemplado a un hambriento comiendo–. Quizá podría usted hacernos el honor de quedarse con nosotros algún tiempo. Sería una buena idea, ¿no, David?

Estaba tratando de no llorar.

Lord Kingscourt se quedó mirando a su esposa con una expresión de desconcertada gratitud.

–Qué idea más estupenda. No sé por qué no se me habrá ocurrido a mí.

Mulvey dejó de comer y miró fijamente al suelo. Se produjo la extraña impresión de que el aire a su alrededor estaba adquiriendo color.

–No podría hacer eso, señor.

–Nos gustaría que lo hiciera. Hasta que salga a flote.

La condesa le tocó el dorso de su demacrada muñeca.

–Nos gustaría, de verdad. Ha sido usted tan bueno con nosotros...

Las lágrimas asomaron en los ojos del invitado, pero consiguió hurtarlas a la vista de los demás. Inclinó la cabeza para que no pudieran verle la cara. Su mano se alargó en busca de un vaso y tomó un sorbo de turbia agua.

–¿Qué clase de bondad es ésa, entonces? –quiso saber Jonathan Merridith.

–Míster Mulvey me ha ayudado en un asuntillo, eso es todo –dijo su padre.

–Pero ¿qué?

–Ocúpate de tus asuntos antes de que tus asuntos se ocupen de ti, señor.

–Perdóneme, señora –dijo Mary Duane de repente–. Pero ¿podría excusar mi presencia en la mesa?

La condesa la miró.

–¿Te encuentras mal otra vez?

–Sí, señora.

–No pareces enferma. ¿Estás segura?

–Señora.

–¿Qué es lo que pasa, por el amor de Dios? Ya te advertí antes por tres veces. Ésta es una ocasión especial.

–Santo Cielo –dijo suspirando Merridith–, si la chica dice que no se encuentra bien, es que no se encuentra bien, Laura. ¿Hemos de esperar a que se le caiga la cabeza y ruede sobre la mesa?

Robert Merridith soltó un resuello de hilaridad ante la idea. Su padre le lanzó una maliciosa mirada de soslayo e hizo una mueca de payaso.

–Tu mamá es a veces como una yegua tontita, ¿no?

–Sólo quiero decir que es una lástima que se eche a perder el cumpleaños de Jonathan –dijo la condesa–. Pero si Mary quiere irse, entonces, desde luego, debe irse.

–¿No puedes quedarte un poquito más, Mary? –preguntó Jonathan, alicaído–. La verdad, preferiría que lo hicieras.

Transcurrió un momento muy largo. La joven volvió a dedicar su atención a la comida.

–¿Puedo servirle un vaso de agua, miss Duane? –le ofreció Grantley Dixon.

Ella asintió con la cabeza y dio las gracias. Dixon le llenó el vaso. El plato de ensalada se terminó sin más palabras de los comensales.

Fueron retirando los platos, y una fuente con tres pollos fue colocada sobre la mesa. Lord Kingscourt cogió un cuchillo de trinchar y se lo ofreció a Mulvey.

–Una pequeña tradición –explicó–. Siempre invitamos al huésped de honor a que trinche.

–David, por el amor del Cielo, no tengamos tantas formalidades.

–Oh, cállate, mujer. Ésa es más de la mitad de la diversión. Póngase firmes al instante, caporal Mulvey, y cumpla con su deber o de lo contrario será azotado.

Mulvey cogió el cuchillo, se puso de pie, vacilante, y empezó a cortar carne. La condesa y Dixon le acercaron sus platos. Cortó con sorprendente limpieza, como si estuviera acostumbrado. Cuando alguien le decía «gracias», asentía con la cabeza brevemente pero no decía ni palabra.

Servidos los platos, empezaron todos a comer otra vez. Fuentes de verduras y salseras fueron pasando rápidamente entre los comensales. Las copas se volvieron a llenar. Se abrieron más botellas de vino. Sólo el silencio de Mary Duane paliaba el intento de alegrar la fiesta..., el suyo y el de Mulvey, el asesino. La mudez de ambos se cernía sobre la mesa como una pregunta no formulada.

–¿No es agradable esto? –dijo lord Kingscourt al cabo de unos minutos–. Esto de comer juntos del mismo plato. Deberíamos hacerlo más a menudo.

Sonidos bajitos y vagos fueron emitidos por los niños. Ninguno de los adultos dio respuesta.

–¿Qué es lo que dice el bardo al respecto, Dixon? ¿Alegre festín, etcétera?

–Mesa económica y buena gente hacen un festín alegre.

–Ciertamente. Y cuánta verdad. Del viejo *Otelo*, sabes, Jonathan.

–Bueno, realmente es de *La comedia de los errores* –dijo Dixon suavemente.

–Naturalmente, tonto de mí. Antifolus, ¿no? El *shag* de Éfeso.

–Baltasar, en realidad. Acto tercero, escena primera.

–Condenado Infierno –dijo Merridith suspirando a su hijo–, orejas de burro para el imbécil de tu papi esta noche. Demos gracias por contar con la presencia de míster Dixon entre nosotros.

Dixon se rió débilmente.

–Bueno, hice ese papel una vez en mis días de estudiante, eso es todo.

–Oh, yo diría que lo hizo usted muy bien –comentó sonriendo lord Kingscourt.

El barco cabeceó. El candelabro tintineó. El conde partió un trozo de muslo y empezó a comérselo con los dedos.

–¿Perdone, míster Mulvey? –dijo una vocecita tímida que apenas había hablado una palabra desde el comienzo de la cena.

El invitado miró a través de la mesa a la cara de Robert Merridith. Un lindo muchachito. Igualito a su padre.

–¿No vino usted a mi castillo una mañana de éstas?

Mulvey movió la cabeza negativamente.

–No, amo. No lo hice.

–Una mañana vino usted a mi castillo. Con una divertida especie de máscara negra en la cara y un gran cuchillo…

–Bobby, ya basta –le interrumpió Merridith con un suspiro–. Por favor, excúsenos, Mulvey, tenemos una imaginación muy fértil.

–Sólo está haciendo una broma, señor, no pasa nada.

–No estoy haciendo una broma. –El niño soltó una tonta risita aprensiva–. Era usted, míster Mulvey, ¿no es verdad?

–Bobby, te he dicho que ya basta. Ahora cállate y cómete tu maldita sopa.

–Creo que estamos un poco cansados, David –dijo la condesa suavemente–. Ya sabes lo imaginativos que nos volvemos cuando estamos cansados.

–Podemos cansarnos tanto como queramos. Pero no hay necesidad de ser groseros.

–Yo no quería ser grosero, papi. Sólo pensé que era él.

–Está bien –dijo su madre–. Todos podemos cometer errores. –Se volvió hacia el invitado de honor–. Estoy segura de que míster Mulvey lo entiende.

Robert lo estaba mirando fijamente ahora. Mulvey trató de reír.

–Un hombre grande como yo nunca podría introducirse por una ventanita como aquélla, amo.

–Pero tenía una extraña manera de caminar. Exactamente como la tiene usted. Era un tullido. Él…

El siguiente sonido que se oyó fue el de la bofetada que lanzó la cabeza del niño hacia atrás. El barco cabeceó con fuerza en aquel momento. Nadie dijo nada.

–Pide perdón a nuestro invitado ahora mismo.

–Señor, no hay necesidad –dijo Mulvey.

–La hay, ciertamente. En este mismo instante, ¿me oyes?

–Lo ssi-siento, míster Mulvey.

–Ahora pide perdón a tu hermano por echarle a perder su fiesta.

–David, por el amor de Dios…

–No te *atrevas* a interrumpirme, Laura, cuando estoy hablando con mi hijo. ¿Me entiendes, mujer? ¿Debo escribirlo con mi propia sangre? *¿Tienes que hacer alarde de tu falta de respeto y desprecio por mí en toda ocasión posible?*

Ella no respondió nada. Merridith se volvió hacia el niño.

–Estoy esperando, Robert.

–Lo siento, Jo-Jons.

–Usa su nombre, ridículo imbécil.

–Lo siento, Jo-Jonathan.

–¿Aceptas sus excusas, Jonathan?

–Sí, señor.

–Estrechaos las manos.

Los niños hicieron lo que se les ordenaba. Robert estaba llorando en silencio.

–Ahora vete a la cama en este mismo momento. *Me das dolor de estómago.*

El niño se deslizó de su asiento y salió tambaleándose del camarote. Al cabo de un momento, Mary Duane se levantó y lo siguió.

Merridith llenó su vaso y tomó un largo trago de vino. Luego volvió a su comida como si nada hubiera ocurrido. Una mirada embotada, como de aturdimiento, había invadido su cara, y cortó su carne con concentración de cirujano.

–Debería añadir mis propias excusas, Mulvey. Las mías y las de mi mujer. Mi esposa cree que hay que ser indulgente con los niños, hagan lo que hagan. Eso se debe a cómo fue educada ella, sin duda.

–Excelencia…

–Ni una palabra más. No me importa una broma. Pero los malos modales son intolerables. No estamos en una pocilga.

Dixon permanecía sentado muy rígido. Jonathan Merridith estaba pálido. La condesa se dirigió a una mesa de servir y empezó a apilar los platos sucios. John Conqueroo soltó un gemido y se acercó más a América.

–Bueno –dijo el conde sonriendo–. ¿Alguien quiere un poco de pastel?

Capítulo XXXII

DE «LA PLAGA»

Fragmento de una novela inacabada de G. Grantley Dixon.

Los detalles del siguiente fragmento fueron tomados de las notas hechas por el cirujano William Mangan (coetáneo de los hechos aquí mencionados), así como de una larga entrevista celebrada con él poco antes de su muerte en 1851.

62° 08′ O; 44° 13,11′ N.

– 11.15 p.m. –

–¿Le molesto, Monkton? –dijo lord Thomas Davidson.

El cirujano, de rostro fatigado, dio un paso atrás en el dintel y entrecerró los ojos por la sorpresa.

–Lord Queensgrove. En absoluto. Vamos, señor, entre.

En el interior del atestado pero ordenado camarote estaba sentada la hermana del cirujano, ataviada con un quimono japonés. Una tetera y tazas de porcelana descansaban en una mesa de juego, cerca de un tablero de ajedrez cuyas piezas eran también japonesas. La mujer se levantó para recibirlo con un inquieto fruncimiento de cejas.

–Buenas noches, mistress Darlington. Perdone mi visita a esta hora tan intempestiva.

–Por favor, no se preocupe. ¿Va todo bien? –Llevaba el cabello suelto y húmedo–. ¿Se trata de alguno de los niños?

–Los dos duermen como Endimión. Tuvimos una pequeña celebración de cumpleaños a primera hora de esta tarde.

La lámpara ardía débilmente desde las vigas sobre la mesa de juego, de modo que los rincones de la habitación se difuminaban en las sombras. Un oscuro espejo colgaba sobre la mesa escritorio que estaba encajada en un hueco, y en él podía verse el reflejo de un grabado con una escena de caza.

–¿Nos acompaña usted a una taza de té? ¿O a algo un poquito más fuerte? Tengo una hermosa botella de Madeira escondida por aquí, en alguna parte.

–No, gracias, Monkton. El hecho es que quería verlo profesionalmente por un momento, si es posible.

El cirujano asintió a medias.

–Muy honrado, lord Queensgrove. Se trata sólo de una sensación general de agotamiento, ¿verdad?

–Bueno, eso... sí. Y hay también otro asuntillo.

–No importa, no importa. A propósito, estábamos diciendo, mistress Darlington y yo, que parece estar usted un poco pálido últimamente.

–Quizá sea un asunto algo delicado.

–Ah, ¿preferiría usted que mistress Darlignton saliera un momento?

–No, no. En absoluto. No quería decir eso.

Sí quería decir eso, pero no quería ofenderla. El cirujano pareció comprender. Se volvió hacia su hermana.

–Marion, cariño... ¿Te importaría ir a comprobar lo de ese pequeño mensaje del que hablábamos antes?

La mujer sonrió.

–Me disponía a hacerlo, querido.

Monkton esbozó una tranquila y bondadosa sonrisa cuando ella salía del camarote.

–A los hombres a veces nos cuesta cuidar de nosotros mismos adecuadamente y comentar nuestras cosas. No pasa lo mismo con las *mensahibs*. Y sin embargo, sabe usted, realmente deberíamos hacerlo.

–Efectivamente –dijo lord Queensgrove.

Empezaba a creer que había cometido un error al ir allí. Sentía un profundo desprecio por esa forma de afectar familiaridad y campechanía, y la presuntuosidad que éstas ocultaban.

–¿Le importaría contarme algo más? Oh, excuse mis burdas maneras. Por favor, siéntese, milord, siéntese.

Le ofreció un sillón al lado del pequeño buró y él se sentó en un taburete.

–Es un poco embarazoso decirlo. Me siento algo violento.

El cirujano abrió un cajón y sacó una libreta de notas.

–¿Norte o sur? Es una manera de hablar.

–Sur.

Monkton asintió diplomáticamente y humedeció la pluma.

–¿Un pequeño problema de digestión, esa clase de cosas?

–No, no se trata de eso.

Se lamió los dedos para volver las páginas. Volvió a asentir y empezó a escribir.

–Sur cuarta al suroeste, entonces. Milord Nabucodonosor.

–¿Perdón?

–Las viejas vías urinarias, como si dijéramos.

–Supongo que podría decirse así, en efecto.

–¿Falta de vigor?

–No, eso no.

–¿Inflamación? ¿Dolor?

–Un poco de ambas cosas.

–Mm. ¿Orina bien últimamente?

–La verdad, no. Resulta sumamente doloroso ahora.

De nuevo el cirujano asintió, como si no le sorprendiera. Por un momento no se produjo ningún sonido excepto el rascar de la plumilla sobre el papel.

–¿Supura?

La palabra golpeó al paciente como una bofetada en la boca. El rubor le cubrió el rostro, de tal forma que casi le escoció.

–A veces.

–Entiendo.

El cirujano escribió en su libreta durante lo que pareció largo rato. Luego apretó los labios y dejó escapar un fatigado suspiro.

–Las condiciones a bordo de un barco no son lo que deberían ser, desde luego. Higiénicamente hablando. Incluso en primera clase. Es mi pequeña pesadilla, debo confesarlo. La mía y la de mistress Darlington. Ah, lord Queensgrove, los problemas que podemos evitar mediante la mera higiene. Mistress Darlington se ocupa mucho de los pobres.

Por un momento Davidson no supo qué decir. Se preguntó si le estaba invitando a abogar por las normas sobre higiene en el barco, o por las suyas. O a comentar las misteriosas obras de mistress Darlington entre los pobres. Pero en ese momento el cirujano estaba buscando desordenadamente en una pequeña cartera de piel.

–¿Suele usted beber, milord?

–Quizá demasiado, a veces.

El médico soltó una risita.

–No está usted solo en este sentido.

–Efectivamente.

–Pero todos necesitamos controlar nuestro consumo. No ayuda nada beber cuando se trata de las vías urinarias o el hígado. Es un problema porque se acumulan toxinas. Puede causar dolor en la zona lumbar y asimismo en la zona íntima. Y sudores nocturnos, también.

–Comprendo.

–Se baña usted regularmente, ¿verdad, señor?

Tomó un estetoscopio y un par de instrumentos metálicos del maletín.

–Dos veces por semana, sí.

–Mm. Buen chico. Eso está bien.

Volvió a la libreta y escribió pronunciando en voz alta las últimas palabras, como un satisfecho maestro de escuela completando un informe: «Baños. Dos veces. Cada semana». Con un floreo hizo el movimiento de un intenso subrayado, y luego un vigoroso punto final, como si estuviera tratando de ensartar un insecto con la plumilla.

–Yo intentaría aumentar su frecuencia a cada dos días. Incluso diariamente si es posible.

–Conforme.

–Muy bien. Ahora, asomémonos aquí y echemos una mirada al viejo campo de batalla, ¿no?

El cirujano encendió una lamparilla de aceite y alargó la mecha, animando la llama hasta lograr una brillante luz de un tono dorado. Trajes y ropa de cama húmedos aparecían colgados por todo el cuarto de estar: sobre las sillas, sobre el sofá, sobre un biombo plegable cerrado.

Davidson se abrió los pantalones y calzoncillos y se los bajó hasta los muslos. Desabrochó también los tres últimos botones de su camisa. El cirujano cogió lo que parecía una funda de almohada de una pila de ropa planchada y la desplegó rápidamente sobre el respaldo de una silla.

–Apoye el trasero ahí si puede.

El paciente hizo lo que le decían. Monkton se arrodilló y empezó a examinarlo.

–Algo sensible aquí, ¿no?

–Sí.

–Y aquí, espero.

Davidson se encogió.

El cirujano chasqueó la lengua en fraternal simpatía.

–Un momentito o dos más, como un buen chico. Creo que tenemos el enemigo a la vista.

Uno de los instrumentos de acero estaba tan frío que su tacto le hizo estremecerse. Durante un rato no tuvo otra sensación que el calor de la lámpara sobre la piel; los dedos del médico exploraban su escroto y perineo. Un relámpago de dolor centelleó a través de sus riñones y parte inferior de la barriga, un estremecimiento que hizo temblar sus muslos.

–Humm. Lo que pensaba. –Monkton se puso de pie, haciendo una mueca de dolor por el esfuerzo–. Un pequeño parásito. Una especie de infección bastante suave; nada más. Lo cual es una molestia dolorosa, pero que se vence fácilmente. Siempre vemos un montón de esas cosas en situaciones de estrecho confinamiento. Prisiones, cuarteles, sitios así. –Hizo una pausa y respiró ruidosamente–: Asilos de pobres.

–¿Puede decirme cómo podría haberlo pillado?

El médico miró a Davidson a los ojos durante un momento.

–Quizá pueda tener una idea usted mismo, señor.

Lord Queensgrove sintió un calorcillo en el rostro. Se encogió de hombros.

–No.

El médico asintió con la cabeza. Fue hasta un mueblecito que contenía una palangana y empezó a lavarse manos y muñecas.

–Ropa o toalla mal lavada. Un asiento de retrete, quizá. Puede empeorar por irritación de los muslos o la ropa interior. Pero un buen baño caliente le sentará bien. No use jabón, sólo agua muy caliente. Tan caliente como pueda soportar. Haga que su esposa le pida a esa bonita sirvienta suya que consiga un puñado de ajo de la cocina y lo echa en el baño.

Le sonrió amablemente.

–Olerá usted como un francés. Pero no durará mucho.

El barco cabeceó suavemente y volvió a enderezarse con lentitud, haciendo que la lámpara del techo oscilara en su soporte. Las sombras bailaron alrededor de la mal ventilada habitación.

–Oh, y probablemente será mejor abstenerse de cualquier ejercicio demasiado exigente durante una quincena o dos. Relaciones maritales y demás.

–Comprendo.

Monkton bajó la voz y habló de una manera extrañamente triste.

–Estas cositas pueden transmitirse a las damas. Y con las damas, por supuesto, es mucho más difícil. La fontanería, sabe. No está tan al alcance.

–Así es.

Davidson se subió los pantalones y empezó a abrocharse los botones de la camisa. Un crujido de queja subió desde las tablas del suelo, como si la madera misma estuviera sufriendo. Se dio cuenta entonces de que el cirujano parecía estar mirándolo fijamente. Volvía a sonreír, pero no con sus ojos.

–¿Qué es ese guapo compañerito que tenemos ahí, en su abdomen?

–Oh, eso. –Miró hacia abajo–. Una especie de grano.

–¿Duele, quizá?

–No, no. Me había olvidado de él, realmente. Me salen de vez en cuando.

–Podría también echarle una ojeada, ya que estamos. ¿Puede desabrocharse la camisa un poco más?

–Le aseguro que no es nada.

–A pesar de todo. Ya está usted aquí. Podría ser prudente.

Había tanta insistencia en su voz que resultaba difícil negarse. Lord Queensgrove se abrió la camisa quedándose de pie con el trasero apoyado sobre el respaldo de la silla. El cirujano arrastró el taburete y se sentó frente a él.

–Maldita sea –murmuró–. Qué oscuridad más molesta hay aquí.

–¿Puedo ayudar de alguna manera?

–¿Quizá puede sostener la lámpara, si es tan amable? ¿Le importaría mucho?

Davidson la cogió y la sostuvo a la altura de su cintura. El olor acre del aceite ardiendo ascendía hasta las ventanillas de su nariz. El cirujano estaba ahora empleando las puntas de los dedos, estirando suavemente la piel alrededor de la pequeña ampolla costrosa. Estaba lo bastante cerca para que el paciente pudiera sentir la cálida respiración sobre su ombligo, y a Davidson se le ocurrió cuán extraordinarias intimidades se les permitían a los médicos. Le pidieron que se mantuviera quieto, y así lo hizo. Monkton alargó la mano y cogió su baqueteado maletín. Sacó de él una lupa y una gasa.

Durante varios minutos no dijo nada mientras el examen continuaba. Cuando volvió a hablar, su voz era tranquila.

–¿No tiene otras lesiones? ¿Sarpullidos? ¿Nada parecido?

–Hace unos años, quizás. Herencia, me temo.

El cirujano levantó la mirada con una expresión interrogadora.

–Piel de piña –dijo Davidson–. Mi difunto padre sufría la

misma afección. Claro que él se pasó muchos años en el mar. Generalmente atribuida a la falta de fruta en las raciones.

–¿Tuvo usted alguna vez lesiones en las palmas de las manos o las plantas de los pies?

–Ahora que lo menciona, sí, en efecto. Pero hace muchos años.

–¿Cuántos años?

–Cinco o seis, supongo. Se fueron solas.

–¿Alguna vez ha tenido dolor de garganta? ¿Vértigos y cosas así?

–De vez en cuando.

–¿Está bien de vista?

Davidson dejó escapar una risotada.

–Me dicen que necesito gafas. Generalmente mi buena esposa. Me temo que es otra pequeña cuestión que he tendido a olvidar.

Monkton sonrió.

–Dios las bendiga. Las damas tienden a apremiarnos todo el día, ¿no es cierto?

–Realmente.

–Pero con todo, nos gustan esas fastidiosas brujas.

Se levantó y fue de nuevo a lavarse las manos en la jofaina. Se las secó cuidadosamente con otra gasa. Cuando hubo terminado sostuvo el trapo en la llama de la lámpara con unas tenacillas hasta que estuvo completamente quemado. Esta precaución inquietó a Davidson. ¿Por qué tanto cuidado?

–Hay una especie de loción para las ampollas –dijo Davidson–. Mi padre la usaba a veces. Smithsonita, creo que se llama. De color rosado.

–Tiene razón. Zinc y óxido férrico.

–Eso es. Que me condenen, pero me he olvidado de traer un poco conmigo, como un tonto. Quizá tenga usted algo en su bolsa de trucos.

El cirujano se dio la vuelta y lo miró seriamente.

–Lord Queensgrove, voy a necesitar la ayuda de mi hermana sólo para tomar algunas notas y hacer un pequeño test. Con toda probabilidad, no será nada, pero me gustaría estar seguro. Y le puedo garantizar que no tiene que tener pudor. Mi hermana es una persona sumamente discreta y muy bien entrenada.

Davidson sintió que una gota de sudor corría por su muslo.

–De acuerdo.

Monkton salió rápidamente de la habitación.

Lord Queensgrove oyó el ruido de hombres corriendo por la cubierta. Cruzó la habitación hasta el espejo de oscuro cristal. En la esquina derecha superior de su marco aparecía insertado un recorte de periódico. Detalles de la próxima temporada de ópera de Nueva York. *El estreno americano de la obra maestra del* signore *Verdi.* Con cuidado se levantó el borde de la camisa. Un lunar ligeramente protuberante del tamaño aproximado de una moneda de seis peniques. Se lo tocó con la punta de los dedos, y luego con el pulgar. Tenía un tacto rugoso como de papel de lija, pero no le dolía.

Alborotados vítores sonaron fuera, sobre la cubierta. Se acercó a la portilla y miró hacia la negrura. A lo lejos, podía distinguirse una tenue luz roja. El faro de Halifax. La costa de Nueva Escocia.

El cirujano y su hermana entraron. Monkton tenía un aspecto grave y agobiado.

–Necesito que se desnude usted completamente y venga aquí.

–Pero ¿por qué?

–No hay nada de qué preocuparse –dijo Mrs. Darlington sosegadamente–. Síganos cuando esté listo. Todo va bien.

Entraron en lo que Davidson pudo ver que era una pequeño camarote con una litera. Rápidamente se desvistió y les siguió al interior, llevando consigo sus ropas y zapatos. La salita era muy fría; olía débilmente a savia de pino. Las tablas del suelo tenían un tacto pegajoso a sus pies desnudos. El cirujano estaba quitando las mantas de la cama, y colgando una lamparilla de un gancho del techo.

–Túmbese aquí como un buen chico. No tardaremos mucho.

Monkton se quedó de pie a un lado de la litera; su hemana, al otro. Empezaron a examinarlo detenidamente, cada centímetro de su piel. El pecho y las ingles. Sobacos y muslos. Detrás de las orejas. El ombligo y el cuero cabelludo. Bajo la lengua, alrededor de las encías. Emplearon un instrumento para abrirle las ventanillas de la nariz. Y encendieron una vela para explorar sus fosas nasales. A veces el médico emitía una palabra y su hermana la escribía en la libreta de notas. Fuera, en cubierta, los hombres cantaban una saloma. El cirujano hizo un gesto con el dedo, indicando a Davidson que se diera la vuelta para ponerse boca abajo.

–Muy bien, milord. Ahora procure relajarse completamente.

Sintió que sus manos le exploraban la espalda; sus hombros tensos como un alambre, piernas y pies, entre los dedos de los pies, entre las nalgas. Como contemplando la escena desde arriba, imaginó que podía ver su propio cuerpo; las cabezas gachas de sus susurrantes examinadores, sus inquietas manos como pájaros juguetones.

Flotaban murmullos como plegarias en el diminuto camarote; palabras que lord Queensgrove no comprendía: tisis, urticaria, descamación, febrilis. Aquellos susurros tenían en efecto adormecedor, soporífero, y él estaba tan cansado que empezó a dejarse llevar por el sueño. El movimiento del barco lo arrastraba hacia abajo; hacia su madre. Y entonces fue consciente de repente de la pesadez de su esqueleto; de la litera que soportaba su fatigado cuerpo. El mar se calmó un poco. Su dolor se calmó. Y él se dio cuenta entonces de que nadie lo estaba tocando. Cuando abrió los ojos, el cirujano se había ido.

Mrs. Darlington dijo amablemente:

–Puede vestirse ya, lord Queensgrove. Gracias.

Davidson se levantó de la litera y obedeció. De repente se sentía como si lo hubieran retorcido y escurrido; estaba completamente exhausto. Sintió la necesidad urgente de salir del camarote del cirujano, pasear por cubierta y sentir en su piel el fresco aire de olor a salmuera. Mirar a las doradas luces que brillaban en tierra.

Entró en la salita en mangas de camisa y dijo animadamente:

–¿Me dirá lo que le debo, Monkton, por favor?

Pero el cirujano no parecía estar escuchando a su paciente. Había cruzado hasta la mesa sobre la que descansaba un globo terráqueo y lo hacía girar con una expresión ausente. Los marineros cantaban. El globo producía un zumbido. Se paró cuando los dedos del médico descansaron sobre África.

–¿Willie? –dijo su hermana–. Su Señoría te está hablando.

Monkton se volvió. Tenía la cara blanca.

–Lord Queensgrove –dijo con calma–. Tiene usted sífilis.

Michael, estoy maravillosamente bien de salud. Nunca había estado mejor en mi vida. Estas Montañas Rocosas me sientan de maravilla. Tengo todo lo que podría hacer confortable una vida. Pero, por la noche, cuando estoy en la cama, mi mente navega a través del continente y por encima del Atlántico, hasta las colinas de Cratloe. A pesar de todo no puedo olvidar la patria, como todo irlandés no puede olvidar nunca la tierra donde se crió. Pero, ¡ay! Me encuentro muy lejos de esos viejos y queridos lugares.

Carta del sargento MAURICE H. WOLFE, desde Wyoming, a su hermano, en el condado de Limerick.

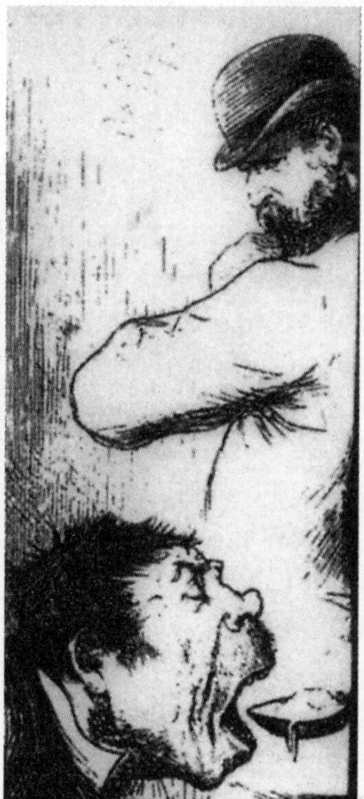

Capítulo XXXIII

LA FRONTERA

Que trata de varias conversaciones que tuvieron lugar a primerísima hora de la mañana del jueves 2 de diciembre; siendo éste el vigésimo quinto día del viaje. (Estos informes nunca fueron publicados en anteriores ediciones.)

A estribor, cerca de la proa
– Aprox. a la 1.15 A.M. –

–¿Está usted observando las estrellas, míster Mulvey?

–Señor. Es usted. Buenas noches, señor. Dios le bendiga.

–¿Ve algo interesante ahí arriba?

–Nada en absoluto, señor. Sólo estaba pensando en la patria.

–¿Puedo acompañarlo un momento?

–Me sentiré muy honrado si lo hace, señor.

Dixon se acercó y se quedó al lado del asesino. Los dos se apoyaron en el pasamanos de la borda, como un par de compadres en una taberna de los bajos fondos.

–Ardnagreevagh, ¿no?

–Lo llamamos *Ard na gCraobhach*. O al menos así lo llaman los viejos.

–¿Es un lugar pequeño, verdad?

–Minúsculo, señor. Cerca de Renvyle. Podría cruzarlo sin darse cuenta de que había estado allí.

–He estado en Connemara, pero no tan al norte. Dicen que el paisaje es hermoso.

–Ah, bueno... no hay mucho que ver allí ahora. Fue hermoso una vez.

–¿Antes de la hambruna?

–Mucho antes de eso, señor. Antes de mi propia época. –Se cerró el cuello para protegerse de una racha de viento–. Al menos así lo dicen. Los más viejos. Pero si se examina con cuidado todas esas historias, no se sabe cuál es la verdadera. La mitad probablemente son falsas.

–¿Fuma?

–Muy amable por su parte, señor, pero no querría privar a Su Señoría, cuando le queda tan poco.

Dixon empezó a notar algo extraño en su interlocutor. Estaba exagerando su acento irlandés. Hablando como un actor en una escena de music-hall.

–Tengo más en el camarote. Acepte mi invitación, si lo desea.

–Muy amable de su parte, señor. Le estoy agradecido a Su Excelencia.

El Fantasma aceptó un puro cortado en ambos extremos de la cigarrera de plata de Dixon e inclinó la cabeza para aceptar que se lo encendiera. Su tacto sobre las manos ahuecadas de Dixon era sorprendentemente suave y el resplandor del fósforo le daba un aspecto bufonesco a su rostro. Aspiró con fuerza, el humo le entró en los ojos y empezó a toser. Como si en realidad fuera alguien que no fumaba, pero hubiera aceptado el purito simplemente porque se lo habían ofrecido. Visto tan de cerca, parecía aún más bajito y más frágil. A veces su respiración se convertía en un violento resuello. Apestaba a frío y a zapatos viejos.

Durante un rato los dos hombres permanecieron allí, junto al pasamanos, sin decir nada. Dixon estaba pensando en la vida con Laura Markham, en las palabras que podrían haberse empleado cuando se produjo la despedida. Ella le había hecho saber su decisión a primera hora de aquel día; lo que había ocurrido entre ellos se había terminado. Se separarían al llegar a Nueva York y nunca volverían a encontrarse. Le devolvería sus cartas, así como una serie de pequeños recuerdos. No, no sería posible una amistad. Sería insincero, cuando no deshonesto, pretender que eso fuera posible. No debía tratar de convencerla de lo contrario; su resolución era inalterable. Merridith había dejado claro que nunca le concedería el divorcio. Absolutamente nunca; era inimaginable. La cama estaba hecha; ahora tendría que yacer en ella. Y ella yacería como lo había estado haciendo durante años. Pero a veces uno tenía que vivir en una mentira[1]. Fuera lo que fuese, el hombre era su marido.

Su otro pensamiento fue lo curioso de las estrellas: la manera en que las cosas corrientes se vuelven misteriosas a última hora de la noche. Algunas personas veían en ellas la prueba de un Creador; una fuerza que dirigía la Tierra a través de la iluminada nada, y que siempre lo haría hasta que destruyera incluso esa nada. En tanto que otros no veían prueba alguna de nada especial en su disposición; un confuso enjambre celestial que era hermoso, ciertamente, pero en el que no debía proyectarse ningún diseño o propósito, y para el que el término «disposición» no sería en consecuencia adecuado. Las estrellas no habían sido dispuestas por ninguna fuerza, sino al azar, y por aquellos que las miraban como boquiabiertos monos desde la estrella solitaria que ellos llamaban la Tierra. Eso era lo que Grantley Dixon había llegado a creer: que los descendientes de los monos habían contemplado las cagarrutas de Dios y decidido llamarlas «estrellas». Era la humanidad y no el Altísimo la que había ordenado el universo; solamente el hombre podía ver un accidente así y llamarlo «creación», con Él en el centro.

Y se preguntó si algún día los monos podrían aprender a volar, si podrían construir naves que navegaran alrededor de los planetas como aquella en que se encontraba en ese momento, que había surcado los mares. Suponía que eso ocurriría. Probablemente era inevitable. Mirarían fascinados por sus portillas, se rascarían la cabeza maravillados e intercambiarían simiescos gruñidos de felicitación. Y todo sería visto como algo digno de celebración.

Grace Toussaint, la vieja yoruba que había ayudado a criarlo en la plantación de su abuelo, a menudo le había dicho que lo que ella creía era el secreto más importante de la vida: que todos nuestros sufrimientos están causados por el descontento, por la

1. Otro juego de palabras. *To lie*, en inglés significa tanto «yacer» como «mentir». *(N. del T.)*

negativa a aceptar el hecho de que existen limitaciones. Ella era la persona más tierna que Dixon había conocido en Luisiana, un lugar donde la gente podía ser apasionada como el despiadado sol. Pero en esa cuestión ella también se mostraba apasionada. El abuelo de Dixon, un judío que aborrecía la esclavitud, había discutido frecuentemente sobre el tema. Era un hombre que conocía la soterrada malignidad de los rumores de los vecinos, y que había cruzado las fronteras muchas veces; la del Estado de Mississippi, la de Tejas oriental, la de Arkansas meridional. Allí compraba los esclavos más quebrantados y se los llevaba de vuelta a Luisiana. Paseaba por sus cuidados campos mientras el sol hacía crecer las cosechas y calculaba cuántos podrían ser salvados ese año. Un buen campo representaba diez esclavos; uno malo, quizá dos. Cada preciosa cosecha de sus cincuenta mil acres era vendida con el propósito de redimir lo robado.

Mississippi era el Infierno para los negros, le explicó a su nieto; y si bien Luisiana estaba lejos de ser el Paraíso, al menos no era del todo el Infierno. El *Code Napoléon* había previsto eso. Él había comprado a Grace Toussaint y a su hermano torturado hasta la ceguera a fin de hacerles recuperar una versión de su libertad. Había discutido con ella frecuentemente sobre algo llamado «libre albedrío». Él afirmaba que ser humano significaba no aceptar prohibiciones. Vivir solamente según los límites de lo que dictaba la conciencia. Pero Grace Toussaint no estaba de acuerdo. Era fácil hacer grandes declaraciones desde la ventajosa posición de la riqueza. De haber permanecido ella toda su vida en su país natal podría incluso haberlas hecho ella misma, le dijo a su comprador. Porque su gente había pertenecido a la realeza.

Las discusiones eran extrañas; Dixon no las comprendía. Una noche, siendo todavía un niño, se había detenido en el pasillo, junto a la entornada puerta del estudio de su abuelo, y escuchado la disputa que tenía lugar en su interior: «¿Crees tú que Dios tiene color? ¿Piensas eso realmente, Grace? ¡Jesucristo probablemente era negro, Grace! ¡Su piel era del color del tabaco, Grace!». Y ella respondió amargamente que si el viejo pensaba así realmente, era el más patético estúpido que jamás viera Luisiana. Porque Cristo era blanco como la nieve, igual que todos los poderosos.

La mujer solía llevar a Dixon a pasear, las mañanas de verano, por el camino de yucas y hayas que llevaba hasta los pastos; pasando por delante de las enjalbegadas chabolas que se alzaban en la parte superior del campo, y luego a través del brumoso calor de los campos de tabaco, endulzado el cálido aire con el aroma de las regadas hojas, y preñado del estrépito de los grillos. Su hermano, que se llamaba Jean Toussaint, aunque era conocido entre los niños de los granjeros como el «Bello John», a veces paseaba detrás de ellos con la ayuda de un bastón. La mayor parte del tiempo no le gustaba la compañía. Por las mañanas, no le gustaba nunca.

Pese a su avanzada edad, era un hombre muy fornido, de manos enormes, venas hinchadas en sus sienes, y la piel del color del oro viejo. A menudo arrancaba una melodía de la baqueteada guitarra de dos dólares que llevaba sobre su larga y recta espalda, como un polvoriento caballero de un libro de cuentos portando su escudo. Pero Dixon no le había oído nunca cantar o siquiera hablar. Un día le preguntó a su abuelo por qué eso era así. Dixon tenía doce años en aquella época, y la respuesta fue que, cuando Jean Toussaint tenía la mitad de esa edad, su amo le había hecho cortar la lengua como castigo. Su amo era oriundo de Mississippi, hijo de una puta irlandesa, y que merecía arder por toda la eternidad. Y le dijo también que Jean Toussaint no era el verdadero nombre del Bello John, como Grace Toussaint no era el nombre de Grace Toussaint; que incluso sus nombres les habían sido robados cuando ellos mismos fueron robados de África. Aquél fue el instante de la infancia de Dixon en que todo cambió. Más incluso que cuando se enteró de que sus padres habían muerto. Más que el momento en que la policía llegó para decirle que había tenido lugar un accidente en la casa, un terrible accidente; que su casa se había quemado y sus padres habían muerto, y que ahora tendría que marcharse de New Haven y vivir con su abuelo en Evangeline. Eso se había alojado en él como una bala que jamás podría ser extraída.

«Las cosas son como son –le decía a menudo Grace Toussaint–. Nunca sientas apego por nada. Nunca hagas preguntas. El mundo seguirá estando aquí cuando tú te hayas ido. Esos árboles, esos campos, seguirán siendo árboles y campos.» Y más tarde, de estudiante, había visto la versión de ese pensamiento expresada por el sabio Pascal en sus reverenciados *Pensées.* «Todas las dificultades del hombre están causadas por una sola cosa. Su incapacidad para sentirse a gusto en una habitación.» Y no era necesariamente que Dixon estuviera en desacuerdo, pero ¿qué podía *hacerse* con un pensamiento como ése? ¿Podía uno mirar a un mundo donde las lenguas eran arrancadas, donde los seres humanos eran marcados como ganado, grabados con el nombre de los salvajes que los habían comprado, y decir que eso no tenía nada que ver con uno? Las ropas que llevaba sobre su espalda, las elegantes botas que calzaban sus pies, los volúmenes de filosofía donde la igualdad era minuciosamente analizada... Todas estas cosas habían sido compradas con las ganancias del sojuzgamiento, el fondo reunido por sus antepasados, comerciantes de esclavos. «Ahora dinero limpio», afirmaba su abuelo. Pero no había dinero limpio en un mundo sucio.

Incluso ahora él dependía de un dinero sucio. El periodismo pagaba poco, y casi siempre tarde. Su vida en Londres había sido cara, poco provechosa, y posible sólo gracias a las subvenciones de su abuelo. Había estado esperando la «noticia bomba» que podría darle la libertad, la historia que nadie más podía contar; pero en seis largos años nunca se había materializado. Todo lo que había llegado era una mayor dependencia. Los gruesos sobres registrados con el matasellos de Luisiana. Los fajos de grasientos dólares que nada había hecho para ganar. Las cartas de su abuelo rebosando simpatía por la difícil vida de los literatos jóvenes. «Tienes talento, Grantley. No puedes ocultar tu don. Pase lo que pase, tienes que seguir escribiendo. No te desalientes jamás. Haz lo que tengas que hacer. No se trata de que el fin justifique los medios, sino de la creación de nuevos medios y nuevos fines.» La odiosa actitud protectora que se traslucía en sus líneas. El feroz sentimiento de culpa de un falso compromiso impostado. Ahora había una forma de escapar de todo.

Otros pensamientos bullían como un veneno en su cabeza, y se preguntó si aquél podría ser un buen momento para mencionarlos. En cierto sentido sería más conveniente no decir nada; permanecer allí en sociable y tranquila compañía con otro ejemplar de tu especie y preguntarte qué podría estar pensando el otro, si es que pensaba algo, y en qué categoría de soñador podía ser catalogado. Pero ya Grantley Dixon conocía la respuesta a eso. Todos los asesinos deben ser descreídos, fuera cual fuese su credo.

–Sabe usted..., su cara me resulta muy familiar, míster Mulvey.

Mulvey levantó la cabeza en un ademán de alerta, como un perro que oye a un intruso. Luego hizo algunos pequeños gestos de asentimiento y se quitó la ceniza de la solapa.

–Sin duda me habrá usted visto paseando por el barco, señor. Suelo hacerlo a horas poco habituales, de noche. Pensando en mis cosas y demás.

–Sin duda. Pero sabe usted, es curiosísimo..., la primera vez que lo vi, la noche que salimos de Liverpool, pensé que lo conocía, incluso entonces. De hecho, lo escribí en mi diario.

–No sé cómo pudo usted imaginar eso, señor. No creo que nos hayamos visto antes.

–Parece algo extraño, ¿no?

–Dicen que todo hombre tiene un doble. Quizá sea cierto. –Soltó una risita, como si la idea le divirtiera–. Tal vez el mío se encuentre en América, señor. En su patria, señor. Podría incluso encontrarme conmigo mismo allí, si Dios quiere. Y estrecharme la mano. ¿No lo cree así, señor?

–Oh, no está en América. Pienso que está en Londres.

–¿Londres, señor, me está usted diciendo? ¿No es ésa la maravilla viviente? –Dio una larga calada al humedecido cigarro, como un hombre que se dispusiera a subir al cadalso y quisiera terminarlo antes de tener que irse–. Pero bueno, cuando uno lo piensa –una chupada más larga y una exhalación más profunda–, hay enigmas más extraños en el mundo que los que sueña la filosofía. Tal como Shakespeare dice.

–¿Ha estado allí?

–¿Dónde quiere decir, señor?

–En Londres. Whitechapel. Por el East End.

Un trocito de tabaco se le había pegado a la lengua. Le llevó un rato despegarlo.

–No, señor, no he estado. Lamento decirlo. Y no creo que llegue a estar. Belfast es lo más lejos que jamás he estado de mi patria.

–¿Está usted seguro?

Mulvey se rió con inesperada ligereza y contempló soñadoramente la oscuridad.

–Me parece que Londres es una ciudad de la que un hombre se acordaría de haber estado, señor. Creo que es un lugar imponente, o al menos así me lo han dicho. –Se dio la vuelta y miró directamente a Dixon a los ojos–. Dicen que está llena de oportunidades. ¿Es cierto, eso? Dicen que un *feller* [un tipo] podría encontrar toda clase de diversiones en Londres.

–Para ser un hombre que nunca ha estado en Londres, no puedo dejar de notar que habla como si hubiera estado.

–Le suplico me perdone, señor, pero no entiendo lo que quiere decir.

–Mire usted, por ejemplo..., la manera como usted dice la palabra *feller*. Una pronunciación muy curiosa por parte de un irlandés, ¿no cree? *Fellow* o *fella* es lo que uno hubiera esperado.

–No podría decir exactamente qué es lo que Su Excelencia hubiera esperado, señor.

–Y en la cena del otro día usó usted cierta palabra que no pude dejar de notar. *Costermonger*, creo que fue. Un término londinense para decir «comerciante callejero», ¿no es verdad?

–No recuerdo haber dicho esa palabra en toda mi vida, señor. Quizá Su Excelencia me oyó mal, o algo por el estilo. O no entendió bien mi acento.

–Ah, pero lo hizo usted, míster Mulvey. Deje que le refresque la memoria. ¿No le importa?

–Si me importara, no insultaría a Su Excelencia diciendo que me importaba.

Dixon sacó su libreta de notas y tranquilamente leyó unas líneas:

–«Esta noche cenamos con Mulvey, de Connemara; cuya manera de hablar encontré sumamente interesante, al estar salpicada de coloquialismos evidentemente aprendidos en Londres. Entre ellos, "*coster*, *costermonger*, o *chum*", para decir "amigo".

–Debe de ser para usted una pesada carga, señor, escribirlo todo.

–Un hábito de mi profesión. Supongo que podría llamarse así. Descubrí que olvidaba las cosas si no las escribía inmediatamente.

–Una honrosa profesión la suya, señor: la profesión de escritor. Dicen que la pluma es más poderosa que la espada.

–Es verdad que lo dicen. Yo no estoy seguro de que sea cierto.

–Es una gran bendición que ha recibido usted, señor, a pesar de todo. Yo hubiera deseado tenerla para mí. Muchos son los llamados, pero pocos los elegidos.

–¿Qué bendición es ésa?

–El don que tiene usted para decir las cosas en inglés, señor. La lengua de los poetas y la de Dios Nuestro Señor en las Escrituras.

–Creo que descubrirá usted que el Señor hablaba realmente en arameo.

–Para Su Excelencia, señor, tal vez. Para mí, hablaba inglés.

–O quizás hablaba cockney. Como hacen los *costermongers.*

El Fantasma se rió bruscamente y movió la cabeza.

–Debo de haber oído a alguno de los marineros usar esa palabra, señor. Y no podría ya decirle a Su Excelencia lo que significa ni para salvar mi vida.

–Oh, su vida no necesita apenas que la salven, míster Mulvey. Por ahora no, en cualquier caso.

Mulvey exhaló cansinamente un poco de humo y frunció por un instante las cejas en un gesto de desconcierto.

–Tendré que acudir otra vez a usted para que me explique, señor. Tiene usted una manera rara de hablar a veces, como de adivinanza.

–Cuando llegué a Londres –dijo Dixon con intención–, en los periódicos hablaban de un caso que me interesó mucho, no sé por qué. El de un ladronzuelo de la prisión de Newgate que asesinó a un carcelero y luego se escapó. Probablemente lo recordará usted. «Hall» era su nombre. Conocido como el Monstruo de Newgate.

–No me parece haber oído nunca hablar de ese caso que menciona.

–No. Claro que no. Estaba usted en Belfast por aquella época.

–Así es, señor, allí estaba. La dulce ciudad sobre el Lagan.

–No recuerda usted haber oído hablar del caso, pero sí recuerda dónde estaba cuando no oyó hablar del caso.

Mulvey lo miró fríamente

–Pasé un montón de tiempo en Belfast.

–Y yo pasé un montón de tiempo en Londres.

–Suerte que tiene usted, señor. Ahora tengo que darle las buenas noches.

–Yo estaba colaborando con un periódico en Londres por aquella época. El *Morning Chronicle.* Un periódico liberal. Bueno, me dediqué a saber más sobre el famoso míster Hall. Fui a la prisión y estudié los archivos. Hablé con algunos de los antiguos presidiarios en los antros de ese barrio. Luego fui al East End y busqué por allí durante unas semanas. Conversé con un caballero muy locuaz llamado McNight. Un caballero escocés. Una especie de borracho. Bueno, él dice que solía representar un truco en Lambeth con un irlandés llamado Murphy o Malvey. De Connemara, al parecer. Un lugar próximo a Ardnagreevagh. Curiosamente, era conocido por el nombre de Hall.

–Eso debe de haber sido muy fascinante para usted, señor.

–Sí. Le echaron siete años en Newgate… a ese Murphy o Malvey. ¿Se lo había mencionado ya?

–Hay muchos irlandeses en ese lugar, diría, señor. Los pobres lo han pasado bastante mal en Londres.

–No fueron ingresados muchos el mismo día que el Monstruo. El diecinueve de agosto de 1837. Bajo las mismas acusaciones. Quizás incluso la misma cara.

Dixon abrió su agenda de reportero y sacó un sobado recorte de periódico. El agujereado papel tenía un color amarillento como de un trozo de encaje antiguo, doblado y arrugado demasiadas veces. Con cuidado, lo abrió, de modo que el viento no se lo llevara. Margen negro. Caracteres de veinte puntos. El dibujo al carboncillo de la monstruosa y feroz mirada de Frederick Hall: asesino.

–Como usted dice –dijo Grantley Dixon–, todo hombre tiene su doble.

Mulvey parpadeó lentamente, pero no dejó traslucir ningún signo visible de que estaba turbado. Ni siquiera movió las manos de su posición en el pasamanos. Eran unas manos pequeñas y blancas como las de una muchacha. Resultaba difícil imaginarlas haciendo lo que habían hecho.

–¿Qué quiere usted? –murmuró con lentitud.

–Eso podría depender de lo que quiera usted mismo.

–No le gustaría a usted oír lo que quiero en este momento. Le provocaría una pesadilla que tal vez no podría olvidar.

–Quizá deberíamos decirle al capitán que hay un asesino en su barco.

–Vaya a decírselo, pues. Que tenga suerte si lo hace.

–¿Cree que no lo haría?

–Creo que una puta cobarde como usted haría cualquier cosa en el mundo. Y hay muchas cosas que podríamos ir a contar al capitán. Y a otras personas, también, si quiere que se lo diga.

–Perdóneme, míster Mulvey. No entiendo lo que quiere decir.

Mulvey dejó escapar una breve risita.

–Si un barco se hunde, cabrón, todos los barcos pueden hundirse. Espero que su condesa sepa nadar tan bien como sabe menear la popa.

–No le cuelgan a uno por adulterio, míster Mulvey. Pero sí por asesinato.

–Entonces vaya a él, si tiene las agallas. Ya sabe dónde estoy. –Sus ojos brillaban de odio mientras sonreía–. Váyase, muchachito. Antes de que reciba su merecido.

–No quiero hacerle daño.

–Váyase al Infierno, pedazo de puta. Y lámame el culo de pasada. Me he quitado a tíos mejores que usted de la suela de mi bota.

–Me enteré de lo del carcelero. De lo que sufrió usted por su culpa.

–¿Y piensa que lo que está haciendo es diferente?

–No tengo ningún arma.

–Sólo su pluma.

–No hace el mismo daño que una piedra aplastándote la cara. Pero puede discutirlo con el juez de su proceso si quiere.

Mulvey escupió a sus pies. Dixon hizo ademán de marcharse. La réplica lo siguió, fría como el acero.

–Se lo he preguntado antes. ¿Qué quiere usted?

Dixon regresó lentamente hacia su presa y se quedó a su lado.

–Soy un reportero, míster Mulvey. Lo que quiero es la historia.

El asesino no dijo nada. Tenía las manos en los bolsillos.

–Su vida en Londres. Por qué hizo lo que hizo. Los detalles de cómo escapó. Adónde fue exactamente. Su nombre no tiene por qué incluirse, pero sí todo lo demás. De lo contrario, voy a ver al capitán en este mismo momento.

–¿Es ése el precio hoy en día, una historia por una vida?

–Si prefiere decirlo así.

–¿Y cuando lleguemos a Nueva York?

–Yo lo vi en Belfast hace dieciocho meses. Estaba camino de la tumba por aquella época. Me concedió la entrevista una semana antes de morir.

El capitán apareció en la cubierta superior, paseando con el cocinero. Parecían estarse riendo mientras miraban hacia las velas. Dixon se dio la vuelta y saludó alegremente a través de la débil voluta de niebla. Les hizo señas para que se acercaran.

–Es su decisión, míster Mulvey. En cualquier caso, tengo una historia.

–Belfast, no –murmuró, y se abrochó el abrigo–. Me enterraron en Galway. Al lado de mi hermano.

✷

Cerca de proa, a babor

– 3.15 A.M. –

–¿Qué clase de persona soy?

–Una persona enferma, Merridith. Eso es todo.

–Una perversa, quiere decir. Peor que un animal.

El cirujano tocó el brazo de lord Kingscourt con amabilidad profesional.

–No se puede ser perverso bajo el microscopio. Lo que uno ve tiene un nombre. *Morbus Gallicus.* No es una plaga, y no es un castigo. Hace lo que nosotros mismos hacemos a diario.

–¿Y qué es?

–Todo lo que puede para sobrevivir.

La bandera gualdrapeó ruidosamente y se enrolló en el mástil. Cerca, dos ancianas beatas de tercera clase estaban venerando la bendita y tenue luz del faro de Coffin Island:

Ave maris stella, Dei Mater alma;
atque semper Virgo, felix caeli porta.

–¿Qué puedo esperar?

–Dividimos la sífilis en cuatro etapas distintas. Usted se está aproximando al final de la tercera fase. La fase latente avanzada, lo llamamos.

Merridith arrojó su cigarro por la borda.

–¿Y eso quiere decir...?

–El microbio se habrá alojado en sus tejidos a estas alturas. Y en las glándulas linfáticas también. Quizás haya implicación ocular. Uveítis. Vasculitis. Papiloedema.

–Puede decírmelo directamente. Sin florituras.

El cirujano suspiró y miró sus manos como si estuviera ofendido con ellas.

–Casi con toda seguridad, perderá la vista. Y ocurrirá con bastante rapidez. De hecho, ya está sucediendo.

–Siga.

–Después de la invasión, tiende a colonizar y a multiplicarse rápidamente. Sufrirá lesiones gomosas, llagas, por toda la piel. E igualmente en los huesos y órganos vitales. Pensamos que infecta la sustancia exterior de la membrana arterial. Básicamente se abre camino comiendo.

–¿Que come, dice usted?

–Es una manera de hablar metafórica.

–¿Y después?

–Lord Kingscourt..., está usted trastornado. Naturalmente, esto es agobiante. De hecho yo...

–Quiero saber, Mangan. Estoy completamente preparado.

–Bien, entonces... Ataca los sistemas nerviosos y cardiovasculares. En el primer caso, puede haber cambios de la personalidad bastante graves. Quizás, incluso PGD.

–¿Qué es eso?

–Parálisis general del demente.

Un recuerdo de su infancia apareció como un espectro. Una loca en la ciudad de Galway, chillando y arrancándose las ropas, exhibiéndose ante los transeúntes. Su niñera, la madre de Mary Duane, había tratado de ocultarle la visión, obligándole a cruzar la fangosa calle. Un terror enfebrecido. Mermelada en sus manos.

–¿No hay tratamiento?

–Con mercurio podemos hacer alguna cosita para aliviar los síntomas. Sin duda necesitamos que no se deteriore usted antes de llegar a Nueva York. Tiene que descansar completamente durante las próximas cuarenta y ocho horas.

–¿Qué hay en Nueva York?

–Una clínica privada para personas que sufren su enfermedad. Puedo arreglar las cosas para que lo admitan tan pronto como desembarquemos.

–Un hospital de sifilíticos, creo que se llama a esos lugares.

–No importa cómo lo llamen; las hermanas son muy buenas. Existen también ciertas especulaciones literarias, sólo especulaciones, entiende usted, sobre esperanzadores resultados con un nuevo producto: yoduro potásico. Pero se ha hecho muy poco al respecto. Y esos resultados son sumamente poco concluyentes.

–¿Así que no puede hacerse nada?

–Si estuviera en una fase primaria, o incluso secundaria, podríamos tratar de luchar. Y lo haremos, por supuesto. Pero las posibilidades no son buenas.

–¿De cuánto tiempo cree usted que dispongo? En el peor de los casos.

–Tal vez seis meses. Podría ser un año.

Salve vincula reis, profer lumen caecis,
mala nostra pelle, bona cuncta posce.

Una encrespada ola saltó por encima de la borda. Densas rachas de amarillenta espuma restallaron contra la amura. Merridith se secó los ojos rápidamente con el dorso de la manga.

–Debería darle a usted las gracias por su coraje, Mangan. Sin duda, no es nada fácil. Una situación como ésta…

–Lo siento mucho, señor. Quisiera ofrecerle más esperanzas.

–No, no. Más bien siento que debería estrecharle la mano. No es culpa del verdugo tener que cumplir con su deber.

–¿Puedo preguntarle si tuvo usted alguna vez un problema de esta naturaleza en el pasado, señor?

Lord Kingscourt no dijo nada. El doctor habló quedamente.

–Soy un hombre viejo, Merridith. Es difícil que me escandalice.

–Cuando era joven, contraje go-gonorrea.

La palabra quedó suspendida en el aire como un peso flotante. El cirujano asintió con la cabeza y miró más allá de la borda, como si tratara de distinguir algo que se movía en la oscuridad.

–Frecuentaba usted ciertos lugares, supongo.

–Una o dos veces. Hace muchos años.

–Mm. Por supuesto, por supuesto.

–De vez en cuando en Oxford. Por la noche, con algunos compañeros. Y otra vez en la marina. Por tercera vez, en Londres.

–Nosotros pensábamos que la gonorrea y la sífilis eran diferentes tipos del mismo trastorno. Parientes consanguíneos, si quiere usted. Ahora sabemos que no es así. El profesor Ricord descubrió la diferencia hace unos años. En 1837, creo. Un francés bastante brillante.

–¿Qué hay de mi esposa?

–Yo podría darle la noticia, si usted lo prefiere así. O quizá mistress Derrington aceptaría dar el paso. Pero, naturalmente, sería mejor que fuera usted mismo quien lo hiciera.

–No debe saberlo, Mangan. Al menos, de momento.

–Merridith, ella podría haberse contagiado ya. Quizá…

–No hemos tenido relaciones íntimas –le interrumpió él rápidamente–. Desde hace años.

Una luna sombreada apareció detrás de una enorme nube.

–¿Nada?

Él movió la cabeza negativamente.

–Nuestro matrimonio es enteramente célibe. Quería protegerla. Después de haberme infectado.

–A pesar de todo. –El cirujano dejó escapar un suspiro–. La latencia puede durar desde un mes hasta una década. Y mucho más, en ocasiones. Está en verdadero peligro. Como se encuentra cualquier otra mujer con quien haya estado usted en contacto íntimo. ¿Existe esa mujer, Merridith? Le suplico que sea sincero.

El médico tomó el silencio como un permiso para continuar.

–Hay una joven entre nosotros en este barco a la que no puede usted mencionar sin desviar la mirada. Lo observamos ya hace tiempo, mistress Derrington y yo. Y he observado también que dicha joven parece que nunca le habla. Algo más bien poco usual entre un sirviente y su amo.

–¿Y qué pasa con ello?

–¿Ha tenido usted relaciones sexuales con ella? Por favor, sea sincero.

–No.

–¿Y contactos?

–Hubo… una época en que yo solía ir a su habitación por la noche.

–¿Qué sucedía cuando iba usted allá? Debo saberlo todo.

–Si realmente debe… Ella me permitía observar mientras se preparaba para dormir.

–¿Se desnudaba?

–¿Cómo diablos se prepararía para ir a la cama, si no?

–¿Le tocó el cuerpo, Merridith? ¿Le tocó ella a usted?

Él miró a la cara de su inquisidor, pero no descubrió ninguna emoción. De pronto le vino a la mente la confesión católica. ¿No era así como se interrogaba en aquel pequeño recinto parecido a un ataúd? Siempre le había parecido una extraña idea, contar tus pecados y apetitos a otro hombre, los deseos más secretos de tu corazón y de tu cuerpo. Ahora podía ver en ello una especie de liberación. Aunque no santidad. Más bien todo lo contrario.

–La he tocado algunas veces. No en la forma que usted da a entender.

–¿No en sentido íntimo?

–He tocado su cuerpo. Ella no ha tocado el mío.

–¿No ha tenido usted ayuntamiento carnal íntimo con la muchacha?

–Ya le he contestado antes a eso.

–¿Nunca? ¿De verdad? ¿Me da usted su palabra?

Merridith estaba llorando de nuevo: de forma silenciosa, aterrorizado. El cirujano le ofreció un pañuelo, pero él negó con la cabeza y recuperó el dominio de sí.

–Le hablo como amigo suyo Merridith, no como su juez.

–Cuando éramos más jóvenes íbamos a pasear por el campo juntos. En la patria, quiero decir. En Galway. Supongo que allí, en un par de ocasiones, nos comportamos poco juiciosamente.

–¿Quiere decir que tuvieron relaciones sexuales?

–No.

–¿Qué quiere usted decir, entonces? ¿Confianzas y demás?

–Por el amor de Dios, Mangan. ¿No se enamoró usted nunca, de joven?

Virgo singularis, inter omnes mites,
nos culpis solutos, mites fac et castos.

–¿La quiere todavía?

–Tengo sentimientos muy fuertes. Los sentimientos que siempre he tenido. No he estado en una posición que me permitiera vivir en función de tales sentimientos.

–No es a eso a lo que me refiero, como usted debe saber. Hablo del amor en el sentido físico.

–Nada de la naturaleza de lo que usted alude ha ocurrido desde hace más de quince años.

–¿Y más recientemente? ¿Ha habido caricias y cosas así?

–Sí.

–¿Exploración?

–Si insiste.

–¿Penetración?

–No.

–¿No hay posibilidad de que se produjera manipulación íntima mientras estaba en compañía de ella, o algo de ese tipo? ¿No hubo emisión de fluidos?

–Mangan, ¿no puede usted dejarlo? ¿Quién demonios piensa que soy?

El cirujano habló suavemente, pero había hielo en su voz.

–Lo que pienso es que es usted un hombre en situación de poder. Como todos los hombres lo están, en relación con las mujeres.

Vitam praesta puram, iter para tuum.

–Nada ha ocurrido que pueda ponerla en peligro.

–Nunca debe usted acercarse a ella de esa manera otra vez. ¿Me comprende?

–Hay muy pocas posibilidades de que tal cosa ocurra, puedo asegurárselo.

–Y ¿cómo es eso? Debo insistir en su garantía. De otro modo, es mi deber hacer que la muchacha sea apartada de sus alojamientos inmediatamente.

–Mangan, se lo suplico...

–Cumpliré con mi deber, y sanseacabó. Tiene usted que darme un motivo para pensar que la muchacha está a salvo de sus proposiciones, o de lo contrario iré a ver al capitán y haré que la alojen en otro camarote inmediatamente.

–Por favor, no haga eso. Se lo imploro, Mangan.

–Entonces hable, Merridith. Por el amor de Dios.

Él asintió con la cabeza. Se dio la vuelta lentamente. Dirigió su mirada al océano, aquel espacio negro como el carbón donde debían de estar las olas.

–Hay un hecho en mi vida que recientemente he llegado a descubrir. Un asunto de enorme dificultad y vergüenza. Y aún no lo he hablado con nadie.

–Entonces debe hacerlo ahora.

–Imagino que esta conversación es confidencial.

–Naturalmente.

Inclinó la cabeza repentinamente como si fuera a vomitar. El viento lo despeinó y le desordenó la ropa.

–Merridith, le pido por favor que se desahogue de lo que sea que quiere decirme.

Mea maxima culpa et maxima culpa.

–No soy el primer miembro de mi familia en tener una relación como la que he mencionado anteriormente. El matrimonio de mis padres se echó a perder por culpa de una infidelidad de mi padre en un momento dado. Estuvieron separados unos años, cuando yo era un niño bastante pequeño.

–¿Qué tiene eso que ver con este asunto?

–Mi padre se lió con la mujer de un arrendatario de nuestra

propiedad. Yo descubrí la verdadera naturaleza de esa relación la noche que cerraba nuestra casa de Galway. Algunos papeles personales salieron a la luz. Hubo un hijo de aquella relación. Una niña.

–¿Y?

–La niña se hizo pasar por miembro de la familia de la mujer. No creo que su marido llegara a saberlo. Mi difunta madre tampoco lo supo, pienso.

–Merridith..., lo siento. No le sigo.

–No. Yo tampoco durante mucho tiempo. Pero la madre era mi niñera. Una dama llamada Margaret Duane.

Sit laus Deo Patri, summo Christo decus,
spiritui Sancto, tribus honor unus.

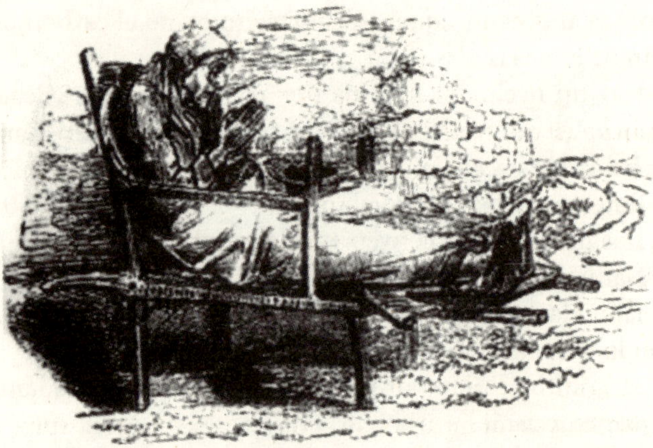

Capítulo XXXIV
EL DOCTOR

Más cosas del penúltimo día del viaje: una selección literal de los archivos del cirujano William James Mangan, doctor en medicina, del Colegio de Cirujanos de Irlanda.

Dies Iovis II Dec. XLVII

Mañana y tarde, ayudado por Mrs. Derrington, atendí a un gran número de pasajeros de tercera clase (en total, 67). Muchos de ellos estaban afectados de escrófula, resfriados, diarreas, febrilidad, tos, graves náuseas, mala digestión y retortijones; piojos en la cabeza, piojos corporales, escorbuto, raquitismo, sabañones, infecciones del ojo, garganta, nariz y pecho, así como una serie de afecciones menores.

Un hombre con un caso grave de colitis disentérica. Lo había visto antes, y le di bicarbonato potásico, pero ahora sufre dolor profundo en el epigastrio. Espíritu de trementinato vía bucal con citrato de amoníaco y un gramo de morfina. Muy pocas posibilidades. Sin duda se morirá.

Un hombre con carbunco inflamado en parte inferior del pene. Se lo quité con el bisturí. Una mujer de veinticinco años a punto de parir. Gemelos. Su marido sumamente débil. Le ha estado pasando todas sus raciones a la mujer. Le dije que se necesitaba un padre para sus hijos más de lo que ella necesitaba una onza de galleta: que tratara de tomar un poco de leche. Le dije que si no podía conseguirla, le llevaría un poco de la mía del desayuno, mañana. Un hombre (de unos 20 años) con severa parálisis de la cara. No habla inglés. Un niño (de 3 años) con probable fractura de la tibia. Gangrenosa. V., una angustiada muchacha (14 años), le dijo a Mrs. Derrington que tenía miedo de estarse muriendo. De hecho había empezado a menstruar, pero lo ignoraba todo sobre el tema, pues su madre había muerto dos años antes. Hay un número importante de pasajeros (aproximadamente veinticinco, entre ellos varios niños) necesitados de la más urgente hospitalización. La disentería está muy extendida. Así como el cólico intestinal. Llagas escarificadas en la garganta. Encías blandas y ulceradas. Todos los que visité muestran síntomas de grave desnutrición y peso muy insuficiente. Muy escaso suministro de mantas limpias. No hay lugar disponible decente para almacenar o cocinar la comida que hayan llevado consigo. Ni tampoco lugar suficiente, ni limpio, para el aseo y otras cuestiones necesarias. Ni intimidad alguna, un tema éste sumamente angustioso, en particular para las mujeres. Los alojamientos de tercera clase son muy oscuros y desprovistos de ventilación. Algunos de esos desgraciados se han dado a la bebida. No hay instalaciones adecuadas para lavar la ropa.

Más tarde efectué la «inspección de rutina» en primera clase que yo había insistido en que lord Kingscourt aceptara. Examiné a los Honble. Robert y Right Honble. Jonathan Merridith de Kingscourt (Robt. 6 años y 10 meses, Jthn. 8 años). Dientes, ojos, garganta, normales. Pelo limpio. J. había sido atendido a menudo de «insoportable picor de la piel» por enfermera interna en el Winchester College de Hampshire, al que anteriormente había asistido. (Prescrito ungüento balsámico.) En una ocasión se astilló la clavícula jugando al fútbol. Los dos tienen una serie de pequeñas inflamaciones cutáneas en el cuello, cara y parte superior del cuerpo; secas, de una tonalidad que va del rojizo al gris parduzco, ligeramente escamosas o engrosadas. Algunas rezuman un fluido seroso. Robt. tiene una gran mancha en la parte superior de la espalda también. Preocupante. Marronosa y que se desprende en escamas, aunque nada alarmante en relación con la posibilidad de S. hereditaria congénita. Los niños cuyos padres están infectados a menudo nacen sin síntoma alguno, aunque desarrollan rinitis grave (y otras enfermedades) más tarde. Pero mi impresión general es que ambos están a salvo.

Me gustaría que a los dos los reconociera a fondo un especialista en enfermedades venéreas cuando lleguemos a N.Y. (he recomendado a Freddie Metcalf, de Mercy, que siempre se muestra discreto), pero de momento el diagnóstico es que se trata sólo de un simple eccema seborreico atópico. Mrs. D. está de acuerdo.

R., un poquito gordinflón. Debería tomar un poco más de alimentos ligeros y aceite de hígado de bacalao. J. se quejaba de un sarpullido eflorescente irritante en la zona superior del muslo derecho. Evidentemente causado por micción nocturna, complicado por el eccema. Parecía sentir mucha vergüenza para hablar del tema abiertamente, hasta que le confié que cierto cirujano W. M. del Aula de Anatomía, Peter Street, Dublín, había sufrido la misma aflicción hasta la edad de doce años. Me pidió que le explicara los detalles de la sorprendente relación médico-paciente y el juramento hipocrático. Parecía interesado. Excelente y despabilado muchacho. Le dije que un médico no puede revelar la enfermedad de su paciente más de lo que un general su plan de batalla o un mago chino sus secretos. Quería saber si los demás cirujanos le darían un tortazo si rompía las reglas. Le expliqué que le pegarían como a un tambor, le prenderían fuego, y se mearían sobre él dando vueltas, cantando el aleluya. (Mrs. Derrington no se encontraba en el camarote en aquel momento.)

Examiné a la sirvienta de la familia, miss Duane, en un camarote desocupado, pues el suyo era demasiado pequeño; poco más que un armario. Es una viuda de treinta y cinco años de edad de modales bastante amables. Insuficiencia de peso. Un poco asustada. De una inteligencia notablemente superior al promedio. Inglés muy fluido. Con una especie de extraño toque chaucerino. Vigilante. Fuerte parecido físico, que ahora se puede ver.

Había sido visitada por un médico sólo una vez en su vida; hace once meses, cuando entró a trabajar a la casa de lord y lady K. Estaba pasando por tiempos muy duros tras la muerte de su marido (y de su hija), que se habían ahogado accidentalmente, dijo, tras lo cual fue enviada al Asilo de Galway en enero de 1846. Descubrió en ese lugar que estaba embarazada de dos meses. Se escapó del asilo y anduvo casi trescientos kilómetros hasta Dublín. Sufrió un aborto durante el camino. Vivió allí en un albergue para mujeres durante algún tiempo, y posteriormente en un convento, donde trabajaba en la lavandería. (No podía recordar el nombre del convento, ni el del albergue, como tampoco las direcciones de ambos establecimientos.) Dijo que lord Kingscourt la había encontrado «perdida» en las calles de Dublín en enero de este año, e insistió en que regresara con él a Galway. Lady K. se había mostrado preocupada por su salud e hizo llamar a un tal doctor Scolfield o Suffield, de Clifden. Éste diagnosticó grave desnutrición. Fue contratada como un caso de caridad; sirvienta familiar/niñera. Se mudó con la familia a Dublín en abril.

Cuando comencé a examinarla, la joven parecía algo aprensiva, de modo que traté de entablar una pequeña conversación para relajar la tensión. Tiene intención de dejar a los Merridith cuando lleguen a Nueva York. «No por ningún motivo, señor.» Simplemente porque no desea seguir en el servicio doméstico. Nunca había sido sirvienta hasta hace relativamente poco. Creía que no era una vida para ella. Quizá trate de ir a Cleveland, Ohio. No tiene parientes allí, o nadie a quien conozca, pero ha oído decir que mucha gente de Connemara se ha instalado en esa ciudad, cosa que yo desconocía hasta entonces. De lo contrario, podría irse a Quebec o a New Brunswick. Su cuñado tenía una tía que en el pasado había vivido en Cape Breton, aunque ahora podría haber muerto, o haberse mudado. Yo le dije que debía de hacer mucho frío en aquellos lugares norteños de los esquimales, y ella se rió brevemente. Resultaba extraordinariamente hermosa cuando se reía; no de una manera cursi o nada parecido. De hecho no es bonita, sino auténtica y profundamente hermosa. Pero no se rió durante mucho rato y no pude conseguir que volviera a hacerlo. Tenía un poco de dinero que había ahorrado de su sueldo. Le gustaría trabajar de costurera o dependienta, pero aceptaría cualquier oportunidad, «excepto en el servicio doméstico». Le dije en broma que podría conocer a algún guapo mozo o mayordomo, o algo parecido, si entraba en el servicio doméstico y que podía darle su apellido. Replicó que no tenía intención de volver a casarse. No había amargura en lo que dijo; era simple constatación. Una triste pérdida para los pretendientes de América, aventuré yo. «Quizá sí, señor; quizá no.»

Posibilidad de incipiente artritis o tendinitis en la muñeca izquierda. Uña del pie encarnada que precisa atención. Pequeña pero fea quemadura de una plancha en el antebrazo izquierdo. Propensión a la infección de pecho y respiración forzada por ser un invierno tan crudo como el actual. «Perder el aliento», lo llamaba ella. Heredado de su difunto padre. «Granjero y pescador, señor.»

Gran número de cicatrices, curadas pero visibles, en el abdomen, zona alta de la espalda, nalgas, muslos y otros lugares, aunque no ofreció para ellas más explicación que las peleas en broma con sus dos pupilos. Tenía tendencia a sufrir de vez en cuando de ronchas superficiales en la piel, dijo, pero de nuevo supuso que simplemente las había pillado de los niños. Se había aliviado las ronchas ella misma con una decocción emoliente de extracto de colmena (!), un remedio de su madre. Le dije que sólo recientemente había leído un documento científico sobre el tema, que recomendaba una sustancia obtenida de la *Apis mellifera*, la abeja doméstica. Ninguna respuesta.

Ningún exantema, de momento. No tiene lesiones o hinchazón subcutánea ni puede recordar ninguna. Ni supuración, ni dolor. Le mostré una serie de ilustraciones sintomáticas, pero ella dijo que nunca había tenido ninguna. Me preguntó, cuando aparté el libro, si era S. lo que había estado buscando. Quedé estupefacto por su pregunta (y sus conocimientos). Pero admití que así era. Nunca había tenido nada parecido, dijo. Lo sabría, de haberlo tenido.

Ninguna dificultad femenina en absoluto, excepto algún dolor *(aching)* normal (ella lo pronunciaba «aguing») en la «e del p» (época del período), una ligera tristeza en el momento de la ovulación y, en una ocasión, mastitis como secuela de un temprano embarazo a la edad de 20 años (1832), tratada por una mujer local con hierbas y cataplasmas absorbentes (hijo varón, nacido muerto). Tiene una vena váricosa en pantorrilla izquierda. Algunas muelas en mal estado. Severa gingivitis en ambas mandíbulas. Molar ventricular tremendamente cariado y ulcerado que debe de estar causando intenso dolor, aunque ella no se queja. El examen general no detectó nada que haga pensar en un diagnóstico de S., pero, con todo, estoy muy inquieto en cuanto a la razón para mostrar una actitud tan evasiva o de disimulo con las cicatrices. No se trataba de arañazos o cardenales, que podrían haber sido el resultado de juegos violentos, sino de graves abrasiones, verdugones y estriaciones en la piel. Diría que tienen una antigüedad de un año o año y medio; desde antes de que ella entrara a trabajar como niñera. Declaró voluntariamente que ni su amo ni su ama la habían azotado nunca. (No le había preguntado nada al respecto, ni mencioné la palabra «látigo», aunque estaba bastante claro lo que había causado esas heridas.) Tengo la sospecha de que esta desgraciada joven pudo en una época haberse ganado la vida de cierta manera. Posee un conocimiento de los temas de la concepción y de cómo evitarla, así como de los misterios de la constitución femenina en general, muy superior a lo habitual.

Cuando me disponía a marchar, me dijo algo que me dejó completamente perplejo.

–Gracias, señor. Es usted muy amable. Es un hombre bueno.

Todo lo que se me ocurrió contestar fue que era deber mío ser amable, a fin de cuentas. Y ella movió negativamente la cabeza de la manera más extraña.

–Su esposa es muy afortunada, señor. La bondad es un don.

Yo le dije que mi mujer había fallecido hacía ya muchos años; y que de hecho no se había considerado muy afortunada de haberse casado con un estúpido doctor que tenía demasiados pacientes. Pero ella no se rió, ni siquiera sonrió.

–¿Fueron ustedes felices, señor? –me preguntó.

Le dije que sí, muy felices.

–¿Tuvieron hijos, señor? Usted y su mujer, Dios la tenga en su seno.

Le respondí que sí: dos hijas y un hijo, todos actualmente casados y con hijos propios. Quiso saber sus nombres, y yo se los dije, a lo que asintió.

–Rezaré una oración por su familia, señor. Gracias. Ha sido un detalle por su parte pensar en mí. Nunca olvidaré la bondad que ha mostrado usted conmigo hoy.

Durante unos largos instantes no fui capaz de encontrar las palabras. Luego le dije que el honor había sido totalmente mío, lo cual era exactamente lo que pensaba. Y le deseé la mejor de las suertes. Le di mi tarjeta de visita, con la dirección de Dublín, añadiendo que, si alguna vez necesitaba un amigo, no tenía más que hacérmelo saber. Nos estrechamos la mano y ella se marchó y regresó a sus tareas. Pero observé que había olvidado la tarjeta sobre la mesa. Sentí que había estado en presencia de una persona realmente excepcional.

Al final de todo, examiné a la condesa Laura Kingscourt. Tiene 31 años y se encuentra perfectamente bien de salud; en particular tratándose de una dama que se encuentra en estado de buena esperanza.

Al igual que con su hijo mayor, hablamos confidencialmente; aunque tal vez de una manera más concentrada e intensa.

Capítulo XXXV

LAS BALIZAS

Un incidente poco habitual del último día del viaje

Viernes, 3 de diciembre de 1847.
Sólo queda una noche de travesía.

Long: 72° 03,09´ O. Lat: 40° 37,19´ N. Hora de Greenwich: 02.47 a.m. (4 de diciembre). Hora del reloj de bitácora: 10.17 p.m. (3 de diciembre). Direc. y veloc. del viento: 42°. Fuerza 7. Estado de la mar: Agitada. Rumbo: S.O. 226°. Estado del tiempo y observaciones: Temperatura en descenso. Vientos muy fuertes del Nordeste todo el día. Arreciando por momentos. Avistado faro guía de las Islas de Nantucket esta mañana a las 3.58 a.m. Informado de avistamiento de balizas en Newport, Rhode Island, visibles con el catalejo por estribor al mediodía.

Nuestra intrépida dama se encuentra muy mal de salud esta noche, y sigue su renqueante camino crujiendo penosa y débilmente a través de una feroz turbonada; pero dentro de poco diré más al respecto.

Esta tarde, justo después de las dos, se oyó un tremendo ruido en todo el barco, seguido momentos más tarde de otro, el cual produjo una gran reverberación en las cubiertas, de tal suerte que los mástiles se agitaron como en una galerna. Cuando salí de la cabina del timón, miré por encima de la borda y descubrí que el agua estaba llena de espesa y burbujeante sangre, de un asombroso color rojo, en varios cientos de yardas a nuestro alrededor. Era evidente que habíamos chocado contra una ballena, y un ejemplar grande, además, a juzgar por la fuerza del golpe y lo copioso de la sangre.

Unos momentos más tarde mi sospecha se confirmaba, porque un gran cuerpo ensangrentado fue visto en el agua escarlata, a unas sesenta yardas a estribor, revolviéndose aún ferozmente, resoplando chorros de agua y emitiendo terribles sonidos como gritos humanos. Pobre y magnífica bestia. Era un rorcual macho, maduro, *Balaenoptera physalus*, de más de veintinco metros de longitud, siendo su cola del tamaño de un yate, en tanto su cuerpo aparecía cubierto de grandes matas de algas y pequeños crustáceos, y su noble cabeza mostraba un enorme tajo por su encontronazo con el casco. Sus torturados resoplidos alcanzaban una altura de unos quince pies. Algunos pasajeros subieron a cubierta con aspecto sumamente alarmado. Otros me pidieron que diera órdenes de que el animal fuera sacado del agua, de forma que pudiera ser cortado a trozos y comido, pero les dije que no era posible. Traté de que abandonaran la cubierta, pero el marajá había subido con ellos y les dijo que contemplaran el océano durante un momento si querían ver algo que jamás olvidarían en toda su vida. Pronto llegaron los tiburones para hacerse con su presa, la pobre criatura, que ahora se estaba debilitando casi hasta la muerte, y el agua pareció como si empezara a hervir a su alrededor. Deseé fervientemente que Su Imperial Imbecilidad hubiera considerado su consejo más cuidadosamente, dado el uso principal que se había dado al océano en este viaje.

Leeson y yo, junto con algunos mecánicos, bajamos apresuradamente a la bodega inferior para descubrir que se había abierto una grieta de casi un metro de longitud en el lado de estribor, y estábamos embarcando agua a gran velocidad, tanto que pronto nos llegó hasta la barriga. Rápidamente desplegamos una brigada de achicamiento y el daño se reparó, aunque no sin esfuerzos hercúleos por parte de los hombres, pues las bombas estaban oxidadas y en algunos casos rotas, y la bodega rebosaba de ratas muy grandes.

Tras efectuar las reparaciones, revisamos el estado de la carga. Trece sacas del Correo Real habían sido destruidas sin remedio. Hice llamar a George Wellesley, el agente de Correos, para que redactara un informe jurado. (Es un zoquete presuntuoso que muestra una exasperante arrogancia.) Dos grandes barriles de carne de cerdo se habían podrido y estaban infestados de gusanos, de modo que di orden de que los echaran por la borda. Fueron sacados de la bodega, pero, en los diez minutos que permanecieron en cubierta mientras los hombres iban a buscar las cuerdas para cumplir mi orden, fueron abiertos por desconocidos y vaciados completamente de su contenido.

Ésa no fue la única aventura que tuvimos este día, porque después, avanzada la tarde, se produjo un pequeño incendio en la sección del entrepuente que en muy breve tiempo se transmitió a las vigas del techo y amenazó con engullir la cubierta principal. Siete pasajeros y dos tripulantes sufrieron heridas al tratar de extinguirlo, aunque no de gravedad. El cirujano Mangan los ha visitado a todos y ha prescrito tratamientos opiáceos para sus quemaduras. Aunque sí han sufrido daños considerables los mamparos de arriba y de babor, si bien son susceptibles de reparación.

Pero el primer oficial, Leeson, después de su inspección, descubrió algo más preocupante, que puso en mi conocimiento. Algunos de los pasajeros de tercera clase habían estado rompiendo planchas del revestimiento interior y quitando elementos de las literas y tablas de la cubierta en el sector de la estiba, para usarlas como combustible para sus fuegos. En una sección cerca de la proa casi todo el revestimiento interno había sido arrancado, además de producirse varios grandes agujeros en las tablas exteriores, a través de los cuales los elementos podían penetrar ahora sin el menor obstáculo.

Ante estas noticias, hice que Leeson bajara nuevamente a tercera clase y reuniera a todos los pasajeros en el alcázar, donde les recordé en los términos más enérgicos posibles las normas que hacían referencia a los fuegos, velas y demás llamas desprotegidas bajo cubierta. Asimismo, la destrucción de cualquier parte del barco constituía un delito muy grave, castigado con la cárcel. Tal vez nos quedaba un solo día de travesía, pero las normas sobre este tema se harían respetar rigurosamente, porque un barco puede hundirse a media legua de un puerto tan deprisa como si lo hiciera en medio del océano.

Mr. Dixon se encontraba allí con lady Kingscourt, quien, pese a mis súplicas de que permanezca en primera clase, tiene últimamente la costumbre de visitar a los pasajeros de tercera para realizar buenas obras entre ellos. Dixon efectuó algunas inútiles intervenciones, preguntándome a gritos, de forma que lo oyera todo el mundo, si se esperaba que la gente pasara frío y humedad por la noche y demás, y en general fomentando su ya importante descontento.

–¿Qué d****** haría usted en su situación? –exclamó.

Le dije que la irreverencia difícilmente ayudaría a paliar su situación, y tampoco las sucias maldiciones ayudarían a mantenerlos calientes o secos. Y que, pasara lo que pasase, *no destruiría el mismísimo barco que estaba impidiendo mi propia destrucción*, porque eso sería la obra del *loco más rematado del manicomio*.

Se marchó entre un verdadero recital de blasfemias y regresó al poco rato con una manta de su litera y otra de la de lady Kingscourt, insistiendo en que yo las cogiera para algunos de los pasajeros de tercera. Cosa que hice. Pero pensé que resultaba curioso, no pude evitarlo, que pudiera hacerse con tanta tranquilidad con la ropa de cama del lecho de una mujer casada y aparentemente sin pedir permiso.

Nuestros amigos americanos han conseguido logros admirables en muchos campos, pero en cuanto a los modales, con frecuencia, dejan mucho que desear.

11.53 P.M. Balizas ardiendo en el punto más oriental de Long Beach cerca de South Oyster Bay. Se prepara una tempestad.

Capítulo XXXVI
EL ATRAQUE

Nuestra llegada a Nueva York; y las inesperadas dificultades con que nos encontramos allí, así como algunos hechos infames de los días siguientes.

Sábado, 4 de diciembre de 1847.
Nuestro vigésimo séptimo día desde Cove.

Long: 74° 0,02´ O. Lat: 40° 0,42´ N. Hora de Greewich: 04.12 a.m. (5 diciembre). Hora del reloj de bitácora: 11.17 p.m. (4 de diciembre). Hora del observatorio nacional de Estados Unidos: 11.12 p.m. (4 de diciembre). Direc. y veloc. del viento: E. 88°. Fuerza 2. Estado del tiempo y observaciones: Frío extremo, con viento racheado. Nos encontramos anclados en el puerto de Nueva York.

Esta mañana, a las cinco menos cuarto, pasamos por Jamaica Bay y Coney Island, y llegamos al Scotland Light Vessel, en Lower Bay; para dirigirnos al canal Sur del puerto de Nueva York. Allí hicimos señales con las banderas para que viniera un piloto. El reverendo Deedes celebró un breve servicio de acción de gracias por nuestra llegada a salvo mientras esperábamos la venida del timonel y el administrador del muelle. Y nunca en todos mis años en el mar me había sentido más feliz o más agradecido al Altísimo de lo que lo estaba esta mañana. Lord Kingscourt se unió a nosotros en la plegaria; algo insólito. Dijo que había tenido dificultades para dormir últimamente.

Ninguna señal nos fue devuelta durante más de dos horas, pero no lo atribuí a nada especial, dado que el puerto ha estado muy ocupado estos últimos años. Regresé a mi alojamiento y comencé a empaquetar mis cosas. A las once no había llegado aún ningún piloto, y entonces empecé a sentir un poco de aprensión. Regresé a la cubierta superior y aguardé con los hombres.

Finalmente, justo antes del mediodía, aparecieron los remolcadores en la lejanía y una salva de vítores estalló entre los pasajeros. Muchos se abrazaron y empezaron a cantar himnos y cantos nacionales. Pero su alegría pronto se vio atemperada por una ulterior necesidad de paciencia. A bordo del primer remolcador venía un funcionario de la división de Cuarentena de la ciudad, encargado de entregarme una orden emitida por la Aduana en la que se me ordenaba no desembarcar y esperar la llegada de nuevas instrucciones. Se negó a proporcionar más información; simplemente debía hacer lo que se me pedía y procurar mantener el barco en calma. No dije nada a los hombres ni a los pasajeros; solamente a Leeson. Los dos creíamos que las noticias podían no ser bien recibidas.

El piloto, capitán Jean-Pierre Delacroix, subió a bordo y se hizo cargo del timón; era un acadiano de Luisiana. Al parecer hablaba muy poco inglés, de modo que hice llamar a Mr. Dixon, el cual conoce algo la lengua francesa. Pero Delacroix no dijo nada acerca de lo que estaba ocurriendo en el puerto; simplemente dijo que tenía un trabajo que hacer.

Muchos de los pasajeros manifestaron un tremendo júbilo cuando fijamos los cabos a los remolcadores y empezamos a movernos a través de los estrechos y adentrándonos en la bahía. Después de casi un mes en el mar, estar tan cerca de tierra parecía una bendición. Y realmente la tierra tenía un aspecto tan hermoso y verde bajo la fría luz solar... Staten Island y Nueva Jersey, al oeste; las tierras de labrantío y pequeños núcleos de población, al este. Los marineros dicen a veces que la tierra tiene olor, y hoy parecía verdaderamente que era así; nos llegaba un maravilloso aroma de vegetación y forraje. Se podía ver la ciudad de Red Hook a través de la niebla que se estaba levantando, y algunos de los ganaderos de las laderas que se perfilaban en el horizonte se quitaron el gorro cuando pasamos, despertando con ello gran entusiasmo entre los pasajeros.

Fue cuando los pilotos nos dirigieron hacia el canal Buttermilk y nos metieron en él cuando supe que estaba ocurriendo algo malo, porque en catorce años de hacer este viaje nunca había sucedido eso. Me invadió un sombrío presentimiento. Desde allí fuimos remolcados alrededor de la isla y hasta el puerto, donde nos encontramos con una situación sumamente preocupante.

Era una escena que jamás había visto en mi vida. Según mis cálculos, más o menos un centenar de barcos se encontraban anclados en el puerto en aquel momento, habiéndoseles negado el permiso a todos para amarrar en los muelles. Fuimos conducidos por los remolcadores hasta una posición aproximadamente a un cuarto de milla de los muelles de South Street, entre el *Kylebrack*, procedente de Derry, y el *Rosa de Aranmore*, de Sligo, con el *Escarapela Blanca*, de Dublín, a nuestra popa. Allí se nos ordenó que echáramos el ancla y esperásemos nuevas comunicaciones. Para cuando hubimos anclado, estibado la carga y escrito el informe para el funcionario de aduanas, dos barcos más habían llegado después que nosotros, el *Kylemore*, procedente de Belfast, y el *Sir Giles Cavendish*, de Mobile, Alabama, con destino a Liverpool, pero cuya vela mayor se había rasgado por el grátil frente a la costa al norte de Pensilvania.

Consideré la situación con que nos enfrentábamos ahora. Si decía que llevábamos muchos pasajeros enfermos a bordo, lo cual era cierto, eso podría menguar aún más las posibilidades de que se les permitiera entrar. Resultaba muy difícil saber cuál era la mejor decisión a tomar. Envié un mensaje al puerto para informar de que se nos habían terminado prácticamente las provisiones y el agua, y llevábamos a bordo un número superior a trescientas personas entre pasajeros y tripulantes. Pero la respuesta de la oficina del puerto fue que esperáramos. Podían proporcionar agua y un cirujano si era necesario, pero cualquier intento de entrar en puerto sería considerado un acto ilegal y reprimido duramente, confiscando o quemando el barco, si era necesario, y encarcelando a todos los tripulantes y pasajeros que estaban a bordo. Solicité que nos enviaran a un representante de la compañía para que evacuara consultas conmigo, pero hasta el momento en que escribo esto no ha aparecido ninguno.

A las dos tuve una visita del cirujano William Mangan, quien me dijo que estaba muy preocupado por la situación en el barco. Unos cuantos pasajeros se encontraban sumamente enfermos y debían ser llevados a un hospital de infecciosos de inmediato. Le expliqué en qué circunstancias nos encontrábamos y le dije que no podía hacer nada. Preguntó si era cierto que llevábamos mercurio entre la carga. Cuando le respondí que así era, preguntó si podía disponer de un poco para preparar algún medicamento. Por supuesto, accedí. («Algún libertino, abajo, en tercera, debe de tener cierto mal –bromeó Leeson, cuando el buen doctor se había ido. Y añadió–: Una noche con Venus; una vida entera con Mercurio.» Pero a mí no me pareció que dicha observación fuera en absoluto divertida. He visto a hombres morir de esa maligna enfermedad y no desearía semejante muerte a mi peor enemigo.)

La situación se está haciendo alarmante, por no decir peligrosa. Muchos de los pasajeros han echado sus ropas de cama por la borda, creyendo que iban a ser inspeccionadas por los funcionarios de la cuarentena en busca de piojos, y por tanto se han quedado sin protección para el frío de la noche. No comprenden que, aunque hace ya bastante frío durante el día, el de la noche en esta latitud puede ser letal. Estamos anclados tan cerca del *Ferrytown* y del *Clipper* que los pasajeros pueden hablar a gritos con los de los otros dos barcos. Se están propalando toda clase de rumores. A saber, que todas las personas procedentes de Irlanda serán rechazadas en el puesto de aduana. Que todos los inmigrantes europeos deben demostrar que poseen una suma de mil dólares americanos para que sean admitidos en el país; que los hombres serán separados de las esposas y los hijos, etcétera, y repatriados.

Hice que Leeson reuniera a todos los pasajeros, y les informé de que no había motivo alguno de alarma; pero mis observaciones no fueron bien recibidas. Fui interrumpido muchas veces y se hicieron airados comentarios. Ordené que lo que quedaba de los suministros de vino, cerveza y alcohol de la primera clase fuera distribuido entre los de tercera. Tal vez fue una decisión estúpida, pero ahora es ya demasiado tarde.

Cabe esperar que llegue alguna noticia mañana, porque muchos se encuentran ya en un estado de tremenda agitación.

✶

Primer Día, 5 de diciembre, el sabat*.
Nuestro vigésimo octavo día desde Cove.

LONG: 74° 0,02´ O. LAT: 40° 0,42´ N. HORA DE GREENWICH: 11.14 P.M. HORA DEL OBSERVATORIO NACIONAL DE ESTADOS UNIDOS: 6.14 P.M. ESTADO DEL TIEMPO Y OBSERVACIONES: Temperaturas extremadamente bajas durante todo el día, alcanzando los 16.71° Celsius bajo cero esta noche. Cubiertas y escaleras peligrosas a causa del espeso hielo. Flechastes y jarcias se han congelado. Cuelgan carámbanos de mástiles, foques y obenques, lo que representa un peligro para los pasajeros. He ordenado que los rompan con palos. La noche pasada fue turbulenta, con fuertes vientos, y muchos pasajeros tienen malestares gástricos.

Permanecemos anclados, con la marea baja, en el puerto de Nueva York. Cielo oscuro, plomizo, durante todo el día. Calculo que el número de barcos que se hallan en situación parecida se eleva ahora a 174, y se va incrementando a cada hora que pasa. Las aguas del puerto están cubiertas de heces y suciedad de todo tipo. Cientos de grandes anguilas negras nadan en las sucias aguas. Una niña de tercera clase recogió anoche con un gancho atado a una cuerda lo que se pensaba que era un gran globo púrpura. Resultó ser una *Physalia arethusa*, una medusa fiscalia, que le picó gravemente. La niña puede morir.

Envié un mensaje a mediodía suplicando urgentemente reunirme con alguna persona de la oficina del puerto, pero hasta el momento no he recibido respuesta alguna. Hace aproximadamente una hora, di orden a Leeson de que enviara por señales de banderas un mensaje a la autoridad del muelle de que se nos

* Primer Día: un término cuáquero para indicar el domingo. – G. G. Dixon.

permitiera desembarcar al menos a las mujeres y los niños, muchos de los cuales se hallan actualmente en condición lamentable. Pero de nuevo no se ha producido ninguna respuesta hasta el momento.

Dos pasajeros de tercera murieron anoche, John James McCraghe, de Lee, cerca de Portarlington, condado de Queen, y Michael Danaher de Caheragh, condado de Cork. He ordenado que los restos sean colocados en la bodega, pues los entierros dentro del puerto están estrictamente prohibidos. (En cualquier caso, los pasajeros que profesan la fe católica consideran profano ser enterrado en sabat.) Un marinero, William Gunn, de Manchester, está gravemente aquejado de fiebre y no se espera que termine la semana.

Esta mañana, el marinero John Grimesely vino a verme diciendo que sus camaradas se lo habían pedido (de hecho, elegido). Dijo que los hombres estaban muy trastornados por los recientes acontecimientos y no se les podía exigir que lo soportaran por más tiempo.

Anoche hubo una serie de altercados en la tercera clase, algunos de ellos de considerable violencia. Ocho pasajeros han sido conducidos al calabozo, y dos de ellos han tenido que ser inmovilizados con esposas o grilletes. Dicho marinero dijo que corría el rumor de que había un complot entre los pasajeros de tercera clase para hundir el barco o incendiarlo si no se nos daba permiso para desembarcar sin demora.

Ante esta observación perdí los nervios y dije que yo mismo encendería la primera antorcha: que me había hecho a la mar para ser un marino y no un prominente empresario de pompas fúnebres, y que si él no regresaba a su servicio de vigilancia inmediatamente eligiría qué punta de mi bota le metía por su democrático culo.

La comida es escasísima. El agua casi se ha terminado. Lo que queda de ella se ha congelado hasta convertirse en una piedra.

★

Lunes, 6 de diciembre.
Vigésimo noveno día desde Cove.

LONG: 74° 0,02′ O. LAT: 40° 0,42′ N. HORA DE GREENWICH: 00.21 A.M. (7 de diciembre). HORA LOCAL: 07.21 P.M. (6 de diciembre). ESTADO DEL TIEMPO Y OBSERVACIONES: Tiempo extremadamente frío, con intensa helada. La temperatura a las 2 de la tarde era de 17,58° Celsius. Humo y hollín en el aire.

Nuestro camarada William Gunn entregó su vida esta mañana a primera hora. Siento una terrible tristeza por él, que fue un tipo bueno y honesto. Tenía diecinueve años y había nacido en la ciudad de Manchester. Fue un verdadero amigo para todos los que lo conocieron.

Está cayendo una fuerte nevada. El puerto está atascado hasta Governors Island. Se han extendido rumores de que el puerto ha sido cerrado por la marina; todos los barcos son detenidos y abordados por fragatas frente a las costas de Coney Island y Rock'way Beach. Grandes multitudes de pobres se congregan en los muelles ante nosotros a la espera de noticias de los seres queridos que viajan a bordo de los barcos. Hay muchos policías y soldados para mantenerlos a raya.

A sugerencia de lord Kingscourt, he dado órdenes de que todas las provisiones que nos quedan a bordo sean repartidas equitativamente entre los pasajeros de tercera, la tripulación y los de primera clase. He recibido quejas enérgicas por parte de Wellesley, el agente de Correos, que dice que nunca volverá a viajar con la Silver Star Line. Le respondí que lamentaba profundamente su decisión (cosa que no es cierta), pero que no podía tolerar que los pasajeros se murieran de hambre para que él mantuviera sus costumbres.

Mr. Grantley Dixon ha empezado a enviar con mi bote toda una serie de informes y artículos que ha escrito sobre nuestra difícil situación para el *Tribune* de Nueva York. En cuanto a si eso será beneficioso, me reservo la opinión. (Este hombre tiene una percepción tan personal de la justicia que podría jurarse que ve un arcángel en el espejo cuando se afeita.)

Cuadrillas de reporteros de prensa han venido en esquifes y bateas, al igual que grandes grupos de «turistas». Aunque les está terminantemente prohibido subir a bordo, o acercarse a menos de veinte metros, hablan a gritos con los pasajeros, haciéndoles preguntas, lo que no puede hacer otra cosa que extender la alarma y la inquietud. Tengo entendido que un reportero ha sido arrestado por tratar de inducir a un pasajero a saltar del *Slieve Gallion Brae*, zarpado de Wexford, y conseguir con ello un artículo entretenido.

Grupos de irlandeses residentes en Nueva York han estado también alborotando para hacer averiguaciones sobre parientes o amigos a los que estaban esperando, acercándose a nuestro barco en toda clase de embarcaciones, desde barquillas de cuero hasta botes de pesca, algunos de ellos apenas algo más que bañeras flotantes. A veces traen cestas de comida o fardos de ropa, y aunque se supone que no los aceptamos, lo cierto es que con frecuencia cerramos los ojos. Es algo muy triste ver a las personas gritar los nombres y las ciudades natales de sus seres queridos –«Mary Galvin, de Sligo... ¿está con vosotros?». «¿Está ahí Michael Harrigan, de Ennis. Soy su hermano», etcétera– y a veces oír que les dicen que su gente ha muerto y ha sido enterrada en el mar. El reverendo Deedes vio a un pobre hombre que gritaba alegremente el nombre de su padre, como en una bienvenida, y hablaba de un feliz lugar que le había sido preparado en el hogar de su hijo, en Brooklyn, donde nunca volvería a conocer la necesidad. Sólo para ser informado de que su pariente nunca había subido a bordo del barco, pues había muerto en el muelle de Derry un mes antes. Otro hombre había traído consigo a su hijita pequeña en el bote, a la que sus abuelos nunca habían visto, y la sostenía un poco en el aire, sólo para recibir la terrible noticia de que sus abuelos, los dos, habían muerto en el mar. Era un horripilante sonido, de noche especialmente, oír todos los nombres que eran gritados desde la oscuridad.

Esta mañana yo mismo me vi asaltado mientras paseaba por cubierta por un grupo de humildes irlandeses que habían venido en un bote de remos. Parecían muy pobres y hambrientos ellos mismos. Gritaron para averiguar si un pasajero llamado Pius Mulvey, de Ardnagreevagh, se encontraba a bordo, y les dije que sí. Preguntaron si estaba también un pasajero llamado lord Merridith. De nuevo me sentí feliz de confirmarles que así era. ¿Estaba lord Merridith sano y salvo?, quisieron saber. Dije que se encontraba en el mejor estado de salud, aunque comprensiblemente algo debilitado por el viaje, y que lo había visto hacía tan sólo un cuarto de hora.

Al oír esto estalló entre ellos una pequeña discusión secreta. Me dijeron que hiciera llegar un mensaje a Mulvey, la próxima vez que lo viera, de que le estaba aguardando el comité de bienvenida para saludarlo. Que esperaban que no los hubiera olvidado. ¿Le diría tan sólo que los «chicos irlandeses» les habían pedido que los recordara cariñosamente? Estarían en el muelle, observando y esperando. Le preparaban un sensacional recibimiento, dijeron. Un recibimiento que jamás olvidaría mientras viviera. El becerro cebado estaba siendo preparado para el sacrificio, ahora que el hijo pródigo llegaba a América. Tan pronto como pusiera sus pies en la aduana, lo estarían esperando, dijeron.

Estoy seguro de que el pobre hombre estará sumamente agradecido; porque resulta agradable, al final de un largo y difícil viaje, ver las amistosas caras de un gran número de allegados.

Capítulo XXXVII

EL ASESINATO

Sólo podemos especular en cuanto a los sentimientos que debieron de torturar a Pius Mulvey aquel martes, 7 de diciembre de 1847; el último día que pasaría a bordo del *Estrella del Mar.*

A primera hora de la mañana fue visto jugando al tejo en cubierta con Jonathan y David Merridith, en la parte de popa de la cubierta superior, y luego enseñándoles la letra de una disparatada balada. Ellos, a su vez, parecían estar introduciéndolo en los misterios de algún extraño entretenimiento más tarde identificado como fútbol del Winchester College. Fue visto en cubierta, sosteniendo una pelota hecha de harapos sobre su cabeza y gritando «¡Gusanos!...», aparentemente uno de los elementos más importantes del juego.

Aproximadamente a las diez, visitó la cocina y preguntó al *sommelier* si sería posible hacer algún trabajillo y obtener una botella de vino a cambio. Explicó que deseaba hacer un pequeño regalo a lord y lady Kingscourt, que habían mostrado una gran bondad con él. El cocinero del barco, un chino, le encargó romper a golpes de hacha el hielo de los barriles de agua, y le dieron media botella de borgoña por sus labores, la cual ofreció a lady Kingscourt con una nota de gratitud. Ella pensó que el hombre estaba comportándose de forma realmente extraña: todo sonrisas en un momento dado y gran pusilanimidad al siguiente. «Parecía estar hablando abstraído –dijo ella más tarde–, como cargado con un extraño peso del cual deseara liberarse.» No dejaba de decir que Robert y Jonathan Merridith eran unos «chicos estupendos», y que el marido de lady Kingscourt era «un hombre decente». Que era una lástima que todos los problemas de la patria hubieran causado tales «desuniones» entre la gente. Que no había ninguna necesidad de ello, especialmente en tiempos tan difíciles. Todos habíamos hecho cosas en el pasado que no deberíamos haber hecho, pero que el «ojo por ojo dejaba ciego a todo el mundo». Cuanto más se mostraba ella de acuerdo con él, más lo repetía. Parecía estar tratando de convencerse a sí mismo de algo.

Sabemos que tuvo una intrigante conversación con el capitán aquella mañana, en la que preguntó si era posible enrolarse como marinero en el barco y regresar a Liverpool. Lockwood encontró la pregunta asombrosa. Nunca en todos sus años en el mar le había hecho un pasajero semejante petición. Pero hacérsela cuando

América estaba a un tiro de piedra era tan extraño que rozaba lo absurdo. Él lo atribuía a la ansiedad a menudo experimentada por los emigrantes, complicada por la persecución sufrida por Mulvey mientras estaba a bordo. Dijo que el barco no regresaría inmediatamente a Liverpool, sino que necesitaría importantes reparaciones en el dique seco de Nueva York, y muy bien podría permanecer allí hasta después de Navidad. Más tarde le contó a Mulvey un curioso incidente que había tenido lugar la mañana anterior, cuando un grupo de aparentemente amistosos irlandeses se había aproximado al *Estrella* y hecho preguntas acerca de su estado de salud. La noticia tenía un objeto tranquilizador; pero al parecer no lo tranquilizó en absoluto. Además, se puso muy pálido y momentos más tarde se sintió enfermo: cosa que él atribuyó a que había comido algo en mal estado.

En algún momento de la mañana bajé al calabozo para tener una entrevista con el pasajero Seamus Meadowes, pero no lo encontré allí. Como sufría de intensa fiebre a causa de la humedad y el frío del calabozo, había sido liberado y entregado a la custodia del capitán, el cual le había advertido que sería fusilado si intentaba alguna maniobra. Fue alojado en el camarote del primer oficial, Leeson, bajo llave, donde se negó a que yo lo entrevistara. Él no era de utilidad alguna para los periódicos, y menos aún para los que escribían en ellos. Además, pretendía hablar mal el inglés, aunque a mí me constaba que podía hacerlo fluidamente si quería. De hecho, cuando salía de los alojamientos oí claramente que le pedía al vigilante si le permitiría subir a cubierta y tomar un poco el aire.

Pasé luego más o menos una hora en tercera clase, haciendo lo poco que podía para ayudar al cirujano Mangan a administrar sus cuidados a los pasajeros. Muchos se encontraban en un estado de temor y agotamiento y le suplicaban que usara su influencia para sacarlos del barco. Durante el camino de vuelta, vi a Mulvey en los alojamientos de primera clase. Parecía agitado cuando me encontré con él en el corredor y no dijo nada cuando nos cruzamos. Como a menudo tenía ese aspecto nervioso, no le di importancia.

Lo que descubrió en su alojamiento debió de haber aumentado grandemente su ansiedad.

Sabemos que seguramente fue colocado allí en algún momento a última hora de la mañana o primera de la tarde, porque un camarero había estado dentro para recoger unas mantas que allí se guardaban aproximadamente a las diez, y describió el compartimento, en una posterior declaración a la policía, como «completamente vacío. Quiero decir que no había nada raro en él». El mismo hombre volvió a entrar allí poco antes de las cuatro y vio la nota abierta sobre la cama. Pensando que era algo privado, no lo miró con detenimiento.

La inicial de Mulvey –«M»– estaba cuidadosamente escrita con tinta en el sobre, con la fría y pulcra escritura de alguien que quiere permanecer en el anonimato. Las letras que formaban la nota habían sido recortadas de otra página. Para cualquier otro, podría haber resultado impenetrable. Para Mulvey, sólo terrorífica.

HAZTE CON ÉL
ENSEGUIDA
Si no, serás responsable

Era nada menos que la negativa a la conmutación de la pena. David Merridith o Pius Mulvey. Uno de los dos nunca pondría los pies en Manhattan.

En cuanto a la futura víctima, es posible establecer con cierta precisión lo que hizo la mañana y la tarde del mismo día.

Justo antes del alba, a las siete y cuarto, llamó a un camarero e informó de que no se encontraba bien. Pidió que fueran a buscar al cirujano Mangan inmediatamente; pero, para cuando éste llegó, Merridith parecía encontrarse un poco mejor. Se quejaba sólo de dolor de cabeza, producido por una mala resaca y el intenso frío, y despidió al cirujano diciendo que trataría de dormir un poco.

Aproximadamente a las ocho y media, volvió a llamar al camarero y solicitó que le sirvieran un pequeño desayuno en el camarote. Cuando el hombre volvió con el café y el *porridge*, lord Kigscourt le pidió que le preparara un baño. Se encontraba aparentemente de buen humor, aunque poco hablador.

Cuando se hubo bañado, le pidió al camarero, un brasileño llamado Fernao Pereira, que lo ayudara a afeitarse y vestirse. Su vista no estaba bien últimamente, hizo notar, y no quería cortarse. Le dijo al camarero que dejara la navaja, diciendo que tenía la costumbre de afeitarse dos veces al día, una por la mañana y otra antes de la cena. Se mostró «muy insistente» al respecto, declararía más tarde el camarero.

Lord Kingscourt permaneció en su habitación hasta las once y media aproximadamente. Su mujer y su hijo Jonathan le vieron al pasar. Estaba buscando algo en un pequeño maletín en el que guardaba papeles. Los saludó a los dos con normalidad.

Nadie lo vio luego hasta aproximadamente la una, cuando almorzó con el marajá en la pequeña zona comedor anexa al salón de fumadores. Pidieron varios refrescos para la sobremesa. Jugaron algunas manos de *ginrummy* con dinero, y sorprendentemente lord Kingscourt ganó. Le siguió una conversación sobre las diferentes reglas del póquer, el billar y otros entretenimientos propios de caballeros. El agente de Correos, George Wellesley, recordaba varios años después del viaje que Merridith le había aburrido tratando de explicarle un juego de palabras llamado *doohulla* que él y sus hermanas habían inventado en la infancia, y que había disfrutado de una copita de oporto mientras lo hacía. Cuando la conversación terminó, Merridith pidió una botella de oporto y regresó a su camarote, diciendo que tenía intención de leer.

En su camino de vuelta, aproximadamente a las tres menos cuarto, fue visto en cubierta ante los alojamientos de primera clase, golpeando una pelota de fútbol con sus dos hijos. Parecía «bastante feliz», según contó un testigo, un marinero inglés llamado John Grimeseley.

Su hijo pequeño, Robert, había comido demasiado en el almuerzo y se sentía indispuesto, por lo que lord Kingscourt lo acompañó a su camarote. Tuvo lugar entonces una conversación sobre el desorden de la habitación, en la que Robert fue regañado por su padre por la suciedad general y falta de aire fresco de la habitación. No era extraño que hubiera enfermado, se le sugirió. También se le dijo que no debía aprovecharse de la amistad de Mulvey y hacer que el pobre hombre jugara al fútbol toda la mañana, cuando las cubiertas estaban tan heladas que eran peligrosas. El impedimento del pobre Mulvey era muy grave, y era importante mostrar amabilidad hacia alguien en su situación. Lord Kingscourt fue hasta la portilla, corrió la cortinilla y la abrió. Y en ese momento Robert Merridith dijo algo que tendría profundas consecuencias.

–¿Te acuerdas de cuando te enfadaste conmigo el otro día, papá? ¿Sobre Mr. Mulvey?

–No tenía intención de enfurecerme, cariño. Sólo que no hemos de dejar que nuestra imaginación nos traicione, eso es todo.

–¿Por qué dijo que no podría pasar por la ventana?

–¿Qué quieres decir?

–En la cena. Dijo que un hombre grande como él nunca podría meterse por una ventanita pequeña como ésa.

–¿Y?

Robert Merridith le dijo a su padre:

–Yo no dije nada sobre la ventana a míster Mulvey. ¿Cómo lo sabía?

–¿Saber qué, Bobs?

–Bueno..., que la persona que yo vi había entrado por la ventana.

Durante varios minutos lord Kingscourt no dijo nada. Muchos años más tarde, su hijo recordaba que fue el más largo período de silencio que recordaba haber pasado en compañía de su padre. Éste parecía «completamente aturdido», dijo. «Como alguien que está en un trance o una especie de hipnosis.» Se sentó en la litera y miró al suelo. Parecía totalmente inconsciente de que hubiera nadie más en la habitación con él. Finalmente el niño se acercó a su padre y le dio un codazo en el brazo. Lord Kingscourt levantó la mirada hacia su hijo y sonrió, «como si se hubiera despertado en aquel momento». Le alborotó el pelo y le dijo que no se preocupara por nada. Todo iba a ir bien a partir de ahora.

–¿Crees que míster Mulvey estaba jugando?

–Sí, Bobs. Espero que así sea. Que estuviera jugando.

Robert Merridith regresó a cubierta, dejando a su padre solo en el camarote. Lo que el conde pensaba entonces no podemos saberlo. Pero a esas alturas debía de estar enfrentándose a un hecho inevitable y espantoso: Pius Mulvey había entrado realmente en la habitación de su hijo con un cuchillo. Tenía intención de matar en aquel barco.

Después de eso, el cuadro se torna confuso. El cirujano Mangan recordó que había visitado a lord Kingscourt dos veces en el transcurso de aquella tarde, administrándole dosis muy fuertes de mercurio en forma de inyección, así como un tratamiento de láudano para ayudarlo a dormir. Sufría aparentemente terribles dolores, casi paralizantes. Pero algunos de los pasajeros de tercera clase atestiguaron más tarde que lo habían visto entrar en su camarote las horas siguientes. Otros insistían en que lo habían visto pasear solo cerca de popa contemplando el contorno del bajo Manhattan, que en aquella época era un revoltijo de edificios y casas humildes. Había estallado un gran incendio en uno de los barrios bajos aquel día, las llamas y el humo podían verse claramente desde la amura de babor del *Estrella.* Una mujer de edad, viuda, procedente de un lugar cercano a Limerick City, juraba que había visto a lord Kingscourt sentado ante su caballete, pintando un cuadro de los edificios en llamas. Para entonces estaba nevando con intensidad y él no llevaba puesta la chaqueta, pero ella no se acercó más, aunque le pareció que su aspecto era «muy atormentado».

Reinaba una atmósfera peligrosamente cargada en el *Estrella* aquella noche. Las provisiones casi se habían agotado; la nieve fundida era la única fuente de agua potable. Todo el mundo en tercera clase estaba absolutamente convencido de que el barco iba a ser enviado de vuelta a Irlanda los próximos días. Y muchos de primera clase también lo pensaban. Estaba muy extendido el rumor de que algunos pasajeros planeaban saltar del barco y cruzar a nado los casi cuatrocientos metros que los separaban de tierra. La mayoría habían vendido sus últimas posesiones para pagarse el viaje. Muchos podían ver a sus seres queridos esperando en el muelle. Habiendo llegado hasta allí, y a un coste tan alto, no tenían intención de volver.

Por su parte los marineros aparecían también muy preocupados. Verse obligados a hacer el papel de carceleros era algo que sentaba muy mal a la mayoría; y tampoco querían hacer de enfermeras de los pasajeros, pues no habían sido preparados para ello. De hecho se rumoreaba que cierto número de hombres se disponía a desertar, temerosos de pillar la fiebre debido a las cada vez peores condiciones sanitarias del barco, y muy molestos por tener que hacer de policía de unos hambrientos pasajeros cuyo continuado confinamiento no parecía tener sentido. Un marinero me dijo que si los pasajeros trataban de escapar, él no haría nada para detenerlos; antes bien, les desearía buena suerte. Otro, un escocés, confesó que si se les ordenaba usar las armas contra los pasajeros, él se negaría, y arrojaría su arma por encima de la borda. Le pregunté qué haría si recibía las órdenes a punta de fusil (corría el rumor de que la policía de Nueva York podría dar dicha orden). «Dispararé contra cualquier hijo de perra que me apunte con un arma –replicó–. Yanqui o de Limey, recibirá una bala.»

A las siete en punto vi a Merridith en el salón comedor. Iba pulcramente vestido, como siempre, y parecía sentirse bastante fuerte. El frío era muy intenso aquella noche; casi todo el mundo en el salón llevaba abrigo, pero Merridith, muy estricto en cuanto a la etiqueta, no. No intercambiamos muchas palabras, pero recuerdo que todo lo que dijo era muy claro. Como de costumbre deslizó algunos sarcasmos a cuenta mía pero nada que se saliera de lo corriente.

Aquella noche cené en la mesa del capitán, con Wellesley, el agente de Correos, el mecánico jefe, el marajá, el reverendo Deedes y Mrs. Marion Derrington. Mangan, el cirujano, estaba exhausto, y además se encontraba muy enfermo, con infección de estómago, y había hecho transmitir sus excusas a través de su competente hermana. Los Merridith se sentaban uno al lado del otro en una mesa para dos. No hablaban mucho pero tampoco discutían. Lord Kingscourt daba la impresión de estar ingiriendo una cena bastante abundante, aunque incluso en primera clase nos veíamos limitados ahora a bacalao desecado y galletas; y deseó buenas noches a todo el mundo cuando abandonó el salón. Una conversación sobre literatura estaba teniendo lugar en aquel momento. Él contribuyó con algunas observaciones, nada de importancia. Y recuerdo que me estrechó la mano antes de salir..., algo que nunca había hecho, excepto, quizá, la primera vez que nos vimos, en Londres, seis años antes. «Siga haciendo trabajos de calidad, amigo mío –dijo–. Ésta no reside en el material, sino en cómo se ordena.»

Ya en su camarote hizo algunos dibujos, más bien unos pequeños y pulcros bocetos de casas aristocráticas; y un esbozo de un muchacho paseando por las colinas de Connemara, en el cual los observadores han encontrado cierto parecido consigo mismo. Otros se han sorprendido por el parecido que tiene con sus hijos; particularmente, se dijo, con Jonathan. Dibujar de memoria debía de haber resultado difícil aquella noche. Y no obstante la imagen no carece de paz. El niño es evidentemente pobre; pero, también de forma obvia, no se está muriendo. Nadie se está muriendo. Sus padres podrían estar en casa. Si se trata de una descripción de algunos de sus arrendatarios –y muchos dicen que así es– debió de hacerla a partir de lejanos recuerdos.

Aproximadamente a las diez menos cuarto pidió un vaso de leche, pero el camarero de servicio le explicó que ya no quedaba leche a bordo. Dijo entonces que se conformaba con un vaso de agua caliente o de sidra calentada con especias. También le preguntó al camarero si le podía traer una Biblia, pidiéndosela al capitán, quizás, o al cirujano. El camarero se dirigió al camarote del capitán, pero éste no se encontraba allí, y no se veía ninguna Biblia en sus estanterías. De modo que el hombre se llegó hasta el camarote del reverendo Deedes y allí le dieron lo que necesitaba. Al entregársela a lord Kingscourt, recibió una generosa propina. Se le dijo que no se quedara de guardia aquella noche ante la puerta. Al parecer Merridith bromeó diciendo que no era capaz de dormir bajo vigilancia («ni echar una meadita con otro tipo en la habitación»), cosas ambas que habían arruinado sus días en la marina. El hombre dijo que prefería seguir de guardia, por seguridad. Lord Kingscourt cogió entonces su navaja y abrió la hoja. «Ataca, Macduff –dijo, y sonrió–. Ningún hombre en este barco puede igualar a Merridith.»

Un marinero de servicio en cubierta lo vio abrir la portilla más o menos a las diez y media. Como hacía bastante frío, el hombre lo encontró raro. La luz fue atenuada, pero no apagada.

Merridith colocó sus zapatos ante la puerta del camarote para que se los limpiaran. Se quitó su traje de etiqueta y lo colgó cuidadosamente en el armario. Y se puso unas viejas y apolilladas ropas que debía de haber traído desde Irlanda: unos pantalones de lona, de campesino, y un *bratt* de lana muy gruesa, una bata de granjero, como llevaba en Connemara.

Leyó y subrayó los siguientes versículos; del Evangelio según san Marcos, capítulo doce:

> **1** Y comenzó a hablarles por parábolas: plantó un hombre
> una viña y la arrendó a labradores y marchó a un país lejano.
> **2** Y al tiempo envió un siervo a los labradores para que to-
> mase de éstos el fruto de la viña. **3** Mas ellos lo cogieron y lo
> golpearon y lo despidieron con las manos vacías. **4** De nuevo
> les envió otro sirviente; y a éste le arrojaron piedras y lo des-
> pidieron. **5** Y nuevamente les mandó otro; y a éste lo ma-
> taron; y a muchos otros, hiriendo a unos y matando a otros.
> **6** Como tenía un hijo amado, les envió a su hijo, diciéndo-
> se: «Sé que a mi hijo lo acogerán con reverencia». **7** Pero los
> labradores se dijeron entre sí: «Éste es el heredero; venid,
> matémoslo; y la heredad de la viña será nuestra».

✱

Poco antes de las once, aquella misma noche, una serie de marineros que estaban nominalmente de guardia se vieron desbordados por un grupo de unos treinta hombres de la tercera clase, liderados por Seamus Meadowes, de Ballynahinch, que había escapado del camarote del primer oficial media hora antes. Para cuando llegó a la helada cubierta superior, Meadowes «tenía aspecto furioso y estaba cubierto de sangre» y «rugiendo que se había asestado un golpe a favor de la libertad aquella noche». Rompieron a martillazos las cadenas de dos de los botes salvavidas; los bajaron a las heladas aguas y saltaron tras ellos. Un hombre se quedó en el agua y comenzó a nadar. Los demás se encaramaron al más pequeño de los botes y empezaron a remar con fuerza hacia la orilla. Ninguno de ellos era un barquero experimentado; el pánico se propagó inmediatamente. Pronto perdieron los remos y los desesperados fugitivos fueron vistos tratando de remar con las manos.

Momentos más tarde, Pius Mulvey apareció en cubierta en un estado de gran agitación, y suplicó que le permitieran ir con el segundo grupo. Fue apartado a empujones y violentamente maltratado. En ese momento, un tercer grupo de pasajeros, formado por unas cincuenta personas más o menos, apareció procedente de distintas partes del barco. Entre ellos estaba Mary Duane.

A estas alturas algunos de los pasajeros estaban ya saltando por la borda. Muchos se encontraron de inmediato en serias dificultades; el agua debía de ser paralizantemente fría, y la mayoría no sabía nadar. Parece que se inició una disputa en cubierta sobre cuáles de los restantes pasajeros debían ocupar plaza en el segundo bote. Los pocos niños y mujeres que quedaban fueron acomodados en primer lugar: luego los maridos de las mujeres, o sus parientes varones o novios. A Mary Duane, como era la única mujer que quedaba, le ofrecieron una de las dos últimas plazas. Vaciló, brevemente, y luego dijo que sí la cogería. A un hombre de Galway, muy anciano, llamado Daniel Simon Grady, se le ofreció el lugar que quedaba a su lado. Era un hombre muy bueno y amable, y muy admirado entre los pasajeros de tercera clase.

Mulvey se adelantó y dijo que tenía preferencia, al ser miembro de la familia de Mary Duane.

Pero ésta replicó:

–Así te pudras.

A Mulvey se le oyó entonces pronunciar las palabras:

–Ten piedad de mí, Mary. No me niegues mi única oportunidad, por el amor de Dios.

Empezó a llorar y a aferrarse a sus manos. Parecía absolutamente convencido de que su vida estaba en peligro. No dejaba de decir que no podía abandonar el barco por la aduana junto con los demás pasajeros, pues tenía buenos motivos para pensar que lo asesinarían si lo hacía. Tampoco podía arriesgarse a ser devuelto a Irlanda, porque allí le esperaba un destino similar, y de todos modos no podría soportar otro viaje.

Ella le dijo que aquél era el destino que se merecía, y peor todavía.

–¿No ha habido bastantes sufrimientos, Mary? ¿Y bastante derramamiento de sangre? ¿No ha habido *bastante*?

El viejo oriundo de Galway le preguntó a Mary si Mulvey estaba diciendo la verdad. ¿Estaba realmente emparentado con ella? Tenía que decirle la verdad. Negar a uno de tu propia familia era algo espantoso. Demasiadas personas lo habían hecho en Irlanda en el pasado. Muchos se habían vuelto contra los de su propia sangre ahora. Él no acusaba a nadie; era cruel lo que le había pasado a la gente. Te rompía el corazón ver lo sucedido. Vecino contra vecino. Familia contra familia. En un hombre, darle la espalda al hermano era el peor de los pecados. Pero los hombres eran débiles. Así que a menudo tenían miedo. Pero, para una mujer, hacerlo sería algo imperdonable.

–¿Te llamas Duane, cariño? –le preguntó el viejo.

Ella respondió afirmativamente.

–¿De Carna?

Mary volvió a asentir.

–Ese nombre es una riqueza para ti. Tu gente era grande.

Como ella no respondiera nada, él volvió a preguntar si sería capaz de dejar atrás a su propia familia para que sufriera. Quizá para morir. ¿Era eso realmente lo que haría un Duane? El anciano dijo que no podía ocupar la plaza en semejante circunstancia. Ninguna bendición podía derivarse de una acción como aquélla; y tampoco se merecía ninguna. Él estaba allí sólo a causa del natural amor familiar; sus hijos le habían enviado desde Boston el dinero del pasaje. Apenas tenían bastante para ellos, pero habían ahorrado hasta el último penique para hacerlo. A menudo habían pasado hambre, sólo para salvarlo a él. No había ninguna necesidad de que lo hicieran; sólo simple misericordia humana: «Lo único que hace soportable nuestra vida aquí». No podía deshonrar el nombre de los suyos rompiendo una familia. Su mujer, en el Cielo, lloraría por su honor si lo hacía.

–Suba al bote –le dijo Mary Duane al viejo de Galway.

Empezaba a caer aguanieve. El anciano le puso la mano sobre el hombro.

–No me queda nada –afirman que dijo. Y algunos añaden que prosiguió brevemente, en irlandés–: Nada en el mundo. Sólo mi nombre.

De nuevo Mulvey se adelantó y suplicó que le dieran una oportunidad. De nuevo ella lo acusó de no merecer ninguna. Le habían escupido y tenía desgarradas las ropas. Parecía casi insensible a los puntapiés y puñetazos que estaban descargando sobre él. Dijeron que estaba temblando de miedo o de dolor, pero no levantaba una mano para defenderse.

–¿No queda ninguna duda en ti, Mary? ¿Ni un ápice de duda? ¿Me estás diciendo que eso es lo que Nicholas habría querido? ¿Acaso eso puede enmendar lo que se hizo mal? ¿Podrá hacer retroceder el tiempo? Yo moriré si eso es lo que quieres. *Ya estoy muerto.*

Creo que conozco la respuesta que yo mismo habría dado. Creo que conozco incluso las palabras que habría usado, cada maldición, cada insulto, cada denuncia definitiva. He oído en mi mente el anatema que yo hubiera lanzado contra Pius Mulvey. He visto mi daga hundirse en su corazón de traidor; el vertiginoso rapto de odio que hubiera sentido. O quizás habría dicho simplemente: «No te conozco. Nunca te había visto. No formas parte de mí».

Pero ésa no es la respuesta que Mary Duane dio.

Han pasado casi setenta años desde los acontecimientos de aquella noche, y no ha transcurrido un solo día en estas largas siete décadas –quiero decir, literalmente, ni un solo día– sin que tratara de buscar en mi cabeza alguna explicación de lo que ocurrió a continuación. He hablado con toda persona viviente que fue testigo de lo sucedido: con cada hombre, mujer, niño e incluso marinero. Lo he discutido con filósofos, doctores de la mente. Con sacerdotes, ministros, madres y esposas. Durante muchos años lo estuve viendo en mis sueños; a veces, aún lo veo. Y pienso que cuando me llegue mi propia hora, lo volveré a ver: un acontecimiento del que jamás fui testigo directo, sino sólo del que oí hablar. Pius Mulvey, de rodillas, suplicando por su vida. Mary Duane sobre él, sacudida por las lágrimas: porque aquella noche, en el *Estrella del Mar*, ella lloraba como quizá sólo la madre de un hijo asesinado puede llorar. Nadie dibujó nunca a Alice Mary Duane, cuyo destrozado padre apagó su atormentada vida. Su madre lloraba mientras pronunciaba su nombre. «Como si fuera una plegaria», dijeron muchos de los testigos.

Y mientras pronunciaba aquel nombre, algunos empezaron a rezar; y otros empezaron a llorar por simpatía. Y otros también, que habían perdido a hijos propios, empezaron a murmurar el nombre de sus hijos. Como si pronunciar sus nombres –el hecho de decir que habían tenido siquiera nombres– fuera pronunciar la única oración que puede importar en un mundo que aparta sus ojos de los hambrientos y moribundos. Eran reales. Existían. Sus brazos los sostenían. Habían nacido, y vivieron, y murieron. Me vi a mí mismo sobre cubierta lanzando un grito de venganza; como si fuera mi propia esposa la que hubiera sido atormentada hasta la desesperación; mi propio hijo indefenso tan cruelmente destruido.

¿Era el perdón? ¿Credulidad? ¿Poder? ¿Pérdida? ¿Alguna oscura suma de todas estas cosas, o algo más oscuro todavía? Quizás incluso Mulvey habría desconocido la respuesta. Quizá ni la propia Mary Duane la habría sabido.

Si era misericordia –y yo sencillamente no soy capaz de decir lo que era– lo que Mary Duane demostró, sólo cabe suponerlo. Dónde la pudo encontrar, jamás se sabrá. Pero la demostró. La encontró. Cuando el momento de la venganza surgió de la historia y se presentó como la espada de un verdugo, ella se dio la vuelta y no la cogió.

En vez de eso, llorando aún y mientras la ayudaban a permanecer de pie, ella confirmó que Pius Mulvey de Ardnagreevagh era el hermano de su difunto marido; su único pariente vivo en cinco mil kilómetros a la redonda.

Se le preguntó si se quería quedar en el barco, y arriesgarse a ser devuelta a Irlanda junto con él. Ella vaciló un momento y luego dijo que no, que no lo quería.

Subieron juntos al segundo bote salvavidas, ocupando las dos últimas plazas, y fueron vistos finalmente a la deriva en dirección al muelle.

Capítulo XXXVIII

EL DESCUBRIMIENTO

Día trigésimo primero desde nuestra salida de Cove

Long: 74° 0,02´ O. Lat: 40° 0,42´ N. Hora de Greenwich: 0.58 a.m. (9 de diciembre). Hora local: 7.58 p.m. Estado del tiempo y observaciones: Puerto de Nueva York. Marea baja.

†

En este octavo día de diciembre del año 1847 de Nuestro Señor, es mi penoso deber consignar la noticia del nefando asesinato de lord Kingscourt de Carna, nuestro amigo David Merridith, el noveno conde. Su cuerpo fue descubierto por la propia condesa de Kingscourt esta mañana, poco después del alba, en su alojamiento de primera clase. El cirujano Mangan acudió de inmediato, pero declaró que la muerte había ocurrido aproximadamente a las once de la víspera. Su causa eran siete puñaladas en la parte superior de la espalda, y una en la parte posterior del cráneo. Para mayor horror, le habían cortado la garganta de tal modo que la cabeza aparecía casi por completo separada del cuerpo.

No se encontró el arma, y continúa la búsqueda de alguna. Su Señoría debió de haber sido horriblemente sorprendido, porque no se veían heridas de defensa en manos o brazos, ni tampoco se oyeron gritos procedentes de su camarote.

Se efectuaron registros exhaustivos en primera clase, hallándose una extraña nota, hecha pedazos, en el recipiente de desperdicios de la plataforma inferior principal, como si fuera una especie de carta de chantaje. Ha sido guardada y será entregada a la policía de Nueva York.

En tanto que capitán, toda la responsabilidad de la seguridad del buque recae exclusivamente en mí; y en consecuencia presento aquí mi dimisión como oficial al mando de este barco, así como empleado de la Silver Star Shipping Line & Co., para que se hagan efectivas desde el momento del desembarco y descarga en Nueva York.

Mandé un bote al muelle para explicar el espantoso suceso, pidiendo que, en tales circunstancias, se nos permitiera atracar. Pero el permiso fue enérgicamente negado por las autoridades. Un numeroso grupo de agentes de policía y funcionarios de inmigración llegaron y tomaron nota de los testimonios de muchos pasajeros de tercera clase y otros. Se confirmó que Seamus Meadowes, procedente de Ballynahinch, condado de Galway, uno de los que huyeron del barco la noche pasada, había amenazado violentamente a lord Kingscourt y a otros propietarios en Irlanda en el pasado. Por lo que debe ser considerado el principal sospechoso, o, como mínimo, el cabecilla de la malvada acción. Mr. Mulvey no era el único en considerarlo un peligro. Muchos pasajeros creían de él que formaba parte de los Justicieros de Galway, y aparentemente él mismo se había jactado a menudo de ello; presumiendo en varias ocasiones de que sabía a ciencia cierta que lord Kingscourt nunca abandonaría el barco con vida.

A los pasajeros de primera clase se les permitirá bajar a tierra dentro de unos días, pero los del entrepuente tendrán de demorar su salida del barco hasta que todos hayan sido interrogados y examinados y dados de alta de sus enfermedades.

Le conté al capitán Daniel O'Dowd, de la policía de Nueva York, que cierto número de difuntos permanecían aún en la bodega, con las inevitables consecuencias que cabe esperar, y que me preocupa mucho la salud de aquellos que están a mi cargo. Sugerí que quizá pudieran suministrarnos una gran cantidad de veneno para ratas, pero se me dijo que tal cosa no era posible, al menos de momento, pero que se tomarían las medidas necesarias para el traslado de los cuerpos.

Dos barcazas se colocaron al costado del buque poco antes del mediodía, y los difuntos fueron descargados en ellas, entre ellos el cadáver de lord Kingscourt. No disponíamos de banderas con las que cubrirlo, de manera que descolgamos el gallardete de la Union Jack del palo mayor y lo usamos para ello. Para gran aflicción de lady Kingscourt y sus hijos, se oyó a un pequeño número de pasajeros lanzar vítores cuando los colores fueron arriados. Me dirigí a ellos para pedirles un poco de respeto por los muertos y se callaron. Explicaron luego que no era al muerto al que estaban abucheando, sino solamente a la bandera. Cuando les dije que aquélla era la bandera bajo la cual él había servido una vez a su país, uno de los hombres respondió que muchos irlandeses habían servido también, y que él no poseía ninguna bandera propia en la que pudiera ser enterrado, así como tampoco ninguno de los que habían muerto en el *Estrella*. Ni bandera ni ceremonia para ellos, dijo. El mismo día que subiera a bordo del *Estrella del Mar*, novecientos cuerpos de aquellos que habían muerto de hambre eran enterrados a paladas en una fosa común en su ciudad natal de Bantry. Sin cruces. Sin lápidas. Sin ataúdes. Sin banderas. Le respondí que comprendía sus sentimientos, cosa que era cierta, pero que aquél no era el momento para semejante discusión, dado que la pena de cualquier viuda debía de ser seguramente la misma. Así como la tristeza de todo niño privado de su padre. Nos estrechamos la mano y él se quitó el sombrero cuando el cuerpo de lord Kingscourt fue bajado, aunque se pudo ver que otros le volvían la espalda.

Como la barcaza era pequeña, había poco espacio para los acompañantes. Se reservaron lugares para lady Kingscourt y sus hijos, para Mr. G. Dixon, como amigo de la familia, para el ministro Deedes y para mí como capitán del barco. Los pasajeros de tercera que habían perdido seres queridos se mostraron muy trastornados por esa circunstancia, pero el piloto explicó que, sencillamente, no tenía más capacidad a bordo. Mr. Dixon dijo que él, gustosamente, cedería su lugar, pero los dos niños parecían muy angustiados y le suplicaron que se quedara. El piloto se disponía a salir pero se le veía afectado por el llanto de los afligidos de a bordo. Era un hombre bueno, un escocés de las Hébridas, y se podía ver que sentía compasión por la gente. Finalmente dijo que aceptaría a un acompañante más a bordo como representante de todos los otros, si eran capaces de hacer una elección con rapidez. Echaron a suertes para decidir su representante, y Rose English, una mujer casada de Roscommon, cuyo marido figuraba entre los muertos, fue la seleccionada.

Fuimos remolcados a través del canal de Gedney, situado a corta distancia al oeste de Sidney's Beacon. Y luego, pasados los estrechos de Verrazano, hasta la Lower Bay. Se nos ordenó que aguardáramos a la marea alta. A la una menos siete minutos, el piloto nos hizo la señal. Mrs. English preguntó entonces si podíamos retrasarnos unos minutos más. La pobre mujer estaba a estas alturas muy angustiada, aunque trataba de hablar con calma. A la una en punto de Nueva York, serían las seis de la tarde en su país, dijo. Las campanas estarían sonando en toda Irlanda para el ángelus. El piloto accedió a esperar hasta entonces.

Mrs. English, una católica romana, empezó entonces a recitar con calma el rosario en latín, a lo que se unió el ayudante del piloto, un italiano de Nápoles. El resto de nosotros permaneció en silenciosa plegaria durante un rato respondiendo con un amén al final de la oración. Los dos niños trataban de mostrarse valientes, pero ¿cómo podían lograrlo en tan terribles circunstancias? Lady

Kingscourt se puso a llorar. Y observé que Mrs. English, también sin dejar de llorar, la cogía de la mano.

A la señal del piloto, cuando daba la una, entregamos los restos de David Merridith a las profundidades, así como los de otros nueve hombres, mujeres y niños de Irlanda, y los de nuestro gentil camarada, William Gunn, de Manchester. Con el consentimiento de Mrs. English, el reverendo Deedes leyó calmosamente un fragmento del Libro de la Liturgia Anglicana: «Que esperamos la Resurrección de los Cuerpos (cuando el mar entregará sus muertos) y la vida del mundo futuro, a través de Nuestro Señor Jesucristo; el cual a Su llegada cambiará nuestro ruin cuerpo, para que pueda ser como Su glorioso cuerpo; de acuerdo con la poderosa obra por la que Él es capaz de someter todas las cosas a Sí mismo».

Que el Altísimo les conceda la paz. Lord Kingscourt deja una viuda, lady Laura, y dos hijos pequeños; Robert y Jonathan, el décimo conde. Se cree que residirán en Albany, Nueva York, durante algún tiempo, en la casa de una hermana casada de Mr. Grantley Dixon.

Los nombres del resto de nuestros compatriotas perdidos, para cuyas almas pedimos la misericordia del Salvador en este día, son:

Michael English, granjero; Peter Joyce, granjero; James Halloran, niño, hijo de labrador; Rose Flaherty, costurera; John O'Lea, aprendiz de herrero; Edward Dunne, pequeño propietario; Michael O'Malley, jornalero itinerante; Winnifred Costello, mujer casada; y Daniel Simon Grady, un anciano oriundo de Galway, que murió en el entrepuente a primera hora de esta mañana, y que tenía intención de reunirse con sus hijos en Boston. El total de los muertos en el viaje es de noventa y cinco.

El registro completo de aquellos que huyeron del barco anoche aún no se ha podido terminar, pero entre ellos figuran Shaymus Meadowes, Grace Coggen, Francis Whelan, Fintan Mounrance, Thomas Boland, Patrick Balfe, William Hannon, Josephine Lawless, Bridget Duignan, Mary Farrell, Honor Larkin y entre veinticinco y cincuenta más, así como Pius Mulvey, el desgraciado tullido, y Mary Duane, niñera de la familia Merridith.

La cantidad de desperdicios que atestan el puerto es muy

grande, por lo que ambos botes se perdieron en algún momento de la última noche. La mayor parte de los cuerpos fueron recuperados de la bahía de Gravesend al alba; pero algunos deben de yacer todavía en el fondo del puerto. Otros tal vez hayan ido a la deriva hacia mar abierto. Se ha realizado un completo informe por parte de la policía de Nueva York, pero hay pocas esperanzas, si es que hay alguna, en cuanto a los supervivientes, pues las corrientes en estas aguas son despiadadamente fuertes.

En cuanto a mí, nunca más me haré a la mar. Durante muchos años me había sentido muy insatisfecho con esta vida y atormentado por los pensamientos de con qué podría reemplazarla, sabiendo sólo dos cosas durante la mayor parte de esos años: que soy un gran pecador y que Cristo es un gran Salvador. Ahora, por Su a menudo terrible gracia, sé más cosas.

Cuando regrese a mi hogar en Dover, pienso dedicar el resto de mis días a una tarea que me permita ayudar a los pobres de algún sitio, bien sea en Irlanda, en Inglaterra, o en alguna otra nación. Lo que eso pueda ser, lo ignoro; pero debo hacer algo. El solar de los pobres no puede ser abandonado por más tiempo.

Porque tengo miedo de lo que está creciendo en aquel país ahora. Temo que recogeremos una cosecha envenenada.

Capítulo XXXIX

De
«Una miscelánea de canciones antiguas de Irlanda»

(Boston, 1904)

Prefacio del capitán Francis O'Neill, del Departamento de Policía de Chicago. Autor del siguiente desconocido texto.

♣ NÚMERO TRESCIENTOS SIETE ♣
«Las Piedras de Amolar» o «Venganza para Connemara»
(Cantar siguiendo la melodía de «Skibbereen»)

♣♣♣♣♣♣♣♣♣♣♣♣♣♣♣♣♣♣♣♣♣♣♣♣♣♣♣♣♣♣♣♣♣♣
♣

Aquí tenemos otra resplandeciente joya del antiguo canto del trovador de Irlanda. Al igual que la mayoría de aquellas que forman parte de la presente antología, la que sigue fue escrita por primera vez en un barco que viajaba hacia aquí, los Estados Unidos de la Libertad, desde aquella verde pero lúgubre tierra que hay al otro lado del océano, donde la libertad, ay, sigue siendo un sueño. Fue oído por una persona que lleva el noble nombre de John Kennedy, de Ballyjamesduff, condado de Cavan, hace ahora seis décadas, en su vigésimo cumpleaños; el 3 de diciembre del año 1847. El nombre del barco ataúd era el *Estrella de los Océanos*.

Todo sincero irlandés inclinará la cabeza al oír pronunciar las palabras «el Negro 47», el año más espantoso de aquella aciaga época en la que dos millones de nuestros compatriotas fueron martirizados por el hambre, cuando el viejo enemigo, temeroso del acero de Irlanda, asesinó con el arma de los cobardes. Todas las mujeres y muchachas modestas de Irlanda derribarán las puertas del Paraíso con súplicas a Nuestra Bendita Madre. Oh, oscurísima época. Cómo debe de haber disfrutado Satanás al ver a los católicos hijos de Irlanda diezmados como esclavos en su propia y hermosa tierra; desterrados como hebreos por los crímenes del pagano faraón.

Algunas amistosas discusiones han tenido lugar entre los editores y los sagaces ancianos del Club de Música Irlandesa de Chicago respecto de su verdadera edad y procedencia. Pero resulta evidente para cualquier hombre razonable que la balada tiene su origen en los antiguos y sangrientos tiempos de la resistencia, cuando los curas y la gente del pueblo se mantuvieron firmes contra el asesinato y la rapiña extranjera. ¡No por primera vez, ni por última!, si los editores saben algo del temple de sus compatriotas. El odio puede ser una cosa santa y purificadora. Quiera el Señor de los Cielos que no transcurra mucho tiempo antes de que el pálido semblante de la violada Madre Irlanda recupere su anterior encanto por el rojo vino de la venganza.

Se oyó cantar este magnífico lamento en aquel barco de mártires a un patriótico niño de seis años. ¡María lo bendiga! Lo hacía muy lentamente y sin acompañamiento alguno, mostrando un cuidadoso respeto por el decoro de las palabras, y no es, por tanto, adecuado para cantar en grupo o a coro.

♣

Venid todos, muchachos nativos de Galway, y escuchad mi canción:
es sobre el tirano sajón y la causa de los males de Erin;
aquel que nos crea nuestros problemas y nos rompe nuestros huesos;
para mantenerse arriba, nos mantiene abajo, y nos muele los huesos en las piedras.

Sus impuestos y sus terrores, muchachos, nos llevan casi a la muerte;
ellos se beben su copa de sangre derramada, nos roban nuestro pan cotidiano;
falsos príncipes de negra perdición, indiferentes a nuestros gemidos;
¿cuánto tiempo más deberemos retirarnos y dejar que nos roben nuestra casa?

La misma pandilla son los que nos colgaron, envenenaron a Eoghan O'Neill:
y mandaron a sus cobardes mercenarios, muchachos, a nuestra Madre tierra a robar.
¡La sangre se helará en sus venas, sus corazones se marchitarán!
A los que roban lo mejor, y dejan el resto, la ennegrecida y amarga cosecha.

¿Es ésta la tierra de Sarsfield, muchachos, el hogar del valiente Wolfe Tone?
Oh, héroes leales del suelo irlandés, ¿dónde cayeron las semillas que han sembrado?
¿Dónde están ahora, los que hicieron el juramento de que Erin sería libre?
Con sangre y humo, se sacudieron el yugo de la esclavitud sajona.

Venid entonces, verdaderos nativos de Connaught, dondequiera que estéis.
Está creciendo una nueva y brillante cosecha, la flor de libertad.

La cuidaremos hasta que se recoja, y nunca más nos romperán los huesos;
Porque los mataremos a cuchilladas y nos levantaremos, y los aplastaremos sobre las piedras.

Cuchulainn, Maeve, esos valientes, la sagrada multitud de antaño,
que lucharon contra la pagana Albión, muchachos, no se acobardaron en el rugido de la batalla;
luchar, morir con la cabeza alta; como San Patricio; los señores de la antigua Tara
gritan al unísono, de Norte a Sur,

«¡VENGANZA PARA CONNEMARA!».

Epílogo

EL HOMBRE ATORMENTADO

«La historia ocurre en primera persona, pero está escrita en tercera. Esto es lo que hace de la historia un arte completamente inútil.»

David Merridith, de una relación escrita siendo estudiante en el New College de Oxford, trimestre de Otoño, 1831, sobre el tema: «¿Por qué es útil la Historia?».

✸

Ésta es una historia de tres o cuatro personas. El lector sabrá que hubo muchas otras historias. Una investigación encargada por los padres de la ciudad calcula que entre mayo y septiembre de aquel horroroso año, 101.546 espantosamente pobres inmigrantes entraron en el atestado puerto de Nueva York. De ellos, 40.820 eran irlandeses. No se sabe realmente cuántos perdieron la vida ante la vista de lo que ellos a menudo llamaban «la Tierra Prometida». Algunos dicen que la cifra podría llegar a sus dos terceras partes.

Muchos años han transcurrido, pero algunas cosas no han cambiado. Seguimos diciéndonos mutuamente que tenemos suerte de estar vivos, cuando nuestro estar vivos casi nada tiene que ver con la suerte, sino con la geografía, la pigmentación y los tipos de cambio internacionales. Tal vez este nuevo siglo vea un nuevo reparto de la riqueza, o tal vez continuemos permitiendo que los desafortunados mueran de hambre, y continuemos llamándolo un accidente, no un resultado de la lógica.

1847. Miseria de la filosofía, de Marx. *Macbeth*, de Verdi. *Cálculo del razonamiento deductivo*, de Boole. *Cumbres borrascosas*, de Emily Brontë, y *Jane Eyre*, de Charlotte Brontë. *Poemas*, de Ralph Emerson. *Principios del comunismo*, de Engels. Un cuarto de millón de personas murió en tierra de nadie aquel año: anónimas en las latitudes del hambre.

Nosotros, los pasajeros de primera clase del *Estrella del Mar*, fuimos trasladados en transbordador a Manhattan la tarde del sábado 11 de diciembre, cuatro días después del asesinato de David Merridith. Como ofreciendo excusas por los inconvenientes que habíamos sufrido, la Silver Star Shipping Line & Co. canceló nuestras facturas pendientes y nos invitó a una recepción con champán en un elegante hotel. Es la única vez en mis noventa y seis años de vida que he oído maldecir a un ministro metodista. El reverendo Deedes le dijo cosas al director que este último no podrá olvidar en mucho tiempo. Al igual que muchas personas tranquilas, era notablemente valiente, ese Henry Deedes, de Lyme Regis, en Dorset. Regresó al *Estrella* la mañana siguiente, y sería el último hombre en abandonarlo, con la excepción del capitán.

Los pasajeros de tercera tuvieron que permanecer en el barco durante casi siete semanas, lapso en el que fueron entrevistados regularmente por grupos de policías y funcionarios de la oficina de Extranjeros. Aunque habían pagado sus pasajes antes del viaje, no recibieron nada en calidad de compensación. Y tampoco, supongo, se los invitó a champán.

En enero se inició un programa para despejar el atestado puerto, que a esas alturas se había convertido en una fábrica de gripe. Pero a los inmigrantes aún no se les permitía entrar en Manhattan. Se alquilaron casas de campo y cabañas de Long Island y Staten Island como estaciones de cuarentena o centros de evacuación. Pero el temor al contagio alarmó tanto a la vecindad que muchos de los edificios fueron atacados y quemados por los lugareños. Una gran parcela de tierra de la isla de Ward, en el puerto, fue arrendada por las autoridades de la ciudad como lugar seguro para albergar a los inmigrantes mientras se tramitaban sus solicitudes y se atendían sus enfermedades. Al poco tiempo aquel pedazo de basalto barrido por los vientos contra el que el Atlántico golpea como un martillo se había convertido en una instalación permanente. Quizá dé una idea del estado de indigencia de sus habitantes el que, en un período de cinco meses, hubieran pedido que se les proporcionara 10.308 «prendas de vestir básicas». Sin duda, da también una idea de la solidaridad del neoyorquino el que dichos artículos, tan lamentablemente necesitados, fueran proporcionados con tanta rapidez.

Para cuando a los supervivientes del *Estrella* se les permitió entrar en Manhattan, todos los hospitales, refugios y asilos de la isla se encontraban ya atestados. El sentimiento anti-inmigrante era fuerte e iba en aumento. A millares de los nuevos inmigrantes las autoridades sencillamente les ofrecían pagarles un dinero para que se marcharan de la ciudad y se fueran al oeste. Sin duda, algunos de ellos figuraron entre los 80.000 irlandeses nativos que lucharon por la Unión en la Guerra Civil. Y otros formaron parte de los 20.000 de sus paisanos que tomaron las armas a favor de la causa de la Confederación: el derecho legal de un hombre blanco amante de la libertad a considerar al negro como una mercancía.

Algunos irlandeses ganaron fortunas y acumularon poder de resultas de ello. Otros fueron a parar a guetos, y eran temidos y despreciados. Mary Duane podría haber sido lo bastante fuerte para soportar semejante existencia, pero Mulvey no, o así me lo parece al menos. Ya no habría podido soportar más odio. Sus crímenes eran muchos, pero él fue el chivo expiatorio de otros también, y el ser detestado había contribuido a su ruina. El gueto de David Merridith era de una clase completamente diferente; pero él ya se había llevado más odio del que le tocaba, también.

Lo que sucedió tuvo lugar en 1847, un año importante en la historia de la ficción, cuando aparecieron historias en las que la gente pasaba hambre, en las que las esposas eran encarceladas en el desván y los amos se casaban con las sirvientas. Una época perversa para el lugar que esas tres personas maltratadas llamaban patria. Una época en que se hacían algunas cosas –y no se hacían otras–, a consecuencia de las cuales más de un millón de personas morirían; las lentas, dolorosas, anónimas muertes de aquellos que nada significaban para sus amos.

Lo que sucedió es una de las razones por las que siguen muriendo hoy. Porque los muertos no mueren en ese atormentado país, en esa destrozada isla de odios incestuosos, tan maltratada a lo largo de los siglos por los poderosos de la isla vecina, así como por los poderosos de su isla nativa. Y los pobres de ambas islas morían a millares mientras el Jehová de la venganza vomitaba sus himnos. Las banderas ondean y en los púlpitos se ensalza. En Ypres. En Dublín. En Gallípoli. En Belfast. Las trompetas resuenan y los pobres mueren. Sin embargo, los muertos caminan y siempre caminarán. No como fantasmas, sino como soldados enrolados a la fuerza por la patrulla de leva, reclutados para una batalla que no es la suya; sus sufrimientos metaforizados, su existencia traducida, sus huesos cocidos en el lodo de la propaganda. Ni siquiera tienen nombre. Son simplemente: Los Muertos. Se puede hacer que signifiquen lo que uno quiera que signifiquen.

Que en ocasiones tiene que haber lucha, no hay que dudarlo. Con qué armas se lucha, sigue siendo la cuestión; y quién luchará contra quién, y en qué terreno. Porque los pobres de una tribu matarán a los pobres de la otra, todo en el nombre de un campo empapado en sangre en el cual los ricos enterrarían alegremente vivos a unos y otros en el preciso momento en que se convirtiera en provechoso hacerlo: esto no es un monumento conmemorativo apto para los sin tierra del pasado. Pero eso es tema para otra historia. Una historia, quizá, que aún se ha de escribir; con un final más fraternal y mucho menos horror.

✱

Como yo era el único reportero profesional que se encontraba a bordo del barco donde lord Kingscourt fue asesinado, mis artículos fueron muy solicitados por todo el mundo. Por todo el mundo, menos por el *New York Tribune*, donde mi redactor en jefe me despreciaba por mostrar «simpatías igualitarias». Tuve ofertas para escribir libros, ensayos, dar giras de conferencias. Por añadidura, en la fundación del *New York Times*, en el 51, acepté el cargo de «columnista colaborador principal», una memez más o menos traducible como «dormilón bárbaramente pagado». Nunca más tendría que depender del ensangrentado dinero acumulado por los crímenes de mis antepasados. Lo ocurrido también le quitó la etiqueta de adúltera a la esposa del conde; un distintivo que a ella nunca le había complacido llevar. Suena insensible decir que la muerte del marido me proporcionó una especie de libertad, pero no sería muy honesto dejar que ese hecho quedara sin reconocer. Quizá me equivoqué el escribir sobre lo ocurrido; tal vez no tenía otra elección. Ciertamente cualquier periodista habría hecho lo mismo. Y al menos yo traté de hacerlo imparcialmente.

Mi serie sobre el Monstruo de Newgate para el *Bentley's Miscellany* fue reeditada en *Un americano en el extranjero*, publicado por primera vez por mi difunto amigo Thomas Cautley Newby en 1849, junto con mi relato del *Estrella* y sus pasajeros, y varias notas sobre una excursión para explorar algunos lugares de Connemara. Yo había insistido en que se incluyeran también tres relatos breves, y así se hizo, pero ningún crítico los mencionó, ni para elogiarlos ni para criticarlos. Un cortés silencio parecía flotar alrededor de ellos. Y en futuras ediciones fueron discretamente eliminados. Newby nunca hizo alusión a su desaparición, y yo tampoco. La sensación era la misma que tendría un sonámbulo que se ha despertado para encontrarse en un funeral, y debe escabullirse rápidamente antes de que nadie mencione que no ha sido invitado. Aquellas tres mediocres y justamente olvidadas historias fueron los únicos escritos de ficción que jamás llegué a publicar.

Discutimos mucho, Newby y yo, acerca del título del libro. Yo quería llamarlo *Reflexiones sobre la hambruna irlandesa*. Newby se inclinaba decididamente por *Confesiones de un malvado*. *Un americano en el extranjero* fue una solución de compromiso; más bien cobarde, sentimos ambos. En la cubierta de la segunda edición se imprimió, al tiempo que el título, un pequeño subtítulo: «Revelaciones monstruosas». En la cuarta edición, el subtítulo había crecido. En la décima, había empequeñecido al título. Y en el momento de la vigésima, el título real del volumen apenas podía verse sin ayuda de una lupa*.

Esa breve parte del libro que trata del Monstruo de Newgate fue por supuesto la más ampliamente revisada y leída. Más

* Fue Mr. Newby, y no el autor, quien compuso los llamativos textos «preliminares» que constituían la introducción a los capítulos del volumen original, con sus espeluznantes referencias a «ESPANTOSOS DETALLES», «PERVERSAS ACCIONES», «SECRETOS OCULTOS» y demás. Tras haber constituido una molestia para el autor en la época de la publicación, hoy parecen mas bien inocentes (aunque, por supuesto, no lo son). Han permanecido inalterados aquí como un afectuoso recuerdo a un amigo que a veces podía mostrarse un poco falto de escrúpulos. – G. G. Dixon.

que eso, parecía seducir la imaginación del público. La aparición del libro creó una audiencia completamente nueva para el Monstruo. Historias de sus hazañas –casi siempre muy novelizadas– aparecieron en todo tipo de publicaciones inglesas, desde las revistas de a medio penique hasta publicaciones pornográficas, desde *Punch* y *The Tomahawk* hasta el *Catholic Herald.* Se puso de moda asistir a veladas sociales de disfraces ataviado como el Monstruo, o incluso –de forma increíble– como una de sus ahora múltiples víctimas. En un momento dado se llegaron a representar dos versiones diferentes de su vida en los teatros londinenses. Pronto el Monstruo iba a verse sometido a la indignidad final, ese horror de los horrores: un musical.

El Monstruo entraba ahora a formar parte del lenguaje vulgar de la política. El parlamentario irlandés Mr. Charles Parnell, que tan valientemente lideró a los pobres de su país hacia una suerte de liberación, fue descrito en una ocasión en la Cámara de los Comunes como «un poco mejor que el Monstruo de Newgate». Se recordaba a menudo que Daniel O'Connell, miembro del Parlamento, temprano defensor de una forma de emancipación, había llamado a las reuniones de masas que organizaba por todo el campo irlandés, no mítines o asambleas, sino «reuniones monstruo». Semejante bautismo se convirtió ahora en un tema de frecuente discusión en las tabernas y salones frecuentados por los poderosos de la época. Las grotescas caricaturas que describían a los pobres irlandeses en los periódicos ingleses empezaron a cambiar. En el pasado siempre habían sido pintados como estúpidos y borrachos; ahora eran frecuentemente descritos como asesinos. Simiescos. Diabólicos. Bestiales. Salvajes. Cómo pintamos al enemigo es lo que tememos de nuestro propio yo. Cada vez que veía uno de aquellos dibujos, veía al Monstruo de Newgate, cuya siniestra reputación tanto había hecho yo por difundir.

Durante todo este tiempo, me preguntaba si valía la pena deslizarme, disfrazado, en ese reino de mentiras. Usar la escandalosa historia del Monstruo de Newgate para contar otra más importante y más escandalosa aún. Durante muchos años me convencí de que eso era moralmente aceptable: el fin, al menos en teoría, justifica los medios. Ahora, desde luego, ya no estoy tan seguro. Cuando somos jóvenes, esas cosas parecen muy simples. Pero no son simples. Nunca lo fueron.

Se me dijo que el libro llamaba la atención de algunos de los lectores hacia los sufrimientos soportados en Irlanda en la época de la Gran Hambre. Pero, en tal caso, no hizo mucho para acabar con dichos sufrimientos. No fue la última hambruna que azotó Irlanda, y menos aún en esa compleja pieza de ficción barata que lleva por nombre «El Imperio Británico». Modestas cantidades de dinero fueron recaudadas a veces por algunos lectores y sus familias. Cuartos de penique, alguna moneda de seis peniques, muy de vez en cuando un chelín. Generalmente recibíamos un poco de dinero de mujeres o de pobres, aunque quizá de forma extraña (o quizá no) en ocasiones nos llegaban suscripciones de soldados británicos en servicio, especialmente los de la India. Newby y yo establecimos un fideicomiso para administrar los fondos, convirtiéndose el muy calumniado (y muy envidiado) Mr. Dickens, durante un tiempo, en nuestro noble presidente. Inicialmente nuestros altisonantes objetivos fueron gastar los fondos en enseñar a los niños de Connemara a leer. Fue Dickens el que nos espetó que un niño muerto no lee. Él y yo discutimos violentamente ante lo que yo veía como su natural materialismo, y tristemente no volvimos a dirigirnos la palabra. La pérdida fue mía, así como el error. Él tenía toda la razón en pensar como lo hacía; política, moralmente y en todos los demás sentidos, el dinero debía gastarse en comida, no en poesía. Yo debería haber recordado que su propia infancia se había visto atormentada por el hambre y el terror, en tanto que la mía, no... Al menos por mi propia hambre. Sí, quizá, salvó una sola vida, el libro no fue una absoluta pérdida de tiempo para todo el mundo.

Se pusieron en marcha pequeñas, aunque no enteramente inútiles, reformas en el sistema penal británico como resultado muy indirecto del éxito del libro. A los presos se les dio un trabajo menos humillante. Se aumentó el número de visitas familiares. Se empezó a cuestionar la «encarcelación en solitario», practicada en algunas de las prisiones de la reina Victoria, aunque lo cierto es que no cesaría esa costumbre hasta transcurridos muchos años. Sin duda, esas cosas habrían pasado de todos modos, y aunque me alegro de que pasaran, y saludo a sus verdaderos autores, no sería totalmente sincero si dijera que el altruismo fue mi único motivo, y tal vez ni siquiera el principal, si vamos al caso. Yo era un periodista. Quería la historia.

David Merridith tenía toda la razón en mofarse de mí como solía hacerlo. Pienso que, quizá, yo deseaba ser admirado. Nuestra necesidad de admiración es embrutecedora. Lo maravilloso es haber aprendido que eso se desvanece con la edad.

✸

Seamus Meadowes fue arrestado por el asesinato de Merridith, pero declarado inocente en un veredicto unánime. Yo mismo fui citado como un testigo menor por la defensa y declaré que el acusado no había escrito la nota hallada en los alojamientos de primera clase. Lo sabía por un hecho, y expliqué por qué lo sabía. En aquella época Seamus Meadowes no sabía leer ni escribir, algo que había confesado con una curiosa especie de orgullo la mañana que traté de entrevistarlo.

No fui invitado a sugerir otro posible sospechoso del asesinato; y tampoco me ofrecí voluntariamente para hacerlo. Había prometido guardar su anonimato a Pius Mulvey y, como cualquier periodista honorable, tenía intención de mantener mi promesa. Respondí a todas las preguntas, no dije mentiras y fui felicitado por el juez por la concisión de mi declaración.

El proceso fue una *cause célèbre* en el Nueva York irlandés, y para muchos la publicidad convirtió al acusado en un héroe. Éste hizo luego un fracasado intento como boxeador profesional, ingresó en el Departamento de Policía y luego en la política; primero como el que hace cumplir la ley, para Boss Noney Maguire, luego como recolector de fondos, jefe de campaña electoral, y finalmente candidato. Como el Zurdo Jimmy Meadows, el campeón de los obreros, fue elegido once veces en el distrito del East Bronx y derrotado sólo por muy poco por Mayor en 1882, un resultado que él siempre atribuyó al insuficiente número de sus secuaces más que al deseo del electorado*. Las

* Suprimió la «e» final de su apellido al principio de su carrera política, afirmando que «me hace parecer demasiado inglés». Véase Meadows, J.,

vicisitudes de la democracia, que él consideraba un inconveniente menor. Con bastante frecuencia, cuando se contaban sus votos, el total igualaba al número de votantes registrados en toda la circunscripción; y, en dos famosas ocasiones, de hecho lo superaron. («Un hombre debería ejercer sus derechos lo más a menudo posible –solía decir misteriosamente–. ¿No es en eso en lo que consiste América?»)

Dos años más tarde fue acusado de fraude, pues se le descubrió cuando hacía el examen escrito de aspirante a cartero en Nueva York con el nombre de un votante analfabeto al que había prometido un empleo. (El caso fue sobreseído cuando el principal testigo de la acusación se cayó misteriosamente de una ventana y se rompió la mandíbula.) Meadows fue reelegido al año siguiente, incrementándose su ya monumental mayoría en un tercio. «Mis papeletas no las cuentan, chicos; las pesan», declaró a los periodistas. Murió tranquilamente, a la edad de ciento un años, en la mansión estilo neo-Regencia que había conseguido adquirir con su salario de representante público.

En la época de su muerte se dijo que había estado considerando una oferta de la Edison Motion Picture Company, de Orange, Nueva Jersey. Uno de sus ejecutivos, un tal Edwin S. Porter, quería producir un corto entretenimiento de ficción basado en la vida y múltiples aventuras de Meadows. El título provisional era «El indómito vagabundo irlandés», pero las negociaciones se habían atascado en los meses anteriores. (Al parecer, el vagabundo había insistido en interpretarse a sí mismo.)

A su funeral asistió una multitud de pobres, muchos de los cuales lo idolatraban. Si bien lo veían como un luchador sucio (como era el caso en algunos de ellos), afirmaban, con bastante razón, que un luchador limpio habría dejado que se pudrieran en los tugurios. Seamus Meadowes no seguía las reglas del marqués de Queensberry. (Pero, como los admiradores de otro rimbombante irlandés sabrán, tampoco lo hacía el propio marqués de Queensberry.)

Fifteen Rounds for Justice: The Story of My Life [Quince asaltos para la justicia: la historia de mi vida]. (Nueva York, 1882.) – G. G. Dixon.

La misa fue concelebrada por quince sacerdotes, entre ellos dos de sus cinco hijos y otros parientes. Un gaitero tocó un antiguo lamento de Connemara cuando el cortejo se detuvo brevemente en el muelle de Fulton Street, el lugar donde el Zurdo Meadows puso por primera vez sus pies en América. El arzobispo O'Connell de Boston, que celebraba las exequias, comentó: «Jimmy era un demócrata, primero y ante todo. Todo lo que tenía que hacer, para saber lo que el pueblo quería, era dirigir su mirada a las profundidades de su magnífico corazón».

Una serie de temas salieron a la luz en su juicio por el asesinato de Merridith que resultaron sumamente dolorosos para la familia de la víctima. Se reveló que el desconocido que fuera visto a menudo siguiendo a Merridith en el East End no era en realidad un revolucionario irlandés, sino un detective inglés contratado por el padre de Laura Markham, que quería averiguar por qué su yerno estaba gastando tanto de su dinero. Ignorante de que la propiedad de Kingscourt se encontraba casi en bancarrota, y de que Merridith había sido financieramente desheredado por su propio padre, Mr. Markham había sospechado de la existencia de una amante. En el tribunal salió lo de las visitas de Merridith a los burdeles, y eso representó un momento difícil para Laura Markham y sus hijos. Inevitablemente los detalles de su salud fueron también revelados, y lascivamente difundidos en todos los periódicos, y la generalmente laxa moral dedujo y explicó cosas como si semejantes deducciones y explicaciones fueran necesarias a esas alturas. Nunca se dijo que lo que sufría era una dolencia: no una maldición, ni una venganza, ni un castigo, sino un germen. Tan fuerte era el ansia de las clases populares por atribuir una naturaleza sobrenatural a las enfermedades (al igual que a las hambrunas, quizá no por azar) que resultaba tentador, cuando llegó el momento de poner por escrito esta historia, omitir su enfermedad, o adaptar su cronología, o cambiarla por otra cosa. Pero habría sido incorrecto; una tácita aceptación de ese juego. Él tenía lo que tenía, y fue declarado culpable por tenerlo, aunque él no estaba, en realidad, bajo juicio por nada. Fue póstumamente condenado por el muy piadoso juez, una estrella ascendente de la política de Nueva York que sabía cómo apelar a la avidez popular por encontrar un villano, avidez compartida por mis más beatos compatriotas. Si hubiera podido encontrar a Merridith culpable de asesinarse a sí mismo, lo habría hecho: y ahorcado su cadáver delante de una capilla.

En cuanto a la nota que incitaba a Mulvey a cometer el asesinato, el lector habrá ya identificado a su autor; aunque yo mismo no lo hice hasta poco antes del juicio. Pero en el momento en que realmente la vi, supe quién lo había hecho. No era Mary Duane, y tampoco Seamus Meadowes, ni ninguno de los miserables pobres que sufrieron en aquel barco.

Como David Merridith solía decir, todo reside en la forma como se ordena el material.

HAZTE CON ÉL ENSEGUIDA,
SI NO, SERÁS RESPONSABLE. H

Un experto en *doohulla* habría observado el anagrama.

CUMBRES BORRASCOSAS, de Ellis Bell.

Donde la «W» es una «M» invertida[1].

Fue la víctima quien confeccionó la nota fatal, su propia orden de ejecución. Su materia prima fue la novela que yo le había dado, el regalo del hombre que ya le había robado lo que era suyo. El volumen fue encontrado en una de sus maletas con las mellas claramente visibles allí donde la portada había sido arrancada. En cuanto a por qué lo hizo, no podemos más que suponerlo. Se ha mencionado la cobardía, pero creo que eso constituye un insulto para él. También se hicieron vagas sugerencias sobre el estilo de los romanos; el hombre que se clava su espada y cosas así. Pero yo creo que amaba demasiado a sus hijos para hacer gestos imperiales.

Mi propia opinión es que David Merridith era un hombre notablemente valiente que sabía que su vida iba a terminar pronto y quería ahorrar a su familia la vergüenza de la muerte

1. En inglés, las dos frases son, respectivamente: *GET HIM, RIGHT SUNE. Els Be lybill, H.* y *WUTHERING HEIGHTS* by Ellis Bell. *(N. del T.)*

de un paria. Quizá tuvo otros comprensibles pensamientos, también, porque los documentos hallados en su mesa pertenecían al Royal Naval Relief Trust, un fondo que financiaba la educación de los hijos de los oficiales muertos, tanto si estaban en activo como si se habían retirado. (No de sus hijas; sólo de sus hijos.) Como todos los proyectos de este tipo en aquella época desaforadamente decente, esa disposición quedaba anulada en el caso de suicidio o sífilis. Pero no en caso de asesinato. El asesinato no anulaba nada. El asesinato podía proporcionar a sus hijos algún tipo de herencia.

Pero esa suma iba a ser embargada por sus acreedores de todos modos. Todas sus posesiones serían engullidas por la deuda. El resto, por los honorarios de los abogados, los impuestos y los derechos de sucesión. Sólo después de su asesinato, se descubrió que ya se habían iniciado en Londres los trámites de la bancarrota. Pero habían sido brevemente retrasados a ruego de sus abogados. (Éstos señalaron que, como insolvente, tendría que dimitir de la Cámara de los Lores. Un asombroso punto de vista, como alguien dijo.) Las tierras de Kingscourt fueron adquiridas por el comandante Henry Edgar Blake, de Tully Cross, el cual las dividió, expulsó a sus últimos arrendatarios por el procedimiento de aumentar de forma exorbitante las rentas, y reemplazó a los granjeros y pequeños propietarios por ovejas. Las ovejas resultaron mucho más provechosas que los fastidiosos seres humanos, y menos irritantemente preocupadas por el derecho a no morir. Ganó una enorme fortuna de la que sus nietos disfrutan hoy en día. Uno de ellos es un político en activo en Irlanda.

En una visita a Connemara en 1850, me encontré nuevamente con el capitán Lockwood. Él y su esposa vivían en esa época en el pueblo de Letterfrack, cerca de Tully Cross, con otros miembros de la Sociedad Cuáquera que habían ido a allí a establecerse, en solidaridad con la hambrienta Irlanda. Su esposa era prima de una mujer llamada Mary Wheeler, que se había mudado con su marido, James Ellis, de Bradford, al Galway septentrional en 1849, esperando ayudar a la población local. No habían tenido nunca ninguna relación con Connemara. Pero ellos veían esas relaciones donde otros que deberían haberlas visto simplemente miraban hacia otra parte. Construyeron casas, carreteras, alcantarillas, una escuela. Pagaron justamente a sus obreros y los trataron con respeto. Lockwood trabajaba con algunos de los pescadores de la comarca, arreglando redes y reparando barcas. Era un hombre bueno y modesto, Josias Lockwood, de Dover, y lo hubiera tomado a broma de haber oído que lo llamaban héroe. Y sin embargo, es uno de los mayores héroes que he conocido. Él y sus hermanas y hermanos de los Cuáqueros Ingleses –él siempre insistió en que prefería la palabra «amigos»– salvaron centenares, y posiblemente millares, de vidas.

En la última noche de mi visita me hizo un regalo. Naturalmente, yo me resistí a aceptarlo, pero, una vez más, en su amabilidad había auténtica obstinación. O quizá pudo ver que mi reticencia era fingida. A menudo habíamos discutido sobre temas de religión –él sabía que yo no era creyente, y yo sabía que él lo era apasionadamente–, y fue ese lenguaje el que empleó la última vez que lo vi; todavía forjando conexiones como siempre había hecho.

–Es usted judío. De la gente del Libro. Aquí está mi libro –dijo con calma–. Las cosas que ocurrieron están todas escritas. –Y añadió, con una mirada que no olvidaré nunca–: No permita jamás que la gente olvide lo que nos hicimos mutuamente.

Es como si supiera lo que yo había hecho.

Tal vez pensaba que su archivo podía contener alguna clave de lo que había pasado entre nosotros en el barco; algo que no estuvo en absoluto claro en aquel momento. Quizá yo lo veía como un espantoso recuerdo de los treinta días que marcarían el rumbo para el resto de mi vida. Quizá pensé –por qué no decirlo ahora, ya que un anciano debe confesar todas sus vergüenzas– que podría constituir la semilla de una historia. La novela que siempre había querido escribir, pero que no había conseguido.

Pero sí que lo acepté, y aún lo tengo a mi lado; ese aterrador libro mayor del sufrimiento humano, sus páginas arrugadas y amarillentas con el tiempo, la piel de becerro de su cubierta blanqueada por manchas de agua salada. El lector ha visto las palabras de Josias Tuke Lockwood, quien murió de la fiebre del hambre en Dover, Inglaterra, catorce meses después de la última noche que yo lo viera. Esas palabras tienen la ventaja de ser contemporáneas, allí donde mis propios recuerdos, todavía claros tal como yo los veo, deben inevitablemente ser cuestionados, tanto tiempo después de los hechos. Así es como debería ser. He tratado de no distorsionarlo, pero sin duda no siempre lo he logrado.

Me gustaría pensar que soy objetivo en lo que he escrito, pero, por supuesto, no es así y jamás podría serlo. Yo estaba allí. Estaba implicado. Conocía a algunas personas. A una la amaba; a otra la despreciaba. Y uso la palabra cuidadosamente: la despreciaba. Es muy fácil despreciar en la causa del amor. Otras me eran simplemente indiferentes, y tal indiferencia forma también parte de la historia. Y, desde luego, he seleccionado lo que se ha visto de las palabras del capitán a fin de construir y contar la historia. Un autor diferente habría hecho una selección distinta. Todo depende de cómo se ordena el material.

A partir de papeles, a partir de documentos descubiertos, de algunas investigaciones y recuerdos y entrevistas; de averiguaciones hechas entre las otras personas que viajaron en ese barco, de preguntas efectuadas en múltiples visitas posteriores a esas rocas que los mapas denominan «Las Islas Británicas», salieron a la luz otras cuestiones que pueden, sin la menor duda, ser colocadas en la columna de los hechos. En beneficio de los curiosos, dejad que las ponga aquí por escrito:

Hubo una vez un hombre de Galway llamado Pius Mulvey; otro llamado Thomas David Merridith. Viajaron a América en busca de nuevos comienzos. El primero había recibido el encargo de matar al segundo, un hombre que era acusado por los crímenes de sus padres. En un mundo diferente podrían no haber sido enemigos; en una época distinta, quizás incluso amigos. Tenían mucho más en común de lo que ninguno de los dos se daba cuenta. Uno había nacido católico; el otro, protestante. Uno había nacido irlandés; el otro, británico. Pero ninguna de esas dos cosas constituían la mayor diferencia entre ellos. Uno había nacido rico; el otro, pobre.

Hubo una vez una hermosa mujer llamada Mary Duane, que procedía de un pueblo llamado Carna, en Connemara; la hija mediana de Daniel Duane y Margaret Nee, aquél, pescador, y de vez en cuando pequeño granjero; ésta, niñera y madre de siete hijos. Mary amó una vez a un muchacho que no sabía que era su hermano. Y antes de saber él que ella era su hermana, la amó también; o lo hubiera hecho, quizá, de haber sido capaz de amarla. Él y la muchacha que una vez lo quisiera tan apasionadamente fueron separados finalmente, como quizá todos lo somos, no por lo que los dividía, sino por lo que tenían en común..., los enmarañados hechos de un pasado que ellos no forjaron. Lo que a veces en Irlanda se llama «el estado de las cosas».

Algunos considerarán esa falta de capacidad del muchacho como enteramente culpa suya. Otros verán en ello una especie de victimismo. En cuanto a mí, no me atrevo a pronunciar ningún juicio sobre los pecados de otro, pues mis propios pecados son ya suficiente motivo de reflexión. Llamadlo el hijo del padre que lo destruyó. Llamadlo un paria; el más inferior de los inferiores. Era un hombre que podría haber hecho cosas buenas si hubiera sabido cómo. Pienso que Mary Duane vio en él algo maravilloso cuando eran lo bastante jóvenes para creer que el poder no importa. Antes de que la riqueza los separara, y la clase se interpusiera entre ellos, y luego hiciera posibles los abusos a manos de él. No eran Romeo y Julieta. Eran amo y sirvienta. Él podía hacer elecciones en la vida que ella no podía hacer. Que eligiera lo que eligió es un hecho establecido. Que todo hombre es una suma de sus elecciones es nada menos que la verdad. Y cada hombre es, tal vez, algo más, también.

De la familia inmediata de Mary Duane, sus padres y sus tres hermanas murieron de hambre en la tierra de su nacimiento, al igual que su hermano más joven y el mayor. Su único hermano superviviente murió en una explosión cuando intentaba escapar de la prisión de Clerkenwell, en Londres, en diciembre de 1867. Había sido encarcelado como miembro de una facción revolucionaria que quería poner fin al dominio británico en Irlanda. En la época de su muerte, estaba aguardando el juicio por su participación en el asesinato de un policía de Manchester.

Lo que fue de Mary Duane en América no puedo decirlo. Trabajó en las calles del bajo Manhattan durante algún tiempo;

fue arrestada dos veces, brevemente encarcelada una, y luego parece que simplemente se desvaneció. Sé que estuvo mendigando en Chicago en el invierno del 49 y fue admitida en el pabellón de vagabundos de un hospital para tuberculosos en Minneapolis durante dos días, en 1854. Para cuando viajamos hasta allí, se había mudado sin decir nada. Los anuncios que se pusieron para saber su paradero quedaron sin respuesta. Se ofrecieron también recompensas, pero nadie las reclamó. Las investigaciones efectuadas con detectives durante décadas situaron a mujeres que respondían a su nacionalidad y descripción en miles de lugares por toda América, y en circunstancias de vida muy diferentes, Nueva Orleans, Illinois, Minnesota, Colorado, Wisconsin, Massachusetts, Maryland, Maine; como hermana en un convento de clausura, en el norte de Ontario, encargada de la limpieza en unos aseos públicos, criada en un burdel, cocinera en un orfanato, esposa de un pionero, fregona en los trenes, abuela de un senador. De todas ellas, si alguna era Mary Duane de Carna, sencillamente no puedo decirlo y nunca se sabrá.

Sólo una vez, en respuesta a un anuncio en el periódico, recibí algo que podría haber escrito ella. Un relato en tercera persona (aunque evidentemente autobiográfico) de la vida de una mujer que había trabajado como «chica de compañía» en el inhumano Dublín de «los hambrientos cuarenta», tras su abandono por parte del hijo de un aristócrata. Estaba sin firmar, con una escritura poco cuidada, sin dirección del remitente o clave alguna para identificarlo, pero abundando en los giros de la Connemara meridional. Lo habían remitido desde la oficina de Correos de Dublín, New Hampshire, la Nochebuena de 1871, pero un rastreo en dicha pequeña localidad por parte de las autoridades locales para encontrar a la mujer no dio ningún resultado. Y tampoco una nueva búsqueda por todo el Estado, y luego por toda la región de Nueva Inglaterra.

Muchos pensarán que la historia no está completa sin conocer todos sus desenlaces. Sin duda tienen razón. Yo siento lo mismo. Al repasar estas páginas, parecen no decir casi nada de ella; es como si esa mujer fuera meramente una colección de notas a pie de página en las vidas de otras personas más violentas. Durante tantos años he tratado de encontrarla que ahora, si lo hiciera, lo sentiría como una especie de pérdida. Pero no la encontraré. Quizá nunca pueda encontrarla. Me gustaría haber sido capaz de decir más cosas en el presente relato, hacer algo más que registrar los pocos hechos conocidos de su existencia en función de las ideas de los hombres que le hicieron daño. Pero no estoy en situación de hacerlo así. He inventado algunas cosas, pero no puedo inventar a Mary Duane; al menos no más de lo que ya lo he hecho. Ella ya sufrió más que suficientes manipulaciones.

A lo largo de los años, hubo veces en que me pareció verla. En un andén del tren, una vez, en San Diego, California. Durmiendo en el dintel de una casa del centro de la ciudad, en Pittsburgh. Como enfermera en un hospital de Edenton, Carolina del Norte. Pero siempre me equivoqué. Nunca era Mary Duane. Sólo me cabía suponer que ella no deseaba ser encontrada; que se había cambiado el nombre y comenzado una nueva vida, al igual que muchos centenares de miles de irlandeses en América. Pero no sé. Quizá sean ilusiones.

La última vez que me pareció verla fue el pasado noviembre en Times Square: una sombra que se movía lentamente a través de un bosque de paraguas negros. Los teatros se vaciaban en las calles. Un fuerte temporal había penetrado desde el Atlántico. Una gran multitud se había congregado para despedir a un grupo de voluntarios para ambulancias que se marchaba a la guerra en Europa. Y fue en el borde de esa multitud donde me imaginé que la veía; sola bajo una farola, soportando la nacarada lluvia. Vendía algo de una bandeja..., flores, creo. Pero la muchacha que vi aquella noche era muy frágil y joven, y Mary Duane sería vieja ahora, si aún vive. El único credo que siempre he tenido es la razón, una fe que me dice que no era ella a quien vi. Pero si su espíritu deambula realmente por las relucientes calles de Broadway, está lejos de ser el único; cualquier actor lo afirmaría. Los fantasmas, se dice, se sienten atraídos a veces a los teatros; tanto como a la guerra.

El espantoso destino de su amante, Pius Mulvey, es más fácil de resumir. Murió en algún momento de la nevada y deprimente noche del 6 de diciembre de 1848, casi un año después, día por día, de su desembarco en Nueva York; apuñalado con saña en un callejón de Brooklyn, cerca de la esquina de Walter Street con Hudson Avenue, en el harapiento barrio irlandés de chabolas de Vinegar Hill. Cruzando una rota pared se podía ver la frase recién trazada con cal: IRLANDA ENCADENADA NUNCA ESTARÁ EN PAZ.

En el bolsillo de su abrigo encontraron una Biblia encuadernada en piel, una moneda de cinco centavos y un puñado de tierra. Mostraba una barata arandela de cobre en su dedo anular, pero no sabremos jamás con quién se casó en América, si realmente llegó a hacerlo. Había empleado muchos nombres ficticios, entre ellos Costello, Blake, Duane y Nee, pero muchos en la vecindad sabían exactamente quién era. Se decía que había sido rehuido y a menudo atacado; que había dormido en los bancos de los parques, mendigando a los transeúntes migajas de comida. Muchas veces, por la noche, había sido visto en los malecones, contemplando los barcos que entraban en el puerto. Se había aficionado a la bebida y estaba terriblemente delgado. Antes de su muerte había sido torturado y horriblemente desfigurado. El forense que examinó los restos informó de que el corazón le había sido arrancado y arrojado a la alcantarilla, probablemente mientras la víctima seguía viva. Se dijo que algunos de los neoyorquinos de Connemara más supersticiosos encontraban significado en la misteriosa coincidencia de que el asesinato tuviera lugar el día de la festividad de san Nicolás.

Nadie fue acusado jamás del crimen, y nadie recuerda con seguridad dónde lo enterraron. Es difícil creer que alguna vez existió. Yo mismo dudaría de ello si no hubiera conocido a ese monstruo que asesinó a su enemigo en la cárcel de Newgate y a su amigo en un bosque de las afueras de Leeds. De haber asesinado a David Merridith, podría haber sido un héroe. Tema, quizá, de una canción de valientes. En vez de ello, ha sido olvidado: una molestia sin importancia. El cobarde que no se avino a asesinar por una causa.

Parte de la tierra situada a pocas millas al oeste de Vinegar Hill fue expropiada por la ciudad hace unos veintidós años, incluyendo una pobre parcela de terreno baldío llamado el Acre del Traidor, donde los pobres o prostitutas locales eran a menudo arrojados a tumbas poco profundas. Algunos dicen que yace allí: Pius Mulvey de Ardnagreevagh, el hijo menor de Michael y Elisabeth, hermano de Nicholas, padre de nadie. Las tumbas están sin marcar; las rocas aparecen cubiertas de algas. En ese preciso lugar y sus múltiples vergüenzas enterradas se alza actualmente el anclaje del lado de Brooklyn del puente de Manhattan.

Otros que viajaron en el *Estrella* tienen sus propios secretos. A un compañero de viaje lo vi por última vez en Dakota del Sur, Estado al que me había enviado mi redactor jefe para escribir una serie de artículos sobre inmigrantes en el Medio Oeste. Mis investigaciones me habían llevado a ver un Bandolero Show ambulante del que se decía que un gran número de sus trabajadores eran irlandeses. Efectué una serie de interesantes entrevistas con vaqueros procedentes de Connemara y otras partes de Connaught. Pero justo cuando me disponía a marchar, sucedió algo fascinante. Mi atención se vio atraída por un ring de lucha libre situado en el rincón más alejado del campo, donde, por la razonable suma de medio dólar, cualquier valiente podía medir sus fuerzas contra «el más grande conquistador que jamás vivió», un tal Bam-Bam-Bombay, el Sultán de la Llave Estranguladora. Su antiguo mayordomo (en realidad su hermano mayor) estaba actualmente cumpliendo un admirable deber como segundo y pregonero a su lado en el ring.

Parecieron sentirse muy felices de ver a un viejo amigo, y muchos vasos de alcohol ilegalmente destilado se levantaron en Dakota del Sur aquella noche. Se llamaban George y Thomas Clarke, y habían nacido en Liverpool, de una fregona de Galway y un marinero portugués, legándoles este último su tez oscura (y poco más, evidentemente). Se habían pasado la mayor parte del decenio de 1840 cruzando el Atlántico de uno a otro lado con su disfraz imperial, efectuando robos de poca monta y hazañas de fullero. Hasta que un día, en Boston, los reconoció un robusto policía irlandés, cuyo descubrimiento les obligó a efectuar una más bien poco imperial retirada a los tugurios. Compartimos algunos recuerdos sobre nuestros días en el *Estrella*, un viaje, al parecer, menos provechoso que la mayoría de ellos. (Eran el marajá y su criado, que habían rondado por la primera clase, aliviándonos de lo que ellos consideraban simplemente su tributo. Por añadidura, lo veían como un servicio espiritual. «El budismo enseña que hay que desprenderse de las posesiones materiales», señalaban.) Me ofrecieron sus sinceras excusas y se las acepté sinceramente. Me llevaron a la estación, me despidieron con muchos y vigorosos abrazos y me imploraron que me mantuviera en contacto de forma más regular.

En el tren que me devolvía a Nueva York me di cuenta de que me faltaba el reloj.

No me dolió. Habían insistido en pagar la bebida. Pero once años más tarde, en 1877, llegó un sobre de la ciudad fronteriza que llevaba el melancólico nombre de Desdémona, Texas. Dentro estaba mi reloj, que ahora llevaba inscrito el memorable mensaje: *Cariñosísimos saludos desde la tierra injún.*

Ciertamente también estaba una mujer llamada Laura Merridith. Ella y yo nos casamos un año después de la muerte de su marido, y jamás vivió en la Tierra mujer más bondadosa. Nuestro matrimonio no fue en realidad feliz, aunque nunca me acuerdo de esos tiempos ahora. Nos divorciamos después de dieciocho meses, pero nunca conseguimos separarnos del todo. Aún tengo los documentos definitivos en algún lugar de mis archivos, sin las necesarias firmas. Durante cincuenta y cuatro años fuimos compañeros y camaradas, cada año un poco más que el anterior. El amor llegó tarde; pero llegó. Se tarda mucho tiempo en saber siquiera lo que significa.

Posteriormente, si los amigos preguntaban acerca del secreto de nuestra intimidad, ella les indicaba que aún tenía intención de firmar aquellos papeles pero estaba esperando a que los hijos murieran.

Quedó ciega a consecuencia de un accidente de tranvía en 1868, viéndose también confinada por el mismo accidente a una silla de ruedas para el resto de sus días. Pero eso no impidió que hiciera lo que deseaba. Toda su vida en América trabajó a favor de los pobres, y fue una poderosa campeona de las causas sufragista y negra especialmente. Estuvo implicada en un gran número de hechos importantes, pero creo que el logro del que más se enorgullecía era figurar entre las mujeres encarceladas por tratar de votar en las elecciones presidenciales de 1872 (por Ulises S. Grant). Cuando el juez le preguntó cómo se sentía una condesa viuda compartiendo una celda con la hija de un esclavo, ella le dijo que aquél era el privilegio más grande que había conocido. Luchaba contra el prejuicio y la intolerancia dondequiera que los veía; y con toda la furia del mundo cuando los veía en sí misma; con los demás, incluyéndome a mí, nunca lo hizo. Murió en 1903, en su ochenta y siete cumpleaños, en la reunión inaugural del Sindicato de Trabajadoras Americanas de la Confección, una organización que ella había contribuido a fundar. Haberla conocido fue el honor más grande de mi vida; haberla amado, la única cosa realmente buena que jamás he hecho.

Nuestra hermosa hija nació prematuramente, y sólo sobrevivió el tiempo suficiente para ser bautizada con los nombres de dos valientes mujeres que figuraban en su pasado: Verity Mary Merridith Dixon. Poco después nos enteramos de que no podíamos volver a tener ningún hijo, un hecho que cuesta bastante aceptar. Tampoco fuimos capaces de criar o adoptar. A «los de color» no se nos permitían tales derechos en aquella época, y aunque el color de mi cuerpo es el mismo que el del presidente Wilson, el color de mi alma no lo es legalmente. El hecho de que mi padre tuviera un cuarto de sangre chacta pesó en nuestra contra. Cuando llegaron los documentos de la oficina de Menores, el apartado titulado RAZONES PARA LA INCAPACIDAD había sido rellenado con la única palabra «Negritud».

Los dos notables hijos de Laura son la alegría de mis días. Nunca hablan sobre Irlanda ahora. Tienen tendencia a decir que nacieron en América.

Robert se casó tres veces; Jonathan, nunca. Hace mucho tiempo me confió que prefiere la compañía de los hombres; y si es así, su forma de vivir parece realmente haberle traído felicidad, y quizás ayudado a convertirlo en uno de los hombres más excelentes que conozco. Esos dos tipos, ya mayores, llevan mi nombre, una elección que ellos mismos hicieron cuando tenían veintipocos años. Una elección tan inesperada como totalmente inmerecida. La gente dice incluso que se parecen a mí, y, bajo cierta luz, realmente es así. A menudo hemos sido tomados por tres viejos y silenciosos hermanos cuando nos sentamos en un café en sociable actitud de crítica ante el mundo. («Sidraj, Misaj y Abed-Nego[1]», dice el camarero... cuando piensa que no puedo oírlo.) Eso me da tal placer que «placer» no es la palabra que mejor lo define.

En invierno, cuando ya han caído las hojas de los limeros, puedo ver la lápida sepulcral de su madre desde la ventana junto a la que ahora me siento y escribo. La hermosa hija que perdimos descansa allí también. La visito muchos días; a veces diariamente ahora. Me gusta el ruido de las ruedas de los tranvías al pasar. Y los toques de sirena de los remolcadores que llegan del río... me recuerdan que esta ruidosa ciudad es una antigua isla; un afloramiento prehistórico con un disfraz de hormigón. Pájaros extraños cantan en el jardín del cementerio cada mañana. El viejo sacerdote me ha dicho cómo se llaman esas aves muchas veces, pero últimamente su nombre no parece quedarse en mi cabeza. Quizá no tenga importancia. En cualquier caso, cantan.

Las tardes de primavera con frecuencia pasean parejas por allí, trabajadores de las oficinas o estudiantes de la universidad. A veces veo a un niño cazando con red las asombrosas mariposas que se arraciman en las ortigas cerca de la parte trasera de la capilla. Las vende en tarros de fruta en el puesto de limpiabotas de la calle 12.ª ese brillante mulatito que silba espirituales sureños mientras avanza de puntillas entre las lápidas riendo para sí. No tardarán mucho los pájaros en cantar sobre mí también. Mis médicos me han dicho que me queda muy poco de vida. Me gusta pensar en el muchachito silbando espirituales negros sobre mi tumba, y a sus hijos silbando también, cuando él se haga un hombre. Pero sé que eso no ocurrirá. No oiré nada entonces. No hay nada que esperar y nada que temer.

Los hechos citados ocurrieron todos. Pertenecen al pasado.

En cuanto al resto –los detalles, los énfasis, algunos trucos de narración y estructura, toda una serie de acontecimientos que pudieron no haber ocurrido nunca, o pudieron haber ocurrido de forma diferente a como están descritos–, todo eso per-

1. Nombre de los tres mancebos de la Biblia que fueron arrojados a un horno por orden de Nabucodonosor por no querer adorar la estatua de oro. *(N. del T.)*

tenece a la imaginación. Por ello no se ofrece ninguna excusa, aunque algunos insisten en que se necesitaría una.

Tal vez sean correctos, a su propia luz, de todos modos. Tomar los hechos de la realidad y mezclarlos para formar otra cosa es una tarea que no debe realizarse fría o despreocupadamente. Sobre la cuestión de si semejante empeño es útil o siquiera moral, los lectores tal vez quieran pronunciarse por sí mismos. Estas cuestiones deben plantearse sobre cualquier relato del pasado: si la historia puede entenderse sin preguntar quién la cuenta, para qué audiencia está pensada y con qué preciso objeto.

En cuanto al asesino de David Merridith, la respuesta es ésta: en la pared de su estudio cuelga la imagen de un monstruo que recortó de un periódico setenta y cinco años atrás, cuando era lo bastante joven para creer que el fin justifica los medios. Amor y libertad son palabras espantosas. Muchas crueldades se han cometido en su nombre. Él fue un hombre muy débil; y un hombre racional; una combinación capaz de realizar lo inenarrable. Creía que no podía vivir sin lo que deseaba, y lo que deseaba lo poseía otro. Cuando lloraba por la noche, era por eso por lo que lloraba. Y aún llora ahora, aunque por razones diferentes. En cuanto a si hubiera sentido tanto deseo como para superar ese terrible límite, de haber estado libre la recompensa, no lo sabe. Él llamaba a esa deformidad «amor» pero parte de ello era odio; otra parte era vanidad y otra, temor: las mismas razones por las que los hombres siempre han cometido asesinatos. Su vida era inimaginable sin la posesión de la recompensa. Algunos llaman a eso patriotismo; otros lo llaman amor. Pero asesinato es asesinato, sea cual sea la traducción.

Es ahora un hombre viejo y le queda muy poco de sí mismo. Las personas se muestran amables con él cuando lo encuentran en la calle. Saben que una vez escribió algo, aunque no saben qué. Hubo una época hace mucho tiempo en que coleccionaba citas para su trabajo, en que se encontraba con presidentes y hombres eminentes. Pero esa época no duró mucho; y se sintió contento cuando terminó. Visita la tumba de su esposa cada mañana. Por las tardes se sienta ante su ventana y escribe; y el retrato de un asesino lo mira fijamente desde su pared.

A veces le recuerda a Pius Mulvey; a veces a Thomas David Merridith; pero sobre todo a otros intocables que conoció, que vivieron hasta edades avanzadas y murieron en la cama.

Muchos en el *Estrella* tenían sus secretos: sus vergüenzas. Pocos las han guardado ocultas durante tanto tiempo.

La mirada fija del asesino da a entender muchas cosas, pero una cosa sobre todo, que él a veces olvida. Que toda imagen consignada al papel contiene el espíritu del autor que la modeló. Fuera del marco, más allá de la frontera, es donde se suele alzar el sujeto. Una presencia cambiante y huidiza, ciertamente, pero palpable pese a sus disfraces. Él está ahí, el asesino, en los cuadros que pinta. Pero éstos contienen también las historias no contadas, como todo hombre que alguna vez odió contiene la sangre de sus innumerables padres. Toda mujer. Todo hombre.

Todos, empezando con Caín.

G. Grantley Dixon.
Ciudad de Nueva York.
Sábado de Gloria, 1916.

FUENTES Y AGRADECIMIENTOS

Antecedentes

Mary Daly, *The Famine in Ireland* [El hambre en Irlanda] (Dublin Historical Association, 1986); R. F. Foster, *Modern Ireland 1600-1972* [Irlanda moderna 1600-1972] (Allen Lane, 1988); Joan Johnson, *James and Mary Ellis: Background and Quaker Famine Relief in Letterfrack* [James y Mary Ellis: antecedentes y alivio del hambre cuáquero en Letterfrack] (Religious Society of Friends in Ireland, 2000); Helen Litton, *The Irish Famine: An Illustrated History* [La hambruna irlandesa: una historia ilustrada] (Wolfhound, 1994); Kerby A. Miller, *Emigrants and Exiles: Ireland and the Irish Exodus to North America* [Emigrantes y exiliados: Irlanda y el éxodo irlandés a Norteamérica] (Oxford University Press, 1985); Cormac Ó Gráda, *The Great Irish Famine* [La Gran Hambruna irlandesa] (MacMillan, 1989); Tim Robinson, *Connemara: Map and Gazetteer* [Connemara: mapa y diccionario geográfico] (Folding Landscapes, Roundstone, 1990); William V. Shannon, *The American Irish* [El irlandés americano] (Universidad de Massachusetts, 1963); Kathleen Villiers-Tuthill, *History of Clifden 1810-1860* and *Patient Endurance: The Great Famine in Connemara* [Historia de Clifden 1810-1860 y Resistencia sufriente: la gran hambruna en Connemara] (Connemara Girl Publications, 1997).

Se encuentran disponibles más amplias bibliografías en las obras citadas, así como en el sitio web de la Universidad de Gales, www.swan.ac.uk/history.

Entre otros sitios web con fuentes e ilustraciones, también figuran:
www.ucg.ie/depts/history/famineo.html
www.historyplace.com/worldhistory/famine.

Relatos de testigos oculares del hambre

William Bennett, *Six Weeks in Ireland* [Seis semanas en Irlanda] (Gilpin, Londres, 1847)*; *Distress in Ireland: Narrative of William Edward*

* Extractos en www.people.virginia.edu/~eas5e/Irish.

Forster's Visit [Aflicción en Irlanda: Narración de la visita de William Edward Forster] (Friends' Historical Library, Morehampton Road, Dublín 4); *The Irish Journals of Elizabeth Smith 1840-1850* [Los diarios irlandeses de Elisabeth Smith 1840-1850] (O.U.P., 1980); Alexander Somerville, *Letters From Ireland During the Famine of 1847* [Cartas de Irlanda durante la hambruna de 1847] (Irish Academic Press, 1994, K. D. M. Snell ed.); Asenath Nicholson, *Lights and Shades of Ireland* [Luces y sombras de Irlanda] (1850)*.

Experiencias a bordo

Detalles de viajes individuales, algunos con registros de pasajeros, pueden hallarse en www.theshipslist.com. Muchas baladas de emigrantes figuran en «Irish Folksongs» [Canciones populares irlandesas], www.acronet.net /~/robokopp/irish.html. Thomas Callagher, en *Paddy's Lament: Ireland 1846-1847* [Lamento del Paddy (irlandés): Irlanda 1846-1847] (Harvest, 1982), cita los recuerdos inmediatos de numerosos emigrantes, muchos procedentes de la colección del departamento de Folklore del University College de Dublín. Se guarda más material en los Archivos Nacionales Irlandeses, Bishop Street, Dublín 8 (www.nationalarchives.ie). El *Voyage from Dublin to Quebec* [Viaje de Dublín a Quebec], de James Wilson, se encuentra en «Inmigrants to Canada», http://list. uwaterloo.ca/~marj/. *Journey of an Irish Coffin Ship, 1847* [Viaje de un barco ataúd irlandés, 1847], de Robert Whyte, se encuentra en fortunecity.com/littleitaly/amalfi. Una obra que ha planteado dudas en cuanto a su procedencia es *Famine Diary* (or *Summer of Sorrow 1847*) [Diario del hambre (o Verano de tristeza 1847)], de Gerald Keegan, publicado por primera vez en 1895.

Ilustraciones

Apes and Angels: The Irishman in Victorian Caricature [Simios y ángeles: el irlandés en la caricatura victoriana], de L. Perry Curtis (1971), es una obra pionera sobre el tema, aunque algunos de sus supuestos son cuestionados en www.people.virginia.edu/~dnp5c/Victorian/index.html, donde está disponible una galería de imágenes irlandesas «simiescas». La página web de Steve Taylor «Views of the Famine» [Visiones del Hambre] en www.vassar.edu/~sttaylor también reproduce una colección de materiales visuales. Le doy las gracias por proporcionarme copias de algunas ilustraciones y conceder el permiso para su uso. Los ar-

* Citado frecuentemente en *Irish Famine* [La hambruna irlandesa], de Litton.

tistas, las fechas y las publicaciones originales aparecen mencionados si se conocen. (*HW: Harper's Weekly. J:* revista *Judy. ILN: Illustrated London News;* JM es el artista irlandés habitual de *News,* James Mahony. *PT: Pictorial Times. PU:* revista *Punch;* JT es el principal caricaturista de *Punch,* John Tenniel.)

Portada: «Racismo Científico», *HW,* de www.nde.state.ne.us/SS/irish/unit. **Prólogo:** «Emigrantes embarcando en el muelle de Waterloo, Liverpool», *ILN,* 6 de julio de 1850, firmado «Smyth S.». **Capítulo I:** «Asilo de pobres de Galway», *HW;* por W. A. Rogers, de www.people.virginia.edu/~eas5e/Irish/Famine. **II:** «El cerdo y el par», *PU,* 7 de agosto de 1880; JT. **III:** «Carro de comida bajo escolta militar», *PT,* 30 de octubre de 1847. **IV:** «El Guy Fawkes feniano»; *PU,* 28 de diciembre de 1867; JT. **V:** «Bajo las cubiertas - Hora de comer», de http://vassun.vassar.edu/-sttaylor/famine. **VI:** «El vivac de Brian Connor, cerca de Kilrush Union House», *ILN,* 22 de diciembre de 1849. JM. **VII:** «Keillineses, cerca de la propiedad del general Thompson», *ILN,* enero de 1850; JM. **X:** «Buscando patatas en un campo de rastrojos», *ILN,* 22 de diciembre de 1849; JM. **XI:** «Un vivac en Caeuermore», *ILN,* 29 de diciembre de 1849; JM. **XIII:** «El pueblo de Tullig», *ILN,* 22 de diciembre de 1849; JM. **XIV:** «Bridget O'Donell e hijos», *ILN,* 22 de diciembre de 1849; JM. **XV:** «Niño y niña en Cahera», *ILN,* 20 de febrero de 1847; JM. **XVI:** «Funeral en Skibbereen, *ILN,* 30 de enero de 1847; «De un boceto de míster H. Smith, Cork» (la firma es «Smyth»). **XVII:** «Interior de Choza», *PT,* 7 de febrero de 1846. **XVIII:** Detalle de «Los tres afectos irlandeses: fuerza, frenesí y fraude», *J,* 8 de diciembre de 1880. **XIX:** «El patio de Pentonville», de *The Criminal Prisons of London and Scenes of London Prison Life* [Las prisiones criminales de Londres y escenas de la vida en una prisión londinense], de Henry Mayhew y John Binny, Londres, 1862. **XXII:** «Familia de labriegos defendiendo su hogar», *PT,* 2 de enero de 1847; y «El desahucio», *ILN,* 16 de diciembre de 1848, firmado «Landells». **XXIII:** Cubierta de *Harriet Staunton; or married and starved for money* [Harriet Staunton; o casada y muerta de hambre por dinero]. Artista y fecha desconocidos. **XXVI:** «Miss Kennedy distribuyendo ropa en Kilrush», *ILN,* 22 de diciembre de 1849; JM. **XXVII:** «Mendigando en Clonakilty», *ILN,* 13 de febrero de 1847; JM. **XXVIII:** «Campesinos irlandeses armados esperando la llegada de un carro de comida», *PT,* 30 de octubre de 1847. **XXIX:** «Al día siguiente del desahucio», *ILN,* 16 diciembre de 1848. **XXX:** «El león británico y el mono irlandés», *P,* 8 de abril de 1848. **XXXI:** Detalle de «Dos fuerzas», *PU,* 29 de octubre de 1881; JT. **XXXII:** Detalle de antología. *PU,* vol. LXXXII, 1882; JT. **XXXIII:** Detalle de «Cualquier cosa por la paz y la tranquilidad», *J,* 13 de abril de 1881. **XXXV:** «El tipo de emigrante asistido que no podemos permitirnos admitir», por F. Graetz, fecha desconocida; posiblemente de *HW.* **XXXVI:** «El falso americano», *J,* 15 de enero de 1868. **XXXVII:** «El Frankenstein irlandés», *PU,* 20 de mayo de 1882; *JT,* según una obra similar de J. Kenny Meadows en *PU,* 3 de marzo de 1843. **Pág. 452:** «Pastorcillo de la montaña Púrpura», *ILN,* 1849. **XXXVIII:** Detalle de «El rufián americano-irlandés», *J,* 3 de agosto de 1881. **XXXIX:** «Idiota y madre», *ILN,* 12 de agosto de 1846. **Epílogo:** «El pueblo de Moveen», *ILN,* diciembre de 1849; JM.

Citas

Muchas de las palabras de Mulvey para el término «robar» aparecen citadas en *The Fatal Shore* [La orilla fatal] (Colins Harvill, 1987). Las observaciones de vendedores ambulantes londinenses (pp. 234 y 289) fueron registradas por Henry Mayhew en su *London Labour and the London Poor* [El Londres obrero y el Londres pobre] (1861) y citadas en *The Victorian Underworld* [El inframundo victoriano] de Donald Thomas (John Murray, 1988). Esta irresistible obra describe también el sistema de confinamiento «solitario» de las prisiones británicas de la época, y la fuga en 1836 de un prisionero de Newgate que escaló por encima del caballo de frisa. Yo tomé prestados los detalles para la fuga de Mulvey, de manera que nuevamente doy las gracias a Donald Thomas. Las cartas reales extractadas a lo largo de toda la novela se citan en las obras de Kerby Miller *Emigrants and Exiles* [Emigrantes y exiliados] y *Out of Ireland: The Story of Irish Emigration to America* [Desde Irlanda: la historia de la emigración irlandesa a América] (Aurum, 1994, con Paul Wagner). Agradezco al profesor Miller su amable ayuda en la identificación de los propietarios de algunos documentos, así como a las instituciones e individuos citados seguidamente por conceder su permiso. **Capítulo II:** De Patrick Dunny, 1856; Colección de Arnold Schrier, Profesor Emérito de Historia, Universidad de Cincinnati. **IV:** De Mary Brown; Colección Schrier. **V, VI** y **VIII:** De Mrs. Nolan (nombre de pila desconocido); gracias al permiso del Conservador de Archivos Suplente de la Oficina del Registro Público de Irlanda del Norte (PRONI) T2054. **XI** y **XIII:** De James Richey; citado por Miller; propiedad del documento original desconocida. Posiblemente en PRONI T/2035/2345/2671 o D3561 (Documentos de la familia Richey). **XVII:** De Daniel Guiney; Archivos Nacionales Irlandeses. (Cartas de la hambruna, de la Quit Rent Office, Kingwilliamstown Estate.) **XXXIII:** De Maurice Woulfe (o Wolfe), hacia 1870, copia en microfilm en la Biblioteca Nacional de Irlanda (micrf. p. 3887); actual propiedad del documento original desconocida.

Agradecimientos

Doy las gracias a mi esposa Anne-Marie Casey, por tantas bondades que si quisiera enumerarlas tendría que escribir otro libro. Por su paciencia, sensatez e infinito encanto, estoy mucho más agradecido de lo que la dedicatoria de esta novela podría transmitir. A Geoff Mulligan, mi editor en Secker; una vez más expreso mi agradecimiento por su talento y su oficio. A mi agente literaria, Carole Blake, le expreso mi gratitud; como lo hago a Conrad Williams, mi agente para guiones, e igualmente a la Blake Friedmann Literary Agency de Londres. Doy las gracias a Caroline Michel, mi editora en Vintage; a Hans Juergen Balmes de Fischer Verlag, Alemania; a Lolies van Grunsven de Nijgh y Ditmar, Holanda; a Jean Pierre Sicre de Editiones Phoebus, Francia; a Luigi Brioschi, de Guanda, Italia, y a Drenka Willen, mi editora en Harcourt Books, Nueva York. Le debo un agradecimiento muy especial a mi padre, Seán, cuyas pequeñas excursiones conmigo en Connemara, hace tres décadas, fueron la alegría de mi infancia. Recibí consejo sobre algunas traducciones irlandesas por parte de la profesora Angela Bourke, el doctor Diarmuid Breathnach, Peadar Lamb y Nial Mac Fhionnlaoich. Ofrezco a cada unos de ellos la sincera *maith agat* de un individuo casi monolingüe cuyas desvirtuaciones del idioma serán identificables por esmerados parlantes del irlandés. El libro fue diseñado con gran pericia por Peter Ward.

También vaya mi agradecimiento a los siguientes: John y Monica Casey; Denise Clack; doctor John de Courcy, Irlanda; Philomena Connolly, de los Archivos Nacionales Irlandeses; Ciara Considine; doctor Mike Cronin, de la Universidad De Monfort; Joe y Jillian Cunningham; Isobel Dixon; Adrienne Fleming y Anthony Glavin; Seamus Hosey; Beth Humphries; Grainne Killeen; Noel Kissane (conservador de Manuscritos de la Biblioteca Nacional de Irlanda) y sus colegas Justin Furlong; Michael McLoughlin; Ann McVeigh de PRONI; Kim Miley; Eimear O'Connor; Viola O'Connor; Faith O'Grady; Jonathan Owens (Oxford University Press, Nueva York) y Shelagh Phillips (O.U.P., Londres); profesor Robert Patten de la Universidad Rice, Houston; Deirdre Shanahan; Stuart Williams, de Secker, y Barbara Walker. Kay McEvilly del Cashel House Hotel, de Connemara, discutió los apodos locales conmigo, y agradezco a la familia McEvilly su hospitalidad a lo largo de varios años. Doy las gracias al Consejo de las Artes de Irlanda por recompensarme con la beca Macaulay en 1995, lo cual me permitió efectuar la investigación inicial para esta novela en Nueva York. Doy asimismo las gracias al doctor Philip Smyly, del Museo Marítimo Nacional de Dun Laoghaire, que me permitió el acceso a la extensa colección del museo, pese a que el edificio estaba cerrado por reformas. Los errores de marinero de agua dulce, así como todos los demás, son sólo míos.

Historia

Cumbres borrascosas, de Ellis Bell, fue realmente publicada por Cautley Newby en diciembre de 1847 (no muy bien y de forma poco escrupulosa). V. S. Pritchett, en un ensayo en 1946, formó parte de los primeros críticos que discutieron la relación entre la obra maestra de Emily Brontë e Irlanda. Dicha relación fue explorada más tarde por Terry Eagleton (*Heathcliff and the Great Hunger* [Heathcliff y la gran hambruna], Verso, 1995), John Cannon (*History of the Brontë Family from Ireland to Wuthering Heights* [Historia de la familia Brontë desde Irlanda hasta *Cumbres borrascosas*], Sutton, 2000) y Christopher Heywood (Apéndices a su edición del 2001 de *Cumbres borrascosas*, Broadview Press). Me atreví a permitir que Pius Mulvey sufriera el sistema de «separación» en Newgate a finales de la década de 1830, cuando en realidad no fue introducido hasta 1842, y en Pentonville. No existió ninguna organización llamada «Si No, Responsable», o «Justicieros», pero sí muchas otras de crípticos nombres y actividades violentas, y eso ha sido así en Irlanda durante los últimos ochenta años*. El envío de cartas amenazadoras anónimas o con seudónimos a los terratenientes era frecuente. En *La hambruna irlandesa*, de Litton, se citan algunas de ellas. A menudo sus autores estaban poco avezados a escribir en inglés, por lo que sus textos contenían errores o traducciones fonéticas del tipo que aparecen en la carta a Merridith. El diagrama del ataúd fue tomado de una nota enviada a un terrateniente de Kildare en enero de 1848**.

Música

El capitán Francis O'Neill no contribuyó a ninguna obra titulada *A Miscellany of the Ancient Songs of Ireland* [Una miscelánea de las canciones antiguas de Irlanda]. Policía de Chicago oriundo de Cork, su *Dance Music of Ireland* [Música de baile de Irlanda] (1907) y el encantadoramente titulado *Waifs and Strays of Gaelic Melody* [Niños abandonados de la melodía gaélica] (1909) hicieron mucho por salvar un hermoso repertorio de una fatal pérdida. Los admiradores de la canción irlandesa sabrán que el paradigma de la balada del sargento de reclutamiento de Mulvey es *Arthur McBride*, una canción del siglo XIX revisionada por Paul Brady y más tarde grabada por Bob Dylan. (La versión de Brady aparece en *Andy Irvine and Paul Brady* [Andy Irvine y Paul

* En *Emigrants and Exiles* [Emigrantes y exilados], de Miller, y *Modern Ireland* [Irlanda moderna], de Foster, se enumeran muchos.

** Véase Litton, pp. 42 y 101. Frases similares a las citadas aquí aparecen en la nota dirigida a Merridith.

Brady], Mulligan, 1976; y la de Dylan en *Good as I Been to You* [Bueno como yo he sido para ti], Columbia, 1992.) La balada que canta Mulvey en la página 138 se titula *In the Month of Jawary*. Hay incluso una versión en *The Irish Edge*, de Paddy Tunney (Ossian Recordings, 1991). La versión de Tunney no es un «centón» (como lo es la de Mulvey), aunque muchas de tales canciones existen en la *Sean-Nós* o tradición «al viejo estilo» de Connemara. Varias fueron registradas por Seosamh Ó hÉanai (como Mary Duane, una hija de Carna). Pueden encontrarse ejemplos en *Joe Heaney: Irish Traditional Songs in Gaelic and English* [Joe Heaney: canciones tradicionales irlandesas en gaélico e inglés] (Topic, Londres, 1988). *Venganza para Skibbereen* (o *Skibereen*) (capítulo XXXIX) es ofrecida a menudo en sus conciertos por ese Caruso del género, Seán Keane, de Galway. Figura en su aclamado álbum *Séansongs* (*Circín Rua Teo,* 2002). *Last Night's Fun* [La diversión de la última noche], de Ciaran Carson (Cape, 1996), es una obra brillante sobre la música tradicional irlandesa. Menciona a un batería legitimista, Right McNight, que pidió prestado el instrumento a una banda nacionalista y se olvidó de devolverlo. Yo tomé prestado su nombre para el socio de Mulvey natural de Glasgow. Por la presente se lo devuelvo.

ÍNDICE

Título de la edición original: *Star of the Sea*
Traducción del inglés: Francisco Lacruz,
cedida por Editorial Seix Barral, S. A.
Diseño: Jordi Salvany
Ilustración de la sobrecubierta:
El carguero a vapor «Saint Patrick» navegando de Liverpool a Dublín
de Miles Walter. Colección Privada/Bridgemann Art Library
Foto de solapa: © Opale

Círculo de Lectores, S. A. (Sociedad Unipersonal)
Travessera de Gràcia, 47-49, 08021 Barcelona
www.circulo.es
3 5 7 9 5 0 1 0 8 6 4 2

Depósito legal: B. 35445-2005
Fotocomposición: punt groc & associats, s. a., Barcelona
Impresión y encuadernación: Printer industria gráfica
N. II, Cuatro caminos s/n, 08620 Sant Vicenç dels Horts
Barcelona, 2005. Impreso en España
ISBN 84-226-9576-6
N.º 33217